彊村語業箋注

〔上册〕

〔清〕朱孝臧 著
白敦仁 箋注

浙江文叢

浙江古籍出版社

圖書在版編目(CIP)數據

彊村語業箋注 / 朱孝臧著；白敦仁箋注. —杭州：浙江古籍出版社，2015.9(2024.3 重印)
(浙江文叢)
ISBN 978-7-5540-0686-3

Ⅰ.①彊… Ⅱ.①朱…②白… Ⅲ.①詞(文學)—詩詞研究—中國—古代 Ⅳ.①I207.23

中國版本圖書館 CIP 數據核字(2015)第 231532 號

彊村語業箋注

（全二册）

〔清〕朱孝臧 著　白敦仁 箋注

出版發行 浙江古籍出版社
(杭州市體育場路 347 號　郵編：310006)
網　　址 https://zjgj.zjcbcm.com
責任編輯 況正兵
特約編輯 王大厚
封面設計 劉　欣
責任校對 余　宏
責任印務 樓浩凱
照　　排 浙江時代出版服務有限公司
印　　刷 浙江新華數碼印務有限公司
開　　本 710mm×1000mm　1/16
印　　張 39.75
字　　數 450 千字
版　　次 2015 年 10 月第 1 版
印　　次 2024 年 3 月第 4 次印刷
書　　號 ISBN 978-7-5540-0686-3
定　　價 240.00 圓

ISBN 978-7-5540-0686-3
01>
9 787554 006863

前言

彊村爲清季詞壇大宗師，其校刊《彊村叢書》及身後門人所輯《彊村遺書》，沾溉詞林，厥功甚偉。其自作詞，自王半塘已推爲六百年來獨得夢窗神髓。王國維則云：『彊村學夢窗，而情味較夢窗反勝。蓋有臨川、廬陵之高華，而濟以白石之疏越者。』張爾田爲彊村三十年摯友，其論彊村詞，尤多且詳。所撰《彊村遺書序》云：『先生爲詞，跨常邁浙……擬之有宋，聲與政通。如范，如蘇，如歐陽，深文而隱蔚，遠旨而近言。三薰三沐，尤在覺翁。』其《與龍榆生論彊村詞事書》云：『古丈晚年詞，蒼勁沉著，絶似少陵夔州後詩。』又龍榆生《忍寒詞序》云：『侍郎晚年詞，頗取法於蘇。』至其《復夏承燾書》則云：『僕謂彊村詞深於碧山，謂其從寄託中來也。學夢窗者多不尚寄託。……彊村則頗參異己之長。而要其得力處，則實以碧山爲之骨，以夢窗爲之神，以東坡爲之姿態而已。此其所以大歟！』按張氏論彊村詞，前後略有異同，此緣彊村詞本身自有其發展進程，張氏於彊村詞之認識，亦有深淺不同之進境，無足異也。至彊村詞與蘇、吴二家之關係，陳匪石《聲勢》有云：『彊村在光、宣之際即致力東坡，晚年所造，且有神合。』蔡嵩雲《柯亭詞話》則云：『彊村慢詞，融合東坡、夢窗之長，而運以精思果力。學東坡，取其雄而去其放；學夢窗，學其密而去其晦。遂面目一變，自成一種風格。』綜而言之，大抵彊村於詞，自夢窗悟入，而不從夢窗證出。觀其進退百家，取精用宏，兼異量之美，蓋緣於性情、襟抱、學養、際遇所驅遣，用能自出手眼，自鑄偉辭。試以集中《夜飛鵲·香港秋眺懷公度》一詞觀之，胡先驌《評彊村樂府》引其換頭處『多少紅桑如拱，籌筆問何年，真割朱崖。不信秋江睡穩，掣鯨身手，終古徘徊。大旗落日，照千山、劫墨成灰』云云，評之曰：『奇情壯采，直似杜陵。古來惟辛稼軒《永遇樂·京口北固亭懷古》、吴夢窗《八聲甘州·陪庾幕諸公秋登靈巖》、王半塘《登暘臺山絶頂望明陵》數詞可與抗手。玉田、白石，無此胸襟，亦無此手腕也。』集中如此類詞，試問將於何家何派歸之？

往昔陳寅恪先生論箋注古詩，以爲『自來詁釋詩章，可别爲二：一爲考證本事，一爲解釋辭句。質言之，前者爲考今典，即當時之事實；後者乃釋古典，即舊籍之出處。』二者之中，考今典尤爲切要，其事亦尤爲不易。即以彊村詞論之，夏敬觀《忍寒詞序》論彊村詞云：『侍郎詞蘊情高夐，含味醇厚，藻采芬溢，鑄字造詞，莫不有來歷。』則其詞之古典不可不釋也。龍沐勛《彊村本事詞序》云：『彊村先生四十始爲詞，時值朝政日非，外患日亟，左衽沉陸之懼，憂生念亂之嗟，一於倚聲發之。故先生之詞，託興深微，篇中咸有事在。……讀先生之詞，又豈僅黍離麥秀之感而已。』則其詞之今典不可不考也。然此事實大難，昔者，龍沐勛嘗有志於斯矣，終以本事難盡明，今典難悉考，卒之未有成書。其《彊村本事詞附記》云：『年來旅食滬上，獲奉教於先生，三載之間，無旬日不相見，見則從論詞學，或共校訂。友人夏瞿禪有共箋先生詞集之議，屬余就近以詞中本事叩諸先生，先生多不肯言。一日執卷請益，先生就其大者有所指示，余因從而筆記之。然欲叩其詳，亦堅不肯吐。既而先生下世……瞿禪來書督促，因先就所聞於先生涉及詞中本事者，草成《彊村本事詞》若干則，俾世之愛誦先生詞者有所考焉。』其《報張孟劬先生書》又云：『彊丈詞中本事，不及時詮釋，更百十年後，安知不如玉溪《錦瑟》一詩聚訟紛如，翻滋疑竇乎？勳感知心切，他日生事稍裕，思博考清季史實，藉證所聞，爲撰小箋。然此事當要之皓首，亦冀公之常垂啓迪。』至張爾田，則因大不滿於《詞學季刊》第一卷第三期補白中所載謝榆孫《記彊村先生廣元裕之宮體鷓鴣天本事詞》一文之謬妄，再四貽書龍榆生論彊村詞事。其第二書亦涉及龍氏所撰《本事詞》。書云：『尊撰《本事詞》大體甚是，但亦有一二不甚確處。如《楊柳枝》四首第四章：「不辭身作桓宣武，看到金城日墜時。」乃指李鴻章結孝欽一朝大事之局，非榮禄也。此等處須先涵詠丈詞，虚心體貼，然後再以事合之。不合則姑闕，不可穿鑿以求合也。』第三書則云：『古丈詞中本事，我輩祗能言其大概，其細微處尚有不盡知者。古丈庚子以前，與戊戌黨人關係甚密，其於南海，學術不同，而政見未必不合。觀集中往還之人，大半康派，亦可以見矣。迨及晚年，與仁先、愔仲酬唱最多，曾一謁天津行在。雖未預幃幄大計，亦必與聞機密。此則古丈不肯言，而我輩亦不敢問者也。故箋注詞事，當慎之又慎，寧闕勿濫。更須參以活語，不可説成死句。至要至要。』第四書云：『古丈作詞，素不與人細談本事。有時偶爾流露一二語我輩之間，大都出於無意，故不能一一詳盡也。總之，古丈詞故國之思，滄桑之痛，觸緒紛來，一篇之中，三致意焉，有不待案合時事而知之者。箋注本事，勿以現代之見抹殺其遺老身份，斯得之矣。』按張氏之言，最爲平實，不啻爲我輩説法。

余自弱冠之年，與同窗摯友雷君履平，皆好倚聲之學。自南唐、兩宋諸名家大家詞外，於晚清王、鄭、况、朱四家詞，尤所鍾愛。『奇文共欣賞，疑義相與析。』想見古人朋友之樂，十餘年間，蓋無一日不相聚也。於時，書友薛君志澤方謀刊印叢書，余二人則力勸其刊印彊村所選《宋詞三百首》及《清季四家詞》。畢節路瓠盦師既樂爲《四家詞》作序，余二人則爲分任校讎之役。書成，薛君以朱印本數部相贈。余二人則拊掌大笑，以爲少年時一大快意事也。余性好抄書，於清詞，自彊村所選《詞莂》一書外，若芸閣、半塘、樵風、蕙風、彊村、海綃以及邵次公諸家詞集，悉有鈔本。若彊村詞之沉鬱頓挫，哀感頑艷，則嗜之尤篤，抄之不下三遍。故《語業》三卷中詞，大抵悉能背誦。寒齋案頭，日置朱印本二部，每研覽有得，輒以蠅頭小字書數語於簡端。其涉及人、地、時、事有關資料，文字繁多，簡端不能容，則另紙箋出，録置卷中。日月累積，竟裒然成帙。乃於一九四九年冬，録出清本。時余年三十有一，讀書不多，非敢妄冀述作之林，持欲以誇示履平，亦爲後來補苴，留一底本。冒昧言之，是《箋注》之第一稿也。自是以後，人事日繁，經動亂，清稿失去，即所録箋紙亦大半流失，惟眉批朱印本二部猶存。一九七五年，假館龍泉山麓，稍多暇日，乃取散亂叢殘，理而董之，並益以歷年觀覽所及，録成第二稿。

以視第一稿，所增不啻倍蓰。時光易逝，今則犬馬齒忽忽已逾八十，距履平之殁，亦十有餘年，平生所好，未忍棄擲，乃取七五年所録，重加釐定，五十年間，蓋已三易其稿矣。自知遠非完璧，聊以奠諸吾履平，既嘆逝者，行自念也。至於篇中注文所引古典詩詞，大都未題篇卷題目，蓋多録自舊日所批朱印本簡端，視簡端所能容納，不得不力求其簡短。今雖欲一一加以補題，然而玄晏多病，師丹善忘，加以視力昏瞀，檢書爲難，惟有連呼負負，浩嘆係之而已！所幸世姪王大厚邀同李君璉生，一一翻檢原書，代爲補題，用力甚多。今謹於此，聊申謝忱。

時賢錢仲聯先生《近百年詞壇點將録》，以天魁星呼保義宋江目彊村，評之云：『彊村領袖晚清民初詞壇，世有定論。雖曰揭櫫夢窗，實集天水詞學大成，結一千年詞史之局。』葉恭綽《廣篋中詞》亦云：『彊村翁結清季詞學之大成，公論翕然，無待揚搉。』余意詞之境界，前此已開拓殆盡。今兹欲求於聲家特開領域，非别尋途徑不可。故彊村翁或且爲詞學之大結穴。開來啓後，應有繼起而負其責者。』此亦治彊村詞者所宜知也，故以附焉。

一九九九年十月，八十二叟白敦仁記於成都大學

目録

昭陽單閼　二十九年癸卯，一九〇三

閼逢執徐　三十年甲辰，一九〇四

旃蒙大荒落　三十一年乙巳，一九〇五

卷二

卷三

卷二

附録二　彊村集外詞

附録三　庚子秋詞

附録六　志狀

彊村語業箋注卷一

長亭怨慢 葦灣重到，紅香頓稀。和半塘老人〔一〕

儘消盡涉江情緒。風露年年，國西門路〔二〕。紺海涼雲〔三〕，昨宵飛浣石亭暑。亂蟬高柳，淒咽斷、蘋洲譜〔四〕。莫唱惜紅衣，算一例、飄零如雨〔五〕。　遲暮。隔微波不恨，恨別舊家鷗侶〔六〕。青墩夢斷，枉贏得、去留無據〔七〕。試巡徧、往日闌干總無著，鴛鴦眠處〔八〕。賸翠蓋亭亭，消受斜陽如許〔九〕。

【箋注】

〔一〕此下三首，光緒二十三年（一八九七）丁酉作。夏孫桐《清故光禄大夫前禮部右侍郎朱公行狀》（以下簡稱《行狀》）云：『先生少以詩名，孤懷獨往，其蹊徑在山谷、東野之間。四十始爲詞，與王半塘給諫最相契。同校《夢窗四稿》，詞格一變，窮究倚聲家正變源流。』按彊村以咸豐七年（一八五七）丁巳七月二十一日生，是年爲四十一歲，比半塘小六歲。彊村乙巳（光緒三十一年，一九〇五）舊刻《彊村詞》三卷本自記云：『予素不解倚聲，丙申（光緒二十二年，一八九六）重至京師，半塘翁時舉詞社，强邀同作。翁喜奬藉後進，於予詞繩檢不少貸。微叩之，則曰：「君於兩宋塗徑固未深涉，亦幸不睹明以後詞耳。」貽予《四印齋所刻詞》十許家，復約校《夢窗四稿》，時時語以源流正變之故。旁皇求索，爲之且三寒暑，則又曰：「可以視今人詞矣。」示以梁汾、珂雪、樊榭、稚圭、憶雲、鹿潭諸作。會庚子之變，依翁以居者彌歲，相對咄咄，倚兹事度日，意似稍稍有所領受，而翁則翩然投劾去』云云。此彊村自述詞學淵源，實半塘引導之也。錢基博《現代中國文學史》論述彊村云：『少時隨宦河南，遇王鵬運，交相得也。鵬運之治詞也，蓋取誼於周濟，而取律於萬樹。而祖謀彊識分銖，宗萬氏而益加博究，上去陰陽，矢口平亭，不假檢本，鵬運憚焉，謂之律博士。然祖謀之詞學，實受之鵬運者爲多。祖謀以光緒癸未（九年，一八八三）進士殿試二甲第一人，授編修。二十二年赴官京師，鵬運方官御史，舉詞社，邀之入。』按鄭文焯《比竹餘音·木蘭花慢》序云，『半塘前輩舉咫村詞社，詠京師勝蹟』云云，則半塘所舉詞社名咫村也。按《彊村詞》前集有詠殘雪《高陽臺》一首。龍沐勳所述《彊村本事詞》云：『先生是時與江陰夏閏枝孫桐丈同官京朝，夏公實始誘爲倚聲之學，此闋其開端也。先生方在會典館，以考差事有所抑鬱，故有「謝東風不當花看」之語。』據此，則彊村是年當在會典館也。其《集外詞》有《買陂塘·題夏悔生同年山塘秋泛圖》一首。夏孫桐跋云：『古微四十始爲詞，此乃最初之第一首。』而龍榆生以《高陽臺》爲彊村作詞之始，與悔生所述不合，蓋龍氏僅據存稿者言也。要之，彊村詞學雖或自閏生啓之，而得力實在半塘，此則自述甘苦爲近實也。王鵬運（一八四九——一九〇四）字幼霞，一字佑遐，號半塘，晚號鶩翁，廣西臨桂（今桂林）人。原籍浙江山陰（今紹興）。同治九年（一八七〇）舉人，以内閣中書累遷至禮科掌印給事中。直諫垣十年，疏數十上，皆關係政要。光緒二十二年春，上奉皇太后駐蹕頤和園，鵬運上疏諫，幾得禍。二十八年得請南歸，寓揚州。三十年春以省墓道蘇州，病卒。鵬運精研詞學，其《四印齋所刻詞》，世稱善本。生平悃款抑塞，一寄於詞。

所作有《袖墨》、《蟲秋》、《味梨》、《鶩翁》、《蜩知》等集，晚年删定爲《半塘定稿》二卷，《剩稿》一卷。生平事跡，詳見《清史稿》本傳，及《碑傳集補》卷十況周頤《半塘老人傳》。葦灣亦曰葦塘，在北京德勝門外。通護城濠，積水清淺，夏日多荷，郊外勝致也。彊村此詞所稱半塘之作，《定稿》未收。手邊無《鶩翁集》，不識《剩稿》中收有此詞否。又彊村此詞，舊刻《彊村詞》編入前集。

〔二〕此用《古詩》『涉江採芙蓉』意。時值甲午戰敗甫三年，俄、德假調停之名，方垂涎於旅順、大連、膠州灣，喪權辱國，柄朝鈞者略無振作之意。去年春，上奉皇太后駐蹕頤和園，半塘嘗上疏諫，有『自和議（指《馬關條約》）既成之後，財匱民離，敵驕國辱』之語。半塘此疏留中不發，時人鮮見全文，雖況周頤亦僅匆匆一讀，其《蘭雲菱夢樓筆記》亦僅能言其概略，而彊村則藏有半塘摺檔。後周頤從彊村處借得，並將全文録入所著《餐櫻廡隨筆》。彊村與半塘相知甚深，於朝政時事，所感蓋亦相似。詞言『銷盡涉江情緒』、『風露年年』云云，意言國事日非，自己曏日『摘芳馨兮遺所思』之情，亦且銷磨殆盡矣。故後文有『去留無據』之言。

〔三〕『紺』，天青色、紅青色也。《釋名》：『紺，含也，青而含赤色也。』梁元帝《玄覽賦》：『紫紺之堂臨水，青蓮之臺帶風。』紺海，指葦塘。涼雲，荷葉也。白石《驀山溪·題錢氏溪月》：『荷苒苒，展涼雲。』

〔四〕白石詠吳興荷花《惜紅衣》詞：『高柳晚蟬，説西風消息。』周密有《蘋洲漁笛譜》。此借指半塘原唱。

〔五〕周密《木蘭花慢·麴院風荷》詞：『涉江，採芳舊恨，怕紅衣、夜冷落橫塘。』又白石《惜紅衣》詞：『魚浪吹香，紅衣半狼籍。』王安石《純甫出釋惠崇畫要予作詩》詩：『便恐飄零作紅雨。』

〔六〕《離騷》：『恐美人之遲暮。』曹植《洛神賦》：『託微波以通詞。』『舊家鷗侶』，謂故鄉舊友。

〔七〕陳與義《虞美人》詞：『今年何以報深恩，一路繁花相送過青墩。』序云：『予甲寅歲，自春官出守湖州。秋杪，道中荷花無復存者。乙卯歲，自瑣闥以病得請奉祠，卜居青墩。立秋後三日，行舟之前後，如明霞相映，望之不斷也。以長短句記之。』《嘉慶一統志》卷二百八十七浙江府嘉興縣《古蹟》云：『陳與義宅，在桐鄉縣青墩鎮廣福院後芙蓉浦上。』同書同卷《關隘》云：『青墩鎮，在桐鄉縣北二十五里。與湖州之烏鎮（一名烏墩）止隔一水。』按：與義紹興八年十一月卒於烏墩之僧舍，葬於歸安縣廣德鄉上彊里之岩山。見牟巘《陵陽集》卷十一《簡齋記》。又《一統志》卷二百八十九浙江湖州府亦云：『陳與義墓，在歸安縣西南上彊里。』與《陵陽集》合。按青墩、烏墩止隔一水，舊嘗合治。明董斯張《吴興備志》中屢引《烏青志》可證。詳見拙著《陳與義年譜》。彊村，歸安人。其『彊村』之號，即取義於上彊里。故又常自署『上彊村民』。此詞用『青墩』，尤切合也。

〔八〕鄭谷《荷》詩：『移舟水濺差差緑，倚檻風摇柄柄香。多謝浣溪人未折，雨中留得蓋鴛鴦。』此反用其意。詞云『舊日欄干』，亦暗含辛棄疾『休去倚危欄』意。『總無著』云云，言己與帝、后關係本疏也。

〔九〕李商隱《和劉評事》詩：『荷翻翠蓋水堂虛。』周密《白蓮》詞：『玉立照新妝，翠蓋亭亭，淩波步秋綺。』按詞用『翠蓋』，亦暗含魏文帝《雜詩》（其二）『亭亭如車蓋』意，傷德宗之孤立無助也。按彊村亦與當時朝士中清流派相似，於兩宫矛盾中，多寄希望於光緒帝。至於半塘，則常支持康有爲矣。説見後注。狄葆賢平子《平等閣詩話》云：『漚尹先生，一時之詞宗也。《彊村前集》中詠荷一闋，友人癭公（羅惇曧）極嗜誦之。題曰「葦灣重到」云云。漚尹嘗曰：「詞貴曲，不貴直。」此作秀曼無前，撫寫物態，敘述羈緒，咸曲盡其妙。賀方回詞云：「試問閑愁知幾許。一川煙草，滿城風絮，梅子黄時雨。」余亦謂此詞比興處，直奄有其勝也。』

鷓鴣天〔一〕

夢裏雲屏度幾重。蘭期猶煖舊歡叢〔二〕。鐙飄繡扇花如睡，歌咽金船酒不醲〔三〕。　春寂寂，恨悤悤〔四〕。鳳城涼信又歸鴻〔五〕。緘情欲託天邊月，知道高樓雨是風〔六〕？

【箋注】

〔一〕此調舊刻《前集》凡二首，今存其一。其另一首，則龍沐勛編入《彊村詞賸》，録以備參。詞云：『玉護香圍憶未真。相思酒畔惹春恨。前身蓮葉溪頭水，後夜梨花夢裏雲。　人有信，事無痕。淺吟閒醉莫銷魂。圓蟾未上斜陽落，數盡新鴻且閉門。』

〔二〕『雲屏』，雲母屏風也。《後漢書·鄭弘傳》：『弘少爲太守第五倫所稱許。及弘爲太尉，倫爲司空，班次在下。每朝見，弘曲躬自卑。帝問知其故，遂聽置雲母屏風分隔其間。由此以爲故事。』李商隱《嫦娥》詩：『雲母屏風燭影深，長河漸落曉星沈。』此雲屏，取分隔意。陳後主《有所思》詩：『蕩子好蘭期。』歡叢，言歡樂叢中，猶有餘歡也。

〔三〕東坡《海棠》詩：『祇恐夜深花睡去。』庾信《北園新齋成應趙王教》詩：『金船代酒巵。』『花如睡』、『酒不醲』，即换頭『春寂寂』意，言毫無生氣也。

〔四〕杜甫《江亭》詩：『寂寂春將晚。』

〔五〕沈佺期《奉和樂游苑迎春詩》：『歌吹銜恩歸路晚，棲烏半下鳳城來。』杜甫《夜》詩：『銀漢遥應接鳳城。』鳳城，蓋常指京師。考彊村是時身在京師，不當有『涼信又歸鴻』之語。此鳳城當指奉天（今遼寧）鳳城縣。光緒初，置鳳凰廳，直隸盛京。故以鳳城概稱遼瀋。時沙俄與德國方假和約調停功，垂涎我遼瀋及膠州。去年四月，李鴻章奉命赴俄賀俄皇加冕，與俄訂立密約十二條，就中除以滿洲路權及膠州灣租借俄人外，並將黑龍江及吉林長白等處所産五金礦準俄人開採，又準俄專派馬步兵於鐵路側駐紮保護。草約抵北京，帝堅持不肯畫押。至九月，俄使以下旗歸國相威脅，西后迫帝畫押，帝揮淚批准。當是時，德人聞俄約有租借膠東事，方密謀獨佔膠州，俄亦在東北有所佈置。所謂『涼信又歸鴻』，當指『密約』後事言。至本年十月，德軍竟入佔膠州灣矣。其同時所作另一首（見注〔一〕引）亦有『數盡新鴻且閉門』，亦是此意，皆謂東北消息也。

〔六〕李白《聞王昌齡左遷龍標遥有此寄》詩：『我寄愁心與明月，隨風吹到夜郎西。』所謂『託天邊月』也。前一首言『且閉門』，此一首言『託明月』，蓋意亦欲有所論列，然宫廷事秘，非外臣所知，故有『高樓風雨』之慨。『知道』云者，意言『未可知也』。考鴻章赴俄前，臨行請訓，西后嘗召見鴻章，密謀半日之久。則『中俄密約』，諒非鴻章所敢臆定；而西后又逼帝畫押，是兩宫於『密約』簽訂，意本不同，其爲雨爲風，固難料也。

暗香

秋宵倚闌，月華如水。記去年留滯江上，蓮史餞我於託鵑水榭，正此日也。傷離念遠，不能無言〔一〕

素天煙邈。點去鴻兩兩，碧雲樓角〔二〕。夢約不來，一剪微波渺難託〔三〕。傷別傷秋未算，還點鬢，新霜經著〔四〕。漸逗入隔歲相思，花底歇深酌〔五〕。誰覺。背虛幕，正不耐夜吟，玉繩低絡〔六〕。五湖計錯。鄉國薋花漸非昨〔七〕。何況空江晝槳，悽蕩損、蕭娘眉萼〔八〕。待寄語、江上水，月華又落〔九〕。

【箋注】

〔一〕此一首舊刻在《前集》。蓮史，殆彊村南中所眷。託鵑樹，疑是彊村寓所署名。今《遺書》扉頁後署「甲子秋八月託鵑樓雕版」。其義則取之李商隱《錦瑟》詩：「望帝春心託杜鵑。」

〔二〕江淹《休上人怨別》詩：「日暮碧雲合，佳人殊未來。」

〔三〕曹植《洛神賦》：「託微波以通詞。」杜甫《題王宰畫山水歌》：「焉得并州快剪刀，剪取吴淞半江水。」

〔四〕李商隱《杜司勳》詩：「刻意傷春復傷別，人間惟有杜司勳。」傷秋，就作詞時令言。李賀《還自會稽歌》：「吴霜點歸鬢。」

〔五〕黄庭堅《將次施州先寄張十九使君三首》詩：「花底尊前作戰場。」

〔六〕李商隱《寄令狐學士》詩：「夜吟應訝玉繩低。」

〔七〕《吴越春秋》：「范蠡乘扁舟，出三江，入五湖，人莫知其所適。」蓋載西施同去也。柳惲《江南曲》詩：「汀洲採白蘋，日落江南春。」

〔八〕楊巨源《崔娘》詩：「風流才子多春思，腸斷蕭娘一紙書。」

〔九〕「江上水」，承前「空江晝槳」言，謂蓮史所在。「月華落」，亦用李白「我寄愁心與明月」意（見前《鷓鴣天》詞注〔六〕），言『月華又落』，雖欲遠寄愁心，亦無由也。

祝英臺近〔一〕

燭花涼，鑪穗重，妝面半簾記〔二〕。羅扇恩疏，消得錦機字〔三〕。絶憐寬褪春衫，窄偎秋被。楚雲重、夢扶不起〔四〕。　酒邊事。因甚一夕離悰，潘鬢竟星矣〔五〕。相憶無憑，相憐又無計。願將心化圓冰，層層摺摺，照伊到、畫屏山底〔六〕。

【箋注】

〔一〕此下四首，光緒二十四年（一八九八）戊戌作。《行狀》云：『戊戌之後，朝局翻覆，國是未定，紀綱日隳，公屢有所論列。』按彊村是年，移居上斜街查查浦故居，鄰小秀野草堂。見半塘《蜩知集·瑞鶴仙》序。《彊村賸稿》前集《瑞鶴仙》序云：『上斜街新居，爲查德尹先生宅，與顧俠君小秀野草堂鄰並。俠君《閭邱集》中嘗詠之。中庭篁竹疏秀，一藤蒼然，相傳是德尹手植。鄭叔問爲作《斜街補屋圖》。漫書此解，或亦他日考坊巷者之一助焉。』陳伯弢《買陂塘》一首序云：『題朱古微侍郎《斜街補屋圖》，爲查查浦故居，馬平王定甫亦曾寓此。』又陳衍《石遺室詩話》云：『廬江陳子言詩，與確士爲文字骨肉。庚戌十月五日，余招飲斜街寓廬。君歸賦詩云：「比舍有瘦藤，彊叟舊所宅。」注云：「朱彊村先生嘗賃居查查浦舊宅，即在比鄰」』云云。蓋石遺所寓，即秀野草堂故址也。彊村此詞，則戊戊春日作。半塘嘗和之，見《鶩翁集》，序云：『古微見示新作，吟諷不能去口。依韻賦此，不足言和也。』詞云：『袖藏鈎，花覆局，一一墜歡記。箏雁塵封，慵覓箇人字。是誰玉笛飛聲，星辰昨夜，又容易夢雲吹起。　憶前事。争信冷落琴心，相如倦游矣。吹絮拈花，愁多懺無計。早知中酒光陰，困人如此，悔輕到碧油簾底。』半塘此詞，編在丁酉之末，證以彊村此詞，當是戊戌春作也。半塘云『碧油簾底』，彊村則云『妝面半簾』，皆指『垂簾』事言，非泛設也。

〔二〕白石《解連環》詞：『道郎携羽扇，那日隔簾，半面曾記。』

〔三〕『羅扇』，用班姬事。夢窗《鶯啼序·荷》詞：『怕羅扇恩疏，又生秋意。』又白石《霓裳中序第一》詞：『况紈扇漸疏，羅衣初索。』《晉書·列女傳》：『竇滔妻蘇氏，織錦爲迴文旋圖詩以贈滔，宛轉旋環以讀之，詞甚悽惋。』

〔四〕韓偓《懶起》詩：『煖嫌羅韈窄，瘦覺錦衣寬。』梁簡文帝《浮雲》詩：『可憐片雲生，暫重還復輕。欲使襄王夢，應過白帝城。』

〔五〕『悰』，慮也。《漢書·廣陵厲王胥傳》：『出入無悰爲樂亟。』『離悰』，猶言離憂也。陸龜蒙《和襲美江南書情二十韻寄祕閣韋校書貽之商洛宋先輩垂文二同年次韻》詩：『不堪潘子鬢，愁促易髟髟。』謝朓《詠風》詩：『時拂孤鸞鏡，星鬢視參差。』

〔六〕駱賓王《别李嶠》詩：『離心何以贈，自有玉壺冰。』龍輔《女紅餘志》：『李月素大鏡名正衣，小鏡名約鬢，中鏡名圓冰。』此合用二事意。『照伊』，指德宗。時當政變前夕，兩宫矛盾日激，此詞蓋言决意傾心於帝，故半塘特賞之，和詞云『悔輕到碧油簾底』，其意可思。半塘早於光緒二十一年，嘗代康有爲上劾徐用儀阻撓變法摺，强學會亦倚以爲重。其立場則早已定矣。彊村於康氏，則猶有微詞也。詳見下一首注。

水龍吟　四印齋賦白芍藥，分得肯字〔一〕

寶闌春去多時，玉奴猶倚東風困〔二〕。濃姿淚洗，伶俜不許，雨酥煙暈〔三〕。素靨消塵，冰綃委佩，强支嬌俊〔四〕。自謝郎去後，銀毫蘸淺，瑤臺路，無人問〔五〕。　相謔湔裙未肯〔六〕。伴酴醾，殿將芳訊〔七〕。西園後日，薦紅無數，漸吹成粉〔八〕。何況飛瓊，將離歌罷，素鸞無信〔九〕。向月明空見，一枝凝露，惱新霜鬢〔一〇〕。

【箋注】

〔一〕此一首舊刻《彊村詞·前集》題作『四印齋賦白芍藥，指白石「不肯寄語誤後約」爲韻，分得肯字』。四印齋，半塘齋名。按《蜩知集》，半塘則分得後字，詞云：『倚闌獨殿群芳，肯將顔色隨紅瘦。冰壺凝夜，玉盤承露，蜨窺蜂逗。壓架酴醾，吹簾柳絮，影迷階甃。悵彩鸞信渺，月斜煙淡，知甚處，香來驟。

歌舞揚州最好，正春濃、瓊花開後。含顰欲語，將離有恨，粉痕微皺。和露簪餘，嬌分素靨，酥凝孅手。只鬢絲老去，西園寂寞，把韶華負。』詳半塘此詞，殆以翁同龢之獨佐德宗，支持變法，其處境甚可憂也。至四月二十三日下定國是詔，二十七日，同龢即開缺回籍。《蜩知集》有《鷓鴣天·讀史偶得》二首，則斷然知其爲同龢罷去而作；彊村亦有《丹鳳吟》言其事（引見下注），此詞則作於同龢罷去之前。時兩宮兩黨，一舊一新，朝局紛紜，第可意逆而知，難於確指耳。按秦朝釪《消寒詩話》：『京師芍藥奇麗，香比牡丹更藴藉，花容細膩，又復過之，白者更甚。』

〔二〕牛僧孺《周秦行紀》：『楊太真自稱玉奴。』李白《清平調三首》（其三）：『解釋春風無限恨，沉香亭北倚闌干。』此玉奴，殆指西后。

〔三〕『伶俜』，孤獨貌。潘岳《寡婦賦》：『少伶俜而偏獨兮，痛忉怛以摧心。』『不許雨酥煙暈』，蓋指西后之反對變法。

〔四〕杜甫《退朝》詩：『宫草霏霏承委佩，爐煙細細駐游絲。』

〔五〕『謝郎』，謝朓也。《全芳備祖》卷三引《王元之詩話》：『芍藥之義，見毛鄭詩，百花之中，其名最古。謝公《直中書省》詩：「紅藥當階翻。」自後詞臣引爲故事。』以時事求，此『謝郎去』，殆指文廷式諸人之罷斥。廷式爲同龢門下親信，又素爲德宗所器重。早在光緒二十一年七月，康有爲在北京組織强學會，廷式即爲之倡首，半塘亦參與其事。同年十二月，李鴻章唆使御史楊崇伊劾罷强學會，廷式有《高陽臺》消寒艷詞，暗詠其事，嘗屬半塘和之。二十二年正月十三日，停止毓慶宫翁叔平、孫燮臣兩尚書入直（見文氏《聞塵偶記》），蓋爲黜翁之漸。於時太后與帝不相容，李鴻章亦欲甘心廷式，遂使楊崇伊劾之。二月十七日，上諭内閣云：『御史楊崇伊奏詞臣不敷衆望請立與罷斥，據稱翰林侍讀學士文廷式，遇事生風，常於松筠庵廣集同類，互相標榜，議論時政，聯名執奏。……文廷式著即革職，永不敘用，並驅逐回籍，不准在京逗留』云云。廷式既斥去，半塘爲《高陽臺》詞寄之，廷式有答和之作，見《雲起軒詞》。廷式去而同龢益危矣（參看錢仲聯《文廷式年譜》）。黄濬《花隨人聖盦摭憶》云：『文道希革職驅逐一事，實爲戊戌政變之先聲。』廷式固詞壇高手，又與半塘相契，故詞中及之。

〔六〕《詩·鄭風·溱洧》：『惟士與女，伊其相謔，贈之以芍藥。』

〔七〕陶穀《清異録》：『唐末文人有謂芍藥爲婪尾春者。婪尾酒乃最後之杯，芍藥殿春，亦得是名。』東坡《雨晴後步至四望亭下魚池上遂自乾明寺前東岡上歸二首》（其二）：『殷勤木芍藥，獨自殿餘春。』山谷《酴醿》詩：『梅殘紅藥遲，此物送春歸。』陸游《東園小飲》詩：『酴醿獨殿群芳後，醽醁能令萬事忘。』按此二韻皆就翁同龢當日處境言，『相謔未肯』，言其漸不爲太后所信任；『伴酴醿』，則指佐德宗也。

〔八〕李賀《牡丹種曲》詩：『嫣紅落粉罷承恩。』白石《側犯・詠芍藥》詞：『後日西園，緑陰無數。』此句爲變法之前途危也。黄濬《花隨人聖盦摭憶》云：『文道希革職驅逐一事，當時帝、后齟齬中一大公案也。由今觀之，德宗必挫，事機之危，了然可數。』下引寇連材之被殺，瑾、珍二妃之被杖，及道希之逐爲説，文多不録。

〔九〕『飛瓊』，許飛瓊也。班固《漢武内傳》：『王母乃命侍女許飛瓊，鼓震靈之簧。』孟棨《本事詩》：『許渾嘗夢登山，人曰：「此崑崙也。」既入，見數人飲酒，賦詩云：「曉入瑶臺露氣消，座中唯有許飛瓊。塵心未斷俗緣在，十里下山空月明。」他日復夢至其處，飛瓊曰：「子何故顯余姓名於人間？」即改爲「天風吹下步虚聲」。曰：「善。」』此用飛瓊指珍妃。珍妃贊帝變法，時已被謫斥，故曰『將離歌罷』也。崔豹《古今注》：『牛亨問曰：「將離相别，贈以芍藥，何也？」答曰：「芍藥一名可離，故相别以爲贈。」』《異聞録》：『開元中，明皇與申天師游月中，見素娥數十餘人，皓衣乘白鸞，笑舞於廣庭大桂樹下，樂音嘈雜清麗。明皇歸，製《霓裳羽衣舞曲》。』

〔一〇〕最後落到眼前所賦白芍藥。李白《清平調》詩：『一枝濃艷露凝香。』杜甫《江畔獨步尋花七絶句》詩：『江上被花惱不徹。』黄庭堅《水仙》詩：『坐對真成被花惱。』按舊刻《彊村詞・前集》，此下有《丹鳳吟・和半塘四月二十七日雨霽之作，依清真韻》。龍沐勳《彊村本事詞》云：『此爲翁同龢罷相作。』又《念奴嬌・同理臣、半塘觀荷葦灣，用白石韻》，《本事詞》云：『先生於葦灣過南海康有爲，方與人大談新政，面有得色。詞蓋有感於斯事而作。』按理臣，高曾燮字，其人與半塘皆支持康有爲變法者。彊村亦主變革，但於康氏之沾沾自喜似有不滿。其觀點似更與劉裴村接近，此亦當時多數朝士之所同也。又案李岳瑞《春冰室野乘》云：『二十年來，中外多故，詞人哀時閔世，不敢顯言，往往託於弔古、詠物之作，以寄其幽憂忠愛之心。非得同時人爲之箋解爬梳，數十年後，讀者不復知爲何語矣。彊村詞多有涉及時事者。常熟之去國也，正當戊戌變法之初。《彊村詞》中有《丹鳳吟》一首，題爲《和半塘四月二十七雨霽之作》，即詠此事也。詞云：「斷送園林如繡，雨濕朱幡，塵飄芳閣。黄昏獨立，依舊好春簾幕。分明俊侶，霎時乖阻，鏡鳳盟寒，衫鸞妝薄。漫託青禽寄語，細認銀鉤，珠淚潸透牋角。此後別腸寸寸，去魂總怯波浪惡。夜暝天寒處，拚鉛紅都洗，眉翠潛鑠。舊情未訴，已是一江潮落。紅燭玉釵恩易斷，悔圓紈重握。影娥夢裏，知甚時念著。」』按半塘原作，定稿《蜩知集》未收。彊村《念奴嬌》一首，則《彊村詞賸》卷一載之，文多不録。觀詞中『涉江人不是年時吟侶』，『隔岸争翻，田田新曲，斷送簫聲去。一鏡鬧紅誰管得，淒入笛船煙浦』云云，則龍沐勳所述，不爲無據。今箋注《語業》，常苦本事難明，或致附會。恨不得起李岳瑞諸公，共討論之也。

解連環 七月十四日坐雨有作〔一〕

雨涼無極。傍西池漸浥，畫屏猩色〔二〕。悵倦旅、呼酒闌干，數不斷唳鴻，遠天如墨〔三〕。亂葉流紅，驀驚散、鴛鴦蹤跡。對飄煙暗燭，罨畫古簾，悄然鄉國〔四〕。綠窗已拚怨抑。又天涯樹樹，哀響攙入〔五〕。便有約、重夢香叢，怕前地漂花，總凝愁碧。打盡枯荷，幾曾減、秋塘波力〔六〕。但贏得、鏡棱淚點，斷雲共滴〔七〕。

【箋注】

〔一〕《彊村本事詞》云：『時正厲行新政，裁汰官員。「打盡枯荷」二句，謂清寒微末，橫被裁汰，而於國庫終無補益也。』按政變經過，請約略綜述之，以省讀者檢索之勞。大抵本年正月初八日，康有爲上書統籌全局。四月，恭親王薨。二十三日，下詔定國是。二十八日，召見有爲於頤和園之仁壽殿，是改革之始也。而西后與榮禄也於前一日（二十七日）下詔定天津閱兵之舉，逐翁同龢，命榮禄爲北洋大臣，總統三軍。新授二品以上大臣，咸具摺詣后前謝恩。政變之事已伏於是。七月，特擢楊鋭、劉光第、林旭、譚嗣同四人爲四品卿，參預新政。自四月以來，京師謠言甚多。七月初，帝忽語慶親王，誓不往天津。七月下旬，天津罷行之説，已宣傳於道路。二十九日，召見楊鋭。是日，有旨召袁世凱入京。八月初一日，召見世凱，超擢爲侍郎。初二日復見。是日，又召見林旭。而御史楊崇伊等亦於是日詣頤和園，上封事於太后。初三日，榮禄有電達北京，請遣世凱回天津。世凱以初四日請訓出京，上命其初五日行。初五日，復召見世凱。初六日，變作。此百日維新之厓略也。初，帝既用康有爲策，鋭意改革，因謂京内外大小官員，舊制相沿，不無冗濫。『朕惟授事命官，不外綜核名實。現當開創百度，事務繁多，度支歲入有常，豈能徒供無用之冗費，以致礙當務之急？』遂命裁撤詹事府、通政司、光禄寺、鴻臚寺、太僕寺、大理寺衙門，及湖北、廣東、雲南三省巡撫，並東河總督缺。其各省不辦運務之糧道，向無鹽場之鹽道，亦均裁撤。其餘京外應裁文武各缺，命大學士、六部、各省將軍、督撫，分别詳議以聞。此七月中事也。參看《清史稿·本紀》及《光緒東華録》。

〔二〕《詩·小雅·雨無正》毛序：『雨無正，大夫刺幽王也。雨，自上下者也。衆多如雨，而非所以爲政也。』林駉《源流至論後集》引《韓詩序》作『雨無極』。韓偓《已涼》詩：『猩色屏風畫折枝。』按舊刻《彊村詞·前集》『漸浥』作『暗换』。

〔三〕『悵倦旅呼酒闌干』七字，舊刻作『有倦旅偎枕鐙初』。

〔四〕元稹《劉阮妻》詩：『罨畫樓臺青黛山。』白石《秋宵吟·越調》詞：『古簾空，墜月皎。坐久西窗人悄。』『對飄煙』數語，舊刻作『問誰家瘦玉，唤起故情，冷咽胸臆』。

〔五〕『天涯樹樹』，指外官。

〔六〕龍沐勳説『清寒微末，横被裁汰』，是矣。然謂『於國庫無補』，則非也。按『幾曾減秋塘波力』，言打擊之勢，仍未減弱也。山谷《和涼軒二首》詩：『打荷看急雨。』

〔七〕陳夔龍《蕉葉亭雜記》云：『戊戌變政，首在裁官。京師閒散衙門被裁者，不下十餘處。連帶關係因之失職失業者，將及萬人。朝野震駭，頗有民不聊生之戚。太僕寺一應事件，應歸併兵部，事隸車駕司。剛相（剛毅）以承辦司員不能了此，特派余專辦此事。當往該寺查看情形。詎寺中自奉旨後，群焉如鳥獸散，闃其無人。匪特印信文件一無所有，即廳事户牖，均已拆毁無存，一切無從着手。』按夔龍身歷其事，當時混亂情況及朝士中人對裁汰冗散，其反映有如此者。

鷓鴣天　九日豐宜門外過裴村別業〔一〕

野水斜橋又一時。愁心空訴故鷗知。淒迷南郭垂鞭過，清苦西峰側帽窺〔二〕。　新雪涕，舊絃詩。愔愔門館蝶來稀〔三〕。紅萸白菊渾無恙，只是風前有所思〔四〕。

【箋注】

〔一〕舊刻題作『九日豐宜門外過故人別業』。龍沐勛《彊村本事詞》云：『爲劉裴村光第被禍後作。劉爲戊戌六君子之一。』朱彝尊《日下舊聞》云：『金時郊臺在南城外，豐宜門者，金之南門也。豐臺疑即拜郊臺，因門曰豐宜，故目爲豐臺耳。』按豐宜門在北京右安門外，地屬宛平縣。一九八六年中華書局版《劉光第集》後附《劉光第年譜簡編》云：光緒十四年三月二十八日，『攜家赴京，寓繩匠衚衕。先是家貧，無力作京官』。十九年，三十四歲。『是年，京師米價騰踴，百物昂貴。加以弟厚村來京讀書，屋仄另遷，生活更苦。』按高楷《劉光第傳》云：『君惡京師塵囂，於南西門外僦廢菜圃，有茅屋數間，籬落環焉。躬自課子。二三友人過訪，則估白酒，煮芋麥餉客。籬外柳下湧泉如珠，太常仙蝶亦翩翩至，友人咸以爲奇。君慨然曰：「天下如此，我輩安得侈符瑞自誑哉？」』所謂『別業』，即所僦廢圃茅屋也。詞云『蝶來稀』，殆與太常仙蝶事有關。徐世昌《晚晴簃詩話》云：『裴村天懷高曠，喜游佳山水，刻苦自厲，不好詣人。通籍後，澹於進取，時思歸蜀。戊戌，喬茂藼（樹枏）南游，右銘（陳寶箴）中丞詢以人才，茂藼甚稱裴村志節，遂與叔嶠（楊鋭）同薦。及入掖垣，與譚、林異趣，方圖引去，而禍作矣。詩不事雕琢，駘盪自然。朱古微侍郎與裴村爲同歲生，重其人，並重其詩，謂有少陵意境。假得家藏全稿，擬別選精刊，尚未付梓。』按裴村以八月十三日遇害，時年三十九歲。彊村爲此詞，距裴村之歿纔二十五、六日也。

〔二〕『垂鞭』，言緩行也。劉禹錫《裴相公見示答張秘書謝馬詩並群公屬和因命追作》詩：『尋花緩轡逶迤去，帶酒垂鞭蹀躞回。』白石《點絳脣》詞：『數峰清苦，商略黃昏雨。』

〔三〕《列子·力命篇》：『齊景公游於牛山，北臨其國城而流涕。史孔、梁丘據皆從而泣，晏子獨笑於旁。公雪涕而顧晏子曰：「寡人今日之游悲，孔與據皆從寡人而泣，子之獨笑，何也？」』周邦彥《瑞龍吟》詞：『愔愔坊陌人家，定巢燕子，歸來舊處。』

〔四〕李商隱《九日》詩：『曾共山翁把酒時，霜天白菊繞階墀。十年泉下無消息，九日尊前有所思。』按裴村事跡，詳見《清史稿》本傳、高楷《劉楊合傳》、梁啓超《劉光第傳》、胡思敬《劉光第傳》、趙熙《劉大夫傳》。錢仲聯《近代詩鈔》云：『徐世昌《晚晴簃詩話》謂其「與譚、林異趣」，並不盡然。胡先驌《評劉裴村〈介白堂詩集〉》曾舉其詩，證其「疾視西后，疾視朝政」，以爲「戊戌變法裴村雖不與謀，而心必不非之」。』錢氏之言是也。竊以爲裴村立身行己，自有本末，其言變法，非受康、梁影響。早在甲午戰爭初起時，裴村即獨上條陳言事。其第一條即云：『請皇上乾綱獨斷，以一事權。』此等言論，雖在康、梁當時，恐亦未敢形之奏牘也。觀其《甲午條陳》、《論〈校邠廬抗議〉》等文，其變革思想，彰彰著明。查康有爲在其後來所作《六哀詩》，其中《劉光第》一首，篇首即云：『我不識裴村，裴村能救我。署奏拒鷹鸇，心感報無所。昔開保國會，千丈松磊砢。模糊一握手，未得親右左。』是裴村與康初不相識，僅於保國會上模糊一面耳。詩云『裴村能救我』者，據梁啓超《劉光第傳》云：七月二十六日，湖南守舊黨曾廉上書請殺康、梁，深文羅織，謂爲叛逆。德宗恐慈禧見之，『將有不測之怒，乃將其摺交裕禄命轉交譚君（謂嗣同）按條詳駁之。譚君駁語云：「臣嗣同以百口保康、梁之忠。若曾廉之言屬實，臣嗣同請先坐罪。」君與譚君同在二班，乃並書名曰：「臣光第亦請先坐罪。」譚君大敬而驚之，君曰：「即微皇上之命，亦當救志士，况有君命耶？僕不讓君獨爲君子也。」於是譚君益大服君』。觀此可見裴村之爲人。宜彊村之重其人，重其詩也。

齊天樂　馬神廟海棠，百年物也。花時寥寂，半塘翁吟憶見貽，依韻報之〔一〕

錦窠春濕紅雲透，恩恩故宮芳事〔二〕。冷甃延嬌，温泉罷浴，催換東風人世〔三〕。嬋媛夢裏，尚刻意新妝，洗煙梳霽〔四〕。妬極瑶臺，玉妃無語正愁悴〔五〕。　緑章惆悵再乞〔六〕，夜深障灩蠟，心緒無會〔七〕。怨鳳簫寒，鞿蟾幄暗，消盡燕脂濃淚〔八〕。横陳艷綺。肯輸與西廊，媚春桃李〔九〕。不嫁含章，墮梅餘恨蕊〔一〇〕。

【箋注】

〔一〕此下四首，光緒二十五年（一八九九）己亥作。彊村四十三歲。是歲，廢新政，復舊制，幽帝於瀛臺。是年，鄭叔問在蘇州，見半塘《校夢龕集·三姝媚》序。况夔笙自廣陵游鄂，見同集《徵招》。又，此題半塘原作見《校夢龕集》，詞云：『艷陽初破瓊姬睡，依稀沁園軼事。繡幄圍鶯，簫臺駐鳳，隔斷香紅塵世。繁華夢裏。記別殿承恩，緑章催霽。幾番花風，舊時香色底憔悴。　承平歌舞漫憶，儘燒殘絳燭，密意誰會。海燕移家，仙雲换影，贏得媚娥清淚。殷勤步綺。夢付與鶯鄰，妬春桃李。黄月簾低，倩魂縈倦蘂。」題云：「馬神廟海棠，百年故物也。春事方酣，意古微日吟賞其下，不能無詞。」按半塘詞中「圍鶯」、「駐鳳」、「隔斷塵世」，指德宗之被幽禁；「簫臺」，則瀛臺也。「海燕移家」，殆指康、梁之外逃。馬神廟，在北京正陽門外。

〔二〕司空圖《少儀》詩：「錦窠不是尋常錦。」歐陽修《芙蓉》詩：「織出新番蜀錦窠。」此借用。又宋敏求《春明退朝録》：「唐禮部郎中掌省中文翰，謂之南宫舍人，百日内須知制誥。又謂員外郎爲瑞錦窠。」

〔三〕言朝局又變也。應劭《風俗通》：「甃，聚磚修井也。」

〔四〕言帝雖出廢，仍夢寐不忘新法。

〔五〕言西后猶暗中忌妬之。

〔六〕李賀《緑章封事》詩：「緑章封事諮元父。」王注：「《演繁露》：「今世上自人主，下至臣庶，用道家科儀，奏事於天帝者，皆青藤紙、朱字，名爲青詞。」緑章，即青詞，謂以緑紙爲表章也。」陸游《花時遍游諸家園》詩：「緑章夜奏通明殿，乞借春陰護海棠。」

〔七〕吴夢窗《宴清都·連理海棠》詞：「障艷蠟滿照歡叢，嫠蟾冷落羞度。」東坡《海棠》詩：「祇恐夜深花睡去，高燒銀燭照紅妝。」二句言區區此心，雖猶戀改革，然上章言事，已不再可能。此當就半塘而言。

〔八〕「怨鳳」，指帝。嫠蟾，指西后。

〔九〕宋玉《諷賦》：「内怵惕兮徂玉牀，横自陳兮君之傍。」「媚春桃李」，斥后黨群小。

〔一〇〕《太平御覽》卷九百七十引《宋書》曰：『武帝女壽陽公主，人日卧於含章檐下，梅花落公主額上，成五出之華，拂去不去。皇后留之，自後有梅花妝。』含章，殿名。言半塘之志不得伸也。

烏夜啼　同瞻園登戒壇千佛閣〔一〕

春雲深宿虛壇。磬初殘。步繞松陰、雙引出朱闌〔二〕。　吹不斷。黄一綫。是桑乾〔三〕。又是夕陽無語、下蒼山〔四〕。

【箋注】

〔一〕舊刻《寒灰集》題作『同瞻園、仲實登戒壇寺千佛閣』。按江夏張仲炘，字慕京，號次珊，又號瞻園。有《瞻園詞》二卷，已刊行。《續詞》一卷，則門人陳世宜所輯遺稿，已刊入《藝文雜誌》。仲炘光緒三年進士，改庶吉士，授翰林院編修，官至通政司參議。其生卒年月未詳。孫國敉《燕都覽勝志》云：戒壇，『壇周圍皆列戒神。出壇而南，至波離殿前，遼、金碑各一，皆波羅尊者行實。有太古洞，最勝。列炬而入，百乳千螺，皆成佛像。山有極樂、三慧、朝陽、觀音、龐涓等五洞。山之東南有獅子巖，至巖而上十八折始至戒壇。東去渾河二十里，兩岸壁立，中迴一逕，多林木泉硐之勝。上爲極樂峰』。今案，戒壇山在原宛平縣西五十里，壇則甃石爲之，制極宏麗。明正統中，號爲萬壽殿。渾河，即桑乾河也。參看明劉侗、于奕正合撰《帝京景物略》卷七。

〔二〕《宋朝事實類苑》卷二十九：『故事，學士在内中，院吏朱衣雙引。』事又見歐陽修《歸田録》。

〔三〕按戒壇千佛閣，在北京西山，以松名。由北京前往，逾桑乾河。此則回顧京都之語，句法出李後主『剪不斷，理還亂』，而撫事傷時，蒼莽獨絶。

〔四〕舊刻《寒灰集》『斜陽』作『夕陽』。又，舊刻是年詞，尚有《氐州第一・瞻園前輩見示酒邊新作，半塘和之，蒙復繼聲。用清真韻》一首，及《三姝媚・瞻園約爲西山之游，寒陰滯人，屢阻攜屐，雪後引眺，賦此作簡》一首。是彊村與瞻園於時過從頗密也。

夢芙蓉　羅睺嶺爲趨戒壇、潭柘分道處，茗憩書壁，用夢窗韻〔一〕

溪霞明斷綺。帶東風客雁，筍將十里〔二〕。鏡空春路，心緒淡蛾外〔三〕。汎萸謀野醉。年年催載秋被〔四〕。盼客山靈，惜愁鬢未整，鶯語亂呼起〔五〕。轉首瑶臺眼底。疑有雙成，結束連環佩〔六〕。舊塵如夢，還付亂雪洗〔七〕。駐鞍消茗翠。斜陽冷透峰意。未怯春寒，知游仙路近，微步響風水〔八〕。

【箋注】

〔一〕舊刻在《寒灰集》。羅睺嶺，在原宛平縣西，徑道極險。東距北京五十里，可望見潭柘寺。潭柘山，在宛平西八十里，西山之支山也。連據三峰，傍有二潭。潭上有古柘，因以爲名。自西山諸峰連綿而西，潭柘尤擅其勝。世言潭柘寺古有龍湫，蓋諸寺之最古者。諺曰：『先有潭柘，後有幽州。』言其擅名久遠也。晉曰嘉福寺，唐曰龍泉寺，後稱潭柘，清改爲岫雲寺。殿宇崇閎，亭榭精美。有延清閣，修篁抱之，清泉泠泠，若操琴筑，所謂潭柘之勝在泉也。參看《帝京景物志》卷七《潭柘寺》條。又明沈榜《宛署雜記》卷四：『羅睺嶺，在縣西三十里，自石廠一帶横亘至西峰寺嶺下，有溪流注渾河。』同書卷十九：『潭柘寺，在平原村，金大定十三年建。舊名龍泉寺，一曰嘉福寺。正統元年，太監王振重修，禮部尚書胡濙記。弘治十年，太監戴義請於朝，賜金重建寺，有蛇異。大學士謝遷記。』

〔二〕謝朓《晚登三山還望京邑》詩：『餘霞散成綺，澄江静如練。』党懷英《月上海棠》詞：『斷霞魚尾明秋水，帶三兩飛鴻點煙際。』《公羊傳》文公十五年：『脅我而歸之，筍將而來也。』何休注：『筍者，竹箯，一名編輿，齊魯以北名之曰筍。將，送也。』

〔三〕宋之問《傷曹娘》詩：『鳳飛樓伎絶，鸞去鏡臺空。』此言紅稀翠減，春路空空如鏡也。『鏡空』，亦承『溪』水言，所謂『潭柘之勝在水』也。《太平廣記》卷三百八十八録《纂異記》『齊君房』條，記齊君房遇胡僧與棗如拳，食之知過去未來事，乃至靈隱寺，遂削髮，法名『鏡空』事，與此無涉。『心緒淡蛾外』，言意不在山水。

〔四〕周密《武林舊事》：『都人是月飲新酒，汎萸簪菊。』陸龜蒙《潤州江口送人謁池陽衛郎中》詩：『閑隨野醉溪聲鬧。』

〔五〕金昌緒《春怨》詩：『打起黄鶯兒，莫教枝上啼。啼時驚妾夢，不得到遼西。』此借用以狀山容。言山容如睡，忽被驚起，由亂鶯呼之，視髻鬟猶未整。隱喻變法之敗。

〔六〕班固《漢武内傳》：王母『命侍女董雙成吹雲和之笙』。瑶臺，殆指瀛臺之囚。雙成，謂西后令宫監監視之。

〔七〕東坡《九日尋臻闍黎遂汎小舟至勤師院》詩：『雲水光中洗眼來。』

〔八〕曹植《洛神賦》：『淩波微步，羅韈生塵。』

遶佛閣

崇效寺楸花最盛，往年，徐芷帆、養吾兄弟，花時輒宴賞其下，予季彥偁閒亦一至。養吾下世已五年，彥偁墓亦宿草矣。芷帆作《楸陰感舊圖》徵題，屬筆泫然，不止黄壚之悲也〔一〕

紺煙斂霽，香外梵歇，頹照蕭寺〔二〕。珠露飄蕊。慣催俊侣、年年貰春醉〔三〕。畫闌再倚，誰料素約和恨難理。殘酹沾地。夜深定有、秋魂暗驚起〔四〕。　蠹壁字零落，細數詞流空百輩。何況故人、傷高當日淚。總冷透西風，鄰笛淒異〔五〕。斷鴻知未。有一樣西堂，孤坐無睡。繞花陰，夢痕如水。

【箋注】

〔一〕崇效寺在南下窪西白紙坊。李慈銘《越縵堂日記》云：『崇效寺，古棗花寺也。唐幽州節度使劉濟捨宅所建。事載《析津志》，見《永樂大典》徐星伯説。寺中牡丹昔時最盛，有緑、黑二色異種。又多雜卉。今廊廡半圮，殿門僅存。僧徒貧甚，聞其中花木多賣於人。庭院荒蕪，幾斷行跡。殿後藏經閣尚無恙。殿西破屋數間，壁嵌唐《王仲堪墓誌》，吴荷廬中丞得之廣渠門外者。徐星伯有記，亦刻石。

其外爲西來閣，已傾陊不可登矣。』徐珂《清稗類鈔》：『京師崇效寺花事最盛，順、康以棗花名，乾隆中以丁香名，光緒中以牡丹名。』崇彝《道咸以來朝野雜記》：『崇效寺，昔以棗花名。寺中楸樹三株，蒼蔚可喜，花時有如幢蓋。後以牡丹著名，異種甚多。』二徐生平事跡未詳。按《彊村棄稿》有《移居》詩云：『居士不蠲憂國病，臺郎新服洗心方。捐書盼子時存訪，莫任終宵看屋梁。』自注云：『徐養吾病經年矣，秦晦鳴近耽内典。』《彊村賸稿》又有《綺寮怨》一首，序云：『檢叢帙得芷帆侍御《天寧寺重九》詞箋。芷帆工貧善病，欒數晨夕者十餘載，去秋慘焉執別，旋溘朝露，感音傷逝，以當《招魂》。』則二徐於彊村，交至稔也。詞爲到廣州後作，所謂『去秋執別』，則彊村奉使出都時也。彦偁，彊村季弟。《行狀》云『與諸弟友愛最篤，季弟早世』，即謂彦偁。秦晦鳴，秦樹聲也。

〔二〕蔣捷《瑞鶴仙·鄉城見月》詞云：『紺煙迷雁跡，漸斷鼓零鐘，街喧初歇。』梵，謂梵音。梵，寂静之義。佛書稱色天爲梵天，即離欲垢之義；稱净行爲梵行，即離妄作之義。梵音亦此類也。

〔三〕《史記·高祖本紀》：『常從王媪武負貰酒。』韋昭注：『貰，賒也。』

〔四〕《説文》：『酹，餟祭也。』段注：『食部，曰「餟祭也」，與此爲轉注。《廣韻》曰：「以酒沃地。」酹謂酒，故從酉。』《集韻》：『酹，祭酒也。』

〔五〕《文選》向子期《思舊賦序》：『鄰人有吹笛者，發聲寥亮。追思曩昔游燕之好，感音而嘆，故作賦云。』

鶯啼序　龍樹寺餞别高理臣府丞、張次珊參議。用夢窗《豐樂樓》韻〔一〕

輕陰傍樓易暝，帶春雲步綺〔二〕。畫闌繞，凍柳初荑，暗結沈恨天際〔三〕。細禽唤、年光冉冉，荒波盪晚疑無霽。殢離人，腸斷斜陽，絮點飄墜。十載東華，對酒念往，信孤根自倚〔四〕。鏡中路、窺熟西池，楚吟流怨紅翠〔五〕。賦深情、蘭荃繡筆，淚花迸、銅仙鉛水〔六〕。慣傷春，蝶悄鶯沈，夢醒何世。劉郎老去，咫尺蓬山，倦數舊游美〔七〕。天外緊、東風一信，降蘂顛倒，縹緲鵑聲，誤人歸事〔八〕。銀河夜挽，珠宮晨叩，香箋飛出迴鸞篆，悄冥冥、海闊星垂地〔九〕。情絲怨極，長宵霧閣，雲窗頓抛，亂紅嫠緯〔一〇〕。橫汾舊曲，采石新吟，料畫輪正遲。〔一一〕怕點檢、鑪薰花外，笛譜梅邊，酒醒觚棱，鳳城十二〔一二〕。東門帳飲，西臺車馬，江湖頭白回望處。惜芳菲、須掩傷高袂〔一三〕。白鷗去矣難馴，燕幕孤棲，蕩魂萬里〔一四〕。

【箋注】

〔一〕此下二十六首，光緒二十六年（一九〇〇）庚子作，彊村年四十四歲。是年，義和團事起，太后、載漪並主撫循。旋命董福祥及武衛中軍攻東交民巷使館，月餘不下。聯軍既陷天津，乃諭保教民及外商。既而李秉衡自江南來，復决戰。北京陷，兩宮逃至西安，以榮禄掌樞垣，而載漪輩不敢復言國事。是年九月也。是歲，行在以决行新政之旨佈告中外。按：理臣，高燮曾字；次珊，則張仲炘也。陳夔龍《夢蕉亭雜記》卷一：『光緒庚子正月，朝廷舉行京察大典。順天府臣高燮曾、通政司參議張仲炘奉旨休致。二君湖北籍翰林出身，在京薄有清望，不知緣何事罷斥。旨下日，都人士亟爲驚駭，至謂樞府不能力争，戕賊善類。長白榮文忠公首贊樞廷，頗爲清議所不滿。一日，謁文忠府第，公云：「高、張兩君特旨休致，余不能挽救，有慚清議，可若何？」余謂往事勿論矣。……竊幸兩宮回鑾，余亦被恩簡任漕督，厥後，調任湖廣。諗知高君燮曾掌教鄉邦，張君仲炘僑居白下，幾經盤錯，意志不渝。余以其才堪起用，專摺奏保，奉旨甄録。未及來京預備召見，不幸國體變革，兩君亦先後物故。悲夫！』此高、張二人罷去經過，及後來蹤跡之概略也。按此次京察大典，事在光緒二十六年正月丁巳，見《光緒東華録》。彊村此調，當作於正月末或二月初，故詞有『凍柳初荑』之言。按陳三立《散原精舍詩集》有《題張次珊通參〈日望樓餞别圖〉》七古一首，足與此詞相參。詩云：『楚中二真初放歸，（原注：「兼謂高理臣京兆同致仕。」）薄海慨歎滋然疑。更番論列在帷闥，功罪所屬知者誰。亡何蕭墻煽禍亂，纍纍東市横朝衣。始悟餘生就蓴鱠，會有天幸非人爲。沉吟兹事五年久，鳳靡鸞詎喧萬口。流連帳飲日望樓，煙塵莽蒼空回首。公亦陸沈囊几間，食字不飽如我頑。行競錐刀稱子本，漫堆世變凋容顔。三致千金覓方術，儒俠賈豎相往還。異時傭保到雜作，休沐攜看江南山。』詩則五年後作也。陳鋭《裦碧詞》亦有《雨霖鈴·題張次珊通參〈詞餞圖〉》一首，不再録。又高枏《庚子日記》卷一：『五月二十九日，復往看高理臣先生。理翁將往山西，謂予與渠不同，宜勿遠去。此老忠純，故所言如此。嗟夫，若屠梅翁、理翁在臺諫，大局豈能至此哉！』又『三十日，往理翁處，交少宜信於高星墀。星墀勸予前發，謂遠一站，是一站』。綜觀上引諸文，知高、張之斥，殆與剛、趙諸小不合有關。正月餞别，至五月，理臣猶在北京也。龍樹寺，在北京城西，清代文人雅集勝地。許宗衡有《中興樂·初秋同人登龍樹寺淩虚閣》一首，見《篋中詞》。

〔二〕李義山《即日》詩：『春陰衹欲傍高樓。』

〔三〕《玉篇》：『荑，始生芽也。』《集韻》：『卉木初生葉貌。』

〔四〕沈括《夢溪筆談》卷一：『學士初拜，自東華門入，至左承天門下馬。』按《清史稿·德宗紀》及《光緒東華録》，近十年間，高、張二人，屢上章言時政，約舉數端，以概其餘。如《本紀》光緒十七年二月乙巳：『御史高燮曾請舉行日講。』《東華録》：十八年十二月庚午，奏論銓選。二十一年七月辛酉，奏參江西巡撫德馨。二十二年十一月辛丑，論瞻對番滋事。二十四年正月壬寅，論中外兵制，請設武備特科。閏三月己卯，論昭信股票。二十四年五月癸亥，論成都將軍恭壽署理總督事。等等。張仲炘則有二十年六月乙卯，論河工保舉。九月辛丑，論鎮洋知縣事（時日軍已迫旅順）。二十三年三月丙申，論湖北灾區事。五月丙午，奏大員縱庇子姪，授意司員，消彌鉅案摺。又論臺灣既歸日本，其貨物應比洋貨收税。八月丙子，奏參刑部尚書薛允升。二十四年十二月乙酉，奏參疆臣荐言亂政。等等。凡此皆所謂『孤根自倚』者也。

〔五〕『西池』，太液池也，在西苑。西苑在北京舊皇城西華門之西，金之離宮。元建大内於太液池左。明大内徙而之東。内有太液池、瓊華島，爲燕京八景之一。

〔六〕《新唐書·藝文志》載温庭筠《握蘭集》三卷、《金筌集》十卷。李賀《金銅仙人辭漢歌》：『憶君清淚如鉛水。』

〔七〕李義山《無題》詩：『劉郎已恨蓬山遠，更隔蓬山一萬重。』

〔八〕韓愈《題張十一旅舍三詠·榴花》詩：『顛倒青苔落絳英。』天外、東風，指義和團在山東起事。《清史稿·德宗紀》：『二十六年庚子春正月甲辰朔。是月，拳匪起山東，號義和拳會，假仇教爲名，劫殺相尋，蔓延滋害。』『絳蘂顛倒』，言朝議於此是非無定也。

〔九〕杜甫《洗兵馬》詩：『安得壯士挽天河。』又杜甫《張舍人爲織成褥段》詩：『煌煌珠宫物。』又杜甫《奉賀陽城郡王太夫人恩命加鄧國太夫人》詩：『紫誥鸞迴紙。』庾信《賀婁慈碑》：『臺堪走馬，書足迴鸞。』按：此『珠宮晨叩』之語，似高、張當時，於拳民事有所論列，觸怒剛、趙，致遭罷斥。惜材料放失，姑存此説，以俟再考。

〔一〇〕韓愈《華山女》詩：『雲窗霧閣事恍惚。』《左傳》昭公二十四年：『嫠不恤其緯，而憂宗周之隕，爲將及焉。』注：『織者常苦緯少，寡婦所宜憂。』

〔一一〕漢武帝《秋風辭》：『泛樓船兮濟汾河，横中流兮揚素波。』李嶠《汾陰行》：『山川滿目淚沾衣，富貴榮華能幾時。不見衹今汾水上，唯有年年秋雁飛。』《舊唐書·李白傳》：『侍御史崔宗之謫官金陵，與白詩酒唱和。嘗月夜乘舟，自采石達金陵，白衣宫錦袍，於舟中顧瞻笑傲，傍若無人。』

〔一二〕觚稜，亦通作柧棱，《文選·西都賦》：『設璧門之鳳闕，上觚稜而棲金爵。』觚稜，堂殿最高轉角處也。東坡《送杜介歸揚州》詩：『去年帷幄幾人在，回首觚稜一夢中。』

〔一三〕《漢書·疏廣傳》：『設祖道供張東都門外。』注：『長安東郭門也。』《海録碎事·飲食器用部》：『野次無宫室，故曰帳飲。』西臺，御史臺也。程大昌《演繁露》：『高宗朝，改門下省爲東臺，中書省爲西臺，御史呼南臺。』又：『唐都長安，於洛陽爲西，而洛陽亦有留臺。故御史長安名西臺，而洛陽爲東臺。』吴夢窗《聲聲慢·餞孫無懷》詞：『愁送遠，駐西臺車馬，共惜臨流。』李義山《安定城樓》詩：『永憶江湖歸白髮。』

〔一四〕杜甫《奉贈韋左丞丈二十二韻》詩：『白鷗没浩盪，萬里誰能馴。』《左傳》襄公二十九年：『夫子之在此也，猶燕之巢於幕上。』白鷗，指高、張。燕幕，自謂。

菩薩蠻〔一〕

西洲風緊驕禽唳。文梁乳燕棲無地。相望鬱金堂。氤氳心字香〔二〕。　芳悰山黛蹙。自轉商絃軸。郎意未分明。緑窗閒夢驚〔三〕。

【箋注】

〔一〕舊刻在《寒灰集》，凡十三首，此存八首。龍沐勳《彊村本事詞》云：『十三闋全爲庚子拳亂作。』又，舊刻前此尚有《婆羅門引》一首，《本事詞》云：『爲義和團亂事作。』（餘五首及《婆羅門引》並見《彊村詞賸稿》卷二）《行狀》云：『庚子義和拳起，仇教開釁，親貴及大臣偏執守舊者主之。群相附和，無敢昌言其害者。公奮然抗疏，以爲逞血氣之忿，取快目前，而未有以善其後，是直以宗社爲孤注一擲。疏上，有禁逐教民之旨，都市爲之頓清。次日，大學士剛毅自涿州回京，拳民隨至，縱火市廛，延燒正陽門。忽訛傳洋兵已至東安縣，距京僅六十里。是日，召見廷臣，倉皇集議。親貴諸人袒義和拳，主戰。公班次在後，言拳民固不可用，董福祥兵亦不可恃。兵事宜用山東巡撫袁世凱，議和急召大學士李鴻章。太后猶未之識，問高聲瞋目者何人。終定議用拳民，遂戕殺德國公使，圍攻使館。外兵犯天津，事益急。公又上疏，請保護各國公使。疏上，即命軍機大臣傳詢，保護公使，應用何法？公援筆立書：「請飭總理衙門，查照萬國公法戰時之例辦理。」覆奏上，良久始命退出。是日，所奏忤旨，被詰問，幾獲罪。終以文學侍從之臣，未遽加譴，而爲左右主戰者所深嫉。其不從袁、許諸公後者，幸也。』

按是年秋，京師破，彊村與劉福姚依半塘以居，著有《庚子秋詞》。此八首不在《庚子秋詞》中，蓋總結事變經歷，綜爲連章述志之詞。於時禍變紛紜雜出，彊村躬預其事，所感萬端，難於一一徵實。僅就聞見所及，約略箋釋，或不免附會之誚也。

〔二〕《太平御覽》卷一百八十一引戴延之《西征記》：「洛陽城有鬱金堂。」沈佺期《古意呈補闕喬知之》詩：「盧家少婦鬱金堂，海燕雙棲玳瑁梁。」蔣捷《一剪梅·舟過吴江》詞：「銀字笙調，心字香燒。」按「驕禽」指載漪。「乳燕」指德宗。説詳下注。

〔三〕《廣韻》：「悰，慮也。」按「芳悰」二句，言西后之自召禍尤，德宗迫於西后，不得有所發攄，故曰「郎意未分明」也。「緑窗閒夢」，則彊村自謂。羅惇曧《庚子國變記》云：「慈禧太后以戊戌政變康有爲遁，英人庇之，大恨。己亥冬，端王載漪謀廢立，先立載漪子溥儁爲大阿哥。天下震動，東南士氣激昂。經元善上書，至千數人。太后大怒，逮元善，元善走入澳門，屢索不與。載漪使人諷各國公使入賀，各公使不聽，有違言。載漪憤甚，日夜謀報復。會義和團起，以滅洋爲幟。載漪大喜，言諸太后，力言義民起，國家之福。遂命刑部尚書趙舒翹，大學士剛毅及乃瑩，先後往，道之入京師。至者數萬人。」胡思敬《驢背集》亦云：「有爲初逸海外，夷人以國事犯庇之。其徒梁啓超潛匿日本，著《清議報》，極力詆誣太后。政府懸十萬金購有爲頭不得。太后由是痛惡外人，寖爲諸王所惑。」又惲毓鼎《崇陵傳信録》云：「義和拳之爲邪教，即八卦、白蓮之支與流裔，勞玉初京卿考證最詳。顧朝廷所以信之者，意固别有所在。邵陵高貴之舉，兩年中未常稍釋。特忌東西鄰責言，未敢倉卒行。載漪又急欲其子得天位，使非借兵力懾使臣，固難得志也。義和拳適起，詭言能避火器，以仇教爲名，載漪等利用之，以發大難。故廷臣據理力爭，謂邪教不足信，兵端不可開，皆隔鞾搔癢之談也。甲午之喪師，戊戌之政變，己亥之建儲，庚子之義和團，名雖四事，實一貫相生。必知此，而後可論十年之朝局。』按諸書所記，大意相同，蓋當時朝士，自有此一種看法。凡此皆所謂『自轉商絃軸』也。《傳信録》又云：『至戊戌訓政，則太后與上並坐，若二君焉。臣工奏對，上嘿不發言。有時太后肘上使言，不過一二語止矣。』《驢背集》云：『宣戰之初，上持詔不肯下。後聞事已决裂，見許景澄，執其手而泣。蓋知用兵非中國利，而事權不屬也。』此所以言『郎意未分明』也。

鯉魚風蹴波鱗起。黄姑夜叩星宫事〔一〕。含笑斂冰梭。微霜新過河〔二〕。　鈿箏長短柱。掩抑聲無主〔三〕。夢裏擲青梅。苑花交扇開〔四〕。

【箋注】

〔一〕李賀《江樓曲》詩：『鯉魚風起芙蓉老。』宗懍《荆楚歲時記》：『河鼓、黄姑，牽牛也。皆語之轉。』《古樂府》：『黄姑織女時相見。』盧僎《送户部郎中使黔府選補》詩：『還期鳳池拜，照耀列星宫。』『叩星宫』，言事涉宫秘，著亂源也。詳後注。

〔二〕葉適《贈盧次夔》詩：『冰梭問道錦，玉軫斷文琴。』李頎《送魏萬之京》詩：『朝聞游子唱離歌，昨夜微霜初渡河。』『微霜過河』，殆指大沽之陷落。『斂冰梭』者，停機緩織之意，蓋指御前四次會議之召開也。

〔三〕白居易《琵琶行》：『絃絃掩抑聲聲思。』『長短無主』，言廷議是非無準也。

〔四〕李白《長干行》：『郎騎竹馬來，繞牀弄青梅。』王維《奉和留春雨中春望之作應制》詩：『鑾輿迥出千門柳，閣道回開上苑花。』白居易《答馬侍御見贈》詩：『苑花似雪同隨輦。』王建《元日早朝》詩：『左右翟扇開，蹈舞分滿庭。』李商隱《鏡檻》詩：『交扇拂天鵝。』『擲青梅』，蓋彊村自言上疏及廷爭事，詳後注。詞言『星宮事』者，言戰釁之開，實與廢立之謀有關，此禍亂之本也。惲毓鼎《崇陵傳信録》云：『（五月）二十一日未刻，復傳急詔入見。申刻，詔對儀鑾殿。太后隨宣諭：「頃得洋人照會四條：一、指明一地，令中國皇帝居住；一、代收各省錢糧；一、代掌天下兵權。今日釁開自彼，國亡在目前，若竟拱手讓之，我死無面目見列聖。等亡也，一戰而亡，不猶愈乎？」群臣咸頓首曰：「臣等願效死力。」有泣下者。惟既云照會四條，而所述祇得其三。退班後，詢之榮相，其一勒令太后歸政。太后諱言之也。』又云：『群臣既退，集瀛秀門外，以各國照會事，質之譯署諸公，皆相顧不知所自來。或疑北洋大臣裕禄實傳之，亦無之。嗣後乃知二十夜三鼓，江蘇糧道羅某遣其子扣榮相門，云：「有機密事告急。」既見，即以四條進。榮相繞屋行，旁皇終夜。黎明，遽進御。太后悲且憤，遂開戰端。其實某官輕信何人之言，各國無是説也。』又《景善日記》：『五月二十四日。昨午，裕禄有奏到京，言洋人索大沽砲臺，請朝廷即與宣戰。太后怒甚，立即召見軍機，定於今日集群臣會議。端王、啓秀、那桐進呈外交團一照會，其言甚有悖逆：請太后歸政，以大權讓與皇帝，廢大阿哥，並許洋兵一萬入京。（原注：此乃假造之文也。）太后聞之怒甚。剛毅告予，從未見太后如此次之發怒者。太后盛怒之下，無論何人不能勸諫，雖榮禄亦無能爲力矣。』又楊典誥《庚子大事記》云：『華洋交涉事件，向由總理衙門承辦。乃忽由端邸呈進條款，有歸政及六部添設洋官等五條。據云某道員遞進者。皇太后大怒，謂內政彼族亦要干預，正是可惡。遂有攻擊使館之事。後知此五條，乃端邸假造，以激怒太后也。』按照會事或云四條，或云五條，或云榮禄進之，或云載漪進之，雖傳聞異辭，其爲載漪輩奪位陰謀，則衆論所同也。『星宫』之語，疑即指此。至羅惇曧《庚子國變記》云：『義和團既以仇教爲名，指光緒帝爲教主。太后與端王載漪挾以爲重，欲實行廢立。匪黨日往來宫中，揚言欲得一龍、二虎頭。一龍指帝，二虎指慶親王奕劻及李鴻章也。』又云：『太后召見其大師兄，慰勞有加。士大夫諂諛干進者，争以拳匪爲奇貨。』又王照《方家園雜詠紀事》云：『庚子三月，剛毅往涿州撫匪，還朝面奏曰：「民氣可恃。」皇上駁之曰：「民氣兩字是虚的，怎能依靠？」太后及諸大臣皆若不聞。拳匪之口號曰：「不斬一龍二虎，不能成功。」二虎謂榮相及在外之李文忠，一龍者皇上也。王公及宫監争迎大師兄，聲言大師兄能望氣而識二毛子。二毛子者，信教之人也。又有女拳師能飛行空中取人首級。太后召大師兄入宫，令其遍視妃嬪宫女，是否二毛子。此則佯爲迷信，實陰令拳匪預識宫内部位路徑，以備臨時作用也。』此類記述，《景善日記》亦有之，亦可爲『星宫事』之一説。其實質則與前引諸文無二也。『鈿筝長短柱』二句，言廷議紛紜，莫衷一是也。《清史稿·德宗紀》：『二十六年庚子五月癸亥，命許景澄、那桐往告各國公使速出京。自庚申至於是日，皇太后連召王大臣等入見，諮衆論。載漪持戰議甚堅。載勳、載濂、載瀾、徐桐、崇綺、啓秀、溥良、徐承煜等，更相附和。榮禄依違其間。獨許景澄、袁昶言匪宜剿，釁不可開。殺使臣，悖公法。辭殊切直。故有是命。甲子，拳匪戕德使克林德於崇文門内。乙丑，詔以中外釁啓，飭戒備。罷崇禮步軍統領，以載勳代之。』所謂『長短無主』也。按五月召開御前會議四次，《崇陵傳信録》所記尤詳，文多不録。至彊村廷諫事，當於第八首末箋語中詳述之。

花翻寶勒新豐騎。沈沈芳晝金鋪閉〔一〕。山枕膩紅消。當筵鸞帕抛〔二〕。錦機無氣力。密緒雙雙織〔三〕。心事篆煙灰。春羅書字來〔四〕。

【箋注】

〔一〕《太平御覽》卷八百二十八引《三輔舊事》：『太上皇不樂關中，思慕鄉里。高祖徙豐沛屠兒、沽酒、賣餅商人立爲新豐縣，故多小人。』劉歆撰、葛洪集《西京雜記》：『高帝既作新豐，并移舊社，衢巷棟宇，物色惟舊。士女老幼，相攜路首，各知其室。放犬羊鷄鴨於通塗，亦競識其家。』李嶠《詠梨》詩：『鳳文疏象郡，花影麗新豐。』此以新豐狀舊日京師之安謐，時太后當朝，故引新豐爲喻也。自拳民入京，武衛軍、甘軍衝馳閭巷，京城大亂，故曰『花翻寶勒』，非復昔日之新豐矣。羅惇曧《庚子國變記》：『五月，拳匪於右安門焚教民居。繼焚順治門内教堂。城門晝閉，京師大亂。』所謂『金鋪閉』也。《宋史·樂志》：『蕩蕩天門，金鋪玉户。』

〔二〕韓偓《惜花》詩：『膩紅愁態静中深。』味『當筵』句意，殆指御前會議之召開也。

〔三〕『無氣力』，自慨人微言輕也。蓋彊村嘗廷諫矣。事詳第八首箋注。許渾《鴛鴦》詩：『錦機争織樣，歌曲愛呼名。』

〔四〕李賀《神仙曲》：『春羅書字邀王母，共宴紅樓最深處。』據闕名《悔逸齋筆乘》云：『戰釁既開，使館久圍。侍郎（謂彊村）又疏請刻日停戰。是日黎明，侍郎方入内遞封事。旋聞留中無旨，即驅車歸城外寓所。（所謂「心事篆煙灰」也。）甫至家，則樞廷交片已早到，召侍郎詣軍機處，稱奉旨有垂詢事件。

（所謂「書字來」，蓋指此也。）』詳具第八首箋注。

茱萸錦束胡衫窄。乘肩倦態偎花立〔一〕。迴扇喚風來。春窗朱鳥開〔二〕。　壓愁麟帶重。多謝行雲送〔三〕。虯箭水聲微。飄鐙人不歸〔四〕。

【箋注】

〔一〕陸翽《鄴中記》：『錦有大登高、小登高、大明光、小明光、大博山、小博山、大茱萸、小茱萸、大交龍、小交龍、蒲桃文錦、斑文錦。』吳筠《贈柳貞陽》詩：『朝衣茱萸錦，夜覆葡萄巵。』夢窗《浣溪沙》詞：『茸茸狸帽遮梅額，金蟬羅剪胡衫窄。乘肩爭看小腰身，倦態强隨閒鼓笛。』周密《武林舊事》：『都城自舊歲冬孟駕回，則已有乘肩小女鼓吹舞綰者數十隊，以貢貴邸豪家幕次之玩。』白石《鷓鴣天》詞：『祇有乘肩小女隨。』

〔二〕《史記·天官書》：『南宮朱鳥。』《索隱》：『南宮赤帝，其精爲朱鳥也。』李商隱《瑶池》詩：『瑶池阿母綺窗開。』又李商隱《燕臺詩四首·夏》：『綾扇喚風閶闔天。』

〔三〕李賀《洛姝真珠》詩：『鸞裙鳳帶行雲重。』温庭筠《舞衣曲》詩：『蟬衫麟帶壓愁重。』吳夢窗《珍珠簾·春日客龜溪》詞：『麟帶壓愁香，聽舞簫雲渺。』

〔四〕張衡渾天儀制，以玉虯吐漏水入兩壺。李商隱《春雨》詩：『珠箔飄鐙獨自歸。』龍沐勳《彊村本事詞》云：『此爲義和團中所謂紅鐙照者作。』羅惇曧《拳變餘聞》：『庚子五月間，忽傳有紅鐙照者，皆十餘齡幼女。紅衣褌，雙丫髻，稍長者盤高髻。左手持紅鐙，右手持紅巾及朱色摺疊扇，扇股皆朱髹。始老嫗設壇授法，集閨女數十輩，環侍受法。四十九日術成，稱大師姐，轉教他女。術成，持扇自扇，漸起漸高，上躡雲際。擲鐙下，其從嫗拾緻壇内。女身植立空際，漸化爲明星，較星差大，其光晶晶，或上或下，或遠或近，或攢聚若聯珠，或迤邐如貫魚。津民狂走聚觀，衆云目睹。有終夜升屋而瞭者。女子自言，能於空中擲火焚西人之居，呼風助火，焚無餘。津民深信之。入夜，家家懸紅鐙，迎紅鐙照仙姑也。城内外列炬高懸，若萬星之齊耀。争傳拳隊所至，紅鐙隨之，每焚洋樓，皆言仙姑擲火也。』『春窗朱鳥開』者，時宫中亦設壇，延拳民入。

蜂衙蝶館參差對。行軒四角流蘇綴〔一〕。一霎謝橋風。鸞花委地紅〔二〕。　玉瑲緘翠札。曲折何緣達〔三〕。商略解連環。人前出手難〔四〕。

【箋注】

〔一〕陸佃《埤雅》：『蜂有兩衙應潮。』王維《送崔五太守》詩：『長安廄吏來到門，朱文露網動行軒。』《文選》張衡《東京賦》：『飛流蘇之騷殺。』注：『流蘇，五綵毛雜之以爲馬飾而垂之。摯虞《決疑要注》曰：「凡下垂爲蘇。」』《後漢書·輿服志》：『大行載車……垂五采，析羽流蘇前後。』

〔二〕晏幾道《鷓鴣天》詞：『夢魂慣得無拘檢，又踏楊花過謝橋。』李義山《和孫朴韋蟾孔雀詠》詩：『鸞花向坐低。』

〔三〕李義山《春雨》詩：『玉璫緘札何由達，萬里雲羅一雁飛。』

〔四〕《戰國策·齊策六》：『秦昭王嘗遣使者遺君王后玉連環，曰：「齊多智，而解此環不？」君王后以示群臣，群臣不知解。君王后引鐵椎椎破之，謝秦使曰：「謹以解矣。」』《淮南子·俶真訓》：『辨解連環，澤潤玉石。』《彊村本事詞》云：『「蜂衙」二句，謂各國使館。「鸞花」句，謂日本書記官被戕事。「玉璫」以下，先生自謂嘗苦諫，不蒙採納也。』按羅惇曧《庚子國變記》：『五月，日本書記杉山彬出永定門，董福祥遣兵殺之，列其屍於道。拳匪於右安門焚教民居。繼焚順治門内教堂。城門晝閉，京師大亂。載漪昌言以兵圍攻使館，盡殲之。太后召大學士六部九卿議，諸臣相顧逡巡，莫敢先發。吏部侍郎許景澄首言：「攻殺外國使臣，必召外國之兵，合而謀我，何以禦之？」太常寺卿袁昶力言：「釁不可開，殺使臣，悖公法。」太后怒目視之。』彊村苦諫事，詳見後注。

弱楊睥睨秦蘅老。馱金走馬長楸道〔一〕。寶帶鷫鸘裘。東方居上頭〔二〕。　背丸珠錯落。脱手翻阿鵲〔三〕。際海發紅桑。箙心花箭香〔四〕。

【箋注】

〔一〕李賀《牡丹種曲》詩：『蓮枝未長秦蘅老，走馬馱金劚春草。』曹植《名都篇》：『走馬長楸間。』睥睨，城上女墻也。

〔二〕《西京雜記》：『司馬相如初與卓文君還成都，居貧愁懣，以所著鷫鸘裘，就市人陽昌貰酒，與文君爲歡。』張華《禽經》『霜蜚則霜』條：『鸕鶿，鳥名。其羽可爲裘，以辟寒。鸕鶿飛，則隕霜。』《古樂府·陌上桑》：『東方千餘騎，夫婿居上頭。』李商隱《韓同年新居餞韓西迎家室戲贈》詩：『千騎君翻在上頭。』

〔三〕桓寬《鹽鐵論》：『崑山之旁，以玉璞抵烏鵲。』《莊子·讓王》：『以隨侯之珠，彈千仞之雀，世必笑之。』李賀《嘲少年》詩：『背把金丸落飛鳥。』班固《西都賦》：『隋侯明月，錯落其間。』李商隱《富平少侯》詩：『緑樹轉鐙珠錯落。』

〔四〕顔真卿《撫州南城縣麻姑山仙壇記》：『麻姑自言：「接侍以來，見東海三爲桑田。向聞蓬萊水，乃淺於往者會時略半也，豈將復爲陵乎？」(王)方平笑曰：「聖人皆言，海中行復揚塵也。」』李賀《呂將軍歌》：『恒山鐵騎請金槍，遥聞箙中花箭香。』《彊村本事詞》：『此謂董福祥兵肆行劫掠也。』按羅惇曧《庚子國變記》云：『五月，載漪等昌言圍攻使館，盡殲之。太后召大學士六部九卿議。載漪言：「董福祥善戰，剿回大著勞績，夷虜不足戮也。」帝曰：「董福祥驕而難馭，各國器利而兵精，非回部之比。」侍郎朱祖謀班在後，力言「福祥無賴，萬不可用」，太后厲聲言：「汝言董福祥不可用，誰其可乎？」祖謀言：「若必命將，則袁世凱可。拳匪亂民，必不可用。」載漪叱之。載漪語狂恣，帝默然而止。太后旋命董福祥及武衛中軍攻東交民巷，砲聲日夜不絶。洋兵僅四百，董福祥所部萬人，攻月餘，不能下。武衛軍死者千人。董軍、武衛軍與拳匪混合，恣意劫掠，榮禄不能制。民居市廛，數里焚掠一空。獨東交民巷使館以塞門德土爲垣，嚴拒守，不能下也。』又，楊典誥《庚子大事記》云：五月二十六日，『甘軍駐内城，挖得某銀行窖藏數十萬。東城一帶京官私宅、住户人家，搶劫幾盡。』又，七月十三日：『今日官軍拿車甚亟，故街市不見車馬。或言董軍拔隊出城迎敵。不知董福祥爲朝廷信任之人，朝貴皆稱爲上將，特令其保護京師。設有不虞，護駕而西。豈有出城迎敵之事哉？』十八日：『探報通州失守，京城戒嚴。詔馬玉崑移紮采育鎮，以抄洋兵之後。並諭董福祥率隊出城，迎頭截擊。是日，董福祥拔隊，滿載出城而西。是日東南各城均閉，僅留西城之彰儀門，以通出入。有武弁手持令箭，稱「奉董大帥之命，不准車馬出城。所有被搶各户，可到門守候，遇有營勇車馬出城者扣留，認明收回」等語。然已逾兩三日，收回者亦寥寥耳。』此『馱金走馬』之事也。至於『朝貴皆稱爲上將』，則所謂『東方居上頭』也。董統領甘軍，故以『秦蘅』目之。

鬧紅滿鏡衝單舸。疊瀾不定銖衣襌〔一〕。新語約餐霞。恨無書報他〔二〕。　留仙裙襉薄。傾蓋鴛鴦覺〔三〕。錦字太無憑。閒愁攜手生〔四〕。

【箋注】

〔一〕《爾雅·釋水》：『士特舟。』郭注云：『單舸。』姜白石《念奴嬌》詠荷詞：『鬧紅一舸，記來時、嘗與鴛鴦爲侶。』温庭筠《太液池歌》云：『疊瀾不定照天開。』《博異記》『岑文本』條：『問曰：「衣服皆輕細，何土所出？」對曰：「此是上清五銖服。」又問曰：「此聞六銖者天人衣，何五銖之異？」對曰：「尤細者則五銖也。」』按『鬧紅』，指載漪、剛毅之流。『單舸』，指袁、許。『疊瀾不定』，指西后時諭撫慰使臣，時諭進攻使館，舉棋不定也。《清史稿·德宗紀》：五月辛酉，聞大沽陷，『癸亥，命許景澄、那桐往告各國公使速出京。甲子，拳匪戕德使克林德於崇文門内。乙丑，詔以中外釁開，飭戰備。』其大略也。按慈禧於利用拳民，進攻使館事，初亦不甚堅決。其間屢經載漪等播弄、反覆，始決意開戰。詳見德琳《清宫二年記》所記慈禧事後自述語。

〔二〕劉向《列仙傳》『赤將子輿』條：『子輿拔俗，餐葩飲露。』按惲毓鼎《崇陵傳信録》：五月『二十三日未刻，再召見於儀鸞殿，太后决意宣戰，命許景澄等往各國使館，限二十四點鐘内出京，派兵護行。上雅不願輕開釁，搴景澄手曰：「更妥商量。」太后斥曰：「皇帝放手，毋誤事！」』羅惇曧《庚子國變記》所記略同，云：『次日，復開御前會議，載漪請圍攻使館，殲使臣，太后許之。帝持許景澄手而泣曰：「朕一人死不足惜，如天下何？」太后佯慰解之。景澄牽帝衣而哭，太后怒，叱之曰：「許景澄無理！」既罷朝，太后已决意主戰。』所謂『新語約餐露』，即指執手之言。

〔三〕《山堂肆考》卷四十『持裙』條引《趙飛燕外傳》：『中流歌酣，風大起。后揚袖曰：「僊乎！僊乎！去故而就新，寧忘懷乎！」帝曰：「無方爲我持后。」無方捨吹持后裙，久之風止，裙爲之縐。……他日宫姝幸者或襞裙爲縐，號曰留仙裙。』張玉田《緑意》詞：『鴛鴦密語同傾蓋，且莫與浣紗人説。』

〔四〕《彊村本事詞》云：『此爲許景澄、袁昶死難作。』按《清史稿·德宗紀》：六月『戊子，天津陷。裕禄、宋慶、馬玉崑並退守北倉。七月壬寅，殺吏部侍郎許景澄、太常寺卿袁昶』。又《許景澄傳》：『許景澄，字竹篔，嘉興人。同治七年進士，選庶吉士，授編修。明習時事，大學士文祥以使才薦。』嘗出使法、德、意、俄等國，累官吏部侍郎。『拳禍作，景澄召見時，歷陳兵釁不可啓，《春秋》之義，不殺行人，圍攻使館，實背公法。太后聞之動容，而載漪等斥爲邪説。聯軍逼近畿，景澄等遂坐主和棄市。宣統元年，追謚文肅。』又《袁昶傳》：『袁昶，字爽秋，桐廬人。從劉熙載讀，博通掌故。光緒二年進士。』累官太常寺卿。『義和團起山東，屠戮外國教士。昶與許景澄相善，廷詢時，陳奏皆慷慨。上執景澄手而泣。袒連上三疏，力言奸民不可縱，使臣不宜殺。皆不報。復與景澄合上第三疏，嚴劾釀亂大臣。未及奏，已被禍。疏稿世稱誦。追謚忠節，江南人祠之蕪湖。』所謂『錦字無憑』，指上疏不報事也。

昨宵解帶翻成結。侵晨翠幌當風怯〔一〕。莫近水西闌，迴身羅袖單〔二〕。　琴心相爾汝。夢斷秦臺侶〔三〕。牋管發秋慵。鏡心閑淚紅〔四〕。

【箋注】

〔一〕高樹《金鑾瑣記》云：『涕泣歔欷朱學士，森羅殿上脱身來。』注云：『內閣學士朱祖謀古微，庚子秋，來余寓坐談，曰：「昨日召見九卿，余跪居末班，大聲奏曰「請太后、皇上緩攻使館，恐結怨太深」云云。太后以朱不常召見，不識面。朱身短，隱人叢中。太后聞聲四顧。端王昂虎頭大呼曰：「誰説話？」朱曰：「臣內閣學士朱祖謀。」端王、太后皆怒視之。兵部尚書裕德曰：「奴才願太后、皇上以天下國家爲重。」太后不理。三言之，仍不理。學士竊笑其言空洞無物，然不觸犯天威即在此。學士言論，涕泗交流，謂「昨日召見，如置身森羅殿上」云。』此彊村自述，所謂『當風怯』也。

〔二〕『迴身羅袖單』，言四顧無援，自嘆孤立也。

〔三〕韓愈《聽穎師彈琴》詩：『昵昵兒女語，恩怨相爾汝。』劉義慶《世説新語·排調》：『晉武帝問孫皓，聞南人好作爾汝歌，頗能爲不？』爾汝歌爲古代江南一帶民間流行之情歌，歌辭每句用爾或汝，以示親暱。《史記·司馬相如傳》：『相如以琴心挑之。』杜甫《贈裴南部》詩：『梁獄書應上，秦臺鏡欲臨。』按詞用『秦臺侣』極妙。《西京雜記》云：『高祖初入咸陽宫，周行府庫……有方鏡廣四尺，高五尺九寸，表裏洞明。人直來照之，影則倒見。以手捫心而來，則見腸胃五臟，歷然無硋。人有疾病在内，則掩心而照之，則知病之所在。又女子有邪心，則膽張心動。』此言於群小邪心，洞見無餘也。

〔四〕按此一首蓋自述經歷。彊村庚子上疏及廷對事，《崇陵傳信録》、《庚子國變記》、《景善日記》等諸書皆載之，胥大同小異，惟闕名《悔逸齋筆乘》有《紀歸安朱侍郎直言事》一條，言之尤詳。事關彊村行實，今悉録之如下。《筆乘》云：『庚子拳匪之變，舉國若狂，盈廷緘默，偶發讜言，輒觸奇禍。其官居侍從，身無言責，而折角批鱗，終始不撓，屢瀕於危，而卒獲免者，歸安朱古微侍郎祖謀一人而已。方是歲四月杪，内廷已決戰計，然尚無明文發表。侍郎時官翰林院侍講學士，首抗疏力争拳匪妖妄，不可倚以集事。又謂兵力窳弱，斷不足當列國節制之師。而以一國遍與八國開釁，衆寡、强弱、曲直之殊，在在皆無勝理。其言最切摯。疏甫上，樞廷堂屬争相傳視，謂翰苑中乃有此風議。早朝未散，其事已喧傳輦下矣。侍郎既遞摺，出城未歸寓，先驅車詣長樂林詒叔編修開暮寓所。蓋詒叔之兄官軍機章京，必知疏入後宫廷意旨何如，故汲汲往探消息也。甫入門，尚未就坐，詒叔已屣履出迎，相見即失色吐舌曰：「老前輩竟如此大膽，敢作此驚天動地之大文耶？」即此一語，可見宫闈主戰之决心，與士大夫清議之遏抑矣。孝欽得疏，未置可否，但微哂狂生不識時務而已。知府湖南人曾廉探得之，遽奏請立斬侍郎以懲異議，兩疏皆留中不下。蓋孝欽雖愎諫，而斯時蓄怒未盛，未肯遽殺人以立威也。不數日，而有大叫起之舉（謂召開御前會議）。侍郎既入見，即力陳董福祥不可專任。侍郎軀幹短小，而語最洪亮，又學士階卑，班最後，故不得不大聲言之。孝欽聞，愕然問曰：「大聲疾呼者爲誰？」

侍郎昂然對曰：「翰林院侍讀學士臣朱祖謀。」孝欽微笑，即呼令稍近前跪，以便問對。侍郎乃詳陳董軍不可恃狀。孝欽艴然曰：「然則汝謂何人爲可靠者？」侍郎頓首奏曰：「臣於諸將帥交際生疏，未能悉其底蘊，不敢妄行保奏，致誤國事。然如董福祥之驕暴粗疏，昭然衆目共睹，臣既有所聞見，亦實不敢緘默。軍旅事重，尚乞太后與諸王大臣熟商之，非臣有所惡於董福祥也。」孝欽雖不悦，然以其言切直，亦無以罪之，但叱退去而已。翌日軍機入對，孝欽忽問榮禄曰：「昨日大叫起時，有翰林院官朱某，與我辨理甚苦，此不必論。唯其人奏對時，目光注視予面，其意似深不滿於予。今日思之，猶介介也。」榮禄對曰：「彼小臣，萬不敢對太后無禮。但其與奴才語言時，目光亦往往如此。奴才徐察之，知其目本有病。加以畏葸矜持，更失其平日活潑之態度，非有他也。」孝欽始釋然。……戰釁既開，使館久圍，董軍日有傷亡，而外人無毫髮損失。雖疇昔主戰者，亦知事之無幸。然皆怵禍，不敢頌言。侍郎又疏請刻日停戰。保全邦交，爲議和轉圜地，言尤切至。是日黎明，侍郎方入内遞封事，旋聞留中無旨，既驅車歸城外寓所。甫至家，則樞廷交片已早到，召侍郎詣軍機處，稱奉旨有垂詢事件。復驅車入内。時尚未朝餐，僅買餺飥數枚於車中啖之。纔入西華門，則剛毅已先退直出，徐步陽陽，若有得色。相遇於夾道中。侍郎本不識剛，蘇拉（旗丁之供役官署者）指語曰：「此剛中堂也。」侍郎不得已，趨而揖之。剛猶温語相獎藉曰：「適讀尊疏，指陳切當，深中機宜。仲華（榮禄）、夔石（王文韶）、穎之（啓秀）、展如（趙舒翹）諸公，俱在樞廷，可往見之。但未知慈意如何。吾出外，即先照尊言辦理。已先傳諭諸將，不惟使館須竭力保護，即樊國梁處，亦飭令嚴密防護，不許妄動一草一木矣。」侍郎曰：「未知樊國梁爲何人？」剛謬作驚詫狀曰：「大法國傳教師樊老先生，現爲西堂大主教，足下乃不識其人乎？」（法國教堂在城西安門外，故曰西堂。）侍郎曰：『向與此輩未有往來。然樊既是教士，自屬私人資格，非使館關係邦交可比，保護與否，尚無關緊要。」剛且行且搖首曰：「不然，不然，應保護，應竭力保護。」遂匆匆去。剛行既遠，蘇拉語侍郎曰：「朱大人知剛中堂將何往乎？彼有戎衣一襲，存西華門外某飯館中，出禁中並不歸家，即往飯店早餐。飯畢换戎衣，徑率親兵數百人往攻西堂，期必得樊國梁而手戮之。已連攻三日矣，尚未得手。今早聞彼自言，當竭一日之力，不攻破，不遏手。是以匆匆早退直。胡言飭人保護耶？」侍郎既至軍機處，榮相迎問曰：「慈意於尊疏似頗許可。惟停戰不宜空言，使臣將命，不知用何儀注。在歐洲各國，必有定例可循。頃太后以此垂詢，同人皆不知，無以覆奏。故請旨召君來一問，應如何辦理，君自當熟知之。」彼輩使以爲此者，蓋深惡侍郎直言，而疏中語意空洞，欲加罪而無辭。彼輩習聞西人有豎白旗停戰之説，而白旗之用，在中國爲納降。度侍郎意中，亦必如此辦理。故謬爲不知，請旨垂詢，使白旗之語，出自侍郎口中，即可鍛煉周内，指爲輸款軍，勸降辱國，即立置重辟，亦不能自白耳。侍郎初聞蘇拉談剛相事，固深疑之，至是亦大悟。乃對曰：「某上疏本意，因戰事久不得手，敵軍日逼津、沽，去都門僅相隔尺咫。且慈躬頤養餘，日聞砲火震驚，度亦難安宵旰。故冒昧奏請停戰，以紓近憂，别圖長策，並非取法彼族。至停戰應用何種儀注，生平未習西籍，實屬毫無所知，不敢逞臆妄對。總署堂司各官，不乏深諳公法之員，果其言有當聖心，應請降旨召詢，必能熟籌長策。」語畢，榮相默然，深思良久，曰：「君言亦是。即以是意辦一奏片，我等爲君覆奏，看上意如何處理。」即令章京導侍郎入别室。草奏既成，榮等持之入對。有頃，復出曰：「尊奏太后已覽訖，命且留中。所事已畢，君可歸矣。」侍郎始徐徐出，日已旰矣。戚友莫不代爲危者，聞其歸，乃交相慶也。』按此所謂『解帶翻成結』也。又，惲毓鼎《崇陵傳信録》云：『六月十七日，天津失守，寇氛日迫，朝廷始有講和意。二十二日，詔保護教堂教士。除戰事外，所殺洋人及焚燬房屋什物，均俟查明辦理。以全權大臣畀李鴻章。詔已具，會有言李秉衡自清江入援，待其至，徐議和戰者。后意稍移。七月初一日，李督師到京。朱學士祖謀、馬編修吉樟先邀諸途，述京師亂象，「宗社之危如累卵。公入見，當力爲太后言拳匪恣謾狀。苟議和，大禍紓矣」。督師深以爲然。迨入朝，徐相（徐桐）首迎之，大聲曰：「鑒翁，萬世瞻仰，在此一舉！」鑒翁者，督師李鑒堂也。復見剛相，知太后旨所在，意遂變。奏言：「外國多，不可滅，異日必趨於和。然必能戰而後能和。臣請赴前決一戰。」太后大喜。』按此亦彊村庚子事之可記者，他書未載。

蹋莎行〔一〕

經醉湖

照水單衫，飄香小扇。晚涼愁倚闌干徧。冷鷗三兩不歸來，鏡心一夕紅衣變〔二〕。山，傷高心眼。秋來畫取蕪城怨〔三〕。謝堂倦客總魂消，無人淚濕西飛燕〔四〕。

【箋注】

〔一〕此下十首，載《庚子秋詞》。前二首見甲卷，爲八月二十六日訖九月盡間作。後八首在乙卷，則十月朔訖十一月盡間作也。按半塘《庚子秋詞序》云：『光緒庚子七月二十一日，大駕西幸，獨身陷危城中。於時歸安朱古微學士、同邑劉伯崇殿撰，先後移榻，就余四印齋。古今之變既極，生死之計皆窮。偶於架上得叢殘詩牌百許葉，猶是亡弟辛峰自淮南製贈者。葉顛倒書平側聲字各一，繫以韻目，約三百許言。秋夜漸長，哀蛩四泣，深巷犬聲如豹，獰惡駴人，商聲怒號，砭心刺骨，淚涔涔下矣。乃約夕拈一二調，以爲程課。選調以六十字爲限，選字、選韻，以牌所有字爲限。雖不逮詩牌舊例之嚴，庶以束縛其心思，不致縱筆所之，靡有紀極。然久之亦不能無所假借，乙卷以後，尤氾濫不可收拾，蓋興之所至，亦勢有必然也。自八月二十六日起，至某月日止，凡閱若干日，得詞若干首。富順宋芸子檢討和作若干首。並依調類列，用《遯渚唱和》例也。芸子九月下旬附會船南去，故所作不多。每夕詞成，古微以烏絲闌精書之。伯崇題其耑曰《庚子秋詞》，蓋紀實云。半塘僧鶩記。』又按戴正誠《鄭叔問先生年譜》云：光緒二十六年庚子，叔問四十五歲。『京師陷落，兩宮西狩。先生悵望觚稜，賦《楊柳枝》詞二十六首，讀者以爲黍離之悲。又賦《謁金門》三解。王佑遐、朱古微諸公坐困危城，以詞陶寫悲憤。世所傳《庚子秋詞》是也。佑遐給諫以諸人詞寫寄先生，先生得書，却寄《浣溪紗》詞一首。』《年譜》自注載半塘原書云：『困處危城，已餘兩月，如在萬丈深阱中，望天末故人，不啻白鶴朱霞，翱翔雲表。又嘗與古微言：當此時變，我叔問必有數十闋佳詞，若杜老天寶、至德間哀時感事之作，開倚聲家從來未有之境。但悠悠此生，不識尚能快睹否。名章佳聞，意外飛來，非性命至契，生死不遺，何以得此？與古微且論且泣下，徘徊展讀，紙欲生毛。古微於七月中旬兵事棘時，移榻來四印齋。里人劉伯崇殿撰，亦同時來下榻。兩月來，尚未遽作芙蓉城下之遊，兩公之力也。古微當五、六月間，封事再三上，皆與朝論不合。而造膝之言，則尤爲侃侃。同人無不爲之危，而古微處之泰然。七月三日之役（指袁、許被殺事），不得謂非倖免。人生有命，於此益可深信，人特苦見理不真耳。鄙人嘗謂天下斷無生自入棺之人，亦斷無入棺不蓋之理。若今年五月以後之事，非生自入棺耶？七月以後之我，非入棺未蓋耶？以橫今振古未有之奇變，與極人生不忍見、不忍聞、不忍言之事，皆於我生丁之，亦何不幸置耳目於此時，而不聾以盲也！八月以來，傅相（指李鴻章）到京，庶幾稍有生機。乃到京已將一月，而所謂生機者，仍在五里霧中。京外臣工，屢請乘輿回鑾，乃日去日遠，且日促各官赴行在。論天下大事，與近日都門殘破滿眼，即西遷亦未爲非策。特外人日以此爲要挾，和議恐因之大梗。况此次倡謀首禍諸罪臣，即以國法人心論之，亦萬不可活。乃屢請而迄未報允。何七月諸公歸元之易，而此輩絶頸之難也。是非不定，賞罰不昭，即在承平，不能爲國，况今日耶？鬱鬱居此，不能奮飛，相見之期有無，尚未可必。足下謂弟是死過來人，恐未易一再逃死。至於生氣，則自五月以來，消磨浄盡。不惟無以對良友，亦且無以質神明。晚節頽唐，但有自愧，尚何言哉！中秋以後，與古微、伯崇每夕拈短調，各賦一兩闋，以自陶寫。亦聞聞見見，充積鬱塞，不略爲發洩，恐將膨脹以死，累君作挽詞，而不得死之所以然。故至今未嘗輟筆。近稿用《遯渚唱酬》例，合編一集，已過二百闋。芸子檢討屬和，亦將五十闋。天公不絶填詞種子，但得事定後始死，此集必流傳，我公必得見其全帙。兹先揮録十餘闋呈政。詞下未註明誰某，想我公暗中摩索，必能得其主名。雖伯崇詞於公爲初交，然鄙人與古微之作，公所素識，座上孟嘉，固不難得也。』按半塘此書，極關緊要，足以見當日諸公命筆時心情。所稱叔問諸詞，並見《比竹餘音》。劉伯崇，名福姚，號忍盦，廣西臨桂人。光緒壬辰一甲一名進士，翰林院修撰。芸子，則吾蜀富順宋育仁也，號復菴。又，半塘此時寓宣武門外教場頭巷，見況周頤《蕙風詞話續編》。《行狀》云：『洎兩宫西狩，欲追扈從，而車馬爲潰軍所掠，不得行。和議開後，又有《請早定大局》之疏。是非既明，忠悃益著，一歲之中遷少詹事、内閣學士。』

〔二〕夢窗《齊天樂》詞：『怕一夕西風，鏡心紅變。』方干《鏡中别業》詩：『寒山壓鏡心，此處是家林。』趙嘏《長安晚秋》詩：『紅衣落盡渚蓮愁。』草窗《木蘭花慢·麴院風荷》詞：『怕紅衣、夜冷落横塘。』

〔三〕夢窗《三姝媚·過都城舊居有感》詞：「湖山徑醉慣。」張先《一叢花令》詞：「傷高懷遠幾時窮，無物似情濃。」鮑照有《蕪城賦》。羅惇曧《庚子國變記》云：「京師盛時，居民殆三百萬。亂後，坊市蕭條，狐狸晝出。向之摩肩擊轂者，如行墟墓間矣。」

〔四〕劉禹錫《烏衣巷》詩：「舊時王謝堂前燕，飛入尋常百姓家。」按半塘、伯崇所作，録以備參。半塘詞云：「綵扇初閒，疏砧催斷，雲山北向征人遠。驚塵莫漫怨飄風，岫眉好試新妝面。　夢境迷離，心期千萬，絲絲縷縷愁難剪。不辭舞袖爲君垂，瑣窗雲霧知深淺。」伯崇詞云：「寶鼎濃熏，湘簾乍卷，緑窗潑乳茶初倦。夕陽那便識春愁，落紅滿地無人管。　淺畫雙眉，慵妝半面，芳時孤負看花眼。欲憑錦字寄相思，玉簫聲在誰家院。」又宋芸子和詞云：「心字雲衣，眉妝月扇，夕陽畫境催簾卷。晚涼捲地落花風，一時離袖君心變。　寶鏡妝慵，玉簫聲怨，舞衣照水紅深淺。青天碧海夜無人，牽牛偏向西堂見。」

河瀆神〔一〕

濕霧冥冥斑竹燭，樹蠟煙微。花袍白馬來時〔二〕。天吴移海緑塵飛。日夕靈風滿旗〔三〕。　院野鴉如陣迴旋〔四〕。帝子不歸秋晚。單衾沈夢銅輦〔五〕。

【箋注】

〔一〕半塘詞云：『雲壓雁風低，寒沁瑶窗夢迷。漏長愁聽汝南鷄，故關客未成歸。　聞道南枝消息轉，驛使殷勤千萬。攀折休辭人遠，等閒魂斷羌管。』伯崇詞凡二首，其一云：『香冷夢回時，綵幐慵訴相思。蕭娘端不恨來遲，替人閒畫雙眉。　朱嬌翠靚春無限，忙煞故園鶯燕。一任落花千片，東風簾外吹卷。』其二云：『東望海塵飛，青山萬騎來時。霧花零落綵鸞啼，紅墻十里煙迷。　八琅靈曲宫商换，沈醉瑶池宵宴。開遍宫牙小蒨，芙蓉城畔誰見。』宋芸子和詞云：『平地海塵吹，一篙春水來時。竹斑千點濕花啼，霧下雲翻畫旗。　秋逗漏天回雁斷，靈風千萬吹轉。不怨綵鸞啼晚，漏長海水清淺。』

〔二〕李賀《秦王飲酒》詩：『仙人燭樹蠟煙輕。』又《洛姝真珠》詩云：『花袍白馬不歸來。』《南史·侯景傳》：『先是，大同中童謡曰：「青袍白馬壽陽來。」景渦陽之敗來歸，朝廷給以青布，盡用爲袍。景乘白馬，青絲爲轡，欲以應謡。』庾信《哀江南賦》：『桀黠構扇，憑陵畿甸，青袍如草，白馬如練。』庾肩吾《亂後經吴郵亭》詩：『青袍異春草，白馬來吴門。』

〔三〕李賀《浩歌》：『帝遣天吴移海水。』又《二月》詩：『薇帳逗煙生緑塵。』李商隱《重過聖女祠》詩：『盡日靈風不滿旗。』按，《崇陵傳信録》：『六月，詔莊親王載勳、大學士剛毅提督義和團，褒團爲義民，月賜太倉粟。拳民益發舒，紅帕首，腰刀，游行街市，莫敢誰何，一紙書可啓内城門。王公府第皆設壇，勢張甚。』又羅惇曧《庚子國變記》：『太后已決意主戰。載漪、載勳、載濂、剛毅、徐桐、崇綺、啓秀、趙舒翹、徐承煜、王倍佑又力贊之，遂下詔褒拳爲義民，給内帑十萬兩。載漪於邸中設壇，晨夕虔拜。太后亦設之禁中。當時上書言神怪者以百數。王公邸第、百司府署皆設壇，謂之保護。士夫思避禍，或思媚載漪者，亦恒設壇於家，晨夕禮拜焉。』此所謂『日夕靈風滿旗』也。仲勞氏《庚子紀事》云：『六月十九日，聞天津郡城失守，洋兵佔據北倉。直隸總督統率各隊，退守楊村。七月初三日，柴市口殺吏部左侍郎許景澄、太常卿袁昶。初十日，各處傳言楊村被洋人奪佔，各街巷哄傳皇太后有遷避之意。又，今日召見李秉衡大帥，即刻請訓，帶兵赴津。十五日，又哄傳宋軍門（慶）回京，面奏各國洋兵勢極兇猛，京師難以保守矣。皇太后、皇上暗有遷避密旨，恐民心震亂，是以外人皆不得知。連日紫禁城如午門、東華、西華、神武等門均終日關閉，禁出入。十六日，洋人遂逼通州。十七日，殺吏部尚書徐用儀、吏部尚書立山、内閣學士聯元。自晨至午，由東來潰勇無數，紛紛進城，皆言通州失守，糧臺失陷，李秉衡大帥殉難捐軀。十九日，哄傳洋兵已至黄木廠，離沙窩門僅十餘里。又有言東直門已被洋人圍困，一刻數驚。各城門盡閉，惟彰儀門、西便門尚可出入。七月二十日，各國洋兵襲陷京師。二十一日，夜雨淋漓，清晨不止。天將發曉，有人自城内逃出，言皇太后、皇上攜領宫眷，與親近王公大臣，統率御營兵丁，於夜半奔逃，以避其鋒。』此所謂『天吴移海』也。

〔四〕張華《博物志》：『舜崩，二妃啼，以涕揮竹，竹盡斑。』

〔五〕李賀《還自會稽歌》：『臺城應教人，秋衾夢銅輦。』按『斑竹院』、『夢銅輦』，謂妃嬪多遺留禁城，未得同行也。胡思敬《驢背集》：『日本初入城，即分兵防守宫禁。宫中死亡逃逸外，食指兩千人，皆日軍供給之。太后出逃時，珍妃死，瑾妃從，惠妃留宫。惠妃者，穆宗妃也。素饒機智，太后甚重之。時宫人無所禀承，共推妃爲主。妃保守國璽，約束閹宦，並遣使致謝日將柴五郎，措置皆有法度。』又云：『兩宫既去，惠妃收歷朝寶物及傳國璽，扃置一室，坐卧其中。私語御嬪曰：「吾當視此爲存亡，脱有變，即舉火焚之，無令污賊手。」已而和議成，當用寶。詔崑岡監視。内監入請，妃不允，曰：「天子蒙塵，詔書不辨真僞。」崑岡入，具述和議始末。妃見崑岡朝服襲貂，知朝臣無恙，驚喜拭淚，因以璽授之，詳詢夷情，且悉兩宫消息。』又，仲勞氏《庚子紀事》：『九月十一日，頃至大内瞻仰。太廟、社稷壇，雖爲洋人搜擾，幸未焚燒。大清門、天安門、端門、闕門，俱皆大開，内廊朝房，有英國兵駐紮。因西苑、三海屯紮洋兵，各國洋人車馬，逐隊成群，滔滔不斷。惟午門、神武門、東西華門，有日本兵看守，只許洋人出入，不准華人進内。或云紫禁城内妃嬪、宫女、太監、蘇拉等，尚有數百在内。日本派兵監守。』『洋人車馬，逐隊成群』，所謂『野鴉如陣』也。

臨江仙〔一〕

花底相思無處説，香殘燭燼依依。春寒分付與單棲。比愁量錦瑟，和恨卷羅衣〔二〕。　誰信謝娘香閣畔，天涯錦字淒迷〔三〕。柳花風起亂鶯啼。莫將孤枕淚，尋夢月西時。

【箋注】

〔一〕此下八首在《庚子秋詞》乙卷，則十月後作也。此調彊村有兩首，其第一首云：『秋去一身無著處，淺吟閑醉禁持。溪山誰道舊游非。攔街春筍賤，出網鯗魚肥。　自斷此身天不問，春帆治任將歸。祇應羊侃是吾師。避人盤馬矟，隨分置蛾眉。』半塘亦有二首，其一云：『酒聖詩豪今已矣，晚風吹鬢傲傲。此情惟有野梅知。收香滋艾藥，待臘茁横枝。　誰道情天長不老，曉來白徧山眉。釅寒城闕瘦筇支。天低雲意凍，風勁雁聲遲。』其二云：『卅載夢雲吹不轉，今朝欲醒猶疑。西風贏得鬢成絲。身如春繭縛，心似凍蠅癡。城郭人民嗟滿眼，何須丁令來歸。河山邈若酒人非。黄壚多少事，欲説不勝悲。』伯崇詞三首，其一云：『幻出玉樓瑶殿影，輭紅回首依依。冷吟忘却在天涯。客愁隨雁盡，鄉夢逐雲飛。呼酒玉梅同一醉，冰霜那是寒時。夜深人在碧琉璃。畫簾秋去早，高樹月來遲。』其二云：『莫向邯鄲尋舊夢，到來事事都非。五陵豪俊記當時。鶯花春試馬，風雨夜聞鷄。俠骨柔腸銷已盡，促成愁鬢絲絲。閑漚過處漸忘機。酒懷明月共，詩意白雲知。』其三云：『凍酒不澆愁意思，醒來依舊天涯。蕭疏短髮任風欺。文章英氣減，蹤跡故人稀。最感西山顔色好，晚雲殘照依依。梅花還似去年時。風懷同月冷，消息怪春遲。』

〔二〕李商隱《房中曲》詩：『憶得前年春，未語含悲辛。歸來已不見，錦瑟長於人。』《樂府詩集》卷七十三録吴均《秦王卷衣》一首，引《樂府解題》曰：『《秦王卷衣》，言咸陽春景及宫闕之美，秦王卷衣以賜所歡也。』今以京師殘破，宫闕荒涼，故曰『和恨卷衣』。舊刻『和恨』作『拚恨』。

〔三〕『錦字淒迷』，言兩宫西狩，無由知其近況也。仲勞氏《庚子紀事》云：『八月初五日，哄傳皇太后、皇上現駐懷來縣，即日起鑾，欲幸太原，是幸陝之意確矣。十六日，聞慶親王雖奉旨與各國求和，尚須俟李相來京，方能開議。十九日，聞皇太后、皇上，由宣化府一帶，直奔山西，刻已行抵太原城矣。二十三日，聞李相電奏，請皇太后、皇上回鑾，至遠駐蹕太原，不可再西。並請派慶親王同辦和局。臣一面航海北上，並與各外部電商等語。是和議並無消息，李相尚無閑來京，人無望安之日矣。閏八月初六日，聞李相已於二十八日在天津接直督印篆。初八日，聞李相在津與各國略商，英、美、日本三國不甚作難，俄、法、德三國欲瓜分各省，毫無和意。十七日，有自行在鈔來兩江總督劉坤一，會同南數省各督撫聯銜奏請兩宮不可西遷原摺。旋奉電旨：「李鴻章、劉坤一電奏俱悉。朕之西巡，並非久居之計，該大臣等無得誤會。一俟和議底定，即行擇日回鑾。欽此。」』是當日行在意圖，雖李、劉亦不盡知也。故此云『天涯錦字淒迷』，至除夕《高陽臺》詞，猶云『天邊消息難猜』也。

遐方怨〔一〕

消粉盝，減香筒。屈膝銅鋪，爲君提攜團扇風〔二〕。泣香殘露井邊桐。一秋辭輦意，袖羅紅〔三〕。

【箋注】

〔一〕此調彊村原作共四首，此其第一首。其二云：『宮柳緑，水蘗紅。淚睫聽鶯，謝娘春來歸思慵。不如梔子兩心同。夜涼雙鳳語，蜀絃中。』其三云：『秋水落，石蓮空。步入淩波，舊羅籠花裙襉紅。隔江臨晚起東風。爲誰開艇子，採夫容。』其四云：『歡事冷，玉臺空。怨入湘天，夢回撇波魚尾紅。麴瀾吹卷藕絲風。彩雲無數起，錦塘東。』半塘所作只六首，録其第五首云：『槐葉落，露盤空。夢怯催妝，夜闌不聞長樂鐘。玉蟾香罋冷西風。恨隨嗚咽水，御溝東。』伯崇所作凡三首，其二云：『芳信晚，畫樓空。半晌春陰，夢回依依殘照中。落花新減幾分紅。不隨流水去，戀東風。』餘詞並載《庚子秋詞》，文多，不具録。

〔二〕『盝』，圓形竹器，見《廣韻》。李賀《惱公》詩：『夜帳減香筒。』梁簡文帝《烏棲曲》：『織成屏風金屈膝，朱脣玉面鐙前出。』李賀《宮娃詩》：『屈膝銅鋪鎖阿甄。』又《感諷》詩：『曉菊泫寒露，似悲團扇風。』『團扇風』，用班姬《團扇》詩意，言中道棄捐也。

〔三〕魏明帝《猛虎行》：『雙桐生古井，枝葉自相加。上有雙棲鳥，交頸鳴相和。何意行路者，秉丸彈其窠。』李賀《感諷》詩：『秋涼經漢殿，班子泣哀紅。本無辭輦意，豈見入深宮。』『辭輦』，亦用班姬事。按彊村此詞，蓋哀悼珍妃而作。珍妃死事，諸書所載頗有異同。有署名『酬鳴』者《書庚子國變記後》云：『聯軍之砲擊宮城也，帝冠服欲往使館，西后以爲發狂，疾擁之行。珍妃泣而從，道井旁，西后推墮之。珍妃非自盡也。』又，《景善日記》云：『二十一日，文年告予，妃嬪等皆於三點半鐘齊集，太后先下一諭：此刻一人不令隨行。珍妃向與太后反對者，此時亦隨衆來集。膽敢進言於太后，謂「皇帝應該留京」。太后不發言，立即大聲謂太監曰：「把她扔在井裏去！」皇帝哀痛已極，跪下懇求。太后怒曰：「起來！這不是講情的時候。讓她就死罷，好懲戒那不孝的孩子們。並叫那鵄梟看看，他到羽毛豐滿的時候，就啄他母的眼睛。」李蓮英等，遂將珍妃推於寧壽宮外之大井中。皇帝怨憤之極，至於戰慄。太后曰：「上你的車子！把簾子放下，免得有人認識。」』黃濬《花隨人聖盦摭憶》以爲景善所記較可信。參看後文《聲聲慢》和落葉詞一首箋注。

琴調相思引〔一〕

吹夢東風懶似雲。占人懷抱是歌顰。雁行低盡，零亂一箏塵〔二〕。　獨自意行僵寶瑟〔三〕，兩邊閑淚閣羅巾。小簾朱户，依舊去年人〔四〕。

【箋注】

〔一〕半塘詞云：『夢裏留春不是春，殘花中酒病餘身。亂紅飛處，輕作出山雲。休道醉鄉歸路近，酒腸拚醉不辭頻。任教風雨，愁損坐花人。』伯崇詞云：『老屋疏檠一欠伸，亂愁多似夢中雲。鎮無聊處，寒月一痕新。垂老儒冠能傲客，久居山鬼喜窺人。世情銷盡，翻讀送窮文。』

〔二〕王安石《招楊德逢》詩：『雲尚無心能出岫，不應君更懶於雲。』歌鼙者，言嚮之詡揚拳民者皆敗散而去，無以善其後，猶絃歌既終，無人料理，唯賸箏塵零亂耳。『雁行低盡』，舊刻作『雁聲飛去』。此『雁行』指箏上雁柱，所以調絃，承『歌鼙』言。又胡思敬《驢背集》：『剛、趙還，拳匪相繼入城，借廟宇設壇，練習拳勇。已乃盤踞民房，豎「保清滅洋」大旗。造七字歌謠，榜揭通衢。』亦『歌鼙』之一解。

〔三〕東坡《次韻答劉涇》詩：『意行信足無溝坑。』《漢書·金日磾傳》：『初，莽何羅與江充相善，及充敗衛太子，何羅弟通用誅太子時力戰得封。後上知太子冤，乃夷滅充宗族黨與。何羅兄弟懼及，遂謀爲逆。日磾視其志意有非常，心疑之，陰獨察其動静，與俱上下。何羅亦覺日磾意，以故久不得發。是時上行幸林光宫，日磾小疾卧廬。何羅與通及小弟安成矯制夜出，共殺使者，發兵。明旦，上未起。何羅亡何從外入。日磾奏厠心動，立入坐内户下。須臾，何羅袖白刃從東箱上，見日磾，色變，走趨卧内欲入，行觸寶瑟，僵。日磾得抱何羅，因傳曰：「莽何羅反！」上驚起。』此用莽何羅事，斥載漪之逆謀也。按《景善日記》：『五月二十九日，今日爲内務大臣文年值日，告予：有義和團約六十人，由端王、莊王、濂貝勒、瀛貝勒領帶，於六鐘入宫，尋找二毛子。至寧壽宫門，太后尚未起牀。彼等大聲呼噪：「請皇帝出來！」説皇帝是洋鬼子的朋友，此言乃端王所説。其時端王粗莽之狀，甚可駭異，或酒醉而發狂乎？老佛正吃早茶，聞外面喧囂之聲，群呼：「殺洋鬼子徒弟！」急走出，立階上。諸王公及拳民聚於階下。老佛大怒，斥端王曰：「你自己覺得是皇帝嗎？敢於這樣胡鬧！你要知道，只有我一人有廢立的權柄。現在，雖立汝子爲大阿哥，頃刻就可以廢之。你以爲當國事紛亂的時候，可以隨便胡鬧，就打錯主意了。趕快帶人出走！没有奉旨召見，不許隨便進來。並須叩頭請罪。」端王乃大懼，叩頭不已。』此所謂『意行僵寶瑟』也。《景善日記》另記一事云『六月初八日，有人告予：端王近竊得一皇璽，如有機會，即可逕立其子爲帝。此事若爲老佛所知，極其危險』云云。則載漪之情急矣。

〔四〕時朝廷圍遶義和團問題，分爲兩派，實皆關涉皇權繼承，而均無所獲。故曰『兩邊閑淚』也。今則兩宫外逃，而大權仍在慈禧手中，故曰『依舊去年人』。周邦彦《瑣窗寒》詞：『暗柳啼鴉，單衣佇立，小簾朱户。』

玉樓春　分和小山韻，同半塘、伯崇〔一〕

當時不合目成已是斜陽幕〔二〕。誰分合歡花下住。心知明月有圓時，身似斷雲無定路。多情遇。風卷紅英隨水去。莫皷單枕故相尋，夢裏已無攜手處。

【箋注】

〔一〕伯崇詞題下注云：『分和小山韻二十一首。』據《庚子秋詞》所載，彊村此調凡十首，今存三首。半塘、伯崇所作亦較多，不具録。

〔二〕《楚辭·九歌·少司命》：『滿堂兮美人，忽獨余兮目成』。

艣聲鴉軋吴音似。不寄吴娘機上字〔一〕。只憑樓下去來潮，將取尊前新舊淚〔二〕。　浴蘭擕手年年事。消盡笙歌沈醉意〔三〕。花時不是不傷春，説與春愁真解未。

【箋注】

〔一〕劉禹錫《隄上行三首》(其二)詩：『槳聲鴉軋滿中流。』東坡《九日黄樓作》詩：『樓下空聞櫓鴉軋。』羅子遠《清平樂》詞：『兩槳能吴語。』

〔二〕韓偓《金陵》詩：『金陵渡口去來潮。』

〔三〕《楚辭·九歌·雲中君》：『浴蘭湯兮沐芳。』李白《沐浴子》詩：『浴蘭莫振衣。』

少年不作消春計。孤負酒旗歌板地〔一〕。好天良夜杜鵑啼，今日逢春須著意。　斜陽煙柳迴腸事〔二〕。小雨闌花千點淚。等閒尋到眼前來，欲避春愁除是醉。

【箋注】

〔一〕李賀《酬答》詩：『試問酒旗歌板地，今朝誰是拗花人。』

〔二〕稼軒《摸魚兒》詞：『休去倚危闌，斜陽正在煙柳斷腸處。』

鬬鷄回〔一〕

驚飆吹幕，推枕瓊瑰滿〔二〕。玉鏡窺，雙蛾淺。諱説相思，帶羅寬一半〔三〕。江郎恨極天涯，重見怕逢春晚〔四〕。尺素書，香羅薦。解得連環，半牀絃索亂〔五〕。

【箋注】

〔一〕此調《庚子秋詞》所載彊村凡二首。其一云：『梅邊尊俎，長記横枝翦。驛路遥，愁漪淺。望極黄昏，犯寒人不見。　蒼鬟粉靨依然，何事翠禽聲换。月上遲，苔生遍。夢覓疏香，夜深羌笛亂。』半塘作云：『年年花底，長恐酹春淺。竹杖攜，提壺唤。布襪青鞵，笑呼山作伴。　吟邊慢憶清歡，空對暮山蔥蒨。怯憑闌，人不見。玉笛聲聲，那消愁一半。』伯崇作云：『秋光催暝，雲外征鴻斷。玉燕釵，金泥扇。竟夕相思，畫梁明月見。　誰憐袖薄天寒，憔悴近來應慣。掠鬢低，添香懶。寸結愁腸，爲君千萬轉。』

〔二〕《詩·秦風·渭陽》：『何以贈之，瓊瑰玉珮。』陳傅良《尋梅》詩：『不道雪月冰瓊瑰。』

〔三〕梁簡文帝《當壚曲》：『欲知心恨急，歌令衣帶寬。』

〔四〕江淹有《恨賦》。

〔五〕《古詩》：『呼童烹鯉魚，中有尺素書。』連環，已見前注。彭孫遹《丹鳳吟·南窗睡覺月色滿牀》詞：『香霧空濛，冷浸半牀絃索。』

唐多令 衰草和穗平〔一〕

掃斷馬蹄痕。消凝油壁塵〔二〕。剪紅心，霜訊催頻〔三〕。一道玉鉤斜畔路，已無意，鬭羅裙〔四〕。

濃緑鎮迷人。蘭苕淒古春〔五〕。換年年、冷戍荒屯。淚噀西風原上火，怕猶有，未招魂〔六〕。

【箋注】

〔一〕穗平原作載《庚子秋詞》，詞云：『野火宿空屯。人煙淡遠村。一條條，都是愁痕。恁道夕陽無限好，能禁得，幾黃昏。　蓬斷晚辭根。苔荒晝掩門。倩東風，説與王孫。如到隔年吹緑處，有多少，別離魂。』半塘和作云：『雖剗是愁根。連天没燒痕。漫淒淒，回首青門。陌上銅駝如解語，定相向，怨王孫。　別恨共誰論。憑高空斷魂。更無煩，臘鼓催春。不見潛行悲杜老，曲江上，幾聲吞。』伯崇和作凡二首，其一云：『南浦舊銷魂。花飛陌上塵。甚萋萋，斷送殘春。寂寞野煙疏雨裏，更休問，踏青人。　樓外又黃昏。霜寒何處村。黯平蕪，猶戀斜曛。憑仗東風吹緑意，好輕送，馬蹄痕。』其二云：『寂寞閉閒門。荒煙羃石根。舊池塘，難覓香魂。撥盡寒灰心未死，有微月，伴黄昏。　羅襪已成陳。冰綃有淚新。倩西風，掃斷愁痕。莫被一番春色誤，又消受，落花塵。』按穗平，于齊慶也。齊慶字安甫，號穗平，又號海帆，江蘇江都人。光緒十二年進士，改庶吉士，授翰林院編修，官至廣東布政使。有《小尋暢樓詞鈔》。葉恭綽《全清詞鈔》卷二十九録其《齊天樂・鴉》一首，乃與彊村同題詞，當是一時前後之作，當參。

〔二〕李賀《憶昌谷山居》詩：『掃斷馬蹄痕，衙回自閉門。』又《蘇小小歌》：『草如茵，松如蓋。風爲裳，雨爲佩。油壁車，不相待。』

〔三〕王銍《詩送韓簡伯學官於臨浦呈勸其重修西子祠》詩：『紅心草葬舊金釵。』尤侗《西堂雜俎・玉鈎斜賦》：『紅心滿地宫人草，碧血千年帝子花。』

〔四〕《一統志・揚州府》：『戲馬臺，其下有路，號玉鈎斜，爲隋葬宫女處。』又，馮翊《桂苑叢談》『賞心亭』條：咸通中，李蔚鎮彭城，『於戲馬亭西，連玉鈎斜道，開闢池沼，搆葺亭臺……因名賞心。……其亭自秦畢陷逆，乃爲芻豢之地。』牛希濟《生查子》詞：『記得緑羅裙，處處憐芳草。』劉長卿《春草宫懷古》詩：『君王不可見，芳草舊宫春。猶帶羅裙色，青青向楚人。』

〔五〕李賀《四月》詩：『千山濃緑生雲外。』又《天上謡》詩：『青洲步拾蘭苕春。』

〔六〕葛洪《神仙傳・欒巴傳》：『巴爲尚書，正旦會群臣飲酒，巴乃含酒起，望西南噀之，奏云：「臣本鄉成都市失火，故爲救之。」帝馳驛往問之。云：「正旦失火，時有雨自東北來滅火，雨皆作酒氣也。」』白居易《原上草》詩：『離離原上草，一歲一枯榮。野火燒不盡，春風吹又生。』按彊村此詞，繫在《庚子秋詞》之末，當是十一月末作。是時，兩宫至西安且三月矣。按羅惇曧《拳變餘聞》：『八月，江督劉坤一，聯東南督撫電阻，謂「陝西貧瘠，逼近强俄，甘肅尤爲回教所萃，内訌外患，在在堪虞。山川之險既不可恃，偏安之局亦不可幸成。京師根本重地，不可輕棄。各國曾請退兵，不占土地，回鑾斷無他變。萬不可局促偏安，爲閉關自守之計。」詞甚切摯。而太后終慮聯軍之逼，仍决西行。』云云。故詞有『西風原上』、『未歸魂』之慨也。又案羅惇曧《庚子國變記》所記，七月二十一日兩宫西逃時，『妃主宫人，皆委之以去。珍妃帝所最寵，而太后惡之，既不及從駕，乃投井死（按此説誤，珍妃非自投井，前《遐方怨》注已論之）。宫人自裁者無數。或走出安定門，道遇潰兵，被劫多散。王公庶民四出逃竄。城中火起，一夕數驚。滿洲婦女懼夷兵見辱，自裁者相藉也。』此詞前闋用『紅心草』、『玉鈎斜』，蓋謂此也。

燕山亭　寄題鄭叔問《薊門秋柳圖》〔一〕

消盡毿毿，斜照淡黄，一夜驚鴉無數〔二〕。移恨漢南，舊日闌干，只有亂塵隨步〔三〕。眠起無端，便忘了，龍池煙雨〔四〕。何苦。又按徹伊涼，换他金縷〔五〕。　身世愁寄孤根，是禁慣清霜，伴人羈旅。西風笛裏，滿眼關山，絲絲繫春不住〔六〕。自怯宫腰，幾曾爲、倚簾人妬〔七〕。歸去。還夢繞、一天風絮。

【箋注】

〔一〕此下十一首，舊刻在《春蟄吟》。鄭文焯（一八五六——一九一八），字俊臣，號小坡，又號叔問，晚號大鶴山人，別號冷紅詞客。奉天鐵嶺人，隸漢軍籍。家世清貴，累葉通顯。父瑛棨，官陝西巡撫。文焯兄弟十人，裘馬輕肥，而文焯獨被服儒雅，懷抱冲遠。光緒元年舉人，官内閣中書。久寓蘇州，爲巡撫幕客。其從兄文焜謂文焯「少工側艷，而不盡協律。南游十年，學琴於江夏李復翁，討論古音，乃大悟「四上競氣」之恉，於樂紀多所發明。故其爲詞，聲出金石，極命風謠，感興微言，深美閎約」（《篋中詞續》三引）。俞樾謂「論其身世，微類玉田，其人與詞，則雅近清真」。又謂「君詞體潔旨遠，句妍韻美」（《瘦碧詞序》）。譚獻稱「《瘦碧詞》持論甚高，摛藻綺密，由夢窗以跂清真，近時作手，頗難其匹」（《復堂日記》）。葉恭綽謂其「沉酣百家，擷芳漱潤，一寓於詞，故格調獨高，聲采超異，卓然一代大家。讀者知人論世，方益見其詞之工」（《廣篋中詞》）。著有《絕妙好詞校釋》一卷、《詞源斠律》二卷等。自著詞有《冷紅詞》四卷、《比竹餘音》四卷、《苕雅餘集》一卷、《瘦碧詞》二卷，删定爲《雅風樂府》九卷。吴昌綬合刻爲《大鶴山房全集》（以上采用錢仲聯《近代文學大系·詩詞集》小傳）。文焯生平事跡，見康有爲《清詞人鄭大鶴先生墓表》、孫雄《高密鄭叔問先生别傳》（按二文均載《碑傳集補》卷五十三）。又戴正誠《大鶴山人年譜》（有單行本）。叔問《樵風樂府》卷一《燕山亭·題自畫〈薊門秋柳圖〉》云：「衰柳空門，羌笛數聲，濕了樓臺煙雨。珠箔四垂，客燕迷歸，棲老緑陰無主。弱不禁攀，更愁唱、陽關西去。凝佇。賸舊苑歌塵，暗飄金縷。　還記驕馬章臺，正花拂長堤，曲波隨步。而今莫問，解舞腰肢，淒涼故宮誰妬。便喚春回，忍再見倚簾吹絮。歧路。腸斷也，一絲絲苦。」詞亦爲西狩而作。彊村所賦，即和此詞。

〔二〕温庭筠《楊柳枝八首》（其三）：「蘇小門前柳萬條，毿毿金綫拂平橋。」（其四）又云：「金縷毿毿碧瓦溝。」賀方回《浣溪沙》詞：「淡黃楊柳帶棲鴉。」

〔三〕庾信《枯樹賦》：『桓大司馬聞而嘆曰：「昔年種柳，依依漢南。今看摇落，悽愴江潭。樹猶如此，人何以堪。」』參看《世説新語·言語》。

〔四〕《三輔故事》：『漢苑中柳，狀如人形，曰人柳。一日三眠三起。』錢起《贈闕下裴舍人》詩：『龍池柳色雨中深。』温庭筠《長安春晚二首》（其二）詩：『九重細雨惹春色，輕染龍池楊柳煙。』

〔五〕鄭棨《開元傳信記》略云西涼州獻新曲，曰《涼州》，寧王聞之，以爲恐有播遷之禍。蓋唐以州名曲，如伊、梁、甘、涼之類。

〔六〕白石《霓裳中序第一》詞：『笛裏關山，柳下坊陌。』《樂府詩集·横吹曲辭》有《關山月》。《宋書·五行志》：『太康末，京洛始爲《折楊柳》之歌，其曲始有兵革苦辛之詞。』程大昌《演繁露》云：『笛亦有《落梅》、《折柳》二曲，今其詞亡，不可考矣。』《舊唐書·音樂志》：『梁《胡吹歌》云：「上馬不須鞭，反插楊柳枝。下馬吹横笛，愁殺路傍兒。」此歌舞元出北國之横笛。』

〔七〕白石《鶯聲繞紅樓》詞：『人妬垂楊緑，春風爲染作仙衣。垂楊却又妬腰支，近前舞絲絲。』

綺寮怨　爲半塘翁題《春明感舊圖》〔一〕

笛裏呼杯人盡，凍醪和淚凝。對冷月、卧仰空梁，楓林黑、斷夢無憑〔二〕。年時黄壚聚别，傷高眼、倦客相向青〔三〕。怪瘴花、悴折朱絃，悤悤去夜壑尋墜盟〔四〕。最是故人茂陵。摩挲翠墨，情懷似醉還醒〔五〕。細説飄零。有哀雁、兩三聲。天邊唤回遼鶴，教認取、舊春城〔六〕。詩魂定驚，花陰甚處是、塵暗生。

【箋注】

〔一〕《唐六典》：京城『東面三門，中曰春明，北曰通化，南曰延興』。此則指北京。題下『爲半塘翁題』，《春蟄吟》『翁』字作『再』。按半塘此圖，曾剛父、夏孫桐諸人並有題詞，文多不録。

〔二〕杜甫《夢李白》詩：『魂來楓林青，魂返關塞黑。落月滿屋梁，猶疑照顔色。』

〔三〕《晉書・王戎傳》：戎『嘗經黄公酒壚下過，顧謂後車客曰：吾昔與嵇叔夜、阮嗣宗酣暢於此』。青眼，用阮籍事。

〔四〕《莊子・大宗師》：『夫藏舟於壑，藏山於澤，謂之固矣。然而夜半有力者負之而走，昧者不知也。』夜壑字用此。按半塘初到京師時，嘗與同鄉王拯諸人往來於『覓句堂』。拯以古文、詩、詞名於時，所謂『嶺西五大家』之一也。其在内閣中書時，又與端木埰、許玉瑑、况周頤唱酬，刻有《薇省同聲集》四卷，計有江寧端木埰《碧瀣詞》、吴縣許玉瑑《獨絃詞》、臨桂王鵬運《袖墨詞》、况周頤《新鶯詞》（見况周頤《蕙風簃二筆》）。繼又與鄭文焯諸人結咫村詞社。戊戌前，嘗代康有爲上書。又嘗諫駐蹕頤和園，幾得罪，賴翁同龢救之。又嘗參加强學會。文廷式之被逐也，嘗有詞餞之。凡此皆春明舊事之可懷者。况周頤《眉廬叢話》有『半塘應試』及『王鵬運宦途坎坷』條；其《餐櫻廡隨筆》有『諫駐頤和園』條。李岳瑞《春冰室野乘》有『都門詞事』條，及湯志鈞《戊戌變法人物傳稿》中《王鵬運傳》，均可參考。

〔五〕《漢書·司馬相如傳》：『相如病免，家居茂陵。』此指半塘。

〔六〕《雲笈七籤》卷一百十《洞仙傳》：『丁令威者，遼東人。少隨師學得仙道，分身任意所欲。嘗暫歸，化爲白鶴，集郡城門華表柱頭，言曰：「我是丁令威，去家千歲今來歸，城郭如舊人民非，何不學仙離冢纍纍。」』

醜奴兒慢　龍樹寺西樓對雪〔一〕

低鴉數羽，飛破濕煙零亂〔二〕。暗愁引年涯消與，凝白闌干〔三〕。瘦倚笻枝，夢華城闕有無間〔四〕。瓊樓陰重，玉妃倦舞，還戀清寒〔五〕。

不見灞橋，酥融流水，玉照歸鞍〔六〕。賸林表、黃昏山色。怨入秦鬟〔七〕。笛裏天涯，縞衣將夢莫輕還〔八〕。琅玕斜處，梅塵未洗，難理孤歡。

【箋注】

〔一〕龍樹寺，見前《鶯啼序》注。華學瀾《庚子日記》：『十月十四日，夜大雪，不久即止。』又仲勞氏《庚子紀事》：『十一月十三日，大雪深五寸。』按彊村此詞，當是十一月十三日雪後作。

〔二〕東坡《正月一日雪中過淮謁客回作二首》（其二）詩：『飢鴉舞雪城。』

〔三〕夢窗《齊天樂·齊雲樓》詞：『夢凝白闌干，化爲飛霧。』

〔四〕東坡《聚星堂雪》詩：『映空先集疑有無。』又《臘日游孤山訪惠勤惠思二僧》詩：『天欲雪，雲滿湖。

樓臺明滅山有無。』

〔五〕白石詞《清波引》：『冷雲迷浦，倩誰喚玉妃起舞。』按惲毓鼎《崇陵傳信録》云：『戊戌新政，各國盛稱上英明剛斷。拳匪之亂，皆知非帝意。孝欽慮帝留之不爲己利也，挾之俱西。既達西安，惴惴然恐天下不直其所爲，頗有意復辟。已而鄂督張之洞、在籍侍郎盛宣懷貢使首至，所以媚茲者甚備。太后乃大悦，知天下未余叛也，意潛輟。』所謂『還戀清寒』也。

〔六〕《北夢瑣言》卷七『鄭棨相詩』條：『或曰：「相國近有新詩否？」對曰：「詩思在灞橋風雪中驢背上，此處何以得之？」』

〔七〕祖詠《終南積雪》詩：『林表明霽色，城中增暮寒。』

〔八〕東坡《十一月二十六日松風亭下梅花盛開》詩：『月下縞衣來叩門。』縞衣，用趙師雄事，見《龍城録》。按羅惇曧《拳變餘聞》『兩宫在太原時，李鴻章入京議和，各國公使請帝還京主議。鴻章以聞，帝欲從之，太后不可。東南疆臣多籲請回鑾，太后尚猶豫。鹿傳霖言：「北京危地，西安去海遠，可阻西兵，請入陝。」太后然之，遂幸陝』云云。詞言『莫輕還』，殆亦傳霖之意，蓋大局猶未定也。至除日所作《高陽臺》『怕過時春不歸來』云云，則局勢已稍變矣。仲勞氏《庚子紀事》：『十二月十一日，東四牌樓以南及東華門大街，爲意、德、俄等國地界。雖亦有行人，則冷落淒涼，不堪入目矣。五部四卿之衙署，俱被洋兵佔據，拆毁改蓋，作踐不堪。目下即或回鑾，各部院已無地辦公。若望洋人退還，恐未必耳。』此亦可爲『莫輕還』注脚。又按《行狀》云：『和議開，又有《早定大局》之疏。是非既明，忠悃益著。』惜不知彊村疏中所言『大局』，果何如也。

齊天樂　鴉〔一〕

半天寒色黄昏後，平林漸添愁點。倦影偎煙，酸聲噤月，城北城南塵滿〔二〕。長安歲晏。又啼入延秋，故家啄徧〔三〕。問幾斜陽，玉顔悽訴舊團扇〔四〕。　南飛虛羨越鳥，亂烽明似炬，空外驚散〔五〕。壞陣秋盤，虛舟暝蹋，何處衰楊堪戀〔六〕。江關夢短。怕頭白年年，舊巢輕換〔七〕。獨鶴歸無，後棲休恨晚〔八〕。

【箋注】

〔一〕按此題，半塘亦有一首，見《春蟄吟》。詞云：『城南城北雲如墨，紛紛颭空零亂。落日呼群，驚風墜翼，極目平林恨滿。蕭條歲晚。是幾度朝昏，玉顔輕换。露泣宫槐，夜寒相與訴幽怨。　新巢安否漫省，繞枝棲未定，珍重霜霰。壞堞軍聲，長天月色，誰識歸飛羽倦。江湖夢遠。記噪影檣竿，舵擺風轉。意緒何堪，白髮搔更短。』劉伯崇亦有一首，見葉恭綽《全清詞鈔》，詞云：『垂楊終古傷心地，棲棲幾多幽怨。亂逐驚飆，低翻墜葉，一夕長安秋徧。微茫倦眼。訝煙鎖叢祠，暗塵一片。幾處軍笳，陣雲悽共雁行斷。　江村殘照漸暝，舊巢何處認，寒信催换。繞樹風悲，透林月黑，寥落宫槐千點。歸飛恨晚。問頭白江湖，苦吟誰伴。漫趁危檣，楚天涼夢遠。』按此調此題，不在《庚子秋詞》中，當是繼《秋詞》而後，復有此賡和也。又揭陽曾習經剛父《蟄庵詞》中亦有《齊天樂·詠鴉》一首，當是同時之作，録以備參。詞云：『緑楊凋盡隋堤路，思量舊棲荒苑。野水灣環，斜陽身世，誰信曾題宫怨。孤烟弄晚。正林葉低飛，陣雲空斷。晝角城頭，數聲催向客愁滿。當時無限舊事，記荆江暝宿，羈旅看慣。古木杉柯，叢祠接翅，消得吟魂淒婉。星星髮換。念金省雙鬟，玉顔私願。過羽西風，歲華愁一箭。』

〔二〕杜甫《哀江頭》詩：『黄昏胡騎塵滿城，欲往城南望城北。』按羅惇曧《庚子國變記》：『時聯軍入都，各國劃界，分屯軍隊。德軍憤使臣之被害，其出師時，德皇誓於軍，謂破都城時，當以入野蠻國之法待之，故德兵淫掠殊甚。其他國軍隊，亦略同焉。聯軍既佔北京，分兵追駕。城内外居民，則恣意搜掠。廟觀曾設拳匪壇者，則焚之。拳匪亂時，積屍於道，聯軍則驅華人負屍出城。有達官貴族被驅遣負屍，不順，則鞭之。其掠人筐篋，則奪大車載之行，牲口不足，則執華人於道，以代騾馬。陳璧方官御史，亦被執使負縴焉。侍郎李昭煒所居，以小童執石傷洋兵，則入執昭煒至營，痛撻之，復驅出，暈墮入玉河橋下。于式枚方居賢良寺，趨救，始獲甦。』又羅惇曧《拳變餘聞》云：『聯軍諸帥協議，分理區城。朝陽門至宫城劃一直綫，俄法佔其東，英美佔其西，日本佔其北。各設民政廳，轄民事。聯軍搜殺拳匪，屍山積焉。』又胡思敬《驢背集》云：『天壇周十里，草木最茂，狐兔縱横，平時人跡所不到。敵兵入，赭其地爲營。城内外各分地據守。入永定門以東，北至東珠市，屬英。永定門以西，北至騾馬市，屬美。自正陽、宣武、崇文三門，抵英美界，屬德。内城則日據四牌樓以北，俄、奥、法、義分據其南。各設官管理民政。天津以都統署爲聯軍政府，分設八部：一總理部，二巡捕部，三考驗身體部，四户部，五辦理公司業産部，六武備部，七刑部，八糧餉部。近京數百里鐵路，西南至保定，歸法。東南至楊村，歸英。東北至山海關，俄據之。』又仲勞氏《庚子紀事》記敵人入京後分界佔據之事尤詳，文多不録。凡此皆所謂『城北城南塵滿』也。

〔三〕杜甫《哀王孫》詩：『長安城頭頭白烏，夜飛延秋門上呼。又向人家啄大屋，屋底達官走避胡。』按惲毓鼎《崇陵傳信録》：『京師既陷，承恩公崇綺走保定，其子葆初，在宅作大坑，自瘞死。併老母、幼子皆生葬土中。崇公聞變，自縊蓮池書院，竟絶嗣。兵部主事安徽王鐵珊，跌宕有奇氣，憤時事危亂，七月十八日賦《絶命詩》，自縊於所居六安會館。御史江蘇宋承庠，二十一日，睹北城火發，疑爲宫禁，旁皇終夕，亦縊死。前侍郎景善，朝服將投井，徘徊井闌旁，子恩某，自後推之墮。或謂將以邀卹蔭也。事爲日本軍官所聞，槍斃之。祭酒山東王懿榮，投井死。祭酒熙元、大阿哥師傅定豐、崇壽，皆自縊死。熙祭酒，直隸總督裕禄子，父子俱死國難。』又云：『徐相宅在使館街，與法館對宇。兵事起，毀焉，遷居故相國寶文靖園中。聯軍入城日，徐相謂其子承熊曰：「我爲首輔，遭國難，當死。汝三兄位卿貳，當知所以自處。我死，汝可歸易州丙舍，課子孫耕讀，勿仕也。」三兄，指刑部侍郎承煜也。老僕於屋梁繩兩結，一左一右。徐相就其左，既承頸，猶以目視右結。意固在承煜，承煜竟不死。』凡此皆所謂『故家啄徧』也。

〔四〕王昌齡《長信秋詞》：『奉帚平明金殿開，且將團扇共徘徊。玉顔不及寒鴉色，猶帶昭陽日影來。』此二句哀妃嬪也，蓋包括珍妃事言之。

〔五〕《古詩》：『越鳥巢南枝。』曹操《短歌行》：『月明星稀，烏鵲南飛。』杜甫《杜位宅守歲》詩：『列炬散林鴉。』按胡思敬《驢背集》云：『其時京津驛路不通，朝士避亂南徙，皆取道運河。舟行至河西務，洋兵百餘人入衛使館者，與拳民遇，大戰。數百艘維繫江干，阻遏不前。或遇盜劫，或全家散失，甚者誤中槍砲以死。哭泣之哀，聲震兩岸。』所謂『空外驚散』也。《驢背集》又云：『兩江總督劉坤一，兩湖總督張之洞，邀合各商埠領事，立東南互保之約，彼此毋相侵害。江楚土寇大起，次第發兵討平之。海上用兵，而長江晏然。』此所以有『南飛羡越鳥』之嘆也。

〔六〕陳壽《三國志·蜀志·法正傳》：法正與劉璋牋曰：『雒下雖有萬兵，皆壞陣之卒，破軍之將。』陸游《題村店壁》詩：『亂鴉陣起霜天晚，落葉聲乾古渡秋。』杜甫《奉先劉少府新畫山水障歌》詩：『漁翁暝蹋孤舟立。』按此申上文『虚羡』意。

〔七〕此用李商隱《人欲》詩『秦中已久烏頭白，却是君王未備知』意。《事類賦·禽部》引《三國典略》云：『侯景篡位，令飾朱雀門，其日有白頭烏萬計，集於門樓。』

〔八〕杜甫《野望》詩：『獨鶴歸何晚，昏鴉已滿林。』又《遣懷》詩云：『啼殺後棲鴉。』按胡思敬《驢背集》云：『軍務興，小臣咸思進用。御史徐道焜、彭述、順天府府丞王培佑、郎中甘大章、連文冲、何汝翰、編修蕭榮爵、彭靖藜，皆上書助匪聲勢。曾廉、王□□爲徐桐畫策，獻之載漪，無不售，尤爲世所指摘云。』按此蓋回顧事變經歷，言小人之黨，終於覆敗。故曰『後棲休恨晚』也。

瑞鶴仙　得悔生長安書却寄〔一〕

滿春衫淚汙。西雁到、客枕離魂輕度。城南舊韋杜。料天涯一樣，看花如霧〔二〕。秦箏漫譜。怕酒邊、塵涴玉柱〔三〕。問麻鞋萬里，孤拜杜鵑，誰識臣甫〔四〕。　月色今宵换盡，解憶長安、兩家兒女〔五〕。殘年倦旅。菰蘆約，渺何許〔六〕。上高樓莫望，江南春好，斜陽時候最苦〔七〕。縱青山無恙，誰管斷雲去住〔八〕。

【箋注】

〔一〕夏孫桐（一八五七—一九四一），字閏枝，一字悔生，晚號閏庵，江蘇江陰人。光緒十八年進士，選庶吉士，授翰林院編修。歷任湖州、寧波、杭州知府。民國初入清史館，嘉、道、咸、同四朝臣工列傳及《循吏》、《藝術》兩傳，凡一百卷，並出其手。又佐徐世昌輯《晚晴簃詩匯》及《清儒學案》。與朱祖謀爲兒女姻親。祖謀爲詞，得共探討。葉恭綽《廣篋中詞》曰：『悔庵填詞極早，平生不自表暴，故知者較稀。』有《悔龕詞》二卷，續一卷。生平事跡，見關賡麟所作《行狀》（以上見錢仲聯《近代文學大系・詩詞卷》小傳）。其《悔龕詞》一卷，彊村已爲刻入《滄海遺音集》。按悔庵有《解連環・華陰道中詠冬雁》一首，《南歌子・灞橋寄家人》一首，又《水龍吟・西安旅館忽焉及秋，見微絮墜窗，飛揚無力，傷其遲暮失時，飄零無主，以東坡韻賦之》一首，蓋皆是年隨駕至西安時作也。《彊村集外詞》有《買陂塘・題夏悔生同年〈山塘秋泛圖〉》一首，則彊村初作第一首詞也，前已論之。

〔二〕杜甫《贈韋七贊善》詩自注：『城南韋杜，去天尺五。』又杜甫《小寒食舟中作》詩云：『老年花似霧中看。』

〔三〕韓愈《題合江亭寄刺史鄒君》詩：『願書岩上石，勿使塵泥涴。』

〔四〕杜甫《述懷》詩：『麻鞋見天子。』又《杜鵑》詩：『我見常再拜，重是古帝魂。』又《北征》詩：『東胡反未已，臣甫憤所切。』按胡思敬《驢背集》：『兩宮倉皇出走，城內官民數日後始知消息，故從者寥寥。八月初，有詔令六部大臣領司員赴行在。』此云『孤拜杜鵑』，謂從駕者少也。

〔五〕杜甫《月夜》詩：『今夜鄜州月，閨中只獨看。遥憐小兒女，未解憶長安。』彊村與悔生爲兒女姻家，故有『兩家兒女』之語。

〔六〕許嵩《建康實録》：殷禮與張温使蜀，「諸葛亮見而嘆曰：『江東菰蘆中，生此奇才。』」「菰蘆約」，言偕隱之約也。

〔七〕此亦稼軒詞「休去倚危欄」意。

〔八〕劉仙倫《寄蕭彦毓》：「樓外青山無恙否。」杜甫《别房太尉墓》詩：「近淚無乾土，低空有斷雲。」

鷓鴣天　庚子歲除〔一〕

似水清尊照鬢華。尊前人易老天涯。酒腸芒角森如戟，吟筆冰霜慘不花〔二〕。　抛枕坐，卷書嗟。莫嫌啼煞後棲鴉〔三〕。燭花紅换人間世，山色青回夢裏家。

【箋注】

〔一〕此調舊刻凡二首，其第一首序云：「『好友同居亦當家』，瑞安黄卣薌先生《庚申京邸除夕》句也。庚子歲除，與忍盦同居四印齋，鶩翁詞成索和，遂拈此作歇拍，蓋樂句事情，適相合也。」詞云：「淚盡東京説夢華。敗牋殘墨送生涯。沾唇香乞迎年酒，到眼紅憎饋歲花。　無一語，但長嗟。短檠挑盡又啼鴉。莫嫌歲事郎當甚，好友同居亦當家。」此其第二首也，題下原注「疊前韻」。今既删去第一首，故易其題目如此。

〔二〕東坡《郭祥正家醉畫竹石壁上，郭作詩爲謝，且遺二古銅劍》詩：「空腸得酒芒角出。」

〔三〕杜甫《遣興》詩：『夜來歸鳥盡，啼煞後棲鴉。』

高陽臺 除夕和韻〔一〕

紅冷秠盆，墨枯彩帖，年涯消盡誰催〔二〕。一寸春心、等閒都著寒灰〔三〕。今宵纔信東風懶，負冷吟殘醉情懷。問關山、笛裏梅花，幾度吹開〔四〕。　聲聲不分鄰家鼓，把朦朧臺榭，殘夢驚回〔五〕。馬影鷄聲，天邊消息還猜〔七〕。虚堂冰雪淩兢甚，怕過時、春不歸來〔七〕。最無聊、照取吴霜，梦尾深杯〔八〕。

【箋注】

〔一〕舊刻題下作『和霞生除夕』。楊福璋，字霞生，浙江會稽舉人，由保舉分省補用知府奉調雲南差遣，歷署雲南巡警道、雲南按察使。民國初曾任雲南騰越道尹兼滇西司令。

〔二〕曾布《曾公遺録》卷九：『密院據開封狀，乞燒秠盆，從之。』王鳴盛《練川雜詠》詩：『燒罷秠盆添旺相，家家春帖换新題。』自注：『除夕燃火爐於門外，曰秠盆，亦名旺相。』劉昌詩《蘆浦筆記》卷三『秠盆』條：『今人祠祭或燕設，多以高架然薪照庭下，號爲生盆。莫曉其義。予因執事合宫，見御路兩旁火盆皆疊麻秠，始悟爲秠盆，俗呼爲生也。』按：秠，所臻切，粉滓也。見《廣韻》。『彩帖』，謂春帖子。周必大《玉堂雜記》卷上：『翰苑歲進春端帖子如大内，多即時事。』朱熹《宋名臣言行録》後集卷二：

『（歐陽文忠）公在翰林，仁宗一日乘間見御閣春帖子，讀而愛之，問左右。曰：「歐陽修之辭也。」乃悉取宫中諸帖閲之，見其篇篇有意，嘆曰：「舉筆不忘規諫，真侍從之臣也。」』

〔三〕李商隱《無題》詩：『春心莫共花争發，一寸相思一寸灰。』

〔四〕《樂府詩集·漢横吹曲辭》有《梅花落》，其序曰：『《梅花落》本笛中曲也，唐大角曲亦有《大單于》、《小單于》、《大梅花》、《小梅花》等曲，今其聲猶有存者。』

〔五〕『不分』舊刻作『多謝』。意言外敵入侵，驚覺大夢也。

〔六〕曹唐《小游仙》詩：『月光悄悄笙歌遠，馬影龍聲歸五雲。』

〔七〕盼回鑾也。羅惇曧《拳變餘聞》云：『九月初四日，車駕至西安。京師以兩宫器服至。鹿傳霖授尚書，入樞府，彌執拗用事。榮禄旋至西安，與王文韶仍筦樞要。内侍兵衛日擾民間，秦民苦之。大修戲園，諸臣娱樂如太平時。帝見貢物至，必垂涕。各省協解款，已至五百餘萬，每解款至，内監需索尤苛。諸臣漸趨行在，百物漸集，西安愈興盛矣。』又胡思敬《驢背集》云：『劉坤一、張之洞、袁世凱等聞太后幸西安，有久居之計，合力疏諫。自此疏出，天下争相傳播，東南人心稍定。北京留守諸臣，亦聯名力請回鑾。群小挾兩宫爲重者，始有懼色。』又仲勞氏《庚子紀事》云：『十二月初一日，聞皇上俟和議條款議妥，洋兵有撤退之信，便有回鑾之期。大約須在明春二、三月間矣。』此所以有『怕過時春不歸來』之嘆也。然至和議既成，兩宫猶遲遲不歸。《崇陵傳信録》云：『辛丑和議成，中外交章請回鑾，太后躊躇未敢歸。召尚書敬信赴行在，詢知宫廷無恙，十月始啓鑾。駐蹕開封者十餘日，十一月二十一日，入永定門。正陽門經拳匪縱火後，樓堞殘缺，垣棟傾頽，無復承平舊觀。太僕少卿陳璧筦將作，皆粉塈而新之。議者謂雖足安聖母之心，而河北蕪蔓之意則稀矣。』

〔八〕舊刻『最無聊』作『最無情』。吴聿《觀林詩話》云：『婪尾酒，出《佛圖澄傳》。婪尾者，最後飲酒也。東坡《除夜詩》云：「不辭最後飲屠蘇。」是以白樂天詩以「婪」作「藍」云：「三杯藍尾酒，一楪膠牙餳。」皆更歲之事。』又葉夢得《石林燕語》卷八：『白樂天詩：「三杯藍尾酒，一楪膠牙餳。」唐人言藍尾多不同，藍字多作啉，云出於侯白《酒律》，謂酒巡匝末坐者連飲三杯，爲藍尾。蓋末坐遠，酒行到常遲，故連飲以慰之。以啉爲貪婪之意。』又，黄濬《花隨人聖盦摭憶》云：『誦彊村《高陽臺》「虚堂冰雪淩兢甚，怕過時春不歸來。最無聊，照取吴霜，婪尾深杯。」真有愁深酒淺之嘆。』

石州慢　用東山韻〔一〕

一枕春酲，相伴畫堂，羈緒天闊〔二〕。江南信息沈沈，水驛芳梅誰折〔三〕。荒闌偎久，未信笛裏關山，玉龍猶噤黄昏雪〔四〕。空外暮笳聲，送飄鐙時節〔五〕。歌發。鬧紅香樹，歸鶴春城，頓忘離別〔六〕。留戀斜陽，只有鵑聲淒絶〔七〕。不知臨鏡，畫出幾許宫眉，新妝消與愁千結〔八〕。擁髻已無言，又窺人黄月〔九〕。

【箋注】

〔一〕以下十一首光緒二十七年辛丑作。彊村時年四十五，在北京。是歲，聯軍仍據北京。七月，和議成。十月，命都御史張伯熙爲蹕路大臣，逮蹕路成，乃發西安。至十一月下旬始還都。是歲，續頒新法，設立督辦政務處，以奕劻、李鴻章、榮禄、王文韶、瞿鴻禨等領之。改設外務部，以奕劻爲總理。《行狀》云：『辛丑回鑾後，遂擢禮部侍郎，召對稱旨，有留心外事之褒。尋兼署吏部侍郎。』

〔二〕唐庚《春日雜興七首》（其四）詩：『月團新碾破春酲，賴有歸鴻寄好音。』《急就篇》：『病酒曰酲。謂經宿飲酒故致酲也。』

〔三〕《太平御覽》卷十九引《荆州記》云：『陸凱與范曄爲友，自江南寄梅花一枝詣長安與曄，並贈詩云：「折梅逢驛使，寄與隴頭人。江南無所有，聊贈一枝春。」』時方倡東南自保，故有『誰折』之嘆。

〔四〕羅隱《中元甲子以辛丑駕幸蜀四首》（其四）詩：『玉龍無主渡頭寒。』玉龍，笛也。時和議未定，行在亦絶無善後主張，故曰『猶噤』。噤，謂噤閉、噤戰也。劉向《九嘆·思古》：『口噤閉而不言。』法顯《佛國記》：『雪山冬夏積雪，山北陰中過，寒暴起，人皆噤戰。』

〔五〕『飄鐙時節』，謂上元。

〔六〕『鬧紅』、『歸鶴』，已見前注。此以鬧紅屬行在，歸鶴屬京都。

〔七〕『鵑聲』，指罪己詔。《清史稿·德宗紀》：『二十六年秋七月己未，八國聯兵陷京師。庚申，上奉皇太后如太原。丁丑，次鷄鳴驛，下詔罪己。』『至十二月抵西安，再次下詔自責。』《本紀》云：『二十六年十二月癸亥，下詔自責。以當時委曲苦衷示天下，並誡中外諸臣激發忠誠，去私心，破舊習，力圖振作。』按胡思敬《驢背集》云：『兩宮既走西安，皆言宜下詔罪己。樞臣撰擬，不敢歸過於上，但云：「禍變之萌，匪伊朝夕，果使大小臣工有公忠體國之心，無泄沓偷安之習，何至一旦敗壞若此？」讀者皆掩口而笑。』

〔八〕羅惇曧《庚子國變記》云：『當在行在時，下詔罪己。太后召見臣工，恒涕泣引咎。臣下請行新政，多所納。』按慈禧於敗亂之後，思所以外媚强敵，内欺百姓，在西安時即昌言變法。二十六年十二月初二日上諭云『法積則敝，敝則更，要歸於强國利民而已。取外國之長，乃可補中國之短，懲前事之失，乃可作後事之師。事窮則變，安危强弱全繫於斯』云云。並限期要求朝廷百官，駐外使臣，各省督撫，各抒己見。凡此，皆所謂『新妝』也。

〔九〕伶玄《趙飛燕外傳附自傳》：『伶玄字子于，潞水人。……哀帝時子于老休，買妾樊通德。通德嫕之弟子，不周之子也。有才色，知書，慕司馬遷《史記》，頗能言趙飛燕姊弟故事。子于閑居命言，厭厭不倦。子于語通德曰：「斯人俱灰滅矣！當時疲精力，馳騖嗜欲蠱惑之事，寧知終歸荒田野草乎？」通德占袖顧眎燭影，以手擁髻，悽然泣下，不勝其悲。』東坡《洞仙歌》詞：『一點明月窺人。』按半塘甲辰五月致彊村書云：『公詞，庚、辛之際是一大界限。自辛丑夏與公别後，詞境日趨於渾，氣息亦益静，而格調之高簡，風格之矜莊，不惟他人不能及，即彊村己亥以前詞，亦頗有天機人事之别。自世之人知學夢窗，知尊夢窗，皆所謂但學蘭亭面者。六百年來，真得髓者，非公更有誰耶？夔笙喜自詭，讀大集竟，浩然曰：「此道作者固難，知之者並世能有幾人？」可想見其傾倒矣。』按半塘於時在金陵，見《南潛集》。

喜遷鶯　用梅溪韻

玉蟲寒滴。照落梅簾户，淺春猶隔〔一〕。惻惻生衣，迢迢促漏，人定水沈煙直〔二〕。做成情味苦，長忍俊鏡匳顏色〔三〕。倦吟罷，伴西樓墜月，今夜愁客。歡跡。忍淚憶。幾許舊家，點檢閒簫笛〔四〕。鳳屧輕塵，鸞釵密緒，吟入怨紅凄碧〔五〕。也思尋夢去，花外路、何曾經歷〔六〕。睡未著，又一襟、亂愁無隙〔七〕。

【箋注】

〔一〕『玉蟲』，鐙花也。韓愈《詠鐙花同侯十二》詩：『釵頭綴玉蟲。』鄭珍《跋韓詩》云：『釵比鐙蕊，花在其首，確是釵頭綴玉蟲。』按陸游《夜坐》詩：『漸暗玉蟲寒有燼，欲殘金鴨暖無煙。』即用韓詩。『簾户』雖有『淺春』，然内外之情仍未通，故曰『猶隔』。

〔二〕『水沉』，謂爐薰也。李白《楊叛兒》詩：『博山爐中沉香火，雙煙一氣凌紫霞。』『人定』、『煙直』，言行在舉措，漸有定向也。大抵和議開始，其梗阻尤在懲辦首惡問題，太后既知禍不及己，遂決意犧牲端王以下矣。仲勞氏《庚子紀事》云：『辛丑正月初三日，聞慶王、李相連日與各國會議，第一款嚴懲首惡一條，險而決裂。洋人欲將縱容義和團之文武一百三十餘人，令我朝按名處死。我國稍有未允，德國於二十八日發兵，糾合聯軍，逕赴陝西行在，自行追擒。頃聞於臘月三十日始奉電旨，委曲應允。大局又有轉機。否則決裂禍亂，不堪聞問矣。』所謂『人定』，即此『委曲應允』意也。

〔三〕『忍俊』，含笑也。俗言『忍俊不禁』，謂笑不能自制。按《續傳燈録》卷七『洪州大寧道寬禪師』：『僧問：「飲光正見爲甚麼見拈花却微笑？」師曰：「忍俊不禁。」』。此言慈禧處此，可謂進退失據，爲可笑也。

〔四〕《清史稿・德宗紀》：『二十六年十二月壬戌，詔復冤陷諸臣立山、徐用儀、許景澄、聯元、袁昶職。再論縱匪肇禍亂首禍諸臣罪，奪載瀾爵職，與載漪並謫新疆禁錮。褫剛毅職。英年、趙舒翹並褫職論斬。追褫徐桐、李秉衡職。啓秀、徐承煜褫職聽勘。董福祥褫職解任。』此所謂『點檢』、『舊家』、『簫笛』也。

〔五〕此特就載漪、剛、趙諸人言之，昔之熏赫一世，所謂『輕塵』、『密緒』者，今唯有紅『怨』碧『悽』矣。

〔六〕此刺朝士之隨風使舵，迎合時尚，力又不及也。按劉成禺《世載堂雜憶》有《守舊維新兩派之爭》條，述晚清士風之幾經轉變，略云：『甲午中日之戰，中國戰敗，朝士風氣又爲之一變。以前自命文學之士，日談時事，論新政者曰洋務人員，幾不列於士大夫之林。至歐風東漸，則又高談維新，有公車上書之會，有保國之會。戊戌政變後，頑固之士，旗鼓大振，自稱后黨。維新朝士，或逃亡海外，或匿名租界，則又自稱帝黨。庚子義和團運動起，八國聯軍侵入北京，懲辦罪魁，頑固朝士又搖身化蛻，群言立憲，以媚外人，而預備立憲之風乃大盛。』按劉氏所述當日士風之變，大要得之。嚮之頑固守舊者，今則欲『尋』新『夢』，而此『花外』新『路』則又未嘗『經歷』，諷其無能爲力也。

〔七〕結語蓋自慨之辭。

燭影揺紅　上巳同半塘、南禪登江亭〔一〕

殘墨山容，爲誰青到鈎簾處。荻芽平岸乳禽喧，依舊湔蘭路〔二〕。消送流光過羽。冷禪天、叢鈴碎杵。芳游何在，清角無端，吹愁如許〔三〕。　春盡天涯，茂園心醉思歸賦〔四〕。好天良夜舊東風，誰信啼鵑苦。欲採蕒花寄與〔五〕。緑窗深、心期又誤。危闌休倚，亂掩斜陽，浮雲無數〔六〕。

【箋注】

〔一〕葉恭綽《全清詞鈔》卷三十六：『成昌，字子蕃，一字湟生，號南禪，薩克達氏，滿洲鑲黃旗人。光緒十四年舉人，官四川夔州府知府。』江亭，陶然亭也。在北京宣武區西南隅，康熙三十四年工部郎中江藻所建。

〔二〕梅堯臣《范饒州坐中客語食河豚魚》詩：『春洲生荻芽，春岸飛揚花。』又《二月十五日雪》詩：『乳禽飢啄木。』袁桷《晚訪仲章不遇》詩：『碧篁相對乳禽還。』歐陽修《禁火》詩：『祓蘭流水曲，游禊一相招。』湔蘭，猶祓蘭也。穆修《清明連上巳》詩：『改火清明度，湔衫上巳連。』

〔三〕白石《揚州慢》詞：『漸黃昏，清角吹寒，都在空城。』

〔四〕李商隱《天涯》詩：『春日在天涯。』王維《和陳監四郎秋雨中思從弟據》詩：『相如今老病，歸守茂陵園。』石季倫《思歸引序》：『此曲有絃無歌，今爲作歌辭，以述余懷，恨時無知音者，今造新聲而被於絲竹也。』思歸賦，殆就半塘言。大抵半塘此際，已萌去志，是夏遂決然出都矣。

〔五〕葉石林《賀新郎》詞：『誰採蘋花寄與。』

〔六〕稼軒《摸魚兒》詞：『休去倚危闌，斜陽正在，煙柳斷腸處。』《文子》：『日月欲明，浮雲蔽之。』

倦尋芳

陳止齋《和張端士夏日詩序》云：『屈原、賈誼、陶淵明文辭，皆喜道孟夏，而悲樂不同。雖所遭之時異，要亦懷抱使然耳。』今年立夏後，沈陰閣雨，淒然如秋，天時人事，其悲樂似有適相應者。拈此以記，惜無由起止齋而質之〔一〕。

賸寒著夢，空緑生煙，鶯燕驚晚。似客東風，花外暮笳吹散〔二〕。落日鵑聲流水急，連天芳草王孫怨。黯河橋，正垂楊恨結，倚簾人遠〔三〕。　甚飽飣、陰晴天氣，一綫山眉，相對淒展〔四〕。憑徧迴闌，未稱畫羅輕扇〔五〕。經亂池臺歌舞歇，沾愁櫻筍時光賤〔六〕。鎮無聊，又黄昏，雨絲飄斷〔七〕。

【箋注】

〔一〕引文見陳傅良《止齋先生文集》卷八，原題作『和張端士初夏』，所引序文尚有數句云：『端士寄《夏日》一首，若無聊然。因和其韻，頌初夏之美以解之。』止齋詩云：『緑陰四合水迷津，春去雖愁却可人。無數飛螢窺案秩，有時乳燕落梁塵。滿塘荷蔭將還舊，試火包香又斬新。短夜得眠常不足，僧鐘遮莫報昏晨。』彊村此詞，半塘有和作一首，見《半塘定稿·春蟄吟》，題作『初夏和漚尹』。詞云：『晚花揚蘂，新漲添痕，芳序輕換。寂寞東園，春事去來誰見。點屐長愁苔徑滑，穿林驚又禽聲變。掩簾櫳，試香心宛轉，暗灰殘篆。　看檻外，沉陰如墨，惻惻生衣，寒意猶戀。漫想薰風，腸斷緑陰天遠。午枕時欹歸夢熟，屏山閒倚吟情倦。話相思，付空梁，調雛雙燕。』彊村此詞，作於二十七年初夏，時敵兵未退，和議難成，兩宮未歸，時局變化莫測，感時撫事，情見乎詞。

〔二〕數句言時值初夏，夢中猶惱餘寒（謂戰亂餘悸），眼前惟見空緑（言一切都無實際），而一年春光，又於軍笳聲中過去（言敵軍猶駐京都）。

〔三〕數句言兩宮未歸。『鵑聲』、『芳草』指帝，『倚簾人』指太后。《楚辭·招隱士》：『王孫游兮不歸，春草生兮萋萋。』

〔四〕韓愈《南山》詩：『或如臨食案，肴核紛餖飣。』餖飣，雜陳、堆疊也。《西京雜記》：『（卓）文君眉色姣好如遠山。』言和議之久無成也。時西后雖已接受敵人所提和議大綱十二條，而細節談判仍糾纏不清，於『懲罪』、『賠款』二節尤甚。此以天氣之陰晴不時，喻和談之起落無定。

〔五〕言敵人所索甚苛酷，清廷只能順受，實無磋商餘地。李鴻章雖竭盡談説之能，終未稱慈禧之意。按陳夔龍《蕉葉亭雜記》：『當和議電奏寄到西安，兩宮逐一閱視，以償款數目太鉅、懲辦罪魁太重，德使克林德建碑京師，有關體制；防護使館，將六部、翰林院劃入界内，堂子祀天重地，亦須遷移。其他各款種種苛求，堅不允行。榮文忠公（榮禄）婉言力陳，以事機迫切，非俯允不能弭患。慈禧愠甚，謂「請皇上斟酌，我不能管！」次日，北京全權電催，以各使專候准駁確信，以定師行進止。文忠復據以上陳。慈禧謂「兩全權（指奕劻、李鴻章）但知責難於君父，不肯向各使據情據理力與争辯。我既不管，皇上亦不管，由你們管去罷！」文忠皇恐萬狀，不敢再陳。』榮禄『默視慈禧之意，未嘗不知非允不可，不過「允」之一字，難以當面説出』。按此記甚得當日情實，所謂『未稱畫羅輕扇』也。又和約將成，唯『罪魁』一項，西后意尚躊躇，令鴻章商免。鴻章密電榮禄，微示『只有其上，更無其次』之意。西后大懼，乃一一照辦。至今年三四月，所争則集中於賠款多少，詳見《光緒東華録》，文多不録。

〔六〕《類説》卷六引唐《秦中歲時記》云：『四月十五日，自堂厨至百司厨，通謂之櫻筍厨。』白居易《壽安歇馬重吟》詩：『忽憶家園須速去，櫻桃欲熟筍應生。』鄭谷《自貽》詩：『恨拋水國釣蓑雨，貧過長安櫻筍時。』二句寫京師亂後實况。案胡思敬《驢背集》：『英提督宴諸酋於粤東新館，徵集各部名優，極一時歌舞之盛。都城未亂時，有茶園七所，諸樂部逐日奏伎，其來自陝西者作秦聲，謂之梆子腔；來自湖廣者作楚聲，謂之二簧。兵變後，茶園皆燬於火，諸弟子負時名者，零落無歸，至倚門乞食。』所謂『歌舞歇』也。《驢背集》又云：『時倉庫衙署，皆被敵兵所據。奕劻檢校留京員數，借柏林寺爲公所，漢官到者百餘人，皆燕服徒行，相對唏嘘，無復五陵裘馬之盛。吏部舊僚，唯孫培元一人而已。』公私蕭條，情境可見。

〔七〕所謂『沉陰閣雨，淒然如秋』也。

阮郎歸〔一〕

夜窗書眼怯開帷。鐙花收燗時。五更寒月不相隨。上廊林影遲〔二〕。　青史事，碧山棲〔三〕。蹉跎雙鬢絲。十年心事入搘頤〔四〕。雁聲將夢飛。

【箋注】

〔一〕以下舊刻在《寒灰集》。

〔二〕東坡《次韻錢舍人病起》詩：『獨愁花影上廊遲。』

〔三〕李白《山中問答》詩：『問余何事棲碧山，笑而不答心自閒。』

〔四〕『搘頤』，以手托頰，字亦作支頤。王維《贈東嶽焦煉師》詩：『支頤問樵客，世上復何如？』《文苑英華》卷二百二十七引作『搘頤』。又劉義慶《世説新語·簡傲》：『王子猷作桓車騎參軍，桓謂王曰：「卿在府久，比當相料理。」初不答，直高視，以手版拄頰，云：「西山朝來，致有爽氣。」』搘頤，亦拄頰意。

塞翁吟　葦灣汎秋，晚蓮向盡，以美成澀體寫之〔一〕

亂笛迴塘路，催換野色瓏璁。故情斷，墜衣紅，涴急雨闌東〔二〕。客懷未耐秋搖兀，慵對艷錦屏空〔三〕。暗裏憶，舊珍叢。負一舸悤悤〔四〕。　花宮。星期近，南飛倦翼，憔悴與、津梁夢中〔五〕。料今夜西池露下，盼不到、太乙仙槎，怨入高鴻〔六〕。鴛鴦最苦，睡穩荒波，猶夢薰風〔七〕。

【箋注】

〔一〕『葦灣』，已見前注。

〔二〕陸龜蒙《芙蓉》詩：『莫引西風動，紅衣不耐秋。』

〔三〕韓駒《飲酒次人韻》詩：『何當酒拍浮，恣聽舟搖兀。』

〔四〕『一舸』，已見前注。

〔五〕『星期』，謂七夕也。《白孔六帖》卷九引《淮南子》佚文：『烏鵲填河成橋，而渡織女。』曹操《短歌行》詩：『烏鵲南飛。』劉義慶《世説新語・言語》：『庾公嘗入佛圖，見卧佛，曰：「此子疲於津梁。」於時以爲名言。』

〔六〕《世説新語・豪爽》：『晉明帝欲起池臺，元帝不許。帝時爲太子，好養武士，一夕中作池，比曉便成，今太子西池是也。』謝混有《游西池》詩。《史記・封禪書》：『天神貴者太一。』董斯張《廣博物志》卷二引《漢遺史》：『武帝元狩中，有日者奏太乙星不見，帝召東方朔問其由。朔奏曰：「是星不見，則遊於世。」……是月果有會稽太守奏：「海中有人，丫角，面如玉色，乘一葉紅蓮，約長丈餘，偃卧其中。手持一黄書，自東海浮来。臣等焚香迎拜，俯及百步，俄而雲霧所遮，後霧散不知所之。」』

〔七〕徐陵《鴛鴦賦》：『山鷄照水那自得，孤鸞照鏡不成雙。天下真成長合會，無勝比翼兩鴛鴦。』黄山谷以作《睡鴨》詩，改末句爲『兩凫相倚睡秋江』。此『睡穩荒波』，蓋兼用詩賦意。按此詞蓋謂和談之艱苦也。故有『憔悴津梁』之嘆，李鴻章爲和談全權大臣，彌合中外，蓋已『疲於津梁矣』。羅惇曧《庚子國變記》云：『聯軍以非李鴻章來，不能言和。乃命鴻章與奕劻爲議和全權大臣，至於京師。奕劻一以讓鴻章，不敢置一詞。聯軍索罪魁載漪、載勳、載瀾、剛毅、趙舒翹等數十人，鴻章屢與辯護。瓦德西曰：「吾等所列罪魁，皆其從者。爲全中國體面，其首罪名，尚未提出也。此而不允，則吾將索其爲首者。」其意蓋指太后也。鴻章亟以電告，乃允以載勳等賜死，特原載漪，配新疆，並黜大阿哥，使出宮焉。鴻章與各國磋議，已歷數月，心力交瘁。行在政府，屢傳電諭，授意駁辯。鴻章謂樞臣不明敵情，徒亂意，閱竟旋毁之，幕僚不及見也。鄂督張之洞亦迭電干議。鴻章笑曰：「張某作官數十年，猶書生也。」之洞深恨之。各國持之堅，久未定議，而鴻章積勞，病深不起。頻危，猶口授計畫，秩然不紊。各國聞鴻章逝，皆感愴，乃悉如鴻章議，卒簽約，而鴻章不及見矣。』按鴻章卒於是年九月己酉（《清史稿·德宗紀》），彊村此詞，殆作於七夕前，時鴻章已病，方與各國争論賠款、退兵等諸細節，而未能定議。故曰『憔悴津梁』，『盼不到太乙仙槎』也。《光緒東華録》二十七年七月丁丑，皇太后懿旨：『據盛宣懷電稱，李鴻章月初甚病，近日稍愈等語。覽奏殊深廑繫，該大學士公忠體國，勞瘁不辭。現值時勢艱難，專賴匡扶危局，尚其爲國自重，加意調養，俾得早日就痊，以釋垂念。』所謂『憔悴津梁』也。

蕙蘭芳引〔一〕

飄簟水花，淺涼浸、紺紗新覺。墮一點風螢，知是扇羅倦撲〔二〕。漏長夢短，去路阻、屏山天角。想怨吟難就，背燭玉繩西落〔三〕。　暗笛誰家，飛聲三四，水調參錯〔四〕。算料理風情，深淺淚都無著〔五〕。題紅詞費，桂宫隱約。清夜闌、誰熨小眉愁萼〔六〕。

【箋注】

〔一〕舊刻此首下有《點絳脣·詠雁來紅》一首，詞云：『擡舉西風，醉扶一捻鶥魂小。誤花疑草。别樣傷秋稿。　窺笑東鄰，解妒宫妝好。秋孃覺。茜裙顛倒。收拾紅情早。』《彊村本事詞》云：『此爲大阿哥作。東鄰以下，謂未能結好於各國，故事不克諧也。』此同時前後之作。舊刻又有前調《詠鳳仙》一首云：『丹穴春姿，託根翻戀朱闌好。抱香多少。夢穩秦樓曉。　　匳史新緗，瘦損麻姑爪。秋妝了。守宮紅小。來伴花房擣。』《本事詞》云：『此爲赫德作。赫德爲當時辦税務之西人，曾令其子入合肥籍，謀應庚子鄉試，不成。』按赫德，英國人，總管中國海關。其子赫承先求應鄉試事，《春冰室野乘》載之。事在癸巳年萬歲恩科。《本事詞》所述恐不足據，録以備參。

〔二〕杜牧《秋夕》詩：『輕羅小扇撲流螢。』

〔三〕《春秋元命苞》：『玉衡北兩星爲玉繩。』李商隱《寄令狐學士》詩：『夜吟應訝玉繩低。』

〔四〕李白《春夜洛城聞笛》詩：『誰家玉笛暗飛聲。』按此謂時論不一，故曰『參錯』。

〔五〕『料理』已見前《阮郎歸》注。又《樂府詩集·雜歌謠辭》載《梁末童謠》：『可憐巴馬子，一日行千里。不見馬上郎，但有黃塵起。黃塵汙人衣，皂莢相料理。』

〔六〕馮摯《南部煙花記》：『陳後主爲張貴妃麗華造桂宮於光昭殿後。』

眼兒媚

雨聲迴潤故衣篝。得酒病懷休〔一〕。舞紅消盡，西風還送，葉葉心頭。　　行雲不受秋拘管，將夢上空樓〔二〕。夜涼雙雁，分明説與，天路閒愁。

【箋注】

〔一〕《説文》：『篝，笿也。可熏衣。』

〔二〕晏小山《鷓鴣天》詞：『夢魂慣得無拘檢，又踏楊花過謝橋。』

齊天樂　獨游龍樹寺，有懷半塘、次珊〔一〕

高林葉葉無留意，長安頓驚秋少〔二〕。淚掩疏襟，愁呼斷角，新結傷高懷抱。歸艎路渺。對揺落滄洲，夢痕千繞〔三〕。立盡斜陽，故人不共雁程到。清游經亂更減，舊時嵌壁句，空委煙草。故國驂鸞，飛仙擁鶴，消息微聞江表〔四〕。離心悄悄。付一笛黄昏，水風殘調。寄語南雲，茂陵人漸老。

【箋注】

〔一〕按半塘是年夏與彊村别後當即出都，見前《石州慢》詞注〔九〕所引半塘甲辰五月致彊村書中『自辛丑夏與公别』之語可證。況周頤《王鵬運傳》云『二十八年，得請南歸』者，或是先出都，後得請也。又況周頤《眉廬叢話》有『王鵬運官途坎坷』條記半塘出都事云：『王半塘清通温雅，饒有晉人風格，唯早歲放情，增口於群小；中年讜論，刺骨於要津。雖遭困而屯邅，亦才品資其磨練。官禮科給事中。某年，届試俸期滿，百計籌維，得數百金，捐免歷俸，截取道員。旋奉旨以簡缺道員用。向來京曹截取道府，皆以繁缺用。以簡缺用者，不用之别名也。爲自有截取之例以來所僅見，半塘泊然安之。是歲，樵米之需轉因而奇絀，夫亦甚可笑矣。未幾，復嚴劾某樞相，不見容於朝列，襆被出都，潦倒以歿。山陽鄰笛之痛，何止文字交情而已。』按周頤所記，惜未明言所劾樞相爲何人。此後文《金縷曲·久不得半塘翁書賦寄》詞所謂『下殿扁舟具』也。張次珊事已見前文《鶯啼序》注。時二人皆在江南。故詞云『消息微聞江表』也。龍樹寺，已見前注。

〔二〕賈島《憶江山吴處士》詩：『秋風吹渭水，落葉滿長安。』

〔三〕二句言己亦欲歸不得。

〔四〕范成大《驂鸞録》：『桂林自唐以來，山川以奇秀稱。韓文公雖不到，然在潮乃熟聞之，故詩有「參天帶水，翠羽黄柑」之語。末句乃曰「遠勝登仙去，飛鸞不暇驂」，蓋歆艷之如此。故余行記以驂鸞名之。』按半塘廣西臨桂（即桂林）人，故用驂鸞事。於時半塘在揚州，故曰『擁鶴』，謂『騎鶴下揚州』也。

聲聲慢　辛丑十一月十九日味聃賦落葉詞見示，感和〔一〕

鳴螿頽城，吹蝶空枝，飄蓬人意相憐〔二〕。一片離魂，斜陽摇夢成煙。香溝舊題紅處，拚禁花、憔悴年年〔三〕。寒信急，又神宫淒奏，分付哀蟬〔四〕。　終古巢鸞無分，正飛霜金井，抛斷纏綿〔五〕。起舞迴風，纔知恩怨無端〔六〕。天陰洞庭波闊，夜沈沈、流恨湘絃〔七〕。摇落事，向空山、休問杜鵑〔八〕。

【箋注】

〔一〕《彊村本事詞》云：『此爲德宗還宮後恤珍妃作，「金井」二句，謂庚子西幸時，那拉后下令推置珍妃於宮井，故有生離死別之悲也。』按洪味聃，名汝冲，一字未冉，湖南寧鄉人。官吉林知府，有《候蛩詞》五卷，《蜕庵詞稿》□卷，又有《詞韻中聲》二卷（引見葉恭綽《全清詞鈔》卷二十七）。其《聲聲慢·落葉》原作云：『銀瓶墜水，金谷飄煙，西風一葉驚秋。鳳宿鸞棲，等閒摇落颼颼。春工剪裁幾費，背隨波，流出宮溝。吹夢緊，問人間何世，半晌淹留。　連理桃根猶在，甚花難蠲忿，草不忘憂。浸玉寒泉，昭陽往事今休。哀蟬莫彈幽怨，怕稠桑，無語凝眸。誰認取，隔荒郊、都是亂愁。』按珍妃死事已見前《遐方怨》詞注。又惲毓鼎《崇陵傳信録》云：『庚子七月二十日，英軍陷京師，翌日，聯軍繼之。兩宮黎明倉皇乘車出德勝門，甫出門，白旗徧城上矣。太后御夏衣，挽便髻，上御青綢衫，皇后及大阿哥隨行，妃嬪罕從者。瀕行，太后命崔閹自三所出珍妃（三所在景運門外），推墮井裏。初，珍妃聰慧得上心，幼時讀書家中，江西文廷式爲之師，頗通文史。廷式以庚寅第三人及第，妃屢爲上道之。甲午大考翰詹，上手文廷式卷授閲卷大臣，拔爲第一，擢侍讀學士，充日講官。廷式感奮，驟言事。遼東敗問亟，廷式合朝臣聯銜上疏，請起恭親王主軍國事。太后素不喜恭王所爲，上力請而用之。丙申，或構蜚語，謂妃干預外廷事。太后怒，杖之，囚三所，僅通飲食。妃兄禮部侍郎志鋭，謫烏里雅蘇臺。上由是悒悒寡歡。聯軍入，日本軍護禁城，内廷宴然。乃出妃屍於井，淺葬宮西田村。朱學士祖謀，王給諫鵬運賦《落葉詞》紀其事。』

〔二〕『墄』，階齒也。《三輔黄圖》：『未央宮前殿，左墄右平。』

〔三〕《雲谿友議·題紅怨》：『盧渥舍人應舉之歲，偶臨御溝，見一紅葉，命僕搴来，葉上乃有一絶句。……

後亦一任范陽，獲其退宫人，覩紅葉而吁嗟久之。曰：「當時偶題隨流，不謂郎君收藏巾篋。」驗其書，無不訝焉。詩曰：「水流何太急，深宫盡日閒。慇懃謝紅葉，好去到人間。」曹唐《漢武帝於宫中宴西王母》詩：『星河無影禁花寒。』王沂孫《水龍吟・落葉》詞：『前度題紅杳杳，遡宫溝，暗流空繞。』

〔四〕沈約《梁雅樂歌・獻雅》：『神宫肅肅，天儀穆穆。』王嘉《拾遺記》：『漢武帝思懷往者李夫人，不可復得，時始穿昆靈之池，汎翔禽之舟。帝自造歌曲，使女伶歌之。時日已西傾，涼風激水，女伶歌聲甚遒，因賦《落葉哀蟬》之曲。』

〔五〕李商隱《碧城三首》（其一）詩：『女牀無樹不棲鸞。』李白《贈别舍人弟臺卿之江南》詩：『梧桐落金井，一葉飛銀牀。』

〔六〕《類説》卷五引《洞冥記》：『漢宫人麗娟善歌，體弱殆不勝衣，常居玻璃帳，帶琥珀佩，恐隨風輕舉。常唱《迴風曲》，庭葉翻落如秋。』李賀《殘絲曲》詩：『落花起作迴風舞。』韓愈《聽潁師彈琴》詩：『昵昵兒女語，恩怨相爾汝。』按《清史稿・德宗紀》：『二十七年辛丑十一月庚寅，上奉皇太后至自西安。辛卯，詔以珍妃上年殉節宫中，追晉貴妃。』所謂『起舞迴風』也。又《光緒東華録》：『二十七年十一月壬辰，欽奉慈禧皇太后懿旨：上年京師之變，倉猝之中，珍妃扈從不及，即於宫内靖難，洵屬節烈可嘉。加恩著追贈貴妃位號，以示褒恤。該衙門知道。』蓋諱言其實也。又王無生《述庵秘録》云：『次年迴鑾，崔猶充内監總管。慈禧愴然曰：「予嚮言珍妃遭亂莫如死，非必死珍妃，乃一時之言。而崔某遂墮之井。予今見崔某，輒心怦怦動（原注：時外間傳宫中常見鬼，非也）。」因謫崔海子某處内監，調李蓮英内監總管。』皆飾詞也。

〔七〕《楚辭・九歌・湘夫人》：『裊裊兮秋風，洞庭波兮木葉下。』錢起《湘靈鼓瑟》詩：『曲終人不見，江上數峰青。』

〔八〕按珍妃死事，諸家筆記多載之，在細節上頗有異同。黄濬《花隨人聖盦摭憶》以爲《景善日記》所記（引文已見前《遐方怨》詞注），『揆情斟理，皆必甚可信』。蓋『珍妃幽廢已久，那拉后異服欲逃際，未必遽記及之。乃妃挺身言「帝當留京」，則一刹那間，乙未之案（指魯伯陽事）、戊戌之案，怨妬驚忿，並湊而燃，陰機動矣。蓋妃之死，全在「帝當留京」一言，此語含意義至多，故后必死之也。又案故宫於十九年五月，於《週刊》中特出《珍妃專號》。其照片洵罕覯，而文字敘述，終恨疏短。其傳略即採《清史稿》原文，既嫌過簡，後僅録《百鍊盦談故》一節。於近人歌詠，所舉者僅朱彊村《聲聲慢》等三闋，李希聖《湘妃》一首，曾重伯《落葉》十二首，亦嫌太少。以余所知，王病山（乃徵）《落葉》七律四首，李孟符（岳瑞）《無題》八首之第二首，王半塘《庚子秋詞》乙卷調寄《漁歌子》，范肯堂《庚子秋題婁賢妃所書屏翰二字》七律一首，惲薇孫（毓鼎）「金井一葉落」五律一首，吴絅齋《清宫詞》「趙家姊妹共承恩」一首，其中託詞寓諷，率指兹事。即如鄭叔問《楊柳枝》詞「雨洗風梳碧可憐，秋涼猶咽五更蟬。誰家殘月滄波苑，夜夜漁鐙網碎鈿」一首，蓋亦庚子秋傷時諷事，有感於此也。至文道希，爲珍妃之授業師，挽詞雖不敢作，而歌以當哭，必有異於他人者。今考其集中，《落花》八首，皆爲兹事作。如「華表鶴歸猶彷彿，朱門燕啄自逶迤」，如「愁絶更無天可寄，恨深纔信海能填。銅仙鉛淚銷磨盡，況感西風落葉蟬」，如「有情湖畔三生石，無用樓東十斛珠」，如「月缺尚應憐顧兔，雲深何處覓青鸞」，備極沉痛。又《擬古宫詞》二十四首，前十二首均敘景仁宫事，由授讀内廷以至被幽、墜井，種種俱全，可當珍妃一部小傳讀。後十二首，雖詠頤和園及西苑瑣事，而亦有縈憶及者。如云「晝省高才四十年，閹將明德起居編。獨憐批盡三千牘，一卷研神記不傳」等皆是。其詞中寄意者，如《滿江紅》

「簪素奈，歌黃竹」；又如《憶舊游·庚子八月詠秋雁》之「天遠無消息，問誰載尺帛，寄與青冥。遙想橫汾簫鼓，蘭菊何芳馨」；《念奴嬌》之「聞説太液波瀾，舊時馳道，一片青青麥。翠羽明璫飄泊盡，何況落紅狼藉」，咸可謂此中有傷心語。甄録均未及。又以半塘及彊村《金明池·詠扇子湖荷花》，指爲諷此事（今案，此李岳瑞説，見《春冰室野乘》），細玩詞意，却似未盡然。』以上黃氏所引詩詞，均可爲彊村此詞參考。按曾廣鈞（重伯）《庚子落葉詞同李亦元、王聘三作》七律十二首，最初用其側室金婉名義發表，名噪一時。畢一拂《光緒宮詞後序》、狄葆賢《平等閣詩話》、徐兆瑋《北松廬詩話》、孫雄《詩史閣詩話》、郭則澐《十朝詩乘》、趙炳麟《柏巖感舊詩話》，皆嘗論之。孫雄特稱其『姑惡聲聲啼苦竹，子規夜夜叫蒼梧』二句，謂『十四字允稱絶唱』。全詩則《清詩紀事》一三二六八頁載之。錢仲聯《夢苕庵詩話》則謂廣鈞詩『實未工』。以爲秀水金兆蕃有《宮井詞》一首，『長一千三百五十六字，工麗無匹』。見《紀事》一三三八三頁。

花犯　辛丑除夜〔一〕

影屏山，鐙唇碎語，春痕似依舊。夜堂無酒。憐燕彩誰簪，蜜苣孤守〔二〕。睡輕厭數殘更漏。欺人年事驟。賸淺靨、緗梅三兩，飄香黏半袖。　簾櫳外邊峭寒多，頭番問閬苑、東風醒否〔三〕。芳訊換，還惆悵，綴旛人瘦〔四〕。簫聲送、背鄰笑語，容易到、林鴉驚散候〔五〕。料鏡檻、飛鸞塵澀，新妝愁裏鬬〔六〕。

【箋注】

〔一〕《光緒東華録》："二十七年十二月乙卯，以朱祖謀爲禮部右侍郎。"此首舊刻在《寒灰集》，以下有《楊柳枝》四首。《本事詞》云："爲當時四軍機作。一爲瞿鴻禨，二爲鹿傳霖，三爲王文韶，四爲榮禄。"詞云："舊夢吹花著渭橋。新愁封淚問湘皋。永豐坊畔風流極，晚向人間鬬舞腰。"其二云："無主樓臺半夕陽。笛中人去更迴腸。東風銷盡宫黄點，背立愁鸞理舊妝。"其三云："似水鶻聲一夕催。青絲驕馬斷章臺。分明摇落江潭路，依舊傞傞軟舞來。"其四云："通體當風弱不支。年光消盡斷腸絲。不辭身作桓宣武，看到金城日墜時。"（參看本書《前言》）

〔二〕清真《應天長》詞："正是夜堂無月，沉沉暗寒食。"梅堯臣《嘉祐己亥歲旦呈永叔内翰》詩："屠蘇先尚幼，彩勝又宜春。"案胡思敬《驢背集》云："時十二月臘盡，城市寂然，五城出示，各商店張幌、换桃符，莫有應者。"此所以有"燕彩誰簪"之慨也。

〔三〕李商隱《碧城三首》（其一）詩："閬苑有書多附鶴。"惲毓鼎《崇陵傳信録》："上還宫，即召見乾清宫。太后曰："我不意猶能見汝等！"失聲哭。諸臣伏地痛哭。太后歷數出都日途中艱苦狀，淚與聲俱。又曰："予聞爾等在危城中各有損失，不知爾等近狀如何，家口均平安否？"上復温諭數語而退。隨傳諭給事中、御史暨各衙門實缺司官，排日入見。見之日，諸臣輒先哭數聲，若舉哀焉。"此記迴鑾初情事也。云"頭番問"，蓋冀其經此巨變，或當有所覺悟也。

〔四〕《歲時風土記》："立春之日，士大夫之家，剪綵爲小旗，謂之春旛，或懸於家人之頭，或綴於花枝之下。"

〔五〕杜甫《杜位宅守歲》詩："列炬散林鴉。"

〔六〕《異苑》：『罽賓國王買得一鸞，欲其鳴不可致，飾金繁，饗珍羞，對之愈戚，三年不鳴。夫人曰：「嘗聞鸞見類則鳴，何不懸鏡照之。」王從其言。鸞覩影悲鳴，冲霄一奮而絶。』謝朓《詠鏡臺》詩：『珍瓏類丹檻。』按羅惇曧《庚子國變記》云：『自經巨變，群臣争言新政，開經濟特科，詔天下辦學，命張伯熙爲學務大臣，改總理各國事務衙門爲外交部，以瞿鴻禨爲尚書，新政漸興焉。』所謂『新妝』也。惲毓鼎《崇陵傳信録》云：『孝欽自顧倦勤，畏後世之議己，姑以塗飾耳目，幸免及身，豈真爲子弟苞桑計哉？』

虞美人〔一〕

水堂煙月消眉萼。夢斷瓊枝約。低顰深坐未應知。何事粉香和淚、濕羅衣〔二〕。　暝空箏語西樓起。吹絮簾重倚〔三〕。看人花底酹清歌。不信一春夢雨、比愁多〔四〕。

【箋注】

〔一〕此下十一首，光緒二十八年壬寅作。是年，彊村年四十八歲。《行狀》云：「是秋，簡放廣東學政。廣東才藪，亦弊藪，公衡鑒精而關防嚴，士論翕服。而圍姓充餉，除弊不能盡絶，乃疏陳其害，請申厲禁。」是年，詔廢八股，改策論，停武科，令新進士授職修撰、編修及部曹中書者，皆入京師大學堂肄業，命沈家本、伍廷芳參酌外國法律，修定律例，俟旨頒行，收電報局爲官辦，以袁世凱領之。

〔二〕四句殆言太后回鑾之初，猶未能盡忘前事。

〔三〕李商隱《訪人不遇留别館》詩：『閒倚繡簾吹柳絮，日高深院斷無人。』按羅惇曧《庚子國變記》云：『帝既久失愛於太后，當逃亂及在西安時，尚時詢帝意，回鑾後，乃漸惡如前。公使夫人入宫有就見帝者，召帝至，但侍立，不得發一言。帝不得問朝政，例摺則自批之，蓋借庸闇以備自全也。』所謂『簾重倚』也。

〔四〕李商隱《重過聖女祠》詩：『一春夢雨常飄瓦。』按羅惇曧《庚子國變記》：『初，太后藏金宫中，聞達三千餘萬，及還宫，金無恙，太后則大喜。中外漸安輯，益奢恣，大修頤和園，窮極奢麗，日費四萬金，歌舞無休日，已忘喪亂矣。』所謂『酹清歌』也。

花心動　花朝

若個花枝，稱東君、年年盡情妝點〔二〕。舞趁繡旛，歌節金鈴，不是等閒鶯燕〔三〕。隔墻還結鞦韆社，却抛擲、濃春一半〔四〕。謝橋外、東風冷透，探芳心眼。　似水流年未綰。空萬縷千條，絲楊搓怨〔五〕。一樣水西，挑菜光陰，只是鳳韡人遠〔六〕。扇紈撲蝶分明約。思量後、妝慵歌懶〔七〕。閉門又、闌干亂紅浣徧〔八〕。

【箋注】

〔一〕按當兩宫猶在西安時，那拉氏審時度勢，已倡言革新。《東華録》二十六年十二月初十日上諭云：「法積則敝，法敝則改，要歸於强國利民而已。」「取外國之長，乃可補中國之短；懲前事之失，乃可爲後事之師。」「事窮則變，安危强弱繫於斯。」二十七年三月初，令慶親王奕劻、大學士李鴻章組織「督辦政務處」，以「變通政治」。七月，令自明年起科舉考試不用八股文。八月初，又令整頓京師大學堂，令各地書院盡改爲學堂。繼又令各省選派留學生。離西安前四天，二十七年八月二十日，太后再發諭旨云：「變法之事，關係至重，朝廷立意必行。予與皇帝爲宗廟計，爲臣民計，舍此更無他策。」蓋欲以新政妝點門面，外媚列强，内欺國人，非真欲改法易轍也。故曰「盡情妝點」。

〔二〕新政本無誠意，在前引二十六年八月二十日在西安所頒詔書中，固已明言：「康逆之談新法（指戊戌事），乃亂法也，非變法也。」「世有萬古不易之常經，無一成不變之治法。不易者三綱五常，昭然如日月之照世，而可變者令甲令乙，不妨如琴瑟之改絃。」如是，則所謂「趁繡旛」而「舞」，「節金鈴」而「歌」者，蓋非「等閒」之「鶯燕」，固已明矣。惲毓鼎《崇陵傳信録》云：「辛丑回鑾，孝欽内慚，始特詔天下議改革新官制。少年新進，不深惟祖宗朝立憲本意，第覺滿洲人士以八旗區區一部分，與我二十一行省漢人對掌邦政，其事太不平。欲力破此局以均勢。漢滿之界既融，於是天潢貴胄、豐沛故家，聯翩而長部務，漢人之勢大絀，乃不得一席地以自暖。先是諸皇子讀書之所曰上書房，選翰林官教之，其制較宏德、毓慶稍殺。光緒中葉，師傅闕不補，書房遂無人。近支王公年十五六，即令備扈衛扈從之役，輕裘翠羽，日趨蹌於乾清、景運間，暇則臂鷹馳馬以爲樂，一旦加諸百寮之上，與謀天下事，祖制盡亡，中外側目。於是革命排滿之説興矣。二十年前，嘉定徐侍郎致靖嘗謂毓鼎曰：「王室其遂微矣！」毓鼎請其故，侍郎曰：「吾立朝近四十年，識近屬親貴殆徧。異日御區宇，握樞要者皆在其中，察其器識，無一足當軍國之重者，吾是以知皇靈之不永也。」其言至是而信。』

〔三〕言《辛丑條約》喪權辱國之多也。

〔四〕戴叔倫《長亭柳》詩：『雨搓金縷細，煙裊翠絲柔。』韓偓《大慶堂賜宴元璫而有詩呈吴越王》詩：『緑槎楊柳綿初軟，紅暈櫻桃粉未乾。』陸游《偶思蜀道有賦》詩：『天回驛畔江如染，鳳集城邊柳似搓。』

〔五〕唐宣宗《題涇縣水西寺》詩：『長安若問江南事，説道風光在水西。』東坡《雨晴後步至四望亭下魚池上遂自乾明寺前東岡上歸二首》（其一）詩：『拄杖閒挑菜，鞦韆不見人。』唐庚《人日》詩：『挑菜年年俗，飛蓬處處身。』『鳳韡人遠』，言戊戌舊人已稀。

〔六〕按《行狀》云：『和議開後……一歲之中，迭遷少詹事，内閣學士。辛丑回鑾後，遂擢禮部侍郎，召對稱旨，有「留心外事」之褒。尋兼吏部侍郎，壬寅考試試差。』皆所謂『撲蝶』之『約』也，而已則『妝慵歌懶』矣。

〔七〕『亂紅』，指趨炎附勢之徒。

木蘭花慢　送陳伯弢之官江左〔一〕

聽枯桐斷語，識君恨，十年遲〔二〕。正濺淚花繁，迷歸燕老，春去多時〔三〕。相攜。夢華故地，怪單衣、無路避塵緇〔四〕。錦瑟看承暫醉，白頭吟望低垂〔五〕。

差差。津館柳成絲，離緒費禁

持。問何計消磨，夕陽宦味，逝水心期。鴟夷。舊狂漫理，已沈陰、江表杜鵑啼〔六〕。莫上吳臺北望，斜煙亂水淒迷。

【箋注】

〔一〕陳鋭，字伯弢，一字伯濤，湖南武陵（今常德）人。光緒十九年舉人，官江蘇試用知縣。鋭爲王闓運弟子，早期詩學選體，傳闓運衣鉢。中年到南京後，常在張之洞座上論詩，並與陳三立等宋派詩人唱和，詩格漸變，不拘守漢魏三唐門户，竭力汲取宋人長處，詩論家以爲迥非凡流。湘中自王闓運、易順鼎外，迨少與抗手者。亦工詞，客居蘇州，與朱祖謀等人游。有《裦碧齋集》六卷，《裦碧齋詞》一卷。其《抱碧齋詞話》，持論亦多精切。況周頤嘗題其詞云：『沉鬱冲澹，一洗鉛華靡靡之習，無矜鍊之跡可尋，却無一字不矜鍊。格高律細，允稱法乳清真，抗手西麓，惟是可爲知者道耳。』狄葆賢《平等閣詩話》云：『武陵陳伯弢鋭，任達士也。窮愁薄宦，工儷文詩詞。少壯之作，多神理内含，如春雨巖岩，蘇門長嘯。近作則風骨泠然，有秋氣矣。』又云：『陳伯弢大令，爲王壬秋之高足，詩宗唐音。頻年落拓江左，大似飯顆山頭客。善長短句，傷時感物，往往以悽戾之音，攄其懷抱，有南宋諸家之風味焉。』按伯弢《木蘭花慢·和朱侍郎見贈之作》云：『話滄桑路斷，又燕市、看花回。指苑樹棲鴉，城蒿卧馬，春斂餘淒。宮池。去人未遠，只驚塵黃日隔天涯。閒淚臨風自落，官情如夢都迷。　參差。相見更何期。譚笑憶當時。有直閣吟牋，斜街畫本，曾和荒詞。軻離。舊游漫問，但過江、名士鬢成絲。慚愧歸無三徑，折腰還道相宜。』即和彊村此詞也。《裦碧詞》又有《秋思耗·題〈庚子秋詞〉，和次珊，依夢窗韻，還寄朱古微閣學》、《買陂塘·題朱古微侍郎〈斜街補屋圖〉》二首，即其「直閣」二句所謂也。

〔二〕東坡《次荆公韻四絶》（之三）詩：「從公已覺十年遲。」

〔三〕杜甫《春望》詩：「感時花濺淚。」

〔四〕陸機《爲顧彦先贈婦》詩：「京洛多風塵，素衣化爲緇。」

〔五〕杜甫《曲江對雨》詩：「暫醉佳人錦瑟旁。」又《秋興八首》（其八）云：「彩筆昔曾干氣象，白頭吟望苦低垂。」

〔六〕《史記·越王句踐世家》：「范蠡浮海出齊，變姓名，自謂鴟夷子皮。」晏小山《阮郎歸》詞：「殷勤理舊狂。」

倦尋芳〔一〕

鏡塵掩瘦，簾月通愁，人病孤館。伴客殘春，禁受藥煙飄斷。舊著香羅經酒殢，新調繁軫當歌懶〔二〕。暫朦朧，有銅街咫尺，鈿車雷轉〔三〕。　便僥倖，城烏啼散，更箭沈沈，窗曙猶淺。未必成眠，慵極半衾生戀。雁過時飄聞笛淚，花開翻惱登樓眼〔四〕。楚雲濃，料輸他，簸錢庭院〔五〕。

【箋注】

〔一〕狄葆賢《平等閣詩話》：『歸安朱古微侍郎視學嶺表，力求解組歸，淡泊寡營，逍遥物外。比邂逅於滬，言論藹然，君子人也。侍郎工倚聲，刊有《彊村詞》二卷。半塘老人謂六百年來，真得吴夢窗神髓者。其傾倒如是。兹録《倦尋芳》云云，真絶妙好詞也。』

〔二〕唐太宗《賦得夏首啓節》詩：『調軫坐相娱。』

〔三〕庾信《周太子太保步陸逞神道碑》：『銅街柳市。』司馬相如《長門賦》：『雷隱隱而響起兮，聲象君之車音。』

〔四〕杜甫《登樓》詩：『花近高樓傷客心，萬方多難此登臨。』又《江畔獨步尋花七絶句》（其一）云：『江上被花惱不徹。』

〔五〕時奕劻當政，賄賂公行，故云。

霜葉飛　秋晚奉使嶺南，晦鳴、悔生集中聖齋，用夢窗韻聯句録别，越日待舟唐沽，感音寄和〔一〕

亂雲愁緒。孤帆外，隨風飄著燕樹。倦程先雁下滄洲，寒帶丁沽雨〔二〕。甚一霎，飆輪過羽。微塵驚見紅桑古〔三〕。怕更倚危樓，海氣近、黄昏换盡，酒邊情素〔四〕。　何況北極觚棱，東門帳飲，怨歌今夜難賦〔五〕。簡書猿鳥意蒼茫，空覓荒鷄語〔六〕。夢不入、蓴絲半縷。商量聽水聽風去〔七〕。賸恨笛、飛聲罷，寂寞魚龍，覷人眠處〔八〕。

【箋注】

〔一〕舊刻『嶺南』作『嶺嶠』，『悔生』上有『鶴亭』二字。崇彝《道咸以來朝野雜記》：『秦樹聲，字宥衡（一字幼衡，號晦鳴），河南固始人。光緒丙戌進士，官工部郎。善屬文，書法草書師閣帖，頗自負。楷書宗唐碑，在歐、虞之間，頗嫺雅，較草書尤工。由工部郎中截取繁缺知府，例須召對。時在光緒末年，孝欽后問：「爾常到署中？」對以不常到。后詫問何故，曰：「無事可辦。」又問工部堂官勤惰，復對以「不常到署，皆無事可辦。」此皆出於尋常奏對之外。退後，召見軍機大臣，后爲述之。時秦方以御史記名，政府諸臣畏其狂妄，即日放雲南曲靖府知府，後官至廣東按察使，辛亥年始去官。後爲清史館纂修。其人弱不禁風，而學問博雅，誠畸人也。』由雲龍《定厂詩話續編》：『固始秦宥衡樹聲，博學清鯁。嘗謂學者立志須高，非漢魏以上之書不讀。詩不多作，偶得一二首，皆有清鯁氣，類其爲人。』汪國垣《光宣以來詩壇旁記》：『固始秦幼衡樹聲，文筆奇麗，傲睨一世，少所許可。自謂駢文突過六朝，散文塵不俗不亂，尤以書自憙，然不措意於詞。夏孫桐閏枝、繆荃孫藝風皆詞家，與先生集都門酒樓，將以窮先生。問：「能以詞賭酒乎？」曰：「能。」乃以用古人原韻，合詞律爲度。夏、繆皆立成，先生竟曳白。次晨未曉，先生往叩閏枝門，形神慘澹。問何事，曰：「詞成矣。」閏枝視所作，嘆服曰：「有一不能何害？竟如此，得無嘔心死！」蓋先生通宵未交睫也。』陳衍《石遺室詩話》云：幼衡『少作詩，惟見《和滬尹枉贈》五古云：「三蟲告天歸，亂笑飛廋語。吾君太行獶，畢數在雕虎。肝腎日淪剥，蒜髮濯春縷。夜氣何淒淒，銀釭欲終古。」丙申作於都門者。或以爲「造語奇詭，昌谷嗣音」（按此《平等閣詩話》語），實則樊紹述《鄂州城樓》之倫。』按《彊村棄稿》有《送秦晦鳴歸固始續婚用東坡韻》五言一首，又有《贈章佑叔、秦晦鳴同年》七律一首、《晦鳴既和余詩，意有未盡，再贈五章，用天爵古所尊爲韻》五言五首、《答晦鳴》七律一首、《簡晦鳴用山谷韻》七古一首、《和秦晦鳴乞米曲》一首，足見其與彊村交誼。悔生即夏閏枝，已見前注。閏枝《悔龕詞·霜葉飛》序云：『壬寅展重陽，天寧寺餞古微督學廣東，用夢窗韻。』詞云：『墮歡殘緒。西風畔、荒臺依舊煙樹。倚闌人影酒波空，涼葉聲如雨。數往事、驚鱗驟羽。斜陽紅膩浮圖古。恁倦旅低徊，幾度看山來，幾度鬢華添素。　休説似弈長安，青門柳盡，斷腸還爲重賦。五雲佳氣自蓬萊，冷到銅仙語。指天外、飆塵旋縷。霜搓濃載秋心去。漫嶺頭梅花訊，歲晚滄江，夢隨行處。』鶴亭，則冒廣生也。

〔二〕李商隱《腸》詩：『倦程山向背。』高適《淇上酬薛三據兼寄郭少府微》詩：『天長滄洲路，日暮邯鄲郭。』丁沽，丁字沽之省稱，在天津市北，位於直沽之西，西沽之北，爲大清河入運河之處。縱橫作丁字形，故名。

〔三〕《華嚴經》：『金輪水際，外有風輪。』

〔四〕亦稼軒《摸魚兒》詞『休去倚危闌，斜陽正在，煙柳斷腸處』意。

〔五〕杜牧《杜秋娘》詩：『觚棱拂斗極，回首尚遲遲。』帳飲，已見前注。

〔六〕簡書，謂朝命也。《新唐書·吴武陵傳》：柳宗元謫嶺南，吴武陵遺工部侍郎孟簡書曰：『程、劉、二韓皆已拔拭或處大州劇職，獨子厚與猿鳥爲伍，誠恐霧露所嬰，則柳氏無後矣。』李商隱《籌筆驛》詩：『猿鳥猶疑畏簡書。』《晉書·祖逖傳》：『與司空劉琨俱爲司州主簿，情好綢繆，共被同寢。中夜聞荒雞鳴，蹴琨覺曰：「此非惡聲也。」因起舞。』

〔七〕杜甫《陪王漢州留杜綿州泛房公西湖》詩：『豉化蓴絲熟。』蓴絲，用張翰事。王建《霓裳辭十首》（之一）：『聽風聽水作霓裳。』蔡絛《西清詩話》：『歐陽公以不曉聽風聽水爲恨。余觀唐人《西域記》

云：龜茲國王與臣庶知樂者，於大山間聽風水之聲均節成音，復翻入中國，如伊州、涼州、甘州，皆龜茲至也。』

〔八〕杜甫《秋興八首》（其四）：『魚龍寂寞秋江冷。』

又

滬上喜遇半塘翁作〔一〕

過江人暮經年事，鐙牀重話秋雨〔二〕。北風驅雁暫成行，飛泊寒箏柱。伴獨客，零宫斷羽。天涯惟有啼鵑苦。漫浪説浮家，泠夢落、滄波幾隊，白鷗同住〔三〕。長記墮策吹塵，浮雲蔽眼，上東門外歧路〔四〕。賸烽驚斷後歸魂，嗚咽銅駝語〔五〕。笑一夕、枯槎倦渡。腥塵還傍蠻江去〔六〕。要故人登臨倦，自結春帆，素馨開處。

【箋注】

〔一〕此一首光緒二十八年壬寅，彊村新任廣東學政，南行途中，經上海時作。半塘所作在《南潛集》，有序云：『海上喜晤漚尹，用夢窗韻賦贈。時漚尹持節嶺南，余適有吴趨之行，悤悤聚別，離緒黯然矣。』詞云：『酒邊孤緒。游情倦，閑雲自戀江樹。槎風新送故人來，香汛梅根雨。嘆冉冉流光迅羽。殘灰愁憶昆池古。好寄似南枝，嶺上早春回，莫負玉娥幽素。　回首秋鬢驚塵，觚棱北望，黯然腸斷愁賦。白頭不擬此重逢，喜入鐙脣語。看驛柳煙絲颭縷。吴篷先載閒鷗去。賸夢君，滄江上，霓節干雲，使星明處。』又陳鋭《裒碧集》有《長亭怨慢》一首，序云：『壬寅歲杪，半塘老人受儀董學堂之聘，其詞有曰：「鷗鷺莫驚猜，試認取盟書一紙。」時在秦淮妓家，屬和此詞』云云。又案戴正誠《鄭叔問先生年譜》『是歲，王佑遐給諫受揚州儀董學堂之聘，十月過江來蘇，與先生同游天平、鄧尉諸山』云云。此半塘當日行蹤也。所謂『吳趨之行』，殆指就聘儀董事。況周頤《王半塘傳》云：『二十八年得請南歸，寓揚州。時艱日亟，憤懣滋甚。』（見《碑傳集補》卷十）

〔二〕劉慶義《世説新語·言語》：『過江諸人，每至美日，輒相邀新亭，藉卉飲宴。』韋應物《示全真元常》詩：『那知風雨夜，復此對牀眠。』

〔三〕《新唐書·張志和傳》：『居江湖，自稱煙波釣徒……顔真卿爲湖州刺史，志和來謁。真卿以舟敝漏，請更之。志和曰：「願爲浮家泛宅，往來苕霅間。」』陸游《蕭山》詩：『會向桐江謀小築，浮家從此往來頻。』

〔四〕古詩：『驅車上東門。』賀方回《更漏子·獨倚樓》詞：『上東門，門外柳。贈別每煩纖手。』

〔五〕《晉書·索靖傳》：『靖有先識遠量，知天下將亂，指洛陽宮門銅駝，嘆曰：「會見汝在荆棘中耳。」』

〔六〕李邕《謝入朝表》：『止水一杯，忽聞朝海；枯槎八月，更睹浮天。』舊刻『倦渡』作『竟渡』。

虞美人 擬小山

朝朝愁黛羞鸞鏡。腸斷安排定。玉梅傳琖別筵開。却道未須、花謝便歸來。　炎洲路在屏風上〔一〕。酒醒鳴雙槳。淚花不惜涴紅牋。知道黏天波浪、寄書難〔二〕。

【箋注】

〔一〕韓愈《劉生詩》：「南逾横嶺入炎洲。」

〔二〕韓愈《祭河南張署員外文》：「洞庭漫汗，黏天無壁。」黄庭堅《四月末天氣陡然如秋遂御裌衣游北沙亭觀江漲》詩：「遠水黏天吞釣舟。」

瑶臺不恨驚鴻遠。一樣秋蓬轉。蠟花陪淚照匡牀。唤起盈盈、猶如睡時妝〔一〕。　牽衣怕領年時味。推酒成迴避。閒情斷作水東流。明日曲房春老、燕歸愁〔二〕。

【箋注】

〔一〕《莊子·齊物論》：「麗之姬，艾封人之子也。晉國之始得之也，涕泣沾襟。及其至於王所，與王同匡牀、食芻豢，而後悔其泣也。」

〔二〕枚乘《七發》：「往來游讌，縱恣於曲房隱間之中。」劉孝綽《古意》詩：「復此歸飛燕，啣泥繞曲房。」

定風波

點鏡春姿起翠禽。經年唤醒五湖心〔一〕。照眼嬌梅臨水放。惆悵。疏香不上小紅簪。　别去雲軿千種憶。無益〔二〕。狂來蠻榼百分斟〔三〕。江上北書無雁託。休説。海南千里瘴花深。

【箋注】

〔一〕『五湖』，見前《暗香》詞注。

〔二〕陶弘景《真誥》：『駕風騁雲軿。』

〔三〕陸游《初夏雜詠》：『芳醪溢蠻榼，短褐束郿縚。』

解連環 賦餅中落梅

碎鈿香跡。引啼煙翠羽，細窺簾隙。黯帳紙、殘墨懵騰，又攙弄麝塵，半消宮額〔一〕。拚忍清寒，有妝鏡、愁鸞偎泣〔二〕。悵新歌散雪，舊譜暗香，斷紅無覓〔三〕。瑶臺夢中誤擲。倩仙雲評泊，笑靨羞索〔四〕。待料理、紺玉寒泉，總浸作愁漪，換春無力。未返芳魂，料不怨、高樓橫笛〔五〕。伴黄昏、背鐙瘦影，翠尊酹得。

【箋注】

〔一〕東坡《自金山放船至焦山》詩：『困眠得就紙帳暖。』宫額，已見前注。

〔二〕范泰《鸞鳥詩序》：『昔罽賓王結罝峻祁之山，獲一鸞焉，王甚愛之。欲其鳴而不致也，乃飾以金樊，饗以珍羞。對之愈戚，三年不鳴。其夫人曰：「嘗聞鳥見其類而後鳴，何不懸鏡以映之？」王從其意。鸞覩形悲鳴，哀響冲霄，一奮而絶。』

〔三〕曹植《七啓》：『累如疊縠，離若散雪。』林和靖《梅花》詩：『暗香浮動月黄昏。』

〔四〕韓偓《遥見》詩：『白玉堂東遥見後，令人評泊畫楊妃。』史達祖《蝶戀花》詞：『幾夜湖山生夢寐，評泊尋芳，只怕春寒裏。』薛蘿桂《醉落魄》詞：『尊前不用多評泊，春淺春深，都向杏梢覺。』杜甫《舍弟觀赴藍田取妻子到江陵喜寄》詩：『巡簷索共梅花笑，冷蕊疏枝半不禁。』

〔五〕杜甫《宴楊使君東樓》詩：『樓高欲愁思，横笛未休吹。』

夢玉人引

誤驚鴻，夢滄江上，未歸客〔一〕。斜月空舲，慵對冷楓拈筆〔二〕。潮落潮生。蕩旅情，半付沙頭風笛。眼底淩波，比行雲難覓〔三〕。

錦屏羅扇，到如今、零亂舊歡跡。鏡語星星，小蛾經歲愁寂〔四〕。封與相思，紅鱗寒無力。料獨坐，背繁霜，不信鐙花今夕。

【箋注】

〔一〕曹植《洛神賦》：『翩若驚鴻。』

〔二〕『舲』，船有窗牖者。《楚辭·九章·涉江》：『乘舲船余上沅兮。』

〔三〕《洛神賦》：『淩波微步，羅襪生塵。』宋玉《高唐賦》：『朝爲行雲，暮爲行雨。』

〔四〕《太平御覽》卷七百十七引《拾遺録》曰：『周穆王時，渠國貢火齊鏡，廣三尺六寸，闇中視物如晝，人向鏡語，鏡中則響應之也。』

宴清都　壬寅小除夕，陽山舟中〔一〕

餞臘鑾邨鼓。聲聲急、雁邊低和鳴艣。瓊簫市遠，膏爐燗薄，好春何許。橫溪數萼嬌紅，點綴入、迎年秀語〔二〕。任向夕、雪意垂垂，韓山冷落眉嫵〔三〕。銀荷翠管西船，歌呼簺博，渾忘羈旅〔四〕。塗箋燥墨，沾杯淡酒，自温眠緒。荒鷄定憐沈夢，是一夜、鄉心幾處〔五〕。喚緒風、帆色新年，春程未誤〔六〕。

【箋注】

〔一〕陽山縣，清屬廣東連州。時彊村赴廣東學政任，途經連州作。

〔二〕林逋《梅花》詩：『水邊籬落忽横枝。』蘇軾《次韻仲殊雪中游西湖二首》（其一）：『秀語出寒餓。』

〔三〕『韓山』，在廣東潮陽縣東一里，本名東山。《輿地紀勝》：『東山在州東，昌黎游覽之所。』因以得名。

〔四〕『銀荷』，酒杯也。戴叔倫《南野》詩：『茶烹松火紅，酒吸荷杯緑。』杜甫《今夕行》詩：『相與博簺爲歡娱。』又同詩云：『馮陵大叫呼五白。』

〔五〕李商隱《西南行却寄相送者》詩：『明朝鸞破還鄉夢，定是陳倉碧野鷄。』白居易《自河南經亂關内阻飢，兄弟離散各在一處，因望月有感聊書所懷》詩：『共看明月應垂淚，一夜鄉心五處同。』

〔六〕温庭筠《元日》詩：『緒風調玉吹。』

阮郎歸　月夜維舟楞伽峽，山水幽敻，孟東野《石龍渦詩序》云：『四壁千仞，散泉如雨。』彷彿遇之〔一〕

千蕖無蔕著巖坳。飛簾噴雪消。濕雲雙束怒厓高。春湍不敢豪〔二〕。　煙艫閣，水鐙飄。幽猿三兩號〔三〕。驂鸞仙路夜誰招。月華摇鳳簫〔四〕。

【箋注】

〔一〕此下十五首，光緒二十九年癸卯作。彊村時年四十七歲，在嶺南。是年，命載振、袁世凱、伍廷芳改訂商律，設立商部；裁路礦總局，歸併商部。設立練兵處，以奕劻爲管理，徐世昌充提調，劉永慶、段祺瑞、王士珍充軍政、軍令、軍學等司正使。頒佈學堂章程，改管學大臣爲學務大臣，以孫家鼐充之。是年十二月，日俄戰争起。楞伽塔，在廣東連縣城南龍宫灘上。舊刻此下入《腹痛集》。

〔二〕韓愈《貞女峽》詩：『江盤峽束春湍豪。』

〔三〕《淮南子·説山訓》：『始調弓矯矢，未發而猿擁柱號矣。』黄山谷《次韻答清江主簿趙彦成》詩：『厭聞虎嘯與猿號。』

〔四〕江淹《别賦》：『駕鶴上漢，驂鸞騰天。』

玲瓏四犯

未减吴緜，怪睡覺西園，芳訊催晚。一袖鑪薰，長閣暗愁成片。天外似墨沈陰，意緒冷，社前歸燕。問鏡棱、多少鉛淚，不涴謝橋塵點〔一〕。　翠禽啼暝山屏半。報春殘、絮花當面。紅樓繡箔飄鐙夜，猶道東風淺〔二〕。料理病骨夢中，漸不是、年時羅薦。待訴情無奈，新聲澀盡，參差金雁〔三〕。

【箋注】

〔一〕李賀《金銅仙人辭漢歌》詩：『憶君清淚如鉛水。』

〔二〕李商隱《春雨》詩：『紅樓隔雨相望冷，珠箔飄鐙獨自歸。』

〔三〕温庭筠《菩薩蠻》詞：『金雁一雙飛，淚痕沾繡衣。』

燭影摇紅　晚春過黄公度人境廬話舊〔一〕

春暝鈎簾，柳條西北輕雲蔽〔二〕。博勞千囀不成晴，煙約游絲墜〔三〕。狼藉繁櫻剗地。傍樓陰、東風又起〔四〕。千紅沈損，鵯鵊聲中，殘陽誰繫〔五〕。　容易消凝，楚蘭多少傷心事。等閒尋到酒邊來，滴滴滄洲淚。袖手危闌獨倚。翠蓬翻、冥冥海氣〔六〕。魚龍風惡，半折芳馨，愁心難寄〔七〕。

【箋注】

〔一〕黄遵憲，字公度，廣東嘉應州人。父鴻藻，廣西知府。公度光緒二年順天鄉試舉人，旋隨使日本，歷任駐美國、新加坡、英國等領事官，所至凡二十餘國。嘗與梁啓超創辦《時務報》。光緒二十三年丁酉，以鹽法道拜湖南按察使，勵行新政。戊戌以後放歸。三十一年乙巳卒於家，年五十八。著述甚多，有《日本國志》四十卷、《日本雜事詩》二卷、《人境廬詩草》十一卷。梁啓超《嘉應黄先生墓誌銘》云：『光緒二十四年，復以三品京堂候補，充出使日本大臣。時先生方解湖南按察使任，養疾上海，淹留未行，而黨禍卒起，緹騎繞先生室者兩日，幾受羅織。事雖得白，使事亦解，先生遂歸田里。』錢仲聯《黄公度先生年譜》云：『光緒二十六年庚子，先生年五十三歲。李鴻章出督兩廣，屢聘先生出山。先生自戊戌歸里後，閉門著書，不預世事。李督欲以設巡警、開礦産之事相委，先生以事無可爲，一意辭謝。』又云：『光緒二十九年癸卯，先生五十六歲。邀集地方人士設立嘉應興學會議所，先生自爲所長。籌辦東山初級師範學堂，謂先有師範，而後有蒙小學教員也。又慮年稍長者無地就學，則設補習學堂。慮僻處下邑聞見錮蔽，則設講習所。先生有《小學校學生相和歌》十九首。歸安朱古微侍郎爲廣東學政，晚春過先生人境廬話舊，有《燭影摇紅》詞云云。』按彊村時爲學政，例應巡視本省各地，本年春暮至嘉應州，與公度相見，公度時方鄉居辦學。鄭逸梅《藝林散葉續編》云：『黄公度之人境廬，在廣東梅縣，今尚有遺址。如恩亭、五步亭、無壁樓、十步閣、七字廊、卧虹榭等，但已圮敝不堪，兹正在修復中。公度當時有自撰聯：「萬象幽歸方丈室，四周環列自家山。」又：「有三分水、四分竹，添七分明月；從五步樓、十步閣，望百步長江。」無壁樓有南武山人所撰聯：「陸沉欲借舟權住，天問翻無壁受呵。」』又狄葆賢《平等閣詩話》云：『公度文詞斐亹，綜貫百家。光緒初元隨使日本，嘗考其政教之廢興，風土之沿革，泐成《日本國志》一書，海内奉爲瓌寶。由是誦説之士，抵掌而談域外之觀，不致墮五里霧中，厥功偉茂矣。公度雅好歌詩，爲近來詩界三杰之冠。』

〔二〕李賀《感諷六首》（其一）詩：『眼逐春瞑醉。』

〔三〕《左傳·昭公十七年》杜注：『伯趙，伯勞也。以夏至鳴，冬至止。』字亦作『博勞』，《孟子》『鴃舌之人』，趙岐注：『鴃，博勞鳥也。』

〔四〕稼軒《念奴嬌》詞：『剗地東風欺客夢。』

〔五〕韓偓《春恨》詩：『城頭鵯鵊伴啼烏。』張耒《春晚有感》詩：『洛川三月鵯鵊鳴，游絮縈空塵不驚。』

〔六〕稼軒《摸魚兒》詞：『休去倚危闌，斜陽正在、煙柳斷腸處。』

〔七〕《楚辭·九歌·山鬼》：『折芳馨兮遺所思。』

摸魚子 梅州送春，時得輦下故人三月幾望書〔一〕

近黄昏、悄無風雨，蠻春安穩歸了。恖恖染柳熏桃過，贏得錦箋悽調〔二〕。休重惱。問百五韶光、醖造愁多少〔三〕。新顰舊笑。有拆繡池臺，迷林鶯燕，裝綴半殘稿〔四〕。流波語，飄送紅英最好。西園沈恨先掃〔五〕。天涯别有憑闌意，除是杜鵑能道〔六〕。歸太早。何不待倚簾、人共東風老〔七〕。消凝滿抱。恁秉燭呼尊，緑成陰矣，誰與玉山倒〔八〕。

【箋注】

〔一〕梅州，今廣東梅縣。宋曰梅州，明廢州爲程鄉縣，清升爲嘉應州，直隸廣東省。後升爲嘉應府，尋復爲州。民國改爲梅縣。按《清史稿·德宗紀》：光緒二十九年三月『己巳，榮禄卒，贈太傅，晉一等男』。按是月丙辰朔，己巳則三月十四日也。所謂『輦下故人書』，當言及榮禄之死，詞蓋有感於此而作。又按王半塘於明年甲辰五月致彊村書云：『大集琳琅，讀之尤歆快無量。日來料量課事訖，即焚香展卷，細意披吟，宛如故人酬對。昨况夔笙渡江見訪，出大集共讀之。以目空一世之况舍人，讀至《梅州送春》、《人境廬話舊》諸作，亦復降心低首曰：「吾不能不畏之矣！」夔笙素不滿某某，嘗與吾兩人異趣。至公作，則直以獨步江東相推，非過譽也。』按况周頤《選巷叢談》云：『甲辰四月下沐，過江訪半塘揚州，晤於東閣街儀董學堂西頭之寓廬，握手欷歔，彼此詫爲意外幸事，蓋不相見已十年矣。』時半塘方執教揚州儀董學堂，不久即逝世矣。

〔二〕李賀《瑶華樂》詩：『薰梅染柳將贈君。』

〔三〕元稹《連昌宫詞》詩：『初過寒食一百六，店舍無煙宫樹緑。』

〔四〕二句言榮禄死後，政局益混亂。

〔五〕清流諸人多憎惡榮禄於戊戌年間所作所爲，多幸其死，故曰：『飄送紅英最好。』

〔六〕『杜鵑能道』，言德宗尤深惡其人。

〔七〕『倚簾人』，指西后也。按榮禄本椒房懿戚，爲太后所倚重。戊戌政變，太后再訓政，榮禄之力爲多。義和團事起，圍攻使館甚久，榮禄陰以調停爲己任，不與載漪、剛、趙等同流，亦權貴中之稍有見識者。此時方忙於籌措慈禧明年七旬大典，而榮禄竟先死矣。諷之，亦慨之也。

〔八〕古詩：『晝短苦夜長，何不秉燭游。』杜牧《悵》詩：『緑葉成陰子滿枝。』李白《襄陽歌》詩：『玉山自倒非人推。』

浣溪沙〔一〕

獨鳥衝波去意閒。壞霞如赭水如牋。爲誰無盡寫江天〔二〕。　並舫風絃彈月上，當窗山髻挽雲還〔三〕。獨經行地未荒寒〔四〕。

【箋注】

〔一〕王國維《人間詞話》云：『彊村詞，余最賞其《浣溪沙》「獨鳥衝波去意閒」二闋，筆力峭拔，非他詞可能過之。』又云：『近人詞，如復堂（譚獻）之深婉，彊村之隱秀，皆在半塘老人上。彊村學夢窗，而情味較夢窗反勝。蓋有臨川、廬陵之高華，而濟以白石之疏越者。學人之詞，斯爲極則。然古人自然神妙處，尚未見及。』

〔二〕晁補之《自畫山水留春堂大屏題其上》詩：『胸中正可吞雲夢，琖底何妨對聖賢。有意清秋入衡霍，爲君無盡寫江天。』

〔三〕舊刻『挽雲還』作『載雲還』。

〔四〕《付法藏經》：『我若眠息，汝當經行。汝若眠息，我當經行。』温庭筠《宿松門寺》詩：『西山舊是經行地。』

翠阜紅厓夾岸迎。阻風滋味暫時生〔一〕。水窗官燭淚縱橫〔二〕。　禪悅新耽如有會〔三〕。酒悲突起總無名。長川孤月向誰明〔四〕。

【箋注】

〔一〕韓偓《阻風》詩：『斷腸滋味阻風時。』

〔二〕黄庭堅《觀伯時畫馬禮部試院作》詩：『風簾官燭淚縱橫。』

〔三〕《維摩經》：『雖復飲食，而以禪悦爲味。』黄山谷《四月戊申賦鹽萬歲山中仰懷外舅謝師厚》詩：『禪悦稱性深。』

〔四〕李白《鸚鵡洲》詩：『長洲孤月向誰明。』

訴衷情　癸卯七夕和夢窗

鸞軿秋訊有無間。樺燭掩屏山〔一〕。錚然露井梧韻，驚夢絳河還〔二〕。　無别語，擁眠鬟。淚闌干。蘭叢風起，未抵鍼樓，羅薦新寒〔三〕。

【箋注】

〔一〕『軿』，有帷蓋之車。《後漢書·輿服志》：『太皇太后、皇太后法駕皆御金根，加交路帳裳。非法駕，則乘紫罽軿車。』《文選》謝莊《宋孝武宣貴妃誄》：『帷軒夕改，軿輅晨遷。』白居易《行簡初授拾遺同早朝入閣》詩：『宿雨沙堤潤，秋風樺燭香。』東坡《至真州再和》詩：『小院檀槽鬧，空庭樺燭煙。』

〔二〕《白孔六帖》卷二『天河』：『天河謂之天漢、銀漢、銀河、河漢、天津、絳河、明河。』

〔三〕李商隱《潭州》詩：『楚歌重疊怨蘭叢。』《西京雜記》：『漢綵女常以七月七日穿七孔鍼於開襟樓。』

又　又和

苕岸路，棹觥船。是何年〔一〕。倚樓心事，清絶羅衣，原耐秋寒。

網絲飄斷水沈煙。銀鴨穩雙眠〔二〕。侵衣露點如雨，坐看月流天〔三〕。

【箋注】

〔一〕王安石《省中二首》（其一）：「萬事悠悠心自知，强顔於世轉參差。移床獨向秋風裏，卧看蜘蛛結網絲。」東坡《九日舟中望見有美堂上魯少卿飲以詩戲之二首》（其二）詩：「水沉煙斷佩聲微。」

〔二〕謝莊《月賦》：「白霧曖空，素月流天。」

〔三〕陳壽《三國志·吴書·孫權傳》注引《吴書》曰：「鄭泉字文淵，陳郡人，博學有奇志而性嗜酒，其閒居每曰：『願得美酒滿五百斛船，以四時甘脆置兩頭，反覆没飲之。憊即住而啖肴膳，酒有斗升減，隨即益之，不亦快乎！』」又《晉書·畢卓傳》：「嘗謂人曰：『得酒滿數百斛船，四時甘味置兩頭，右手持酒杯，左手持蟹螯，拍浮酒船中，便足了一生矣。』」《施注蘇詩》注東坡《宿餘杭法喜寺後緑野堂望吴興諸山懷孫莘老學士》詩引《杭州圖經》云：「苕水出天目山，北入太湖，乃古震澤也。故老相傳，夾岸多苕草，秋風吹花，浮如飛雪，因以名谿。」

解連環　秋感和夢窗〔一〕

緒牽愁結。被鑾薰沁骨〔二〕，素天無極。傍露井、葉葉疏桐，信經過暮涼，畫秋真色〔三〕。罷酒闌干，雁書斷、浮雲東北〔四〕。望三山鬈翠，尺海漲塵，有情難憶〔五〕。　登臨故歡盡擲。覷新霜鏡裏，烏笑頭白。待叩君、密約鸞釵，怕著枕睡酣，暗消瑶碧〔六〕。夢入關榆，但流恨、沈沈寒汐〔七〕。背西風，怨蛩細語，伴人絮得。

【箋注】

〔一〕舊刻題下多『留別石帚韻』五字。

〔二〕唐彦謙《詠竹》詩：『醉卧涼陰沁骨清，石牀冰簟夢難成。』沁，滲透也。

〔三〕魏明帝《猛虎行》詩：『雙桐生空井，枝葉自相加。通泉浸其根，泫雨潤其柯。』李白《贈别舍人弟臺卿之江南》詩：『梧桐落金井，一葉飛銀牀。』二句言亂離以來，衰敗之真情已見，所謂『畫秋真色』也。

〔四〕時當日俄戰争前夕，故深以東北爲念。

〔五〕《史記・封禪書》：『自威、宣、燕昭使人入海求蓬萊、方丈、瀛洲。此三神山者，其傳在勃海中，去人不遠……未至望之如雲，及到，三神山反居水下。』杜甫《九成宫》詩：『鬈翠開户牖。』二句言自甲午以來，日本之野心，方興未艾。

〔六〕言當政者沉睡方酣，欲進諫而無由。『烏笑頭白』，言引鏡窺影，烏髪已白。非用白頭烏事。

〔七〕《明一統志·永平府》:『山海關,在撫寧縣東,其北爲山,其南爲海,相距不數里許,實險要之地。本朝魏國公徐達,移榆關於此,改今名。』

唐多令

廊蔭轉疏槐。圓蟾明上階。倚空尊、涼夢徘徊。多少清湘瑶瑟怨〔一〕。幾曾有、鶴飛來。

鐙蕚半成灰。短書千里回。報巖扃、晚桂都開〔二〕。前度憑闌人換盡,問何事、戀天涯〔三〕。

【箋注】

〔一〕韓愈《送惠師》詩:『斑竹啼舜婦,清湘沉楚臣。』錢起《湘靈鼓瑟》詩:『善鼓雲和瑟,常聞帝子靈。』

〔二〕劉安《招隱士》云:『桂樹叢生兮山之幽,偃蹇連蜷兮枝相繚。』

〔三〕思歸隱也。

齊天樂　芙蓉〔一〕

輕紅不上瓊娘靨。重重步幢新亞〔二〕。麝發潮妝,霞融膩玉,臨鏡冰絲成把〔三〕。春魂漸化。委香篋仙衣,冷雲齊卸。喚起伶俜,載秋單舸爲誰迓〔四〕。

褰裳人去未久,畫闌憑不熱,前度

游冶〔五〕。艷錦霜初，斜陽木末，愁入黄昏無罅〔六〕。仙城夢罷。賸鉛淚偷淹，憶君清夜〔七〕。月墮江空，翠綃何處寫〔八〕。

【箋注】

〔一〕陳景沂《全芳備祖》前集卷二十四『芙蓉花碎録』云：『産於陸者曰木芙蓉，産於水者曰草芙蓉，亦猶芍藥之有草木也。唐人謂木芙蓉爲木蓮，一名拒霜。其木叢生葉大，而其花甚紅，九月霜降時候開。東坡爲易名曰拒霜。』

〔二〕蕭子顯《烏棲曲》：『濃黛輕紅點花色。』白居易《題遺愛寺前溪松》詩：『花幢雪壓低。』

〔三〕夢窗《法曲獻仙音》：『艷拂潮妝，淡凝冰靨，別翻翠池花浪。』

〔四〕《文選》潘岳《寡婦賦》：『少伶俜而偏孤兮，痛忉怛以摧心。』注：『伶俜，單孑貌。』

〔五〕《詩・鄭風・褰裳》：『褰裳涉溱。』又：『褰裳涉洧。』夢窗《浪淘沙慢》詞：『畫闌盡日憑熱。』

〔六〕《全芳備祖》引船窗詠芙蓉五言律詩散聯云：『霜深才吐艷，日暮更饒紅。』《楚辭・九歌・湘君》：『搴芙蓉兮木末。』王維《辛夷塢》詩：『木末芙蓉花，山中發紅蕚。』

〔七〕歐陽修《六一詩話》：『曼卿卒後，其故人有見之者，云恍惚如夢中。言：「我今爲鬼仙也，所主芙蓉城。」欲呼故人往游，不得，忿然騎一素騾，去如飛。』東坡《芙蓉城》詩：『芙蓉城中花冥冥，誰其主者石與丁。』自序云：『世傳王迥字子高，與仙人周瑶英游芙蓉城。元豐元年三月，余始識子高，問之信然，乃作此詩。』李賀《金銅仙人辭漢歌》：『憶君清淚如鉛水。』

〔八〕夢窗《過秦樓·芙蓉》詞：『又江空月墮，淩波塵起，綵鴛愁舞。』

金縷曲　久不得半塘翁書，賦寄〔一〕

下殿扁舟具〔二〕。傍滄江，經年堅卧，西風孤旅。不近彈棋中心局，依舊埋憂無路〔三〕。枉贏得，蘭成詞賦。袖墨淋浪神州淚，算韓陵、片石差堪語〔四〕。歌不得，獨絃苦。　竹西未是無佳處〔五〕。只吞聲杜鵑再拜，低頭臣甫〔六〕。海氣荒荒蛟龍惡。我亦枯槎倦渡。尚夢繞，鐙牀風雨。散髮相從明朝事，問江干、鷗鷺平安否〔七〕。須爲報，尺魚素〔八〕。

【箋注】

〔一〕舊刻題目『半塘翁書』作『鶩翁書』。按半塘是時仍在揚州儀董學堂，《彊村詞賸·腹痛集》有《月華清·中秋對月懷半塘揚州》一首，當是一時稍後之作，録以備參。詞云：『夢冷瑶華，花凝絳闕，素娥秋思多少。暮合纖雲，吹占謝郎懷抱。掩空絃、怨鶴飛迴，耿殘漏、夜烏啼覺。誰到。小驂鸞舊路，紺塵親掃。　桂粟闌陰望渺。憶畫燭籠秋，别懷千繞。淚盡銅仙，攜得玉槃空好。暫將息、冰鏡閑愁，懶斟酌、羽裳新調。留照。爲紅橋廿四，玉簫親教。』

〔二〕按『下殿』字出《後漢書·虞詡傳》，此借用。言半塘納諫不允，遂翩然投劾，遽爾放跡江湖也。况周頤《眉廬叢話·王鵬運宦途坎坷》條：『官禮科掌印給事中，旋奉旨以簡缺道員用，（實）不用之别名也。半塘泊然安之。未幾，復嚴劾某樞相，不見容於朝列，襆被出都，潦倒以没。』按半塘以光緒二十七年辛丑夏投劾出都，是時軍機大臣爲禮親王世鐸、榮禄、王文韶、鹿傳霖、瞿鴻機諸人；大學士則爲李鴻章（十月卒）、崑岡、榮禄、王文韶、孫家鼐諸人；協辦大學士則崇禮、徐郙二人。半塘所劾，則榮禄也。事見文廷式《琴風餘譚》。參看卷三《望江南》注。

〔三〕李商隱《無題》：『莫近彈碁局，中心最不平。』

〔四〕張鷟《朝野僉載》卷六：庾信至北，『時温子昇作《韓陵山寺碑》，信讀而寫其本。南人問信曰：「北方文士何如？」信曰：「唯有韓陵山一片石堪共語。」』蘭成，庾信小字。

〔五〕白石《揚州慢》詞：『淮左名都，竹西佳處。』杜牧《題揚州禪智寺》詩：『誰知竹西處，歌吹是揚州。』

〔六〕杜甫《杜鵑》詩：『杜鵑暮春至，哀哀叫其間。我見常再拜，重是古帝魂。』

〔七〕李白《宣城謝朓樓餞别校書叔雲》詩：『人生在世不稱意，明朝散髮弄扁舟。』

〔八〕《古詩》：『客從遠方來，遺我雙鯉魚。呼兒烹鯉魚，中有尺素書。』

又　書感寄王病山、秦晦鳴〔一〕

斗柄危樓揭〔二〕。望中原，盤雕没處，青山一髮〔三〕。連海西風掀塵黯，卷入關榆悴葉〔四〕。尚遮定、浮雲明滅〔五〕。烽火十三屏前路，照巫閭、知是誰家月〔六〕。遼鶴語，正嗚咽〔七〕。微聞殿角春雷發。總難醒、十洲濃夢，桑田坐閲〔八〕。銜石冤禽寒不起，滿眼秋鯨鱗甲〔九〕。莫道是、昆池初劫〔一〇〕。負壑藏舟尋常事，怕蒼黃、柱觸共工折〔一一〕。天外倚，劍花裂〔一二〕。

【箋注】

〔一〕舊刻題目無『王』、『秦』二字。按王乃徵字聘三，四川中江縣人。光緒十六年庚寅進士。官河南、湖北、貴州等省布政使。民國後易名潛，字病山，僑居上海。有《嵩洛吟草》、《天目紀游草》等集。《彊村棄稿》有《王病山避亂武陵，乃其昔年備兵地也。武陵詩人陳伯弢以書醞相勞苦，報賦有句，索次原韻奉寄》七律一首，則辛亥後作也。陳衍《石遺室詩話》云：『王聘三乃徵，四川中江人，自署病山。由翰林擢御史，著直聲，出守江西，與右衡（秦樹聲）皆以治績稱最，被薦可大用。入都，時共吟集，不輕易下筆。旋尹京兆，連典大藩，由豫將赴黔，薄游嵩洛，寄余《嵩洛吟草》一卷，乃知其詩功不淺也。』王賡《今傳是樓詩話》云：『病山嘗備兵湘之常德，亂後（辛亥）由黔中歸，復僑寓於此。武陵詩人陳伯弢以書醞相勞苦，病山酬詩云：「爲軫兵戈九折途，寄巢風雪一廛居。妻孥尚在真成累，故舊相逢解念初。不死與誰消暮日，餘生何處是吾廬。余宗未返蛩音絶（謂王夢湘），破涕緣君尺素書。」』按《彊村棄稿》中所和，即此詩也。病山又有《落葉》七律四首，詠珍妃事，與曾廣鈞同題之作，並稱於時。徐兆瑋《北松廬詩話》所謂『王詩微婉，曾詩悽艷』是也。其詩則狄葆賢《平等閣詩話》、孫雄《詩史閣詩話》皆載之。錢仲聯《清詩紀事》已録入。《光緒東華録》光緒二十八年二月庚申載有御史王乃徵『請力除用人積弊』事。彊村此詞，則作於光緒二十九年廣東學政任所，蓋深有感於日俄戰争，中國宣佈嚴守中立事而作，詞極痛切。秦晦鳴已見前《霜葉飛・秋晚奉使嶺南》詞注。

〔二〕陸瓊《關山月》詩：『擊斗宿危樓。』

〔三〕蘇軾《澄邁驛通潮閣二首》（其二）詩：『杳杳天低鶻没處，青山一髮是中原。』

〔四〕王褒《出塞曲》：『關樹但生榆。』李益《聽曉角》詩：『邊霜昨夜墮關榆。』

〔五〕《文子》：『日月欲明，浮雲蔽之。』

〔六〕『十三屏』，十三山也。山在遼寧錦縣東北七十五里，峰有十三，大小相錯，凝嵐積翠，宛若畫屏，山海關即見之。清聖祖東巡過此，有《十三山詩》。巫閭，即醫巫閭山。在遼寧北鎮縣東五里，爲陰山山脈之分支。一名巫無閭。《周禮・職方》所謂『幽州之鎮』也。《文選・江賦》：『巫廬嵬崫而比嶠。』時日俄在我東北作戰，而我反旁觀若外人，此語絶痛。

〔七〕『遼鶴』，用丁令威事，已見前注。

〔八〕《光緒東華録》光緒二十九年十二月丙子諭：『現在日俄兩國失和用兵，朝廷軫念彼此均係友邦，應按局外中立之例辦理。著各省將軍、督撫通飭所屬文武，並曉諭軍民人等，一體欽遵，以篤邦交而維大局，毋得疏誤。將此通諭知之（下附《局外中立條規》）。』又諭『現在日俄兩國失和，非與中國開釁，京外各處地方，均應照常安堵。本日業經明降諭旨，按照局外中立之例辦理。所有各省及沿邊地方，著該將軍、督撫等，加意嚴防，慎固封守。凡有通商口岸及各國人民財産、教堂，一體認真保護，隨時防範。倘有匪徒造謡滋事，即著迅速查拿，從嚴治罪』云云。言『春雷』者，國土任人蹂躪，而甘居局外中立，堂堂上諭，屈辱至此，實令人震驚也。

〔九〕《山海經・北山經》：精衛『常銜西山之木石，以堙於東海』。任昉《述異記》：『昔炎帝女溺死東海中，化爲精衛，其名自呼。每銜西山木石填東海。……一名寃禽。』庾信《哀江南賦》：『豈寃禽之能塞海。』杜甫《秋興八首》（其七）詩：『石鯨鱗甲動秋風。』

〔一〇〕干寶《搜神記》云：『漢武帝鑿昆明池，極深，悉是灰墨，無復土。舉朝不解，以問東方朔。朔曰：「臣愚，不足以知之。」曰：「試問西域人。」帝以朔不知，難以移問。至後漢明帝時，西域道人入來洛陽，時有憶方朔言者，乃試以武帝時灰墨問之。道人云：「經云天地大劫將盡，則劫燒。此劫燒之餘也。」』

〔一一〕《莊子·大宗師》：『藏舟於壑，藏山於澤，謂之固矣。然而夜半有力者負之而走，昧者不知也。』《列子》卷五：『共工氏與顓頊爭爲帝，怒而觸不周之山，折天柱，絶地維。』

〔一二〕宋玉《大言賦》：『長劍耿耿倚天外。』

夜游宮　舟夕孤坐，榜人折臨水小梅枝爲供

吹水疏香訊早。紺壺暖，回鐙一笑〔一〕。零亂蒼鬢枕函小。似羅浮，月昏黃，夢中到〔二〕。
天黯吹笙道〔三〕。細禽傍、空尊啼繞。起换傷春舊年稿。斷無人，理紅簪，歲華老〔四〕。

【箋注】

〔一〕夢窗《花犯》詞：『寒泉貯、紺壺漸暖，年事對、青燈驚换了。』

〔二〕林逋《梅》詩：『暗香浮動月黄昏。』

〔三〕白石《點絳脣》詞：『緑楊低掃吹笙道。』李賀《感諷》詩：『柳掃吹笙道。』

〔四〕白石《一萼紅》詞：『古城陰，有官梅幾許，紅萼未宜簪。』

喜遷鶯　羅江舟夜歲除，和夢窗〔一〕

風鐙摇暮。餞闌歲暫閣，瘴江雙艓〔二〕。分客餳枝，看人花勝，依舊故年游旅〔三〕。香汎舵樓松火，紅上巖陰橘户〔四〕。燕來早，問殘寒消盡，芳音回否。　閒處。孤夢寄、煙驛幾籖，斗掛蒼山午〔五〕。流怨迴潮。年涯催送，不送蠻帆一羽。自酹屠蘇無味，慵倚惠鑪劃句〔六〕。漫移枕，看槃花燭卷，紅雲成縷。

【箋注】

〔一〕『羅江』，源出廣東翁源縣，東接連平縣界，西流至英德東北會翁江，注於北江。《清一統志》以爲古湞水也。

〔二〕『閣』，停也。《三國志·魏志·王粲傳》注引《典略》曰：『粲才既高，辯論應機。鍾繇、王朗等雖各爲魏卿相，至於朝廷奏議，皆閣筆不能措手。』字亦作『擱』。

〔三〕『餳』，飴糖，以麥芽、穀芽之類熬製而成。宗懔《荆楚歲時記》：『正月一日，進屠蘇酒，膠牙餳。』勝，婦女首飾。杜甫《人日》詩：『勝裏金花巧耐寒。』勝有金勝、銀勝、彩勝、人勝、花勝等等，或剪綵，或鏤金爲之。《釋名·釋首飾》云：『華，象草木華也；勝，言人形容正等，一人著之則勝，蔽髮爲飾也。』《荆楚歲時記》：『華勝起於晉代，見賈充《李夫人典戒》，云：「像瑞圖金勝之形。」又取像西王母正月七日戴勝見武帝於承華殿也。』華勝即花勝也。劉攽《人日立春》詩：『花勝已宜春，剪綵更爲人。』

〔四〕《晉書·王廙傳》：『倚柁樓長嘯，神氣甚逸。』杜甫《陪鄭廣文游何將軍山林十首》（其二）詩：『翻疑柁樓底，晚飯越中行。』仇注云：『南方大船，尾有柁樓。』柁樓即舵樓。

〔五〕杜甫《宿青草湖》詩：『郵籤報水程。』朱注：『郵籤，驛館更籌也。』隋煬帝詩：『投籤初報曉。』』

〔六〕『屠蘇』，酒名。李時珍《本草綱目》云：『屠蘇酒，陳延之《小品方》云：「此華佗方也。元旦飲之，辟疫癘一切不正之氣。」』又，楊慎《丹鉛總録》云：『屠蘇，菴也。《廣雅》云：「屠蘇，平屋也。」《通俗文》曰：「屋平曰屠蘇。」《魏略》云：「李勝爲河南太守，郡廳事前屠蘇壞。」唐孫思邈有屠蘇酒方，蓋取菴名以名酒，後人遂以屠蘇爲酒名矣。』

六　醜　甲辰元夕，舟泊端州，郭外水鐙喧闐，嗑然其爲春矣〔一〕

又東風漸起，恨海角、酬春無力〔二〕。市樓半塵，籠鐙搖素壁。芳意疏隔。暗裏年光去，鬧蛾歡會，渺瘴江孤驛〔三〕。誰家噴起中流笛。篙穩蓬萊，六鼇咫尺。沈沈萬波吹息〔四〕。惹蹋歌一笑，飛棹無跡。篷窗人寂。擁膏鑪燗直。舊侶瓊簫冷，誰話得。銅駝夢繞香陌。恣魚龍曼衍，春城如墨〔五〕。金錢換、短宵歡刻。懵騰裏、不省當頭自有，素娥真色〔六〕。驂鸞事、分付愁客。到夜深、點滴方諸淚，銀荷對拭〔七〕。

【箋注】

〔一〕此下二十三首，光緒三十年甲辰作，彊村年四十八。端州，隋以高要郡置，改爲信安郡。唐復爲端州，又改爲高要郡，尋復故。宋亦曰端州，升爲肇慶府。即今廣東高要縣。州境有端溪，出硯石，世稱端硯。是年，英兵犯拉薩，達賴出走，班禪與英締結英藏拉薩條約。是年，王鵬運、文廷式病殁。陳三立《悼胡研孫》詩云：『半塘蜕去純常死，海内詞人日寂寥。』

〔二〕山谷《題宗室大年畫二首》（之二）詩：『海角逢春知幾度，卧游到處總傷神。』

〔三〕周密《乾淳歲時記》：『元夕節物：婦人皆帶珠翠、鬧蛾、玉梅、雪柳、菩提葉、燈毬、銷金合、蟬貂袖、項帕，而衣尚白，蓋月下所宜也。』

〔四〕李白《春夜洛城聞笛》詩：『誰家玉笛暗飛聲。』馬致遠《黄粱夢·中呂·賺煞尾》：『萬里天風歸去穩，蓬萊頂上朝真。』宋時元夕張鐙，以鼇負神山，謂之鼇山。王珪《上元觀鐙》詩：『雙鳳雲中扶輦下，六鼇海上駕山來。』《朝鮮志》：『萬波息笛：新羅神文王時，東海中有小山浮來，隨波往來。王異之，泛海入其山，上有一竿竹，命作笛，吹此笛則兵退、病愈、旱雨、雨晴、風定波平，號萬波息笛。』

〔五〕《漢書·西域傳》：『作巴俞、都盧、海中、碭極、曼衍、魚龍、角抵之戲，以觀視之。』

〔六〕李商隱《十一月中旬至扶風界見梅花》詩：『素娥惟與月，青女不饒霜。』

〔七〕張孝祥《水調歌頭》：『莫問驂鸞事，有酒且頻斟。』《淮南子·天文訓》：『方諸見月，則津而爲水。』高誘注：『方諸，陰燧大蛤也。熟磨拭令熱，月盛時以向月下，則水生，以銅盤受之，下水數滴。』東坡《和黃秀才鑒空閣》詩：『借君方諸淚，一沐管城穎。』銀荷謂酒杯，已見前注。

浣溪沙

夢熟煙江十四程。鬢絲堤柳兩盈盈。年芳隨水漫無情。　落酒東風梅便旋。銜帆細雨燕將迎〔一〕。春愁把筆自然生。

【箋注】

〔一〕東坡《十二月二十八日蒙恩責授檢校水部員外郎黄州團練副使復用前韻》詩：『出門便旋風吹面。』杜甫《送翰林張司馬南海勒碑》詩：『春帆細雨來。』

齊天樂　木棉〔一〕

燭龍飛上珊瑚岸，殷空萬鐙成蕾〔二〕。幹掩斑鱗，香銜絳噣，凝作連溪朝采〔三〕。煙滋露溉。就中著温茸，歲寒曾耐〔四〕。老盡春叢，可憐朱鳳故巢在〔五〕。　越王臺畔麗質，照人風雨夜，天半無晦〔六〕。繭蝶移家，蓉砂變景，誰睇孤根嶺外〔七〕。交柯未改。好留駐年年，祝融幢蓋〔八〕。

夢結扶桑，日華擎翠海〔九〕。

【箋注】

〔一〕《番禺雜編》：『木棉樹高二三丈，類桐木，先花後葉，紫赤色，大如椀。二月三月間，花既謝，蘂爲綿，有殼盛之。彼人績爲毬，潔白如雪，温暖無比。』王仁俊輯《吴録》：『交州永昌木棉，樹高過屋，實大如酒杯，中有綿如絮，色正白，破一實得數斤，可爲緼絮及毛布。』《羅浮山記》：『木棉正月開花，大如芙蓉，花落結子。』陶宗儀《輟耕録》：『閩廣多種木綿，樹高七八尺，樹如柞，結實如大麥而色青，秋深即開，露白綿茸茸然。土人摘取出殼，以鐵杖捍盡黑子，徐以小弓彈，令紛起，然後紡績爲布，名曰吉貝。』按木棉樹軀幹高標，花紅如火，南方特産。嶺南詩人多詠之，著者如陳恭尹《木棉花歌》、屈大均《南海神祠古木棉歌》。又宋湘句云：『要對此花須壯士，即談芳緒亦佳人。』譚敬昭句云：『芍藥薔薇小兒女，東風南國大文章。』潘正亨《萬松山房詩鈔》更有七律《木棉花十首》（見廣州詩社《詩詞報》總三百二十期），文多不録。按元稹《送嶺南崔侍御》詩：『火布垢塵須火浣，木棉温軟當棉衣。』李商隱《李衛公》詩：『今日致身歌舞地，木棉花暖鷓鴣飛。』則唐人已有詠之者矣。

〔二〕《楚辭·天問》：『日安不到，燭龍何照。』任昉《述異記》：『鬱林郡有珊瑚市。』潘正亨《木棉花》詩：『種就珊瑚棲彩鳳，抛殘金豆啄神鴉。』又：『贏得陀羅千百臂，連鐙高舉照塵寰。』鐙，謂棉實。

〔三〕噣，同咮。《詩·毛傳》：『咮，喙也。』

〔四〕『温茸』，謂棉絮。夢窗《花心動·柳》詞：『煙滋露染，翠嬌紅溜。』

〔五〕東坡《五色雀詩序》：『海南有五色雀，常以兩絳者爲長，進止必隨焉。俗謂之鳳凰。』

〔六〕《一統志》：『番禺縣西越王山，上有臺，趙佗所築。』潘正亨詠木棉詩有《越王臺》一首云：『越王臺上日曈曨，崛起虬枝繞碧空。草木千年朝赤帝，江山終古壯雄風。心傷楚炬咸陽燼，耻受秦封泰岳功。寶蓋華幢迎漢節，書生真有氣如虹。』録以備參。

〔七〕『蓉砂』，芙蓉砂也。雷斅《雷公炮炙論》：『砂有白金砂，澄水砂，陰成砂，辰錦砂，芙蓉砂，箭簇砂，曹末砂，金星砂，平面砂，神末砂等，不可細述。』皆丹砂别名。東坡《辨道歌》詩：『一丹休别内外砂，長修久餌須昇遐。』變景者，道家言丹砂可以駐景也。

〔八〕《吕氏春秋·孟夏紀·四月》：『其帝炎帝，其神祝融。』注：『祝融，顓頊氏後，老童之子吴回也。爲高辛氏火正，死爲火官之神。』《管子·五行》：昔者黄帝『得祝融而辯於南方』。

〔九〕李商隱《偶成轉韻七十二句贈四同舍》詩：『舊山萬仞青霞外，望見扶桑出東海。』

減字木蘭花

舟泝湟江，忽風雨淒戾，交舊存没之感，紛有所觸，輒綴短韻，適踵八哀，非事銓擇也〔一〕

淮流如黛。六月吴篷歡共載。解袂悤悤，兵火連天照海東。　一官垂死，訣我聯緜書七紙。風義平生。慚愧山陽范巨卿。平湖何笛帆錫驊〔二〕

【箋注】

〔一〕『湟江』，即洭水，源出湖南郴縣黃岑山，南流入廣東，至英德縣南，出洭浦關，入北江。此八首，光緒三十年甲辰，彊村在廣東學政任，巡行經湟江時作。杜甫有《八哀詩》。

〔二〕李商隱《哭劉蕡》詩：『平生風義兼師友，不敢同君哭寢門。』《後漢書·獨行傳》：『范式，字巨卿，山陽金鄉人也，一名氾。少游太學，爲諸生，與汝南張劭爲友。劭字元伯。二人並告歸鄉里。式謂元伯曰：「後二年當還，將過拜尊親，見孺子焉。」乃共克期。後期方至，元伯具以白母，請設饌以候之。母曰：「二年之別，千里結言，爾何相信之審邪？」對曰：「巨卿信士，必不乖違。」母曰：「若然，當爲爾醞酒。」至其日，巨卿果到，昇堂拜飲，盡歡而別。』及劭卒，『式未及到，而喪已發引。既至壙，將窆，而柩不肯進。其母撫之曰：「元伯，豈有望邪？」遂停柩。移時，乃見有素車白馬，號哭而來。其母望之曰：「是必范巨卿也。」巨卿既至，叩喪言曰：「行矣元伯，死生路異，永從此辭。」會葬者千人，咸爲揮涕。式因執紼而引，柩於是乃前。式遂留止冢次，爲修墳樹，然後乃去』。按《彊村棄稿》有《謝何笛帆餉兔毫筆，用山谷韻》七古一首，自注云：『笛帆極心折李春湖書。』

蜕君句律〔一〕。夾巷過從窮日夕。霜月槎枒。走上樊樓賣酒家〔二〕。竹林游在。記寫八分招阿買〔三〕。曙後星孤。留得傳家一硯無〔四〕。長汀黎喟園先生承忠〔五〕

【箋注】

〔一〕杜甫《示宗武》詩：『覓句新知律，攤書解滿牀。』山谷《子瞻詩句妙一世，乃云效庭堅體，蓋退之戲效孟郊、樊宗師之比，以文滑稽耳。恐後生不解，故次韻道之》詩：『句法提一律，堅城受我降。』

〔二〕劉子翬《汴京紀事二十首》（其十七）詩：『憶得承平多樂事，夜深鐙火上樊樓。』牛恒《周藩宮詞》詩：『唱徹憲王新樂府，不知明月下樊樓。』

〔三〕韓愈《醉贈張秘書》詩：『阿買不識字，頗知書八分。詩成使之寫，亦足張吾軍。』東坡《游廬山次韻章傳道》詩：『莫笑吟詩淡生活，當令阿買爲君書。』王十朋注云：『堯卿或問黄魯直，阿買是退之何人。魯直云：「退之姪也。」必有所據而云耳。』

〔四〕阮閲編《詩話總龜》十一：『崔曙嘗作《明堂大珠詩》，其中有佳句曰：「夜來雙月滿，曙後一星孤。」爲文士推服。崔既夭殁，有一女名星，而無男子，當時異之。』

〔五〕徐世昌《晚晴簃詩匯》：『黎承忠，字獻臣，號喟園，長汀人。有《葵園詩草》。』又《詩話》云：『喟園流寓大梁，性伉爽，落落不合於時。好爲詩，晚益沈鬱。許仙屏河督招入幕，欲刻其詩而未果。殁後遺稿散佚。朱古微侍郎與有舊，物色久之，得數册，而晚年之作不可見。曩時喟園曾手書數十首貽余弟友梅，有出剩稿之外者，録而存之。喟園與俞雪岑並屬汴中故人，余有《憶舊吟》云：「昔者梁苑多詩人，雪岑喟園兩叟貧。雪岑曾入通侯幕，喟園亦爲節度賓。兩叟上下自千古，傲睨時輩生嘲嗔。雪叟獨存唐體格，喟叟夙擅宋風神。兩叟吟詩不相識，與我賡和殊相親。我別梁苑三十載，兩叟羽化俱成塵。人間萬事莫回首，風月不負苦吟身。杜陵吹臺已陳跡，夢陽壇坫亦沉淪。作詩千里弔兩叟，樊樓鐙火春復春。」』狄葆賢《平等閣詩話》：『黎喟園布衣承忠，福建長汀人。媿曾先生之裔也。工詩古文，僑寓汴梁三十年，屢爲諸侯賓客，輒以使酒罵坐去。竟至長貧死。有《渡河過汜水》五律云：「曉驛催車鐸，人煙近市嘈。帶岡陶穴古，隔岸斷冰高。山勢回邙嶺，關門控虎牢。汜城如斗大，懷古望成皋。」高亮雄厚，是善學嘉州、少陵者。』《彊村棄稿》有《詠蜆，黎喟園丈命同作》五言長律一首，又有《佛青、喟公偕過薄飲，喟園丈亦至，次前韻》五律三首。又楊鍾羲《雪橋詩話三集》卷十二云：『喟園字獻臣，爲媿曾副使裔孫，游汴三十年，疏狂任俠，喜獎掖後進，教之詩法。晚客奉新河帥所，月贈酒資。詩草千餘首，其猶子太初大令乾，擬刊未果。如《初見燕》云：「兵甲三春滿，經年海上歸。未依新畫棟，還認舊柴扉。雨細窺簾入，泥融掠水飛。營巢吾愧汝，飄泊寸心違。」《遣興》云：「坐置幼安榻，簪加郭泰巾。卧檉如病衲，瘦石宛風人。自在嘗新酒，無言對惡賓。城頭山色好，雨沐翠嶙峋。」岸異肖其爲人。李文石《弔喟園》詩：「病餘狂語時流忌，窮以詩名古義存。」太初殁，其遺稿不可縱跡矣。』今案李文石，李葆恂也。葆恂字文石，號猛庵，晚歲復號鳧翁，義州人，河南巡撫李鶴年之第三子。嘗游許振禕、張之洞幕，又從端方爲撰題跋三百餘篇，端方以爲『錢竹汀後一人也』。陳三立稱其『績學嗜古，負鑒賞名。而嫺歌吟，擅文章，闚見古作者藴奧』，『詩效玉溪、涪翁，下逮元遺山』。所著書多散佚。事蹟見《散原精舍文集》卷十一《義州李君墓表》。

蒼髯樹頰。落落潛郎三十載〔一〕。餘事荆關。冷笑濃雲邋遢山〔二〕。　荒亭接葉。點筆便爲求米帖〔三〕。不辦歸帆。竟了京塵粥飯緣〔四〕。長興張叔憲先生度〔五〕

【箋注】

〔一〕《漢書・東方朔傳》：『臿齒牙，樹頰胲。』頦，音亥，頷也。《廣韻》上平聲十六咍：『頦，頤下。』《集韻》上聲十五海云：『頷也。』韓愈《記夢》詩：『石壇坡陀可坐卧，我手承頦肘拄座。』潛郎，用顏駟事。張衡《思玄賦》：『尉尨眉而郎潛兮，逮三葉而遘武。』注引《漢武故事》曰：『上至郎署，見一老郎，鬢眉皓白。問：「何時爲郎，何其老也？」對曰：「臣姓顏名駟，以文帝時爲郎。文帝好文而臣好武，景帝好老而臣尚少，陛下好少而臣已老，是以三葉不遇也。」上感其言，擢爲會稽都尉。』

〔二〕湯垕《畫鑒》：『荆浩山水爲唐末之冠，關仝嘗師事之。』邋遢，模糊漫漶也。南宋紹興年間，四川刻七史，至元代，版片大都漫漶模糊，著録家以舊版印成之書爲邋遢本。七史版式半頁九行，行十八字，故又稱爲九行邋遢本。

〔三〕杜甫《高柟》詩：『接葉製茅亭。』杜甫《重過何氏五首》（其三）詩：『石欄斜點筆。』顏魯公《求米帖》云：『拙於生事，舉家食粥來已數月，今又罄竭，只益憂煎。惠及少米，寬濟艱勤。』

〔四〕范成大《送周畏知司直歸上饒待次》：『頻驚陸海風波夢，未了京塵粥飯緣。』

〔五〕徐世昌《晚晴簃詩匯》：『張度，字吉人，號叔憲，又號辟非，長興人。歷官河南候補知府。』又《詩話》云：『叔憲爲小軒侍郎孫，侍郎在道光朝屢奉使讞獄，多所平反，以清正有聲於朝。叔憲初仕京朝，治金石學，評書畫，一時推精鑒。著《説文索隱》、《補例》二書，入《靈鶼閣叢書》，尤稱精審。』《詩匯》録其《登五峰山頂》詩一首，末段云：『江山若此，胡爲不歸？碧厓桃花落，畫溪梅雪霏。日月如逝水，往者不可追。寧作信陵醉，無爲阮籍悲。江山如此，胡爲不歸？安能俯首戢翼閉樊籠，使我不得翀霄飛。』可爲『不辦歸帆』句注脚。

支離病骨，一殉浮名成解脱〔一〕。破寺迴飆。夜夜歸魂季母招。苔花及榻。命燭論心恒見跋〔二〕。何處沾巾。斗酒青山北郭門。安吉施旭臣浴升〔三〕

【箋注】

〔一〕蘇東坡《次韻王定國馬上見寄》詩：『晚來病骨更支離。』陶篁村則云：『老來無病亦支離。』賈誼《鵩鳥賦》：『貪夫殉財兮，烈士殉名。』

〔二〕《禮記·曲禮》：『燭不見跋。』

〔三〕注文舊刻作『安吉施紫明浴升』。按況周頤《餐櫻廡隨筆》云：『友某言，其鄉人施旭初（浴升）孝廉工制舉藝，淹雅可談，顧癖嗜阿芙蓉，芻狗塵事，不屑自潔治。曩春闈下第留京，同寓會館。某日，施約閱市，歸途購爆羊肉爲下酒計，裹以荷葉，索而提之，肉浮於葉，俄而迸出墜於地。方相助掇拾，仍納葉中。施曰：「勿庸。」時屆秋末，施已絮其袍，緞制也，且新制。則擘其前幅，若爲袱，左手攝衣兩角，右掬羊肉而兜之，夷然灑然，意若甚得者。既入其室，則抖而委之於榻，狼藉而咀嚼之。且以囑客，客謝弗遑也。客呼館人以盤至，則朵頤者泰半矣。客不呼館人者，殆將寢其皮，不止食其肉矣。即如其人，政復非俗，其藷苴者形骸耳，烏知其非有托而狂也？』觀此可想見其爲人。

盟鷗知否？身是江湖垂釣手〔一〕。不夢黃粱。捲地秋濤殷卧牀〔二〕。楚宮疑事。天上人間空雪涕〔三〕。誰詔巫陽。被髮中宵下大荒〔四〕。富順劉裴邨光第〔五〕

【箋注】

〔一〕山谷《次韻向和卿行松滋縣與鄒天錫夜語南極亭二首》（其二）詩：『惟有白鷗盟未寒。』范成大《玉堂寓直，曉起書事，記直舍老兵語》詩：『江湖垂釣手，天漢摛文堂。魂清不得眠，室虛自生光。曉緯澹天闕，江濤隱胡牀。傳呼九門開，奔走千官忙。若若誇組綬，紛紛夢黃粱。微聞鈴下騶，竊議馬上郎。但計夢長短，寧論己行藏。』

〔二〕『黃粱』，見沈既濟《枕中記》。

〔三〕李商隱《有感》詩：『楚天雲雨盡堪疑。』趙嘏《題崇聖寺簡雲端僧録》：『宋玉逢秋空雪涕，净名無地可容牀。』

〔四〕韓愈《和皇甫湜陸渾山火用其韻》詩：『夢通上帝血面論，側身欲進叱于閽。帝賜九河湔淚痕，又詔巫陽反其魂。』又《雜詩》：『惜哉抱所見，白黑未及分。慷慨爲悲咤，淚如九河翻。指摘相告語，雖還今誰親。翩然下大荒，被髮騎騏驎。』蘇軾《潮州韓文公廟碑》：『謳吟下招遣巫陽。』又云：『翩然被髮下大荒。』

〔五〕舊刻注文作『富順劉比部』，不書名，蓋諱之也。按劉光第已見前《鷓鴣天·九日豐宜門外過裴村別業》詞注。又陳衍《石遺室詩話》云：『裴村筆力雄健，思路迴不猶人，讀《雜詩》中「文風見季世」一首，不啻自道，龍麟脯醢，真有詩讖矣。然被禍視杜伯堅尤慘也。』狄葆賢《平等閣詩話》云：『富順劉裴村比部，有《介白堂詩》二卷，近歲刊於蜀中。其詩多奇氣，亦有鎚幽鑿險之作，然静穆之致，終流露於行間。』又云：『鴟夷逸客《感舊》詩云：「六官經緯落天西，揮手書流散馬蹄。一別萬重滄海劫，遺經獨抱一沾衣。」自注云：「劉裴村章京。」』又趙堯生《香宋雜論》（手稿）云：『《叀聖齋詩》以七古最工，五古次之，五律又次之，七律殿焉。然雄傑之句，已復際天蟠地。如《華藏寺》云：「雲海樓臺光日月，雪山鱗甲是江源。」乃《峨眉詩》皆多奇雋之句。而《羅浮山聽客鼓琴》長律，尤高格渾成。』又石遺所稱《雜詩》，乃《雜詩二十首》之十四，録以備參。詩云：『文風見季世，嗚當不祥時。摧殘鎩毛羽，豈不惜彼私。洛城何嶢嶢，下有數棄屍。一士獨佯死，三日蛆上眉。亡命十五年，直性損憂悲。後來外戚誅，徵詔復得諧。老壽還卒家，借問此爲誰？雲漢杜伯堅，鄧后惡忠規。縑囊盛直士，殿上撲殺之。和熹豈不賢，根也實無疵。覽書見遺烈，千歲感我忠。』

蓬萊一謫。誰挽使還文字職〔一〕。得喪虛漚。瞥眼驚藏巨壑舟〔二〕。　相過魑魅。糾纏幽憂非爾意〔三〕。神理綿綿。記坐高齋十六觀〔四〕。道州何硯孫維棟〔五〕

【箋注】

〔一〕元稹《以州宅誇樂天》詩：『我是玉皇香案吏，謫居猶得近蓬萊。』

〔二〕趙抃《寄題劉詔寺丞灩泉亭》詩：『只將塵事指浮漚。』《莊子·大宗師》：『夫藏舟於壑……謂之固矣。然而夜半，有力者負之而走，昧者不知也。』

〔三〕杜甫《夢李白》詩：『文章憎命達，魑魅喜人過。』揚雄《解嘲》：『徽以糾纏。』

〔四〕劉義慶《世説新語·傷逝》：『戴公見林法師墓，曰：「德音未遠，而拱木已積。冀神理綿綿，不與氣運俱盡耳。」』十六觀，見下。

〔五〕徐世昌《晚晴簃詩匯》：『何維棟，字研蓀，道州人。光緒癸未進士，改庶吉士，授刑部主事。有《十六觀齋遺集》。』又《詩話》云：『研蓀與余同歲舉於鄉，先余入詞館。蓬山暫別，風引船回。出佐劉壯肅幕府，爲赤嵌之游。居年餘，以疾歸，遂卒。』按劉壯肅，劉銘傳也。陳三立《散原精舍文集》卷三十《十六觀齋遺集序》云：『同年生道州何君研孫，逾冠，用庶吉士改部曹，落拓攖貧病客死。君爲蝯叟編修之從孫，於詩孫、棠孫爲昆弟行。余夙交詩孫、棠孫，獨未及與君相周旋，然習知其爲才士也。既歿，遺稿散佚。近歲，馮叟蒿庵始檢獲君舊所寄文若干卷，詩若干卷，爲刊行。蓋君盛年通籍，翔著作之林，希諷諫之風，雍容暇豫，故集中賦稍多。海涵地負，閎博奥麗，刮流派而躡兩京。他文與詩歌稱是，一衷於雅懿，皆可觀。余又痛君早世，若猶未極其才而竟其所業。然而瓌寶雜陳，其光氣已自不可泯滅。』蝯叟，何紹基號。蒿庵，則馮煦也。按研孫《春暮矣追憶年時，有懷亡友成菊仙》詩云『蓬萊佳氣玉芙蓉，仙仗歸來駕彩龍。下界春風成小劫，上元清讌隔疏鐘』云云，可爲『蓬萊一謫』注脚。

交游海裏。眼看聯翩鴻雁起。病骨西風。一夜霜摧鏡面蓉。　百身何贖。累我阿連三日哭〔一〕。池草春枯。淚盡西堂夢也無〔二〕。固始秦野篁鴻聲〔三〕

【箋注】

〔一〕《詩·秦風·黄鳥》：『如可贖兮，人百其身。』《宋書·謝靈運傳》：『族弟惠連，幼有才悟，而輕薄不爲父方明所知。靈運謂方明曰：「阿連才悟如此，而尊作常兒遇之！」』

〔二〕謝靈運《登池上樓》詩：『池塘生春草，園柳變鳴禽。』《謝氏家録》云：『康樂每對惠連，輒得好語。後在永嘉西堂，竟日思詩不就，寢寐間忽見惠連，即成「池塘生春草」。常曰：「此有神助，非常語也。」』

〔三〕按野篁，秦樹聲之弟，樹聲已見前《霜葉飛》詞注。《彊村棄稿》有《送秦晦鳴歸固始續婚用東坡韻》詩云：『賴君乞瘦弟，袱被秋眠館。』自注云：『令弟野篁，留止余齋。』

劍頭微吷。海水刺天漂熱血〔一〕。慘月中庭。誰解張弦受廣陵〔二〕。　富春一角。零亂巖花朱鳥啄〔三〕。白首何歸。山色無人問是非。桐廬袁重黎昶〔四〕

【箋注】

〔一〕《莊子·則陽》：『道堯舜於戴晉人之前，譬猶（劍首之）一吷也。』東坡詩：『劍頭一吷何須角。』

〔二〕《晉書·嵇康傳》：『康將刑東市，索琴彈之，曰：「昔袁孝尼嘗從吾學《廣陵》，吾每靳固之，《廣陵散》於今絶矣。」』

〔三〕潘永固《宋稗類鈔》一：『閩人謝皋羽翱，倜儻有大節。宋亡，文天祥被執，翱悲不能禁。嚴有子陵臺，孤絶千尺。時天冷風急，挾酒登之，設天祥主，跪酹號慟，取竹如意擊石，作楚歌招之，其辭曰：「魂來兮何極，魂去兮江水黑。化爲朱鳥兮，其咮焉食。」歌闋，竹石爲破，失聲大哭。作《西臺慟哭記》。』今案《記》載《晞髮集》。袁昶桐廬人，桐廬即嚴州也，故引以爲喻。

〔四〕羅惇曧《拳變餘聞》云：『許景澄、袁昶、徐用儀之冤戮，稱浙之三忠。三人中，袁昶最以氣節學問著，以部曹外任皖南道，轉太常卿。許景澄以翰林歷使外國，通知時事，至吏部侍郎，並在總署。景澄與袁昶厚，過從最密，拳所稱二毛子者也。廷詢時，景澄、昶陳奏皆慷慨。帝執景澄手而泣，后怒叱之曰：「許景澄無禮！」袁昶連上二疏，言拳宜剿，使臣不當殺。皆不報。復與景澄連名上第三疏，劾大學士徐桐、剛毅、啓秀、趙舒翹，疆臣毓賢、裕禄，更暗指載漪等袒拳。詞甚痛切。疏入，剛毅、載漪等大怒，必欲殺之以洩憤。適李秉衡自南京奉命帶兵入衛，載漪令其沿途搜捕姦謀。至清江浦北四十里，獲二人自京來者。一爲景澄致江督劉坤一書，一爲袁昶致鐵路督辦盛宣懷書，皆力詆剛毅及太后受愚，語極憤痛。秉衡繫之北上，以書呈載漪。載漪大恨，請旨逮捕。七月初四日上諭：「吏部左侍郎許景澄、太常卿袁昶，屢次被人參奏，聲名惡劣，平日辦理洋務，各存私心，每遇召見時，任意妄奏，莠言亂政，且語多離間，有不忍言者，實屬大不敬。許景澄、袁昶，均著即行正法，以昭炯戒。」押赴菜市口，拳塞途聚觀，拍掌大笑。端、剛、趙、董等相賀於朝。』又惲毓鼎《崇陵傳信録》云：『七月初三日，逮吏部左侍郎許景澄、太常寺卿袁昶。初四日，詔數其「辦理洋務，各存私心，莠言亂政，語多離間，大不敬」，斬西市，袁太常詆拳最力，致書慶親王奕劻，請其勸載漪勿爲禍首，中有云：「端郡王所居勢位，與醇賢親王相同，大當善處嫌疑之地。」書爲載漪所得，遂上聞，懿旨所謂「離間」指此也。外傳太常有諫止信拳開釁三疏，或云疏雖草，爲儕輩所阻，實未上。許侍郎則帝黨也。』又案胡思敬《驢背集》云：『太常卿袁昶，别號漸西老農，招撫拳民後，連上三疏。第一疏請責成榮禄剿拳，昶獨上之。第二疏請保護使館，第三疏請嚴懲首禍，皆昶主稿，與許景澄連名會奏。昶言既不見用，嘗撫髀自嘆，作《幽憤詩》四章以見志，其卒章云：「豈有垂天翼，資彼群蝗翅。豈有神武朝，借力五斗米。」都人皆傳誦之。』又云：『載漪聞天津陷，言許景澄、袁昶必降賊爲内應，潛遣騎捕之，監禁步軍統領衙門。或奔訴王文韶，求其論救。文韶大駭曰：「頃散值時，毫未聞消息，安得旨耶？」次日，已傳赴西市矣。臨刑時，故人僚友皆往哭之。昶張目叱曰：「都城破，諸公義當死難，地下相見有時，何哭也！」景澄從容整冠帶，北向叩頭謝恩，無怨色。次日下詔暴二人罪，但云「辦洋務不善，負朝廷恩」，無他語。』此昶死事崖略也。《石遺室詩話》云：『爽秋詩根柢鮑謝，而用事遣詞，力求僻澀，則純於祧唐祖宋者。句如「日鑄半甌南埭汲，風漪八尺北窗涼」、「神禹久思窮亥步，孔融真遣案丁零」、「大千人爲物之盜（自注：爲母猴也，故對實字），十二辰蟲如是觀。」此例甚多。』狄葆賢《平等閣詩話》：『袁爽秋太常氣節文章，一世推仰。刊有二集：一曰《漸西村人集》，一曰《于湖小集》。』

謁金門

窗網黑。四面春寒無極。繞樹驚烏啼磔磔[一]。淚花紅緯濕。　換了羅衣無力。愁夢玉關消息[二]。密誓鸞篦君不憶。强尋明鏡隙[三]。

【箋注】

[一]『磔磔』，鳥聲也。東坡《往富陽新城李節推先行三日留風水洞見待》詩：『春山磔磔鳴春禽。』

[二]回鑾以來，昌言改行新政，所謂『換了羅衣』，然而不見成效，所謂『無力』。『玉關消息』，謂山海關外事也。

〔三〕李賀《秦宫詩》詩：『鸞篦奪得不還人。』按是年日俄戰争方熾，而南方革命亦屢撲屢起，故詞有『四面春寒』之感，而尤眷眷於『玉關消息』也。

花漏急。迴步地衣紅窄〔一〕。舞袖郎當隨促拍。主人翻是客〔二〕。　今日雲屏芳席。明日殘鵑荒驛。塌地陰雲濃似墨。夢中何處立〔三〕。

【箋注】

〔一〕『地衣』，地氈也。王建《宫詞》：『地衣簾額一時新。』迴步紅窄，言迴旋餘地之無多也。

〔二〕孟東野《乙酉歲舍弟扶侍歸義莊居獨止舍待替人》詩：『誰言舊居止，主人忽成客。』東坡《東府雨中别子由》詩：『客去莫嘆息，主人亦是客。』郎當舞袖，按敵人之節拍而舞，慨朝廷之無力自主也。

〔三〕案此詞亦爲日俄戰争爆發而作，主客之喻，痛當政者之喪權辱國，將無以自立於世界各國之林也。蓋自去年（光緒二十九年）十二月日俄戰争，清廷宣佈嚴守局外中立。今年正月，日兵大破俄國艦隊於旅順口，又敗俄軍於鴨緑江，進佔九連、鳳皇等城。夏四月，日兵進佔金州。六月，復進佔大石橋、營口、牛莊及析木城、海城諸地。八月，日兵大敗俄兵於遼陽城外，遂佔遼陽，又敗俄兵於沙河。至今年十二月，日兵圍攻旅順，俄守將乞降，日本遂進佔我旅順口。明年（光緒三十一年）春二月，日兵大敗俄兵於奉天，進佔奉天省城。吾國土地人民，聽任敵人蹂躪摧殘，而仍以『局外中立』自處。至明年夏四月，日本海軍大破俄國波羅的海艦隊於日本海，俄國海軍盡殲。秋七月，日本與俄羅斯議和於美國之樸茨茅斯，日俄戰争始告結束，而遺禍於我國者猶在其後也。彊村作此二詞時，戰火猶遠未熄滅也。陳三立詩云：『恩仇新舊仍千變，合縱連横已兩窮。孤注不成成局外，可憐猶睨擲盧紅。』其自注云：『朝議俄日戰争，中國爲局外中立。』蓋亦痛乎其言之，録以備參。

清波引　勿幕亭酌泉，亭在連州巾山麓〔一〕

小瀾不整。是當日，流杯佳境〔二〕。翠茵偎冷。野風蕩愁醒。玉瀨散空響。定有餐霞人聽。自憐纔净聞根，又飄落，午時磬〔三〕。　孤游慣領。倚危岫、雲意未定。地鑪供茗。對煙緒摇暝。清泠在山性，肯負轆轤修綆〔四〕。坐恐一片奩冰，鑒人塵影。

【箋注】

〔一〕『連州』，漢置桂陽縣，梁置陽山郡，隋罷郡爲連州，又改州爲熙平縣。唐復曰連州。清時爲直隸州，屬廣東省。民國改州爲縣。

〔二〕宗懔《荆楚歲時記》：『三月三日，士民並出江渚池沼間，爲流杯曲水之飲。』庾信《春賦》詩：『樹下流杯客，沙頭渡水人。』

〔三〕《圓覺經》：『識清净故聞塵清净，聞塵清净故耳根清净。』

〔四〕杜甫《佳人》詩：『在山泉水清，出山泉水濁。』

摸魚子　清明雨夜，泊英德，寄弟閏生〔一〕

一更更、滴篷淒雨，天涯人自消受〔二〕。倦游諳慣江湖味，禁得病懷僝僽〔三〕。吟未就。伴孤影幢幢，颭幕鐙花瘦〔四〕。離魂暗逗。又禁火年光，看雲心事，迸入夜鐘後〔五〕。還山約，過了春鵑啼候。輕帆依舊孤負。廿年社燕秋鴻跡，多少淚華沾袖〔六〕。君信否。便燒燭聯牀、不是尋常有〔七〕。萱花十畝。要藥裹商量，書匳料理，垂老鎮廝守〔八〕。

【箋注】

〔一〕舊刻『閏生』作『重叔』。《彊村棄稿》有《喜閏生弟歸自蜀中》七律一首。按《行狀》：彊村兄弟凡四人，彊村居長。『與諸弟友愛最篤，季弟早世，叔弟里居，仲弟孝威亦寓吴，相依爲命。』閏生，仲弟孝威也。本集卷三有《高陽臺·除夕閏生宅守歲》一首，民國十四年同居吴時作。英德縣，明、清屬廣東韶州府。

〔二〕温庭筠《寄湘陰閻少府乞釣輪子》詩：『篷聲夜滴松江雨。』

〔三〕白石《湖上寓居雜詠》詩：『平生最識江湖味，聽得秋聲憶故鄉。』僝僽，愁苦也。山谷《宴桃源》詞：『天氣把人僝僽，落絮游絲時候。』王賢《清平樂·梅影》詞：『從來清瘦，更被春僝僽。』

〔四〕元稹《聞樂天受江州司馬》詩：『殘鐙無焰影幢幢。』

〔五〕《周禮・司烜氏》：『中春以木鐸修火禁於國中。』陸翽《鄴中記》：『并州之俗，冬至後一百五日，爲介子推斷火，冷食三日。』王楙《野客叢書》云：『梁瑄不歸，弟璟，每望東南白雲，慘然久之。』杜甫《恨別》詩：『憶弟看雲白日眠。』

〔六〕東坡《送陳睦知潭州》詩：『有如社燕與秋鴻，相逢未穩還相送。』

〔七〕東坡《寄子由》詩：『寒鐙相對記疇昔，夜雨何時聽蕭瑟。』自注云：『嘗有夜雨對牀之約，故云爾。』韋應物《與元常、全真二生》詩：『那知風雨夜，復此對牀眠。』王注蘇詩云：『子由與先生在懷遠驛常讀韋詩至此句，惻然感之。乃相約早退，共爲閒居之樂。其後子由與先生彭城相會，有詩曰：「逍遥堂後千竿竹，長送中宵風雨聲。誤喜對牀尋舊約，不知漂泊在彭城。」先生在東府《雨中作示子由》詩有曰：「對牀定悠悠，夜雨今蕭瑟。」蓋皆感嘆追憶之言也。』

〔八〕陸游《溪上》詩：『老去關心惟藥裹，閑中消日付棋枰。』舊刻『藥裹』作『茶串』。茶串，見《唐書・陸贄傳》。

天香　珠蘭

分畹青瓷。通簾翠押，酥懷晚艷多麗〔一〕。匎葉無塵。宮黄初麝，小馥度人疑醉〔二〕。素纖細摘。清露濕、珠孃秋佩。釵串新裝鈿粟。衣絡舊融檀沘〔三〕。　一甌點將春焙。話憪憪、瘴鄉身世〔四〕。誰省舊香消黯，漸凝鮫淚〔五〕。孤醒闌宵似水。怕零亂流蘇夢難理。自翦南沈。

芳心倦矣。

【箋注】

〔一〕李賀《五月》詩：『雕玉押簾額。』

〔二〕杜甫《麗人行》詩：『翠微匌葉垂鬢脣。』《廣韻》：『匌彩，婦人之髻飾花也。』李賀《同沈駙馬賦得御溝水》詩：『宮人正靨黄。』

〔三〕《東觀餘論》卷下引何遜詩：『金粟裹搔頭。』

〔四〕東坡《和蔣夔寄茶》詩：『一甌花乳浮清圓。』又《用過韻冬至與諸生飲酒》：『春醅暖更饛。』

〔五〕馮摯《記事珠》：『鮫人之淚，圓者成明珠，長者成玉箸。』

木蘭花慢　西齋坐雨，威如書至〔一〕

露涼花墮夕，淺秋在，水西闌。看照鬢清波，疏入翠篷。慣得幽單。更殘。睡遲病枕，有哀蛩、和笛咽尊前。獨客慵恢越醖，故人新費吴牋〔二〕。　居然。畫扇好青山。邀夢髮蒼顔〔三〕。奈秋鴻蹤跡，江蘺易擷〔四〕，津柳難攀。愁端。背鐙自理，過中年、禁得雨聲閑。莫道滄江歲晚。鷩塵不到鷗邊〔五〕。

【箋注】

〔一〕威如未詳。《彊村賸稿·腹痛集》有《鷓鴣天》一首，題云：『威如屬和，得遠樹二語，爲足成之。』

〔二〕『獨客』，自謂。『故人』，指威如。『吴㟨』，發信之地。

〔三〕東坡《書白石山房》詩：『五老蒼顔一笑開。』

〔四〕《楚辭·離騷》：『扈江離與辟芷兮，紉秋蘭以爲佩。』司馬相如《上林賦》：『被以江蘺，糅以蘼蕪。』『離』字作『蘺』。

〔五〕杜甫《秋興八首》（其五）詩：『一卧滄江驚歲晚。』

又

程使君書報半塘翁亡，翁將之若耶上冢，且爲西湖猿鶴之問，遽逝吴中，賦此寄哀。時方爲翁校刊《半塘定稿》，故章末及之〔一〕

馬塍花事了，但持淚，問西泠〔二〕。信有美湖山，無聊鉼鉢，倦眼難青〔三〕。飄零。水樓賦筆，要扁舟、一繫暮年情〔五〕。纔近要離冢側，故人真個騎鯨〔六〕。瑶京。何路問玄亭。九辨總無靈。算浮生消與，功名抗疏，心事傳經〔七〕。冥冥。夜臺碎語，咽飄風、鄰笛不成聲〔八〕。淚眼塵㟨未理，禮堂誰分平生〔九〕。昔年和翁生壙詞有云：『傍要離穿冢爾何心，長安市。』翁笑曰：『息壤在兹，豈讖耶？』〔一〇〕

【箋注】

〔一〕案是年五月二十六日，半塘致彊村書，論改繕《定稿》事，其末云『暑假不遠，擬之若耶上冢，便游西湖』云云，即此所謂『猿鶴之問』也。彊村乙巳舊刻詞集三卷本，即以半塘此書，刊列卷首，並記其後云『明年（辛丑）秋，遇翁於滬上，出示所爲詞九集，將都爲《半塘定稿》，且堅以互相訂正爲約。余强作解事，於翁之閎旨高韻，無能舉示萬一。翁則敦促録副去，許任删削。復書至未浹月，而翁已歸道山矣。自惟劣下，靡所成就，即此趑趄小言，度不能復有進益，而人琴俱逝，賞音闃然，感嘆疇昔，惟有腹痛。既刊翁《半塘定稿》，復用翁恉，收存拙詞若干首』云云，則乙巳五月所記也。又《彊村賸稿・哨遍》序云『甲辰重九讀弁陽老人腸斷紫霞之作，感念半塘翁，悲不自持。時距翁之歿三月矣』云云，則半塘當以是年秋七月卒也。案曹君直《淩波詞・秋宵吟》序云『王佑遐給諫，以七月來吴，殤於胥江，訃重陽後當以喪歸，正此時也』。又陳鋭《裦碧集・長亭怨慢》云『今夏過揚，一夕盤桓，云將爲西湖之游。秋間，余卧疴秦郵，乃倉卒聞君噩音，初都未碻。既讀北海鄭叔問吴門書，始復痛絶』云云，並足與此序相參。案是年仲夏，叔問有『半塘老人過江訪舊，重會吴皋』《念奴嬌》一首。《碑傳集補》卷十載況周頤《禮科掌印給事中王鵬運傳》云『三十年春，以省墓道蘇州，病卒，年五十六』云云，所書半塘卒月，殊未悉也。

〔二〕陸友仁《硯北雜誌》：『（姜）堯章後以疾殁，蘇召叟挽之云：「幸是小紅方嫁了，不然啼煞馬塍花。」宋時花藥皆出東西馬塍，皆名人葬處，白石殁後葬此。』

〔三〕《杭州圖經》：『有美堂，在郡城吴山，嘉祐二年，梅摯出守杭州，仁宗賜詩，首章云「地有湖山美」，因以名堂。』《傳鐙録》：『守清禪師，有僧問：「如何是和尚宗風？」曰：「一瓶兼一鉢，到處是生涯。」』

〔五〕杜甫《秋興八首》（其一）詩：『孤舟一繫故園心。』張炎《霜花腴·弔夢窗》詞：『獨憐水樓賦筆，有斜陽、還怕登臨。』

〔六〕《後漢書·梁鴻傳》：『及卒，伯通等爲求葬地於要離冢旁。咸曰：「要離烈士，伯鸞清高，可令相近。」』杜甫《贈孔巢父》詩：『南尋禹穴見李白。』一本作『若逢李白騎鯨魚』。騎鯨魚，出《羽獵賦》，俗傳李白醉騎鯨魚溺死潯陽，蓋緣此附會。

〔七〕杜甫《秋興八首》（其三）詩：『匡衡抗疏功名薄，劉向傳經心事違。』

〔八〕劉禹錫《酬樂天見寄》詩：『華屋坐來能幾日，夜臺歸去便千年。』李白《哭宣城善釀紀叟》詩：『夜臺無李白，沽酒與何人。』鄰笛，已見前注。

〔九〕『禮堂』，用鄭玄《戒子書》語。『禮堂』句，舊刻作『暗蟲涼墮愁鐙』，此後來改訂。

〔一〇〕《彊村詞賸稿·滿江紅》小序云：『鷟翁營生壙於半塘之麓，賦詞廣徵同人和作。謂他日刻之山中，視螭首豐碑，風味當差勝也。』詞云：『不信詞仙，到今日，埋愁無地。手提得，養生四印，寤歌獨寐。汗漫故耽塵外賞，颸聵未換人間世。傍要離、穿冢爾何心，長安市。　文字障，櫂推事。分付與，東流水。算不如料理，樾湖歸計。納息開軒誰伴侶，閉關荷鍤終兒戲。問神山、風引輒迴舟，如何是。』詞見《前集》丁酉年，即此注所謂也。又況周頤《蘭雲菱夢樓筆記》云：『半唐諫駐蹕頤和園事，時余遠在蜀東，未聞其詳。及晤半唐揚州，乃備悉始末。先是，内庭即逆料言官必有陳奏者，越日而張侍御史仲炘上封事。樞臣咸相趨動色曰：「來矣！」及啓眂非是，則額手稱幸。蓋侍御亦以直諫名也。不三日而半唐之疏上。適恭邸、高陽相國同直，相國謂恭邸：「此事大臣不言，而外廷小臣言之，吾曹滋愧矣。此人不可與處分，少遲入對，惟王善言保全之。」恭邸亦謂然，而頗難其詞。及入對，上欲加嚴譴，恭邸以相國言，婉切陳論。上曰：「寇某何爲而殺也？」（謂内監寇某以妄奏正法，所奏即此事）恭邸覆奏：「寇某内臣，不應干外事，所奏無當否，皆有罪。御史諫官，詎可一例而論？」上意稍解，徐曰：「朕亦何意督過言官，重聖慈或不懌耳。汝曹好爲之地，但此後不准渠等再説此事耳。」於是樞臣於元摺内夾片附奏，略謂「該給事中冒昧瀆奏，亦屬忠憂微忱。臣等公同閲看，尚無悖謬字樣，可否籲恩免究」云云。意在聲敘寬典之邀，出自臣下之乞請也。疏留中。旋車駕恭詣請安，面奉懿旨：「御史職司言事，予何責焉。王大臣免奉諭旨，此後如再有人言此事，僥幸嘗試，即將王鵬運一並治罪。王大臣欽遵傳諭知悉。」蓋自是不聞駐蹕頤和園，聖駕還宫亦較早矣。此事諍臣之忠耿，賢王之維持，聖孝之肫誠，慈仁之宏育，明良際遇，曠代罕有。余讀半唐摺稿，見其和平悃款，出自肺腑至誠，非婞直沽名者比，宜其見諒於聖明也。（半塘允録此摺稿寄余，常州别後，半塘匆匆之鎮江，之杭州、蘇州，遭兩廣會館之變，竟不果寄）』案半塘摺稿，夔笙後於彊村處得之，且以補記入《餐櫻廡隨筆》。引見前注。又夔笙所作《王鵬運傳》云：『鵬運直諫垣十年，疏數十上，大都關係政要，此（指諫駐蹕事）尤犖犖大者。』凡此皆所謂『功名抗疏』也。半塘投劾出都後，執教儀董學堂，故以『心事傳經』目之。

夜飛鵲　香港秋眺懷公度〔一〕

滄波放愁地，游棹輕迴。風葉亂點行杯。驚秋客枕，酒醒後，登臨塵眼重開。蠻煙蕩無霽，颭天香花木，海氣樓臺〔二〕。冰夷漫舞，喚癡龍、直視蓬萊〔三〕。多少紅桑如拱，籌筆問何年，真割珠厓〔四〕。不信秋江睡穩，掣鯨身手，終古徘徊〔五〕。大旗落日，照千山、劫墨成灰〔六〕。又西風鶴唳，驚笳夜引，百折濤來〔七〕。

【箋注】

〔一〕此首乃光緒三十年九月，因事舟過香港作。潘飛聲《在山泉詩話》載此詞，題作『甲辰九月，舟過香港，倚船晚眺，寄公度』。按公度是年五十七歲，自去年籌辦東山初級師範學堂，今年『驚蛰至立夏，積陰雨凡六十日』，公度『肺疾增劇，肺管微綫泡舒縮之力，不能完全。四月以後，漸有起色。派門人楊惟徽、從堂侄之駿二人往日本習速成師範，準備任東山師範學校教師，同時資助嫡堂弟由甫，並派四子季偉、長孫延豫往日本留學。九月，朱古微侍郎舟過香港，有《夜飛鵲》詞寄先生』。至明年二月二十三日，卒於家，享年五十八歲。見錢仲聯《人境廬詩草箋注》後附《年譜》。

〔二〕黄山谷《檳榔》詩：『蠻煙雨裏紅千樹。』《史記・天官書》：『海旁蜃氣象樓臺。』

〔三〕《山海經・海内北經》：『從極之淵深三百仞，維冰夷恒都焉。』《文選・江賦》：『冰夷倚浪以傲睨。』

〔四〕賈捐之有《罷珠厓對》，見《漢書》本傳。此指香港。

〔五〕杜甫《戲爲六絶句》（其四）詩：『未掣鯨魚碧海中。』

〔六〕杜甫《後出塞五首》（其二）詩：『落日照大旗，馬鳴風蕭蕭。』

〔七〕《晉書・謝幼度傳》：『堅衆奔潰，棄甲宵遁，聞風聲鶴唳，皆以爲王師。』黄山谷《丙申泊東流縣》詩：

『滄江百折來，及此始東流。』胡先驌《評朱古微詞》云：『《夜飛鵲》句云「多少紅桑如拱……劫墨成灰。」奇情壯采，直擬杜陵。古來惟辛稼軒《永遇樂·京口北固亭懷古》、吴夢窗《八聲甘州·陪庾幕諸公秋登靈臺》……王半塘《百字令·登暘臺山絶頂望明陵》數詞，可與抗手。玉田、白石，無此胸襟，亦無此手腕也。』

喜遷鶯　瓊臺長至和夢窗冬分人别韻〔一〕

滄洲程别。正湅澀酒懷，稀逢南雪。譙角宵長，客衫春瘦。金綫繡牀都絶〔二〕。倦擁蠹籤葉亂，自聽黎謳簫節〔三〕。恨兩鬢，是清霜新點，繁枝羞折〔四〕。　南越。梅訊渺，帳底暗香，愁與青鐙結。多事東風，天涯容易，輕送琯葭聲噎〔五〕。甚時斗槎回汎，心翦柔波春闊。尋夢去，怕離煙遮盡，沙邊黄月。

【箋注】

〔一〕『長至』，即冬至。杜甫《至日遣興》詩：『何人却憶窮愁日，日日愁隨一綫長。』注家引《歲時記》云：『魏晉間，宫中以紅綫量日影，冬至後日影添長一綫。』故又稱長至。

〔二〕杜甫《小至》詩：『刺繡五紋添弱綫。』龐元英《文昌雜録》：『唐宫中以女功揆日之長短，冬至後，比常日多一綫之功。』

〔三〕東坡《將至廣州用過韻寄邁迨二子》詩：『蠻唱與黎歌，餘音猶嫋嫋。』

〔四〕李賀《還自會稽歌》詩：『吴霜點歸鬢。』東坡《吉祥寺賞牡丹》詩：『人老簪花不自羞，花應羞上老人頭。』

〔五〕杜甫《小至》詩：『吹葭六管動飛灰。』《後漢書·律曆志》：『候氣之法，以葭莩灰抑其内端，按律候之，氣至灰去。』李商隱《池邊》詩：『玉琯葭灰細細吹。』

六幺令　憶西園池上紅梅〔一〕

石闌棲影，零亂幾枝玉。年年冷漪荒翠，心事孀娥獨〔二〕。一笑飛瓊戲挽。消得珠成斛〔三〕。料量金屋。吹簫聲裏，唤起新妝倚修竹〔四〕。　誰信空尊易泣，顛倒傷春局〔五〕。多少飄麝樓臺，落曆東風撲〔六〕。莫爲題瓊客去，流怨松陵曲〔七〕。翠禽還宿。却收鐙火，自下羅幃夢蛾緑〔八〕。

【箋注】

〔一〕以上《腹痛集》。《彊村詞賸稿》有《聲聲慢》一首，其小序云：『西園逭暑，園在廣州提學廨。余襄公《武谿集注》所謂「庭際羅立九曜石」者也。』按余襄公，余靖也。靖字次道，韶州曲江人。宋仁宗天聖二年進士，嘉祐六年知廣州，官至工部尚書。英宗治平元年卒，謚曰襄。有《武谿集》二十卷。所引見《寄題田待制廣州西園》詩『石有群星象』句下余靖自注。

〔二〕高啓《中秋玩月張校理宅得南字》詩：『孀娥寒鬢風鬖鬖。』夢窗《花犯・謝寄古梅枝》詞：『小窗春到，憐夜冷孀娥，相伴孤點。』

〔三〕班固《漢武内傳》：『王母乃命侍女許飛瓊，鼓震靈之簧。』孟棨《本事詩》：『許渾嘗夢登山，人曰：此崑崙也。既入，見數人飲酒，賦詩云：「曉入瑶臺露氣清，座中惟有許飛瓊。塵心未斷俗緣在，十里下山空月明。」他日復夢至其處，飛瓊曰：「子何故顯余名於人間？」即改爲「天風吹下步虛聲」。曰：「善。」』此藉以喻花。《梅妃傳》：『明皇封珍珠一斛，密賜妃，妃不受，以詩謝使者：「長門自是無梳洗，何必珍珠慰寂寥。」上令樂府以新聲度之，號《一斛珠》。』

〔四〕姜白石《疏影》詞：『莫似東風，不管盈盈，早與安排金屋。』又云：『客裏相逢，籬角黄昏，無言自倚修竹。』杜甫《佳人》詩：『天寒翠袖薄，日暮倚修竹。』陸游《射的山觀梅》詩：『倚竹真成絶代人。』

〔五〕白石《暗香》詞：『翠樽易泣，紅萼無言耿相憶。』

〔六〕白石《浣溪紗・收鐙夜》詞：『春點疏梅雨後枝。』又云：『東風落靨不成歸。』

〔七〕陸友《硯北雜誌》：『小紅，順陽公（范成大）青衣也，有色藝。順陽公請老，姜堯章詣之。一日授簡徵新聲，堯章製《暗香》、《疏影》二曲。公尋以小紅贈之。其夕大雪，過垂虹，賦詩云：「自喜新詞韻最嬌，小紅低唱我吹簫。曲中過盡松陵路，回首煙波十四橋。」』時彊村已將離去廣州，故有『題瓊客去』之語。

〔八〕白石《疏影》：『有翠禽小小，枝上同宿。』又云：『那人正睡裏，飛近蛾緑。』

祝英臺近　欽州天涯亭梅〔一〕

掩峰屏，喧石瀨，沙外晚陽斂〔二〕。出意疏香，還鬭歲華艷。暄禽破清愁，東風不到，早無數、繁枝吹淡。已淒感。和酒飄上征衣，莓鬟淚千點。老去難攀。黄昏瘴雲黯。故山不是無春，荒波哀角，却來憑、天涯闌檻。

【箋注】

〔一〕以下《懷舟集》。此詞作於光緒三十年甲辰十二月。欽州，當時屬廣東，今屬廣西。欽州合浦縣有天涯海角亭，明代建，清道光重修，爲紀念蘇軾也。陳詩《乙丑題彊村校詞圖》詩云：『釣游故地公持節，百粵山川苦縈思。直接東坡寥落意，天涯亭上看梅時。』謂此詞也。

〔二〕《楚辭·九歌·湘君》：『石瀨兮淺淺。』

南鄉子〔一〕

流轉信天涯〔二〕，撲鬢清霜鏡裏催。驛館濃花無意勸〔三〕，深杯。消得閒愁澹蕩回。倦眼若爲開。古鬲雙煙小炷培〔四〕。自卷單衣推枕起，徘徊。似有春鴻軟語來。

【箋注】

〔一〕以下九首，光緒三十一年乙巳作，彊村年四十九。是年，日俄媾和，八月，和議成。日使至北京，訂中日滿洲善後協約。是歲，詔裁廣東巡撫，設學部、巡警部，考試出洋畢業生，賜舉人、進士有差，停鄉會試歲科各試，除淩遲、梟首、戮屍三重刑。先是，駐法使臣孫寶琦奏請立憲，疆吏亦有以請者，而立憲之説騰於南方。清廷乃派載澤、戴鴻慈、徐世昌、端方、紹英等爲考察政治大臣，分赴東西洋各國，考察憲法，又命政務處籌定立憲大綱，設考察政治館。是歲，同盟會在東京成立。

〔二〕杜甫《曲江》詩：『傳語風光共流轉。』

〔三〕杜甫《送翰林張司馬南海勒碑》詩：『野館濃花發，春帆細雨來。』

〔四〕李白《楊叛兒》詩：『博山爐中沉香火，雙煙一氣淩紫霞。』

燭影揺紅

疊鼓沈陰，粉梅飄晝餘寒釅。社前雙燕不歸來，梁晝凝塵掩〔二〕。容裔絲楊翠颭，怯東風，新愁瀲瀲。才收鐙火，未結鞦韆，芳情淒艶〔三〕。　無故黃鶯，背人啼濕沈香檻。一春歡事水東西，除酒消愁靨。別夢銀屏萬感。鎮移心，箏絃未斂。笑聲歸路，灑面狂花，黃昏塵黯。

【箋注】

〔一〕戴叔倫《贈慧上人》詩：『雲霞色釅禪房衲，星月光滿古殿鐙。』釅，色濃厚也。

〔二〕龐元英《文昌雜録》：『燕以春社來，秋社去，謂之社燕。』

〔三〕《荊楚歲時記》：『寒食有打毬、鞦韆、施鈎之戲。』

虞美人

芳時獨客憐書札。著酒還慵答。才因蕙草憶羅裙。無數東風驚夢、不成雲〔一〕。　冥冥一浦沈香雨。碎鏡流花去。未能無恨對春潮。賺得迴帆心眼、到今朝。

【箋注】

〔一〕牛希濟《生查子》詞：『記得緑羅裙，處處憐芳草。』晏幾道《浣溪沙》詞：『樓上鐙深欲閉門，夢雲散處不留痕。』

琵琶仙　送朱敬齋還江陰〔一〕

殘酒辭春，渺千里、岸草征袍同色〔二〕。離緒輕結柔楊，絲絲怨行客。茸帽底、暄風暗咽，蕩愁滿、亂雲江國。越縵離聲，吴艭俊約，須記今夕〔三〕。是蠻海、飄泊歸來，甚臨别天涯又寒食。顛倒玉觴無味。苦低垂頭白〔四〕。人意比、飛花更懶，怕隔年、冷了詞筆。好趁蔓甲光陰，醉君重碧。

【箋注】

〔一〕朱敬齋，未詳。

〔二〕古詩：『青袍似春草，長條隨風舒。』李商隱《春游》詩：『庾郎年最少，春草似征袍。』

〔三〕東坡《歐陽晦夫遺接羅琴枕，戲作詩謝之》詩：『赤脚渡水須花縵。』注引《西域記》：『西域國人，首冠花縵，身衣纓絡。』又縵，雜樂也。《周禮·春官·磬師》：『教縵樂燕樂之鐘磬。』注云：縵『謂雜聲之和樂者也』。《漢書·禮樂志》：『縵樂鼓員十三人。』此云『離聲』，當取縵樂之義爲長。袁宏道《和小修》詩：『黄笙藤枕夢吴艭。』艭，舟名，見《集韻》。

〔四〕杜甫《白水崔少府十九翁高齋三十韻》詩：『玉觴淡無味。』又《秋興八首》（其八）云：『白頭吟望苦低垂。』

徵招

殘暑方熾，騎秋一雨，園林户箔灑然。碧池風來，竹聲戛戛落波際，敷簟水西榭，與閏生弟夜話，依白石自製腔寫之，並拈其詩中句發端〔一〕

人生難得秋前雨，天涯對牀今夜〔二〕。倦客總無眠，盡挑殘紅灺〔三〕。卅年哀樂話，未消得、酒杯陶寫〔四〕。斷續檐聲，轆轤鄉緒，併時縈惹〔五〕。圖畫。白蘋波，扁舟月，何時喚人東下〔六〕。問訊五湖盟，有群鷗來迓。葛巾慵未卸〔七〕。似客燕、尚迷殘社。水窗曉，明鏡徘徊，靚素絲盈把〔八〕。

【箋注】

〔一〕題目「閏生弟」三字，舊刻作「重叔」二字。

〔二〕姜白石《平甫見招不行》詩：「人生難得秋前雨，乞我虛堂自在眠。」「對牀」，用東坡、子由事，已見前注。

〔三〕「灺」，鐙燭灰燼也。元稹《通州丁溪館夜別李景信》詩：「離牀別臉睡還聞，鐙灺暗飄珠蔌蔌。」

〔四〕劉義慶《世説新語・言語》：「謝太傅（安）語王右軍（羲之）曰：「中年傷於哀樂，與親友別，輒作數日惡。」王曰：「年在桑榆，自然至此，正賴絲竹陶寫。」」

〔五〕「轆轤」，井上汲水器。賈思勰《齊民要術》：「井别桔槔、轆轤。」注：「井深用轆轤，井淺用桔槔。」此取其迴旋不斷之意。

〔六〕白石《探春慢》詞：「無奈苕溪月，又照我扁舟東下。」

〔七〕《晉書・陶潛傳》：「逢其酒熟，取頭上葛巾漉酒，畢，還復著之。」

〔八〕杜甫《暮秋枉裴道州手札，率爾遣興寄遞呈蘇渙侍御》詩：「盈把那須滄海珠。」

月華清　乙巳中秋和西耘〔一〕

玉籟消涼，林霏散夕，上簾人在香徑〔二〕。憔悴圓姿，櫛櫛細雲遮定〔三〕。露槃空、天袂知寒。樹香老、畫闌懸暝〔四〕。誰省。問山河小劫，幾多殘影。　桂殿秋酲未醒。待訴與方諸、淚珠哀迸〔五〕。萬感孀娥，禁得管絃淒哽。漸拋殘、舊舞霓裳。好催放、破空金鏡〔六〕。傾聽。是誰家怨笛，待他端正〔七〕。

【箋注】

〔一〕鍾德祥，字西耘，號愚公，晚號耘翁，廣西宣化人。光緒二年進士，改庶吉士，授翰林院編修，官至江西道監察御史。有《睡覺齋詞鈔》。葉恭綽《全清詞鈔》録其詞四首，皆小令。

〔二〕《新唐書·張嘉貞傳》：「武后召嘉貞見内殿，以簾自障。嘉貞曰：『臣草茅之人，未睹朝廷儀……今天威咫尺，若隔雲霧，恐君臣之道，有未盡也。』后曰：『善。』詔上簾。」

〔三〕『圓姿』，謂月。櫛櫛，密集貌。李賀《秦王飲酒》詩：『酒酣喝月使倒行，銀雲櫛櫛瑶殿明。』

〔四〕李賀《金銅仙人辭漢歌》：『畫欄桂樹懸秋香。』

〔五〕『方諸』，見前《六醜》詞注。

〔六〕『孀娥』，隱喻慈禧。自回鑾以來，一再標新，以媚外人，故曰『拋殘舊舞霓裳』也。

〔七〕韓愈《和崔舍人詠月》詩：『三秋端正月，今夜出東溟。』王沂孫《眉嫵·新月》詞：『故山夜永，試待他，窺户端正。』李白《春夜洛城聞笛》詩：『誰家玉笛暗飛聲，散入東風滿洛城。』

秋霽　園夜卧雨，蓴鱸之思益深，和梅溪

別枕潺潺，障暗雨簾衣，暈冷鐙色。悴葉涼喧，晚蛩愁咽。病懷慣禁秋力。倦吟暫息。夢痕宛轉蓴絲碧〔一〕。問故國，誰睠，夜闌孤坐瘴鄉客。　驚卧歲晚，亂落江蘺，釣竿沈吟、詩卷疏寂〔二〕。背西風，殘鶻苦説，青銅欺鬢盛年白。歸事布帆從辦得。怕酒醒後，驚見畫裏湖山，採珠荒水，擣塵新驛〔三〕。

【箋注】

〔一〕《晉書·張翰傳》：張翰『因秋風起，思吴中菰葉蓴羹鱸魚膾，命駕而歸。』賈思勰《齊民要術》：『四月，蓴生莖而無葉，名雉尾蓴，芽甚肥美，葉舒長，名絲蓴，五六月用絲蓴。』東坡《送劉攽倅海陵》詩：『蓴絲未老君先去。』山谷《次韻子瞻春菜》詩：『蓴絲色紫菰首白。』

〔二〕杜甫《秋興八首》（其五）詩：『一卧滄江驚歲晚。』白石《霓裳中序第一》詞：『亂落紅蓮歸未得。』

〔三〕《漢書·王章傳》：『妻子皆徙合浦採珠。』温庭筠《達摩支曲》：『擣麝成塵香不滅，拗蓮作寸絲難絶。』

西平樂　別西園作〔一〕

灌木愁鴉，露莎抛錦，離思暗落迴廊。彈墨單衣，勘書深燭，清歡草草三霜〔二〕。看抱葉香枯翳鏡，連雨萍沈敗艇，西風漸老，冥鴻去翼成行〔三〕。誰許驚塵海角，紅茘顆、絆穩北歸艎。　蕙簾蘿幌。仙書映掌。花藥澄湖，虹月英光〔四〕。消不得、能言怪石，鑿空靈槎〔五〕。説甚虞翻宅徙，陸賈書新，一夜江湖夢已涼〔六〕。梁燕再來，巢塵欹欹，鑪穗愔愔，悵望天涯，罷酒闌干，憑誰指與斜陽。

【箋注】

〔一〕《行狀》云：『乙巳，以修墓請假，離學政任回籍。』《墓誌》云：『會與總督齟齬，引疾去。』案是時兩廣總督爲岑春煊。齟齬事則未詳。又番禺汪兆鏞憬吾《雨屋深鐙詞》有《聲聲慢》一首云：『洲迴裁葉，石破侵苔，當年吟盡斜暉。夜幌聞螿，西風吹歇芳菲。淒涼綠（去）章焚草，悵流波、空閣思悲。詞客老，賸滄江吟望，猶夢朝衣。　一自漚盟煙邈，便凋零霜葉，苦爲誰飛。淚眼河橋，檀欒爭説妍辭。飄來水仙孤調，儻愁魚、心事能知。搖落意，莽西園寒徧釣磯。』題云『遯庵以追懷彊村詞見視，依調寄答。翁督粵學，乞病別西園詞，有「花藥澄湖」句，今湮廢矣』云云。案遯庵，張孟劬別字。思悲閣，彊村閣名。

〔二〕杜甫《夜宴左氏莊》詩：『檢書燒燭短。』

〔三〕李賀《新夏歌》詩：『落蒂枯香數分在。』韓偓《曲江秋日》詩：『藕葉枯香折野泥。』温庭筠《寄渚宫遺民弘里生》詩：『萍稀敗舫沉。』吴融《題豪家故池》詩：『萍枯黏朽檻，沙淺露沉舟。』

〔四〕陶淵明《時運》詩：『言息其廬，花藥分列。』山谷《戲贈米元章二首》（其一）詩：『滄江夜盡虹貫月，定是米家書畫船。』《詩含神霧》：『瑶光如虹蜺貫月，正白。』

〔五〕《左傳》昭公八年：『石言於晉魏榆……師曠曰：「石不能言，或憑焉。」』李商隱《無愁果有愁曲北齊歌》詩：『鑿天不到牽牛處。』《古今事文类聚前集》引宗懔《荆楚歲時記》云：『漢武帝令張騫使大夏，尋河源，乘槎經月而至一處，見城郭如州府，室内有女織，又見一丈夫牽牛飲河。騫問曰：「此是何處？」答曰：「可問嚴君平。」織女取搘機石與騫。俟還後，至蜀問君平，君平曰：「某年某月，客星犯牛女。」搘機石爲東方朔所識。』又張華《博物志》『天河與海通，近人居海渚者，年年八月，見浮槎去來不失期，人有奇志，立飛閣於槎上，多齎糧而去』云云。

〔六〕《三國志·吴志·虞翻傳》：『孫權積怒，徙翻交州。』《史記·酈生陸賈列傳》：『陸賈廼粗述存亡之徵，凡著十二篇。每奏一篇，高帝未嘗不稱善，左右呼萬歲，號其書曰《新語》。』

清平樂　夜發香港〔一〕

舷鐙漸滅，沙動荒荒月〔二〕。極目天低無去鶻，何處中原一髮〔三〕。　江湖息影初程。舵樓一笛風生〔四〕。不信狂濤東駛，蛟龍偶語分明〔五〕。

【箋注】

〔一〕此詞爲光緒三十一年乙巳冬，彊村自廣東學政任滿北歸，道經香港時作。按鄭孝胥丙辰三月《題彊村校詞圖》詩云：『未必吾儕果先覺，十年前却賦歸歟。』自注云：『乙巳冬，自廣州同舟渡海。』檢《海藏樓詩》卷五，乙巳年有《十二月初九日渡海》五律三首，時孝胥新解龍州邊防，自廣州經香港至上海，彊村適與同舟也。再檢《鄭孝胥日記》，光緒三十一年九月『十九日，奉旨：鄭孝胥電奏悉，廣西邊防事務，現歸太平思順道辦理』，又『廿一日，十點登舟，送者千餘人』，又『十月朔，抵廣州』，又『初三日，（沈）愛蒼邀飲，晤朱古微學使、于晦若學使、王雪澄觀察。朱古微贈余摺扇，自書《暗香》詞，用白石韻，爲鳳雛賦也』，又『初十日，昧爽，登香港輪，名漢口。邊防各員皆送自香港。日斜到港，登廣大輪船』，又『十二日開輪，舟中晤朱古微侍郎祖謀，蔡和甫閣學鈞』，又『十六日，抵吴淞』，又『十八日，晤季直。十九日，晤沈子培。廿一日，晤陳伯潛』云云。此當日彊村在香港與孝胥同舟經過也。孝胥《日記》所稱《暗香》詞，舊刻《彊村詞》卷三《懷舟集》存之，編次在《西平樂·別西園作》前一首，是在廣州時所作，其題序云：『半農示蘇龕和石帚之作，再踵其韻。』其詞云：『露蟾玉色。凝酒邊淚點，東風聞笛。夢老石湖，出手高枝未忺摘。臨鏡傷春幾許，愁思托，江關閒筆。喚夢覺、一片仙雲，幽語鶴爭席。　香國，舊約寂。斷瘴海萬重，半蕚塵積。鳳牋誤泣。不許相逢許相憶。金屋高量未準，移怨咽、羅亭荒碧。待寄訊稀翠羽，冷崦耐得。』孝胥原詞，則未見也。《日記》稱此詞乃『爲鳳雛賦』，按鳳雛乃孝胥所眷，其人後至煙臺，又來上海與孝胥同居。此亦彊村詞之本事也。

〔二〕杜甫《中宵》詩：『落月動沙虚。』

〔三〕東坡《澄邁驛通潮閣二首》（其二）詩：『渺渺天低鶻没處，青山一髮是中原。』

〔四〕山谷詩：『舵樓吹玉笛。』又《大雷口阻風》云：『横笛倚舵樓。』

〔五〕況周頤《餐櫻廡隨筆》云：『漚尹以所著《彊村詩餘》六卷囑爲撰定，卷中艷詞絶少，唯《南鄉子》六首（粤東作），其一云：「雲磴滑，霧花稀。西樵山上揀茶歸。山下行人偏借問，朦朧應。半晌臉潮紅不定。」語艷而味厚，得《花間》之遺，雖兩宋名家，鮮能辨此。』按此詞舊刻《彊村詞》卷一載之，原作共九首，此其第二首也。此亦彊村在廣東時所作詞，附記於此。

彊村語業箋注卷二

木蘭花慢　歲除苦雨，兀坐篝鐙，賦此遣懷〔一〕

洗梅根墮粉，换年事，雨聲中。看蜜炬籠花，粔粣添勝，圍幕香重〔二〕。樓東。曙鴉未起，黯歌塵，猶顫好簾櫳。吟興玉㠘旋引，曲游金埒還慵〔三〕。　歡悰，半冷翠盤龍。多事買吴篷。笑黄柑未擘，洗妝清曆，慣濕春風〔四〕。相逢。鏡屏夢底，問歲寒、宫袖幾時紅。雙舉流霞漫勸，老懷翻惱瓊鍾〔五〕。

【箋注】

〔一〕此下十首，光緒三十二年丙午作，彊村年五十歲。《行狀》云：『是年，遂以病乞解職，卜居吴門。』是歲，命外務部侍郎唐紹儀，與英使在北京締結中英藏印續約。頒定教育宗旨，設立各省提學使。載澤等回，條陳倣行憲政，詔醇親王載灃等公同閲看，並宣示預備立憲之詔。遂派載澤等編纂官制。是年，孫中山去日本，入安南，謀起義潮州、黄崗皆不利。按彊村北歸後，卜居吴門，然時往來於上海、蘇州之間。在上海，則朋舊雲集，時有聲伎之娱；而鄭叔問則方寓居蘇州也。陳三立《散原精舍詩》有《滬上訪太夷》詩，是年四五月間作。同時又有《詣朱古微同年寓宅，迷道而返》詩云：『還過谷口鄭，一證去來今。』鄭謂太夷也。彊村在上海，與太夷同時相過從也。《鄭孝胥日記》所記甚詳。

〔二〕李賀《河陽歌》詩：『蜜炬千枝爛。』粔盤，已見卷一《高陽臺・除夕》詞注。

〔三〕《晉書・王濟傳》：『時洛京地甚貴，濟買地爲馬埒，編錢滿之，時人謂爲金溝。』東坡《王晉卿作〈煙江疊嶂圖〉，僕賦詩十四韻，晉卿和之，語特奇麗，因復次韻。不獨紀其詩畫之美，亦爲道其出處契闊之故，而終之以不忘在莒之戒，亦朋友忠愛之義也》詩：『管絃去盡賓客散，惟有馬埒編金泉。』金泉，即金錢。

〔四〕東坡《元日》詩：『燕南異事真堪記，三寸黄柑擘永嘉。』又《梅花》詩：『風清月落無人見，洗粧自趁霜鐘早。』夢窗《燭影摇紅・元夕雨》詞：『洗妝清靨濕春風，宜帶啼痕看。』

〔五〕杜甫《官亭夕坐戲簡顔十少府》詩：『老翁須地主，細細酌流霞。』

慶春宮　結草庵拜半塘翁殯宮作〔一〕

頹堞銜煙，昏鐘閣水，野鶻唤近清明〔二〕。華表羈魂，黄壚吟伴，暗塵房檻深扃〔三〕。斷雲玉笥，感詞客依稀有靈〔四〕。新腔愁倚，一綫泉華，還薦芳馨〔五〕。哀絃凍折誰聽〔六〕。淒唳修蘿，山鬼逢迎〔七〕。蓬島塵狂，芝田日晏，夢遊翻羨騎鯨〔八〕。淚珠千斛，拚一向、寒原縱聲。孤留何事，身世浮漚，休問殘僧。

【箋注】

〔一〕此首光緒三十二年北歸後，在蘇州作。

〔二〕『閣』，停留、放置也。白居易《罷府歸舊居》詩：『石片擡琴匣，松枝閣酒杯。』

〔三〕『華表』、『黄壚』，已見前注。

〔四〕張炎有《哭碧山玉笥之作》，此亦見半塘詞依歸所在。温庭筠《過陳琳墓》詩：『詞客有靈應識我。』

〔五〕東坡《書林逋詩後》詩：『一琖寒泉薦秋菊。』

〔六〕賈島《朝飢》詩：『坐聞西牀琴，凍折兩三絃。』

〔七〕《楚辭·九歌·山鬼》：『被薜荔兮帶女蘿。』

〔八〕王嘉《拾遺記》：『崑崙山第九層山形漸小狹，下有芝田蕙圃，皆數百頃，群仙種耨焉。』騎鯨，已見前注。

烏夜啼〔一〕

西樓一夜潺潺。玉鑪殘。只有杏花、同度五更寒。　　春潮長。空凝望。木蘭船。不信歸期、錦字更開看。

【箋注】

〔一〕舊刻《懷舟集》前此有《楊柳枝》四闋，《彊村本事詞》以爲爲後四軍機作。一爲榮慶，二爲慶王，三爲徐世昌，四爲鐵良。今附記於此：其一云：『故苑腰肢掌上輕，花街蹋馬舊知名。啼鶯莫訝成陰早，裁近津橋便眼青。』其二云：『人道枯稊不作絲，迷離煙雨又龍池。東風吹作流萍去，勝結菖蒲解笑誰。』其三云：『橫笛吹花出汴州，長條抵死鬬風柔。錦帆自解傷離別，無復春波斷得愁。』其四云：『雪絮相和減却春，樓臺白日斷歌塵。金鞭分道長楸去，莫笑章臺舊舞人。』

柳梢青

虞山矇叟湖上句云：『主人要悟虛舟理，但看紅妝與翠微。』晨起獨至定香橋觀荷，口占短章，聊爲叟語下作一轉，倘所謂我轉法華也耶〔一〕

虛舟自解忘機。一角風漪。文鱗吹去，錦羽捎回〔二〕。娗隊頳霞，弄珠無力，明鏡徘徊〔三〕。漫消領、紅妝翠微〔四〕。三宿湖山，廿年塵土，誰是誰非〔五〕。

【箋注】

〔一〕『虞山矇叟』，錢謙益也。引詩見《有學集》卷三，題作《留題湖舫》，自注云：『舫名不繫園。』原詩云：『園以舟爲世所稀，舟名不繫了無依。諸天宮殿隨身是，大地煙波瞥眼非。净掃波心邀月駕，平鋪水面展雲衣。主人欲悟虛舟理，只在紅妝與翠微。』

〔二〕東坡《淮上早發》詩：『小風吹水碧鱗開。』杜甫《重過何氏五首》（其一）詩：『花妥鶯捎蝶。』

〔三〕『娖』，測角切，整齊貌。梅堯臣《寄題知儀州太保蒲中書》詩：『老繫戰馬向庭下，厨架整娖齊籤牙。』《後漢書・中山簡王傳》：『今五國各官騎百人，稱娖前行。』注：『稱娖，猶齊整也。』

〔四〕《莊子・山木》：『方舟而濟於河，有虛船來觸舟，雖有惼心之人不怒。』

〔五〕《後漢書・襄楷傳》：『浮屠不三宿桑下，不欲久生恩愛，精之至也。』

燭影搖紅　月夜汎舟裏湖，徧串六橋並丁家山而歸，山椒一園，歌鼓徹曙〔一〕

壓鏡秋姿，四山濃黛和愁斂。浴空蟾影轉斜河，三五涼螢閃。清景人間易欠。洗閒情，筒杯未釅。窣波鐘罷，歸盡連錢，蜻蛉孤汎〔二〕。　欺月珠鐙，隔花飄出閑闌檻。亂催阿濫聒清宵，魚烏應微壓〔三〕。殘晝滄洲半罨，掛西峰、蒼龍睒睒〔四〕。昏鴉醒未，風外稀疏，重城更點。

【箋注】

〔一〕陳三立《散原別集》有《蒼虬宅夜餘興》詩云：『山行幾欲叱王尊。』注云：『丁家山懸磴頗險絕。』又有《雨中自丁家山康廬還飲蒼虬湖居，被酒夜歸》七律一首，皆湖上作也。蒼虬，陳曾壽別號，陳有別業在西湖。康廬者，康更生有爲以乙丑年自青島卜居湖上所寓也。《散原別集》又有《康更生翁既返丁家山寄廬，過訪不遇，有詩見及，次和》二絶句。

〔二〕王安石《與道原過西莊遂游寶乘》詩：『周顒宅在阿蘭若，婁約身隨窣堵波。』梵言窣堵波，此言塔也。《爾雅》：『青驪驎驒。』注云：『色有深淺，斑駁隱鄰，今謂之連錢驄。』杜甫《驄馬行》詩：『肉騣碨礧連錢動。』蜻蛉，蜻蜓別名。《戰國策・楚》四：『王獨不見乎蜻蛉乎？六足四翼，飛翔乎天地之間，俯啄蚊虻而食之，仰承甘露而飲之。』此蜻蜓則指小舟。

〔三〕張祜《華清宮四首》(其三)詩：『村笛猶吹阿濫堆。』劉義慶《世説新語・言語》：『簡文(帝)入華林園，顧謂左右曰：「會心處不必在遠，翳然林水，便自有濠濮閒想也。覺鳥獸禽魚，自來親人。」』此詩人用魚鳥字所昉。山谷《再用前韻贈子勉四首》(其一)詩：『只麼情親魚鳥。』又《南史・梁世子方等傳》：『嘗著論曰：吾又不及魚鳥遠矣，魚鳥飛浮任其性，吾之進退，常在掌握。』

〔四〕許渾《送上元王明府》詩：『舊宅花連罨畫溪。』東坡《次韻蔣穎叔》詩：『罨畫溪山指後期。』注云：『唐劉商隱愛義興之罨畫溪，遂常居焉。《地志》：陽羨有六溪，荆溪則首受蕪湖，東至陽羨入海，浙俗呼爲罨畫溪。』《史記・天官書》：『東宫蒼龍之宿。』

齊天樂

幽花一暝秋如夢，懨懨翳鐙籠帳。淚匊冰綃，愁量錦瑟〔一〕，香咽纖魂還傍。淒風自颺，卷葉葉羅衣，冷薰空桁〔二〕。誰侶雛鶯，夢游分影夜江上。多情最憐小玉，結連環短佩，仙步來往〔三〕。舊月鈎闌，殘雲鏡盝，供得閒人惆悵〔四〕。孤歡半强。任落拓江湖，楚腰慵唱〔五〕。起玩涼星，沸簾箏綫響。

【箋注】

〔一〕李商隱《房中曲》：『憶得前草春，未語悲含辛。歸來已不見，錦瑟長於人。今日澗底松，明日山頭蘗。愁到天池翻，相看不相識。』

〔二〕『桁』，衣架。韓愈《寄崔二十六立之》詩：『桁掛新衣裳。』

〔三〕白居易《霓裳羽衣歌》詩：『吴娥小玉飛作煙，越艷西施化爲土。』注：『小玉，夫差女名。』又李賀《紅樓曲》：『眼前便有千種愁，小玉開屏見山色。』

〔四〕周密《南宋市肆記》：『有瓦子勾欄，自南民至龍山瓦，凡二十三瓦，又謂之邀棚。』李賀《宫娃歌》詩：『啼蛄夜弔勾欄下。』盝，通簏，櫃匣之小者。《宋史·輿服志》：『皇帝承天受命之寶，納於小盝。』

〔五〕杜牧《遣懷》詩：『落拓江湖載酒行，楚腰纖細掌中輕。』

西子妝

叔問卜築竹格橋南，水木明瑟，遂營五畝，證以《吴郡圖經》，跨流而東。陂陀連蜷，爲吴小城故墟，懷昔傷高，連情發藻，睠念昨年結鄰之約，幾時可遂，因次其韻〔一〕

池粉濯妝，市簫掣淚，半染吴根殘土〔二〕。掛譙涼月照啼烏，换當年，錦帆歌鼓〔三〕。吴春舊賦，奈傾國、不消再顧〔四〕。故宫鞾、賸瘦楊眉樣，斜陽愁處。鷗鄰阻。竹粉連墻，未辦雙屐步。一尊還約看山來，敞書簾、淡蛾迎户。哀歌漫度。問開徧、棠梨誰主。咽荒壕、夜夜漂花最苦〔五〕。

【箋注】

〔一〕按叔問《西子妝慢·吴小城》詞序云：『《越絶書》：「城周十二里，高四丈七尺，門三，皆有樓。」《吴地記》引《虞覽家記》云：「吴小城白門，闔閭所作。秦始皇時，守宫吏燭燕窟，失火燒宫，西門樓尚存。」是知小城即吴宫之禁門，又謂之舊子城。歷漢、唐、宋，以爲郡治。舊有齊雲、觀風二樓，並在子城上，爲郡僚賓宴之所，見之唐賢歌詠獨多。明初惟餘南門頹垣，上置官鼓司更。郡志載今自乘魚橋至金姆橋而東，高崗迤邐，是其遺址。城四面舊皆水道，即子城濠。所謂錦帆涇也。其東南有故蹟，號曰濠腹。今余之所經構，證以《圖經》，此間乃兼有其勝。五畝之居，刻意林谷，既擁小城，聊當一丘。涇之水，又資園挽，可以釣游，不出户庭，而山澤之性適。豈必登姑蘇，望五湖，始足發思古之幽情耶？分題賦此，因並及之。』詞云：『山送月來，水漂花出，一片吴墟焦土。坡陀衰草下牛羊，鎮蒼涼廢譙沉鼓。青蕪慢賦。嘆殘霸都傾一顧。話遺塵，有故宫歸燕，傷心高處。登臨阻。玉檻瑶梯，夢斷香屧步。只餘秋色過墻來，做愁鞾、岫眉當户。霜笳暗度。恁吹徹觚棱無主。賸荒丘，夜夜啼烏更苦。』又《滿江紅》序云：『乙巳之秋，誅茅吴小城東，新營所住，激流植援，曠若江村，歲晚淒寒，流離世故，有感老杜卜居之作，聊復勞者歌其事云。』又戴正誠《鄭叔問先生年譜》云：『光緒三十一年乙巳，五十歲。先生於孝義坊購地五畝，建築新居，牓曰通德里。秋初落成喬遷，並張筵慶五秩焉。從鄧尉購嘉木名卉，雜蒔庭院，頗擅園林之美。其東高岡迤邐，即吳小城故址。復作亭於城之高處，牓曰吳東亭。繞以竹籬，憑眺甚佳。下一水瀠洄，即子城壕，所謂錦帆涇也。孫德謙先生（益庵）有賀先生新居文云云，一繫一跋，有云「日者穿井及深，鏗然作響，爰獲一石，旁有古鉼，雖無款識，足備摩挲，先生因以所居之堂，顏曰瓶智」。』案陳三立《散原精舍詩》有《哀鄭叔問》詩云：『通德卜居多掌故，南華玩世托支離。』原注：『君築室姑蘇通德里。』按鄭文焯（一八五六—一九一八），字俊臣，號小坡，又號叔問，晚號大鶴山人，奉天鐵嶺人，隸漢軍籍。光緒元年舉人，屢試春官不第，有《樵風樂府》九卷。生平事跡，見康有爲《清詞人鄭大鶴先生墓表》、孫雄《高密鄭叔問先生別傳》、戴正誠《鄭叔問先生年譜》。

〔二〕任昉《述異記》：『吳故宫有香水溪，俗云西施浴處，呼爲脂粉塘。吳王宫人濯妝於此，溪上源至今馨香。』《史記·范雎傳》：『伍子胥鼓腹吹篪，乞食於吳市。』徐廣注：『篪一作簫。』

〔三〕《一統志》：『錦帆涇在蘇州府城内，相傳吳王錦帆經游處。』高啓《錦帆涇》詩：『水繞荒城柳水枯，錦帆去後故宫蕪。窮奢畢竟輸漁父，長保秋風一幅蒲。』李白《烏棲曲》詩：『姑蘇臺上烏棲時，吳王宫裏醉西施。』

〔四〕《漢書》李延年歌：『一顧傾人城，再顧傾人國。』

〔五〕李商隱《吳宫》詩：『吳王宴罷滿宫醉，日暮水漂花出城。』

又　酬吴彦復〔一〕

津柳著陰，夜窗歇雨，夢醒青山歸晚。渺然華髪坐滄波，怪十年、故懷輕换〔二〕。清杯恨淺。任拂試、星文鏽斷〔三〕。傍西風、睨畫堂多少，偎人殘燕〔四〕。　西池宴。屈戍銅鋪，但有愁一片〔五〕。玉樓簾影至今垂，睡冥冥、翠瀛三淺〔六〕。迷陽唱倦。倚沈醉、蛾眉青眼〔七〕。怕重逢，墨淚單衣漬滿〔八〕。

【箋注】

〔一〕舊刻作『酬癭公』。案彦復，吴保初字。保初，安徽廬江人，官刑部主事，有《北山樓集》。《石遺室詩話》云：『己亥，彦復客武昌，所常過從者子培及余，余答子培詩所謂「屢簡吴郎益舊題」也。彦復與余拉雜唱和者甚多，稿零落殆盡。彦復清提督吴武壯公長慶子，名保初，一字君遂。以將門之子，儒雅能文。學詩於竇竹坡先生，時人以君並譚嗣同、丁惠康、陳三立稱四公子。任子得官，在刑部數年，非其所好，前後與剛毅、端方齟齬，憔悴以死，事詳余所作傳中。憶有一詩書其《書哭姬人詩卷後》云：「事事學吾師（謂竹坡先生），姬亡累哭之。尋常詩已肖，尤肖哭姬詩。」蓋喜納姬，喜爲詩，尤喜爲長慶體詩，師弟二人相同也。彦復答云：「鯫生百不肖，惟哭肖吾師。哭肖詩不肖，吾師夙知之。」亦足解頤。』按彦復以民國二年癸丑卒，年四十五歲。陳三立《散原集》有輓詩一首，（詳見注〔八〕），又有《吴彦復遺言以黄癭瓢畫軸見寄》詩云：『淝上吴公子，少壯慕奇節。屢忤權貴人，一官謝朝列。

恣爲江海游，頗亦娱聲色。窮愁納騷雅，吐句獨雋絶。依人益蹭蹬，風痹有瘖舌。輿疾滬瀆居，走視對嗚咽。』云云。平生事跡，詳見康有爲《吴彦復墓誌》、陳詩《吴北山先生家傳》。《墓誌》稱其『戊戌之難，流涕賦詩，曾發憤上章，爲亡人訟冤。辛丑和議成，請變法歸政，辭旨切直震一時』，又稱『彦復才志卓犖，憂國好事，多識海内通人名士。生遘時變，俛仰身世，托之於詩，要眇清勁，蓋得乎韋、柳、荆公，而激楚可歌』，沈子培爲書《墓誌》。章太炎題其遺集云：『漸識吴君遂，高情棄直廬。卜居梅福里，草上杜根書。域外稱張楚，斯人願伏蒲。修門遺爐在，誰共弔三閭。』彦復長女弱男，適湖南章士釗。

〔二〕李商隱《擬杜工部》詩：『客鬢行如此，滄波坐渺然。』

〔三〕韋應物《古劍行》詩：『千年土中兩刃鐵，土蝕不入金星滅。』

〔四〕杜甫《歸燕》詩：『故巢倘未毁，會傍主人飛。』

〔五〕梁簡文帝《烏棲曲四首》詩：『織成屏風金屈戌。』又李賀詩用『屈膝銅鋪』，已引見前注。

〔六〕按彊村辛亥以前詞中用『簾』字，多非泛設，此則直斥垂簾，蓋彦復曾有諸『變法歸政』之疏也。

〔七〕《莊子·人間世》：『迷陽迷陽，無傷吾行。』山谷《登快閣》詩：『青眼聊因美酒横。』

〔八〕徐珂《清稗類鈔》：『彭香雲，武進人。稍長游滬，著聲北里，當時所謂金菊仙者是也。所居爲層樓，出則驅駿馬，擁幰車，攬轡絶街衢，訪豪不得。久之，得廬江吴公子。公子名保初，字彦復，武壯公長慶仲子也。光緒乙巳夏五月，大宴諸名士於滬上之酒樓，聞菊仙名，招之。座客争索曲，菊仙哀歌激楚，乃咯血。翼日病大作，門巷蕭條。而彦復至憫之，奔走求醫。病愈，菊仙鍵户謝客，獨約彦復爲清譚。語及國家狀，菊仙輒流涕。如是者半月。海上名姬宿重身價，有私造客者，院中人或嗾父母訟諸官。

菊仙憂之，陰牒長官杜其變，左右及彥復皆不知也。一日，屏人白其志，彥復嘆曰：「吾妻悍，不克歸。旅居懼弗給，子其能處此耶？」菊仙嫣然不復道。當是時，菊仙年已二十四。海上兩巨公争出萬金求菊仙。菊仙笑曰：「吾所欲者大丈夫耳，焉用此巨金？」一日，偕彥復出，飲酣，從容請曰：「君客况妾所知，今方六月，客逋妾金已數千，至八月且萬。」彥復笑曰：「吾所欲者知己耳，它奚愛焉？」菊仙毅然曰：「君若此，復何待？」竟同車歸，客逋置弗顧。時六月六日也。彥復自爲《天睨姻緣記》紀其事。菊仙既嫁，復彭氏，改名嫣。彥復以書法篆刻授之，自是嫣名遂播公卿間。而彥復貧益甚，海内人士被武壯澤，無過問者。嫣之囊罄矣。久之，彥復走天津，怏怏不樂，自署曰瘻公，嫣則旦夕歌笑慰解之。居三年，貌益澤。嘗曰：「吾得嫣，始知天壤間有生人之樂。」已而彥復病，嫣割臂肉療之。陳伯嚴嘗贈彥復以詩云云。』按陳三立《過天津戲贈瘻公》詩云：『酸儒不值一文錢，來訪瘻公漲海邊。執袂擎杯無雜語，善心和淚説彭嫣。』及彥復之歿，三立復有《挽吴北山》詩云：『爲郎一疏壯當年，遽絶朝班溷市廛。意氣空能問屠狗，吟篇自許訴幽嬋。已迷王謝争墩處（前三歲與君同游半山亭），應喻唐虞易簣前。天壤寄癡寄孤憤，終留佳話到彭嫣。』按彊村此詞中所謂『蛾眉青眼』，即指彭嫣事，録以備參。

三姝媚　秋夜餞北客，離席聞歌，感音成拍〔一〕

燭花揺短夜。撲簾衣新霜，唳鴻來迓〔二〕。勸酌清吭，是未秋雲鬢，泰娘聲價〔三〕。掩抑絃絃，傳怨入、吳蘭殘帕〔四〕。彩筆休辭，無數閑愁，泥他陶寫〔五〕。　門外酸風淒射。又送客衰蘭，短亭嘶馬〔六〕。换疊陽關，促翠筵圓月，背人西下〔七〕。似酒流年，禁幾度、觥船狂瀉〔八〕。便逐鴟夷歸舸，滄江恨惹〔九〕。

【箋注】

〔一〕狄葆賢《平等閣詩話》云：『余讀況夔笙《香海棠館詞話》曰：「詞筆能圓見筆力。」又曰：「神圓爲上乘，意圓爲中乘，筆圓爲下乘。」彊叟此詞，可謂直造神圓之境矣，當與《陽關三疊》曲同唱偏旗亭。』按《詩話》所引，字句稍有差異。

〔二〕《詩話》引『撲簾衣』作『喚簾邊』、『唳鴻』作『塞鴻』。

〔三〕龔明之《中吳紀聞》：『泰娘，吳之美婦人也。劉禹錫詩云：「有時妝成好天氣，走上臯橋折花戲。風流太守韋尚書，路旁忽見停隼旟。」』

〔四〕《詩話》引『怨』作『恨』，『殘帕』作『羅帊』。白居易《琵琶行》：『絃絃掩抑聲聲思。』

〔五〕王羲之與謝安對話言『中年傷於哀樂……正賴絲竹陶寫』，已見前注。

〔六〕李賀《金銅仙人辭漢歌》詩：『東關酸風射眸子。』同詩又云：『衰蘭送客咸陽道。』

〔七〕《詩話》『换疊陽關』四字作『竟夕驪歌』。東坡《志林》：『舊傳《陽關三疊》，然今世歌者，每句再疊而已。若通一首言，又是四疊，皆非是。偶讀樂天《對酒》詩云：「聽唱陽關第四聲。」自注：「勸君再盡一杯酒。」是首句不疊審矣。李義山詩：「唱盡陽關無限疊，半杯松葉凍頗黎。」』

〔八〕東坡《次韻前篇》詩：『餘年似酒那禁瀉。』夢窗《龍山會·芙蓉》詞：『驚雁落清歌，酹花倩、觥船快瀉。』

〔九〕末四字《詩話》引作『花首怨惹』。《史記·越王勾踐世家》：『范蠡浮海出齊，自謂鴟夷子皮。』東坡《次韻代留别》詩：『他年一舸鴟夷去，應記儂家舊姓西。』

齊天樂　寒夜同麥孺博、潘弱海〔一〕

黄昏連樹拳鴉噤。江寒笛聲不起〔二〕。擁葉驚波，呼風斷角，淒别歸鸞千里。鐙窗自倚。漸冰折吴綿，薄醪慵理〔三〕。尚有殘香，夜深不暖舊心字〔四〕。　荒鷄空唤倦旅。未應霜霰集，誰整歸計〔五〕。箭水繁聽，襦紗淡色，落盡涼蟾無寐〔六〕。西樓翠被。怕一夕將愁，玉璫難寄〔七〕。曙蠟紅啼。夢痕持淚洗〔八〕。

【箋注】

〔一〕錢仲聯《中國近代文學大系·詩詞卷》云：『麥孟華（一八七五—一九一五），字孺博，號蜕庵，廣東順德人。光緒十九年舉人。康有爲弟子。二十一年，赴京應進士試，參與公車上書。二十四年，列名保國會。政變後，助梁啓超在日本辦《清議報》。民國後，袁世凱稱帝，兩召孟華相見，且欲援以教育總長，孟華拂衣出京，與潘之博同入南京馮國璋幕，相與謀倒袁。乙卯正月十二日，憤袁稱帝，腦充血死。麥、潘齊名，康有爲稱之爲「粵兩生」，爲刊《粵兩生集》，並爲之序。孟華《蜕庵詞》收在內。生平事跡，見湯志鈞《戊戌變法人物傳稿》。』（參看後文《水龍吟・麥孺博挽詞》）。又云：『潘之博（？—一九一六），初名博，字若海，亦字弱海，廣東南海人。少不喜舉子業，嘗從軍廣西。稍長，受業於康有爲。官於民政部，旅客上海。甲寅，馮國璋慕其名，邀入幕府。袁世凱欲稱帝，之博與孟華在馮幕，共策劃聯絡各省共倒袁。袁知其事，怒命嚴捕，乃避往香港，嘔血死。葉恭綽稱其「爲詞孟晉，思深力沉。天假以年，足以大成」（《廣篋中詞》）。有《弱庵詞》一卷，合孟華之作，康有爲匯刊爲《粵兩生集》。生平事跡，見潘其璋《先府君行述》。』汪國垣《光宣以來詩壇旁記》：『潘博，幼穎異。嘗與任子徽元熙、鄧秋枚實、秋門方兄弟、黄晦聞節，同問學於簡竹居。而若海又師康有爲，故與麥孟華、梁啓超相習。及秋枚、晦聞於清季創國學保存會、《國粹學報》於滬濱，若海實助其成。宣統間，嘗往來津滬，與黨人通聲氣，所交皆一時豪俊。時歸安朱祖謀、義寧陳三立，並以詩詞領袖壇坫。若海皆與之往還，有詩詞見二家集中。他如趙熙、二羅（惇曧、惇㬊）、何翔蓀、諸宗元、梁爰、黄意京皆締交。梁卓如納交趙克山，且因若海爲介，時卓如尚在日本也。民國四、五年，若海嘗佐江蘇軍幕，與散原往還更密。而青溪復成橋側之吴氏鑑園，往往有若海之蹤跡。園主人吴劍泉學廉，並與投分亦深也。乙卯，袁世凱帝制議起，若海在蘇督幕，假兵符趨黔桂，起兵以抗項城。項城懸重金購捕之，乃走香港，匿亞賓律道康南海宅，悲憤嘔血而死。時民國五年丙辰□月也。吴劍泉以詩哭之云：「勃鬱移山志，沉溟蹈海行。乘逢逐客令，甘徇黨人名。司馬資王郄，河汾重董程。空餘寢門涕，風義感平生。」陳散原輓詩云：「鼙鼓聲中數往還，就余彈淚倚鍾山。帝秦孤憤天應鑒，走越奇蹤夢與攀。落拓虞翻疑骨相，遨游陸賈補時艱。起衰二士彩眸盡，忍過辛園話鑄顔。」蓋若海與麥孺博同爲南海弟子，時南海在上海，居辛園。孺博亦以前一歲逝也，故末二句及之。余有論近人詩絶句，其潘若海一首云：「危城玉貌挹深談，晚得朱陳許共參。誰識讀書堂下客，流傳佳句徧江南。」余於乙卯至金陵，與若海遇於秦淮酒樓，坐上談舊京諸詩人近狀甚悉。讀書堂，即簡竹居講學所也。若海詩詞並工，曾與麥孺博蜕庵詩詞合刻，名曰《粵兩生集》。然亦有未收入者。』

〔二〕陸龜蒙《悼鶴》詩：『争奈野鴉無數健，黄昏來占舊棲枝。』《廣韻》：『噤，寒而口閉也。』

〔三〕范成大《驟寒吟》：『陰風吹雨作冰屑，駝裘如鐵棉裘折。』張炎《淒涼犯·北游道中寄懷》詞：『待擊歌壺，怕如意、和冰凍折。』

〔四〕蔣捷《行香子·舟宿蘭灣》詞：『銀字笙調，心字香燒。』

〔五〕《詩·小雅·頍弁》：『如彼雨雪，先集維霰。』鄭箋云：『自微至甚，如先霰，後大雪。』《毛詩序》：『《頍弁》，諸公刺幽王也。暴戾無親，不能宴樂同姓，親睦九族，孤危將亡，故作是詩也。』

〔六〕言夜漏已深，窗月轉曙，仍未成眠。

〔七〕『玉璫』，已見庚子《菩薩蠻》注。

〔八〕李商隱《燕臺四首·冬》詩：『蠟燭啼紅笑天曙。』按麥孺博有《六醜·丁未除夕索彊村若海同賦》詞云：『又凋年黄落，悵玉蕣、韶華輕擲。晚陰釀寒，欺人年事急，鐙影摇壁。夢墮横塘路，蛤蜊菰葉，寄倦禽羈翼。瀾翻萬態趨殘夕。更箭沉沉，群喧向寂。尋常踏歌生憶。況鬧蛾歡會，芳訊沉隔。白鷗相識。笑荒江倦客。兩槳松花冷，歸未得。銅駝夢斷消息。倚危闌黯望，浮雲西北。屠蘇薄、祓愁無力。酒醒後、明鏡明朝，怕换舊時顔色。林鴉散、倦馬嘶櫪。獨夜蘭、倚枕看槃燭，幢幢燄碧。』又潘若海《題彊村老人歸鶴圖》詩云：『彊村老人如老鶴，不向人間争飲啄。九霄唳罷獨歸來，夢醒空山雪花落。老人養鶴如養兒，俸薄不免時啼飢。胸中飽貯出塵想，不識貴人軒與墀。傳云此鶴人所贈，毛骨奇逸不凡近。亦如老人古心性，玉立塵埃冰雪静。老人當世稱詞仙，鶴亦起舞能應絃。荒庭僵石横蒼煙，與鶴相對應忘年。此鶴平生有故事，出處去就略可記。大鶴山人鶴阿師，爲寫斯圖傳畫史。鶴兮鶴兮得所歸，青田石老苔生衣。月明試向華表立，人事如今有是非。』陳衍《石遺室詩話》：『向見若海詩，頗覺其多填詞家言。』又云：『南海潘若海喜填詞，專學夢窗，久與朱古微游，濡染然也。』梁啓超《飲冰室詩話》：『麥孺博不多作詩，然有作必佳。余最愛誦其《贈韓旡首》一律，末四句云：「晏歲坐聞山鬼嘯，臨江東指海雲生。中年哀樂應消盡，肯近彈棋恨不平。」旡首名曇首，孔广之從昆也，三年前已爲異物矣。』因述二家事，附記於此。

渡江雲

滬上遇伯弢，旋復别去，歌酒相勞，聲爲此詞〔一〕

江風殘酒夜，軟潮半落，帶夢卷迴帆。斷鐙春尚淺。濺淚看花，冷約背梅崦〔二〕。嘶騮罷躍，漸領略、荒雪江南〔三〕。吟望低、白頭誰侶，照坐有頳蟾〔四〕。　　厭厭。哀時詞賦，送老關河，攬尊前百感。休更將、危闌煙柳，分付何戡〔五〕。明朝照鬢秦淮緑，怕雨昏、風瞑愁兼。歧路語，重逢竟濕青衫〔六〕。

【箋注】

〔一〕此下十六首，光緒三十三年丁未作，彊村時年五十一歲。陳伯弢已見前注。是年，改盛京將軍爲東三省提督，奉、吉、黑各設巡撫。改各省按察使爲提法使，增設巡警、勸業道，裁撤分巡、分守各道。各省審判廳命按地分年建設。設禮學館、軍資府、資政院。命商部侍郎楊士琦往南洋考察華僑，命汪大燮、于式枚、達壽分赴英、德、日本考察憲政。是年，革命黨鄧子瑜起義惠州，徐錫麟起義安慶，皆未成功。按《鄭叔問年譜》，是年，「朱古微侍郎卜居吳城小市橋東聽楓園，先生爲相陰陽，練時日，且舉宋詞人吳應之故事，詞以張之」。據《鄭孝胥日記》，彊村此後數年間，常往來於蘇州、上海間也。又據陳鋭《裒碧齋集·惜紅衣序》云「漚尹侍郎，叔問舍人屢言江南之游，迨秋不果，但有愁望。適兩君先後書來，兼未倡和近作，勉賦寄意，仍用白石韻」云云。按朱、鄭鬭韻和白石，則是年秋間事也。

〔二〕杜甫《春望》詩：「感時花濺淚。」

〔三〕晏幾道《木蘭花》詞：「紫騮認得舊游蹤，嘶過畫橋東畔路。」

〔四〕杜甫《秋興八首》（其八）詩：「彩筆昔曾干氣象，白頭吟望苦低垂。」

〔五〕危闌煙柳，已見前注。劉禹錫《與歌者何戡》詩云：「二十餘年別帝京，重聞天樂不勝情。舊人惟有何戡在，更與殷勤唱渭城。」

〔六〕「濕青衫」，舊刻作「脱朝衫」。白居易《琵琶行》：「江州司馬青衫濕。」東坡《次韻胡完夫》詩：「青衫別淚尚斕斑。」

掃花游　花朝微雪和夢窗

罨空淡色，黯杏葉河梁，燕風微峭〔一〕。凍波乍嫋。卷愁心似惜，亂沙鷗老〔二〕。覷冷春紅，細蹋瑶光鏡曉〔三〕。唤吴棹。怕幽約五湖，花夢稀到。　樓觀還縹緲。是亂蜃飄寒，碎玉凝照〔四〕。度春草草。被瓊妃斷却，翠温簾窈〔五〕。倦笛飛梅，怨咽江城變調〔六〕。柳帛早誤東園、鳳韡人掃。

【箋注】

〔一〕『杏葉』，暗用杜牧《清明》詩『牧童遥指杏花村』意，因微雪，故言『黯』。

〔二〕『乍嫋』，言春冰解凍。衡以時局，則開議會、行憲政之論，在各地蓋甚囂塵上，漸見無法控制矣。

〔三〕李適《帝幸興慶池戲競渡應製》詩：『南山倒影從雲落，北澗瑶光寫溜迴。』郝經《天賜夫人詞》：『玉液冷浸芙蓉城，花月瑶光照金翠。』

〔四〕《史記·天官書》：『海旁蜃氣象樓臺。』時國無賢良，親貴争權，故以『亂蜃』、『碎玉』目之。

〔五〕言慈禧斷送清王朝。

〔六〕李白《黄鶴樓聞笛》詩：『黄鶴樓中吹玉笛，江城五月落梅花。』『變調』二字可味。

八聲甘州 暮登靈巖絶頂，叔問爲述半塘翁昔年聯棹之游，歌以抒懷，用夢窗韻〔一〕

倚蒼巖半暝拂春裾，千鬟亂明星〔二〕。信閑僧指點，愁香黏徑，荒翠通城。故國鴟夷去遠，斷網越絲腥〔三〕。消盡興亡感，一塔鈴聲。招得秋魂來否，對冷漪空酹，渴夢難醒。問琴絃何許，飄淚古臺青〔四〕。好湖山、孤游翻懶，又咽風、哀笛起前汀〔五〕。抢笻去，小斜廊路，雙屧苔平。

【箋注】

〔一〕舊刻『抒懷』作『抒哀』。此詞爲光緒三十三年丁未春作於蘇州。按戴正誠《鄭叔問先生年譜》云：光緒二十八年壬寅，『王佑遐給諫受揚州儀董學堂之聘，十月，過江來蘇，與先生同游天平、鄧尉諸山，晚泊虎山橋』。於是有《古香慢》詞（見《苕雅餘集》）。按《樵風樂府》有《法曲獻仙音》一首，題云『靈巖覽古』，其次則《八聲甘州》，序云：『琴臺據吴故宫離城之上，舊志所謂高可見三百里，洵登覽之逸地也。余與半塘老人西崦迴舟，從木瀆步上絶頂，高誦君特「秋與雲平」之句，一時豪概，陵轢今古。因乘興更作天平之游。時已暮色蒼然，共和吴詞，相與徘徊而不能去。』再次則《湘月》一首，序云：『天平山白雲亭酌泉晚眺，欲尋遠公石屋不果。歸路看紅葉泊鷺飛浜作。』凡三首，驗之《半塘定稿》，知爲一時之作。即此所謂『昔年聯棹之游』也。

〔二〕韓愈《答張徹》詩：『引袖拂天星。』

〔三〕李義山《寄成都高苗二從事》詩：『莫將越客千絲網，網得西施别贈人。』

〔四〕『琴臺』，見注〔一〕《八聲甘州》序。

〔五〕鄰笛事，前已屢見。

玉連環

花翻歌扇衣香卸，夢雲低亞〔一〕。沙棠雙槳綺羅塵，愁不耐，滄波瀉〔二〕。　風定絮花凝樹，晚鶯閒話。不辭高館領春寒，堅坐看，斜陽下〔三〕。

【箋注】

〔一〕《詩談二編》：『杜審言「枝亞果新肥」，孟東野「南浦江花亞水紅」，包佶「多年亞石松」，方干「應候花開亞木枝」，亞義如壓，言低披也。亞乃相依之意，杜詩「花亞欲移竹」。』

〔二〕李白《江上吟》詩：『木蘭之槳沙棠舟。』

〔三〕東坡《水調歌頭》詞：『又恐瓊樓玉宇，高處不勝寒。』此反用其義。

滿路花　寒食酬叔問和美成韻〔一〕

寒餘北崦風，晴壓東闌雪〔二〕。睡鳬香四汎，鄰煙絕〔三〕。　青門憶否，十里絲楊折。玉牋連夢闊。

蠟炬灰枯，漢宮尚鬬芳節〔四〕。　閑愁天與，杜宇聲聲血。和春催去棹，滄波接。危闌拍徧，纔信哀歌切。中坐絃能説。説行路難，爲君刻意傷别〔五〕。

【箋注】

〔一〕錢塘張爾田孟劬《遁庵樂府》和此詞云：『香霏綺陌塵，粉壓荒闌雪。暮寒吴館悄，簫聲絶。東風浪蕊，玉手憐輕折。一春歌酒闊。翠燭分煙，那堪斷送芳節。　離尊紅淚，點點啼成血。斜橋歌扇羽，花迎接。穉楊舊恨，一夜心先切。争怕流鶯説。此情爲誰，暗中長憑傷别。』題下小序云：『吴中寒食日，春賽極盛，客居闔户不出。適叔問、古微丈以和清真近詞見示，切情惆悵，輒復繼聲。』案叔問《樵風樂府》又有《小重山令》一首，題云『雨落春閑，竹窗散帙，見彊村翁和紫霞舊詞，清興難同，年事易盡。記去年樵風園聽雨，正此時也』云云。《彊村詞賸·篁處集》，亦有《小重山·答叔問》一首。又《彊村詞賸·懷舟集》有《被花惱》一首，題云『此紫霞翁自度腔也。止尊、叔問一再和之，余效之』云云。則叔問所稱『彊村翁和紫霞舊詞』也。凡此足見一時唱酬之樂。

〔二〕東坡《東欄梨花》詩：『惆悵東欄二株雪，人生能得幾清明。』

〔三〕馮贄《記事珠》：『金猊、寶鴨，皆焚香器。』

〔四〕李義山《無題》詩：『蠟炬成灰淚始干。』韓翃《寒食》詩：『日暮漢宮傳蠟燭，輕煙散入五侯家。』

〔五〕末句舊刻作『説休唱行路難刻意傷别』。

又　清明再和簡叔問

闌枝過筆低，鳥跡書苔破〔一〕。泉香霏杏粥，催新火〔二〕。花慳酒殢，一繭愁絲裹。亂疊書圍坐。薄午簾陰，病懷惟稱頹卧。紅芳無主，歡計年年左。春湍流白日，誰關鎖〔三〕。江湖滿地，夢引樵風過〔四〕，野鷗慵勝我。一棹相尋，世外應有人呵〔五〕。

【箋注】

〔一〕李義山《驕兒》詩：『芭蕉斜卷箋，辛夷低過筆。』

〔二〕杜臺卿《玉燭寶典》：『寒食節，今人悉爲大麥粥，研杏仁爲酪，引餳沃之。』韋慎微《咸鎬故事》：『清明日，尚食内園官小兒，於殿前鬭鑽新火。先進者賜絹三匹，椀一口。尋以新火賜宰臣以下。』杜甫《清明》詩：『朝來新火起新煙。』注云：『唐制，清明日賜百官新火。』蘇軾《徐使君分新火》詩：『三月清明改新火。』

〔三〕言外有江河日下意。

〔四〕杜甫《秋興八首》（其七）詩：『江湖滿地一漁翁。』

〔五〕黄庭堅《演雅》詩：『江南春水碧於天，中有白鷗閑似我。』

卜算子

千片惱吴花，接葉鶯調語〔一〕。睡燼明窗一穗煙，夢響長廊雨〔二〕。　愁著倚闌時，歌斷臨觴侣。自惜流光輾轉看，淚濕彌天絮〔三〕。

【箋注】

〔一〕杜甫詩《江畔獨步尋花七絶句》（其一）詩：『江上被花惱不徹。』又《陪鄭廣文游何將軍山林》詩：『接葉暗巢鶯。』

〔二〕温庭筠《法雲寺從雙檜》詩：『長廊夜静聲疑雨。』

〔三〕杜甫《曲江》詩：『傳語風光共流轉。』

漁家傲

繞榻書籤兼畫幀〔一〕。朦朧散帙何曾竟。老去不禁茶力猛。微睡醒，風鑪煎术供秋病〔二〕。　萬里碧雲生雁興。行行書破青天影。樓月半昇簾薄暝。闌獨憑，商音滿耳無人聽。

【箋注】

〔一〕『幀』，畫幅。《正字通》：『今人以一幅爲幀。』

〔二〕温庭筠《和趙嘏題岳寺》詩：『澗茶餘爽不成眠。』陸羽《茶經》：『風爐，以銅鑄之，如古鼎形，凡四窗，以借通飈漏燼之所。』

香椀愔愔鐙翳翳。冷螢開闔緣窗紙〔一〕。著枕搜吟工夜計。無一字，懵騰倦眼惟思閉。

泣露哀蟲妨短睡。夢迴練幕涼於水。策策高林九月底〔二〕。中夜起，秋聲何與閒人事。

【箋注】

〔一〕東坡《自興國往筠宿石田驛南二十五里野人舍》詩：『夜深風露滿中庭，惟有孤螢自開闔。』

〔二〕韓愈《秋懷》詩：『秋風一披拂，策策鳴不已。』

木蘭花慢　陳伯平使君飲席話舊〔一〕

傍滄浪桂樹，素心寫，小山篇〔二〕。笑楚製荷衣，吴謳蕩節，萍泊何緣〔三〕。飛仙。素雲擁處，要手斞、南斗灑人間〔四〕。不用流霞灩引，鏡中留得朱顔。幽禪。一榻煮茶煙。絲鬢幾年前〔五〕。惜冥冥此意，繁憂沈陸，孤夢攀天〔六〕。鷗邊。後期守定，理雙綸、同上五湖船。莫話滄桑事影，湘心一碧潺然。

【箋注】

〔一〕陳啓泰，字伯平，湖南長沙人。同治戊辰進士，官江蘇巡撫。夏敬觀《忍古樓詞話》云：『長沙陳伯平中丞，以戊辰名翰林轉御史，直聲震朝右，與黄漱蘭、寶竹坡、張幼樵、鄧鐵香、洪右丞齊名，當時有黄寶陳張之目。及洊陞至蘇撫，嫉惡懲貪，僚屬戒畏。其自勵清節，求之清末督撫中，未有第二人能如公者。公生平精音韻訓詁之學，間喜小詞。向在公壻徐紹周齋中，見其門人劉春霖殿撰手録公少作詞一卷，惜當時未能撰録數闋。兹得公甥張介祉輯録遺詞相示，則多中年以後所賦。格調高雋，詞采葩正，以比范文正《歲寒堂詞》，未以綺語爲嫌也。』按張仲炘《瞻園詞續集》有『陳伯平前輩布政江蘇，道經金陵，爲題《日望樓餞別圖》，依韻賦謝』《金縷曲》一首，又『和伯平留別韻』《摸魚兒》一首，又『伯平中丞出巡太湖，賦此寄懷，兼示子異、伯琴、秉三、子休』《水龍吟》一首，又『左子異約陪伯平中丞作展重陽會，因登虎丘，宴於李文忠祠，夜乘鐙舫歸』《山亭宴》一首。按次珊是年就蘇撫幕，見《鄭叔問年譜》，伯平蓋其府主也。又馮煦《蒿庵詞》有『題次珊前輩《日照樓餞別圖》，用臞庵前輩韻』《金縷曲》一首，又前調『再疊前韻送伯平前輩之吳門』，二詞編次在丙午秋後，與次珊諸詞當爲一時前後之作。伯平蓋以去秋來吳也。

〔二〕用《楚辭・招隱士》。

〔三〕《楚辭・離騷》：『制芰荷以爲衣兮。』鍾略《前定録》：『柳及再娶沈氏，及卒，沈氏尋亦萍泊。』

〔四〕白石《翠樓吟》詞：『此地宜有詞仙，擁素雲黄鶴，與君游戲。』
〔五〕杜牧《題禪院》詩：『今日鬢絲禪榻畔，茶煙輕颺落花風。』
〔六〕《莊子·則陽》：『方且與世違，而心不屑與之俱，是陸沉也。』《楚辭》：『攀天階而下視。』

洞仙歌　丁未九日〔一〕

無名秋病，已三年止酒〔二〕。但買萸囊作重九。亦知非吾土〔三〕，强約登樓。閒坐到，淡淡斜陽時候〔四〕。　浮雲千萬態，迴指長安，却是江湖釣竿手〔五〕。衰鬢側西風，故國霜多，怕明日、黄花開瘦〔六〕。問暢好、秋花落誰家。有獨客徘徊，憑高雙袖〔七〕。

【箋注】

〔一〕此詞光緒三十三年重陽作於上海。舊刻題下原有『寄懷蟄先杭州』六字，此後來删去。按蟄仙，湯壽潛也。錢仲聯《清詩紀事》云：『湯壽潛，字蟄仙，浙江山陰人。光緒十八年壬辰進士，歷官江西學使。』鄔啓祚《耕雲别墅詩話》云：『山陰湯蟄仙壽潛，總理浙路，成效卓著。嘗怵於國勢之危，思非徧布鐵路，不足以圖存，而東南沿海一綫，尤爲急務，議集股先築之。目前來粤招股，粤人開會歡迎，踴躍認購。而公餘之暇，與粤中文人唱和無虚日。讀其《次和慶時蓀》二律，老成謀國，情見乎詞，真令人欽仰不置也。詩云：「文軌將來總混同，吾衰愧得見周公。陪都佳氣瞻長白，早歲虚名誤軟紅。霸國夷吾年漸老，召戎林富市初通。問天又恐天難對，一樣鴻毛兩樣風。」其二云：「此行投袂太倉皇，來乞鄰輝笑發棠。敢道橫流能手障，爲籌全局奉心香。羊亡汲汲規前覆，鴆飲紛紛類病狂。試上白雲山上望，欲循親舍發歸航。」』其《過錦州》一首云：『壯游老未忘醫國，似比雄藩袖手過。出塞山疑天子嶂，繞城水是女兒河。地猶沙礫耕桑少，人到幽燕感慨多。隔岸遥束一衣帶，幼安皂帽近如何。』王賡《今傳是樓詩話》評之云：『詩却傲兀自喜，如其爲人。』按鄧之誠《中華二千年史》敘清末争保路權事云：『海通以後，侵略者奪我利權，各國規定勢力範圍，更予取予求，以索路礦。庚子之役，創深痛鉅，人始呼號收回利權。』始『英人强修蘇杭甬鐵路，浙紳及浙路總理湯壽潛，一再力争。以外部侍郎汪大燮與銀公司商借一百五十萬鎊爲買鄉。壽潛力攻盛宣懷不已。奉嚴旨革職，不准干預路事』。及武昌起義，各省響應。『九月十四日清晨，杭州起事。以周承菼爲總司令，童伯吹爲臨時都督。十五日，清軍均降。時湯壽潛由滬達杭，十七日，衆推湯爲都督。十八日就任。繼而浙東各地亦皆光復。』大抵壽潛爲人，其先亦不過洋務派、改良派之有愛國思想者，其争蘇杭路權時，士大夫多擁戴之。及辛亥革命起，壽潛决然投身革命，出任浙江都督，於是，遺老對之遂有微詞。若鄭孝胥之流至謂：『武漢亂後，國人多以排滿爲心理，士君子從而和之，不知廉耻爲何物，於黎元洪何責焉。宜作書一正張謇、湯壽潛之罪，他不足道也。』(《鄭孝胥日記》宣統三年十月初十日)足見當時遺老之觀點。彊村此詞删去題下『寄懷蟄仙杭州』六字，亦遺老之成見也。然此詞實佳絶。

〔二〕山谷《王立之以小詩送並蒂牡丹戲答》詩：『多病廢詩仍止酒，可憐雖在與誰同。』陶淵明有《止酒》詩。

〔三〕王粲《登樓賦》：『雖信美而非吾土兮，曾何足以少留。』按彊村越人，時僑寓滬上，而曰『非吾土』者，蓋吳越當時，實已成爲英帝國主義之勢力範圍，故三字尤爲沉痛。

〔四〕曰『强約』，曰『閒坐』，其詞微，其義則極沉痛。大抵彊村自嶺南北歸後，已厭絶世事，對清王朝已不抱希望。其北歸也，偶與鄭孝胥同船，及抵滬，時亦常相過從。今觀《鄭孝胥日記》，不難窺見二人行徑，實大有不同也。試約略言之。按《日記》：光緒三十二年丙午七月十五日，『各報登十三日奉上諭』，詔『倣行憲政，大權統於朝廷，庶政公諸輿論，以立國家萬年有道之基』。二十二日，『劉厚生邀宴於商學公會，晤陸偉士，在岑雲帥（按岑春煊）幕中，云：「雲帥有信與（張）季直，欲立法政研究會，願助開辦費一萬元，仍籌常費歲一千。」同席有陸仲芳……等。余爲衆言：「上海宜立國民會，會中集股……」衆皆贊成』。二十八日，『詣張園，應報館公衆之請，演説預備立憲，到者數百人』。八月初六日，於商學公會『議立憲政研究公會，……爲發起人』。初七日，高夢旦、張菊生皆入會。十一月初一日，立憲公會第一次開會，選舉余『爲會長，而張季直、湯蟄先爲副會長』。當孝胥等爲預備立憲積極奔走時，士大夫入會者甚多。可是，據《日記》九月二十一日記：『晨，過朱古微，邀入立憲公會。』彊村却『以懶辭』！實則，即如鄭孝胥本人，於清廷預備立憲之爲騙局，未嘗不知。試觀其《日記》於是年末尾自記云：『丙午一年又辭我去矣。一生最奇之境，莫如今年。吾之待己與待世者，皆開從古未有之新意。爲特立獨行乎？爲隨波逐流乎？曰：皆有之。』這段話實是意味深長，此去年所記也。至今年，其用意所在，始合盤托出。據光緒三十三年丁未《日記》五月徐錫麟刺殺恩銘後，朝野震驚。六月初二日，端方以所擬《請化滿漢界限》奏摺稿示孝胥，請加以潤色時，孝胥則『另擬一片，請速將憲法及皇室典範二端，提議編纂，布告天下』。有曰「今有利用多數希望立憲之人心，以制少數鼓動排滿之亂黨。各省所立立憲公會，如主持得人，則宗旨甚正。朝廷宜加考察，量與扶助，使信從漸廣，亦可暗銷亂黨煽惑愚氓之力」等語』，其欲藉假立憲之名，以抵制真革命之實，其狼子野心，昭然若揭矣。大抵彊村於時往來蘇滬，其在滬，亦常與孝胥諸人往來。但其活動，不過一觴一詠，有時甚或一起鬭牌；於政治則決不肯深涉。蓋自辛丑回鑾之日，已嘗致誚於『若個花枝』之『盡情妝點』矣。（見前）至其以鬭牌遣日，亦有一説。鄭逸梅《藝林散葉》云：『朱古微喜玩麻雀牌。有人勸之曰：「久坐傷肝，久視傷脾。」朱笑答之曰：「其奈久閑傷心何？」』試以此『久閑傷心』之説，『以懶辭』之行，與此『强約』、『閒坐』之語，合而觀之，其苦痛可知矣。此詞本是『寄懷蟄先』之作，而湯壽潛此際，方爲浙路事奔走，又爲立憲公會副會長，故不覺語重而心長也。

〔五〕杜牧《途中一絶》詩：『惆悵江湖釣竿手，却遮西日望長安。』杜甫《登樓》詩：『玉壘浮雲變古今。』

〔六〕蘇軾《九日次韻王鞏》詩：『明日黄花蝶也愁。』

〔七〕末二句舊刻作：『有獨客哀吟，馨香三嗅。』

驀山溪

吴城小市橋東聽楓園，退樓老人諏古觴詠地也，予將僦居其間，叔問爲相陰陽，練時日，且舉宋詞人吴應之故事，詞以張之，依韻報謝，兼抒近懷〔一〕

避風孱羽，投老皋橋市〔二〕。流浪廿年蹤，濯春波、故情紈綺〔三〕。樵風吟伴，長負隔籬杯〔四〕，珍重意。覓枝巢，分席閑鷗喜〔五〕。　　塵樊海角，削跡疑無地〔六〕。獨樹老夫家，譜紅梅、艷題難繼〔七〕。壓天霜霰，憔悴舊山心，三畝宅。五湖帆，怕説菟裘計〔八〕。

【箋注】

〔一〕戴正誠《鄭叔問先生年譜》云：『光緒三十三年丁未，朱古微侍郎卜居吴城小市橋東聽楓園，先生爲相陰陽，練時日，且舉宋詞人吴應之故事，詞以張之。』按叔問《惜紅衣》詞序云：『彊村早退遺榮，舊有吴皋卜鄰之約，朅來滬江，皇皇未暇。近將移家小市橋吴氏聽楓園，先以書來商略新營，作碧煙寂寞之友，却寄此以堅其志，再和白石』云云。又《驀山溪》詞序『吴城小市橋，宋詞人吴應之紅梅閣故地也。橋東今爲吴氏聽楓園，水木明瑟，以老楓受名。紅葉池亭，不減舊家春也。且先後並屬延陵，於勝地若有前因。彊村翁近僦其園爲行窩。翁所著詞，聲滿天地，《折紅梅》一曲，未得專美於前也。爰托近意，歌以頌之』云云。即此詞所和者也。按宋龔明之《中吴紀聞》云：『吴感，字應之。以文章知名。天聖二年，省試爲第一，又中天聖九年書判拔萃科，仕至殿中丞。居小市橋，有侍姬曰紅梅，因以名其閣。嘗作《折紅梅》詞曰：「喜輕澌初泮，微和漸入，芳郊時節。春消息，夜來頓覺，紅梅數枝争發。玉溪仙館，不是個尋常標格。化工别與，一種風情，似匀點胭脂，染成香雪。　重吟細閲。比繁杏夭桃，品流真别。只愁共、彩雲易散，冷落謝池風月。憑誰向説。三弄處、龍吟休咽。大家留取，時倚闌干，聞有花堪折，勸君須折。」其詞傳播人口，春日郡宴，必使倡人歌之。吴死，其閣爲林少卿所得，兵火尚存。子純，字晦叔，文行亦高，鄉人呼爲吴先生。』原注云：『楊元素《本事集》誤以爲蔣堂侍郎有小鬟號紅梅，吴殿丞作此詞贈之。』今案應之此詞，亦載杜安世《壽域集》，字句小異。《歷代詩餘》亦載之。又，彊村序中所稱退樓老人，蓋指吴雲，雲亦歸安人，於彊村爲同鄉。叔問所謂『先後並屬延陵』也。按陳詩《乙丑春題彊村校詞圖》詩云：『越賢去作吴門客，七寶樓臺字字工。閑向詞壇纂遺逸，聽楓園裏燭遥紅。』原注云：『公嘗寄居蘇州吴氏聽楓園數載，輯刊唐宋金元詞爲《彊村叢書》。』又諸宗元題句云：『持擬此圖猶彷彿，聽楓園屋舊游遇。』自注云：『聽楓園爲先生吴下所居，缶翁與元所時過者。』缶翁，吴昌碩也。

〔二〕《國語·魯語上》：『海鳥曰鶢鶋，止於魯東門之外，三日，展禽曰：「今兹海其有灾乎？ 夫廣川之鳥獸，常知而避其灾也。」是歲，海多大風。』《一統志》：『皋橋，在閶門内，漢皋伯通居此。』

〔三〕東坡《次韻王定國南遷回見寄》詩：『萬里煙波濯紈綺。』

〔四〕舊刻『樵風吟伴』四字，作『鷗群分席』。杜甫《客至》詩：『隔籬呼取盡餘杯。』

〔五〕舊刻『分席閑鷗喜』五字，作『書報鐙花喜』。庾信《小園賦》：『若夫一枝之上，巢父得安巢之所。』

〔六〕《莊子·盜跖》：『孔子伐樹於宋，削跡於衛。』杜甫《贈高式顔》詩：『故人還寂寞，削跡共艱虞。』

〔七〕杜甫《草堂即事》詩：『荒村建子月，獨樹老夫家。』

〔八〕王維《送丘爲下第歸江東》詩：『五湖三畝宅。』東坡《次荆公韻四絶》詩：『勸我試尋三畝宅，從公已覺十年遲。』《左傳》隱公十一年：『便營菟裘，吾將老焉。』按黄秋岳《花隨人聖盦摭憶》云：『余始得樵風、彊村二家詞，實羅癭同曹時手贈，時在庚戌，癭薄游吴會乍歸也。』『癭公是年游吴，於天童訪寄禪上人，於蘇州訪朱古微、鄭叔問。癭有詞，記當時《國風報》曾載之。（葉）遐庵爲癭公刊詩，似未録及。古微《西河》小序中「訪城西聽楓園」云云，聽楓園者，叔問爲彊村蘇閶所僦之居。《樵風樂府》卷七《蓦山溪》小序云云。而彊村和作，亦有小序，中云：「叔問爲相陰陽，練時日。」可見其投分之厚，爲謀之忠。蓋是時陳臞庵（啓泰）爲江蘇巡撫駐蘇州，延叔問處幕中，故吴門詞流接武。鼎革後，風流雲散矣。』又金天羽《天放樓文言》卷五《鶴園記》云『清光宣間，華陽洪鷺汀觀察以宦橐所贏，卜宅韓家巷，而規其西爲圃。取曲園所書「擕鶴草堂」四字牓之曰鶴園。方池鏡平，修廊虹互，風亭月館，媚以花藥。地不溢三畝，而專林壑之美。乃斤斧之投未竟，觀察不欲有其業。先王父中表屈廬龐公承是園也，以付於其孫蘅裳。蘅裳方橐筆游杭，則僦與漚尹。浙西古爲詞客淵海，漚尹善諷諭，忱悱婉麗，一師夢窗。而高密鄭大鶴爲詞俊健，有白石之風。二子同居吴下，海内隱然推詞壇祭酒。四方名士，踵接其廬。園有丁香一本，花時芬馥，則漚尹自宣南移種，寸根千里，來寵詞伯。蘅裳於癸亥秋始葺是園而謀居之。蘅裳修且臞，與鶴望生相類。自號曰臞鶴，有年矣。既宅於兹，乃改字曰鶴緣，緣與園音相諧也』云云。文末附記曰『爲《鶴園記》成，蘅裳排闥詫余曰：「子之敘漚尹而聯及大鶴也，則緣之外又有緣矣。大鶴初來吴下，實僦居馬醫科巷，巷在是園北。吾先王父既斥田千畝立義莊贍族，而未有祠宇。癸亥九月，吾闢園北户，得某氏故居，立券購之。既汎掃池閣，因見名文烺者所臨《争坐位書》六幅壁間，浥損矣，審其跋，而後知爲大鶴之兄，兄若弟寄跡於此也。」』云云。此文事關彊村吴中居址，録以備參，不知與聽楓園爲一爲二也。

惜紅衣

張園秋晚，草木變衰，昭倚扶病來游，感話近事，和白石〔一〕

倦侶哀時，長謡送日。斷愁無力〔二〕。病裏登臺，霜林媚紅碧。當唇注酒，持一笑、剛腸從客〔三〕。喧寂。涼雨雁聲，識殊方棲息。明鐙廣陌，盈掬狂塵，蒼波盪愁借。湛盧迸淚，去國海西北〔四〕。斷得故山歸思，何地釣游尋歷。酹晚英無語，知是誰家秋色。

【箋注】

〔一〕狄葆賢《平等閣詩話》:『滬瀆泥城橋外有張園,一名味蓴園,士女游集,此爲勝區。廣庭遐曠,可容千人,窗扉四闢,花木扶疏,若遠若近,繞庭如屏障。庭外隙地數十弓,淺草鋪茵,柳陰路曲,板橋臨水,芙蕖盛開,春夏秋恒有佳致。冬則古木荒池,圍爐茗話而已。陳伯嚴吏部,癸卯秋重至滬,有《味蓴園晚坐》詩云云,丙午夏《再至張園》詩云云。張園固勝區,得名流歌詠,紀其景物,而游騁之娱,乃盛稱於海内已。』又云:『租界馬車,違例輒罰錢,妓女爲尤甚。比定新例,華人馬車不得越過西人之前,西人馬車則遲速可自由也。惟張園内馬路,外人之車轍頗稀,游園士女,至此始得馳騁之樂。』按鄭叔問《惜紅衣》詞序云『白石道人製此曲,覽淒清之風物,寫故國之離憂。余嘗考訂故譜,證以管色,可略而言。其所謂以無射宫歌之者,當屬入聲商韻曲,見之唐段安節《樂府雜録·别樂五音圖》。詞中凡入聲,字律綦嚴,匪盡關夾協例。其旁譜煞聲,用下凡及五字,則依無射宫之本律,而寄煞於太簇角半律之清聲。初唐《樂書要録》所稱「凡管長聲濁不例者,以清聲並之」是也。白石自度曲多緣飾唐譜,此其義例爾。兹與彊村翁連情疊韻,數相喁于,有類元白詩筒故事,因以舉似。感此古音,往復依永,淒然其爲秋也』云云。又一首序云『中秋夜,彊村翁踏月見過,秋花宛變,襟韻清浹,因和白石道人自製無射宫一曲,書寄伯宛舍人滬上。』又『别夢催秋』一首序云:『秋來久不得伯宛消息,感嘆歲暮,胥疏江湖,時無延引之者。昨彊老書來,述其將治北裝,秋期違踐,復事遠游,悵然繼聲白石,不能無西園之思也。』按叔問凡六疊此韻,見《樵風樂府》,不悉録,録其序之涉及彊村者,於以見二人往來蹤跡。其『玩月來時』一首序,則已引注《蓦山溪》詞,不再引。又彊村《惜紅衣》詞,舊刻凡七首,此存其三。餘四首，一首作『和夢窗』，三首則和白石，皆與叔問同時之作。序中涉及二人行跡者，和夢窗一首序云『中秋蹋月過叔問夜話，兼憶伯宛海濱索居情況』云云。和白石三首，其一序云『叔問既示新詞，又疏論白石旁譜，稽撰同異。謂次句「日」字爲韻。證以夢窗、萊老二闋，足破紅友疑塵。爰用其説，和白石是解』，又一首序云『年時與叔問有買鄰之約，逡巡來就，今將卜居吴氏聽楓園，書報叔問，申以是詞，再用姜韻』，又一首云『伯宛歲晚北游，執別依黯，三疊姜韻送之』云云。蓋此調次句，舊譜不入韻，自叔問論訂，而彊村主之。然陳伯弢於此，頗有異同，見《褒碧集》。又伯弢亦有二首，其一云『漚尹侍郎、叔問舍人屢言江南之游，迨秋不果，但有愁望。適兩君先後書來，兼示倡和之作，勉賦寄意，仍用白石韻』，又一首云『白石此詞，「日」字非韻也。叔問獨以爲當葉，姑徇其説，重和一首，不足以云勇』云云。又按彊村此首題下『和白石』三字，舊刻作『仍和石帚』。所稱『昭倚』，則所未詳。

〔二〕舊刻『長謡』作『長愁』。又『斷愁無力』，作『坐支孱力』。此後來改定。

〔三〕《書·酒誥》：『矧汝剛制於酒。』山谷《宿舊彭澤懷陶令》詩：『屬余剛制酒，無用酌杯盎。』

〔四〕《吴越春秋》：『越王允常使歐冶子鑄五劍，以湛盧獻吴公子光，以弑其君僚，湛盧夜飛入楚。』

又

晦鳴、病山，别五年矣，荒江卧病，音書寂寥，病山郵示新篇，兼道晦鳴天南宦蹟，漂零舊侣，離憂如何。用白石韻寄晦鳴靖州，遂報病山，不勝歲寒之思矣〔一〕。

萬感逃虚，孤吟費日。老來心力〔二〕。雁外封書，蠻雲去天碧。離群歲晚，愁萬里、間關遷客。

音寂〔三〕。鐙枕倦醒，咽滄波風息。　千班紫陌，鳴殿春雷，青蒲舊聲藉〔四〕。觚棱夢墮。下國，斗垂北〔五〕。手握楚蘭何事，不許九關攀歷〔六〕。料爨書緇罷，瀝酒碧鷄秋色〔七〕。

【箋注】

〔一〕固始秦樹聲晦鳴，已見卷一《霜葉飛》詞注。中江王乃徵病山，已見卷一《金縷曲》詞注。彊村自光緒二十八年秋晚奉使嶺南，與二人别，其間二十九年有『書感寄王病山、秦晦鳴』《金縷曲》一首，則在嶺南時寄憶之作，其間並未謀面，故曰『别五年矣』。曰『天南宦蹟』者，蓋晦鳴以御史著直聲，政府諸臣畏其狂，因外放雲南曲靖府知府。而王、秦二人在朝皆著直聲，在外皆有治蹟。靖州，即雲南曲靖府也。晦鳴素以書法自矜，詞末用『爨書』，亦切曲靖而言。

〔二〕《莊子·徐無鬼》：『逃空虚者，聞人足音跫然而喜。』

〔三〕《禮記·檀弓上》：『吾離群而索居，亦已久矣。』

〔四〕《漢書·史丹傳》：『丹直入卧内，頓首伏青蒲上，涕泣言曰「皇太子以適長立」云云，上意大感。』此言二人皆敢直諫。聲藉，謂聲名藉盛也。

〔五〕東坡《次韻秦少游、王仲至元日立春三首》（其三）詩：『回首觚棱一夢中。』杜甫《秋興》詩：『每依北斗望京華。』

〔六〕《楚辭·招魂》：『虎豹九關，啄害下人些。』

〔七〕顧炎武《天下郡國利病書》：『唐自曲州、靖州西南，通謂之西爨白蠻。自稱鹿、昇麻二州至步頭，謂之東爨烏蠻。』《漢書・西南夷傳》：『禺同山有碧鷄、金馬，光景時時出現。』言『爨書』者，殆謂《爨龍顔》、《爨寶子》諸碑。

又

叔問暫客淞濱，屏絶歌酒，樓鐙坐雨，兀對忘言，重感旅逸，悄焉疊此〔一〕

病減霜尊，陰沈海日。苦吟猶力。定侶耽慵，忘情遠山碧〔二〕。匡牀踞晚，聞去雁，樓頭如客。羈寂。香燼籟沈，閲濛濛千息〔三〕。羅窗粉陌。百感無端，飄花淚波藉。樵風但戀，水國送南北〔四〕。却掃閉關何用，不斷亂愁來歷〔五〕。辨釣竿幽計，斟酌石湖天色〔六〕。

【箋注】

〔一〕舊刻『疊』字作『賦』，『此』字下有『六疊姜韻』四字。

〔二〕江總《攝山棲霞寺碑文》：『入定之侶，步纖草而揚梵。』定，謂禪定。

〔三〕東坡《十一月九日夜夢與人論神仙道術，因作一詩八句。既覺頗記其語，録呈子由弟，後四句不甚明瞭，今足成之耳》詩：『照夜一鐙長耿耿，閉門千息自濛濛。』

〔四〕《鄭孝胥日記》光緒三十三年正月廿九日記：『爲文小坡書樵風别墅匾。』

〔五〕《晉書・葛洪傳》：『閉門却掃，未嘗交游。』又《後漢書・杜密傳》：『劉勝自蜀郡告歸鄉里，閉門掃軌，無所干及。』《文選》江文通《恨賦》：『閉關却掃，塞門不出。』李善注引司馬彪《續漢書》曰：『趙臺閉門却掃，非德不交。』按《鄭孝胥日記》光緒三十三年十月二十九日記：『朱古微、陳伯弢來，同訪文小坡於謙泰棧，猶卧不能起。』此叔問當日暫客淞濱概況也。孝胥時方爲立憲公會事奔走，欲拉彊村入會，彊村既以懶辭。其來訪叔問，而叔問竟以卧不能起應。叔問『屏絶歌酒』，而彊村猶未忘情於歌酒之娱，觀《鄭孝胥日記》可知。

〔六〕『石湖』，在江蘇吴縣盤門西南十里，范蠡所經入五湖處。范成大因越來溪故址，小築亭榭，孝宗書『石湖』二字賜之，因以自號。

荔支香近　皋橋夜集送瞻園〔一〕

凍靄官橋鐙颭，雙畫艓。透幕摵摵西風，吹暝淩波路〔二〕。天東一點涼蟾，導客窺朱户。歌罷，婀娜輕箏雁猶語。　游味淺，漫拍徧，河梁句〔三〕。歲晚江空，赢得倦鴻成侣。紅燭樓心，酒醒天涯斷腸否。夢委行雲一縷〔四〕。

【箋注】

〔一〕『瞻園』，張仲炘號，已見卷一《烏夜啼》、《鶯啼序》詞注。仲炘《瞻園詞續集》有《荔支香近·市樓小飲，别吴門諸友，和古微》一首，即和此詞。其詞云：『伴影空江，來去横波艓。蕩愁越覺愁多，煙冷虹橋路。聽楓月底山歸，萬葉紛敲户。惆悵，剪燭瓶寮夜深語。　頻唤酒，更索賦，紅衣句。醉罰何辭，難得白頭重侶。殘臘江南，綺檻梅花近開否。夢繞寒香千縷。』《鄭叔問先生年譜》光緒三十三年云：「冬，同年張次珊侍御就蘇撫幕，來吴會，與先生過從談宴無虚日。」（原注：節録次珊己酉年留別詞跋語）按叔問《樵風樂府》卷二《水龍吟·皋橋水樓曲宴，醉別瞻園，會余歲暮有九江之役，載雪過白門，願言不從，賦此感嘆》詞云：『出門一笑橫江，酒醒重問皋橋旅。殘紅厭夢，離杯銜淚，傷春歧路。三十年前，相逢同是，承平俊侶。換滄波身世，雲愁海思，算萍梗知人苦。　不信蘭成老去，賺狂名蕭條詞賦。江山如此，文章何用，英雄無主。獨立蒼茫，樓船西下，清淮東注。欠胡牀爲弄，梅花笛裏，唤青溪步。』同時之作，録以備參。按《叔問年譜》：『是歲，卓峰先生調任九江道兼關監督。』按卓峰乃叔問之兄，所謂『九江之役』，蓋省視兄病也。於《年譜》次年初知之。

〔二〕『摵摵』，落葉聲，又風聲。《文選》盧子諒《時興》詩：『摵摵芳葉零。』韓愈《贈崔立之評事》詩：『摵摵井梧疏更風。』元貢師泰《至正十一年秋巡按松州》詩：『秋風摵摵衣錦薄，夜雨瀟瀟燭焰低。』賀方回《青玉案》詞：『淩波不斷橫塘路，但目送芳塵去。』

〔三〕《文選》李陵《答蘇武》詩：『攜手上河梁，游子暮何之。』

〔四〕白石《鷓鴣天》詞：『鴛鴦獨宿何曾慣，化作西樓一縷雲。』張爾田《與榆生言彊村遺事書》云：『古丈遺事一則列下：庚子之役，古丈先上一疏，論拳匪，朝廷頗爲動容。廷議擬驅内城拳匪，啓秀見之曰：「此人是二毛子，就派他去驅逐。」王文韶急止之曰：「此事辦與不辦，權在我輩。朱某一書生，豈可派他。」時林夷叔老兄林開章在軍機，親告之古丈，且曰：「老前輩好大膽！」召對日，古丈聲高，目直視太后。既而太后語人曰：「朱某丁我一眼，難道不舒服我麽？」旁有人奏云：「決不敢如此，或是生相使然。」開戰後，又上一疏，請保護各國使臣。傳旨詢問。是日已退食，急趨入内，將至乾清門，遇剛毅騎馬而來，招之曰：「我有話對你説。」剛下馬，遂言曰：「你的議論，我們已見過，很好很好。我們連樊國梁都要保護呢！」古丈忽然機警，問曰：「樊國梁是那國使臣？」剛大笑曰：「你不曉得麼，樊國梁就是西什庫的主教。」古丈曰：「那不能與使臣比。」一拱手曰：「請中堂上馬。」及至朝房，樞臣皆在，榮禄首先發言曰：「你説請保護各國使臣，太后教問你，有甚麼法子保護？　我們説：你也未必有法子。　這裏有紙筆，請你隨便寫幾句，我們好上去復奏。」古丈操筆立書，大意請總理衙門查照萬國公法戰時之例辦理。遞上後，又一時許，内裏傳出話來，説没有什麼問的。遂退下。是日幾得禍，因係文學侍從之臣，故未加罪，然亦危矣。後來古丈遷禮侍，謝恩日，王文勤公傳語曰：「眼睛須向下看。」古丈從之，奏對稱旨，太后且有「頗留心外事」之褒。以上皆古丈所自述者，與外間所傳聞者不同也。古丈學詞，王半塘實啓之。古丈少長大粱，與半塘本舊識。方從黎䏍園諸老致力於詩，不知詞也。半塘官給諫時，言官有一聚會，在嵩雲庵，專爲刺探風聞而設。半塘亦拉古丈入會，會友多談詞者。古丈見獵心喜，亦試填小令數闋，半塘見之，以爲可學。囑專看宋詞，勿看本朝詞。庚子大駕西狩，古丈遣弟送眷南歸，隻身襆被，與劉伯崇同宿半塘寓齋，既不能他往，則相約填詞。古丈詞學進步，皆在此時。自嶺海解組，僑居吴下，與先君及鄭叔問、張次珊、陳伯弢輩，以詞相唱和。曾記一日，宴於古丈所，諸人欲填詞，則拾一名刺便書，古丈曰：「此是廢紅。」衆大譁曰：「廢紅二字，大可入詞，真詞人吐囑也。」適客有談及宗教者，次珊曰：「我輩亦信教者。」問何教，曰：「清真教。」相與撫掌。此一則可入《詞苑叢談》，寫奉未知可充刊料否？』以上張爾田所記彊村遺事，原載《詞學季刊》創刊號。與前箋所引資料多可互相印證。棄之可惜，而又無所附儷，姑記於此。

點絳脣　試鐙夜微雪，和夢窗〔一〕

明雪羅窗，小梅清靨妝初洗。試鐙風起，飄斷行雲地。　漏轉瓊籤，説盡天涯事。愁如水。曉寒籠被，春到檐聲裏。

【箋注】

〔一〕以下十四首，光緒三十四年戊申作，彊村年五十二歲。《行狀》云：『既而江蘇創立法政學堂，聘爲監督。士林仰其清望，歸依甚殷。』按龍沐勳《忍寒廬零拾》載永嘉江蓬仙步瀛所記《彊村逸事》云：『光緒三十四年，攝政王檢庚子奏案，以公之奏摺，敢言而不失國體，遂命蘇督端方勸公出山，詔書數頒，卒不受。上著蘇撫聘爲江蘇法政學堂監督，以示國家禮賢之至意。該堂係光緒三十二年就蘇州海紅坊之仕學館改組，以官款創設之，故稱官立。規模初具，經公接辦後，整理改善，日見發達。學生二百餘人，分本、選兩科。本科三年畢業，選科年半畢業。不收費，不寄宿，僅留中膳一餐，由官款供給之。常年經費，計銀二萬餘兩，按月向藩司具領。經費固屬充裕，而料理尚感困難。學生中有所謂紳班者，雖經受過中等以上教育，然類多五陵年少，習氣難消。又有所謂官班者，上自道府，下至佐雜，其年齡大者四十、五十，小者亦二十左右，老少同堂，管理非易。而公能每日蒞堂，躬親計劃，莘莘學子，情感彌深。長校三歲，無日不爲來學謀去路也。』按彊村任法政學堂監督，《志》、《狀》不言何年。如江蓬仙所記，則當是今、明年間事。蓬仙嘗與彊村共事此校，故言校中事獨詳。然其記彊村庚子以來事，則似得之傳聞，缺誤殊甚。所記云『庚子秋，清廷有招撫義和團之舉，公至朝痛陳利害，毅然高聲大駡招撫者，殺無赦！上怒，命左右捉公。幸其身矮小，從人叢中逸去，星夜出京，歸隱吴江』云云。此下即敘出任法政學堂監督事，似竟不知嘗在圍城及奉使嶺南事也。張爾田《與龍榆生論彊村詞事書》云：『又某君（謂江蓬仙）述古丈逸事，有云：「庚子秋，公至朝陳利害，上怒，命左右捉公，幸其身矮小，從人叢中逸去。星夜出京，歸隱吴江。」閲之更可發一笑。清廷召見臣工，皆在乾清宫西暖閣，廟陛森嚴，豈容獨往獨來，可以從人叢中逸去之理？且當訓政時期，皇帝與太后同坐，皇帝向不發言，豈能無故呼左右捉人？召見儀制，宫監皆在簾外，皇帝與太后獨坐炕上，旁無侍從，所云左右者又何人耶？古丈庚子年惟與九卿科道同召見一次，若有此事，豈不滿城皆知？尚復成何體統？庚子之變，古丈方且與王半塘在京賦《庚子秋詞》，直至昇禮部侍郎，放廣東學政，始告病歸，寓於蘇州。所謂「星夜出京，歸隱吴江」，全非事實。某君又云：「上著蘇撫聘爲江蘇法政學堂監督。」各省學堂監督，向例皆由各省督撫自聘，然後奏明，不聞明降諭旨也。此等語嚮壁虚造，殆類鄉下人談城裏事，俗語不實，流爲丹青，傳之後世，爲害不小，應請兄於下期（指《詞學季刊》二卷一期）一更正之，至要。總之，古丈詞名太盛，凡與之有緣者，無不思依附名賢，貢獻新聞，謬托知己。前屢與兄書，固已早慮及此矣。選擇登録，不可不慎。』龍沐勳覆書云：『江君記彊丈在法政學堂任内情形，大致近是。原擬截取一節，借爲他日參證之資。適以詞刊亟需補白，匆遽間忘將首尾乙去，致貽笑柄，悔之無及。幸得公與閏老辭而闢之，下期謹當更正。』是歲，奕劻等奏進憲法大綱及議院選舉法要領，及議院未開前逐年應行籌備事宜。命刊刻謄黄，分發在京各衙門，在外各督撫府尹司道，懸掛堂上。責成依限奉辦，每六月奏聞。十月，帝疾大漸，二十一日崩，年三十七。先是，帝疾甚，太后亦不豫，詔授帝弟醇親王載灃爲攝政王。至帝崩之前一日，太后命取載灃之子溥儀入宫，命皇后鞠之，時生三年矣。及帝崩，奉太后詔，以溥儀即皇帝位，以攝政王監國，改明年爲宣統元年。明日，太后亦崩。是年，孫中山命黄明堂規取河口，進圖雲南，不成。

六醜 滬上元夕，和夢窗吴門元夕風雨韻

漸梅英墮粉，翠幄暖、花風新掣。剪淞半江，春綃冰暈滅。密逗芳節〔一〕。細漏丁東際，繡旛雙影，近寶臺高揭。蕃街走馬嘶塵熱。霧絡消香，波簾卷纈〔二〕。沈沈釅寒城闕。被瓊簫成陣，迤邐吹徹。吟悰漸歇。况侵年苧髮。記起傳柑事，情味别〔三〕。春芳又遲鳴鴂〔四〕。溅行雲倦趁，曲坊巾襪。銀荷燼、鬧蛾飛絶〔五〕。不堪是、擲徧金錢换了，舊時明月。歌塵定、猶旋迴雪。聽笑語、凝白闌干外，清鉛暗結〔六〕。

【箋注】

〔一〕杜甫《題王宰畫山水歌》詩：『安得并州快剪刀，剪取吴淞半江水。』

〔二〕『絡』，馬籠頭。《玉臺新詠·日出東南隅》：『青絲繫馬尾，黄金絡馬頭。』梁元帝《後園看騎馬》詩：『遥望黄金絡，懸識幽并兒。』『纈』，染花絲織品。《魏書·封回傳》：『滎陽鄭榮，諂事長秋卿劉騰，貨

騰紫纈五百疋。』

〔三〕東坡《上元侍飲樓上三首呈同列》（其三）詩：『歸來一盞殘鐙在，猶有傳柑遺細君。』注：『侍飲樓上，則貴戚争以黄柑送近臣，謂之傳柑，聽攜以歸，蓋故事也。』

〔四〕《離騷》：『恐鶗鴂之先鳴兮，使百草爲之不芳。』

〔五〕周密《乾淳歲時記》：『元夕，婦人皆帶珠翠鬧蛾，玉梅雪柳，衣尚白，蓋月下所宜。』《中興以來絶妙詞選》卷六馬莊父《孤鸞·早春》詞：『玉梅對妝雪柳，鬧蛾兒象生嬌顫。』同書卷十洪瑹《阮郎歸·壬辰邵武試鐙夕》詞：『鬧蛾兒簇小蜻蜓，相呼看試鐙。』

〔六〕李賀《金銅仙人辭漢歌》詩：『憶君清淚如鉛水。』

淡黄柳　吴門重别瞻園

東風晚急，吹得梅成雪。眼看江城寒食節。倒柳郵亭漸緑，十日相從正堪折。　宴歌歇。歡心賦春別。打雙槳，訪桃葉〔一〕。賸吴天、客雁寒無列。後夜相思，夢痕何處，來往青溪淡月。

【箋注】

〔一〕釋智匠《古今樂録》：『《桃葉歌》，王子敬所作也。桃葉，子敬妾，緣於篤愛，所以歌之。』白石《琵琶仙》詞：『雙槳來時，有人似舊曲桃根桃葉。』

霜花腴　聽楓園春集，用夢窗韻〔一〕

五湖計熟，罷遠游、春來怕檢塵冠。臨水厨清，鑿坏山近，端居避世仍難〔二〕。酒杯自寬。繫舊情、長駐花前。算滄波、對席閑鷗，亂愁不遣晚盟寒。　蘿薜幾人招隱〔三〕。嘆風枝未定，怨咽驚蟬。棋局新悲，鐙牀昔話，繁吟限日飛牋〔四〕。待租畫船。欠翠眉、歌袖便娟。背斜陽、料理閑身，小楓臨鏡看。

【箋注】

〔一〕《瞻園詞續集·霜花腴·聽楓園禊飲》詞云：『佩纕怨結，賦遠游、漂零倦撫塵冠。花館聽簫，客窗題卷，家山望裏歸難。帶圍漸寬。但鬢霜多似春前。又芳華、過却清明，楝風吹雨小樓寒。　京邑故交重聚，悵城南白袷，屢換秋蟬。如此時光，無聊吟詠，愁痕漬滿吴牋。快浮酒船。對暮煙、叢篠便娟。算浮生、更幾歡逢，寫圖留細看。』又《袌碧集》『用夢窗自製腔韻酬和叔問』《霜花腴》詞一首，當是一時前後之作。

〔二〕《淮南子·齊俗》：『魯君欲相顔闔，使人以幣先焉，鑿坏而遁之。』

〔三〕《楚辭·九歌·山鬼》：『若有人兮山之阿，被薜荔兮帶女蘿。』又劉安《招隱士·序》云：『《招隱士》者，淮南小山之所作也。小山之徒，閔傷屈原身雖沉没，名德顯聞，與隱處山澤無異，故作《招隱士》之賦，以彰其志也。』《文選》左太冲、陸士衡均有《招隱》詩。

〔四〕杜甫《秋興八首》（其四）詩：『聞道長安似奕棋，百年世事不勝悲。』

又

宋詞人之僑吴者，世但稱賀方回、吴應之諸賢，叔問謂吴夢窗《鷓鴣天》『楊柳閶門』之句，蓋有老屋相近皋橋，其《點絳脣·懷蘇州》詞所云『南橋』殆指此。又兩寓化度寺詞，皆有懷吴之思。豈垂老菟裘，固以此邦爲可樂耶〔一〕

謝堂倦客。喚酒醒、西風夢老吴皋。煙草横塘〔二〕，玉梅妝榭〔三〕，詞仙去住無聊。賦情紫簫。又夜深、明月南橋〔四〕。伴年年、老屋閶門，帶鴉黄柳短長條〔五〕。賓主百年逆旅，算菟裘一席，占了漁樵〔六〕。朱邸尊空，青門春去，霜花醉墨飄蕭〔七〕。倦魂待招。料錦鯨，猶戀迴潮。過江人、漫感山丘，燕來還定巢〔八〕。

【箋注】

〔一〕龔明之《中吴紀聞》：『賀鑄字方回，本山陰人，徙姑蘇之醋坊橋。方回嘗游定力寺，訪僧不遇，因題一絶云云。王荆公極愛之。自此身價愈重。有小築在盤門之南十餘里，地名横塘，方回往來其間，嘗作《青玉案》詞云云。山谷有詞云：「解道江南斷腸句，只今惟有賀方回。」其爲前輩推重如此。積官至正郎，終於常倅。』吴應之已見前注。鄭叔問亦有此題，其序云：『懷夢窗楊柳閶門故居，即用其自度腔韻。』其詞云：『過江舊客，悵倦游、浮生誤了儒冠。西館花飛，南橋萍老，吴城久住偏難。水天自寬。奈燕歸、飄泊依前。嘆巢痕、閲盡東風，夕陽喬木想高寒。京國舊居如驛，又金閶柳色，幾喚吟蟬。華屋空丘，神州沈陸，苕苕此恨難箋。夜鐘到船。認故山愁黛連娟。感年芳、送老秋詞，斷雲和夢看。』

〔二〕指賀方回。

〔三〕指吴應之。

〔四〕指吴夢窗。

〔五〕夢窗《鷓鴣天·化度寺作》詞：『吴鴻好爲傳歸信，楊柳閶門屋數間。』賀方回《浣溪沙》詞：『淡黄楊柳帶棲鴉。』

〔六〕李白《春夜宴桃李園序》：『夫天地者，萬物之逆旅；光陰者，百代之過客。』《左傳》隱公十一年：『使營菟裘，吾將老焉。』

〔七〕彊村《夢窗詞集小箋》云：『按《蘋州漁笛譜》有《玉漏遲·題吴夢窗霜花腴詞集》，《山中白雲》有《聲聲慢·題夢窗自度曲霜花腴卷後》，意當時此曲盛傳，遂以標吴詞卷也。』

〔八〕曹植《箜篌引》詩：『生存華屋裏，零落葬山丘。』杜甫《堂成》詩：『頻來語燕定新巢。』

瑞龍吟

寓園餞春，伯弢和清真韻見貽，率酬一解〔一〕

吴皋路。依舊翠檻交藤，露臺臨樹。年年寒食東風，怨羅恨綺，消春甚處。倦吟佇。珍重勸歸啼鳥，戀人堂户。天涯楚客能狂，對花對酒，低徊夢語〔二〕。　無限浮雲心事，短裾羞倚，摇楊狂舞。歸燕慣瞋空簾，人意非故〔三〕。塗妝暈色，憑寫傷高句。何曾見、雲屏淚眼，香塵迴步。鏡裏千紅去。憑闌待理，黄昏斷緒。重疊愁成縷。年事晚、沈沈鐙花飄雨。夜長漏促，一箏塵絮〔四〕。

【箋注】

〔一〕陳三立《散原精舍詩》有是年《五月既望，抵姑蘇，越二日，伯弢招同鄭叔問郎中、朱古微侍郎、張次珊通參、張伯琴太守、吴漁州、黄小魯兩觀察飲集顧園》七律一首，知伯弢時在蘇州也。伯弢《裦碧詞》中《瑞龍吟》詞凡二首，其一題云：『春光向盡，古微先生邀同張次珊、褚伯約、鄭叔問諸君，集於聽楓園，拍照聯詞，極客中之清致。余方有俗役，未終席輒去，越日賦此奉酬，仍用清真韻。』彊村所和，即此詞也。其詞云：『吴園路。仍見鏡沼開萍，罫亭攢樹。年年抱月飄煙，翠裙鬬草，春歸甚處。　共延佇。還念舊家人渺，燕巢當户。天教借宅東偏，煮茶聲裏，樵青寤語。　衰鬢不堪重照，晚襟交手，風鐙紅舞。爲道近來音書，人事多故。浮雲望極，吟斷江關句。知誰問、黄金賦稿，青門游步。嘯侶從君去。對花對酒，翻縈黯緒。憑解愁千縷。扶醉眼、催歸歌脣銜雨。怨香夜泣，迷空霏絮。』其另一首題云『和叔問餞春』，蓋一時之作，詞云：『平江路。還向廢苑尋煙，斷津攀樹。依依帆角青山，春正在，斜陽盡處。　黯愁佇。誰見小城棲隱，蓬蒿生户。天涯倦客重逢，覷簾燕子，鬭情對語。　年少京塵多暇，扇裙翩影，狂歌酣舞。空嘆素緇衣新，何似人故。冷紅瘦碧，惆悵題襟句。而今共、吴根貰酒，皋橋聯步。慨想歸田去。撫琴命操，離憂萬緒。催老嗟霜縷。無計挽，門前榆錢飛雨。莫教便作，泥中輕絮。』鄭叔問《樵風樂府》此調亦有二首，其一題云『聽楓園餞春席上和清真』。詞云：『尋詩路。還記小市蒼煙，舊家紅樹。依稀殘月殘花，麗情俊賞，銷凝是處。曠吟佇。猶有定巢新燕，占春簾户。留連晚色年芳，畫屏翠爐，餘香共語。前度京塵游袂，酒邊聯唱，花間愁舞。重見斷魂天涯，人換新故。江郎恨筆，依倚傷春句。飄零又、南樓罷飲，西園歸步。世事浮雲去。老懷到此，茫茫萬緒。不絕情如縷。和淚挽、東風哀絃連雨。夢歌怨疊，一江萍絮。』其二題云『襃碧先生和清真是闋見示，懷古傷春，高健處不減耆卿風格，繼聲報之』，詞云：『西橋路。還認故苑飄花，小城敧樹。淒淒江國年芳，怨紅淚粉，魂銷甚處。悄延佇。休念舊狂情事，鏤香題户。悲來一曲迴風，滿江墮蕙，零絃自語。空度春光流景，引杯看劍，愁多慵舞。腸斷庾郎哀吟，知爲誰故。推煙唾月，何用驚人句。傷心見、新亭老淚，臨江遺步。轉燭繁華去。酒醒自理，悲歡墜緒。年鬢催霜縷。歸夢繞、沈沈荒臺雲雨。楚天恨隔，夕陽飛絮。』又張孟劬《遁庵樂府》，亦有《瑞龍吟·古微丈以餞春詞見示，率和一解，用清真韻》云：『横塘路。還是戲蝶穿花，亂鶯辭樹。年年香陌東城，斷腸總在，天涯盡處。黯吟佇。惆悵謝堂棲燕，舊窺簾户。衣篝尚惜餘熏，乍寒乍暖，春禽弄語。容易韶光輕老，海棠如繡，楊花飛舞。年少墜歡！題箋紅淚應故。傷高縱目，愁滿蘭城句。憑誰問、淩波縹緲，雙鴛嬌步。夢逐行雲去。恨春綴送，無聊意緒。霜髮絲千縷。沉醉醒、蕭蕭黄昏疏雨。小園竟日，一池萍絮。』諸詞皆一時酬唱之作，録以備參。

〔二〕清真《解連環》詞：『拚今生對花對酒，爲伊淚落。』

〔三〕杜牧《十九兄郡樓有宴不赴》詩：『燕子瞋垂一桁簾。』

〔四〕杜甫《醉時歌》詩：『春夜沉沉動春酌，鐙前細雨簷花落。』

又　和夢窗韻

市橋面。還是卧柳吹綿，去波明練〔一〕。芳塵簾閣愔愔，黄昏細雨，游絲自轉〔二〕。漏催箭。容易曼歌消酒，舊襟須濺。烏衣也怯殘寒，謝堂夢醒，春陰絮晚〔三〕。抛盡芳華前事，過江人老，行雲天遠。鶗鴂未休哀蘭。歧路零亂〔四〕。薦紅病緑，今夕愁無岸。不辭到、西窗燭燼。南鄰鐘斷。坐閲狂香卷。誤人睡裏，清歌漸散。歡緒東風懶。空付與、吴娘哀箏彈怨。後期最惜，横塘帆片。

【箋注】

〔一〕『練』，素絹。

〔二〕柳惲《長門怨》詩：『玉壺夜愔愔。』周邦彦《瑞龍吟》詞：『愔愔坊陌人家。』晏殊《踏莎行》：『爐香靜逐游絲轉。』

〔三〕劉禹錫《烏衣巷》詩：『朱雀橋邊野草花，烏衣巷口夕陽斜。舊時王謝堂前燕，飛入尋常百姓家。』

〔四〕『鶗鴂』、『哀蘭』，已見前注。

八聲甘州　和柳耆卿韻〔一〕

殢春殘病酒近黄昏，東風冷於秋。正隔紗煙窈，飄鐙雨急，相望紅樓〔二〕。墮絮飛花不了，好計一年休。江水知人意，迎淚西流〔三〕。　只有高臺歌舞，恁半妝易試，急拍難收〔四〕。覷雕梁如客，驚燕爲誰留。漲迴波、天涯塵滿，怕未堪、重上木蘭舟〔五〕。簾前路，變青蕪色，漸引閑愁〔六〕。

【箋注】

〔一〕狄葆賢《平等閣詩話》：『彊村先生今春僑居吴門，有《八聲甘州·和柳耆卿韻》一闋云云。思深詞婉，上挹風騷，無量身世之感，自相喻於無言也。』陳詩《乙丑春題彊村校詞圖》詩云：『回眸猶記玉簾前，荆棘銅駝總惘然。黄浦牽船伴鷗鷺，桃花蓴菜過年年。』其自注云：『公《八聲甘州》詞有句云「簾前路」云云，謂庚子拳匪肇釁，咋官翰林侍講學士廷争事也。』又咸陽李岳瑞孟符《郢雲詞》有《八聲甘州·簡彊村》一首，以編次求之，當是一時前後之作，録以備參。詞云：『驀黄花都傍戰場開，銷魂故國秋。悵西風韋杜，衰蒲細柳，一片清愁。望裏秦山破碎，涇渭自東流。飲罷瑶池暮，日宴昆丘。問訊胥臺倦叟，但無歌哭，争挽神州。念浮家有約，何事苦淹留。碧沉沉、江南碧樹，怕煙波、無地着閑鷗。千秋事，衹霜花卷，爲寫煩憂。』

〔二〕李商隱《春雨》詩：『紅樓隔雨相望冷，珠箔飄鐙獨自歸。』

〔三〕東坡《八月十五日看潮五絶》（其三）詩：『造物亦知人易老，故教江水向西流。』

〔四〕《南史·徐妃傳》：『妃如帝將至，必爲半面妝以俟。』李商隱《南朝》詩：『休誇此地分天下，只得徐妃半面妝。』

〔五〕李商隱《木蘭花》詩：『幾度木蘭舟上望。』

〔六〕末四字舊刻作『怨引回眸』。注〔一〕引陳詩詩，蓋據舊刻也。温庭筠《春江花月夜詞》詩：『花庭忽作青蕪國。』

驀山溪

輕簾四揭，得月前櫳早。繞鬢聒飢蚊，小朦朧、園鴉催覺〔一〕。淙檐一雨，蘿桁卷絺衣，新酒盞，短鐙檠，料理成秋笑。　炎涼覆手，取次流光渺〔二〕。不斷故山心，被西風、年年吹老。飛鴻將夢，一夕上高樓，擸玉笛，問金莖，此意無人曉〔三〕。

【箋注】

〔一〕唐何諷《夢渴賦》：『窗日斜照，飛蚊繞鬢。』

〔二〕杜甫《貧交行》詩：『翻手爲雲覆手雨。』

〔三〕《後漢書·班固傳》載《兩都賦》：『抗仙掌以承露，擢雙立之金莖。』注云：『孝武又作柏梁銅柱、承露仙人掌之屬。金莖，銅柱也。』

秋宵吟　和白石自製曲

水窗虛，炬蠟皎。夢醒秋堂羈悄。還依枕、正霧雨冥迷，砌蟲咽曉。　理愁絲，似亂葆〔一〕。倦客三年江表。消凝處、是蕩晚荒波，際天衰草。　瘦盡青山，未辨得、一丘送老。病侵潘令，恨極江郎，攬鏡鬢霜繞。天末涼風早。滿目江湖，鴻雁信杳〔二〕。怕高樓、細數流光，橫竹吹徹怨未了。

【箋注】

〔一〕《說文》：『葆，草盛貌。』

〔二〕杜甫《天末懷李白》詩：『涼風起天末，君子意如何？鴻雁幾時度，江湖秋水多。』

小重山　戊申中秋作〔一〕

翠濕篁陰小閣寒。酒消渾不耐、越羅單。水葒風起燭枝殘〔二〕。驚禽去，捎響碧琅玕。　投老臥雲關。眼中塵事滿、素心難。天涯作計理孤歡。無情月，三度病中看。

【箋注】

〔一〕張仲炘《瞻園詞續》亦有《小重山》二首，其一云『歌席和古微韻』，詞云：『酒做奇温夜不寒。夢中渾未覺，客衣單。睡餘呼茗麝煤殘。惺忪際，鶩倚玉琅玕。　去路指江關。唾痕襟袖在，别離難。繡圍金帶戀餘歡。釵頭鳳，鐙下幾回看。』其二云『再和古微』，詞云：『細雨輕飈着意寒。水窗秋訊早，雁行單。竹林空憶舊游殘。懵騰久，閑損翠琅玕。　何事意相關。眼中佳麗在，暫拋難。後堂絲竹待追歡。扶風帳，朝暮耐君看。』二首皆和此詞。又鄭叔問有『秋晚簡彊村，有懷京國舊游』《聲聲慢》一首。又有『園夜寒尊，與彊老清話，待月溪堂，有煙水蒼茫之感，明日賦此索和』《高陽臺》一首，皆是年十月前作。

〔二〕宋玉《風賦》：『風起於青蘋之末。』

龍山會　重九汎舟斟酌橋有憶和夢窗〔一〕

一艫秋無罅。故苑荒煙，卧柳棲臺亞。五湖帆未整，塵鬢影、窺向流花橋下。迴陣側新鴻，帶林際、山眉翠冶。倦芳期，涼叢麝粟，颭風金灑〔二〕。　還憶對倚商歌，白眼青天，試五陵驕馬〔三〕。楚籬搖落後，流恨滿，鄰笛西風殘夜。京輦十年心，付杯底、滄波亂瀉〔四〕。醉漫拾，有約待鴟夷車後掛〔五〕。

【箋注】

〔一〕瞻園亦有《龍山會·游惠山蕩河流，同夢窗韻》一首，當是同時之作。

〔二〕《文選·頭陀寺碑》注引《發迹經》云：『净名大士，是往古金粟如來。』

〔三〕杜甫《飲中八仙歌》詩：『舉杯白眼望青天。』又《秋興八首》（其三）詩：『五陵裘馬自輕肥。』

〔四〕東坡《次韻前篇》詩：『餘年似酒那禁瀉。』

〔五〕東坡《次韻柳子玉見寄》詩：『定把鴟夷載後車。』又《游廬山次韻章傳道》詩：『還有鴟夷掛後車。』

月下笛　聞促織感賦〔一〕

冷月墻陰，淒淒碎響，替秋言語。羈人聽汝。咽愁絲、黯無緒。空階都是傷心地，恁禁得，哀蛩斷雨。正宵碪四起〔二〕，霜絃孤曳〔三〕，宛轉催曙〔四〕。　愁誤。金籠住〔五〕。伴落葉長門，枕函慵訴〔六〕。迴紋罷織，舊家零亂機杼〔七〕。西風涼換人間世。問憔悴，王孫幾度〔八〕。等閒是，變了潘郎鬢，夢寄誰去。

【箋注】

〔一〕鄭叔問亦有一首，題云『寒夜聞牀下蟋蟀，感憶』，詞云：『落葉閑階，秋聲徇了，爲誰吟苦。霜蟾掛户。漏籤遲帶愁度。王孫已是無魂斷，更何意、凄涼自語。正機絲淚織，轆轤腸轉，耿耿殘曙。凝佇。尋秋處。記鬬草金籠，舊家兒女。閒情换日，歲寒時事如許。蟲天萬感沉沉夜，忍重聽、空簾暗雨。漫惆悵、説與鐙前事，夢也無據。』又陳寶琛《聽水齋詞》亦有《月下笛·促織和彊村韻同愔仲作》一首云：『月滿西堂，凄凄切切，是何情語。無人和汝。憑抽愁、萬千縷。相思金井欄邊夜，忍重説、長安舊雨。賸虚樓警夢，孤鐙弔影，絮恨難曙。誰誤。留人住。奈啜泣王孫，冷吟交訴。金籠買鬬，幾絇閑殺寒杼。荊駝側畔傷心過，又悵觸商音一度。藜牀下，等噤聲偷活，且放秋去。』愔仲，胡嗣瑗也，詳見後注。按彊村此首及下一首《安公子》，當是此年十月爲光緒、慈禧之相繼逝去而作。觀叔問所作題稱『聞牀下蟋蟀』，殆非無意。《詩經·豳風·七月》『十月蟋蟀，入我牀下』是也。諸詞中均用『王孫』、『金籠』之語，其意顯然。

〔二〕白居易《促織》詩：『一天霜月凄涼處，幾杵寒砧斷續風。』『促織』，即蟋蟀。

〔三〕張耒《莎鷄》詩：『勞勞終夕語，共此簷月光。孤輪曳獨繭，折管韻哀鍠。』莎鷄，亦蟋蟀别名。

〔四〕楊萬里《促織》詩：『終夕聲聲曉未休。』

〔五〕王仁裕《開元天寶遺事》：『每至秋時，宫中妃嬪輩，競以小金籠捉蟋蟀閉入籠中，置之枕函畔，夜聽其聲。庶民之家皆效之。』顧文薦《負暄雜録》：『鬥蛩之戲，始於天寶間，長安富人，鏤象牙爲籠而蓄之，以萬金之資付之一喙。』按賈似道於半閑堂鬬蟋蟀。

〔六〕《長門賦》已見前注。郭震《詠促織》詩：『一聲聲到枕前聞。』

〔七〕元郝經《絡緯》詩：『牽牛風露滿籬根，淡月疏星夜未分。鐙下有人拋錦字，機絲零亂不成文。』『絡緯』，亦即促織。

〔八〕《方言》：『楚謂蜻蛚爲蟋蟀，或謂之蛬，南楚謂之王孫。即趣織也。』《淵鑑類函》：『袁瓘《秋日》詩曰：「芳草不復緑，王孫今又歸。」人都不解，施蔭見之曰：「王孫，蟋蟀也。」』

安公子〔一〕

雨氣昏園夜。夜聲風葉行空樹。倦潑深杯，人不醉、數南譙更罷。見暗裏、霜蟾影壁虛弦掛〔二〕。偏背鐙、卧起都無那。漸曉笳淒動，吹落瓊瑰盈把。　重疊魚書迓〔三〕。避人吟覷成淒詫。甲帳珠襦，前日事、苦東風衰謝〔四〕。夢説與、當筵莫漫危絃卸〔五〕。鸞鏡塵、中有滄洲畫〔六〕。憑竹黃池冷，猶是夕陽未下〔七〕。

【箋注】

〔一〕叔問亦有此題，當即和彊村之作。詞云：『急雨驚鳴瓦。轉簷風葉紛紛灑。閉户青山，飛不去、對滄洲屏畫。換眼底、衰紅敗翠供愁寫。窺冷檠、半落吟邊灺。正酒醒無寐，怊悵京書題罷。　對此沉沉夜。爲誰清淚如鉛瀉。夢想銅駝歌哭地，送西園車馬。嘆去後、闌干一霎花開謝。空怨啼、望帝春魂化。算歲寒南鶴，解道堯年舊話。』『南鶴』，指彊村。『堯年舊話』，指彊村原唱。

〔二〕入正題。『霜蟾影壁』，憶慈禧舊貌。人已死，故曰『虛弦掛』。

〔三〕『魚書』，即叔問詞所謂『京書』。光緒、慈禧相繼死去，京中噩耗，接踵而來，故曰『重疊』。

〔四〕《漢書·西域傳贊》：『孝武之世，廣開上林，營千門萬户之宮，立神明通天之臺，興造甲乙之帳。』注：『其數非一，以甲乙次第名之也。』沈約《詠帳》詩：『甲帳垂和璧，螭雲張桂宮。』此指頤和園。又《漢書·霍光傳》：『太后被珠襦，盛服坐武帳中。』東風衰謝，即叔問詞所謂『空怨啼、望帝春魂化』，痛光緒之先死也。叔問此語，似尤透徹深至。

〔五〕『當筵』，謂當國者，此蓋寄希望於攝政王之流。時彊村已不在位，無由面陳，故曰『夢説與』。

〔六〕『鸞鏡』，就慈禧而言，言其一生行事，皆與中國盛衰息息相關也。故曰『中有滄洲畫』。

〔七〕李賀《九月》詩：『離宮散螢天似水，竹黄池冷芙蓉死。』此一首爲慈禧之死而作，觀『甲帳珠襦』、『竹黄池冷』之語，其意自見。

玉燭新

叔問贈瑞香，謂即《離騷》、《九章》之露申也，賦此報謝。叔問以爲有美人懷服之思〔一〕

鉛霜和影颭。是碎剪春愁，蕊珠宮樣〔二〕。麝塵院落，東風外、旋展流蘇成桁。釵梁未上，顆顆結、相思花綱。端正看、分朵幽雲，羞供少年新賞〔三〕。　含風漫整新妝。怕短夢蓬萊，故宮潛悵〔四〕。衆香斂避，開落事、試問孤根誰傍。葳蕤玉障。解睡徹、芳韶駘盪〔五〕。休賺取、屬酒春人，熏籠夜帳〔六〕。

【箋注】

〔一〕此下七首，宣統元年己酉（一九〇九年）作，彊村年五十三。《行狀》云：『宣統紀元，特詔徵召，以宿疾未痊，乞假未赴。』是年，攝政王詔降革各省官吏誤憲政者，並頒府廳州縣地方自治章程。九月一日，爲各省諮議局開會之期，降諭告戒議員及督撫，詞頗懇摯。直隸諮議局議員孫洪伊，聯合各省議員人民二十餘萬人，上書籲請縮短立憲時間，早開國會。奉詔仍以九年預備爲期。又《鄭叔問年譜》：『宣統元年己酉，陳伯弢先生假花步里陳逸漁寓園爲餞春之約，會者先生與朱古微、夏吷庵（敬觀）諸公，各賦一詞，以志勝踐（先生詞見《苕雅餘集》）。閏春，園梅盛開，時新君登極，起用舊臣，朱古微侍郎以特徵不起，因置酒邀之，極意吟賞，有相從林下之樂。爲賦《木蘭花慢》以見志。（詞見《樵風樂府·苕雅》）』按叔問詞云：『閉門春不管，又何處、放春來。自卧雪西園，垂垂江樹，空老莓苔。冷香水驛，甚長安、花事等閒催。欲把一枝寄與，好風吹向誰開。安排。澗曲林隈。尋蠟屐，薦吟杯。嘆舊家紅萼，幾番羌管，摇落池臺。高懷。歲寒共守，勝看人、調鼎費羹材。認取逋山斜月，莫教鶴夢輕猜。』按詞亦贈瑞香之意。

〔二〕《黄庭經》：『閒居蕊珠作七言。』注云：『《秘要經》云：「仙宫中有陽寥之殿，蕊珠之闕。」』

〔三〕東坡《刁景純賞瑞香花憶先朝侍宴次韻》詩：『厭從年少追新賞，閑對宫花識舊香。』又《上元侍飲樓上三首呈同列》（其一）詩：『一朵紅雲捧玉皇。』

〔四〕杜甫《午日賜衣》詩：『細葛含風軟。』

〔五〕張九齡《感遇十二首》（其一）詩：『蘭葉春葳蕤。』謝朓《直中書省》詩：『春物方駘盪。』

〔六〕洪駒父《香譜》有江南李主帳中香法。按《鄭孝胥日記》宣統元年二月二十日：『報登十四日上諭：

「前禮部侍郎朱祖謀，前内閣學士陳寶琛，前黑龍江巡撫程德全，均著來京，預備召見。欽此。」」又三月二十一日《日記》：『京師近信，此次徵召朱祖謀、程德全、陳寶琛三員，開單原有八員，其外五員爲張謇、湯壽潛、鄭孝胥、王先謙、梁鼎芬。梁、王二員爲慶邸所删，張、湯、鄭三員爲南皮所删。』此所謂『特詔徵召』也。而彊村則以『宿疾未痊，乞假未赴』。故叔問詞有『勝看人、調鼎費羹材』之語，且以瑞香爲贈，彊村别報以『羞共少年新賞』云云。蓋明知載灃、奕劻之流之無濟於事也，於詞則深婉矣。

華胥引　重午感舊〔一〕

新苔凝礎。閑雀窺幃，澡蘭舊節〔二〕。畫鼓聲沈，燎鑪焰短愁篆結。不信鄰笛驚風，助曉吟淒咽。墻角雙榴，褪紅還上裙褶〔三〕。　梅雨江南，送離魂、怨流菰葉〔四〕。楚雲章句，沈沈秋心半篋。晼晚歸帆何處，恨路長波闊。呵壁荒唐，酹觴清些誰答〔五〕。

【箋注】

〔一〕夏敬觀《忍古樓詞話》：『長沙陳伯平中丞啓泰，亦號臞庵，工填詞。往年余於其壻徐紹周楨立齋中，見遺詞一卷，爲幕客肅寧劉潤琴春霖所楷寫，紹周攜以歸湘。惜未轉録數闋。余入蘇撫部幕，爲中丞所辟。時中丞已卧病，未嘗執詞爲摯也。初，中丞首賦枇杷詞，歸安朱古微侍郎祖謀，及叔問舍人，次珊通參，伯弢大令，皆有和作，余獨無以繼聲。及中丞下世，古微侍郎賦《華胥引》詞，題爲「重午感舊」，伯弢與余同賦，蓋皆追悼中丞之作也。古微詞云云。伯弢詞云：「香蒲摇浪，斑竹鳴風，暗驚佳節。亂笛吴城，輕帆楚水歸路絶。獨有高閣清尊，對井梧傷别。頭白賓僚，向來恩怨能説。重過西州，嘆轔轔素車催發。錦箋題句，而今塵封半篋。黯黯騷魂招未，指帝鄉披髪。多謝巫陽，大江和淚波闊。」余詞云：「蒲更荒佩，榴慰愁巾，舊情芳節。水驛鳴笳，風帆載旐吴岸折。便有菰米投江，信卧虯難懾。朱索何功，蘭機門巷聲輟。炊黍光陰，念知音素琴先篋。歲寒堂樹，惟有淒凉館月。欲起沉魂魚腹，奈楚蘭香歇。爲語靈修，悼騷才思今絶。」此詞以初作未工，集中不存。因檢舊稿修改，他日補刊，以志知遇之感。」按鄭叔問《樵風樂府》卷二亦有『己酉重午飲席感舊』《高陽臺》一首，當是一時之作，録以備參。詞云：『梅雨團金，蘭風灑翠，吟觴又汎香蒲。鬬草闌干，餘熏更滌芳裾。宫魂枉續長生縷，誤舊情臂約紅疏。感年光，明鏡波心，不鑄顔朱。汨羅一片傷心碧，作中流簫鼓，遺恨江魚。清些難招，沈哀欲變吴歈。江潭自古蛟龍惡，但怨魂緑老汀菇。鎮銷凝，節物淒凉，午醉誰扶。』

〔二〕夢窗《淮安重午》詞：『午鏡澡蘭簾幕。』

〔三〕古樂府《黄門歌》：『點黛方初月，縫裙學石榴。』山谷《清人怨戲效徐庾慢體三首》(其二)詩：『石榴裙褶紅。』夢窗《重午》詞：『爲當時曾寫榴裙，傷心紅綃褪萼。』

〔四〕『送離魂』云者，蓋追憶送别陳伯平歸櫬時事，當與下文『歸帆何處』連續。夏敬觀詞中『水驛鳴笳，風帆載旐吴岸折』云云，亦是此意。

〔五〕李賀《公無出門》詩：『公看呵壁書問天。』

夢芙蓉　南蕩汎舟用夢窗韻

簾花摇夢綺。引行雲棹過，麗娃鄉里〔一〕。紺波無岸，秋在錦機外。冷霞熏客醉。西亭曾試香被〔二〕。脆笛風前，呼秋人晚步，羅襪細塵起〔三〕。　卷盡吴魂網底〔四〕。來去簫聲，散落中洲佩〔五〕。霸圖重問，一笑鬧紅洗〔六〕。遠峰休掃翠。鴛鴦解妬眉意。料理浮家，尋鴟夷舊話，飄斷五湖水〔七〕。

【箋注】

〔一〕周必大《吴郡諸山録》：『闔閭置宫苑琴臺，響屧廊、館娃宫，復有硯池、玩花池，山前十里采香徑。』

〔二〕李商隱《夜冷》詩：『西亭翠被餘香薄，一夜將愁向敗荷。』

〔三〕李商隱《寄成都高苗二從事》詩：『家近紅蕖曲水濱，全家羅襪起秋塵。』

〔四〕李商隱《寄成都高苗二從事》詩：『莫將越客千絲網，網得西施别贈人。』

〔五〕《楚辭·九歌·湘夫人》：『捐余玦兮江中，遺余褋兮澧浦。搴汀洲之杜若，將以遺兮遠者。』『中洲佩』，指玦、褋之屬。

〔六〕白石《念奴嬌》詞：『鬧紅一舸，記來時、曾與鴛鴦爲侶。』

〔七〕『鴟夷』、『五湖』，已見前注。

高山流水　七夕用夢窗韻

絳河不動九微風。數秋期、輪徧纖葱〔一〕。花外玉鵝笙，黄昏韻入初鴻〔二〕。閑愁在、唾碧拈紅。穿鍼伴，多少微雲院落，畫燭房櫳〔三〕。浸三星細轉，滴滴露槃濃〔四〕。　機中。年年錦書恨，憑説與、翠水璇宫。容易誤、良宵夢約，幾負香茸。笑雕陵、錦羽偏工〔五〕。人天事，輕賺羅池倦客，酒醒清鍾〔六〕。下疏簾憶斷，釵盒故情慵〔七〕。

【箋注】

〔一〕何遜《七夕》詩：『月映九微火，風吹百合香。』李商隱《水天閒話舊事》詩：『秋河不動夜懨懨。』纖葱，謂指也。

〔二〕李商隱《銀河吹笙》詩：『悵望銀河吹玉笙。』

〔三〕宗懍《荆楚歲時記》：『七夕，人家婦女結綵樓，穿七孔針，陳瓜果於庭中以乞巧。』庾信《七夕賦》：『此時並舍房櫳，共往中庭。』

〔四〕李商隱《當句有對》詩：『三星自轉三山遠，紫府程遥碧落寬。』三星，見『跂彼織女』《詩疏》。竇常《七夕》詩：『露盤花水望三星。』夢窗、白石詞皆用之。張澍輯戈載選本於白石改作『雙星』，鄭叔問已駁之。《三輔故事》：『武帝於建章宫立銅柱，上有仙人掌、承露盤。』

〔五〕《莊子·山木》：『莊周游於雕陵之樊，睹一異鵲自南方來者……執彈而留之。……睹一蟬，方得美蔭而忘其身，螳螂執翳而搏之，見得而忘其形，異鵲從而利之，見利而忘其真。莊周怵然曰：「物固相累，二類相召也！」捐彈而反走。』

〔六〕夢窗《七夕》詞：『瓜果幾度凄涼，寂寞羅池客。』

〔七〕《釵盒》，見《長恨歌》。按劉體仁《異辭録》卷四：『攝政就職，慶邸威權大損，見項城屏逐，知將及己，遇事更形退縮。宣統年間，政局情形極其複雜。鐵寶臣尚書喜於軍權在握，忽出爲江寧將軍。世伯軒相國於諸滿人中負一時重望，忽與吴鬱生同時罷值樞府。濤、澤參預密勿，權在樞臣上，傳聞濤將柄政，召用袁、岑，已忽寂然，足徵當時起落不定之象。慶邸依違其間，時或於彼有利。二年秋，朗貝子與東海入直，濤之力也。慶邸知朗之易與，玩之股掌之上，權勢日就恢復。又荏苒經年，改慶内閣，而後國亡。』詞言『雕陵錦羽』，刺諸權貴之相傾軋，不知革命之日近也。

採桑子〔一〕

雙蛾桂葉吴妝淺，香袖憑肩。水調初圓。絳蠟風消細細寒。　月華人意分張後，雁語寥天。花夢空煙。風景何嘗似去年。

【箋注】

〔一〕此調鄭叔問集中亦有二首，其一云：『竹聲到枕涼如許，翠濕紗幮。香斷鐙孤。冰簟銀牀一夜疏。

曉來獨步穿花去，羅袂霑濡。滿地明珠。始覺前溪過雨初。』其二云：『雨簾不捲初疑夜，夢地模糊。竹醉花扶。過枕茶聲午睡餘。　故人久斷江干信，借問庭梧。秋意何如。一日西風一日疏。』殆是一時之作，録以備參。

臨江仙

喚笛渚風起，冷禽磔磔，髡柳髟髟〔一〕。畫橋外、斜陽艶入衰荷。經過。舊尋夢地，行雲重、步屧生波〔二〕。歡娱去、换亂螢窺席，荒水飄歌。　婆娑。金槃翠醑〔三〕，今夜無那愁何。便流連叢桂，舊月無多〔四〕。由他。奈秦樓阻，書期誤，怨發雙蛾〔五〕。終憔悴，爲有人含睇，薜荔山阿〔六〕。

【箋注】

〔一〕東坡《往富陽新城，李節推先行三日，留風水洞見待》詩：『春山磔磔鳴春禽。』

〔二〕宋玉《高唐賦序》：『昔者先王嘗游高唐，怠而晝寢，夢見一婦人。……去而辭曰：「妾在巫山之陽，高丘之阻，旦爲朝雲，暮爲行雨，朝朝暮暮，陽臺之下。」旦朝視之，如言。』

〔三〕『醑』，美酒。見《玉篇》。

〔四〕《楚辭·招隱士》：『桂樹叢生兮山之幽，偃蹇連蜷兮枝相繚。』又：『攀援桂樹兮聊淹留。』

〔五〕李白《憶秦娥》詞：『簫聲咽，秦娥夢斷秦樓月。秦樓月，年年柳色，灞陵傷別。』

〔六〕《楚辭·九歌·山鬼》：『若有人兮山之阿，被薜荔兮帶女蘿。既含睇兮又宜笑，子慕予兮善窈窕。』

雪梅香〔一〕

酒無力，憑舷獨客背西風。爲高樓怊悵，天涯易發秋慵。收艇汀洲雨連夕，近橋簾幕水涵空。去程急，盼斷書期，迤邐賓鴻。　　悤悤。引離緒，燭外行雲，淡畫吴峰。舊國年芳，換將亂葉衰紅。涴地驚波古城曲，隔年愁夢卧屏中。依前是、倦枕沈沈，宵半疏鐘〔二〕。

【箋注】

〔一〕叔問是年凡兩賦此調，其一題云『亭皋見月，曠然起故園之思』。其一則夢半塘老人作也。又程頌萬嘗和彊村此韻，以題《彊村校詞圖》兼壽彊村七十一歲生日，則後來所作，録以備參。其詞云：『倦游極，凋亭掃葉聽樵風。聒詞仙清些，扶輪覷起衰慵。高格争推百年近，互讎閑索古人空。苦吟望，舊月承平，訊阻歸鴻。　　悤悤。淡將夕，學士微雲，抹向何峰。畫淚無憑，只拚墨沓鵑紅。四稿吴窗夢還續，幾人屬觶酒頻中。秋芳永，索侑弧辰，低和霜鐘。』

〔二〕張繼《楓橋夜泊》詩：『姑蘇城外寒山寺，夜半鐘聲到客船。』

彩雲歸〔一〕

春陰日夜傍高樓。好風光、翠歇紅收〔二〕。驚夢迴、鳳燭懨懨地，惆悵事、喚作無由。尊前又，彩雲新怨，唱吴天盡頭。鎮閑阻、謝堂歡語，舊燕空留。　休休。江南恨地，問傾城、何事綢繆。一波去水，萍絮狼藉，未解西流〔三〕。算別來、千歌萬舞，淚眼翻濕蘭舟。重經過，江草江花，一路新愁〔四〕。

【箋注】

〔一〕此下五首，宣統二年庚戌作。彊村年五十四歲。是年，孫洪伊等復合三十萬人二次請願，仍奉旨拒絕。秋，資政院開院，其議員率由預派，時人稱爲『欽選議員』。冬，各省諮議局及人民代表再入都請願，各督撫亦合詞電奏，資政院議員亦决議上請，清廷乃允於宣統五年召集議院，三年先行釐正官制，組織内閣，編定憲法。是年正月，黄興、胡漢民以廣州新軍起事，弗克。而汪兆銘入京謀刺攝政王，被捕。黄興以黨人攻廣東督署，亦敗。而鐵路之議起。

〔二〕李商隱《即日》詩：『春陰只欲傍高樓。』

〔三〕蘇軾《再次韻曾仲錫荔支》詩：『柳花著水萬浮萍。』自注云：『柳自易成飛絮，落水中經宿即爲浮萍。』

〔四〕杜甫《哀江頭》：『人生有情淚沾臆，江草江花豈終極。』

雨霖鈴　清明過何笛帆乘騮橋故居〔一〕

昏鴉啼澀。近連橋路，暗雨如織。孤雲一逝何處，門巷亂、苔花綦跡〔二〕。薄暝流飆旋起，漸塵動皷壁。甚燕燕、淒語東鄰，此地無人解吹笛。　天涯酒醒消魂極。但悤悤、酹地空尊泣。文章枉換羈旅，零落盡、茂陵殘筆。夜壑孤吟，應省今朝、過了寒食。待剪紙、重與招魂，夢斷楓林黑〔三〕。

【箋注】

〔一〕何笛帆已見卷一《減字木蘭花》八哀詞，其人其事則所未詳也。

〔二〕陶淵明《詠貧士》詩：『萬類各有托，孤雲獨無依。』

〔三〕杜甫《夢李白》詩：『魂來楓林青，魂返關塞黑。』

西河　庚戌夏六月，瘻庵溥游吴下，訪予城西聽楓園，話及京寓，乃半塘翁舊廬。回憶庚子辛丑間，嘗依翁以居，離亂中更，奄逾十稔，疏鐙老屋，魂夢與俱。今距翁下世且七暑寒已，向子期鄰笛之悲所爲感音而嘆也，爰和美成此曲，以攄舊懷〔一〕

歌哭地。殘鐙事影能記〔二〕。劫灰咫尺上闌干，夜笳四起。草堂人去，薜蘿空，西山窺笑簷際。舊庭樹，誰再倚。虛舟汎若無繫〔三〕。爲君胥宇燕重來，退寒廢壘〔四〕。夢華一覺玉京秋，閑鷗空戀煙水〔五〕。酒徒散盡醉後市〔六〕。問黃壚、猶話鄰里。愁絕斜陽身世。怕銅駝斷陌、黃塵淒對。西北高樓浮雲裏〔七〕。

【箋注】

〔一〕羅惇曧，字衍東，一字癭庵，又字癭公，廣東順德人。光緒優貢，官郵傳部郎中。《鄭叔問年譜》：宣統二年庚戌夏，『羅掞東（惇曧）自京師來蘇，訪先生及朱古微侍郎，言渠之京寓，即半塘翁四印齋故居，古微於是有《西河》之作，詞成示先生，謂其意境排奡，有橫空盤硬之致也。』鄭孝胥《海藏樓詩》卷七有《辛亥年人日立春，羅掞東邀集四印齋，是王佑遐侍尉故宅》詩一首云：『適從何來如有亡，坐定追省嘗此堂。癭公爲我道前輩，諦視齋榜增淒傷。京曹風味略似舊，城南歡詠饒鋒芒。戊庚以來幾陵谷，諸子何戀能徜徉。春非我春人非人，莫及國論相否臧。九衢東風塞荊棘，銅駝索靖徒慨慷。』陳衍《石遺室詩話》卷十二亦有『辛亥人日集癭公四印齋分韻作詩』一條。又夏孫桐《悔庵詞·卜算子·憶菊》詞注云『四印齋王半塘、朱彊村所居，《庚子秋詞》即成於此。余繼彊村居之數年，甲辰秋，購菊多而佳，會有騎省之戚，寒窗獨對，賴慰岑寂，此況至今不忘』云云，則半塘舊居，悔庵亦嘗寓之也。按《彊村賸稿·鷓鴣天》詞序云：『「好友同居亦當家」，瑞安黃省卿先生《庚申京邸除夕》句也。庚子歲除，與忍庵同居四印齋，鶩翁詞成索和，遂拈作歇拍，蓋欒句事情適相合也。』況周頤《蕙風詞話繼編》云：『半塘寓宣武門外教場頭巷，畜馬一騾二，皆白。曩余過從抵巷口，見繫馬，則慰甚。』《燭影搖紅》云：『「詩鬢天涯，倦游情味傷春早。故人門巷玉驄嘶，回首長安道。」情景逼真。』《蕙風詞》又有『過教場頭巷鶩翁故居』《遶佛閣》一首。

〔二〕《禮記·檀弓下》：『晉獻文子成室，張老曰：「歌於斯，哭於斯，聚國族於斯。」』

〔三〕《莊子·列禦寇》：『泛乎若不繫之舟，虚而遨游者也。』

〔四〕《詩·大雅·綿》：『聿來胥宇。』毛傳：『胥，相也。字，居也。』白石《喜遷鶯慢·功父新第落成》詞：『雙燕爲君胥宇。』

〔五〕孟元老有《東京夢華録》。

〔六〕《史記·刺客列傳》：『荆軻既至燕，愛燕之狗屠及善擊筑者高漸離。荆軻嗜酒，日與狗屠及高漸離飲於燕市。』

〔七〕古詩：『西北有高樓，上與浮雲齊。』

南鄉子

素蠟燼無煙。風轉高螢照屋椽。秋病無名如中酒，頹然。亂帙匡牀伴獨眠。　夢醒雁南還。遼海書沈動隔年。畢竟新愁吹不到，鷗邊。獨自滄江上釣船〔一〕。

【箋注】

〔一〕杜甫《船下夔州郭宿，雨濕不得上岸，別王十二判官》詩：『柔艣輕鷗外。』李商隱《江東》詩：『驚魚潑刺燕翩翩，獨自江東上釣船。』

金縷曲

數點籬頭雨。濕年光、如塵似夢，雁聲將去。慘結秋陰朦朧月，隱印苔花夕步。更著袂、清寒如許。莫費鄉園叢菊淚，伴孤雲、老卧滄江暮〔一〕。持此意，問鷗鷺。盈盈一水終無語〔二〕。盡留連、沙昏石冷，舊盟誰主。試俯清漪窺衰鬢，猶帶十年塵土。賸對立、鵁鶄媚嫵〔三〕。萬事一身惟足懶，又支笻、數盡池東樹〔四〕。鴉陣起，爲誰舞〔五〕。

【箋注】

〔一〕杜甫《秋興八首》（其一）詩：『叢菊兩開他日淚，孤舟一繫故園心。』又（其五）云：『一卧滄江驚歲晚，幾回青瑣點朝班。』陶淵明《詠貧士》詩：『萬族各有托，孤雲獨無依。』

〔二〕古詩：『盈盈一水間，脈脈不得語。』

〔三〕東坡《上巳日與二三子攜酒出游，隨所見輒作數句，明日集之爲詩，故辭無倫次》詩：『卧開桃李爲誰妍，對立鵁鶄相媚嫵。』

〔四〕李商隱《池邊》詩：『日西千繞池邊樹，憶把枯條撼雪時。』

〔五〕《鄭叔問年譜》：『是年，程雪樓曾招趙堯生侍御游蘇州，與先生及彊村侍郎聚飲。時有《寒山寺志》稿，先生語侍御：「君徑定而刻，不必再商矣。」侍御謝云：「愚無學，惟有破書數册，客中又無書，直没字碑一通耳。」侍御與彊村同汎横塘，彊村舉先生言，卧舟中，於橋洞見遠山，大似團扇中景，昔人詩詞少及者。後彊村詞中「山色通橋與雁平」，即指此譚。』按《年譜》所引彊村詞，見《彊村詞賸》卷一《篁處集》，題云《鷓鴣天·人日汎舟花步里》，詞云：『市盡官河得雪清。孤游移艇避妍晴。春愁似水連鷗起，山色通橋與雁平。　年事换，雨香零。題詩誰寄草堂靈。酒醒寺寺鐘聲發，仿佛江船夜半聽。』此詞編次緊接《木蘭花慢·庚戌歲除》詞後，則是辛亥人日作也。《詞賸》卷二又有《漁家傲·送趙堯生》一首云：『幾日尋秋雙畫舸，鬧紅閑了横塘路。夢落西灣香屧步。呼酒處。荒波怪石猶堪語。　容易新涼生碧樹。離心却趁高鴻去。一葉井梧飄蠟炬。須念取。江南今夜瀟瀟雨。』按趙堯生先生集中有《寄彊村》絶句一首云：『雁點秋痕絶妙詞（原注：『雁點秋痕』，彊村句也），侍郎風韻藕花知。江南一夜瀟瀟雨，回首楓橋是感時。』詩爲辛亥年滬上寄答彊村之作。此事《語業》中無所附麗，姑記於此。

踏莎行　狄文子客淮南過江見訪〔一〕

臘雪欺梅，春灰瀝酒。過江人落東風後〔二〕。狂名消與短衣裝，離心紛若長亭柳。燕館霜繁，梁園月瘦〔三〕。卅年景物供懷舊。白頭費淚與江南，亂花歧路愁時候。

【箋注】

〔一〕以下七首，宣統三年辛亥作。彊村年五十五，是年八月十九日，武昌起義。二十七日，敗清河南援兵。九月一日，湖南反正；十二日，江西反正；初八日，陝西、山西亦反正；初十日，雲南反正；十八日，安徽獨立；十五日，上海起義；同一日，浙江反正；初八日，廣東反正；十六日，廣西反正；十九日，福建反正；二十日，山東獨立；十月初七日，四川反正。既而奉天、貴州、甘肅、新疆等亦紛紛獨立。八月二十三日，清廷起用袁世凱。九月四日，廣州將軍鳳山被炸。五日，罷盛宣懷。九日，下詔罪己，弛黨禁，諭將憲法交資政院協贊。十一日，罷親貴奕劻等，以袁世凱爲内閣總理大臣。十二日，宣佈十九信條。十八日，資政院執行信條，袁世凱當選總理，遂組閣。十月十二日，民軍據南京，清廷乃下令停戰議和。十一月十日，南京政府成立，孫中山任臨時大總統。十二月二十五日，和議成，清帝下詔退位。狄文子未詳，疑即狄平子别署。平子名葆賢，字楚青，江蘇溧陽人。又名高，名平，字平子。諸生，有《平等閣筆記》、《平等閣詩話》，號平等閣主人。按平子報人，署名多變異，不知文子是其别署否，當再考。

〔二〕李賀《奉和二兄罷使遣馬歸延州》詩：『笛翻愁隴水，酒喜瀝春灰。』

〔三〕李商隱《樊南文集》卷四《爲柳圭謝京兆公啓》三：『經過燕館，將耀於鳴騶；夢寐梁園，只思於飛鞚。』燕館，見《史記·燕召公世家》：『燕昭王於破燕之後即位，卑身厚幣以招賢者。……昭王爲

（郭）隗改築宫而師事之。』梁園，謂西漢梁孝王園，司馬相如、枚乘、鄒陽皆嘗爲座客。

三姝媚　觚庵有鄧尉探梅之約，詞以速之〔一〕

燒鐙時節過〔二〕。正江春多陰，縞空梅朵。暝踢蒼煙，話舊蹤能記，醉楓紅卧〔三〕。倦屧空山，游計屢、東風相左。料理詩痕，飄雨吴杯，照人醒坐。　身世狂花愁簸。想素約閑鷗，自消塵涴。雪老波荒，賸笛邊心事，細禽啼破〔四〕。念别傷春，春已在、雙崦單舸。莫遣空枝千繞，瑶臺夢鎖。

【箋注】

〔一〕俞明震，字恪士，號觚庵，直隸宛平籍，浙江山陰人。光緒十六年庚寅進士。曾參加臺灣民主政府抗倭，爲内務大臣。迴國後官至甘肅學政，署布政使。有《觚庵詩存》四卷。陳三立《散原精舍文集》卷十《俞觚庵詩集序》云：『戊午（一九一八年）夏秋之交，余病血下泄，觚庵亦卧病滬瀆，皆幾死。其九月，觚庵遽脱病，來視余，留十餘日而去。逾一月，自滬之湖上，復暴病，竟以不起。……觚庵少年能詩，自矜重。通籍後，浮沉輦轂間，後官江南、官贛、官甘肅，所作僅有存者。退隱後，詩乃稍多。遭遇巨變，辟世孤往而然也。……金陵有宅青溪上，鄰於余。復築廬杭之西湖，與陳君仁先爲鄰。歲月之往還，游賞之頻數，出一篇，輒有爲余與仁先所驚嘆者。蓋觚庵詩感物造端，攝象空靈杳藹之域，近益托體簡齋，句法間造錢仲文，當世頗稱之。』按三立爲明震妹壻，《散原文集》卷一有《外姑俞明震母誄》，卷十三有《繼妻俞淑人墓誌銘》，即觚庵之母與妹也。陳衍《石遺室詩話》云：『余初識恪士於京師，恪士留詩一册於弢庵處，使余評定，余未之見也，惟聞其詩清而未厚。度隴後所作，則工力甚深，蘇堪所謂得「杜味」者。君吟甚苦，自言成一詩，或至終夕不寐，甚且病眩。故數年來所作不多。』又云：『俞恪士學使明震，庚戌入都，訪余秀野草堂，云有近詩一册，在弢庵處，請余商訂。旋復提學甘肅，寄示紀行數詩，附以書，駢詞雅似北江。』按恪士附書中有云：『五月四日到隴，初十在事。』夏敬觀《忍古樓詩話》云：『山陰俞恪士提學明震有《觚庵詩集》。其提學甘肅，權布政使，適遇辛亥之變，遂罷官，輾轉由草地歸。晚居杭州西湖，詩境益勝。』以彊村此詞證之，其南歸，當在辛亥春前也。狄葆賢《平等閣詩話》云：『大興俞恪士觀察，余舊交也。不見數年，今秋游天童歸，相遇於滬，啣杯接席，論詩歡然。恪士謂詩人非閎抱遠識，必無佳構。余深韙其言。』至恪士入臺抗倭事，則甲午中日戰間事。夏敬觀《學山詩話》云：『俞恪士《甲午除夕登臺北城樓詩》云云，此其光緒甲午從巡撫唐景崧在臺灣時所作也。甲午之役，和議成，臺灣割讓與日本，是時唐巡撫不奉朝命，遂告獨立。唐自爲伯里璽天德（總統），恪士爲其内閣閣員。逾年不支，皆内渡。恪士又有《登厦門南普陀和易實甫韻》云云。此詩則乙未自臺内渡時所作也。實甫亦從唐在臺灣，其在臺灣詩，謂之《魂南集》。』按恪士與陳三立、唐景崧爲姻家，觀其在甲午戰爭中行事，是確有『閎抱』者。錢仲聯稱其『五言突過樊榭，同時同作，唯陳曾壽、何振岱可以抗衡』（《近百年詩壇點將録》），又稱其詩『於海藏、散原二派外，獨出機杼，自成一家』。所著《夢苕庵詩話》中論恪士詩甚詳。彊村此詞，蓋作於恪士歸吴後也。按鄭叔問《樵風樂府》卷二有《卜算子》八首，序云：『辛亥歲始春，故人泊舟相約，觀梅於鄧尉諸山，雨雪載途，余以畏寒不出。因憶山中舊游，次韻白石道人梅花八詠，以示同志。』當即謂此游也。《樵風樂府》緊接《卜算子》又有《念奴嬌》一首，序云：『曩與同社張兄子復觀梅玄墓山中，嘗次韻白石是闋爲山僧覺阿題《梅花庵圖》，游客輒見而和之。今春，彊村、映庵諸子過此山樓見舊題，感嘆不置，亦連句屬和。余既衰懶，未預此游，誦其詞不禁傷春懷舊，交慨於心，因復悵然繼作。』據知彊村鄧尉之游果成行矣。所謂『連句屬和』者，彊村集外詞有『與夏映庵聯句』《念奴嬌》一首是也。其序云：『辛亥初春，貽書恪士、映庵、子言、公達，方舟載酒，探梅鄧尉。叔問有約不至。既登還元閣，觀覺阿上人象册，叔問用白石韻《念奴嬌》詞在焉。松禪相國曾屬和一章。册中又多故人墨蹟，感喟横集，與映庵聯句，再次其韻。』並可與此詞互相參證。又，叔問又有『辛亥中秋後三日，淡園招同彊村泛舟越來溪，尋石湖居士故跡，自横橋載月而歸』《早梅芳近》一首，則是年秋中事，彊村集中未載。按張孟劬《遁庵樂府》有《念奴嬌》一首，序云：『春晚泛舟楓橋寒山寺，寺爲某中丞重建。古微文爲言辛亥八月宴集於此。歸舟譜此詞，不勝黍離之悲也。』所云『八月宴集』，當即叔問所稱『中秋後三日』也。事關彊村此年游蹤，附記於此。孟劬所謂『某中丞』云云，指雲陽程雪樓（德全）撫蘇，商於江督張安國（人駿）募金重建寒山寺事，見《鄭叔問年譜》。

〔二〕杜甫《奉先劉少府新畫山水障歌》詩：『漁翁暝蹋孤舟立。』

〔三〕『細禽』，用趙師雄遷羅浮，夢宿大梅樹下，上有翠羽啾嘈意，詳見《龍城録》。

點絳脣

宛轉鑪灰，此中多少淒涼事。蠟槃紅起。又滴黄昏淚。　漏斷杯空，那得相憐計。君知未。

换紅移翠。猶是東風地〔一〕。

【箋注】

〔一〕此一首殆爲載灃、奕劻輩之庸懦貪狠之誤國殃民而作也。始載灃之監國攝政也，既無那拉氏之掣肘，又以前曾親赴德國，見聞較廣，中外咸望其有所作爲，然性怯懦，拘牽寡斷，其弟載洵、載濤等諸親貴用事，藉口振興海陸軍，多事搜括，人民愁怨，載灃不能制。於是南北士民有公舉代表孫洪伊等，上速開國會請願書之舉。凡三次請願，各省督撫復聯名致電軍機處，主張内閣國會同時設立。至去年冬十月，始詔籌備立憲縮九年爲五年，並令解散請願代表。時慶親王奕劻，頗爲言路所擊。早在去年正月，監察御史江春霖即以論奕劻誤國，斥回原衙門，輿論於奕劻尤不滿，有目當時軍機處爲『慶記地皮公司』者。奕劻不自安，去年十一月，因請開去軍機大臣等職。朝廷明知其不滿於衆論，仍温慰留之。至今年四月，詔設立内閣，却以奕劻爲總理大臣，那桐、徐世昌爲協理，梁敦彦爲外務，善耆爲民政，載澤爲度支，唐景崇爲學務，蔭昌爲陸軍，載洵爲海軍，紹昌爲司法，溥倫爲農工商，盛宣懷爲郵傳，壽耆爲理藩，均爲國務大臣，組織新内閣。新内閣既成，遂下詔裁撤舊有内閣及軍機處。時新内閣總理爲慶親王奕劻。輿論譁然，謂爲『皇族内閣』。詞云『猶是東風地』，蓋謂此也。按《鄭孝胥日記》宣統二年七月二十八日記云：『監國暗弱，不足鎮壓政府，慶、那皆狂呆横肆，必不能久。』又宣統三年十二月十七日記云：『景皇帝爲君主立憲之黨魁，反對立憲者孝欽也。有孝欽反對立憲於前，遂有慶王、攝政王僞飾立憲於後，乃成瓦解土崩之局。』其民國元年正月初四日又記云：『孝欽後初反對立憲，庚子後乃爲假立憲，慶邸、攝政王承其宗旨，遂成革命之局。』按孝胥當日方以立憲派自命，故其言若此。若彊村，則早在庚子、辛丑之際，已察知那拉氏所行新政之爲僞飾矣。其詞曰『若個花枝，稱東君年年，盡情裝點』是也。孝胥則不然，查其《日記》，當光緒三十二年七月十五日記各報所登十三日上諭有『行憲法』、『大權統於朝廷，庶政公諸輿論』之日起，即爲君主立憲積極奔走，成立『立憲公會』，已任會長，張謇、湯壽潛任副會長。孝胥八方串連，八月十五日，嘗作五言古詩贈彊村，其《海藏樓詩》中《贈朱古微侍郎》是也。詩云：『賢者必自愛，惡能隨世波。乘興恣所之，投閑非蹉跎。侍郎忽掛冠，不受壽月磨。掉臂山水間，時來聽清歌。胸中定何物，觸天峰峨峨。詩詞亦間作，絶世殊臼科。時人急禄仕，未必師孟軻。終老長囚拘，所得竟孰多。』蓋以探彊村意向也。至三十二年九月二十一日《日記》則明確記有彊村對所謂立憲公會之態度，《日記》云：『晨，過朱古微，邀入立憲公會，以懶辭。』至鄭叔問，則視彊村爲尤甚。《日記》三十三年十月二十九日云：『朱古微、陳伯弢來，同訪文小波於謙泰棧，猶卧不能起。』則非徒『以懶辭』，直是示之以『懶』矣。彊村情事，大體與叔問同，蓋知立憲之爲僞飾也。

陽春曲

去年愁，今年事，依舊望春淒絶〔一〕。簾户好東風，黄昏近、燕子歸傍畫梁説。放鐙時節。驚故國、墮梅如雪〔二〕。纔信粉坼紅黏，醉醒中易成消歇。倦游宴東園、湔裙路，誰誤約、書花寫葉〔三〕。　而今歌塵緑徧，濺迴波、卷淚雙疊。新聲但有暮鴂。更惱亂、玉龍吹徹。看門外，逝水漂花去，江南夢闊。

【箋注】

〔一〕言去年之愁，今年之事，均無望也。去年正月，廣東新軍謀起義，爲水師提督李準所敗。海外革命黨人，益加激厲。時英俄方加緊覬覦西藏，是月，革西藏達賴喇嘛封號，以其與俄使私覿也。於時，外蒙古庫倫攜貳。日本並滅朝鮮。二月，汪兆銘謀炸攝政王，暗殺之風日烈。三月，長沙飢民暴動，焚巡撫衙。五月，山東海陽縣民抗税暴動。七月，蘇浙路風潮日烈，革浙路總理湯壽潛職，而廣東、湖湘、四川鐵路風潮愈演愈烈。内外形勢，日壞一日。而朝廷方欲借『假立憲』、『僞立憲』以欺民。各省代表奔走呼號，督撫輩亦聯名致電軍機處，要求内閣、國會同時設立，朝廷始有縮短年限之諭。至今年四月，成立皇族内閣，以奕劻爲總理，而國會必於『宣統五年』召開。而黄花岡起義已於今年三月作矣。此去年之愁，亦今年之事也。望春者，望春樓也。《新唐書·食貨志》：『韋堅於長樂坡瀕宛墻鑿潭於望春樓下，以聚漕舟。使漕舟各揭縣郡名，陳其土地所産寶貨諸奇物於袱上。』又《郭子儀傳》：『乾元元年，破賊河上，執安守忠以獻，遂朝京師。詔百官迎於長樂驛，帝御望春樓待之。』詞云『望春凄絶』，後文《醉翁操·勞玉初避地勞山》詞云『望京樓望天沉寥』，言樓外絶無獻寶、獻俘之事，但有凄絶沉寥也。

〔二〕《宋史·禮志》：『政和二年正月，詔放鐙五日。』陸游《鐙夕有感》詩：『萬里錦城無夢到，豈惟輕負放鐙時。』楊萬里《正月二十四日夜朱師古少卿招飲小樓看鐙》詩：『風流誰似朱夫子，解放元宵過後鐙。』白石《鶯聲繞紅樓》詞：『十畝梅花作雪飛。』

〔三〕『湔裙』，已見前注。《行狀》云：『是年設弼德院，授顧問大臣，乞假未赴。』夏敬觀《忍寒廬零拾》載江蓬仙所記彊村逸事云：『迨宣統三年八月間奉詔命爲弼德顧問大臣，正在拜闕謝恩之日，適川路發難，未幾革命軍興，兩湖光復，蘇浙響應。』按《清史稿》宣統三年『夏四月，置弼德院，以陸潤庠爲院長，榮慶副之』。彊村顧問之命，當在四月前後，所謂『書花寫葉』也。《行狀》所記爲是，江氏所記，蓋得自傳聞，未足爲據也。

雪梅香

雨無極，濕帆一一下江城〔一〕。對空洲蘅杜，旋波翠幕冥冥〔二〕。攙亂鴻音水樓笛，蕩摇螢點市橋鐙。憺兹夕〔三〕、路渺仙鄉，極眼將迎〔四〕。　　伶俜。十年事〔五〕，説向蠻牋，似夢疑醒。倦跡江南，庾郎自此愁生〔六〕。酒盞秋諳病消息〔七〕，燭花晨换客心情。還侵枕、萬葉驚飆，空外商聲。

【箋注】

〔一〕『雨無極』，毛詩作『雨無正』，注見卷一。

〔二〕蘅杜，杜蘅也。《楚辭・離騷》：『畦留夷與揭車兮，雜杜蘅與芳芷。』朱熹集注：『杜蘅，似葵而香，葉似馬蹄，故俗云馬蹄香也。』

〔三〕『憺』，安然憺泊也。《楚辭・九歌・東君》：『羌聲色兮娱人，觀者憺兮忘歸。』《文選・子虛賦》：『怕乎無爲，憺乎自持。』《史記・司馬相如傳》怕作『泊』，憺作『淡』。又憺，憂慮也。宋玉《九辯》：『心煩憺兮忘食事。』注：『憺，徒濫切。憂也。』義亦通。

〔四〕『將迎』，送往迎來之意。《莊子・知北游》：『無有所將，無有所迎。』又云：『唯無所傷者，能與人相將迎。』謝靈運《初去郡》詩：『負心二十載，於今廢將迎。』

〔五〕杜甫《宿府》詩：『已忍伶俜十年事，强移棲息一枝安。』

〔六〕先師龐石帚先生《養晴室筆記》略云：『今本《庾子山集》無《愁賦》，宋人注諸家詩集尚引其文。《施注蘇詩・次韻梁著作送酒》有云：「萬斛羈愁都似雪。」注云：「庾信《愁賦》：「且將一寸心，能容萬斛愁。」例證尚多。』

〔七〕『諳』，知道、熟悉意。《後漢書・虞延傳》：『延進止從容，占拜可觀，其陵樹枝蘖，皆諳其數。』白居易《憶江南》詞：『江南好，風景舊曾諳。』

祭天神　送伯弢還武陵〔一〕

望楚天長短黄昏雨〔二〕。斷行人、戍鼓聲中啼雁苦。悲秋佩，委衰蘭，夢醒吳鐙語〔三〕。背西風一卧，迢迢滄江暮〔四〕。莫漫觸、蛟龍怒〔五〕。　更淒絶、斜日新亭路。山河異，風景是，舉目成今古〔六〕。問何堪、滄桑危涕，兵火浮家。庾信生平，竟寫江南賦〔七〕。

【箋注】

〔一〕此詞宣統三年秋冬間作於蘇州。按陳伯弢是年嘗撰《兩宋詞人時代先後小録》一文，其序云『余今年司榷滸浦，乃以暇日取兩宋詞家，粗爲編定』云云，末記『宣統三年寎月壬子陳鋭』。又《散原集》有《答伯弢自常德鄉居寄示之作》詩，則民國五年丙辰春作。又案鄭叔問去年嘗賦此調爲彊村題《歸鶴圖》。

〔二〕李義山《楚吟》詩：『楚天長短黄昏雨，宋玉無愁亦自愁。』

〔三〕《楚辭·離騷》：『紉秋蘭以爲佩。』

〔四〕杜甫《秋興八首》（其五）詩：『一卧滄江驚歲晚。』

〔五〕杜甫《夢李白》詩：『水深波浪闊，無使蛟龍得。』

〔六〕劉義慶《世説新語·言語》：『過江諸人每至美日，輒相邀新亭，借卉飲宴。周侯中坐而嘆曰：「風景不殊，正自有山河之異！」』

〔七〕《周書·庾信傳》：『信（在周）雖位望通顯，常有鄉關之思，乃作《哀江南賦》以致其意云。』杜甫《詠懷古跡五首》（其一）詩：『庾信平生最蕭瑟，暮年詩賦動江關。』

浪淘沙慢 辛亥歲不盡五日作〔一〕

暝寒送、繁霜覆水，暗雨啼葉〔二〕。簷鐸敲愁乍急。帷鐙顫影旋滅。翦不斷、連環春緒疊〔三〕。是當日、鸞帶親結。問故徑蘼蕪夢何許，前塵竟拋撇〔四〕。　淒切。錦書寄遠終輟。念玉几金牀西風夜，縹緲胡雁咽。嗟攬斷羅裾，寧信長別〔五〕。恨腸寸折。明鏡前、掇取中心如月〔六〕。　却剗連峰平於垤。黃塵擁、巨川頓竭。怒雷起、玄冬還夏雪〔七〕。更千歲、倚杵天摧，厚地坼，深盟會與纏綿絶〔八〕。

【箋注】

〔一〕此一首爲清帝退位而作。按宣統三年十二月，袁世凱與臨時政府南方總代表伍廷芳達成協議，二十五日，清隆裕太后率宣統帝退位。所謂『歲不盡五日』也。沈曾植《曼陀羅寱詞》有同調『和彊村辛亥歲不盡五日韻』一首，即和此作。其詞云：『春非我、嬉春還是，雨萼煙葉。暮雨瀟瀟轉急。殘鐙黯黯未滅。蕩千里、春心山翠疊。江南夢、詞客哀結。向白日青陽試招未，離魂遠飄撇。　嘈切。霓裳樂世長輟。幻羽換宮移家山破，雙角飛更咽。盡穆護沙乾，敕勒川別。鶗絃彈折。醉卧處、何處秦關漢月。　蟻夢南柯迷殘垤。海影倒、波沉摩竭。蟲沙碎、堯禽寒語雪。又誤他、芳草王孫，雲峽坼。滔滔南紀江流絶。』又咸陽李岳瑞《郢雲詞》亦嘗和此首，題序云：『彊村賦此調，末闋用漢樂府《上邪》詩意，愛其奇橫悲壯，效顰爲此。』其詞云：『晚寒釀、沉雲罥網，細雨微纈。簾際酸風乍掣。飛花漸釀暮雪。記昨夜、星辰前夜月。小樓畔、緑酒香洌。悵贈佩、傳牋俊游侶，今宵頓輕別。　思結。夢中翠管淒咽。念霧鬢煙鬟驚鴻態，楚楚清露怯。嗟鳳思鸞愁，都付啼鴂。怨歌斷闋。留淚痕、看取斑斑湘血。　瀛海塵飛紅桑折。銀雲浦、暗停畫檝。舊盟穩、瑶緘迴蓋篋。在天願、比翼鶼鶼，萬籟寂。靈犀肯籠鸚洩。」岳瑞別有《燭影摇紅·辛亥十二月二十五日作》一首，亦爲清帝退位作，不再録。要皆遺老輩爲清室所唱挽歌，而彊村一首尤拗怒。李孟符所謂『奇横悲壯』者是也。

〔二〕《詩·小雅·節南山》：『正月繁霜，我心憂傷。』

〔三〕周邦彦《解連環》詞：『信妙手能解連環，似風散雨收，霧輕雲薄。』

〔四〕古詩：『上山採蘼蕪，下山逢故夫。』

〔五〕晏殊《木蘭花》詞：『聞琴解佩神仙侣，挽斷羅衣留不住。』按此殆回憶庚子廷争事。

〔六〕李商隱《腸》詩：『有懷非惜恨，不奈寸腸何。』李白《長相思二首》（其二）詩：『不信妾腸斷，歸來看取明鏡前。』曹操《短歌行》：『明明如月，何時可掇。』

〔七〕《列子·周穆王》：『老成子歸，用尹文先生之言深思三月，遂能存亡自在，憣校四時，冬起雷，夏造冰，飛者走，走者飛。』《晉書·五行志》：『穆帝永和十年，五月，涼州雪。明年八月，枹罕護軍張瓘率宋混等攻滅祚，更立張耀靈弟玄靚。《京房易傳》曰：「夏雪，戎臣爲亂，此其亂之應也。」』黄庭堅《吏部蘇尚書、右選胡侍郎皆和鄙句，次韻道謝》詩：『快似揮刀斫怒雷。』餘詳注〔八〕。

〔八〕漢樂府《上邪》：『上邪，我欲與君相知，長命無絶衰。山無陵，江水爲竭。冬雷震震夏雨雪。天地合，乃敢與君絶。』桓譚《新論》：『天以爲蓋，轉左旋，日月星辰，隨而東西。千歲之後，天可倚杵，洶洶莫知終始。』《類説》二十三引孫登《續博物志》云：『《河圖記》曰：「百代之後，地高天下。千歲之後，天可倚杵。」』

金縷曲 井上新桐，植七年矣。周無覺撫之而嘆曰：此手種前朝樹也。斯語極可念，拈以發端〔一〕

手種前朝樹。帶虛廊斜陽一角，閱人無語〔二〕。乞向西鄰斤斧底，曾共籜龍赦取〔三〕。看玉立，亭苕如許。今日離披銀牀畔，問孤根、肯傍龍門否〔四〕。一葉葉，戰風雨〔五〕。蟪蛄三兩啼相訴。説年來、紅凄翠慘，好秋誰主〔六〕。剗地霜蕪連天白，棲鳳長迷處所〔七〕。算乾净、猶餘吾土〔八〕。眠坐清陰渾閒事，要歲寒、根幹牢培護。盟此意，酹清酤。

【箋注】

〔一〕此下三首，民國元年壬子作，彊村年五十六。是年三月十日，北京政府成立，袁世凱任臨時總統，唐紹儀任總理。四月一日，孫中山辭位。六月，唐閣傾。七月，陸徵祥組閣，繼謝病。九月，以趙秉鈞任總理。《行狀》云：『辛亥國變，不問世事，往來湖淞之間，以遺老終矣。』劉成禺《世載堂雜憶》云：『胡小石言：辛亥之後，清室遺臣，居處分兩大部份：一爲青島，倚德人爲保護，恭王、肅王及重臣多人皆居此，以便遠走日本、朝鮮、東三省；一爲上海，瞿鴻機曾任軍機大臣，位最高，沈子培、李梅庵則中堅也。小石居梅庵家，青島、上海兩方遺臣舉動，多窺内幕。在袁世凱謀稱帝時，日人曾派重要人物多次往來協商於青島、上海間，欲擁宣統復辟，或在東三省建立大清國，恭王、肅王移住旅順，即商訂此協議也。青島方面一致贊同，日人乃偕青島遺臣要人，來滬方取同意。瞿子玖首先反對。堅持瞿意者，則李梅庵、沈子培、陳散原諸人。梅庵謂是置宣統於積薪上也。青島、上海意見既分，袁世凱多羅致青島重臣入北京矣。』按彊村時往來湖淞之間，其立場蓋與散原諸人爲近也。江蓬仙記彊村逸事云：『光復之後，蘇人士請公主持法校，浙人電公任軍政府事，皆以衰病力辭。從是退居滬上，易名鬻書，林下優游，校詞傳世。』是秋，散原有《題古微同年歸鶴圖》詩云：『我羈海角君吴趨，但見蹀躞疲泥塗。相逢買飯救腹餒，告哀念亂無復娱。』按散原時在上海。詩又云『此圖叔問乘興筆，述王翁語趣向殊』云云。周無覺，未詳。

〔二〕白石《長亭怨慢》詞：『閲人多矣，誰得似長亭樹。』此借用。

〔三〕盧仝《寄男抱孫》詩：『籜龍正稱冤，莫殺入汝口。丁寧囑托汝，汝活籜龍不。』東坡《和文與可洋川園池篔簹谷》詩：『斤斧何曾赦籜龍。』按此言庚子八國聯軍破京師，欲誅禍首，而不及西后也。故曰『乞向西鄰』。

〔四〕李白《贈别舍人弟臺卿之江南》詩：『梧桐落金井，一葉飛銀牀。』枚乘《七發》：『龍門之桐，高百尺而無枝。』

〔五〕温庭筠《更漏子》詞：『梧桐樹，三更雨，不道離愁正苦。一葉葉，一聲聲，空階滴到明。』

〔六〕此言宣統改元以來，執政益非其人。

〔七〕傅咸《梧桐賦》：『瞻華實之離離，想儀鳳之來翔。』杜甫《秋興八首》（其八）詩：『碧梧棲老鳳凰枝。』

〔八〕《法華論》：『無煩惱衆生住處，名爲净土。』崔曙《宿大通和尚塔》詩：『一承微妙法，寓宿清净土。』

國香慢　爲曹君直題趙子固淩波圖〔一〕

一幀湘魂。正捐瑲水闊，汎瑟煙昏〔二〕。江皋幾叢憔悴，留伴靈均。日暮通詞何許，有嬋媛、北渚孤顰〔三〕。國香縱流落，未許東風，換土移根。　經年亡國恨，料銅槃冷透，鉛淚漕痕〔四〕。故宮天遠，鵾管從此無春。補作宣和殘譜，盡消凝、老去王孫。不成被花惱，步入鷗波，滿襪秋塵〔五〕。《宣和畫譜》無水仙

【箋注】

〔一〕曹元忠，號君直，字夔一。江蘇吴縣人。光緒甲午舉人，官内閣中書，有《北游小草》。其從弟曹元弼《君直從兄家傳》云：『兄諱元忠，字夔一，號君直，晚號淩波居士。』辛亥革命後，『矢志侍母，朝夕不離。家貧，獨抱遺經，不接人事。惟與伯仲兩兄及余，並朱古微侍郎、鄒詠春、葉菊裳兩侍講，張聞達孝廉諸摯友，揚榷古訓，慨論時事，作爲詩歌，以發無窮之悲。癸亥元旦卒，年五十九。』冒廣生《箋經室遺集序》云：『君三禮之學，受之於定海黄元同、元和管申季兩先生（管申季禮耕，爲南園陳先生再傳弟子）。校讎目録，受之於江陰繆藝風先生。既與余同舉於鄉，得見余外祖祥符周季貺先生，而所學益大。醫學、詞章之學，則受之於尊人實甫年丈。』王大隆《箋經室遺集跋》云：『朱彊村嘗謂先生具子政、稚圭之經術，疊山、所南之懷抱，可以概其生平矣。』集中有《與朱古微侍郎書》七篇，大抵皆商討讎校詞集事，又爲《彊村叢書》作序。其自作《淩波詞》一卷，彊村爲刻入《滄海遺音》。又彊村集

外詞有《鷓鴣天》一首，序云：『立秋夕同瞿庵過君直家飲海淀蓮花白，元遺山有飲倪文仲家蓮花白醉中之作，率同其韻』云云，瞿庵，則吴梅也。陳衍《石遺室詩話》云：『君直工詞，詩不常作，專學玉溪生。』又云：『與亦元（湘鄉李希聖）同時專學玉溪生者，吴縣曹君直舍人元忠，工處時出雁影齋上。』案君直《淩波詞》有《國香慢・自題趙子固淩波圖卷同草窗韻》一首云：『仙骨姍姍，稱香皋玉珮，漢殿銅槃。相逢縞衣羅帶，顧影花妍。悔作王孫芳草，孰華予歲宴天寒。無言自矜寵，淚暈黄金，腰韠青珊。　多應身世感，便靈芬未沫，秀色難餐。藐姑肌雪，空向煙霧乘鸞。劫後銀河笙脆，和緑塵、吹散人間。傷心與終古，隆吉冬青，思肖秋蘭。』按君直此詞編在甲辰年，是先有此作，而彊村遂同其調。張爾田《遁庵樂府》亦有一首，並題此圖。又君直《箋經室遺集》卷二十有《題蔣孟蘋汝藻密韻樓圖》二首，其二云：『百尺高樓萬丈芒，草窗六稿此中藏。附庸要我淩波樹，本事流傳到國香。』自注云：『潎盧藏趙子固水仙卷，後有草窗《國香慢》題詞，《絶妙好詞》所謂賦子固淩波圖也。蓋山谷「淩波仙子生塵襪」諸詩，傳爲荆渚田氏侍兒國香作，用其本事耳。旋又得宋紹定本《山谷詩注》，雖僅存數卷，而次韻中水仙花各首皆在焉。因合藏一匱，顔其室曰淩波榭，以志墨緣云。』

〔二〕朱熹《水仙花》詩：『湘君謝遺褋，漢水羞捐璫。』李白《感興八首》（其五）詩：『吹笙吟松風，汎瑟窺海月。』錢起有《湘靈鼓瑟》詩。

〔三〕曹植《洛神賦》：『托微波以通詞。』《楚辭・離騷》：『帝子降兮北渚。』

〔四〕李賀《金銅仙人辭漢歌》：『攜槃獨出月荒涼，渭城已遠波聲小。』又云：『憶君清淚如鉛水。』

〔五〕杜甫《江畔獨步尋花七絶句》（其一）詩：『江上被花惱不徹。』山谷《王充道水仙花五十枝欣然會心爲之作詠》詩：『坐對真成被花惱，出門一笑大江横。』又同詩云：『淩波仙子生塵襪，水上盈盈步微月。』曹植《洛神賦》：『淩波微步，羅襪生塵。』

虞美人　晚秋病起浮家石湖

經年未醒鴟夷夢〔一〕。雁外荒波動。不須商略掛帆人。便與扁舟、出世已無津〔二〕。　頑秋腰脚慵難理。久斷傷高淚。故人書札墮西風。却道江山塵土、我清空〔三〕。是日得伯弢書云然。

【箋注】

〔一〕『鴟夷夢』，已見前注。

〔二〕袁枚《隨園詩話》卷十稱南塘六十娶妾詩：『我已輕舟將出世，待君來作掛帆人。』錢鍾書《談藝録》云：『案不分卷《南堂詩鈔》中《戲示小婢》七律結云：「好似遠行舟楫具，得卿來作掛帆人。」汪廷璋刻四卷本《方貞觀詩集》未載此詩。』（桐城方貞觀世泰，即南堂，與兄方息翁世舉即扶南，時稱二方）

〔三〕東坡詩《書王定國所藏〈煙江疊嶂圖〉》：『江山清空我塵土，雖有去路尋無緣。』

綺寮怨　兵後海上遇歌者朱素雲〔一〕

亂柳香風吹店，酒簾河外青〔二〕。傍水陌、細語殘鶊。春陰底、喚上旗亭〔三〕。中年哀絲怨竹，潛催換、鬢雪和夢驚〔四〕。甚候烽、起滅江關。無人睇、故國塵暗生。悵恨病辭茂陵。銅仙去後，劫灰怕問昆明〔五〕。氣挾幽并。舊人是、米嘉榮〔六〕。江南落花風景，且訴與、十年情〔七〕。傷懷步兵。澆愁但願醉，無淚傾〔八〕。

【箋注】

〔一〕此下二首，民國二年癸丑作，彊村年五十七。是年二月，宋教仁被刺。四月，國會成立。七月，趙閣傾，段祺瑞代總理。七月，討袁兵起，北京戒嚴。九月，軍敗。熊希齡組閣。十月六日，袁世凱當選總統。《清稗類鈔·優伶類》：『朱素雲，美秀而文，工書善歌。光緒甲申以前，猶未露頭角也。然李尊客侍御慈銘識之於前，樊雲門方伯增祥眷之於後，而尤爲陳小亭所暱。小亭，户部書吏子，家饒於財，暱素雲最早，飲食宴處，悉在其家者十年。素雲性揮霍，皆小亭所供，既竭其藏金，復售屋得三四十萬金以繼之。』

〔二〕李白《金陵酒肆留别》詩：『風吹柳花滿店香。』

〔三〕『旗亭』，見楊衒之《洛陽伽藍記》。又張衡《西京賦》：『旗亭五重，俯察百隧。』又王昌齡等旗亭書壁事，見《集異記》。

〔四〕劉義慶《世説新語·言語》：『謝太傅語王右軍曰：「中年傷於哀樂，與親友别離，輒作數日惡。」王曰：「年在桑榆，自然至此。正賴絲竹陶寫，恒恐兒輩覺，損其歡樂之趣。」』

〔五〕病辭茂陵，用司馬相如事。『銅仙』、『劫灰』，已屢見。

〔六〕況周頤《蕙風簃二筆》：「劉夢得與歌者何戡云云。與歌者米嘉榮云：『唱得梁州意外聲，舊人惟有米嘉榮。近來時事輕先輩，好染髭鬚事後生。』何戡事近人常用之，罕有知米嘉榮者。」

〔七〕杜甫《江南逢李龜年》詩：「正是江南好風景，落花時節又逢君。」

〔八〕「步兵」，用阮籍事。

曲玉管　京口秋眺

野火黏堤，寒雲罋壘〔一〕，霜空竟日飛鴻響。客裏登樓窮目，衰柳無行。盡迴腸。　冷眼論兵，愁心呷酒，無多景物供吟賞〔二〕。最愛青山，也似北顧倉皇。寄奴鄉〔三〕。　霸氣消沈，賸嗚咽、迴潮東注，永嘉幾許流人，惟餘叔寶神傷〔四〕。感茫茫。又玉龍吹起，一片西風鱗甲。江山如此，幾曲闌干，立盡斜陽〔五〕。

【箋注】

〔一〕「罋」，侵蝕也。《戰國策·魏二》：「王季歷葬於楚山之尾，欒水罋其墓。」注云：「墓爲漏流所漬，故曰欒水罋其墓。」

〔二〕東坡《九日黄樓作》詩：「把酒對花容一呷。」

〔三〕稼軒《永遇樂·京口北固亭懷古》詞：「斜陽草樹，尋常巷陌，人道寄奴曾住。」同詞又云：「元嘉草草，封狼居胥，贏得倉皇北顧。』寄奴，宋武帝劉裕小字。

〔四〕東坡《仲天貺王元直自眉山來，見余錢塘，留半歲既行，作絶句五首送之》（其三）詩：『遥想扁舟京口，尚餘孤枕潮聲。』劉義慶《世説新語·言語》：『衛洗馬（玠）初欲渡江，形神慘悴，語左右云：「見此茫茫，不覺百端交集，苟未免有情，亦復誰能遣此。」』

〔五〕杜甫《秋興八首》（其七）詩：『石鯨鱗甲動秋風。』東坡《行瓊儋間肩輿坐睡，夢中得句云「千山動鱗甲，萬谷酣笙鐘」，覺而遇清風細雨，戲作此數句》詩：『千山動鱗甲。』

洞仙歌　過玉泉山〔一〕

殘衫賸幘，悄不成游計。滿馬西風背城起。念滄江一卧，白髮重來，渾未信、禾黍離離如此〔二〕。　玉樓天半影，非霧非煙，消盡西山舊眉翠〔三〕。何必更繁霜，三兩棲鴉，衰柳外、斜陽餘幾。還肯爲、愁人住些時。只嗚咽昆池，石鱗荒水〔四〕。

【箋注】

〔一〕此一首民國三年甲寅作於北京，彊村時年五十八歲。玉泉山，在北京海淀區頤和園西。是年，立政治會議及約法會議，裁各省都督。《行狀》云：『乙卯歲，一至舊京。袁世凱方爲總統，優禮舊僚，欲羅致而不得。聞其至，急致書聘爲高等顧問，笑却之，未與通一字。』案彊村當以甲寅秋後一至舊京，至明年正月挽麥孺博詞，則已歸上海，《行狀》言『乙卯歲』者誤也。《鄭叔問年譜》：『民國三年甲寅，朱古微侍郎薄游都門，晤吴伯宛孝廉，以《樵風樂府》版南來歸先生藏弆。』吴伯宛，仁和吴昌綬也。嘗刊《樵風樂府》九卷於北京。又曹君直《箋經室遺集》卷九有《喜古微侍郎北歸》七律一首云：『看天忍淚憶都門，重到京華日易曛。過闕下車寧墮慢，行觴離席枉殷勤。止烏莫問於誰屋，入鳥終能不亂群。祇恨相逢王建客，未歌松柏使知聞。』詩當作於此次北行。又《散原集》有《鶴柴集飲敘園酒樓》詩云：『信陵終跅弛，獲結博徒傳。』自注云：『坐客漚尹、若海、孺博、貞壯，方罷葉子戲就飲。』詩爲是年九月後作。同時又有《偕漚尹、貞壯、劍丞訪缶廬老人不遇》詩，又有《同漚尹、病山、太夷過劍丞》，皆北行前在上海之作。又案《詞林新語》（原載《詞學季刊》，作者單署一『靈』字。按唐圭璋編《詞話叢編》，則以附入張爾田《近代詞人軼事》，作爲附録）所記彊村逸事云：『歸安朱彊村暇輒行博，蕙風爲賦《竹馬子》以紀其事，或勸曰：「久坐傷骨，久視傷脾。」彊村曰：「不坐傷心。」又一條云：『或問彊村翁晚歲何以少作詞，翁噱然曰：「理屈詞窮。」』其潦倒抑鬱之致可想。

〔二〕《詩·王風·黍離》：『彼黍離離，彼稷之苗。』《序》云：『周室東遷，大夫行役過故宗廟宫室，盡爲禾黍，故賦此詩。』白石《徵招》詞：『去得幾何時，黍離離如此。』

〔三〕馬逢《宫詞二首》詩：『玉樓天半起笙歌。』

〔四〕杜甫《秋興八首》（其七）詩：『昆明池水漢時功。』又云：『石鯨鱗甲動秋風。』張正見《度關山》詩：『還聽嗚咽水，並作斷腸聲。』

水龍吟　麥孺博挽詞〔一〕

峨如千尺崩松，破空雷雨飛無地。京華游俠，山林棲遁，斯人憔悴〔二〕。一瞑隨塵，九州來日，諒非吾事〔三〕。正蒼黄急劫，推枰撒手，渾不解，茫茫意〔四〕。　也識彭殤一例〔五〕。愴前塵、飆輪彈指。長城並馬，滄溟擊楫，窮秋萬里〔六〕。歸卧荒江，中宵破夢，慘春哀涕。更大招愁賦，湘魂縱返，甚人間世〔七〕。

【箋注】

〔一〕此下五首，民國四年乙卯作，彊村年五十九。是歲一月十八日，日本提出二十一條。八月，籌安會成立。十二月十二日，袁世凱稱帝。二十五日，雲南獨立。《行狀》謂彊村是年嘗至北京，却袁世凱聘。按却聘事在去年，《行狀》誤，説見前注。章梫丁巳冬日《題校詞圖》詩云：『輶軒視學玉衡平，嶺外歸來戴笠耕。大漢特徵仍未起，何堪新室禮逢萌。』即指却聘事也。彊村是年又爲鄭叔問刊行《苕雅餘集》，並爲之序，事見《鄭叔問年譜》。此彊村是年行跡之可見者。麥孟華，字孺博，號蜕庵，廣東順德人，光緒十九年舉人。康有爲弟子。袁世凱將稱帝，召孟華相見，且授以教育總長，孟華拂衣出北京，入馮國璋幕，謀倒袁。民國四年正月十二日卒。嚴復有《挽麥孺博》詩三首，其序云：『康長素高弟麥孺博君，客死海上。梁任公、羅掞東以乙卯正月二十九日於法源寺爲位以哭。余赴弔，掞東問余與孺博凡幾相見，漫應之曰：嘗於海上一面，實則余與孺博，未修士相見禮也。梁、羅二君相督爲詩，則挽之如此。』其詩云：『觀微窮無死，知常隘九州。彌天寄精爽，托體見浮漚。已分歸冲漠，徒勞計短修。遁天忘所受，流慟決懸疣。』其二云：『舟流不知屆，舉國若寒灰。吾欲叩真宰，胡爲生此才。繫匏長不食，傾國老無媒。化作江梅樹，非春莫漫開。』其三云：『廣顙豐頤頷，聞聲只爾思。遺賢自吾過，永失更堪悲。氣類原相感，生涯亦暫時。玄黄天壤弊，此去盡交期。』黄濬《花隨人聖盦摭憶》云：『彊村有寒夜同麥孺博、潘弱海一詞，調寄《齊天樂》（見前），起云「黄昏連樹拳鴉噤，江寒笛聲不起。擁葉驚波，呼風斷角，淒别歸鸞千里」者，極淒峭之致。孺博、弱海，所謂粤兩生，自戊戌以來，負江海盛名。余曩以瘦蒼之介識兩君，弱盦不過數面，孺博則過從稍多。憶民國元年二年間，燕都宴飲，多在岳雲别業之岳雲樓，或畿輔先哲祠後之遥集樓，蓋數陪文酒。一日陳簡持（昭常）招飲，憑闌望西山，黯然如將夕，君掀髯語時事久之。與瘦公言，是少年蓋可談者。重感其言，君既逝，余挽以詩云：「疏眉廣顙美髭鬚，平世觥觥見此儒。黨錮早年收郭泰，隱居晚節况王符。登樓曾共神州嘆，覽逝真愁海水枯。莫倚層闌數陳跡，江楓千里正愁予。」即言及此事。』今觀彊村翁《水龍吟·挽孺博》云：『峨如千尺崩松，破空雷雨飛無地。京華游俠，山林棲遁，斯人憔悴。』可知蜕盦之志節。弱海以民國四、五年間佐江蘇軍幕，假兵符趨黔桂，興義師以討袁，袁以重金購捕之，乃走香港，匿亞賓律道康南海宅，悲憤嘔血死，後蜕公約二三年。狄平子數録兩君詩，蓋猶其四五十前後作。今歲，吷庵録其寄魏匏公天津《木蘭花慢》中有云：『途窮我今不慟，且閉門種菜托英雄。萬里俱傷久客，百年將近衰翁。』此當是入民國後作。蜕盦、弱盦，俱以橐筆爲生涯，晚年侘傺。弱盦恢奇有壯志，蜕盦則文章獨茂。兩君生嶺外，而滯海上。又云：『弱盦之入馮華甫幕，乃爲聯桂黔以驅袁，身雖先死，而志則終酬。當時叔問、彊村及麥、潘，皆爲詞於蘇滬間，尤不樂睹軍閥所爲。叔問之《石芝西堪札記》，近始流露於外，中有一節云：「近聞湖南都督湯薌銘，江蘇馮國璋，深居簡出，膽小於鼷，恨不得銅頭鐵頞，擁護左右。偶一公出，必乘飛車，且預戒清道，密排兵隊，禁斷行人，民廛商肆，一例勒令閉户，有婦孺樓居窺覘，輒舉槍恫嚇之，若時時畏人狙擊者。群相詫爲天子警蹕，無此尊嚴也。」」又梁啓超《飲冰室詩話》云：『吾黨近好言詩界革命……（若）能以舊風格含新意境，斯可以舉革命之實矣。苟能爾爾，則雖間雜一二新名詞，亦不爲病。不爾，則徒示人以儉而已。儕輩中利用新名詞者，麥孺博爲最巧。其近作有句云：「聖軍未決薔薇戰，黨禍驚聞瓜蔓抄。」又云：「微聞黄禍鋤非種，欲爲蒼生賦《大招》。」皆工絶語也。』陳三立亦有《挽麥孺博》詩，是年正月作，可資印證。

〔二〕郭璞《游仙》詩：『京華游俠窟，山林隱遁棲。』杜甫《夢李白》：『冠蓋滿京華，斯人獨憔悴。』

〔三〕《戰國策·楚》：『有斷脰决腹，一瞑而萬事不視，不知所益，以憂社稷者。』

〔四〕《水經注·渠水》：『阮簡爲開封令，縣側有劫賊，外白甚急數。簡方圍棋長嘯，吏云劫急，簡曰：「棋上有劫亦甚急。」』《通鑑·晉紀》注：『棋劫者，攻其右而敵手應之，則擊其左取之，謂之劫。』

〔五〕《吕氏春秋·離俗覽·爲欲》：『彭祖至壽也，無欲不足以勸。殤子至夭也，無欲不足以禁。』杜牧《郡齋獨酌》詩：『人生落其内，何者爲彭殤。』

〔六〕並馬，擊楫，殆指庚子年聯軍破北京，康有爲號召『勤王』，孺博嘗參加唐才常自立軍事。康文珮《南海先生年譜續編》『光緒二十六年庚子，七月，義和拳起義，英美德日八國聯軍攻佔北京，先君（指康有爲）號召援助京師，遣門人徐勤募款海外，唐才常招撫長江兩湖豪傑，又收納青紅各幫，衆數十萬，號自立軍，自爲總司令。才常湖南瀏陽人，爲譚嗣同死友。昔在湖南時務學堂任教，與梁啓超齊名。嗣同蒙難後，才常東渡日本，與梁啓超、麥孟華、徐勤等日夜謀劃，欲爲嗣同報仇，以救中國』云云，是其事也。及才常事敗，康有爲仍在南方策劃『勤王』，孺博頗爲之奔走，詳見今人桑兵所著《清末新知識界的社團與活動》，文多不録。

〔七〕王逸《楚辭章句》：『《大招》者，屈原之所作也。或曰景差，疑不能明也。』《莊子》有《人間世》篇。

六幺令　和況夔笙〔一〕

碧紗煙語，恩怨無端的〔二〕。分明宋墻東畔，簾箔幾重隔〔三〕。扶夢花鐙宛轉，不照傷心色。後期今夕。青天碧海，未道相思是無益〔四〕。　蠟炬灰猶有淚，惜别筵前滴〔五〕。羅帶詩本無題，出意機中織〔六〕。千萬秦筝素手，莫放危絃急。鳳帷鴛席。能拚憔悴，知否金釵未堪擘。

【箋注】

〔一〕龍沐勳《近三百年名家詞選》云：『況周頤原名周儀，字夔笙，號蕙風。廣西臨桂人，原籍湖南寶慶。咸豐九年九月初一日生。以優貢生中式光緒五年鄉試，官内閣中書。嗜倚聲，與同里王鵬運共晨夕，於所作多所規誡，自是寢饋其間者五年。南歸後，兩江總督張之洞、端方先後延之入幕。晚居上海，以鬻文爲活。民國十五年丙寅七月十八日卒，年六十八，葬湖州道場山。有詞九種，合刊爲《第一生修梅花館詞》，後又删定爲《蕙風詞》一卷，其門人趙尊岳爲刊於《蕙風詞話》後。周頤以詞爲專業，致力五十年，特精評品。所爲《詞話》，朱祖謀推爲絶作云。』馮幵《迴風堂文集》卷四《況君墓誌銘》記

夔笙晚年生活云：『辛亥而後，棲遲海濱，憂生念亂，但有喟息。性故豪曠，酒歌合遝，放於所好。遘會�張，寑歛恒度，察言避色，恐恐若浼，盛會稠坐，樂笑喧豗，往往仰屋卷舌，不羼一詞，執謙自詭，益巽益激，内鑠於孤憤，而夷坦以窮年。兹可謂憂心悄悄，危行言孫者也。』按蕙風是年秋有《徵招》一首，題云：『漚尹將之吴門，有書來云：「雖小别，亦依黯也。」賦此報之。』詞云『客襟淒萬感，算霜月一林分占』云云。二人此際，過從蓋甚密也。

〔二〕李白《烏夜啼》詩：『碧紗如煙隔窗語。』韓愈《聽潁師彈琴》詩：『昵昵兒女語，恩怨相爾汝。』

〔三〕羅隱《杏花》詩：『數枝艷拂文君酒，半里紅欹宋玉墻。』宋墻，常典，見《文選·登徒子好色賦》。

〔四〕李商隱《嫦娥》詩：『碧海青天夜夜心。』

〔五〕李商隱《無題》詩：『蠟炬成灰淚始乾。』

〔六〕《晉書·列女傳》：『竇滔妻蘇蕙織錦爲回文旋圖詩以贈滔。』

高陽臺　花朝渝樓同蒿叟作〔一〕

短陌飛絲，長波皺麴，市簾江柳争青。中酒年光，買春猶是旗亭〔二〕。彩旛長記花生日，甚緑窗、兒女心情。盡安排、畫桁吴縑，鈿閣秦箏。　白頭未要相料理，要哀吟狂醉，消遣餘生〔三〕。無主東風，博勞怨不成聲。朦朧幾簇東闌雪，算今年、又看清明〔四〕。怕相逢、社燕歸來，還訴飄零。

【箋注】

〔一〕陳三立《散原精舍詩》有《集客古渝軒沽飲食牛尾詩》，此渝樓，或即古渝軒也。陳乃乾《清百家詞小傳》云：『馮煦字夢華，號蒿庵，晚號蒿隱，江蘇金壇人。光緒丙戌一甲三名進士，授編修，累官至江蘇巡撫。時水旱爲灾，煦單騎履勘給賑，民沾其惠。罷官後，卜居寶應，晚寓滬上，賑灾之事，無役不從。著有《蒿庵類稿》。按蒿庵事跡，詳見《清史稿》卷四百五十四本傳，又魏家驊《副都御史安徽巡撫兼理提督馮公行狀》記其生平事跡尤詳（文載《碑傳集補》卷十五）。按蒿庵以民國十六年丁卯卒七月六日卒於滬上，年八十五，《散原别集》有詩挽之。《散原集》本年又有《正月二十五日，止庵相國（瞿）假乙庵齋作逸社第一集，招蒿庵中丞、庸庵制府、漚尹侍郎、病山方伯入社，同人感賦》詩，又有《乙卯花朝，逸社第二集，蒿庵中丞邀酌酒樓，用杜句分韻》詩。按《蒿庵詞》刻本，斷至丙午，此所作則未見也。又按況蕙風嘗和此詞云：『網户斜曛，銅街薄暝，窺人柳眼猶青。幾換晴陰，東風又緑林亭。流鶯勸我花前醉，怕花枝、萬一多情。最愁人，何處高樓，今夕殘箏。　韶華不分成蕭瑟，奈江關庾信，略約平生。戲鼓餳簫，尊前費盡春聲。荼蘼特地傷心碧，算年年、總負清明。更何堪，舊壘紅襟，來話飄零。』詞題云：『和漚尹社作，我非社中人也。』陳聲聰《兼于閣詩話》云：『清末民初，上海有超社之糾集，主其事者爲善化瞿止庵，同社有沈子培、梁節庵、繆藝風、樊樊山、左笏卿、陳散原、吴絅齋、吴子修、周沈觀、林詒書諸老人，可謂爲遺老之墟集矣。後改逸社，又增陳庸庵、朱古微、王病山、馮蒿庵諸老。老人（沈瑜慶）無集不與，社集詩無甚可録。』據上引諸文，知彊村此詞爲逸社第二集社作。

〔二〕《漢書·樊噲傳》：『項羽既饗軍士，中酒。』師古注：『飲酒之中也。不醉不醒謂之中。』顧炎武《日知録》駁之云：『中酒，謂酒半也。《吕氏春秋》謂之中飲。凡事之半曰中，中酒，猶今人言半席。《司馬相如傳》：「酒中樂酣」。師古曰：「酒中，飲酒中之半也。」一人注書，前後不同。』杜牧《睦州四韻》詩：『殘春杜陵客，中酒落花前。』又《鄭瓘協律》詩：『阻風中酒過年久。』

〔三〕杜甫《江畔獨步尋花七絶句》（其二）詩：『詩酒尚堪趨使在，未須料理白頭人。』

〔四〕東坡《東欄梨花》詩：『惆悵東欄二株雪，人生能看幾清明。』

夜飛鵲　乙卯中秋

金波曖斜漢，流照屏山。樺燭冷散青煙〔一〕。珠簾欲上美人去，誰家今夜今年。當窗亂雲霧，恣霓裳狂舞换譜鈞天。乘風汗漫，問瓊樓、何似人間〔二〕。多事桂宫仙斧，七寶尚淩虚，裝綴嬋娟〔三〕。闌外秋香泣露，移槃清淚，消盡金仙〔四〕。廣寒殿闕，怕常娥、不許流連〔五〕。共孤光誰與，不成把盞，北望淒然。

【箋注】

〔一〕漢《郊祀歌》：『月穆穆以金波。』江淹《麗色賦》：『金波照户，玉露曖天。』韓翃《寒食》詩：『日暮漢宫傳蠟燭，輕煙散入五侯家。』

〔二〕東坡《水調歌頭》中秋詞：『我欲乘風歸去，又恐瓊樓玉宇，高處不勝寒。起舞弄清影，何似在人間。』

〔三〕段成式《酉陽雜俎》：『月七寶合成，常有八萬三千户修之。』

〔四〕李賀《金銅仙人辭漢歌》詩：『畫闌桂樹懸秋香。』『移槃』，已見前注。

〔五〕東方朔《十洲記》：『冬至，月伏於廣寒之宫，養魄於廣寒之地。』張爾田《再與榆生論彊村詞事書》：『古文集中，惟《夜飛鵲·乙卯中秋》是項城稱帝時作。「换譜鈞天」，點出本旨。「廣寒殿闕，怕常娥、不許流連」，爲宣統危之也。當時與僕同作，拙詞不工，未寫稿。《語業》卷三，爲宣統作者，殆居三分之二。兄可詢之陳仁先，當能詳其本事也。』

霜花腴　九日哈氏園〔一〕

異鄉異客，問幾人、尊前忘了飄零〔二〕。鴻響天寥，菊遲秋倦，池臺亂倚霜晴。坐無老兵。負舊狂、休泣新亭〔三〕。鎮填胸、塊壘須澆，酈愁不與酒波平〔四〕。多難萬方一概，便知非吾土，已忍伶俜〔五〕。金谷吟商，玉山扶醉，消磨半日浮生〔六〕。畫闌更憑。莽亂煙、殘照無情。要明年、健把茱萸，晚香尋舊盟〔七〕。

【箋注】

〔一〕『哈氏園』，即哈同花園。陳三立《散原精舍詩集》有《重九日逸社諸公於哈同園登高，發詠九言屬遥和一篇》，當即一時之作。《散原集》又有《哈同園梅》詩云：『滬濱數園林，賈胡有勝地。手闢一村落，營築藹佳氣。』自注云：『哈同猶太人。』沈寐叟嘗和此詞，題云：『彊村示我九日詞，感和。』詞云：『碧瀾霽色，斂新寒、秋山爲整妝容。鼻孔禪撩，顛毛病禿，還來落帽西風。人間斷蓬。著淚痕、染徧江楓。度關山，萬里雲陰，傷禽不是楚人弓。　古往今來多事，盡牛山坐看，哀樂無窮。壞井蛙聲，危柯蟻夢，臺邊戲馬匆匆。騎兵老公。莫青袍、誤了吴儂。仗萸觴辟惡湔愁，愁來還蕩胸。』又馮煦嘗和此韻，以題《彊村校詞圖》云：『嫩寒虚閣，有蜕翁霜前，重訴凋零。竹所微吟，藜牀獨據，争知塵外陰晴。舊狂步兵。算幾經笳戍旗亭。况而今、靈瑣無歸，胸中五嶽鬱難平。　贏得困花殢酒，甚身如愁燕，倦羽伶俜。祖柳鉏黄，模姜範史，消磨桑海餘生。斷楹自憑。問九天、疇督中情。且相逢，月底修簫，野鷗來涖盟。』

〔二〕王維《九月九日憶山東兄弟》詩：『獨在異鄉爲異客。』

〔三〕晉謝奕嘗過桓温飲酒，温避之。奕遂引一兵師共飲，曰：『失一老兵，得一老兵。』見《晉書·謝尚傳》。

〔四〕劉義慶《世説新語·任誕》：『王忱曰：「阮籍胸中壘塊，故須酒澆之。」』山谷《送王郎》詩：『酒澆胸次之磊塊。』

〔五〕杜甫《登樓》詩：『萬方多難此登臨。』王粲《登樓賦》：『雖信美而非吾土兮，曾何足以少留。』杜甫《宿府》詩：『已忍伶俜十年事。』

〔六〕李白《春夜宴桃李園序》：『如詩不成，罰依金谷酒數。』玉山，已見前注。

〔七〕杜甫《九日藍田崔氏莊》詩：『明年此會知誰健，醉把茱萸仔細看。』

醉翁操　勞玉初避地勞山，賦此寄懷〔一〕

嶕嶢。單椒。誅茅。托而逃。誰招〔二〕。千年故丘還其巢。白頭心國飄蕭。歌且謡，把臂舊漁樵。説此中幾人我曹。　令威去後，無夢歸遼〔三〕。幼安涕淚，消與白衣皁帽〔四〕。山有木而風號。海有涯而波滔。思君無暮朝。心同媒何勞〔五〕。斗柄帶招摇〔六〕。望京樓望天泬寥〔七〕。

【箋注】

〔一〕此下二首，民國五年丙辰作，彊村時年六十。是年三月二十二日，袁世凱下令取消帝制。西南各省已獨立，遥尊黎元洪爲總統。又於五月八日組立軍務院。六月六日，袁世凱死。七月六日，黎元洪就總統任。七月十四日，各省取消獨立。是年，陳三立有《題彊村校詞圖》絶句。又王國維《彊村校詞圖序》云：『先生光緒之季，奉使粤嶠，遽乞病歸，來蘇滬間，訖於近歲，居上海之日爲多。丙辰春，國維自海外歸，過先生於上海，同時流寓之賢大夫，頗得相從捧手焉。』又孫德謙序《校詞圖》云：『先生性好閒静，拂衣早歸，時運既傾，益自韜蔽，詞不復作，惟事訂校。』勞乃宣字玉初，浙江桐鄉人。光緒進士。初官直隸知縣，後擢京卿，民國後隱居青島。《忍古樓詞語》云：『桐鄉勞玉初乃宣，於癸丑自淶水移居青島，居於勞山之麓，自以爲其家得姓之祖居，可謂爲歸。嘉興金甸丞爲繪《勞山歸來圖》，玉初自題《摸魚兒》云：「峙蒼溟、萬峰環翠，先疇遥遡千古。雷聲電影飈輪疾，載得蕭然家具。聯賃廡。更莫道、山川信美非吾土。高風遠數。問迷路逢萌，餐霞李白，遺躅可容步。　南歸邈，閭井方叢豺虎。周京又感禾黍。江湖魏闕都成夢，蹙蹙我瞻何所。誰與語。渾不料、有人重譯談鄒魯。歸來且賦。願蠡簡埋頭，鯨波洗耳，長向畫中住。」時德國尉君創尊孔文社，玉初之往居青島，應其招也。』按玉初庚申八月亦賦《醉翁操》爲彊村題《校詞圖》，詞云：『然藜。稽疑。研幾。仰而思。通微。完然魯魚胥芟夷。泝唐沿宋無遺。垂董帷。蠹簡徧搜奇。自曝書以來更誰。　日歸尺幅，曾荷荃題。展君歸軸，如睹敲商訂徵。賡夢商兮鶯啼。考草窗兮蘇堤。箋詮皆色絲。充楹盈緗綈。眼福遠相希。覬將貽我當一瓻。』又按《海藏樓詩》卷九有《題勞玉初勞山歸來圖》云：『入山跡易窮，意不若入海。連峰上觸天，此去通真宰。我過勞山灣，驚浪没其趾。朝霞弄黛色，萬變作奇采。刺船久在望，竟莫窺首尾。來游欠登頂，惘惘如有待。山靈留公孫，危行俗所駭。曰歸真殉道，異國友善士。依山更講學，欲使衆知禮。相逢迓焉往，圖卷表微旨。大義猶未明，世難何時已。願從勞勞山，蹈海覓不死。』此詩編次在乙卯年。沈寐叟亦有《摸魚子・題勞玉初釜山隱居圖》一首，不具録。又況夔笙去冬有《醉翁操》一首，序云『一九初交，寒消未幾，海濱風日，饒有春意，天時人事，我愁何如，倚此索隘庵、孟劬、漚尹和』云云。彊村殆亦有感於蕙風所作，故拈此調也。勞山亦名牢山，又作嶗山，在山東即墨市東南六十里海濱，有大小二山相連，上有清神洞、碧落巖諸勝。山之東北有海灣曰勞山澳，《元和郡縣誌》引古語云『太山自言高，不如東海勞』是也。勞乃宣生平事跡詳見《清史稿》卷四百七十二本傳，又《碑傳集三編》卷八柯劭忞《光禄大夫勞公墓誌銘》，文多不録。鄭逸梅《藝林散葉續編》云：『勞玉初卒於辛酉六月十七日，王静安挽之以聯云：「五嶽岱泰高，尚有勞山崎東海；百朋天錫厚，不須皋羽慟西臺。」玉初女勞緗，嫁沈寐叟嗣子慈護，入文史館，我曾晤見之。』此玉初身後事，附見於此。

〔二〕《漢書・揚雄傳》：『泰山之高，不嶕嶢則不能浮滃雲而蔽歊烝。』《水經・濟水》又東北華不住山注：『單椒秀澤，不連陵以自高，虎牙桀立，孤峰特拔以刺天，青崖翠發，望同點黛。』《楚辭・卜居》：『寧誅鋤草茅以力耕乎。』庾信《哀江南賦》：『誅茅宋玉之宅。』韓愈《送王秀才序》：『及讀阮籍、陶潛詩，乃知彼雖偃蹇不欲與世接，然猶未能平其心，或爲事物是非相感發，於是有托而逃焉者也。』

〔三〕干寶《搜神記》記丁令威事，已見前注。

〔四〕管寧事，見《三國志・魏志》。

〔五〕《楚辭・九歌・湘君》：『心不同兮媒勞。』

〔六〕《漢書・禮樂志・郊祀歌・天門》：『飾玉梢以舞歌，體招搖若永望。』注：『招搖，申動之貌。招音韶。』

〔七〕『望京樓』，汜水城外長街上最大酒樓，在滎陽。此借用。

千秋歲　效連詠體，夔笙得前拍，予繼聲〔一〕

玉宇瓊樓，緑尊翠杓。不分傷春蹙眉萼。花辭故枝忍爛漫，萍黏墜絮仍飄泊。寶奩金，錦衾鐵，總成錯〔二〕。　昨夜夢沈情事各。今夜夢回思量著。那惜行雲楚臺約。當初莫愁愁似海，而今瘦沈腰如削。四條絃，五紋繡，渾閑却〔三〕。

【箋注】

〔一〕《蕙風詞》集有《浣溪沙》一首，題云：『漚尹往還蘇滬間，蟾不再圓，驪輒一唱，感時惜別，情見乎詞。』詞云：『身世滄波夕照邊。總然相見亦相憐。那更垂楊偏不繫，木蘭船。　莫向天涯輕小別，幾回小別動經年。早是無多雙鬢緑，況霜天。』又有『中秋集愚園，爲彊村補祝』《定風波》一首，又有『彊村有聽歌之約，詞以堅之』《滿路花》一首，又有『彊村屢聽歌，鯫生竟弗與』《寒翁吟》一首，皆此年中作，足徵二人在滬蹤跡。又《詞林新語》（載唐圭璋《詞話叢編》張爾田《近代詞人逸事》附録）有記彊村、蕙風在滬行跡數條，録以備參。一條云：『歸安朱彊村，詞流宗師，方其選三百首宋詞時，輒攜鈔帙過蕙風簃，寒夜啜粥，相與探論。維時風雪甫定，清氣盈宇，曼誦之聲，直充閭巷。』又一條云：『梅畹華演劇，一時無兩，嘗搬演《彩樓配》於海上之天蟾舞臺，彊村、蕙風聯袂入坐。時姜妙香飾薛平貴，襤褸得彩球。彊村忽口占云：「恨不將身變叫花。」蕙風應曰：「天蟾咫尺隔天涯。」轉瞬成《浣溪沙》一解。曰：「不足爲世人知之。」』又一條云：『蕙風有芙蓉癖，濡染彊村，微鐙雙枕，抵掌劇談，往往中夜。』又云：『安吉吳昌碩於書畫篆刻負盛名，所居邇彊村、蕙風，輒就夜談。忽一日吳姬宵遁，昌碩爲之不歡。彊村曰：「老人乃一往情深。」蕙風曰：「姬人一往，此老情深。」』又云：『叔問有姬字南柔，後叔問十五年卒，無以爲葬。彊村、蕙風約客醵資，葬之虎邱，題「冷紅閣故姬南柔之墓」，遇者每爲掩涕』云云。

〔二〕杜甫《茅屋爲秋風所破歌》詩：『布衾多年冷似鐵。』

〔三〕白居易《琵琶行》詩：『四絃一聲如裂帛。』杜甫《小至》詩：『刺繡五紋添弱綿，吹笳六管動飛灰。』

戚氏　丁巳滬上元夕〔一〕

月明中。人閒無主是東風。火合銀花，倚交琪樹，錦成叢〔二〕。瓏璁。好簾櫳。歌鶯舞燕惜悤悤。滄江倦客吟晚，際此三五幾心同〔三〕。市暖蛾鬧，林暄鴉起，蒨霞倒影仙蓬。算金錢換得，流水宵短，撲地春空〔四〕。　回首帝里遊悰。鼇駕鳳吹，迤邐趁青驄。瑶臺路、翠嬌紅嫵，管疊絲重。萬芙蓉。紺蕊鏡裏衣香，尺咫步綺西東。歲華轉燭，悄拍闌干，把盞北望朦朧〔五〕。　未是閒情緒，催霓唱徹，作弄春工。問取孀娥見否，便臨花、對酒恁忡忡。年時笑語傳柑，醉沾鎬宴，一餉華胥夢。費念奴、憔悴清歌送。終古恨、縈損渠儂〔六〕。　賸夜窗、寸蠟衰紅。念芳節、袖濕淚龍鍾。甚春寒重，薔街畫鼓，曼衍魚龍〔七〕。

【箋注】

〔一〕此下三首，民國六年丁巳作，彊村年六十一歲。是年三月，對德絶交。五月，段閣傾。六月，督軍團宣佈獨立。黎元洪召張勳入京。十二日，解散國會。七月一日，宣統復辟，十二日事敗。馮國璋代總統。八月，護法軍起。九月，孫中山在粵，就大元帥職。按章梫《題校詞圖》云：『丁巳冬月，奉題彊村老前輩校詞圖，兼補壽丙辰六旬生日，時同寓上海。』知彊村時在滬上。沈子培《曼陀羅寱詞》亦有《戚氏》二首，其二云：『樊山招集雞鳴寺，感寒未赴，越日復送一章，邀與彊村同和。』未知何年作，以沈詞不編年也。

〔二〕蘇味道《正月十五日夜》詩：『火樹銀花合，星橋鐵鎖開。』孫綽《遊天台山賦》：『琪樹璀璨而垂珠。』

〔三〕古詩：『三五明月滿，四五蟾兔缺。』

〔四〕鮑照《蕪城賦》：『廛閈撲地，歌吹沸天。』

〔五〕李後主《玉樓春》詞：『臨春誰更飄香屑，醉拍闌干情未切。』

〔六〕東坡在翰林時，有《上元侍飲樓上三首呈同列》詩云：『猶有傳柑遺細君。』自注：『侍飲樓上，則貴戚爭以黃柑遺近臣，謂之傳柑，聽攜以歸，蓋故事也。』又詩云：『侍史傳柑玉坐傍。』施注引詩話云：『唐上元夜，宮人以黃羅包柑遺近臣，謂之傳柑。』《列子・黃帝》：『黃帝晝寢而夢游於華胥氏之國，其國無帥長，自然而已。其民無嗜慾，自然而已。……黃帝既寤，怡然有得。』元稹《連昌宮詞》詩：『力士傳呼覓念奴，念奴潛伴諸郎宿。』自注云：『念奴，天寶中名倡，善歌，每歲樓下酺宴累日之後，萬衆喧溢，衆樂爲之罷奏。明皇遣高力士大呼於樓上曰：「欲遣念奴倡歌，邠二十五郎吹小管逐看人，能聽否？」未嘗不悄然奉詔。』

〔七〕魚龍曼衍之戲，已見前注。

新雁過妝樓　和夢坡〔一〕

綗户昏黄。飄鐙近、盈盈蘸甲觴光〔二〕。曼聲不起，塵麝暗簌空梁。莫倚蛾眉憐短鬢，未秋鏡影已先霜。少年場。奈何唤徹，沈恨周郎〔三〕。　天風無端應拍，便暮雲駐得，肯駐斜陽。

望京舊夢，沈醉不換悲涼〔四〕。箏心更移更促，怕零落、十三金雁行。滄江晚，費個儂分付，今夕迴腸。

【箋注】

〔一〕周慶雲，字夢坡，浙江杭縣人。工倚聲，能鼓琴。按李孟符《郢雲詞》亦有此題，序云：『丁巳六月，薄游滬上，夢坡招飲春宵樓，聽小鬟歌《慘睹》一曲，感賦，用君特韻。』詞云：『雨細風寒。霓裳奏、青娥舊恨年年。往時清漏，歸夢望斷刀環。玉管吹殘三疊曲，翠華信寂五雲間。黯無眠。鳳城淡月，還照江干。　銷魂秋娘去日，恨靚妝素質，淺黛娟娟。弄梅影事，釵鈿密，誓人天。星橋笑看夜度，乍雙濕、涼宵香霧鬟。琴心悄，問女牀山上，何樹棲鸞。』當爲同時之作。《彊村集外詞》有《浣溪沙》一首，題云：『夢坡德配張夫人六十壽作放生會於西溪，爲賦此闋。』《散原別集》有《題周夢坡居士超山探梅圖》詩。又夏敬觀有《爲周夢坡題文瀾閣補闕圖》詩云：『純廟南巡建三閣，杭書散失鎮揚廢。寇火乃與典籍仇，不獨神堯遭犬吠。庚辛後再更甲子，國力不充人事瘁。文瀾補葺殊艱辛，二丁（原注：丁申、丁丙）九仞虧一簣。石屏哀君（原注：嘉穀）鈔闕目，殆將集事逢厄會。錢叟負謗誰解紛，而我當官煩責對。（原注：歸安錢念劬恂，用省帑補鈔文津閣書，經數歲，始得二百八十六卷，予方司浙教育，議會屢以質問。）冷僧（原注：張宗祥）繼兹得君助，急促僝功良足貴。我懷疑案未冰釋，竊揣官司前甚蔽。精槧既出天禄藏，四方貢獻復揀汰。善書好寫存其真，中不盡符吁可怪。似聞當日追程期，寫官謹異石建輩。坊刊取給便傳鈔，上既不察輒欺僞。又疑文淵所弆藏，宸覽常親異於外。是時中秘許外假，持校提要將是賴。神姦竟欲周鼎私，臣蠹能爲石渠祟。蒲博珍奇盡歸己，雖不解讀豈容勾。君獨勤勤事補闕，此勳宜在淩煙繪。』詩中所紀爲文瀾閣本《四庫全書》補闕，此周夢坡事之宜載者，姑記於此。

〔二〕杜牧《後池汎舟送王十》詩：『爲君蘸甲十分飲。』韋莊《中酒》詩：『蘸甲傾來緑滿瓢。』

〔三〕《漢書·尹賞傳》：『賞守長安，輕薄少年惡子殺數百人，瘞寺門桓東。長安中歌之曰：「安所求子死，桓東少年場。生時諒不謹，枯骨後何葬。」』古樂府《結客少年場》，蓋出於此。周郎，用周瑜顧曲事。

〔四〕晏幾道《阮郎歸》詞：『欲將沉醉换悲涼，清歌莫斷腸。』

洞仙歌

推枕秋懷斷。乍夢闌徙倚，初寒池館。繞空廊露葉，遠樓風雁。冥冥月氣鐙輝亂。問幾度、安排平圃宴〔一〕。閑簫管。甚疊徧霓裳，翻恨新聲懶。　輾轉。酹愁酒醒，殢睡香消，易感難拚，漫與短髮飄簫，冷却故園心眼。良天好夜終須見。要舞袖、聯翩花底换。回醉眄。向當筵、擊筑哀歌未辭晚。忍坐看。看點拍、江南怨。奈碧雲無信，舊叢霜老誰家苑〔二〕。

【箋注】

〔一〕《山海經·西山經》：『槐江之山，其陽多丹粟，其陰多采黄金銀，實惟帝之平圃。』王融《曲水詩序》：

『載懷平圃，乃睠芳林。』魏收《後園宴樂》詩：『式宴臨平圃。』

〔二〕此詞殆爲張勳擁溥儀復辟事敗而作，觀『幾度安排平圃宴』句可知，難於字字徵實，恐滋附會也。

摸魚子　馬鞍山訪龍洲道人墓，山在崑山縣西北隅〔一〕

占城陰、頹雲一角，有人持恨終古。書生滿眼神州淚，淒斷海東煙霧〔二〕。墳上土。怕有酒能澆、踢徧橋南路。英游遲汝。向笙鶴遥空，不逢騫廣，心事更誰訴〔三〕。　天難問，身世儒冠誤否。憑渠筆力牛弩〔四〕。銅琶無分中興樂，消受此生棲旅。憑弔處。賸破帽疲驢、悵望千秋去。啼鵑最苦。要無主青山，有靈詞客，來聽斷腸語〔五〕。

【箋注】

〔一〕此下三首，民國七年戊午作，彊村年六十二。是年七月，廣州廢大元帥，設政務會議代之。八月，岑春煊任總裁。十月，通電反對北京政府。是月，馮國璋任滿卸職，徐世昌任總統。十一月，世昌下令停戰議和。案《鄭叔問年譜》：叔問以是年『二月二十一日卒，年六十三歲。康有爲爲作墓表』。《年譜》又云：『先生殁後逾五月，其故人葉玉甫（恭綽）、朱古微、梁任公（啓超）、沈硯夷（瑞麟）、易仲實、夏吷庵、吴伯宛諸公，函請内務總長錢幹臣（能訓），函致江蘇省長轉行吴縣知事，將先生住宅、墳墓，分别立案保護』。羅惇曧是年十一月，有《奉題漚尹先生校詞圖，時同游西湖》詩云：『水磨坊前舊隱居，紅梅閣下小精盧。花前負手微吟歇，筠簟疏簾自勘書。』又云：『樵風逝後誰商榷，零落丹鉛感慨中。』注云：『鄭叔問新逝。』馬鞍山在江蘇崑山縣西北，《吴郡志》云：『山中登臨勝處，古上方爲冠，月華閣、妙峰庵次之。山之上下，又有留雲、翠屏、翠茂、夕秀諸軒及臨峰、翠微、垂湖諸閣。淳熙中火廢。山後掘地，多得奇石，玲瓏纖巧，號崑山石。』又案曹君直嘗和彊村此詞云：『數詞家俠情豪氣，如君還復能幾。墓門圓石傷心語，有志無時而已。成甚事，應抵得、出師未捷身先死。誓湔國耻。怎北海幽燕，南來淮海，殘骨付知己。　玉峰路，終古荒城流水。英靈難道安此。陽原西望辛承旨，墳上不平鳴起。長夜裏。恐也要疊山，披髮招魂祭。臨風殞涕。對故國山河，前朝人物，無限自哀意。』題云：『和彊村馬鞍山訪劉龍洲墓。』又曹君直《箋經室遺集》卷二十有《謁劉龍洲墓》詩二首，當是一時之作，詩中注文，有足供參考者，録之如下。詩一云：『祭田已没荒祠圮，誰復椒漿奠一杯。猶記處州劉學諭，是君墳上子孫來。』注云：『《甫田集》有《處州劉學諭歌，乃龍洲遠孫，便道拜龍洲墓於崑山，作詩送之》云：「當日聲華元不改，風雨荒祠儼然在。祭田修復勤故老，扑碑重立煩賢宰。」是明嘉靖時，龍洲有祠有祭田，意是崑山令王朝用防護之。』詩二云：『古墓犂田半已平，惟君却歷宋元明。可憐一卷《懷賢録》，誰繼東昆倥侗生。』注云：『明東昆倥侗生沈愚編《懷賢録》，載龍洲先生事蹟，並元季諸公所作復墓詩文。見阮文達《天一閣書目》。』

〔二〕劉克莊《木蘭花》詞：『男兒西北有神州，莫滴水西橋畔淚。』

〔三〕彊村自注：『「行到橋南無酒賣，老天猶困英雄。」龍洲斷句也。蘇紹叟《憶劉改之》詞：「任槎上張騫，山中李廣，商略盡風度。」』李賀《浩歌》詩：『有酒唯澆趙州土。』

〔四〕李商隱《偶成轉韻七十二句贈四同舍》詩：『狂來筆力如牛弩。』

〔五〕山谷詩：『去與青山作主人。』温庭筠《過陳琳墓》詩：『詞客有靈應識我，霸才無主獨憐君。』

好事近　靈隱夜歸蔣氏湖莊作〔一〕

湖氣鬱衣巾，步入寶坊林月〔二〕。耐得山亭泉冷，信肝腸如雪〔三〕。　出山十里蟪蛄聲，聞根甚時歇〔四〕。據槁安心隨地，又南鄰鐘發。

【箋注】

〔一〕『蔣氏湖莊』，謂蔣國榜湖上莊也。陳三立《散原精舍詩》有《中秋雨霽，宴集劍丞宅，夜汎湖還蔣莊，舟中看月》詩，則明年己未會葬恪士至西湖時作。又有《蔣莊樓居》一首，自注云：『此本名廉莊，爲廉泉吴芝瑛夫婦所居，今歸蔣國榜。』按蔣國榜事，參看後文《丹鳳吟·題蔣孟蘋密韻樓圖》詞箋注。

〔二〕《華嚴經》：『安立寶坊，集諸人天。』

〔三〕杜甫《佳人》詩：『在山泉水清，出山泉水濁。』

〔四〕『聞根』，已見前注。

紫萸香慢　焦山九日同病山、仁先、愔仲〔一〕

避塵塵、重陽杯斝〔二〕，山靈肯惜吾曹。是悲秋扶病，辦腰脚、一登高。送盡西風鴻陣，又天邊霜信，驟薄青袍。賸松寥片石、乞與客題餻。問塊壘、可能酒消〔三〕。無聊。且話南朝。風落帽〔四〕、手持螯〔五〕。怕黄花冷覷，高城急雨，著意明朝〔六〕。眼前插萸人瘦，儘流恨、去來潮。倚樵柯、上皇山路，暮雲低盡，玄鶴不許人招。霜鬢自搔。

【箋注】

〔一〕陳曾壽，字仁先，別號耐寂，湖北蘄水縣人。光緒癸卯進士，官部曹，民國後隱居杭州。按仁先爲陳太初曾孫，有《蒼虬閣詩集》，陳衍《石遺室詩話》稱其『論詩極有精到處』。所著《舊月簃詞》一卷，彊村已刊入《滄海遺音》。又仁先有宅在杭州南湖，與俞恪士爲鄰，見《散原精舍詩集》。《散原別集》又有詩題云：《愔仲居杭州，有詩見懷，依韻却寄》詩云：『作鄰居士有吟侶，兩地騎驢摘小紅。』自注云：『君與仁先，余與阿兄宗武皆鄰居。』按愔仲，胡嗣瑗別號也。嗣瑗字晴初，貴州貴筑縣人，光緒癸卯進士，官翰林院編修。民國官江蘇金陵道道尹，張勳嘗薦之。王病山，已見前注。又沈寐叟和此詞云：『折茱萸焦巖招手，詞人共是仙曹。泛淩江單舸，靈胥眼，海門高。風雨年年重九，甚今年殘照，與暖霜袍。對江山摇落，不是舊題糕。關塞路，影消夢消。松寥，閣自前朝。呼舊酒，炙新螯。望南山不見，尋尋覓覓，暮暮朝朝。雁來數行題字，迴帆摻，蕩歸潮。人間難開笑口，桑田擲米，新句得恁相招。愁重癢搔。』題云：『和彊村九日焦巖登高詞。』

〔二〕『斝』，舉下切，音賈，古酒杯。《説文》：『斝，玉爵也。』《左傳·昭公七年》：『斝耳。』注云：斝，『玉爵』。疏云：『言耳者，蓋此器有耳，若今之杯，故名耳。』

〔三〕任淵《黄陳詩集注序》云：『宋景文公云：「（劉）夢得嘗作《九日》詩，欲用餻字，思《六經》中無此字，不復用。」故景文《九日食餻》詩云：「劉郎不肯題餻字，應負人間一世豪。」』黄庭堅《送王郎》詩：『酒澆胸次之磊塊，菊制短世之頽齡。』

〔四〕孟嘉事。

〔五〕畢著事。

〔六〕東坡《九日次韻王鞏》詩：『明日黄花蝶也愁。』

臨江仙〔一〕

門柳低垂墻杏簇，臨津珠箔人家〔二〕。東風歷歷十年賒。誰將新社燕，銜送故枝花。　上枕愁心無倚著，窺帷樓月西斜。細香飄夢泊天涯。天涯何處所，鐙外緑窗紗。

【箋注】

〔一〕以下三首，民國八年己未作。彊村年六十三歲。是年二月，南北和議破裂。八月再開，仍無結果。

〔二〕賀方回詞：『玉人家，十分珠箔臨津。』

六幺令　清明龍華寺薄游〔一〕

紙鳶風過，扶路餳簫熱。江橋酒旗青處，草色裙腰接〔二〕。撲水紅英萬點，過眼芳菲節。數聲新鳩。鞦韆索外，喚起春人試羅屧。不信玄都夢裏，歷盡華鬘劫〔三〕。百尺無主香臺，斷續殘鐘咽。鷄酒招魂幾許，錢紙灰成蝶。照人啼靨。端端正正，却是桃花舊時月〔四〕。

【箋注】

〔一〕狄葆賢《平等閣詩話》云：『滬城之南郊，有龍華寺焉。春風寒食，踏青人聯袂偕來，游憩於此，鬢影釵光，與十里桃花相映，亦春時一大觀也。南海潘若海秀才博，近有《游龍華寺看花》詩二絶云：「楊柳絲絲拂曉煙，落花黯黯撲吟鞭。平蕪十里江南路，細馬馱春記少年。」又：「塔鈴不語晝陰陰，大有游人布地金。細雨濛濛春夢濕，寺門一尺落花深。」二詩情景畢肖。』案龍華鎮在上海市西南十八里，漕涇環其南，浦匯堂抱其北，居黄浦大灣中。鎮有龍華寺，寺前有塔，三國吴赤烏中所建，黄巢起義時毁焉。宋太平興國中，吴越忠懿王重建，近側多桃花。《茶香室叢鈔》云：『《水經・泗水篇》注云：「泗水西有龍華寺，是沙門釋法顯遠出西域，浮海東還，持龍華圖首創此刹。」法流中夏，自法顯始也。』

〔二〕白居易《杭州春望》詩：『誰開湖寺西南路，草緑裙腰一道斜。』

〔三〕劉禹錫《元和十年自朗州召至京戲贈看花諸君子》詩：『玄都觀裏桃千樹，盡是劉郎去後栽。』《法苑珠林》：『忉利天有七市，天人天女往來貿易，以爲戲樂。……第五華鬘市。』

〔四〕王碧山《新月》詞：『試待他窺户端正。』白石《疏影》詞：『舊時明月。算幾番照我，梅邊吹笛。』

洞仙歌

年年明月，照高樓無恙〔一〕。只是清宵易惆悵。算姮娥識我，不爲閑愁，飛動意、把盞淒然北向〔二〕。酒醒烏鵲起，一碧雲羅，遥指虚無斷征鞅。知道有前期，對影聞聲，甚邈隔、萬重山樣〔三〕。須信是、瓊樓不勝寒，猶自有愁人，白頭吟望〔四〕。

【箋注】

〔一〕曹植《七哀》詩：『明月照高樓，流光正徘徊。』

〔二〕杜甫《寄彭州高三十五使君適、虢州岑二十七長史參三十韻》詩：『意愜關飛動，篇終接混茫。』

〔三〕李商隱《碧城三首》（其二）詩：『對影聞聲已可憐。』又《無題》詩：『劉郎已恨蓬山遠，更隔蓬山一萬重。』

〔四〕東坡《水調歌頭》詞：『又恐瓊樓玉宇，高處不勝寒。』杜甫《秋興八首》（其八）詩：『白頭吟望苦低垂。』

丹鳳吟　題蔣孟蘋密韻樓圖。孟蘋既得宋本周密《草窗韻語》，爲圖紀之。《韻語》凡六稿，咸淳重光協洽陳存敬序，乙亥李彭老、李萊老題詩。按《癸辛雜誌》：至大戊申，草窗年七十七，則生當紹定壬辰，《韻語》紀年至甲戌，年四十三，蓋中年以前之作。南宋江湖詞人兼以詩傳者，惟姜堯章最著。草窗詩風格稍遜，而舉體修潔，庶幾近之。又生長行都，棲息苕霅間，山水清音，自異凡響。卷中自元代至康熙時題識殆徧，乃未入藏家著録，洵希世之秘笈矣〔一〕

坐擁連牀緗縹，帶草春窗，英光深燭〔二〕。真珠船到，開卷蠹塵輕簌〔三〕。元和蜕取，義熙題徧，儘有書城，能消陵谷〔四〕。過眼雲煙漫省，喚起詞仙，一笑來伴幽獨〔五〕。按譜笛中世换，舊蘋斷碧淒謄馥〔六〕。蔓草王風感，甚芳菽疏雨，清事能續〔七〕。吟邊今古，一抹弁峰寒緑〔八〕。送盡飛鴻，三徑晚、儋憑闌心目〔九〕。古芸隱處，珍重文字福。

【箋注】

〔一〕此一首民國九年庚申作，彊村年六十四。是年三月，吴佩孚北上，直皖戰争起。七月，皖軍敗。廣東政務會議解散。《彊村集外詞》有《念奴嬌·題蔣孟蘋寫書圖》一首。按蔣汝藻（一八七七—一九五四），浙江湖州人（一作諸暨人）。字元采，又字孟蘋，一作孟頻、孟平（見《魯迅日記》），號樂庵。室名密韻樓，因得宋刊孤本周密《草窗韻語》而名。唐敬杲所鈔《王國維傳》略云：民國五年歸國，復居上海，嗣任倉聖明智大學教授，並縱觀烏程蔣汝藻藏書，爲之編《密韻樓書目》。著述自此益富。按王氏所編《密韻樓藏書志》，已在臺灣影印出版。蔣氏又有傳書堂（原爲其父藏書處，承襲沿用，有《傳書堂善本書目》十二卷傳鈔本）、求是齋（原爲其先祖藏書處名）及樂地盦。光緒二十九年舉人，官學部總務司郎中。曾參加辛亥革命，任浙江軍政府鹽政局長。後任浙江鐵路公司董事等職，並在北京設立來遠公司，經營古玩、書畫。爲江浙著名實業家、藏書家。後因事業失敗，藏書大多爲涵芬樓購去。經『一·二八』戰火後，尚有二百餘部，今歸北京圖書館。子祖詒。王國維《觀堂集林》卷二十三有《樂庵寫書圖序》，稱其嘗『手影《魏鶴山大全集》一百十卷』。同書同卷又有《傳書堂記》，記其父祖藏書事，皆爲孟蘋作，文多不録。《鄭孝胥日記》民國六年二月廿日云：『過朱古微，觀蔣孟蘋所買《草窗韻語》，著録家所不載，而有都穆、朱存理印，寫刻極精妙，九行、十七字。蔣以千五百元得之。原主即董授經。已付日本印珂羅版。中缺數處，以墨筆描寫，遂成誤謬，經古微校正。有「郎忙」二字、「五絃」二字，均不可解。』曹君直《箋經室遺集》卷十有《題蔣孟蘋汝藻密韻樓圖》二首，其一云：『咸淳古刻入君家，斷種真堪海内誇。壓倒前朝余比部，但傳鈔本詠琵琶。』自注云：『《吴興備志·經籍徵》篇附閔元衢按語云：「胡元瑞《詩藪》謂見公謹集於余比部處，鈔本也。題曰《草窗集》，中甚有工語，不類晚宋諸人詩，《詠琵琶》一首尤可觀。」然則明季所見，已只鈔本，此猶咸淳舊刻，真絶無而僅有矣。』其二云：『百尺高樓百丈芒，草窗六稿此中藏。附庸要我淩波榭，本事流傳到國香。』詩下亦有自注一條，言趙子固淩波圖事，已於前文《國香慢》詞箋注中引之，當互參。

〔二〕夢窗《掃花游·贈芸隱》詞：『暖通書牀，帶草春摇翠露。』書帶草，鄭玄事，常典。

〔三〕王應麟《困學紀聞》：『觀書每得一義，如得一真珠船。』

〔四〕《詩·小雅·十月之交》：『高岸爲谷，深谷爲陵。』元和蜕取，用漢謝君墓磚事，見姜白石《保母帖》跋語。知不足齋本《四朝聞見録》附録鮑氏跋云：『按王大令保母墓磚，宋嘉泰間出土未久，即歸秘省。當時模拓甚少，世罕流傳。獨弁陽翁周公謹所遺鉅卷，本朝藏高詹事士奇家。帖後題識，多宋元名流，篆隸真行，各擅其勝。』其中，白石所題長篇跋語有云：『或又謂降至南朝，始有銘志，埋之墓中，大令時不應有之。此又不然。漢謝君墓磚云：「元和三年五月甲戌朔，謝君造此墓磚。」其不始於南朝明矣。』所謂元和蜕取，蓋用此事。帖後宋人題識者，有樓攻媿、周必大、李大性、宋之瑞、黄庭堅、高文虎、姜白石、周密、鮮于樞、仇遠、白珽、鄧文原、趙孟頫、王易簡、王沂孫、王英孫、龍仁夫等數十家，其間多南宋遺民。詞云『義熙題徧』，蓋即指此。義熙，借用陶淵明事，亦常典。兹再録周密、王沂孫二家題識於後，以其不常見也。周密題云：『王郎擅風流，筆墨美無度。殘磚與斷刻，亦有神物護。埋光八百載，復出疑有數。偉哉羲獻蹟，並見山陰路。抗衡丙舍帖，突過黄初賦。景師與陽朔，漶漫不足數。要須山中石，乃可與爲伍。十行百餘字，一一生媚嫵。家鷄與野鶩，此論吾不取。佳處將無同，閟妙未易語。我貧乃耆此，字字若可煮。不知何物媪，托此傳萬古。却怪玉匣上，反累昭陵土。』末署『三齊周密公謹父』。王沂孫題識云：『脱落黄祊帖，按辭大令書。稍作蘭亭面，七美諒匪虚。或訝缺勿毁，或疑集悲夫。考真固云癖，訂僞亦以愚。第觀竉中藏，清玩惟研壺。晉人擅風流，宜與後世殊。所惜尚言數，卜年八百餘。貞石久且泐，雙松當幾枯。片磚曷未化，逮兹厄耕鋤。方其內幽鐫，要自托荒墟。孰知坐此故，反能誤意如。傳世豈所幸，况遭孽韓汙。辨端更爲累，但資文家娱。陶土或若此，何爲殉玉魚。』末署『玉笥村民王沂孫詠道父』。

〔五〕周密有《雲煙過眼録》。

〔六〕周密有《蘋洲漁笛譜》。《新唐書·杜甫傳》：『殘膏賸馥，沾丐後人多矣。』

〔七〕李白《古風》（其一）詩：『王風委蔓草。』

〔八〕周密晚號弁陽翁。

〔九〕嵇康《贈史秀才從軍十八首》（其十四）詩：『目送飛鴻，手撫五絃。』陶淵明《歸去來辭》：『三徑就荒，松菊猶存。』三徑，蔣詡事。

金縷曲　壽閏生弟六十〔一〕

無怪吾衰矣。算阿連、左弧懸到，齊頭甲子〔二〕。湖海平生輕離合，頗負夜寒姜被〔三〕。泝別恨、峽流牂水。猶有滄江容一卧，便安排、風雨連牀計〔四〕。秋色在，雁行裏〔五〕。　篆盤婆律香雲起〔六〕。待商量、歸心與問，聞思大士〔七〕。咫尺茗山家何許，茅屋石田而已〔八〕。且生事、醉鄉料理〔九〕。四海子由真健者，幾滄桑、自笑難兄弟〔一〇〕。吾意托，小山桂〔一一〕。

【箋注】

〔一〕此一首民國十年辛酉作，彊村年六十五歲。是年五月，孫中山在廣東就總統職。十一月，議北伐。

〔二〕《南史·謝方明傳》：『子惠連，年十歲，能屬文。族兄靈運加賞之，云：「每有篇章，對惠連輒得佳語。」』又《謝靈運傳》：『惠連不爲父方明所知，靈運謂方明曰：「阿連才悟如此，而尊作常兒遇之。」』白居易《將歸渭川寄弟》詩：『爲報阿連寒食下，與吾釀酒掃柴扉。』古時生男，於門左掛弓一張，謂之懸弧。見《禮記・内則》、《郊特牲》。棗據《雜詩》：『士生則懸弧，有事在四方。』

〔三〕漢姜肱與弟相友愛，常同被而眠。見《後漢書・姜肱傳》及注引謝承《後漢書》。杜甫《寄張十二山人彪》詩：『歷下辭姜被，關西得孟鄰。』

〔四〕『風雨連牀』，東坡兄弟事，已見前注。

〔五〕温飛卿《秋日旅舍寄義山李侍御》詩：『旅雁初來憶弟兄。』

〔六〕『婆律』，香名。亦稱龍腦香，又名冰片。《梁書・海南諸國傳》：『狼牙修國，偏多籛沈、婆律等香。』東坡《子由生日，以檀香觀音像及新合印香銀篆盤爲壽》詩：『旃檀婆律海外芬，西山老臍柏所薰。』

〔七〕《楞嚴經》：『觀世音菩薩，由聞思修入三摩地。』疏云：『聞思修爲三觀，惟觀世音三觀俱全。』東坡《子由生日，以檀香觀音像及新合印香銀篆盤爲壽》詩：『此心實與香俱焄，聞思大士應已聞。』

〔八〕杜甫《醉時歌》詩：『石田茅屋荒蒼苔。』

〔九〕王績有《醉鄉記》。

〔一〇〕東坡《送晁美叔發運右司年兄赴闕》詩：『我年二十無朋儔，當時四海一子由。』劉義慶又《送李公擇》詩：『嗟予寡兄弟，四海一子由。』《世説新語・德行》：陳太丘曰：『元方難爲兄，季方難爲弟。』

〔一一〕《楚辭・招隱士》：『桂樹叢生兮山之幽。』序曰：『《招隱士》，淮南小山之所作也。』李商隱《哭遂州蕭侍郎二十四韻》詩：『秋吟小山桂。』

虞美人〔一〕

黄昏笛裏梅風起。蔓草羅裙地。滿闌紅萼總宜簪。不道尊前消減去年心〔二〕。　何郎詞筆垂垂老。坐被花成惱〔三〕。月寒江路喚真真。一縷清愁猶著故枝春〔四〕。

【箋注】

〔一〕此下四首，民國十一年壬戌作，彊村年六十六。是年三月，直奉戰起。四月，奉軍敗。五月，孫傳芳等電請黎元洪復位。六月，徐世昌辭職，黎元洪復爲總統。按彊村此詞，當是爲梅畹華將去滬而作。況周頤《蕙風詞》是年有《戚氏》一首，題云：『漚尹爲畹華索賦此調，走筆應之。』又注云：『畹華將别去，道人先期作虎山之游避之。』則彊村是年嘗去虎丘。梅畹華，梅蘭芳也。朱、況二人，皆極賞梅劇，且與梅時相過從。

〔二〕白石《萼紅》詞：『古城陰，有官梅幾許，紅萼未宜簪。』

〔三〕何郎，何遜也。白石《暗香》詞：『何遜而今漸老，都忘却春風詞筆。』貫休《獻蜀王建》詩：『一缾一鉢垂垂老。』山谷《王充道送水仙花五十枝，欣然會心，爲之作詠》詩：『坐對真成被花惱，出門一笑大江横。』

〔四〕陳與義《題顔持約畫水墨梅花》：『從此不貪江路好，賸拚心力喚真真。』于逖《聞奇録》：『唐進士趙顔得一軟障，圖一婦人甚麗。顔曰：「如何令生，某願納爲妻。」工曰：「余神畫也，此亦有名，曰真真。

呼其名百日，晝夜不歇即必應：；應即以百家彩灰酒灌之，必活。」顔如其言，遂下步，言語飲食如常，終歲生一兒，友人曰：「此妖也，必與君爲患。」真真乃泣曰：「妾南岳地仙也，君今疑妾，妾不可住。」言訖，攜其子却上軟障，嘔出先所飲百家彩灰酒。覩其障，惟添一子，皆是畫焉。』

摸魚子　龍華看桃花〔一〕

懶能探、劫餘芳信，年年閑了游騎。祇林依舊霞千樹，嬌入上春羅綺〔二〕。紅十里。還一掩一層、淡沱煙光裏〔三〕。東風旋起。悄不似仙源，將家小住，便作避秦計〔四〕。　玄都夢，消與金門游戲〔五〕。夢迴惆悵何世。華鬘天也無香色，説甚道場興廢〔六〕。空徙倚，怕輕薄芳姿、未省傷春意〔七〕。劉郎倦矣。任題徧花箋，都無好語，勝濺感時淚〔八〕。

【箋注】

〔一〕沈寐叟和此詞云：『彊村寫示龍華桃詞，依韻答之，是日，寺僧約看花未往。』詞云：『謝闍黎十年禁足，玉鞭忘了春騎。夕陽慢想亭亭影，烘入澄江霞綺。呼角里。道收拾商芝，移種秦源裏。鷓鴣啼起。便紅雨紛紛，道人悟了，作飯了非計。　傷春目，多少蜂酣蝶戲。不見涼州樂世。散花天姊含顰見，不斷花間興廢。樓笛倚。便吹散蒼龍，難遣悲花意。東風休矣。只笑也堪憐，開原多事，鵑血清巾淚。』録以備參。

〔二〕祇林，即祇園，亦稱祇樹林。古印度憍薩羅國祇陀太子園林，爲祇洹精舍所在地。後泛稱寺院。《藝文類聚》七十六《相宫寺碑》：『鹿苑豈殊，祇林何遠。』《唐詩紀事》二十李頎《題璿公山池》：『遠公遁跡廬山岑，開士幽居祇樹林。』
〔三〕杜甫詩：『一重一掩吾肺腑，山鳥山花吾友于。』又《醉歌行》詩：『春光淡沱秦東亭。』
〔四〕用陶淵明《桃花源記》。
〔五〕『玄都』，已見前注。
〔六〕『華鬘』，已見前注。
〔七〕杜甫《絶句漫興九首》（其五）詩：『顛狂柳絮隨風舞，輕薄桃花逐水流。』
〔八〕杜甫《春望》詩：『感時花濺淚。』

鷓鴣天　越日重游，遂訪石芝居士〔一〕

百隊行春迤邐車。千林步綺淺深霞。陰晴並日如中酒，哀樂臨年各爲花。　花夢短，酒悲賒。甘拋有盡送無涯〔二〕。道人不對東風笑，掃地焚香自作家〔三〕。

【箋注】

〔一〕李景銘，字石芝，福建侯官人。彊村所訪，當即其人。沈寐叟和此詞云：『別浦徘徊隱鈿車。謫仙散誕醉流霞。歸來漁子都忘世，去後劉郎不問花。空色眩，色空嗟。杳然流水到天涯。東皇合念春無主，處處流鶯憶故家。』題云：『再和彊村韻。』

〔二〕唐人詩：『浮世無窮事，勞生有限身。』東坡《登玲瓏山》詩：『莫將有限趁無窮。』

〔三〕李肇《國史補》：『韋應物性高潔，鮮食寡欲，所在焚香掃地而坐。』

水龍吟　沈寐叟挽詞〔一〕

十年輕命危闌，望京遂瞑登樓眼〔二〕。虞淵急景，伶俜已忍，須臾盍緩〔三〕。沈陸縈憂，排閶舊夢，一朝淒斷〔四〕。痛招魂無些，宣哀有詔，經天淚，中宵泫〔五〕。　垂死中興不見〔六〕。掩山丘、風回雲偃。浯溪撰頌，茂陵求稿，湛冥何限〔七〕。我獨悲歌，紫霞一去，淒涼九辯〔八〕。賸大荒酹取，人天孤憤，覓靈均伴〔九〕。

【箋注】

〔一〕沈曾植，字子培，號乙盦，晚號寐叟，又有薏盦、遜齋、谷隱居士、姚埭老民諸別號，浙江嘉興人。清光緒六年庚辰進士，歷官刑部主事、江西按察使、安徽提學使、署布政使、護理巡撫。宣統二年，辭官歸里。清亡後，以遺老居上海。著有《海日樓文集》二卷、《海日樓詩集》十二卷、《曼陀羅詞》一卷及其他學術著作與筆記等。陳衍《石遺室詩話》：『余與乙盦相見甚晚。戊戌五月，乙盦以部郎丁母憂，廣雅督部招至武昌。余先主督部所，同住紡紗官局西院，多相聚夜談，往往三四鼓始睡。索君舊作，則棄斥不存片楮。乙盦博極群書，於北魏、遼、金、元史學輿地，與順德李若農侍郎文田，桐廬袁爽秋太常昶，論學最相契。詞章之學，若不屑措意者。余嘗語乙盦：「君耽史學，吾亦喜考據，其實皆爲人作計，無與己事。詩雖小道，然却是自己性情語言，且時時足以發明哲理。及此暇日，盍姑事此。」君意不能無動。因言：「吾詩學深而詩功淺。夙喜張文昌樂府、山谷《精華録》，而不輕詆前後七子。詩學深者謂閲詩多，詩功淺者謂作詩少也。」余謂：「君愛艱深，薄平易，則山谷不如梅宛陵。」君乃借余《宛陵集》，亟讀之，余並舉殘本爲贈。其明年，君居水陸街姚氏園，入秋病瘧，逾月不出户。乃時托吟詠。余寓廬相密邇，日夕過君，有所作，輒相吟示。或夜半函箋抵余，至冬已裒然積稿百餘首。又明年庚子之亂，南北分飛，此事遂廢矣。乙盦精熟佛典，自喜其《病僧行》一首，論詩宗旨略見《寒雨積悶，雜書遺懷》一首。余言詩學莫盛於三元，謂開元、元和、元祐。君謂三元皆外國探險家覓新世界、開埠頭本領。故君詩有「開天啓疆域，元和判州部」及「勃興元祐賢，奪嫡西江祖」各云云。余言今人强分唐詩、宋詩，宋人皆推本唐人詩法，力破餘地耳。君甚謂然，故又有「唐餘逮宋興，師學一香炷」及「强欲判唐宋，堅城捍樓櫓。咄唶盛中晚，幟自閩嚴樹」各云云。』鄭孝胥《海藏樓詩》卷十《沈乙盦挽詩》云：『汙世安足留，及屍猶一哭。蓋棺事遂已，相逼意何速。宣南舊朋侣，志業付鬼籙。惟君命稍達，又際世翻覆。萇弘力違天，定鼎繼郟鄏。丹心豈可滅，摧折遇殊酷。病中加憤慨，祈死若飲毒。多生證佛果，難脱忠義梏。百年身遂盡，千載名安屬。相期後死責，剥極行當復。』陳三立《散原别集・哭乙盦翁》云：『卧疴傳句寵稱觥，歸序仍能腹稿成。十日死生逢絶筆，萬流依倚失長城。亂離殘客元同命，博大真人不可名。留詠荆軻一樓影，哀迎終古海濤聲。』諸詩殆是年十月初五後作。

按寐叟生平事蹟，詳具《清史稿》本傳、《碑傳集三編》卷八謝鳳孫《學部尚書沈公墓誌銘》，又王蘧常《沈寐叟年譜》、錢仲聯《清詩紀事》光宣卷輯諸家論寐叟詩語尤多。寐叟所著詞凡四種：曰《僾詞》、曰《海日樓詞》、曰《東軒語業》、曰《曼陀羅寱詞》，彊村爲刪定爲一卷，總題《曼陀羅寱詞》，刊入《滄海遺音》。

〔二〕李商隱《北樓》詩：『此樓堪北望，輕命倚危闌。』樂史《太平寰宇記》：『浚儀城西門樓本無名，唐令狐綯重修之，因登樓賦詩曰：「夷門一鎮五更秋，未得朝天未免愁。因上此樓望京國，便名樓作望京樓。」』尤袤《全唐詩話》：『李益爲幽州劉濟營田副使，獻詩有「感恩知有地，不止望京樓」之句，左遷右庶子。』武元衡《春日偶題》詩：『静守化條無一事，春風獨上望京樓。』許渾《泊松江渡》詩：『去鄉今已遠，更上望京樓。』按寐叟嘗參預張勳復辟，蓋遺老而不甘寂寞者，故詞有『輕命危闌』之語。謝氏《墓誌》云：『先生之謀復辟也，自辛亥至壬戌没之歲，凡十一年。』又『丁巳五月之役，力疾冒暑，行數千里，既至京師，召見，授學部尚書』。是其事也。

〔三〕《淮南子·天文訓》：『至於虞淵，是謂黄昏。』杜甫《宿府》詩：『已忍伶俜十年事。』

〔四〕《莊子·則陽》：『方且與世違，而心不屑與之俱，是陸沉者也。』司馬相如《大人賦》：『排閶闔而入帝宫。』

〔五〕杜甫《得舍弟消息》詩：『猶有淚成河，經天復東注。』

〔六〕杜甫《送鄭十八虔貶台州司户，傷其臨老陷賊之故，闕爲面别，情見於詞》詩：『百年垂死中興時。』

〔七〕『浯溪』，在永州。《中興頌》，元次山撰，顔魯公書磨崖鐫刻，言安禄山亂，肅宗復兩京事。求稿，用司馬相如事。又林和靖《自作壽堂因書一絶以志之》詩：『茂陵他日求遺稿，且喜初無封禪書。』揚雄

《法言》：『蜀莊湛冥。』
〔八〕嚴陵楊鑽，號紫霞翁。
〔九〕《楚辭·大招》，景差所作。

鷓鴣天　龍鳳兜展彥倆弟墓〔一〕

紙蝶風旋土一堆。無多老淚著寒灰。殘鵑錦樹啼還咽，小雁鑪峰夢不回。　身後事，眼前來〔二〕。青山須辨骨同埋。便能世世爲兄弟，知否人間更可哀〔三〕。

【箋注】

〔一〕此下二首，民國十二年癸亥作，彊村年六十七。是年六月，黎元洪出京。十月，曹錕圖爲總統，國會分裂。按《行狀》，彊村兄弟凡四人，彊村爲長，『與諸弟友愛最篤，季弟早世，叔弟里居，仲弟孝威亦寓吳，相依爲命』云云。則彥倆當是季弟也。
〔二〕元稹《悲懷》詩：『昔日戲言身後事，今朝都到眼前來。』
〔三〕東坡《獄中遺子由》詩：『是處青山可埋骨，他年夜雨獨傷神。與君世世爲兄弟，又結來生未了因。』

惜黄花慢　仁先以舊京移菊經歲作花倚聲徵和〔一〕

楚客情芳。鎮夢餘避得，酹月春觴〔二〕。閉門成世，悄偎鬢白，托根耐晚，羞染蜂黄。抱花愁問伶俜蝶，舊籬畔、堪此凄涼〔三〕。念帝鄉。薦秋後賞，飄换繁霜。　十年卧隔滄江，濺露英數點，老淚柴桑。後期孤許，楚筠晚節，前塵半落，燕麥斜陽〔四〕。瘦姿不敢傷遲暮，爲珍重簾底秋妝〔五〕。最斷腸。夜衾萬感幽香。

【箋注】

〔一〕陳衍《石遺室詩話》：『今人之愛菊者，殆莫如陳仁先。仁先菊詩佳者之多，殆莫如前歲六首。此數詩將菊之可悲可喜寫得有神無跡，吾無以許之。司空表聖曰：「穿潭寫春，古鏡照神。」鄭所南曰：「禦寒豈藉水爲命，去國自同金鑄心。」兼而有之矣。古今多以淵明比菊，未有以叔夜比菊者。菊之芳馨，惟「龍章雋烈」四字足以稱之。』又云：『仁先數以菊詩見投，余不能和，乃勉作一首，可當仁先小傳讀云：「淵明菊傳神，仁光菊寫真。非吾譽仁先，愛菊逾古人。非惟逾古人，愛菊逾其身。栽菊數百本，百本絶等倫。印以玻璃板，花樣難具陳。沃以芝麻油，駐顔冬復春。形以五言詩，形神歲生新。去國挈之去，佳種傳淞濱。淵明儻見之，後生畏且親。我豈不愛菊，懶懦氣不振。因陋而就簡，索句亦逡巡。遁而去種竹，坐享謝辛勤。子猷與淵明，相見毋齗齗。」』錢仲聯《近百年詩壇點將録》云：『近人宗宋者，往往瘦勁有餘，麗澤不足，而《蒼虯閣詩》獨能以玉溪之神，兼韓黄之骨，剛柔相濟，異彩飛揚。然其傑構，皆於清亡前作，在全集十卷中僅占其一。民國以後，除山水風景詩外，大都寫遺老心情。初則參加丁巳復辟，晚歲竟投僞滿洲國矣。汪國垣《光宣詩壇點將録》乃謂其「忠悃之懷，寫以深語」，不知忠於誰家？汪並以堅持民族氣節之陳寶琛、陳三立與之作不倫之擬，謂「惟君鼎足」，是欲以薰蕕同器也。』按陳仁先《舊月簃詞》有『舊京移菊，憔悴可憐，感賦』《木蘭花慢》一首，又有《惜黃花慢》『園菊久萎，冬至日忽放二花，冱寒中金英燦然，喜成此闋』云云，二詞皆乙卯年作。集中又有《卜算子》一首云：『眉畫睇初含，淚洗脂仍少。仙夢銷沉十二年，逢著秋魂了。景短向陽難，晚出驚霜早。百感幽香舊色花，可似當年好。』序云：『菊中新洗紅一種，顔色獨絶，京中已不易得。十二年中，余數移來者皆不活。今歲又覓得一盆，有花三朵將開矣，喜賦。』蓋爲是年之作。彊村所和似指此。仁先別有《惜黃花慢・同彊村老人作》云：『托命孤芳。賸十年魂夢，長繞伊行。小廊迴處，鳳城西畔，幾回燭底，仔細秋妝。當時一笑天能妬，便拚斷、故國遺香。枉斷腸。寒畦生事，檢點苔荒。　移根瘦損堪傷。更一枝輕折，長惹思量。舊塵在眼，只餘清淚，佳期注脚，偏是斜陽。人間原有相逢事，漫羞暈、憔悴容光。正夜長。背鐙添影淒涼。』殆又酬彊村此作也。

〔二〕東坡《念奴嬌》詞：『一樽還酹江月。』

〔三〕東坡《次韻周長官壽星院同饒魯少卿》詩：『伶俜寒蝶抱秋花。』

〔四〕劉禹錫《再游玄都觀絶句序》：『唯菟葵燕麥，動摇春風耳。』

〔五〕《楚辭・離騷》：『恐美人之遲暮。』

浙江文叢

彊村語業箋注

〔下册〕

〔清〕朱孝臧 著
白敦仁 箋注

浙江古籍出版社

彊村語業箋注卷三

薄倖〔一〕

後堂芳樹。逗一霎、黄昏意緒〔二〕。未慣得、春魂無檢，輕繞河橋風絮〔三〕。甚卧枝、花發東園，春根重上相思句〔四〕。便彩箑翻歌，金尊顛酒，催合鄰簫新譜。也自解、連環誤。渾不耐、緑窗鸚語。幾曾知門外，飄紅無地，等閒却倩游絲駐。不關風雨。但懨懨、淚眼天涯，望斷無尋處。危闌徧倚，心結行雲成縷。

【箋注】

〔一〕此下六首，民國十三年甲子作，彊村年六十八歲。是年九月，江浙軍戰於崑山，奉軍亦入關，吴佩孚使馮玉祥攻之。十月，玉祥忽回師入京，逼曹錕下令停戰，並免佩孚。十一月，佩孚敗，曹錕退職。十一月五日，玉祥令廢清帝名號。擁段祺瑞爲總執政。是月，孫中山離粵北上。鄭孝胥《海藏樓詩》卷十有《十一月初三日奉乘輿幸日本使館詩》，記溥儀出宫事甚詳。是年，李宣龔題《彊村校詞圖》云：『甲子小寒，奉題漚尹丈校詞圖，距焦巖之游已十有二年矣。』

〔二〕李商隱《燕臺詩四首·夏》詩：『後堂芳樹陰陰見。』

〔三〕晏小山《鷓鴣天》詞：『夢魂慣得無拘檢，又踏楊花過謝橋。』

〔四〕東坡《上巳日與二三子攜酒出游隨所見輒作數句，明日集之爲詩，故辭無倫次》詩：『卧開桃李爲誰妍。』阮籍《詠懷》詩：『嘉樹下成蹊，東園桃與李。』

浣溪沙　和病山、蕙風即席之作〔一〕

解道傷心是小顰。分明怨恨曲中論〔二〕。世間原有蕊珠人。　妙舞折腰翻地錦，清吭飄淚簌梁塵。滿衣猶是故山雲〔三〕。

【箋注】

〔一〕蕙風有《霜花腴·彊村先生霜腴題詞》一首，當是此年秋作。此二首，則和王病山、况蕙風即席聞歌之作也。時梅蘭芳在滬上，蕙風作詞甚多，並有《修梅清課》之刻，詳見趙尊岳《蕙風詞史》（原載《詞學季刊》第一卷第四號）。

〔二〕杜甫《詠懷古跡》句。

〔三〕《西京雜記》：『戚夫人善爲翹袖折腰之舞。』張子野《正宮·醉垂鞭》詞：『昨日亂山昏，來時衣上雲。』

未必天花及我身。占人懷抱是歌鼙。紅毹翠幕一逡巡。　翻劫枯禪參聖解，哀時閑淚賺詞人〔一〕。不關夢裏楚臺雲。

【箋注】

〔一〕杜甫《詠懷古跡五首》(其一)詩：『詞客哀時且未還。』

清平樂　何詩孫爲梅蘭芳北歸畫卷徵題〔一〕

殘春倦眼。容易花前換。蕚緑華來芳晼晚。消得閒情詩卷〔二〕。　天風一串珠喉。江山爲祓清愁〔三〕。家世羽衣法曲，不成凝碧池頭〔四〕。

【箋注】

〔一〕何維樸，字詩孫，湖南道州人，子貞之孫。以舉人官部曹，改官江蘇道員。善畫。僑居上海，年八十餘卒。趙尊岳《蕙風詞史》云：『晼華(梅蘭芳)去滬，越歲東來，先生(指蕙風)屬吴昌碩爲繪《香南雅集圖》，並兩集余家，一時裙屐並至。畫卷題者四十餘家，畫五幀，則吴昌碩、何詩孫(二幀)、沈雪廬、汪鷗客作也。彊村翁每會輒至。先生屬以填詞，翁曰：「吾填《十六字令》，而子爲《戚氏》可乎？」於是先生賦《戚氏》，翁亦賦《十六字令》二首。』按彊村此間所題，則別是一圖也。按蕙風別有《塞翁吟》

詞序云：『彊村屢聽歌，𩵋生竟弗與，雖曠世希有如《嫦娥奔月》一劇，不足以動其心，信懶不可醫耶，抑興會不可强也？』又《八聲甘州》云『《葵花》一劇，屬梅郎擅場之作』云云，又《鶯啼序》云『梅郎自滬之杭，有重來之約』云云，則皆爲梅蘭芳作也。

〔二〕陶弘景《真誥》：『萼緑華者，南山女子，顔色絶整，以晉昇平三年降羊權家。』李商隱《重過聖女祠》詩：『萼緑華來無定所。』

〔三〕白居易《寄明州于駙馬使君三絶句》（其三）詩：『何郎小妓歌喉好，嚴老呼爲一串珠。』李商隱《擬意》詩：『珠串咽歌喉。』白石《翠樓吟》詞：『仗酒祓清愁，花消英氣。』

〔四〕王溥《唐會要》：『開元二年，上於梨園自教法曲，號皇帝梨園弟子。又太常梨園别教院法歌樂章曲等。』王維《菩提寺禁，裴迪來相看，説逆賊等凝碧池上作音樂，供奉人等舉聲便一時淚下，私成口號，誦示裴迪》詩：『秋槐葉落空宫裏，凝碧池頭奏管絃。』况周頤《眉廬叢話》云：『梅巧玲名芳，其孫名蘭芳。按王右軍父子名並用「之」，例可通矣。』此蘭芳家世也。

高陽臺　過蒼虬湖舍〔一〕

吹劍驅愁，揮杯勸影，湖上重與温存〔二〕。一弄荒波，客來猶道閑身。隔年縹緲鈞天夢，傍清鐘、忍斷知聞〔三〕。袖香熏，攜向虚堂，還熨詩痕。　遮門不是閑煙水，洗秋心最苦，更托鵑春。小閣通明，夜深孤月尋人〔四〕。褰裳手把芙蓉朵，問目成、可記靈均〔五〕。便從君，把臂黄華，相守孤根。

【箋注】

〔一〕『蒼虯』，陳仁先別號，已見前注。陳三立《散原別集》有《再用前韻寫蒼虯宅夜餘興》七律一首，亦湖上作。又有《雨中自丁家山康廬還飲蒼虯湖居，被酒夜歸，同閑上作》七律一首。按蒼虯湖舍，在西湖小南湖，號陳莊。與蔣國榜小萬柳堂，吴芝英廉泉接近。仁先《舊月簃詞》有《高陽臺・贈彊村老人》云：『中酒愁醒，當花笑淺，小顇風範猶存。刻意春邊，年年冰緒難温。故人鶴瘦今安在，遇廢園、密竹斜門。（原注：大鶴山人新逝）問新來、小極扶頭，銷幾黄昏。　天涯芳草歸何處，算東風過後，空染啼痕。校字鐙窗，些些未了知聞。青山青史餘雙鬢，看鏡中、清冷千春。只飄零，無計消除，還近芳尊。』詞爲庚申年作。

〔二〕《莊子・則陽》：『吹劍首者，吷而已矣。』楊萬里《秋懷》詩：『蓋世功名吹劍首，平生憂患淅矛頭。』陶淵明《雜詩十二首》（其二）詩：『揮杯勸孤影。』

〔三〕《史記・趙世家》：簡子夢『與百神游於鈞天，廣樂九奏萬舞，不類三代之樂，其聲動人心』。知聞，已見前注。

〔四〕東坡《月夜與客飲杏花下》詩：『明月入户尋幽人。』

〔五〕李白《廬山謠寄盧侍御虚舟》詩：『手把芙蓉朝玉京。』《楚辭・九歌・少司命》：『滿堂兮美人，忽獨余兮目成。』

臨江仙　此辛酉歲暮同寐叟作，叟目爲調高意遠者也，稿佚不復省，慈護世講檢叟遺篋得之〔一〕

人事留與眼前資痛飲，不須遺盡閑愁。徘徊明月在高樓〔二〕。揮觴疑有待，吹笛未宜休。　音書寥寂久。夢來躍馬神州〔三〕。中宵攬涕不能收。有情歌小海，無女睇高丘〔四〕。

【箋注】

〔一〕寐叟和作云：『彊村詞來，調高意遠，諷吟不足，聊復繼聲。』詞云：『西北浮雲車蓋去，晚來心與飄風。高樓獨上與誰同。名隨三老隱，聲在九歌終。　不是憑闌無下意，新來筋力添慵。江心桃竹倚從容。音書遲雁字，經本閟龍宫。』

〔二〕曹植《七哀》詩：『明月照高樓，流光正徘徊。』

〔三〕杜甫《閣夜》詩：『人事音書漫寂寥。』

〔四〕《晉書·夏統傳》：『賈充謂統曰：「卿頗能作鄉土間曲乎？」統曰：「伍子胥諫吴王，言不納用，見戮投海，國人痛其忠烈，爲《小海唱》，今欲歌之。」……於是以足扣船，引聲喉囀。充使妓女之徒盛服袿襹，炫金翠，繞其船三匝，統危坐如故，若無所聞。充等各散曰：「此吴兒是木人石心也。」』《離騷》：『哀高丘之無女。』

燭影摇紅　乙丑元日和閏枝〔一〕

野哭千家，閉門不恨春光淺〔二〕。年時仙仗簇朝正，瞻座香飄殿〔三〕，投老滄江卧晚。怕安排，黏鷄畫燕〔四〕。盡情鐙火，多事屠蘇，今朝心眼〔五〕。　留命何年，飾巾那計流光换〔六〕。夢魂猶自點朝班，誰道長安遠〔七〕。再拜鵑聲咽斷。倚危闌、飄風鬢短。爲誰消息，爆竹東鄰，青旛孤顫。

【箋注】

〔一〕此下三十九首，民國十四年乙丑作，彊村年六十九。是年三月，孫中山在北京逝世。上海五卅運動爆發。浙奉之役起。國民政府在廣州成立。《行狀》：是年『謁天津行在，諄諄於典學、生計兩端，忠誠靖獻，僅止於此』。按陳仁先《舊月簃詞》有『乙丑春三月赴行在所』《醜奴兒慢》一首，蓋當與彊村同行北上也。又陳詩乙丑春《題校詞圖》云：『敬題彊村宗伯校詞圖，時同客滬濱。』意當在北行之前。又周達題云：『簾影横波惜别時，銷魂絶代冶秋詞。遺臣老作聽楓客，更耐長年落葉悲。』注云：『簾影横波，指侍郎庚子廷争事。當時圍城中，侍郎與半塘老人唱和不輟，成《庚子秋詞》一卷。去歲移宮之變，孫師鄭吏部爲《落葉詞》紀之，都下名流和者甚衆。』夏孫桐字閏枝，江蘇江陰縣人。光緒進士，由翰林院編修簡任浙江嘉興府知府。工倚聲。彊村子婦，閏枝之女也。有《悔龕詞》一卷，刊入《滄海遺音》。《悔龕詞》載《燭影摇紅·乙丑元日書懷次邵伯絅韻》云：『坐對流光，伴人紅萼垂垂老。殷家甲子醉模糊，那辨春遲早。（原注：新曆本元旦較萬年曆差一日）往事蓬山更杳。鎖東風、龍樓日曉。杜鵑聲咽，未穩寒枝，夜烏同繞。　鄉思花前，况驚驛使今年少。江鶯江燕話煙塵，愁入瀛洲草。倦夢華胥喚覺。整殘編、漫題却掃。盼春何處，强把屠蘇，丁寧青鳥。」彊村所知當即此詞。彊村去天津時間，參看下文《鷓鴣天・賡元裕之宫體》注〔一〕。

〔二〕杜甫《閣夜》詩：「野哭千家聞戰伐。」

〔三〕岑參《奉和中書賈至舍人早朝大明宫》詩：「玉階仙仗擁千官。」杜甫《晚出左掖》詩：「春旗簇仗齊。」又《紫宸殿退朝口號》詩：「雙瞻御座引朝儀。」同詩又云：「香飄合殿春風轉。」

〔四〕《淵鑒類函》元正三：「貼畫鷄於朱户，獻彩雀於彤庭。」

〔五〕陳簡齋《除夜》詩：「多事鬢毛催節换，盡情鐙火向人明。」崔寔《四民月令》：「元日進椒柏酒，次第從少至老，今屠蘇其遺意也。」

〔六〕《後漢書・陳寔傳》：「何進、袁隗遣人就寔飲，欲表以不次之位。寔謝曰：『寔久絶人事，飾巾待終而已。』」

〔七〕杜甫《秋興八首》（其五）詩：「一卧滄江驚歲晚，幾回青瑣點朝班。」

小重山　蒼虬示紅豆詩，愧不能和，拈此報之〔一〕

南國春芳又一時。背人開玉合、意淒其〔二〕。枉拋紅淚惜前期。愁根蒂，惟有錦鸚知。　無力護瓊枝。東風休再種、有情痴。年來心事在江蘺〔三〕。渾不稱，頭白賦相思。

【箋注】

〔一〕細玩詞意，此蓋與蒼虬同赴天津時作。蒼虬奔走津滬，意蓋有所圖謀，觀陳寶琛《滄趣樓集》，猶能見其仿佛。自馮玉祥清宫，溥儀遁走天津，引日本使館以自重。而鄭孝胥、羅振玉之流，方勾結東瀛，力謀復辟。蒼虬亦心嚮往之。彊村雖亦一至天津，於蒼虬諸人之謀，意不謂可。題云『愧不能和』，詞云『無力護』、『休再種』、『渾不稱』，命意顯然，不願與諸人同流合污也。夏孫桐撰《行狀》，於彊村此行特書『諄諄於典學、生計兩端，忠誠靖獻，僅止於此』，所謂『僅止於此』，與此所云『愧不能和』，語意皆深婉可味。閏枝固深知彊村者。

〔二〕王維《相思子》詩：『紅豆生南國，春來發幾枝。願君多采擷，此物最相思。』

〔三〕《楚辭・離騷》：『扈江離與辟芷兮，紉秋蘭以爲佩。』王逸注：『扈，被也。楚人名被爲扈。江離、芷，皆香草名。辟，幽也。芷幽而香。』江離，《説文》訓爲蘼蕪，異説孔多，參看洪興祖《楚辭補注》。

鷓鴣天　廣元裕之宫體八首〔一〕

生小仙娥不自妍。璧臺金屋誤嬋娟。幾曾宛轉酬千琲〔二〕，已忍伶俜過十年〔三〕。　虬箭水，鵲鑪煙。無端芳會散金錢〔四〕。簾櫳早是愁時候，争遣新寒到外邊〔五〕。

【箋注】

〔一〕元好問《遺山樂府》卷下，有《鷓鴣天》詞三十七首，其第十一首以下，題云『宮體八首』。按《行狀》於是年書彊村『謁天津行在』，未言事在何月。前據陳仁先《舊月簃詞》訂其事在三月，且係與仁先同行。今考《鄭孝胥日記》民國十四年閏四月初五日記云：『朱古微來，言行在近況，入覲四次。』初七日又記：『暮訪古微。』所記即彊村自津返滬時事，惜未記所言『行在近況』及四次『入覲』之詳情爲如何也。按孝胥此時在上海，據《日記》所載，是年二月初四，得陳弢庵電促其赴津。孝胥即於初五日離滬，初六日抵津，初七日召見。繼於二月二十日復『乞假赴滬』。遂於二十四日離津，二十六日抵滬。則彊村所述『行在近事』，當指孝胥離津後事。據知彊村以三月赴津之説，正相符合，其間四次『入覲』，則其抵津後留連到四月，自閏月始歸滬，與孝胥相晤。其在津時間，當在民國十四年三、四月，時距溥儀出京抵津不甚久也。（《鄭孝胥日記》記移宮事甚詳，可參）此六首，當即入津覲見，有感於移宮之事而作，絶無可疑，惟其間細節，則難於一一徵實，姑就愚見所及約略言之，庶免穿鑿附會之過也。至龍沐勳所述謝榆孫説，純屬誤解，則張爾田已痛駁之。今逐録謝氏所述及張氏駁語如下。

龍沐勳《忍寒廬零拾》云：『漚社同人謝榆孫孝廉掄元，隱於星相，所居牯嶺路，與彊村先生寓廬相咫尺，曾聞先生述所爲「廣元裕之宮體」《鷓鴣天》本事，録入所爲《親廬詞話》中，云：「朱彊村師爲先大夫同年，交最深。余初未之見，旋於乙丑年在滬上馮君木處晤之。談及詞，則云：「子頗守家法。」先大夫與譚復堂、李蒓客交最久，不多作詞，作則篤守格律。師勉余曰：「子有暇盍再研唱乎，他日可成一家。」遂於次日袖《彊村語業》見貽，余由是作一詞必請業焉。師云：「作詞之難，難於用虛實字。短調宜多用實字，凡於五言、七言律句下三字，更宜用實字。長調亦然，但長調律句較少，名大家詞多如是。」其説與蒓客師同，謹志之不敢忘。師逝世後，龍榆生刊其續集見貽。其《鷓鴣天·廣元裕之宮體》，皆有所諷，師嘗爲余言之云云。』此下全録八闋而分釋之。今案謝氏所釋，以八闋全爲洪憲稱帝而作。求之詞意，扞格難通。雖自謂聞之彊村，實不可信。今姑取謝氏釋語録入各詞之下，而先録張氏駁正之言，以正視聽。張爾田《與龍榆生論彊村詞事書》云：『頃承寄《詞刊》第三期，搜舂甚富。惟補白中載某君解古丈《鷓鴣天·效裕之宮體》詞，似與本事不合。此八首乃指宣統出宫之變，非詠項城稱帝時事也。作詞之年可考。當日曾由弟交吴雨生，登載《學衡雜誌》。有胡君者，偶忘其名，爲題一詞於後，標明本旨。古丈閲之，非無異辭。今某君謂得之古丈自述，恐未可信。古丈作詞，向不與人談本事也。（此下論江蓬仙所記彊村逸事之誤，已引見卷二《點絳脣》箋語）』又《再與榆生論彊村詞事書》云：『昨有一書，論詞刊補白述古丈詞事之謬。尊撰《本事詞》，大體甚是，似亦有一二不甚確處。如《楊柳枝》四首第四章「不辭身作桓宣武，看到金城日墜時」，乃指李鴻章結孝欽一朝大事之局，非榮禄也。此等處須涵詠本詞，虚心體貼，然後再以事合之。不合則姑闕，不可穿鑿以求合也。即如謝君解《鷓鴣天》詞，支離比附，殆類不知詞者之所爲。忠愛纏綿之意，全索然矣，此豈古丈之所自言耶？項城稱帝之事，古丈之所不屑道者，尚肯爲之作詞及宣傳耶？此於古丈生平極不類，故僕不能無言。尊意諒亦同之。』按張氏《與龍榆生論彊村詞事書》凡四篇，並載《詞學季刊》一卷四號。其三、四兩書，録在第三首箋語中。又龍沐勛《報張孟劬先生書》云：『《鷓鴣天》原爲移宫作，姚君竹軒、黄君公渚頃亦曾爲勳言之。謝君與彊村丈有往還，不知何以誤解如此。勳所以欲求諸老輩將彊村詞中確有本事可紀者，多所指示，以便匯爲一編者，亦慮依附之徒造爲疑似，妄自撰述，以迷誤方家耳。且詞中本事，不及時詮釋，更百十年後，安知不如玉溪《錦瑟》一詩，聚訟紛如，翻滋疑竇乎？勳感知心切，他日生事稍裕，思博考清季史實，借證所聞，爲撰小箋，然此事當要之皓首，亦冀公之常垂啓迪，幸甚。』

〔二〕左思《吴都賦》：『珠琲闌干。』劉注：『琲，貫也。珠十貫爲一琲。』

〔三〕杜甫《宿府》詩：『已忍伶俜十年事。』此就溥儀言，自辛亥退位至移宫，已逾十年矣。

〔四〕王建《宫詞一百首》（其十一）詩：『寒食内人長白打，庫中先散與金錢。』《舊唐書》：『開元元年九月，宴王公百寮於承天門，令左右於樓下撒金錢，許中書以上五品及諸司三品以上官争拾之。』

〔五〕謝氏釋此首云：『「已忍」句言夫已氏就總統後越數年始稱帝。「争遣」句言與日人締密約，爲日人所紿，卒爲英人所知也。』穿鑿附會之甚。觀首尾數句，其言溥儀事甚明。此首蓋總括溥儀自入宫承統，至被逐出宫十餘年間概況也。情詞婉約，總攝八首。

金斗餘薰向夕涼。撲簾真見倒飛霜〔一〕。竊香鳳子紛成隊〔二〕，撼局猧兒太作狂〔三〕。三嘆息，百思量。迴腸斷盡也尋常。鏡前新學拋家髻〔四〕，猶被狂花妬淺妝〔五〕。

【箋注】

〔一〕李賀《夜坐吟》詩：『爲君起唱長相思，簾外嚴霜皆倒飛。』撲簾倒霜，句意蓋言隆裕望輕，不能控制朝局，諸親貴日益跋扈專横也。胡思敬《國聞備乘》記監國預防隆裕條，可以窺見宣統初年朝局大略。《備乘》云：『隆裕初無他志，唯得時行樂而已，監國亦事之甚謹，無幾微隙也。後朝政亂，宗室多違言，頗有浸潤於隆裕之前者。於是外間哄傳滿洲八大臣聯名請隆裕垂簾如孝欽故事。監國大懼，已而知爲謡言，然無日不惴惴。時鐵良罷歸私第，疑其與謀，一日傳旨召見，即出爲江寧將軍。隆裕妹爲載澤妻，嘗往來宮中通外廷消息，故載澤雖與載洵兄弟不合，而氣焰益張，恃内援也。奕劻在光緒末年招權納賄，咸欲得而甘心，監國亦甚惡之。至是朝局大變，監國欲倚之以防隆裕，倍加優禮。前攻奕劻者，見善耆、載澤、載洵、載濤、溥倫諸王貝勒迭出，轉以恕詞加之。蓋以其受賄尚循資格，更變多持重，不敢生事也。』

〔二〕句言親貴專横，政出多門也。胡思敬《國聞備乘》云：『孝欽訓政時，權力萃於奕劻。奕劻雖貪，一人之慾壑易盈。至宣統初年，奕劻權力稍殺，而局勢稍稍變矣。其時親貴盡出專政，收蓄猖狂少年，造謀生事，内外聲氣大通。於是洵貝勒總持海軍，兼辦陵工，與毓朗合爲一黨；濤貝勒統軍諮府，侵奪陸軍部權，收用良弼等爲一黨；肅親王好結納，勾通報館，據民政部，領天下警政，爲一黨；溥倫宣宗長曾孫，同治初本有青宮之望，陰結議員爲一黨；隆裕以母后之尊，寵任太監張德爲一黨；澤公於隆裕爲姻親，又曾出洋，握財政全權，創設監理財政官、鹽務處，爲一黨；監國福晉雅有才能，頗通賄賂，聯絡母族爲一黨。以上七黨，皆專予奪之權，茸闒無耻之徒趨之若鶩，而慶邸别樹一幟，又在七黨之外。』凡此皆所謂『竊香鳳子』也。

〔三〕段成式《酉陽雜俎》前集一：『上夏日與親王碁，貴妃立於局前觀之。上數枰子將輸，貴妃放康國猧子於位側，猧子乃上局，局子亂，上大悦。』王涯《宫詞》：『白雪猧兒拂地行。』猧兒，小犬也。此以斥項城。陳夔龍《蕉葉亭雜記》下云：袁世凱『以監國臨朝，不便爲所欲爲。賄遺貴戚，迫脅東朝，勒令攝政王退位』，終以遂其竊國之姦。所謂『撼局猧兒』者，蓋指此也。

〔四〕《新唐書·五行志》：『唐末，京都婦人梳髮，以兩鬢抱面，狀如椎髻，謂之抛家髻。』此以喻退位。連下句言雖退位仍不能自安也。

〔五〕此一首言宣統一朝三年間時勢巨變，終以退位。謝氏釋此首云：『此言夫己氏一稱帝，反抗者群起也。』非。

微步塵波避洛神〔一〕。玉顔團扇與温存〔二〕。牽牛夜殿憐私語〔三〕，騎馬宫門拜主恩〔四〕。翻覆雨，合離雲〔五〕。經年鑱雪舊啼痕。清狂一往寧無悔，却繡長旛禮世尊〔六〕。

【箋注】

〔一〕曹植《洛神賦》：『淩波微步，羅韈生塵。』

〔二〕王昌齡《長信秋詞五首》（其三）：『奉帚平明金殿開，且將團扇共徘徊。玉顔不及寒鴉色，猶帶昭陽日影來。』

〔三〕白居易《長恨歌》詩：『七月七日長生殿，夜半無人私語時。』

〔四〕張祜《集靈臺》詩：『虢國夫人承主恩，平明騎馬入宫門。』

〔五〕杜甫《貧交行》詩：『翻手作雲覆手雨，紛紛輕薄何須數。』《楚辭·離騷》：『紛總總其離合兮，班陸離其上下。』

〔六〕張爾田《三與榆生論彊村詞事書》云：『古丈《鷓鴣天》詞，忠愛纏綿，老杜每飯不忘，仿佛似之，實一生喫緊之篇章也。謝君誤解，意境全非，章山奇歌，翻同穢史。且誤解尚可，誤解而托之古丈自述，則更不可。江君（指江蓬仙）記事失實，尚不過傳聞之誤。此君乃不恤誣古丈以誣後世，是誠何心！頃吴雨生過談，言及此事，亦大不以爲然，可見人心之公矣。允宜大書更正爲要。《鷓鴣天》第三首，指□□□。「却繡長旛禮世尊」謂其信天主教也。「騎馬宫門」句，昔嘗微叩之古丈，言□在前清時，嘗賜紫禁城騎馬，此事當一檢《宣統政紀》，乃能證明。總之，古丈詞中本事，我輩祇能言其大概，其細微處，尚有不及盡知者。古丈庚子以前，與戊戌黨人關係最密。其於南海，學術不同，而政見未必不合。觀集中往還之人，大半康派，亦可以見矣。迨及晚年，與仁先、愔仲（按胡嗣瑗也）酬唱最多。曾一謁天津行在，雖未預帷幄之大計，亦必預聞機密。此則古丈不肯言，而我輩亦不敢問者也。故箋注詞事，當慎之又慎，寧闕勿濫。更須參以活筆，不可説成死句，至要至要。』又《四與榆生論彊村詞事書》云：『頃與友人鄧文如談，鄧君熟於清季掌故，據云：□□□在前清，官不過管帶，似不能有紫禁城騎馬之賜，或者在復辟時乎？但未見宫門鈔，仍屬可疑。將由古丈别有所聞，當時聽之未審耶？惟《鷓鴣天》第三首，確爲□而作。以末句繡長旛禮世尊，指□信天主教也。記得當日曾以世尊故實與天主不合爲疑，古丈亦漫應之，今無從追憶矣。古丈作詞，素不與人細談本事，有時偶爾流露一二語我輩之間，亦大都出於無意，故不能一一詳盡也。總之古丈詞故國之悲，滄桑之痛，觸緒紛來，一篇之中，三致意焉，有不待按合時事而知之者。箋注本事，勿以現代之見抹殺其遺老身份，斯得之矣。謝君之解《鷓鴣天》詞，句句穿鑿，以杜陵忠愛之思，爲魏收輕薄之筆，此豈古丈之所自言耶？古丈生平，對於我輩三十年之交，尚不肯盡言，而謂交淺如此君者，乃竟肯一字一句詳釋以言之耶？望而知爲假託，不待智者能辨之也。請兄即以札，登入《詞刊》，勿使瑶臺夢雨，疑宋玉之微辭，庶幾錦瑟華年，雪樊南之春淚。愛護前賢，袪誣後學，詞客有靈，應亦同此感戢也夫。』按張氏論箋注彊村詞本事之言，竊以爲至當。惟本詞所舉□□□，不知何所避忌，而不直書其姓名，其人其事究爲如何，遂難確知，而詞意亦難於索解。當再詳考。謝氏釋此詞云：『此言稱帝不成，一時册封女官，都失望也。』純是瞽説。

罷轉歌喉道勝常〔一〕。多生争忍不疏狂。直饒在髮爲薌澤〔二〕，未願將身作枕囊〔三〕。　蟾齧鎖，鵲橫梁〔四〕。東家著意在王昌〔五〕。情知薄倖青樓夢，且坐佳人錦瑟旁〔六〕。

【箋注】

〔一〕陸游《老學庵筆記》五：『王廣津《宫詞》云：「新睡起來思舊夢，見人忘却道勝常。」勝常，猶今婦人言萬福也。前輩尺牘有云尊候勝常者，勝字當讀平聲。』

〔二〕陶淵明《閒情賦》：『願在髮而爲澤，刷玄鬢於頽肩。悲佳人之屢沐，從白水以枯煎。』

〔三〕段成式《嘲飛卿七首》（其二）詩：『應願將身作錦鞵。』

〔四〕李商隱《無題四首》（其二）詩：『金蟾齧鎖燒香入。』《淮南子》：『烏鵲填河成橋而渡織女。』梁，橋也。

〔五〕韓偓《晝寢》詩：『王昌只在此墻東。』

〔六〕杜牧《遣懷》詩：『十年一覺揚州夢，贏得青樓薄倖名。』杜甫《曲江對酒》詩：『何時詔此金錢會，暫醉佳人錦瑟旁。』東家，殆指日本。言日本虎視東北，久欲得溥儀以爲傀儡也。情知薄幸，言日人之不可久倚。《溥傑自傳》:『民國十三年十一月五日,馮玉祥發動首都革命,溥儀倉皇出宮,住在北府。在羅振玉等人的安排下,先是住進了德國醫院,後來住到日本使館。民國十四年二月二十三日,溥儀和日本公使夫婦告别,坐火車來到天津,住在張園。之後,他多方面接見各種政治力量,力圖復辟。最後他在日本人的安排下,於一九三二年潛往東北,爾後又建立了僞滿洲國。在這期間,我隨父親(監國攝政王載灃)經常去天津,也常和溥儀在一起。』按彊村作此八詞時,溥儀至天津尚不久。溥儀之到天津,實在日本控制之下,而鄭孝胥父子,則積極奔走於日本、上海、天津之間,爲之圖謀。彊村實不以爲然也,故有『薄倖青樓』之誚。張園,張勳故居,在日租界。謝氏釋此詞云:『此言夫己氏舊門客反對稱帝也。』仍以項城事爲説,非。又按,日寇久有勾結溥儀之意,其爲之穿針引綫者實爲鄭孝胥(所謂『鬻銷』、『横梁』也)。汪國垣《光宣以來詩壇旁記》云:『余於己未撰《光宣詩壇點將録》,以海藏配玉麒麟,其贊語有「日暮途遠終爲虜,惜哉此子巧言語」之語。此本就「盧俊義反」四字及後身陷水泊而言之。厥後,義寧曹東敷、順德黄晦聞見之,以爲海藏不過自附殷頑耳,「終身爲虜」,何至於此?主張删去贊語。故《甲寅周刊》删校時,遂將此贊及全部贊語皆剔芟。實則屬筆時以忠於覺羅即是爲虜,孔子雖有不以人廢言之訓,而於其人出處大節,不可不以《春秋》之筆著之。不意甲子溥儀走津沽,張園會議,海藏即主附倭以延殘喘。辛未倭入瀋陽,寖占東省,而海藏果奉溥儀托庇虜廷矣。殷頑猶可恕,托命外族不可恕,而身敗名裂,至此益顯。然則吾言驗矣。蓋張園會議,弢庵最反對附日,海藏頗銜之,而與弢庵不相能,即始於此。』按彊村所見,蓋與陳弢庵爲近。陳甘簃有《記鄭孝胥》一文,見錢仲聯《清詩紀事》一二九三頁及《鄭孝胥日記》,皆可參,文多不録。

聞道嬋媛北渚游〔一〕，東風連苑冷於秋。無多裝綴花宮體，禁斷排當鞠部頭〔二〕。　歡易散，夢難留。女牀鶯樹向人愁〔三〕。紅蠶憔悴同功繭，繅盡春絲未放休〔四〕。

【箋注】

〔一〕《楚辭·九歌·湘夫人》：『帝子降兮北渚。』

〔二〕李頎《宿瑩公禪房聞梵》詩：『花宮仙梵遠微微。』排當，指安排宴會。《宋史全文》卷三十四上：『一有排當，則有私事密啓。』言宮廷宴會輒由内侍操辦，亦往往於此弄其姦貪。鞠部頭，伶工之首也。《元詩選》戊集宋無《子虛翠寒集·宮詞》：『高皇尚愛梨園舞，定索當年鞠部頭。』自注：『（宋）思陵時有菊夫人，善歌舞，爲仙韶院第一，既而稱疾告歸。一日，宮中曲舞不稱旨，提舉官奏曰：「此非菊部頭不可。」於是宣喚再入。』舊時稱戲班爲鞠部，本此。按慈禧時宮中鞠部極盛，載灃監國，猶承其餘緒，《溥傑自傳》稱載灃『愛看戲，喜歡看楊小樓、梅蘭芳、譚鑫培等人的戲』是也。今流亡津沽，舊時宴樂，一切禁斷矣。

〔三〕李商隱《碧城三首》（其一）詩：『女牀無樹不棲鸞。』説者以爲密約幽期之意。

〔四〕謝肇淛《西吴枝乘》云：『湖蠶最工者曰合羅絲綿，以兩蠶共作繭，昔號同功繭。』李商隱《無題》詩：『春蠶到死絲方盡。』按此首言『行在』近況，與故宮相比，連苑如秋矣。謝氏釋此詞云：『此言勸進之人也。』意指洪憲，非。竊意此詞，殆與溥儀后妃不和事有關。蓋自入宮之初，婉容即常以皇后身份壓制文繡。婉容生日，召俳優入宮演戲，慶典熱烈。而文繡生日，則迫使溥儀禁止爲文繡慶賀壽辰。詞中『禁斷』云云，意或兼及此等。初，溥儀嘗有《贈淑妃文繡》詩（一九二三年）云：『夜半階生冷，思君方斷腸。寧同千萬死，豈忍兩分張。孰意君至此，悲秋漸若忘。洗盞相暢飲，歡罷願連牀。』是二人初非無情者。及來天津，其遇文繡日疏，繡嘗作《哀苑鹿》一文以自傷。至本年春節，嫡庶之争遂一發而不可掩。（詳見陳瑞雲《清帝列傳·宣統帝》，吉林文史出版社一九九四年版）彊村來津，當習聞之。至一九三一年，文繡與溥儀終於離異矣。

笙字錯，錦

臨鏡朦朧懶卸釵。無聊啼笑枉多才。探看青鳥沈歡訊，橫卧烏龍本妬媒〔一〕。梭迴。肯將心力事妝臺〔二〕。不知下九還初七，且疊紅牋寄恨來〔三〕。

【箋注】

〔一〕班固《漢武故事》：『七月七日，上於承華殿齋，忽有青鳥從西來。東方朔曰：「西王母欲來。」有頃，王母至。』韓偓《妬媒》詩：『洞房深閉不曾開，橫卧烏龍作妬媒。』

〔二〕韓偓《席上有贈》詩：『莫道風流無宋玉，好將心力事妝臺。』

〔三〕《古詩爲焦仲卿妻作》：『初七及下九，嬉戲莫相忘。』韓偓《偶見》詩：『小疊紅牋書恨字。』此首殆言天津形勢險惡。青鳥信沉，言勾結日本，久無承諾。烏龍橫卧，言各派軍閥勢力環繞津沽，『行在』阽危也。時日本關東軍與日本政府對溥儀意見不一，故勾結頗有周折，久無定算。觀《鄭孝胥日記》可知。末二句蓋自言於『行在』眷眷之情。謝氏云：『此言登極有期，勸進者都失望也。』非。

未必芳期未有期〔一〕。等閒蜂蝶劇嬌癡。側商小令翻新水〔二〕，捲地狂香發故枝〔三〕。風雨裏。苦禁持〔四〕。有人低唱比紅兒〔五〕。總知滿樹金鈴繫，未省秋人落葉悲〔六〕。

【箋注】

〔一〕李商隱《夜雨寄北》詩：『君問歸期未有期。』

〔二〕王建《宮詞一百首》（其五十六）詩：『側商調裏唱伊州。』按此句殆指袁世凱妄竊帝號。

〔三〕此句殆指張勳復辟。

〔四〕此殆就溥儀而言。

〔五〕此殆言羅、鄭諸人時挾日本勢力以相威脅也。羅虬《比紅兒詩並序》云：『《比紅》者，爲雕陰官伎杜紅兒作也。美貌年少，機智慧悟，不與群輩妓女等。余知紅者，乃擇古之美色灼然於史傳三數十輩，優劣於章句間，遂題《比紅》詩。』《唐詩紀事》卷六十九云：『虬詞藻富贍，與宗人隱、鄴齊名，咸通、乾符中，時號三羅。廣明庚子亂後，去從鄜州李孝恭。籍中有杜紅兒者，善歌，常爲副戎屬意。副戎聘鄰道，虬請紅兒歌而贈之繒綵。孝恭以副戎所盼，不令受所貽。虬怒，拂衣而起。詰旦，手刃紅兒。既而思之，乃作絶句百篇，以追其冤，號《比紅詩》，盛行於時。』詞云『有人低唱』云云者，蓋羅、鄭之流，每陰以日本愛憎要挾溥儀，以紅兒爲鑒，言不受其贈，必將賈禍也。

〔六〕王仁裕《開元天寶遺事》：『寧王花時綴金鈴於花下掣之以驚禽，謂之護花金鈴。』滿樹金鈴，言擁戴復辟者之衆。秋人落葉悲，指遺老中別有懷抱之人，亦自謂也。彊村雖眷之舊君，然不主復辟，知其必無成，且有後禍也。大抵辛亥以後，諸遺老多聚處青島、上海兩地，見解頗有不同。在青島者冀勾結日本，陰謀復辟；在上海者反之。彊村多居上海，其懷抱蓋與李瑞清、陳三立輩相近。若鄭孝胥，則時時往來二地，且直接與日人勾結。雖皆爲遺老，而懷抱各異，此事前注已有所論列。詞云『未省』，明見地之不同也。謝氏云：『側商兩句言復辟。』未得全詞命意。

歷劫相思信不磨。親將雙帶綰香羅。未灰蠟炬拚成淚，垂絶鵾絃忍罷歌〔一〕。休躑躅，已蹉跎。珊鞭拗折負恩多〔二〕。人間會有相逢事，奈此青春悵望何〔三〕。

【箋注】

〔一〕李商隱《無題》詩：『蠟炬成灰淚始乾。』

〔二〕梁元帝《紫騮馬》詩：『照耀珊瑚鞭。』杜甫《哀王孫》詩：『金鞭斷折九馬死，骨肉不得相馳驅。』

〔三〕此自抒遺老輩故國之情也。謝氏曰：『言反對復辟者。』真是不知所云！大抵謝氏穿鑿附會，誠如張爾田信中所言。今録其説於每首之末，非謂其言有可取，意以見讀詞之難也。

望江南　雜題我朝諸名家詞集後〔一〕

湘真老，斷代殿朱明〔二〕。不信明珠生海嶠，江南哀怨總難平。愁絶庾蘭成〔三〕。屈翁山〔四〕

【箋注】

〔一〕吴興蔡瑩正華《味逸遺稿》卷四有《朱彊村望江南題清詞箋注》一卷，卷首有其室人桑龕所作小序云：『辛壬之交，夫子端憂多暇，偶閲清詞以解紆鬱，遂及彊村朱氏所爲《望江南》諸調，尋繹去取之故，體味褒貶之意，因加箋注，命余繕録。夫意内言外爲詞，言雖心聲，然人代稍遠，亦復難以情測。兹編所録，聊省翻檢之勞，見仁見智，當在讀者。質諸夫子，以爲何如？ 桑龕。』卷末復有蔡氏自跋云：『余向在坊肆，得忍古樓所藏彊村手書詞稿景本。嗣見樂安室掇集滮湖遺老所藏朋舊手札，中有彊村致香嚴一札，附《望江南》論詞稿。持與刻本參校，並有異同。屈翁山一首，「不信明珠生海嶠」作「禁本道援堂晚出」，「禁本」又作「接軫」，「總難平」，作「不勝情」。王船山一首，「湘靈聞樂」作「江南清絶」，自注云：「船山《瀟湘怨》詞賦大小八景，自謂迷不一方，思横三楚，情無區宇，移侘傺而昭蘇之，何爲懷此都哉。」毛大可一首，「脱手居然新樂府，曲中亦自有齊梁，不忍薄三唐」，作「樂府幾篇還跳出，斬新機杼蜕齊梁，餘論惜猖狂」。顧梁汾一首，自注云：「梁汾見田紫綸詞序，有自顧形穢語，詞曰：「休教看殺風流京兆漢田郎。」陳其年一首，「跋扈頗參青兕氣，清揚恰稱紫雲歌」，作「跌蕩頗參青兕氣，清揚甘付紫雲過」。朱竹垞一首，「體素微妨耽綺語」作「静志微嫌耽綺語」。納蘭容若一首，「蘭錡貴」作「蘭錡澤」，「澤」又作「閥」，「寧獨」作「寧止」。曹昇六一首，「脱盡詞流薌澤習」作「脱盡綺羅薌澤氣」。李武曾、分虎一首，「不分詩名叨一饌」作「不惜詩名叨一飯」，自注云：「曹貞吉《秋錦詞序》引《自吟》斷句曰：兒童莫笑詩名賤，已博君王一飯來。」厲樊榭一首，自注云：「太鴻《論詞絶句》：分明燕語人無語，心折小長蘆釣師。」張皋文一首，「回瀾力」作「金針度」，「詞源」作「詞中」。周保緒一首，「金針度」作「回瀾力」，「推演」作「驂靳」。周稚圭一首，「一夢」作「卅載」。嚴九能一首,「山下客」作「山下路」,自注云:「九能著《娱親雅言》。」王壬秋、陳伯弢一首,「秋醒意,抱碧契靈襟」,作「人天事,秋醒發遐心」,「事」又作「夢」,「人天事」又作「秋醒感」,「欣戚導源深」作「抱碧契靈襟」。自注云:「壬秋有《秋醒詞序》。」莊中白、譚復堂一首,「臯文說,沆瀣得莊譚」作「臯文後,私淑有莊譚」,「感遇」作「感興」。蔣鹿潭一首,「窮途恨」作「窮途淚」,「憂國」作「家國」。王佑霞一首,「得象每兼花外永」作「抗志直希天水旨」。文道希一首,「成特起」作「能特起」。陳蘭甫一首,「凌沈幾家參」作「越縵四家參」。自注云:「李蒓客有《論經儒四家詩》,謂凌次仲、沈沃田、王述庵、洪稚存也。」「若舉經儒長短句」作「若就經儒求樂句」,「若」又作「倘」,「就」又作「論」。萬紅友、戈寶士一首,「談聲律,詞筆此權輿」作「釐韻律,紅友翠薇俱」,「紅友翠薇俱」又作「詞筆未全疏」,「翻譜竹枝」作「先路花間」,「持配紫霞無」作「驂靳足相於」。陳述叔、況夔笙一首,「雕蟲手,千古亦才難」作「文章事,得失信心難」,「試要」作「敢要」。全篇序次不同。徐湘蘋一首亦後增。故悉迻録,以見前輩下筆不苟如此。小安樂窩主人記。』按蔡氏箋注此題,用力頗勤。原書係油印單本,傳世無多,茲酌取以入吾書,並標明姓氏。拙茲所增,則加『今案』以別之,不敢掠美也。《語業》第三卷手稿,彊村身後已由龍榆生影印行世,與刻本出入不大。至蔡氏所稱《致香巖一函》附詞,則所未見。其間彊村自注各條,尤爲可貴。今總録蔡跋,並於各詞句下分別録之。

〔二〕蔡瑩箋注云:『陳子龍字人中,更字臥子,號大樽,華亭人。崇禎進士,擢兵部給事中。京師陷,事福王,南都又陷,遁爲僧。尋結太湖兵起事,事露,投水死。有《湘真閣詩》。』按彊村以大樽詞爲明詞之殿,而引翁山以冠清詞,故原稿有『接軫』之語。

〔三〕蔡注云:『元好問詩:「白髮纍臣幾人在,就中愁殺庾蘭成。」』

〔四〕蔡箋：『屈翁山，名大均，原名紹隆，番禺人。明諸生。遭亂爲浮屠。有《道援堂集》。』又云：『張德瀛《詞徵》：「屈翁山詞，有《九歌》、《九辯》遺音，故以《騷屑》名篇。觀其《潼關感舊》、《榆林鎮弔諸忠烈》諸闋，激昂慷慨，如蒯通讀《樂毅傳》而涕泣，其遇亦可悲矣。」』今案：鄔慶時、屈向邦《廣東詩匯・屈大均小傳》：『大均，番禺人。生於南海邵氏，年十六，以邵龍姓名補南海縣學生員。其父攜之歸沙亭，復姓屈氏，易名紹隆。永曆元年，從師陳邦彥起義。邦彥殉難，大均赴肇慶行在，上《中興六大典書》。大學士王化澄疏薦，將官以中秘，聞父病遽歸。父殁，入雷峰爲僧，名今種，字一靈。逾年，出游大江南北，徧交其豪杰，聯絡鄭成功，入鎮江，攻南京。鄭敗，大均歸里，反於儒，更今名。復游秦、隴，回粵。吴三桂反清，以蓄髮復衣冠號召天下，大均建義始安，以廣西按察司副使監安遠大將軍孫延齡於桂林，後知三桂有僭竊之意，謝歸。年六十七卒。』又丁紹儀《聽秋聲館詞話》卷十六云：『番禺屈翁山大均，國初披緇爲僧，繼返初服。所著《道援堂集》，頗近青蓮。……集後附詞一卷，遠不如詩，可存者數首而已。《蝶戀花》云：「驀地榆錢飛片片。雨濕梨花，珠淚無人見。愁緒宛如江水滿。茫茫直與長天遠。　已近清明風未轉。此處春寒，何處春生暖。惆悵金爐朱火斷。水沉多日無香篆。」「冬夜與李天生宿雁門關」《長亭怨慢》云：「正燒燭、雁門高處。積雪封城，凍雲迷路。添盡香煤，紫貂相擁，夜深語。苦寒如許。誰和爾、淒涼句。一片望鄉愁，飲不盡、爐頭駝乳。　無處。問長城誰主，但見武靈遺墓。沙飛似箭，剩多少、草間狐兔。欣此後、口北關南，不須峻、并州門户。更莫射黄麞，收拾楚弓歸去。」』郭則澐《清詞玉屑》卷二云：此『蓋已灰心匡復，而未改灌夫口吻』。又武進趙尊岳叔雍《惜陰堂匯刻明詞提要》云：『《道援堂詞》一卷。番禺屈大均《道援堂詞》一百八十二首，不在全集，以翁山文字遭禁網，益不易求得也。況蕙風先生藏有傳鈔本，特賞其詞，暇日以見示，因得請以梓行之。造刻成，聞京師藏家尚有别本，與此稍有增損。未及比勘，當俟續校矣。蕙風先生尤稱其《夢江南·落葉》五首，輯入《詞話》，且告余曰：「詞中哀感頑艷。哀艷者往往有之，獨頑以感人，則絶罕覯。道援斯作，沉痛之至，一出以繁艷之音，讀之使人涕泗漣洳，不忍釋手。此蓋真能感人者矣。」兹迻録以示一臠：「悲落葉，落葉落當春。歲之葉飛還有葉，年年人去更無人。紅淚草痕新。」又：「悲落葉，落葉絶歸期。縱使歸來花滿樹，新枝不見舊時枝。且逐水流遲。」（蕙師云：且逐句一字一讀，使人迴腸九轉）又：「相别久，空與夢兒親。已限花房雙燕燕，還憎竹簟一人人。有淚濕紅巾。」又：「清淚好，照照似珠勻。蛺蝶情多元鳳子，鴛鴦恩重是花神。恁得不相親？」又：「愁脈脈，最是暮春初。自夢花中爲蛺蝶，無情月裏作蟾蜍。不寄數行書。」又「紅末利，穿作一花梳。絲縷抽殘蝴蝶繭，釵頭立盡鳳凰雛。肯憶故人姝。」其懷舊忍思之切，夢魂相與之親，真令人情深一往，而不能自已。」（翁山與梁藥亭、陳恭尹稱嶺南三家）』又龍沐勳《近三百年名家詞選》小傳：翁山『著有《廣東新語》、《道援堂集》等書。其《翁山詩外》末附《騷屑》二卷，……武進趙氏《惜陰堂彙刻明詞》題作《道援堂詞》，流傳絶少。王昶《明詞綜》録《一靈詞》七首，未註明爲屈氏，亦非其傑構也。大均嘗北走燕趙，慨然有復興明室之志，與一時名俊酬唱亦多。近人朱孝臧題其集云云。於所舉清代諸名家，即以大均冠首。亦足見其傾挹之至矣』。

蒼悟恨，竹淚已平沈〔一〕。萬古湘靈聞樂地〔二〕，雲山韶濩入凄音〔三〕，字字楚騷心〔四〕。王船山〔五〕

【箋注】

〔一〕《周禮·考工記·輪人》：『揉輔必齊，平沈必均。』疏云：『重者沈多，輕者沈淺，沈重者更去之，則平而輕重等也。』陸游《行飯暮歸》詩：『霜風重脱千林葉，雲氣平沈一面山。』

〔二〕蔡跋引彊村手稿『湘靈聞樂』作『江南清絶』。自注云：『船山《瀟湘怨詞》賦大小八景，自謂「迷不一方，思横三楚，情無區宇，移侘傺而昭蘇之，何爲懷此都哉？」』錢起《湘靈鼓瑟》詩：『曲終人不見，江上數峰青。』

〔三〕蔡注：『元結《欸乃曲》：「千里楓林煙雨深，無朝無暮有猿吟。傳橈坐聽曲中意，好是雲山韶濩音。」』

〔四〕蔡注：『王士禎《論詩絶句》詠鄺露：「海雪畸人死抱琴，朱紘疏越有遺音。九疑淚竹娥皇廟，字字《離騷》屈宋心。」』

〔五〕蔡箋：『王船山，名夫之，字而農，號薑齋，衡陽人。崇禎末舉鄉試。瞿式耜薦於桂王，授行人。歸居石船山，學者稱船山先生。有《薑齋集》。』蔡箋引《薑齋集·蝶戀花·舜嶺雲舉》詞云：『九嶺參差無定影。竹淚陰森，迴合青溪冷。一片緑雲天際迴。迷離千里寒宵暝。　香雨飛來添碧凝。認是當年，望斷蒼梧恨。東下黄陵知遠近。西崦落日回波映。』又：《摸魚兒·瀟湘夜雨》：『望九疑，罏煙飛黛遠，送玄雲千里。斜陽楓岸平沉後，木末驚飈拂水。蘭舟艤。薦新涼銀釭，影顫篷聲起。推窗閑盼，看幅幅輕綃，層層珠瀑，駘客空青裏。　清絶地。故是蕙汀蘭沚。淺碧舊含芳蕊。朝來潤挹靈苗發，共載天香雲髓。君莫擬。君不見楚騷歌闋蘭蘅地。靈修邈矣。怕碎玉鏦錚，金鈴淋漉，吹入愁人耳。』又引《瀟湘十八景詞序》：『惘張樂之簫鐘，哀琴在御；追淚筠之粉翠，香酒忘尊。』今案鄧顯鶴《沅湘耆舊集》：『船山先生號薑齋，又號雙髻外史，中歲稱一瓢道人。南渡後，依瞿忠宣薦授行人司行人，崎嶇楚、粵、滇、黔間，備歷艱險。後以母病間道歸，遂不復出。緬甸既覆没，益自韜晦。嘗匿常、寧傜洞，變姓名爲傜人。已築土室於石船山，名曰觀生居、散葉廬，又曰湘西草堂。晨夕杜門著書，滄桑黍離之感，生死不忘。其學深博無涯涘，獨不喜陸子静、王伯安之説，原本淵源，尤在《正蒙注》一書，往復辨論，所以歸咎於上蔡、象山、姚江者甚峻。其志行之超卓，學問之正大，體用之明備，著述之精卓宏富，當與顧亭林、黄梨洲諸老相頡頏。精研六經，詩其餘事，詞旨深敻，氣韻沉鬱，讀之如夏鼎商彝，如聞哀猿唳鶴，使人穆然神肅，翛然氣遠。』龍沐勳《近三百年名家詞選》謂：船山『著作至道光、同治間始傳於世。湘鄉曾氏彙刊爲《船山遺書》三百二十四卷，附《鼓棹初、二集》及《瀟湘怨詞》。雖其詞音律多疏，而芳悱纏綿，愴懷故國，風格遒上。朱孝臧題云云，所謂傷心人別有懷抱，真屈子《離騷》之嗣響也』。又龍沐勳《讀船山詞記》云：『至於愴懷故君，則有題標「十月十九日」的《燭影摇紅》。那天是永曆帝的誕辰，永曆遇害，業已經過相當長遠的時間，而船山餘悲未抹，觸事生哀，故有「金莖露冷，幾處啼烏，橋山夜月」的結筆，還有《金人捧露盤·和曾純甫春曉感舊韻》一詞云：「古崧臺，□雙闕，杳無蹤。憶潮平，浪溶溶。龍舟渡馬，依然先帝玉花驄。銜冠髮指，旗揮星落，血斬蛟紅。　怨蒼梧，斑管淚，沉白日，瘴雲中。更背飛，孤影飄蓬，今生過也，魂歸朱邸離宫。苔錢碧瓦，鴛鴦碎、蔓草春風。』「崧臺、雙闕」指的是永曆帝曾駐肇慶。「龍舟渡馬」兩句，借用晉元帝「五馬渡江一條龍」的故事和杜甫《丹青引》「先帝御馬玉花驄」的詞句，寄中興希望於永曆。如果他能任用忠良，排除姦佞，揮戈北指，還是事有可爲的。下半闋全以感嘆悲愴的筆調，致慨於永曆的被動西遷，以致身之國滅，故宫鞠爲茂草。衡陽爲桂王舊封所在地，故有「魂歸先邸」的悼詞。』又夏承燾《瞿禪論詞絶句》云：『共誰月窟話神游，難挽天河浣客愁。淒絶聞鵑橋畔客，臨終囈語問幽州。』吴無聞解題云：『王夫之入清後隱居著書，他身居巖壑，仍關心恢復大事。其《綺羅香·讀邵康節遺事有感而作》詞結句云：「君知否，雁字雲沉，難寫傷心句。」「雁字雲沉」是説北方没有消息，所以爲之傷心。王夫之志存恢復，所以他對邵康節臨終不忘收復幽州之事，特别容易引起共鳴。』（船山《綺羅香》詞自序云：『讀邵康節遺事，屬纊之際，聞窗外人語，驚問所云何，且曰：「我道復了幽州」。聲息如絲，俄頃逝矣。有感而作。』詞云：『流水平橋，一聲杜宇，早怕洛陽春暮。楊柳梧桐，歸夢了無尋處。拚半醉、日轉花梢，又夜闌，風吹芳樹。到更殘、月落西峰，泠然蝴蝶忘歸路。　關心一絲别掛，欲挽銀河水，仙槎遥渡。萬里閑愁，長怨迷離煙霧。任老眼，月窟幽尋，更無人、花前低訴。君知否，雁字雲沉，難寫傷心句。』）

争一字，鵝鴨惱春江〔一〕。脱手居然新樂府，曲中亦自有齊梁〔二〕。不忍薄三唐〔三〕。毛大可〔四〕

【箋注】

〔一〕蔡注：『王士禎《漁洋詩話》：「蕭山毛奇齡大可，不喜蘇詩。一日，復於座中訾謷之。汪蛟門懋麟起曰：『竹外桃花三兩枝，春江水暖鴨先知云云，如此詩亦可道不佳耶？』毛怫然曰：『鵝也先知，只説鴨？』」』

〔二〕蔡注：『《西河詞話》：「白樂天《花非花》詩，唐人《醉公子》詞，長孫無忌《新曲》，楊太真《阿那曲》，自是詞格。他若《回鶻》、《石州》、《阿鞞迴》、《烏鹽角》、《鷓濫堆》、《水調歌頭》諸名，俱是樂府。然其語有近詞者，則亦可以詞名之。如隋帝《望江南》、徐陵《長相思》，初亦何嘗是詞，而句調可填，即爲填詞。由此推之，則梁武《江南弄》諸樂，以及鮑照《梅花落》、陶弘景《寒夜怨》、徐勉《迎客送客》、王筠《楚妃吟》、梁簡文《春情》、隋煬《夜飲朝眠曲》，皆謂之古詞，何不可哉？」』

〔三〕蔡注：『陳廷焯《白雨齋詞話》：「西河經術湛深，而作詩却能謹守唐賢繩墨，詞亦五代、宋初之間。」』

〔四〕蔡注：『毛大可名奇齡，號西河，蕭山人。以廩監生應博學鴻詞試，授檢討。有《毛翰林詞》、《西河詞話》。』今案錢仲聯《清詩紀事》云：『毛奇齡原名甡，字大可，一字于一，又字齊於，别號河右，又號西河，又有僧彌、僧開、初晴、秋晴、晚晴、春莊、春遲諸號。浙江蕭山人。康熙十八年己未舉博學鴻儒，授檢討。有《瀨中集》十四卷、《當樓集》一卷、《西河合集》詩五十四卷，文一百三十五卷。』鄧方坤《國朝名家詩鈔小傳》：奇齡『少負才縱横，爲詩歌古文，又好臧否人物，意少不合，即不少假顔色。人皆恨切齒，有欲殺者。既遭亂，不應試。間效元人作小詞雜曲以自娱，怨家摘其語以爲謗訕，按驗無實，得不坐。仇者憤無所洩，乃欲借他人事構之死，籍捕四出，則跳身之齊，之楚，之鄭、衛、梁、宋，重繭複壁，曼嘯長吟，往往托之美人香草，以寫其幽憂騷激之思，過淮陰，於張吏部（名鞠臣）園亭倚醉扣槃，賦《明河篇》六百餘言，及旦則城中鈔寫殆徧。又當游飲禹州，楊花飛飛，望署後白雲樓，泣下作歌。匝月，而都下之妓館酒樓競相傳唱。皆其生平之佳話也。』章炳麟《太炎文録别録》：『蕭山毛奇齡當南都傾覆，以布衣參西陵軍事。軍敗，走山寺爲浮屠。永曆六年，人或構之清率，亡命爲王士方。（案《清朝野史大觀》云：『順治時，避讎變姓名爲王彦。』）展轉山谷間，卒得脱。乃遍游齊、楚、梁、宋、鄭、衛，作《續哀江南賦》萬餘言。過禹州，寓故懷慶王邸，作《白雲樓歌》。事侵尋聞於順天怨家，欲陷之，亡去匿土室。康熙時，禁網解，奇齡竟以制科得檢討。吴世璠死，爲《平滇頌》以獻。君子惜其少壯苦節，有古烈士風，而晚節不終，媚於旃裘。全祖望借學術以譴訶之，其言特有爲發也。』又鄧之誠《清詩紀事初編》：毛奇齡『初受知於陳子龍。詩尚奇麗，逕路與雲間爲近。後來復有變化，由初唐上窺齊梁，思路綿邈，非人意嚮所及。文筆恣肆，窮極深微，皆能發洩無餘，使成光彩。惟時地人物，不免顛倒，用字不經，頗費解索。題目鄙俚，至爲袁枚輩所譏。然不能掩其文之雄也』。謝章鋌《賭棋山莊詞話》卷四：『毛西河少年受知於陳卧子，故詞詩皆承其派别，而詞較勝於詩。卧子之論詞也，探源《蘭畹》，濫觴《花間》，自餘率不措意。西河雖稍貶辛、蔣，而不廢周、史。其於小令、中調、長調之中，析隋唐體，特立一卷，曰「原詞」，雖《菩薩蠻》、《小重山》之古而多爲宋人取填者，亦不入焉。可以知其意趣之所在矣。《浪淘沙》云：「杉木爲篁竹作檐。江潮能苦雨能甜。連朝只飲檐頭雨，翻道江湖錯著鹽。」《南鄉子》云：「蕉葉領，桔花翹。紅藤篾子束裙腰。私念布鷄顔色好，從誰道。裁作大郎頭上帽。」《天仙子·蠡城爲王郎紀事》云：「城上春雲城下雨。倩人留壻傾春醑。偷將壻袷障春寒，烹雪黍，炊玉杵，調壻鄉音隔窗語。」《長相思·泛舟西江即事》云：「雙頭釵。獨頭釵。一樣金鵝兩樣排。釵梁起四臺。　烏帽來。白帽來。湖就磯頭望幾回。菖蒲花未開。」《點絳脣·送春》云：「惱煞啼鵑，逢人遲道春歸去。留人不住。誰要留春住。　花絮茫茫，萬點愁人緒。歸何處。春歸無路。莫是人歸路。」其填《一翦梅》半闋，命爲《翦半》，是則難辭杜撰。然古人《玲瓏四犯》，本集取四調而成，割裂原文，小作狡獪，於攤破捉拍之旨，固無傷也。觀者當不以余爲西河佞臣。』龍沐勳《近三百年名家詞選》云：『奇齡小令學《花間》，兼有南朝樂府風味，在清初諸作者，又爲生面獨開也。』

雲海約，明鏡已秋霜〔一〕。但願生還吴季子〔二〕，何曾形穢漢田郎〔三〕。歸老有纑塘〔四〕。顧梁汾〔五〕。

【箋注】

〔一〕蔡注云：『《彈指詞·臨江仙》：「曾是上清攜手處，迢遥笙鶴遺音。水如環佩月如襟。幔亭人老，歸路已難尋。　莫倚君身仙骨在，曉霜明鏡駸駸。碧天雲海約投簪。舊歡新别，回首兩沉吟。」』

〔二〕蔡注：『納蘭性德《飲水詞·金縷曲·簡梁汾》：「灑盡無端淚。莫因他，瓊樓寂寞，誤來人世。信道癡兒多厚福，誰遣偏生明慧。更莫著，浮名相累。仕宦何妨如斷梗，只那將，聲影供群吠。天欲問，且休矣。　情深我自判憔悴。轉丁寧，香憐易爇，玉憐輕碎。羡煞軟紅塵裏客，一味醉生夢死。歌與哭、任猜何意。絶塞生還吴季子，算眼前，此外皆閒事。知我者，梁汾耳。」』又云：『吴兆騫字漢槎，吴江人。順治丁酉舉人。科場事發，覆試戰慄不終卷。審無情弊，遣戍寧古塔。居塞外二十餘年，貞觀爲乞援於納蘭性德，納鍰贖歸。』今案漢槎有《秋笳集》八卷。劉禺生《世載堂雜憶》云：『順治十四年丁酉科江南鄉試，正主考左必著，副主考趙晉，榜發，兩江士論譁然。雖獲雋者多江南名士，而中式舉人，大半由出賣關節獲選。士子群集貢院前，在貢院大門張一聯曰：「趙子龍一身是膽，左丘明有目無珠。」並於貢院大字上，將「貢」字改爲「賣」字，「院」字用紙貼去「阝」旁，變成「完」字，於貢院變成「賣完」。京師内外譁然，臺諫奏參，詔以該科江南中式正副榜舉人一體來京，由皇上親臨再行考試。京江張玉書名列第一。吴漢槎兆騫驚才絶艷，江南名士也，猶交白卷而出。或曰漢槎驚魂不定，不能執筆，查初白所謂「書生膽小當前破」也。或曰漢槎恃才傲物，故意出此。結果，正主考左伏法，吳兆騫則發往寧古塔戍所，以交白卷故，朝士不能力救也。時明珠當國，其子納蘭成德與無錫顧貞觀最善。顧跪求納蘭，挽救漢槎生還。』又袁枚《隨園詩話》云：『康熙初，吳兆騫謫戍寧古塔，其友顧貞觀華峰館於納蘭太傅家，寄吳《金縷曲》云云。太傅之子成容若見之，泣曰：「河梁生別之詩，山陽死友之傳，得此而三。此事三千六百日中，我當以身任之。」華峰曰：「人壽幾何？公子乃以十載爲期耶？」太傅聞之，竟爲道地，而漢槎生入玉門關矣。』

〔三〕蔡氏後記引彊村自注云：『梁汾見田紫綸詞序，有自顧形穢語。詞曰：「休教看殺，風流京兆，漢田郎。」』按《彈指詞·金人捧露盤》序云：『大明湖晤田紫綸進士，時未就廷對，翩翩如二十許人。云將以秋日南游，索詞爲贈。後問其同榜李季霖，知田與余皆生丁丑，自顧形穢，一嘆而已。』詞云：『冠春闈，游春苑，醉春觴。帽簷斜、花影悠揚。玉河飛騎，似聞争説李東陽。阻風中酒，如余者、老大徒傷。

羡韶年，乘逸興，登虎阜，下錢塘。待重話桂子荷香。休教看煞，風流京兆，漢田郎。歸來學個，眉兒畫，別樣纖長。』

〔四〕蔡注：『諸洛《彈指詞序》：「先生歸老纑塘，究心理學，視平昔才華，已如飛絮落花。」』今案，金武祥《粟香三筆》云：『梁汾先生《纑塘集》一卷，祇五言詩二十七篇，蓋先生所自選。近西山亦重刻之，凡見於他刻者，不復闌入。王阮亭謂先生詩入韋公之室。』

〔五〕蔡注：『顧梁汾，名貞觀，字華峰。康熙丙午舉人，擢秘書院典籍。後館納蘭相國家。有《彈指詞》。』今案顧光旭《梁溪詩鈔》云：『顧典籍貞觀，字華封，號梁汾。丙午京兆試第二人。官内閣典籍。涇陽公曾孫，匏園季弟也。公美丰儀，才調清麗，文兼衆體，爲人倜爽敦古誼。初與松陵吳兆騫善，兆騫以事戊寧古塔，公爲悉力處辦贖鍰，得入關。事載《邑志》。兆騫既入關，過納蘭成德所，見齋壁大書「顧梁汾爲吳漢槎屈膝處」，不禁大慟。蓋公與成容若交至厚。《彈指詞》載「季子平安否」二闋，容若擊節稱嘆，謂「此事三千六百日中當任之」。公曰：「人壽幾何？請五年。」屈膝疑在此時。公聞塞外多暴骨，即募僧斂金，徧歷戰場，收瘞無算。又游歷所至，贖去鄉鬻身者數家，其居心行事類如此。始公名噪東南慎交社，既入都，題詩寺壁，有「落葉滿天聲似雨，關卿何事不成眠」句，龔尚書鼎孳見而驚嘆，爲之延譽，名益騰起。甲子移疾歸，構積書巖於端文公祠下，坐擁萬卷，領袖溪山風月三十年，與秦對巖、嚴藕魚兩先生稱三老。著書數十種，而《彈指詞》則聲傳海外，與迦陵、竹垞稱「詞家三絶」云。』又杜詔《彈指詞序》云：『彈指與竹垞、迦陵埒名。迦陵之詞，横放傑出，大都出自蘇辛，卒非詞家本色。竹垞神明乎姜、史，刻削雋永，本朝作者雖多，莫有過焉者。若《彈指》則極情之致，出入南北兩宋，而奄有衆長，詞之集大成者也。』陳廷焯《白雨齋詞話》：『顧華峰詞全以情勝，是高人一著處。至其用筆，亦甚圓朗。然不悟沉鬱之妙，終非上乘。』案梁汾《金縷曲》二首，尤名噪一時，諸家詞話多論之。録以備參。其一題云：《寄吳漢槎寧古塔，以詞代書。丙辰冬寓京師千佛寺冰雪中作》。詞云：『季子平安否。便歸來，平生萬事，那堪回首。行路悠悠誰慰藉，母老家貧子幼。記不起、從前杯酒。魑魅擇人應見慣，總輸他、覆雨翻雲手。冰與雪，周旋久。　淚痕莫滴牛衣透。數天涯、依然骨肉，幾家能彀。比似紅顏多命薄，更不如今還有。只絶塞、苦寒難受。廿載包胥承一諾，盼烏頭、馬角終相救。置此札，兄懷袖。』其二云：『我亦飄零久。十年來，深恩負盡，死生師友。宿昔齊名非忝竊，只有杜陵消瘦。曾不減，夜郎僝僽。薄命長辭知己別，問人生，到此淒涼否。千萬恨，爲兄剖。　兄生辛未吾丁丑。共些時，冰霜摧折，早衰蒲柳。詞賦從今須少作，留取心魂相守。但願得，河清人壽。歸日急繙行成稿，把空名，料理傳身後。言不盡，覼頓首。』

迦陵韻，哀樂過人多。〔一〕跋扈頗參青兕氣〔二〕。清揚恰稱紫雲歌〔三〕。不管秀師訶〔四〕。陳其年〔五〕

【箋注】

〔一〕蔡注：『宋犖《筠廊偶筆》：王西樵常語子弟曰：「陳其年短而髯，不修邊幅，吾對之只覺嫵媚可愛，以胸中有數千卷詩耳。」陳宗石《湖海樓詞集序》：「伯兄少時，值家門鼎盛，意氣橫溢，故其詞多作旖旎語。迨中更顛沛，飢驅四方，細泣幽吟，無不寓之於詞。」』

〔二〕蔡注：『朱彝尊《江湖載酒集·邁陂塘·題其年填詞圖》：「擅詞場，飛揚跋扈，前身可是青兕。風煙一壑家陽羨，最好竹山鄉里。攜硯几。坐罨畫溪陰，裊裊珠藤翠。人生快意。但紫筍烹泉，銀箏侑酒，此外總閒事。　空中語，想出空中姝麗。圖來菱角雙髻。樂章琴趣三千調，作者古今能幾。團扇底。也值得尊前，記曲呼娘子，旗亭藥市。聽江北江南，歌塵到處，柳下井花水。」《宋史·辛棄疾傳》：「僧義端者，善談兵，一夕竊印以逃。棄疾追獲之。義端曰：吾識君相乃青兕也，力能殺人，幸勿殺我。棄疾斬其首。」』今案孫爾雅《論詞絕句》云：『詞場青兕説髯陳，千載辛劉有替人。羅帕舊家閒話在，更兼蔣捷是鄉親。』郭麐《靈芬館詞話》卷一：『迦陵詞伉爽之氣，清麗之才，自是詞壇飛將。竹垞所謂「前身定是青兕」，非妄譽也。然時有俗筆，村不可耐。』

〔三〕蔡注：『《漁洋詩話》：「康熙乙巳修禊冒辟彊水繪園，分體賦詩。余戲謂其年曰：得紫雲捧硯乃可。紫雲者，冒歌兒最姝麗者，爲其年所眷，許之。」』今按徐釚《詞苑叢談》云『廣陵冒巢民家青童紫雲，儇巧善歌，與陽羡陳其年狎，其年爲畫雲郎小照，徧索題句』云云。又謝章鋌《賭棋山莊詞話》云：『迦陵眷戀紫雲，至以百首《梅花詩》贖罪過（按：事詳易宗夔《新世説·任誕》，文多不録），「努力作藁砧模樣」一闋《賀新郎》，檀板間於今猶艷稱之。』按其年有《賀新郎·雲郎合巹，爲賦此詞》，即謝氏所稱。又有《瑞龍吟·春夜見壁間三絃子，是雲郎舊物，感而填詞》，皆爲紫雲作。又況周頤《眉廬叢話》有『陳迦陵狎雲郎』條，其《餐櫻廡隨筆》又有『記雲郎事補』一條，皆記紫雲事，當參。

〔四〕蔡注：『黄庭堅《小山詞序》：「余少時，間作樂府，以使酒玩世。道人法秀獨罪余以筆墨勸淫，於我法中，當下犂舌之獄。」』

〔五〕蔡注：『陳其年名維崧，號迦陵，宜興人。以縣學生應博學鴻詞試，授檢討。有《湖海樓詞》。』今案：陳維崧，《清史稿》卷四百八十四有傳。龍沐勳《近三百年名家詞選》小傳云：『陳維崧字其年，號迦陵，江蘇宜興人。以明天啓五年生。父貞慧，明末著氣節。維崧少負才名，冠而多鬚，浸淫及顴準，陳髯之名滿天下。嘗客如皋冒氏水繪園，主人愛其才，進聲伎適其意。康熙己未召試鴻詞科，由諸生授檢討，纂修《明史》，時年五十四。越四年，卒於官。工駢文及詞。嘗與朱彝尊合刊所作曰《朱陳村詞》，傳世有《湖海樓詩文詞全集》。（原注：《國朝先正事略》卷三十九《文苑》）其弟宗石序其詞集云：「伯兄方少時，值家門鼎盛，意氣横逸，謝郎捉鼻，麈尾時揮，不無聲華裙屐之作，故其詞多作旖旎語，迨中更顛沛，飢驅四方；或驢背清霜，孤篷夜雨；或河梁送别，千里懷人；或酒旗歌板，鬚髯奮張；或月榭風廊，肝膈掩抑；一切詼諧狂嘯，細泣幽吟，無不寓之於詞。甚至里語巷談，一經點化，居然典雅，真有意到筆隨，春風化物之妙。蓋伯兄中年始學爲詩餘，晚歲尤好之不厭。或一日得數十首，或一韻至十餘闋。統計小令、中調、長調共得四百一十六調，共詞一千六百二十九闋。先是京少有《天黎閣迦陵詞》刻，猶屬未備。今乃盡付梓人。自唐宋元明以來，從事倚聲者，未有如吾伯兄之富且工也。」』又蔣景祁《陳檢討詞鈔序》云：『其年先生幼工詩歌，自王阮亭先生官揚州，倡倚聲之學，其上有吳梅村、龔芝麓、曹秋岳諸先生主持之，先生內聯同郡鄒程村、董文友，始朝夕爲填詞。迨倦游廣陵歸，遂棄詩不作。傷鄒、董又謝世，間歲一至商邱，尋失意歸，獨與里中數子晨夕往還，磊砢抑塞之意，一發之於詞。諸生平所誦習經史百家古文奇字，一一於詞見之。如是者近十年，自名曰《迦陵詞》。』又云：『讀先生之詞者，以爲蘇辛可，以爲周秦可，以爲温韋可，以爲左、國、史、漢、唐宋諸家之文亦可。蓋既具什伯衆人之才，而又篤志好古，取裁非一體，造就非一詣，豪情艷趨，觸緒紛起，而要皆含咀醖釀而後出。以故履其閾，賞心洞目，接應不暇；探其奥，乃不覺晦明風雨之真移我情。噫，其至矣。』譚獻《篋中詞》云：『錫鬯、其年出，而本朝詞派始成。顧朱傷於碎，陳厭其率，流弊亦百年而漸變。錫鬯情深，其年筆重，固後人所難到。嘉慶以前，爲二家牢籠者十居七八。』陳廷焯《白雨齋詞話》云：『國初詞家，斷以迦陵爲巨擘。後人每好揚朱而抑陳，以爲竹垞獨得南宋真脈，嗚呼，彼豈真知南宋哉？迦陵詞氣魄絶大，骨力絶遒，填詞之富，古今無兩，只是一發無餘，不及稼軒之渾厚沉鬱，然在國初諸老中，不得不推爲大手筆。迦陵詞沉雄俊爽，論其氣魄，古今無敵手。若能加以渾厚沉鬱，便可突過蘇辛，獨步千古。惜哉，蹈揚湖海，一發無餘，是其年短處，然其長處亦在此。蓋偏至之詣，至於絶後空前，亦令人望而却走，其年亦人傑矣哉！其年諸短調，波瀾壯闊，氣象萬千，是何神勇！』諸家論其年語甚多，陳氏尤夥，僅録其較中肯者。

江湖老，載酒一年年〔一〕。體素微妨耽綺語〔二〕，貪多寧獨是詩篇〔三〕。宗派浙河先。朱竹垞〔四〕

【箋注】

〔一〕竹垞有《江湖載酒集》。

〔二〕蔡注云：「《詩品》：「體素儲潔。」」

〔三〕蔡注云：「趙執信《談龍録》：「阮、朱兩先生殆無可議乎？余曰：朱貪多，王愛好。」」

〔四〕蔡注：「朱竹垞名彝尊，字錫鬯，晚號小長蘆釣魚師，秀水人。以布衣應博學鴻詞試，授檢討，入直南書房，出典江南鄉試。有《詞綜》、《江湖載酒集》、《静志居琴趣》、《茶煙閣體物集》。」今按朱彝尊，《清文稿》卷四百八十四有傳。龍沐勳《近三百年名家詞選》小傳云：「朱彝尊字錫鬯，號竹垞，又號金風亭長，小長蘆釣魚師，浙江秀水人。明崇禎二年生。清康熙己未，舉博學鴻詞，尋直南書房，出典江南省試。罷歸後，殫心著述。工詩，與王士禎爲南北二大宗，論者謂王才高而學足以副之，朱學博而才足以運之。康熙四十八年卒，年八十一。著有《日下舊聞》、《經義考》、《曝書亭詩文集》等書。（原注：參考《國朝先正事略》卷三十九《文苑》）彝尊選輯唐、五代、宋以來逮元張翥諸家詞爲《詞綜》，以開浙西詞派，而其淵源所自，蓋出於曹溶（原注：嘉興人）。嘗謂：「余壯日從先生南游嶺表，西北至雲中，酒闌鐙灺，往往以小令、慢詞更迭相和。有井水處，輒爲銀箏檀板所歌。念倚聲雖小道，當其爲之，必崇爾雅，斥淫哇，極其能事，則亦足以宣昭六義，鼓吹元音。往者明三百禩，詞學失傳。先生搜輯遺集，余曾表而出之。數十年來，浙西填詞者，家白石而户玉田，春容大雅，風氣之變實由於此。」(原注：《静志居詩話》)於此亦足略窺其宗旨，及其影響所及。其《曝書亭詞》，自定爲《江湖載酒集》、《静志居琴趣》、《茶煙閣體物集》、《蕃錦集》等四種。有李富孫注本。浙派詞以醇雅爲宗，其流弊致意旨枯寂，視湖海樓一派之叫囂獷悍，厥失維均，而創始者不任其咎也。』鄧之誠《清詩紀事初編》云：彝尊『國祚曾孫，至彝尊家已中落，變亂以後尤貧。與同里周篔、繆泳、王翃、李純遠、李良年兄弟結詩課，爲曹溶所知，漸有名里中。壯歲欲立名行，主山陰祁氏兄弟，結客共圖恢復。魏耕之獄，幾及於難，踉蹌走海上，會事解，乃賦遠游。以布衣自尊，十餘年間，遂負重名，姓字達於禁中。舉康熙十八年鴻博之試，授職檢討，入值南書房，賜第黄化門。二十三年，以攜帶僕人入内鈔經進書，降級，遂出内庭。二十九年復官，後二年復以事被褫，乃歸田，專意著述。論者惜其輕於一出，終傷鎩羽』。陳廷焯《白雨齋詞話》云：『竹垞詞疏中有密，獨出冠時，微少沉厚之意。《江湖載酒集》灑落有致，《茶煙體物集》組織甚工，《蕃錦集》運用成語，别具匠心，然皆無甚大過人處。惟《静志居琴趣》一卷，盡掃陳言，獨出機杼，艷體有此，匪獨晏、歐所不能，即李後主、牛崧卿亦未嘗夢見，真古今絶構也，惜托體未爲大雅。《静志居琴趣》一卷，生香真色，得未曾有，前後次序，略可意會，不必穿鑿求之。』又冒廣生《小三吾亭詞話》云：『世傳竹垞《風懷》二百韻，爲其妻妹作。其實《静志居琴趣》一卷，皆《風懷》注脚也。竹垞年十七娶於馮，馮孺人名福真，字海媛，少竹垞一歲。馮夫人之妹名壽常，字静志，少竹垞七歲。曩聞外祖周季貺先生言，十五六年前，曾見太倉某家藏一簪，簪刻「壽常」二字，因悟《洞仙歌》詞云：「金簪二寸短，留結殷勤，鑄就偏名有誰認。」蓋真有本事也。』按《風懷》詩事，陳衍《石遺室詩話》，徐珂《清稗類鈔·情感類》，姚大榮《風懷詩本事表微》等書皆論及之，參看錢仲聯《清詩紀事》康熙朝卷。

蘭錡貴〔一〕，肯作稱家兒〔二〕。解道紅羅亭上語〔三〕。人間寧獨小山詞〔四〕。冷暖自家知〔五〕。納蘭容若〔六〕

【箋注】

〔一〕蔡注：『張衡賦：「武庫近兵，設在蘭錡。」』今案：蔡氏所引，見《西京賦》。蘭錡，兵器架也。劉逵《魏都賦注》云：『受他兵曰蘭，受弩曰錡，音蟻。』《管子・小匡》：『輕罪入蘭盾鞈革二戟。』注：『蘭，即所謂蘭錡。』按容若官侍衛，值禁兵，故用『蘭錡』字。

〔二〕蔡注：『韓愈《殿中少監馬君墓誌銘》：「蘭茁其牙，稱其家兒也。」』

〔三〕蔡注：『江休復《鄰幾雜誌》：「李後主作紅羅亭子，四面栽紅梅花，作艷曲歌之。」又《飲水詞・望江南》：「江南憶，鸞輅此經過。一掬胭脂沉碧甃，四圍亭壁憶紅羅。消息暑風多。」』

〔四〕蔡注：『陳聶恒《栩園詞・弁録》引顧梁汾語：「容若門第才華，直越晏小山而上之。」』今案此條出況周頤《蘭雲菱夢樓筆記》，詳見注〔六〕。

〔五〕蔡注：『張純修《飲水詞序》引容若自云：「如魚飲水，冷暖自知。」』今案此條亦見況氏筆記。《蕙風簃隨筆》云：『容若自言「如魚飲水，冷暖自如」，爲詩詞命名之恉。（原注：見張見陽純修《飲水詞序》）案：「如人飲水，冷暖自知。」道明禪師答盧行者語，見《五鐙會元》，又見蘄州法演禪師章次。』

〔六〕蔡注：『納蘭容若，初名成德，以避東宮嫌名，改性德。滿洲正黃旗人，太傅明珠子。年十九成進士，選授三等侍衛，再選一等。卒年三十一，有《飲水詞》。』今案：性德《清史稿》卷四百八十四有傳，又

《明珠傳》見《清史稿》卷二百六十九。龍沐勳《近三百年名家詞選》小傳云：『納蘭性德字容若，初名成德，後避東宮嫌名，改曰性德，爲太傅明珠長子。年十七補諸生，明年舉順天鄉試，康熙丙辰應殿試，賜進士出身。選授三等侍衛，尋晉一等。自幼聰敏，讀書一再過即不忘。尤喜爲詞，自唐五代以來諸名家詞，皆有選本。所著《側帽集》後更名爲《飲水集》者，皆詞也。好觀北宋諸家之作，不喜南渡諸家。而清新秀雋，自然超逸，海内名爲詞者皆歸之。數歲即善騎射，自在環衛，益便習，發無不中。其扈蹕時，雕弓書卷，錯雜左右，日則校獵，夜必讀書。不肯輕爲人謀，謀必竭其肺腑。所交皆一時儁異，於世所稱落落難合者，若無錫嚴繩孫、顧貞觀、秦松齡、宜興陳維崧、慈谿姜宸英，尤所契厚。吴江吴兆騫久徙絶塞，性德聞其才名，贖而還之。坎軻失職之士走京師，生館死殯，於資財無所計惜。生於順治十一年，卒於康熙二十四年，年三十一。（原注：節録徐乾學《納蘭君墓誌銘》）曾刊《通志堂經解》，自著有《通志堂集》，後附《通志堂詞》，爲顧貞觀所定。清季許增復爲彙集諸家刊本，爲《納蘭詞》五卷，附補遺一卷，刊入《榆園叢刻》中。清代令詞，蓋未有過於性德者矣。』顧貞觀《通誌堂詞序》云：『容若天資超逸，翛然塵外，所爲樂府小令，婉麗淒清，使讀者哀樂不知所主，如聽中宵梵唄，先淒婉而後喜悦。』又云：『容若詞一種淒婉處，令人不能卒讀，人言愁，我始欲愁。』（榆園本《納蘭詞》評）陳維崧云：『《飲水詞》哀感頑艷，得南唐二主之遺。』（《詞評》）。《篋中詞》引周之琦云：『或言納蘭容若，南唐李重光後身也。余謂重光天籟也，恐非人爲所能及。容若詞多不協律，小令則格高韻遠，極纏綿婉約之致，能使殘唐墜緒，絶而復續。第其品格，殆叔原、方回之亞乎？』況周頤《蕙風詞話》卷五云：『容若承平少年，烏衣公子，天分絶高。適承元明詞敝，甚欲推尊斯道，一洗雕蟲篆刻之譏。獨惜享年不永，力量未充，未能勝起衰之任，其所爲詞，純任性靈，纖塵不染，甘受和，白受彩，進於沉著渾至何難矣。』王國維《人間詞話》云：『納蘭容若以自然之眼觀物，以自然之舌言情，此由初入中原，未染漢人風氣，故能真切若此。北宋以來，一人而已。』又況周頤《蘭雲菱夢樓筆記》云：『《藝文志·詞曲類》陳聶恒《栩園詞棄稿》四卷，佚。按《栩園詞棄稿》，曩余得於海王村，鏤版精絶。前有顧梁汾先生書，於詞學盛衰之故，概乎言之。略云：「自國初輦轂諸公，尊前酒邊，借長短句以吐其胸中，始而微有寄託，久而務爲諧暢。香巖、倦圃，領袖一時，唯時戴笠故交，擔簦才子，並與讌游之席，各得酬和之篇。而吴越操觚家，聞風競起，選者作者，妍媸雜陳，漁洋之數載廣陵，實爲斯道總持。二三同學，功亦難泯。最後吾友容若，其門第才華，直越晏小山而上之。欲盡招海内詞人，畢出其奇，遠方駸駸，漸有應者。而天奪其年，未幾風流雲散。漁洋復位高望重，絶口不談。於是嚮之言詞者，悉去而言詩古文辭，回眎《花間》、《草堂》，頓如雕蟲之見耻於壯夫矣。雖云盛極必衰，風會使然，然亦頗怪習俗移人，涼燠之態，浸淫而入於風雅，爲可太息。假令今日更得一有大力者起而倡之，衆人皤然起而和之，安知衰者之不復盛邪？故余之於詞，不能無感，而於栩園實不能無望。」』按梁汾與容若交最厚，是書既涉及容若，又於清初詞學盛衰，言之甚至，足與彊村此諸詞相發揮，故録以備參。況氏稱『栩園詞格，在《飲水》、《彈指》之間』，並録其《臨江仙·人日》、《虞美人·寄賀丈天山》等四詞。又云：『陳聶疑係複姓，恒字曾起，一字秋田。』

消魂極，絶代阮亭詩〔一〕。見説緑楊城郭畔，游人齊唱冶春詞〔二〕。把筆盡淒迷。王貽上〔三〕

【箋注】

〔一〕蔡注：『《衍波詞自序》：「弇州論詞，謂一字之工，令人色飛，一語之艶，令人魂銷。」』今案譚獻《校刻〈衍波詞〉序》云：『王貽上尚書，以詩篇弁冕一代，顧論者曰「王愛好」，又曰「絶代銷魂王阮亭」，其言不盡王詩之量，而於詞適合。』按趙秋谷《談龍録》云：『朱貪多，王愛好。』已見朱竹垞一首注引。至『絶代銷魂王阮亭』句，則宋荔裳詩句也。袁枚《隨園詩話》卷三嘗引而駁之，意謂阮亭之色非天仙化人，徒以人工勝也。錢鍾書先生《談藝録》於隨園之論又有駁議，文多不録。

〔二〕蔡注引漁洋《浣溪沙》詞：『北郭青溪一帶流。紅橋風物眼中秋。緑楊城郭是揚州。　西望雷塘何處是，香魂零落使人愁。淡煙荒草舊迷樓。』又引《漁洋詩話》：『宗定九元鼎詩云：「休從白傅歌楊柳，莫向劉郎演竹枝。五日東風十日雨，江樓齊唱冶春詞。」』今案徐釚《詞苑叢談》卷九云：『紅橋在平山堂法海寺之側。王貽上司理揚州日，與諸名士游宴，酒間小有倡酬，江南北頗流傳之。於是過廣陵者多問紅橋矣。』漁洋《紅橋游記》云：『出鎮淮門，循小秦淮折而北，陂岸起伏多態。竹木蓊鬱，清流映帶。人家多因水爲園，亭榭溪塘，幽窈而明瑟，頗盡四時之美。拏小舟循河西北行，林木盡處，有橋，宛然如垂虹，不飲於澗，又如麗人靚妝袨服，流照明鏡中，所謂紅橋也。游人登平山堂，率至法海寺，舍舟而陸，徑必出紅橋下，橋四面皆人家荷塘，六七月間，菡萏作花，香聞數里，青簾白舫，絡繹如織，良謂勝游矣。予數往來北郭，必過紅橋，顧而樂之。登臨四望，忽復徘徊感嘆，當哀樂之交乘於中，往往不能自喻其故。王謝冶城之語，景晏牛山之悲，今之視昔，亦有然耶！壬寅季夏之望，與蘀庵、茶村、伯璣諸子，偶然漾舟，酒闌興極，援筆成小詞二章，諸子倚而和之。蘀庵繼成一章，予亦屬和。嗟乎，絲竹陶寫，何必中年，山水清音，自成佳話。予與諸子，聚散不恒，良會未易遘，而紅橋之名，或反因諸子而傳於後世，增懷古憑弔者之徘徊感嘆如予今日，未可知也。』况周頤《選巷叢談》云：『漁洋治春虹橋，風流文采，照映湖山，《倚聲初集》（漁洋、程村同輯）録《紅橋懷古・浣溪沙》十闋，末注云：「《紅橋詞》即席賡唱，興到成篇，各採其一，以志一時勝事，當使紅橋與蘭亭並傳耳。」當時同游十人，漁洋《游記》未詳。《倚聲集》傳本絶少，亟録以備甄揚，故者述焉。』以下録漁洋，杜濬、邱象隨、袁於合、蔣陛、朱克生、張養重、劉梁嵩、陳允衡、陳維崧等人之作，文多不録。』參看李斗《揚州畫舫録》卷十。

〔三〕蔡注：『王貽上，名士禎，號阮亭，又號漁洋山人，新城人。順治乙未進士，官刑部尚書，謚文簡。有《衍波詞》、《花草蒙拾》。』今按士禎《清史稿》卷二百六十六有傳。龍沐勳《近三百年名家詞選》小傳云：『王士禎（原注：『一作士正』），字貽上，號阮亭，別號漁洋山人。山東新城人。年十八，中順治八年鄉試，十五年舉會試，選揚州推官。由禮部主事累遷少詹事。奉命祭告南海，官至刑部尚書。康熙五十年卒。距生明崇禎七年，年七十八。謚文簡。少游歷下，集諸名士於明湖，賦《秋柳》詩，和者數百人。在揚州，與林茂之、杜于皇、孫豹人、方爾止等修褉紅橋，又與陳其年、邵潛夫等修褉如皋冒氏之水繪園。每公暇，輒召賓客，泛舟載酒平山堂。吴梅村云：「貽上在廣陵，晝了公事，夜接詞人。」蓋實録也。嘗徧游秦、晉、洛、蜀、閩、越、江、楚間，所至訪其賢豪，考其風土，遇佳山水，必登臨，融懌會萃，一發之於詩。故其詩能盡古今之奇變，蔚然爲一代風氣所歸。（原注：《國朝先正事略》卷六《名臣傳》）著有《帶經堂集》、《池北偶談》等書。其詞集流傳，有孫默刻本，名《衍波詞》，趙之謙刻本名《阮亭詩餘》，吴氏《石蓮庵山左人詞》所收爲《衍波詞》。士禎詩主神韻，尤工絶句。以餘力填詞，特長小令，蓋與絶句同一機杼也。』唐允甲《衍波詞序》云：『貽上東其鴻博淹雅之才，作《花間》雋語，極哀艷之深情，窮倩盼之逸趣。』陳廷焯《白雨齋詞話》卷三云：『漁洋小令，能以風韻勝，仍是做七絕慣技耳。然自是大雅，但少沉鬱頓挫之致。漁洋詞含蓄有味，但不能沉厚，蓋含蓄之意境淺，沉厚之根柢深也。』王國維《人間詞話删稿》云：『《衍波詞》之佳者，頗似賀方回，雖不及容若，要在浙中諸子之上。』吴梅《詞學通論》第九章云：『詞固以含蓄爲主。惟能含蓄而不能深厚，亦是無益。若謂北宋皆如是，爲文過之地，正清初諸子之失，不獨漁洋也。長調殊不見佳。』

留客住，絶調鷓鴣篇〔一〕。脱盡詞流薌澤習。相高秋氣對南山〔二〕。騄度衍波前。曹昇六〔三〕

【箋注】

〔一〕蔡注：『《珂雪詞》有《留客住・鷓鴣》：「瘴雲苦。徧五溪，沙明水碧，聲聲不斷，只勸行人休去。行人今古如織，正復何事關卿頻寄語。空祠廢驛，便征衫濕盡，馬蹄難駐。風更雨。一髮中原，杳無望處。萬里炎荒，遮莫摧殘毛羽。記否越王宮殿，宮女故花，衹今惟賸汝。子規聲續，想江深月黑，低頭臣甫。」』今案譚獻《篋中詞》評昇六此詞，以爲『投荒念亂之感』，所論甚是。

〔二〕蔡注：『李符《霓裳中序第一・珂雪詞題辭》：「紅絲小硯北。不斷閒情渾似織。東魯詞人第一。勝漂泊周郎，賫舟漁笛。犀帷夜寂。寫錦箋，都洗薌澤。銀釭下，唤來翠袖，記曲譜瑶瑟。疇昔。酒瓢吟屐。記踏徧銅駝巷陌，旗亭曾畫素壁。破帽重尋，斷闋空憶。紫薇花下客。更引起、年時賦筆。惆悵尊前舊侶，鏡裏鬢絲白。」』杜牧詩：「南山與秋色，氣勢兩相高。」』

〔三〕蔡注：『曹昇六，名貞吉，號實庵，安丘人。康熙甲辰進士，官禮部郎中。有《珂雪詞》。』今案曹貞吉《清史稿》卷四百八十四有傳。龍沐勛《近三百年名家詞選》小傳云：『曹貞吉字昇六，號實庵，山東安邱人。明崇禎七年（一六三四）生，清康熙三年（一六六四）進士，官禮部郎中。詩格遒鍊，宋犖極推許之。著有《珂雪詩詞集》。其論詞謂：「離而得合，乃爲大家。若優孟衣冠，天壤間只生古人已足，何用有我？」故其詞寧爲創，不爲述，寧失之粗豪，不甘爲描寫。（原注：石蓮庵本《珂雪詞話》）其魄力在王士禎之上也。』王煒《珂雪詞序》云：『《珂雪詞》骯髒磊落，雄渾蒼茫，是其本色。而語多奇氣，惝怳傲睨，有不可一世之意。至其珠圓玉潤，迷離哀怨，於纏綿款至中自具蕭灑出塵之致，絢爛極而平淡生，不事雕鎪，俱成妙詣。』陳廷焯《白雨齋詞話》云：『《珂雪詞》在國初諸老中，最爲大雅。才力不逮朱陳，而取徑較正。國朝不乏詞家，四庫獨取《珂雪》，良有以也。』又馮金伯《詞苑萃編》卷八引王阮亭云：『曹實庵不爲閨襜靡曼之音，而氣韻自勝，其淡處絕似宋人。』又引朱竹垞云：『詞至南宋始工，斯言出，未有不大怪者，惟實庵舍人意與余合。今就詠物諸詞觀之，心摹手追，乃在中仙、叔夏、公謹，兼出入天游、仁近之間。北宋方面，美成外，慢詞有此幽細綿麗否？』冒廣生《小三吾亭詞話》卷一云：『道希（文廷式）論本朝詞人，謂「曹珂雪有俊爽之致」。』

長水畔，二隱比龜溪〔一〕。不分詩名叨一饌〔二〕，居然詞派有連枝。人道好壎篪〔三〕。李武曾、李分虎〔四〕

【箋注】

〔一〕蔡注：『宋李彭老、萊老有《龜溪二隱詞》。』

〔二〕蔡注：『朱彝尊《徵士李君行狀》：「戊午，天子思得博學文儒，備顧問著作之選，君被薦入京師。己未三月朔，召試體仁閣下，賜大官饌，高坐而讌，申以詔旨，謂文武科進士殿試，未有此典也。君讌畢，纚纚千言，賦詩皆極瑰麗。閣臣以八十卷進呈，顧君不與焉。」曹貞吉《秋錦山房詞序》：秋錦自吟斷句云：「兒童莫笑詩名賤，已得君王一飯來。」』

〔三〕蔡注：『朱彝尊《耒邊詞序》：「分虎之詞，愈變而愈工，方之武曾，無異塤篪之迭和也。」』案《詩·小雅·何人斯》：『伯氏吹壎，仲氏吹篪。』壎、塤通。

〔四〕蔡注：『李武曾，名良年，號秋錦，嘉興人。以諸生應博學鴻詞試，未授官。有《秋錦山房詞》。李分虎，名符，號耕客，良年弟，與兄齊名，有《耒邊詞》。』案李良年詳見《清史稿》卷四百八十四《朱彝尊傳》附傳。龍沐勳《近三百年名家詞選》小傳云：『李良年字武曾，浙江秀水人。明崇禎八年（一六三五）生。少與朱彝尊齊名。康熙中，以國子生召試鴻博。徐乾學開一統志局於洞庭西山，聘任分修。康熙三十三年（一六九四）卒。著有《秋錦山房集》。曹貞吉曰：「秋錦論詞，必盡掃蹊徑。嘗謂南宋詞人，如夢窗之密，玉田之疏，必兼之乃工。」（《秋錦山房詞序》）於此足見其所宗尚，亦浙派初期之大家也。』又云：『李符字分虎，號耕客，浙江嘉興人。崇禎十二年（一六三九）生。少與兄繩遠、良年齊名，號「三李」。曾受知於曹溶，又與朱彝尊等結詩社。康熙二十八年（一六八九）卒。有《香草居集》及《耒邊詞》。』陳廷焯《白雨齋詞話》云：『二李詞絕相類，大約皆規模南宋，羽翼竹垞者。武曾較雅正，而才氣則分虎爲勝。』又《雲韶集》卷十六云：『武曾詞奄有三唐兩宋之長，獨闢機杼，其才力亞於竹垞，其識力當與竹垞並驅。』沈濤《匏廬詩話》云：『吾禾三李，秋錦而外，唯分虎足稱二難。詩固抗行，詞則有過之無不及。分虎客閩中某官署，其夫人亦能詩，慕分虎才，因越禮。某官偵知之，召分虎與眷屬，酒半，舁一巨棺，强兩人入之，遂葬後園。至今士人猶呼爲鴛鴦冢。鳧香師聞之蘭泉少寇云。』謝章鋌《賭棋山莊詞話》卷一云：『詞從南宋入手，時多浮漫，分虎先學北宋，故無此病。』

南湖隱，心折小長蘆〔一〕。拈出空中傳恨語〔二〕。不知探得頷珠無〔三〕。神悟亦區區。厲樊榭〔四〕

【箋注】

〔一〕蔡注：『朱文藻《厲樊榭年譜》：「雍正十年，四十一歲，移居南湖，遂自號南湖花隱。」』又：『樊榭山房《論詞絶句》：「寂寞湖山爾許時，近來傳唱六家詞。偶然燕語人無語，心折小長蘆釣師。」原注：「朱竹垞檢討《静志居琴趣》中語。」』

〔二〕蔡注：『朱彝尊《解佩令·自題詞集》：「十年磨劍，五陵結客，把平生涕淚都飄盡。老去填詞，一半是空中傳恨。幾曾圍燕釵蟬鬢。　不師秦七，不師黄九，倚新聲玉田差近。落拓江湖，且分付歌筵紅粉。料封侯，白頭無分。」又毛子晉云：「法秀道人戒黄魯直筆墨勸淫，魯直答曰：空中語耳。晚年來亦間作小詞，往往借題棒喝，拈示後人。」』

〔三〕今按《莊子·列禦寇》云：『夫千金之珠，必在九重之淵而驪龍頷下。』《古今詩話》：『元稹、劉禹錫、宗楚客同會樂天舍，各賦《金陵懷古》。劉詩先成，白曰：「四人探驪，子先獲珠，所餘鱗角何用？」三公乃遂罷作。』

〔四〕蔡注：『厲樊榭名鶚，字太鴻，錢塘人。康熙庚子舉人，薦試博學鴻詞，未用。有《樊榭山房詞》。』今案厲鶚，《清史稿》卷四百八十五有傳。龍沐勳《近三百年名家詞選》小傳云：『厲鶚字太鴻，號樊榭，浙江錢塘人。康熙庚子（一七二〇）舉於鄉。將入都，道經天津，查蓮坡（爲仁）留之水西莊，同撰周密《絶妙好詞箋》。乾隆初舉鴻博，報罷。客揚州，有馬氏藏書最富，延主其家，盡探其秘牒。大江南北，主盟壇坫凡數十年。性耽閒静，愛山水，尤工詩餘，擅南宋諸家之勝。（原注：《國朝先正事略》卷四十一《文苑傳》）生於康熙三十一年（一六九二），乾隆十七年（一七五二）年卒。著有《宋詩紀事》、《樊榭山房集》等。厲氏固浙西詞派之中堅人物也。』今按吴蘅照《蓮子居詞話》卷三云：『樊榭有幽人氣，惟冷故峭，由生得新。當其沉思獨往，自成情理之高，無預搜討之末。全謝山爲樊榭作墓碣，謂深於言情，故其擅場尤在詞。謝山初不攻倚聲之業，然斯言獨得樊榭之概。』馮金伯《詞苑萃編》卷八引符幼曾云：『余與樊榭交垂十五年，見其偃蹇侘傺，不廢文史，而感時覽物，托寓微至。詩所不盡，必形之於詞，上者海山縹緲之音，次亦不減游春緑水之奏，聞者意消神往。』譚獻《篋中詞》云：『太鴻思力可到清真，苦爲玉田所累。填詞至太鴻，真可分中仙、夢窗之席。世人争賞其餖飣窳弱之作，所謂「微之識碔砆」也。《樂府補遺》別有懷抱。後來巧構形似之言，漸忘古意，竹垞、樊榭不得辭其過。南宋詞敝，瑣屑餖飣，朱、厲二家，學之者流爲寒乞。』陳廷焯《白雨齋詞話》卷四云：『厲樊榭詞，幽香冷艷，如萬花谷中，雜以芳蘭，在國朝詞人中，可謂超然獨絶者矣。論者謂其沐浴於白石、梅谿（徐紫珊語），此亦皮相之見。大抵其年、錫鬯、太鴻三人，負其才力，皆欲於宋賢外別開天地。……樊榭詞拔幟於陳朱之外，窈曲幽深，自是高境。然其幽深處，在貌而不在骨，絶非從楚騷來，故色澤甚饒，而沉厚之味，終不足也。』徐珂《近詞叢話》『乾、嘉之際，作詞者分浙西、常州二派。浙西派始於厲鶚，常州派始於武進張惠言。鶚詞宗彝尊，而數用新事，世多未見，故重其富。後生效之，每以掇摭爲工，後遂浸淫，而及於大江南北。然鈔撮堆砌，音節頓挫之妙，未免盪然。』

回瀾力，標舉選家能。自是詞源疏鑿手〔一〕，橫流一別見淄澠〔二〕。異議四農生〔三〕。張皋文〔四〕

【箋注】

〔一〕蔡注：『譚獻《篋中詞》評《金粱夢月詞》：「稚圭雖示及皋文、保緒之陳義甚高，要亦倚聲家疏鑿手也。」』今按：疏鑿，言開鑿阻塞，使之暢通也。郭璞《江賦》：『巴東之峽，夏后疏鑿。』杜甫《禹廟》詩：『早知乘四載，疏鑿控三巴。』

〔二〕淄、澠二水名，皆在山東，其味本殊，合則難辨，惟易牙能別之。見《列子·説符》。此以況張氏《詞選》之能別裁僞體親風雅也。陳廷焯《白雨齋詞話》卷四云：『張皋文《詞選》一編，掃靡曼之浮音，接風雅之真脈。』亦是此意。鄭文焯《與張孟劬論詞小簡》云：自宋迄今將千年，正聲絶，古節陵，變風小雅之遺，騷人比興之旨，無復起其衰而提倡之者，宜夫朱、厲雕琢爲工，後進馳逐，幾欲奴僕命騷矣。獨皋文能張詞之幽隱，所謂「不敢以詩賦之流而風誦之」，其道日昌，其體日尊。』

〔三〕蔡注：『潘德輿四農《與葉生書》：「張氏《詞選》，抗志希古，標高揭己，宏奇雅調，多被排擯。五代、北宋，有自昔傳誦，非徒隻句之警者，張氏亦多捃然置之。竊謂詞濫觴於唐，暢於五代，而意格之宏深曲摯，則莫盛於北宋。詞之有北宋，猶詩之有盛唐，至南宋則稍衰矣。」』

〔四〕蔡注：『張皋文，名惠言，武進人。乾隆丁未進士，官翰林院編修。長古文詞賦。有《茗柯詞》、《詞選》。』今按張惠言，《清史稿》卷四百八十二有傳。龍沐勳《近三百年名家詞選》小傳云：『張惠言字皋文，江蘇武進人。嘉慶四年（一七九九）進士，官編修。七年（一八〇二）卒。距生乾隆二十六年（一七六一），年四十二。少爲詞賦，嘗擬司馬相如、揚雄之文，深於《易》學。又嘗輯《詞選》，爲常州派之開山。（原注：《國朝先正事略》卷三十六《經學傳》）著有《茗柯文集》及《茗柯詞》。其《詞選序》略云：「詞者，蓋出於唐之詩人，采樂府之音，以製新律，因繫其詞，故曰詞。其緣情造端，興於微言以相感動，極命風謠里巷男女哀樂，以道賢人君子幽約怨悱不能自言之情，低迴要眇，以喻其致。蓋詩之比興，變風之義，騷人之歌，則近之矣。」自張選出而詞體遂尊。朱孝臧題其《茗柯詞》云云。四農，爲潘德輿字，嘗謂「張氏《詞選》，抗志希古，標高揭己，宏音雅調，多被排擯。五代、北宋，有自昔傳誦，非徒隻字之警者，張氏亦多恝焉置之。」（原注：《與葉生書》）要之清詞至常州派出而體格一變，實受此選之影響。餘波至晚近，猶未盡絕，真所謂「詞源疏鑿手」也。惠言甥董士錫，字晉卿，能傳其學。至周濟《宋四家詞選》出，加以擴充，而詞派以成。此清詞之一大關鍵也。』（原注：參考拙作《論常州派》）徐珂《清代詞學概論》：『詩餘一道，清初以來之浙派，至乾嘉而漸蔽，張氏起而改革之，振北宋名家之緒，闡意內言外之旨，而常州派始著於時。所輯《詞選》，皆屬倚聲正鵠。其自著詞，亦沉著醇厚。』張德瀛《詞徵》卷六云：『愚謂本朝詞亦有三變。國初朱陳角立，有曹實庵、成容若，顧梁汾、梁棠村、李秋錦以羽翼之，盡祛有明積弊，此一變也。樊榭崛起，約情斂體，世稱大宗，此二變也。茗柯開山採銅，創常州一派，又得惲子居、李申耆諸人以衍其緒，此三變也。』莫友芝《陳思凡香草詞序》：『詞自皋文《選》論出，其品第乃躋詩而上，逌然《國風》、樂府之遺，海内學人始不以歌筵小技相疵褻。』文廷式《雲起軒詞鈔序》：『張皋文具子瞻之心，而才思未逮。』况周頤《蕙風詞話附録》引夏敬觀云：『張皋文、周止庵輩尊體之説出，詞體乃大。其所自作，仍不能如其所説者，先從南宋詞入手之故也。』王國維《人間詞話删稿》：『固哉，皋文之爲詞也！飛卿《菩薩蠻》、永叔《蝶戀花》、子瞻《卜算子》，皆興到之作，有何命意？則被皋文深文羅織。』則持異義者不止一四農矣。

金鍼度，詞辨止庵精。截斷衆流窮正變〔一〕，一鐙樂苑此長明。推演四家評〔二〕。周保緒〔三〕

【箋注】

〔一〕蔡注：『譚獻《篋中詞》評《金梁夢月詞》：「稚圭中丞撰《心日齋十六家詞選》，截斷衆流，金針度與。」』又云：『《介存齋論詞雜著》：「向次《詞辨》十卷：一卷起飛卿，爲正；二卷起南唐後主，爲變；名篇之稍有疵累者，爲三四卷；平妥清通，才及格調者，爲五六卷；大體紕繆，精采間出，爲七八卷，本事詞話，爲九卷；庸選惡札，迷誤後生，大聲疾呼，以昭炯戒，爲十卷。既成，厄於黄流。爾後稍稍追憶，僅存正變兩卷。」』

〔二〕蔡注：『《宋四家詞選序論》：「右宋詞若干首，以周、辛、王、吴爲之冠。序曰：清真集大成者也。稼軒斂雄心，抗高調，變温婉，成悲涼。碧山養心切理，言近指遠，聲容調度，一一可循。夢窗奇情奇采，騰照潛淵，返南宋之清泚，爲北宋之穠摯。是爲四家，領袖一代，餘子犖犖，以方附庸。」』

〔三〕蔡注：『周保緒，名濟，荆溪人。嘉慶乙丑進士，官淮安府學教授。有《味隽齋詞》、《詞辨》、《介存齋論詞雜箸》、《宋四家詞選》。』今案：周濟，《清史稿》卷四百八十六有傳。龍沐勳《近三百年名家詞選》小傳云：『周濟字保緒，江蘇荆溪人。一字介存，號止庵。嘉慶十年（一八〇五）進士，官淮安府學教授。少與同郡李兆洛、涇縣包世臣以經世學相切劘，兼通兵家言，習擊刺騎射。淮北梟徒爲亂，制府畀以偵緝之任，屢敗擒之。以所得貲購妖姬，養豪客，意氣盛極一時。後悉棄去，隱居金陵春水園，潛心著述。所著《晉略》八十卷，論者謂借史事自抒猷畫，非徒考據而已。生於乾隆四十六年（一七八一），以道光十九年（一八三九）卒。濟承張惠言之餘緒，又曾從董士錫共商詞學，所輯《宋四家詞選》及《詞辨》附《介存齋論詞雜箸》，獨具手眼，爲世所宗。其《味隽齋詞》自序云：「吾郡自皋文、子居兩先生開闢榛莽，以國風、《離騷》之指趣，温、韋、周、辛之面目，一時作者競出，晉卿集其成。余與晉卿議論，或合或否，要其指歸，各有正鵠，倘亦知人論世者所取資也？」於此足見其造詣之一斑。朱孝臧題云云，其推許周氏論詞之作，可謂至矣。《味隽齋詞》刊於道光癸未（一八二三），而譚氏《篋中詞》所選十首不在其中，當别有《止菴詞》刊本耶？往年得《存審軒詞》鈔本，時無從覓校。』蔣敦復《芬陀利室詞話》卷一云：『借得先生《存審軒詞》一卷，讀之，是真得「意内言外」之旨。蓋先生少年時，與張皋文、翰風兄弟同里相切劘，又與董晉卿各致力於詞，啓古人不傳之秘。近來浙、吴二派俱宗南宋，獨常州諸公能瓣香周、秦，以上窺唐人微旨，先生其眉目也。』譚獻《篋中詞》卷三云：『茗柯《詞選》出，倚聲之學日趨正鵠。張氏甥董晉卿造微踵美，余未得其全集。止庵切磋於晉卿，而持論益精。其言曰：「慎重而後出之，馳騁而變化之，胸襟醖釀，乃有所寄。」又曰：「詞非寄託不入，專寄託不出。一物一事，引伸觸類，意感偶生，假類必達，斯入矣。萬感橫集，五中無主，赤子隨母笑啼，野人緣劇喜怒，能出矣。」以余所見周氏撰定《詞辨》、《宋四家詞筏》（原注：案即《宋四家詞選》），推明張氏之旨而廣大之，此道遂與於著作之林，與詩賦文筆同其正變也。止庵自爲詞，精密純正，與茗柯把臂入林。』又《復堂日記》云：『《四家詞選》爲最後定本，陳義甚高，勝於《宛鄰詞選》，即潘四農亦無可詆諆矣。「以有寄託入，以無所寄託出」，千古文章之能事盡矣，豈獨塡詞爲然。』

舟如葉，著岸是君恩〔一〕。一夢金梁餘舊月〔二〕，千年玉笥有歸雲〔三〕。片席蜕巖分〔四〕。周稚圭〔五〕

【箋注】

〔一〕蔡注：『《退庵詞》有《醉花間·道光丁未二月朔抵家作》：「一葉扁舟初著岸。荷衣今始換。慚負素餐詩，忍飽田家飯。　犁鋤身未慣。芻豆思猶戀。玉京知近遠。隔河一十四郵亭，望東華，長在眼。」』

〔二〕今按丁紹儀《聽秋聲館詞話》卷十五云：『周稚圭中丞之琦，由翰林歷官湖北巡撫，内用後，復出撫廣西，旋乞病歸。中丞家祥符，故以《金粱夢月》名詞。』

〔三〕蔡注又引《退庵詞·鷓鴣天》序：『病中夢一人翛然自稱王聖與，來問余疾。余方驚起，醒然已寤，平生傾倒中仙，或許把臂入林耶？率拈小詞記事。』詞云：『仙侶何因證舊歡。素屏涼影有無間。三生石泐情長在，半尊鐙孤夜未闌。　蛩語寂，鶴聲閑。片雲從此謝塵寰。憑誰訪我棲貞地，黄業蕭蕭玉笥山。』今按所引爲稚圭《退庵詞》中最後一首。

〔四〕蔡注：『杜文瀾《憩園詞話》：「中丞所選《心日齋十六家詞》，專取唐宋，而以元之張蛻巖殿焉。」』

〔五〕蔡注：『周稚圭，名之琦，號退庵，祥符人。嘉慶戊辰進士，累官至湖北、廣西巡撫。有《金梁夢月詞》、《懷夢詞》、《鴻雪詞》、《退庵詞》。』按錢仲聯《中國近代文學大系・詩詞卷》二：『周之琦（一七八二—一八六二），字稚圭，號耕樵，別號退庵，河南祥符（今開封）人。嘉慶十三年（一八〇八）進士，改庶吉士，授編修。歷任山西鄉試副考官、四川鹽茶道、浙江按察使、廣西巡撫、江西巡撫、湖北巡撫、刑部右侍郎。曾輯《晚香室詞録》八卷，又輯《心日齋詞十六家詞選》十六卷。譚獻稱其「截斷衆流，金針度與，雖未及臯文（張惠言）、保緒（周濟）陳義甚高，要亦倚聲家疏鑿手」（《篋中詞》）。自爲詞兼擅哀婉、雄健之勝，黄燮清稱其「渾融深厚，語語藏鋒，北宋瓣香，於斯未墜」（《詞綜續編》）。朱祖謀以與元張翥相比（見《彊村語業・望江南》）。生平事跡，見《清史列傳》本傳。』又杜文瀾《憩園詞話》卷十五：『國朝詞人最工律法者，群推納蘭容若、顧梁汾、周稚圭三家。』又云：『所選《心日齋十六家詞》，專取唐、宋，而以元之張蛻巖殿焉。其論曰：「詞之有令，唐、五代尚矣。宋惟晏叔原最擅勝場，賀方回差堪接武。其餘間有一二名作流傳，然皆專門之學。自茲以降，專工慢詞，不復措意令曲。其作令曲，仍與慢詞聲響無異。大抵宋詞閒雅有餘，跌宕不足。長調則有清新綿邈之音，小令則少抑揚抗墜之致。蓋時代昇降使然，雖片玉、石帚，不能自開生面，況其下者乎？」其論如此，取徑可知。』劉毓盤《詞史》第十章：『周之琦……其《心日齋詞》七卷，一字不苟，覺厲氏（指厲鶚）於律之疏也；一往而深，覺張氏（指張惠言）於意之淺也。周氏大梁人，可以接中原之統矣，而無門户之見者。』

無益事，能遣有涯生〔一〕。自是傷心成結習，不辭累德爲閒情〔二〕。兹意了生平。項蓮生〔三〕

【箋注】

〔一〕蔡注：『《憶雲詞丙稿自序》：「不爲無益之事，何以遣有涯之生？時異境遷，結習不改。《霜花腴》之賸稿，《念奴嬌》之過腔，茫茫誰復知者！俛仰生平，百感交集，正不獨此事而已。」』

〔二〕蔡注：『又《甲稿自序》：「不無累德之言，抑亦傷心之極致矣。」又《丁稿自序》：「當沉頓無聊之極，僅托之綺羅薌澤，以洩其思，蓋辭婉而情傷矣。」』今按：『累德之言』，用梁昭明太子論陶淵明《閒情賦》語。

〔三〕蔡注：『項蓮生，名廷紀，原名鴻祚，錢塘人。道光壬辰舉人，再上春官不第，歸即病卒，年三十八。有《憶雲詞》。』今按項廷紀，《清史稿》卷四百八十四有傳。龍沐勳《近三百年名家詞選》小傳云：『項廷紀，原名鴻祚，字蓮生，浙江錢塘人，道光壬辰（一八三二）舉人，再上春官不第。道光十五年（一八三五）卒。距生嘉慶三年（一七九八），年僅三十八歲。著有《憶雲詞甲乙丙丁稿》。其自序云：「生幼而愁癖，故其情艷而苦，其感於物也鬱而深。連峰巉巉，中夜猿嘯，復如清湘戛瑟，魚沉雁起，孤月微明，其窅敻幽凄，則山鬼晨吟，瓊妃暮泣，風鬟雨鬢，相對支離。不無累德之言，抑亦傷心之極致矣。」（原注：《甲稿序》）又云「不爲無益之事」云云。（原注：《丙稿序》）又云「當沉鬱無聊之極」云云。（原注：《丁稿序》）於此略見作者之情趣。朱孝臧題云云，料約廷紀自序言之也。』今按《憶雲詞丙稿》又云：『弊廬不戒於火，弱骨成灰，藏書略盡，遑問詞哉？嗣是疊遭家難，索居少歡，追憶前塵，十遺八九。』其《丁稿自序》又云：『患難以來，人事有不可言者。癸巳下第南歸，已逼歲除。甲午春，葺燼餘老屋數椽，偃臥其中，顔曰「睡隱」。讀書之暇，惟倣《花間》小令自遣而已。今年正月，再上春官，此事遂廢。留京師五十日而去，還我睡鄉，始檢舊稿，次爲一卷。不知我者，即謂之醉眠夢囈也可。』蓋其生涯亦至苦矣。謝章鋌《賭棋山莊詞話》續編三云：『《憶雲詞》四卷，錢塘項蓮生鴻祚撰。蓮生深於情，小令尤佳。丁稿自温庭筠至馮延巳各體皆擬之，且皆工，可以覯其所得力矣。』譚獻《復堂日記》云：『杭州填詞，爲姜張所縛，偶談五代北宋，輒以空套抹煞。百年來，屈指惟項蓮生有真氣耳。』又《篋中詞》云：『蓮生，古之傷心人也。盪氣迴腸，一波三折，有白石之幽澀而去其俗，有玉田之秀折而無其率，有夢窗之深細而化其滯。殆欲前無古人。其《乙稿序》云「近日江南諸子，競而填詞，辨韻辨律，翕然回聲，幾使姜張頫首。及覯其著述，往往不逮所言」云云，婉而可思。又《丁稿序》云云，亦可以哀其志矣。以成容若之貴，項蓮生之富，而填詞皆幽艷哀斷，異曲同工，所謂别有懷抱者也。』又云：『《水雲樓詞》……與成容若、項蓮生二百年中，分鼎三足。或曰：「何以與成、項並論？」應之曰：「阮亭、葆酚一流，爲才人之詞；宛邸、止庵一派，爲學人之詞；惟三家是詞人之詞，與朱、厲同工異曲。」』

娱親暇，餘事作詞人。廿載柯家山下客〔一〕。空齋畫扇亦前因〔二〕。成就苦吟身〔三〕。嚴九能〔四〕

【箋注】

〔一〕蔡注：『徐球《柯家山館詞序》：「悔庵居士抱風木之痛，甫免喪而骨肉滋釁，不能安其故居，舍而之我邑，卜居柯家山之麓。」』

〔二〕蔡注：『《柯家山館詞・西江月序》：「嚮於高蘋洲齋中閲所藏名流扇頭書畫，中有松圓老人一幅，畫蕭仁祖詩意，拒霜數叢，蔭以疏柳，小舟旁岸，有美人把團扇看月，金箋水墨，神韻盎然。署款三十有六字云：崇禎十年八月廿四日，僧筏同舅氏魯生過成老亭，少飲午酒，戲筆作此。孟陽時年七十有三。押書遒媚無比，鈐以朱文孟陽二字小印。僕愛其位置景物，宛然秋江載月之圖，思欲購之，蘋洲惠然輟贈，遂以畫扇名齋，弆之十餘年矣。旅窗病榻，睹兹妙蹟，感懷往事，不能無言。」詞云：「楊柳已知秋晚，芙蓉還帶霜妍。夜涼人在木蘭船。明月圓如紈扇。　讀畫情懷草草，惜香心事年年。拋殘金粉誤嬋娟。惆悵春風便面。」又《南鄉子序》：「華秋槎丈以白團扇畫秋江載月圖見惠。」詞云：「仙月老西湖。迢遞傳來一紙書。畫扇梅花誰點染，模糊。認取秋江載酒圖。　妝閣付清娛。珍重題辭顆顆珠。纖手擎來鐙畔讀，踟躕。小字分明被客呼。」案九能姬人名秋月。』

〔三〕蔡注：『《柯家山館集自序》：「丙寅以還，境遇日困，中心紆鬱，無以控告，感事述懷，輒以詩發之，如病夫之呻吟，如被榜者之呼謈。」』

〔四〕蔡注：『嚴九能，名元照，歸安人。致力經術，有《柯家山館詞》、《娛親雅言》。』今按嚴元照，《清史稿》卷四百八十二有傳。龍沐勳《近三百年名家詞選》小傳：『嚴元照，字修能，一字九能，浙江歸安人。乾隆三十八年（一七七三）生。十歲能作四體書，有奇童之目。致力經傳，絶意仕進，於聲音訓詁之學，多所闡發，嘉慶二十二年（一八一七）卒。著有《爾雅匡名》、《娛親雅言》等書，及《柯家山館詞》。

朱孝臧題云云，亦見其品格之高矣。』丁紹儀《聽秋聲館詞話》卷二十云：『嚴修能明經元照居吳興而贅於吳，流寓吾鄉最久。中年病歸，僦居柯家山，遂以名詞。《卜算子》云：「淚眼鎮相看，分手渾無語。門外分明見遠山，山外知何處。　雙槳載愁來，又送愁歸去。今夜紅閨夢裏人，獨聽孤篷雨。」思路最爲深婉，餘亦輕倩可諷。』譚獻《復堂詞話》云：『嚴修能《柯家山館詞》，婉約可歌。』

秋醒意，抱碧契靈襟〔一〕。生長茝蘭工雜佩〔二〕，較量臺鼎讓清吟〔三〕。欣戚導源深〔四〕。王壬秋、陳伯弢〔五〕

【箋注】

〔一〕蔡注：『《湘綺樓文集·秋醒詞序》：「然脂和墨，聊賦其意，命曰《秋醒詞》。」又云：「幸契遐心，堪祛勞慮。」』今按陳伯弢號抱碧，湘綺弟子。

〔二〕蔡注：『陳鋭《冷紅詞序》「於時公車麕集，廣陌塵喧，薊城之榆莢晨飛，燕池之柳條晚綠。訪東京之舊事，惟餘夢華；過通德之高門，先知世學。投轄留飲，刻燭分題。舉東海以爲杯，指西山而送嘯。有慚蓬虆，托植修麻；生長茝蘭，非無雜佩。然且飾無鹽而齊姺女，引牛鐸以應黄鐘。略倣鏗鎗，無嫌唐突，居士嗛嗛，若未遑也。」』

〔三〕蔡注：『王闓運《比竹餘音序》：「往昔鄧辛眉從孫月坡學詞，鄧父語余曰：『詞能幽人，使志不申，非壯夫之事，盛世之音也。』余竊笑焉。以爲才人固甘於寂寞，傳世無怨於涼獨。使我登臺鼎，不如一清吟矣。特病不工詞，不敢窮而不工也。」』

〔四〕蔡注：『陳鋭《冷紅詞序》：「言已足志，樂以宣滯，世莫我知，而無悶之誼明；天下宗予，故棲棲之行苦。然内切情於孤吟，則體充矣，外取感於同聲，則道宏矣。」』

〔五〕蔡注：『王壬秋，名闓運，號湘綺，湘潭人。咸豐乙卯舉人，欽賜翰林院檢討，主尊經、校經、船山書院。有《湘綺樓詞》及《詞選》。陳伯弢，名鋭，號裛碧，武陵人。學詩於鄧彌之、王壬秋。雅好爲詞，有《裛碧齋詞》、《裛碧齊詞話》。』按王闓運《清史稿》卷四百八十二有傳。錢仲聯《中國近代文學大系·詩詞集》小傳：『王闓運（一八三三——一九一六），初名開運，字壬甫，一字壬秋，號湘綺，湖南湘潭人。咸豐三年（一八五三）舉人。咸豐九年（一八五九）會試報罷，肅順延爲上賓，曾入曾國藩幕，先後主講成都尊經書院、長沙思賢講舍、衡州船山書院、江西高等學堂。光緒三十四年（一九〇八）賜翰林院檢討，加侍讀。入民國，任清史館館長，旋歸。王氏博學，詩爲湖湘派魁首，宗法八代，下及盛唐，墨守陳規。但亦能爲長慶體，如《圓明園詞》，亦能爲李商隱風格之七言律絶。與鄧輔綸齊名，世稱「王、鄧」。評論家對王詩特多貶斥，獨尚宋詩之夏敬觀謂其「造詣卓絶」。亦能詞。有《湘綺樓詩集》十四卷、《湘綺樓説詩》八卷、《湘綺樓詞鈔》一卷。生平事跡，見《清史稿》本傳、王代功《湘綺府君年譜》。』湘綺樓詞，世鮮有論之者，唯李佳《左庵詞話》卷上稱：『湘潭王壬秋學問博雅，負一時重望。所著《湘綺樓集》，詩、文、詞無不工。』張德瀛《詞徵》卷六，稱王壬秋詞『如崇崗建樓，危檐陡立』。又錢仲聯《中國近代文學大系·詩詞集》小傳：『陳鋭（一八六〇——一九二二），字伯弢，一字伯濤，湖南武陵（今常德）人。光緒十九年（一八九三）舉人，官江蘇試用知縣。鋭爲王闓運弟子，早期詩學選體，傳闓運衣鉢。中年到南京後，常在張之洞座上論詩，並與陳三立等宋派詩人交游唱和，詩格漸有變化，不拘守漢、魏、三唐門户，竭力吸取宋人長處。評論家以爲迥異凡流，湘中自王闓運、易順鼎外，殆少與抗手者。亦工詞，客居蘇州，常與朱祖謀諸人游。有《褭碧齋集》六卷，《褭碧齋詞》一卷。』黄濬《花隨人聖盦摭憶》云：『與彊村、叔問同時爲詞，有陳伯弢，其密不如朱，爽不如鄭，而疏快處近於稼軒，亦楚艷也。』況夔笙評伯弢詞云：『沉著冲澹，一洗鉛華靡麗之習，無矜鍊之跡可尋，却無一字不矜鍊。格高律細，允稱法乳清真，抗手西麓。惟是可爲知者道耳。』

甄詩格，凌沈幾家參〔一〕。若舉經儒長短句，巋然高館憶江南〔二〕。綽有雅音涵〔三〕。陳蘭甫〔四〕

【箋注】

〔一〕蔡注：『李慈銘《白華絳跗閣詩集》論乾隆經儒詩絶句，有沈沃田、王蘭泉、淩仲子、洪稚存四家。淩詞有《梅邊吹笛譜》，載《校禮堂全集》中，沈詞見《清詞綜》。』又云：『淩廷堪，字次仲，歙人。乾隆間第進士。有《校禮堂集》、《燕樂考原》。沈大成，字學子，號沃田，華亭人。康熙諸生。有《學福齋詩文集》。』

〔二〕蔡注：『陳宗穎《憶江南館詞後記》：「先世爲上元人，先京卿甲辰後所爲詞，雖無多篇，並前作題曰《憶江南館詞》，以寄思念故鄉之意。」』

〔三〕蔡注：『《鐙前細雨詞自序》：「余少日偶爲小詞，桂君星垣見之曰：此詩人之詞也。」』

〔四〕蔡注：『陳蘭甫，名澧，番禺人。道光壬辰舉人，貫通經籍，有《憶江南館詞》、《聲律通考》。』錢仲聯

《中國近代文學大系・詩詞集》小傳：『陳澧（一八一〇——一八八二），字蘭甫，廣東番禺（今廣州）人，原籍上元（今南京）。道光十二年（一八三二）舉人，六應會試不售。官廣東河源縣學訓導。陳澧爲晚清儒林大師。先後主講學海堂及菊坡精舍，文廷式、沈曾植等近代著名學者、詩人、詞人都曾向之請益。工詞，譚獻稱其「填詞朗詣，洋洋乎會於風雅，乃使綺靡、奮厲兩宗，廢然知反」（《篋中詞》）。朱祖謀稱其「雅音」。著有《漢儒通義》、《東塾讀書記》、《聲律通考》、《切韻考》等書。詞有《憶江南館詞》一卷。生平事跡，見《清史列傳・儒林傳》、《清史稿・儒林傳》。』潘飛聲《雙雙燕》詞自注：『昔在菊坡精舍聽陳蘭甫先生話羅浮之游，云僅得「羅浮醒了」四字，久之未成詞也。壬寅三月，余游羅浮。至東江，泊舟望四百峰横亘煙月中，覺陳先生此四字，神妙如繪，故於游記中記其事。而黄公度京卿以飄逸仙才，成詞一首見寄，猿驚鶴舉，惜不能起陳先生相賞也。』今按《憶江南館詞》集末有《醉吟商・龍溪書院門外見羅浮山》詞云：『漸坐到三更，月影正穿林杪，水邊吟嘯。此際無人到。一片白雲低罩。羅浮醒了。』按此當即潘氏所稱，或是事後補成者。又冒廣生《小三吾亭詞話》卷二云：『粤中詞人，三家之先（三家指葉衍蘭《秋夢庵詞》、沈世良《楞華堂詞》、汪瑔《隨山館詞》），推嘉應吴石華學博蘭脩，番禺陳蘭甫京卿澧。學博之詞，詞人之詞，京卿之詞則學人之詞也。京卿邃於説經，品詣高雅，所著《東塾叢書》，風行於世。録其「雨中過嚴瀧」《百字令》云云。此詞仙樂飄飄，箏琵洗俗，嘗鼎一臠，可以知味矣。』龍沐勳《近三百年名家詞選》小傳云：陳澧『汎覽群籍，凡天文、地理、樂律、算術、古文、駢體文、填詞、篆籀真行書，無不精究。余嘗見其手批《山中白雲詞》，並從其門人汪兆鏞處傳録所翻白石《暗香》、《疏影》二曲譜，亦足略窺其所宗尚矣』。狄葆賢《平等閣詩話》云『南海陳蘭甫先生，荀、董之流，儒而且文，粹然大師也。傳經餘暇，不廢吟詠，殁後，其門人稍稍傳其長短句。仁和譚復堂大令《篋中詞續集》録六闋，余愛其三」云云。

皋文説，沆瀣得莊譚〔一〕。感遇霜飛憐鏡子〔二〕，會心衣潤費鑪煙〔三〕。妙不著言詮。莊中白、譚復堂〔四〕

【箋注】

〔一〕蔡注：『《篋中詞》評止庵詞：「茗柯《詞選》出，倚聲之學，日趨正鵠。」又評蒿庵詞：「余録《篋中詞》，終以中白，非徒齊名之標榜，同聲之喁于，亦以比興柔厚之旨相贈處者二十年。」』按沆瀣，見屈原《遠游》、司馬相如《上林賦》，舊注以爲『北方夜半氣也』。錢易《南部新書》戊：『又乾符二年，崔沆放崔瀣。譚者稱：「座主門生，沆瀣一氣。」』後用以喻臭味相投。此則言莊、譚論詞，上承皋文、止庵也。

〔二〕蔡注：『《蒿庵詞》：《浣溪紗·荷葉》：「青蓋當年入洛陽。往時天水亦堪傷。誰家中婦靚新妝。莫愛秋風珠露滴，還愁鏡子漸飛霜。采蓮且莫向横塘。」阮元《揅經室集·晉真子飛霜鏡拓本跋》：「一人置琴膝前，四正字曰真子飛霜。真子者，鼓琴之人。飛霜，其操名也。」薛壽《學詁齋真子飛霜鏡銘考》：外周以銘：「鳳凰雙鏡南金裝，陰陽各爲配，日月恒相會，白玉芙蓉匣，翠羽瓊瑤帶，同心人，心相親，照肝照膽俱千春。」共四十字。沈濤《交翠軒筆記》：「貞、真古通。貞子飛霜，疑即用伯奇彈《履霜操》故事。」』

〔三〕蔡注：『《復堂詞自序》：「周美成云：『流潦妨車轂。』又曰：『衣潤費鑪煙。』辛幼安云：『不知筋力衰多少，祇覺新來懶上樓。』填詞者於此消息之。」今案：譚獻評周美成詞『地卑山近，衣潤費鑪煙』二句云：「地卑二句，覺《離騷》廿五，去人不遠。」此皋文論詞家法也。』

〔四〕蔡注：『莊中白，名棫，丹徒人。治《易》、《春秋》。有《蒿庵詞》。譚復堂，名獻，字仲修，仁和人。同治丁卯舉人。有《復堂詞》、《篋中詞》。』按錢仲聯《中國近代文學大系·詩詞集》二小傳云：『莊棫（一八三〇——一八七八），字中白，號蒿庵，江蘇丹徒（今鎮江）人。先世業鹺，後家道中落，校書淮南、江寧，曾國藩禮爲上客，官主事。通經學，治《易》、《春秋》，兼通緯候。詞與譚獻齊名，爲常州詞派後勁。棫自序其詞，稱「向從北宋溯五代十國，今復下求南宋得失離合之故」。譚獻稱其「閨中之思，靈均之遺則，動於哀愉而不能自已」（《篋中詞》）。陳廷焯謂「蒿庵詞窮源竟委，根柢盤深，而世人知之者少。余觀其詞，匪獨一代之冠，實能超越三唐、兩宋，與風、騷、漢樂府相表裏，自詞人以來，罕見其匹」（《白雨齋詞語》）。讚揚未免溢分。有《蒿庵詞》四卷，一名《中白詞》，刊於《蒿庵遺集》中。生平事跡，見譚獻《亡友傳·莊棫傳》。』又同書《詩詞集》一云：『譚獻（一八三二——一九〇一），初名廷獻，字仲修，號復堂，浙江仁和（今杭州）人。同治六年（一八六七）舉人，署秀水教諭，先後官安徽歙縣、全椒、合肥、宿松、含山等知縣。晚年，張之洞延主湖北經心書院。其學爲一時物望所歸，章炳麟早年曾受業其門。譚氏論學，推重章學誠。詩宗八代、三唐，尤推重明七子。工詞，承常州派之緒，力尊詞體，上溯風、騷，擴大詞苑門庭，但亦不免膺古之病。平生讀書心得，見於《復堂日記》。選清人詞爲《篋中詞》六卷、續三卷，頗精審。有《復堂詩》十一卷，《復堂詞》三卷，刊入《復堂類集》。生平事跡見《清史稿》本傳、夏寅官《譚獻傳》。』又同書《詩詞集》二云：『葉恭綽《廣篋中詞》：「仲修先生承常州派之緒，力尊詞體，上溯風騷，詞之門庭，緣是益廓，遂開近三十年之風尚。論清詞者，當在不祧之列。」夏敬觀《廣篋中詞序》：「浙派外，常州別樹一幟。顧二百年來所熏習濡染，未能盡滌。譚氏於《詞辨》有評，輯《篋中詞》，剖析精微，議論洽當。至其自爲詞，則結習仍所不免。」譚獻在彊村以前，久執詞壇牛耳。自爲詞托體風騷，一代正宗，然學古功深，創新猶嫌未足。方之於詩，殆如李夢陽、何景明之摹盛唐，鄧輔綸、王闓運之倣漢、魏，難免夏氏之誚矣。』今按莊棫《中白詞自序》云：『余自壬子學爲詞，至今十八年，綜所作計之，幾三百首。始以爲難，繼以爲易，丙寅以後，由易而知難矣。於是向從北宋溯五代十國，今復下求南宋得失離合之故。戊辰五月，訂所作爲八十餘闋，諷詠數過，疵累畢呈，因益加刪削，以附詩後。周草窗云：「作詞難，改詞更難。」吾於今益服斯言矣。』今按莊氏爲陳廷焯之姨表叔，故其《白雨齋詞話》，推崇莊氏尤至。其述所受莊氏影響云：『近人爲詞，習綺語者托言温、韋，衍游詞者貌爲姜、史，揚湖海者倚於蘇、辛。近今之弊，實六百餘年來之通病也。余初爲倚聲，亦蹈此習。自丙子年，與希祖先生（按希祖，莊棫字）遇後，舊作一概付丙，所存不過己卯後數十闋，大旨歸於忠厚，不敢有背風、騷之旨。過此以往，精益求精，思欲鼓吹蒿庵，共成茗柯復古之志。蒿庵有知，當亦心許。』其心折於蒿庵至矣。《詞話》又云：『中白先生敍《復堂詞》有云：「夫義可相附，義即不深；喻可專指，喻即不廣。託志幃房，眷懷君國，温韋以下，有跡可尋。然而自宋及今幾九百載，少游、美成而外，合者鮮矣。又或用意太深，辭爲義掩，雖多比興之旨，未發縹渺之音。近世作者，竹垞擷其華而未芟其蕪，茗柯溯其源而未竟其委。」又曰：「自古詞章，皆關比興，斯義不明，體制遂舛。狂呼叫囂，以爲慷慨，矯其弊者，流爲平庸。風詩之義，亦云渺矣。」先生此論，實具冠古之識，並非大言欺人。』《詞話》又云：『仲修序蒿庵詞云：「夫神之所宰，機之所抽，心之所游，境之所構，身之所接，力之所窮，孰能無所可寄者！縱焉而已逝，蕩焉而已紛。魚寄於水，鳥寄於木，人心寄於言，風雲寄於天，凡夫寄於榮利，莊棫寄於詞。填詞原於樂，閨中之思乎？靈均之遺則乎？動於哀愉而不能已乎？小子學詩，可以興，可以觀，可以群，可以怨……」數語洞悉深處。蓋人不能無所感，感不能無所寄，知有所寄，而後可以讀蒿庵詞。』（見《白雨齋詞話》）

窮途恨，斫地放歌哀〔一〕。幾許傷春憂國淚，聲家天挺杜陵才〔二〕。辛苦賊中來〔三〕。蔣鹿潭〔四〕。

【箋注】

〔一〕蔡注：『褚榮槐《水雲樓詞序》：「楚客幽情，呵壁問天；王郎抑塞，拔劍斫地。」』

〔二〕蔡注：『譚獻《篋中詞評》：「文字無大小，必有家數。《水雲樓詞》，固清高變徵之聲，而流別甚正，家數頗大，與成容若、項蓮生二百年中，分鼎三脚。咸豐兵事，天挺此才，爲倚聲家老杜。而晚唐、兩宋一唱三嘆之意，則已微矣。」』

〔三〕蔡注：『杜甫詩：「所親驚老瘦，辛苦賊中來。」』

〔四〕蔡注：『蔣鹿譚，名春霖，江陰人，移居東臺。早歲能詩，中年以後，一意倚聲。有《水雲樓詞》。』今按蔣春霖，《清史稿》卷四百八十四有傳。龍沐勛《近三百年名家詞選》小傳：『蔣春霖，字鹿潭，江陰人。父尊典，官荆門州。春霖以嘉慶二十三年（一八一八）生，隨侍任所。嘗登黄鶴樓賦詩，老宿斂手，一時有「乳虎」之目。父殁，家中落，奉母游京師。既連不得志於有司，乃棄舉業，就兩淮鹺官，非其志也。咸豐壬子（一八五二），權富安場大使。丁巳（一八五七）遭母憂，始去官，挈家揚州之東臺，居焉。庚辛之際，兵事方急，徐溝喬松年、嘉善金安清，先後爭致之。春霖抵掌陳當世利弊甚辯，謇侃奮發，不以屬吏自撓。上官亦禮遇之，不爲牾也。同治戊辰（一八六八）冬，將訪上元宗源瀚於衢州，道吴江，艤舟垂虹橋，一夕而卒，年五十一。姬人黄婉君殉焉。春霖故力於詩，中歲悉摧燒之，一意於詞。晚年删存數十闋，爲《水雲樓詞》二卷，杜文瀾刻之《曼陀羅閣叢書》中。源瀚爲刊補遺一卷。江陰金武祥復刻其遺詩入《粟香叢書》，題曰《水雲樓燼餘稿》。（原注：節録武祥著《蔣春霖傳》）』按《詞學季刊》創刊號刊有《水雲樓未刻詞》。李肇增《水雲樓詞序》云：『蔣君鹿潭，負文學氣義，與世牴牾，官鹽曹十年，不合，以事去。流浪海濱，歌樓飲肆中，常浮湛跌宕以自適。與人輕直無曲貸，見者或憚之。然咸知其佯狂，不甚以爲駭也。吾獨異夫君爲詩，恢雄骯髒，若《東淘雜詩》二十首，不減少陵秦州之作。乃易其工力爲長短句，鏤情劌恨，轉豪於銖黍之間。直而致，沉而姚，曼而不靡。嗚呼，君之詞亦工矣。君嘗謂詞祖樂府，與詩同源，偎薄破碎，失風雅之旨。情至韻會，溯寫風流，極温深怨慕之意，亦未知其同與異否也。故以此悉力於詞。登山臨川，傷離悼亂，每有感慨，於是乎寄。』《白雨齋詞話》五：『蔣鹿潭《水雲樓詞》二卷，深得南宋之妙，於諸家中尤近樂笑翁。竹垞自謂學玉田，恐去鹿潭尚隔一層也。』今按彊村手批《篋中詞》云：『水雲詞，盡人能誦其雋快之句，嘉道間名家，可稱巨擘，宜復翁仰倒掌擊，而有會於冰叔（李肇增）之言也。顧其氣格駁而不純，比之蓮生差近之，正惟其才僅足爲詞也。』吴梅《詞學通論》第九章：『鹿潭雄才，得白石之清。而俯仰身世，動多感喟，庾信蕭瑟，所作愈工，别裁僞體，不附風氣，駸駸入兩宋之室。余謂復堂以鹿潭得流别之正，此言極是。唯以成、項二君並論，則鄙意殊不謂然。成、項皆以聰明勝人，焉能與《水雲》比歟？且復堂既以杜老比《水雲》，試問成、項可當青蓮、東川歟？此蓋偏宕之論也。鹿潭不專尚比興，《木蘭花》、

《臺城路》固全是賦事，即一二小詞，如《浪淘沙》、《虞美人》，亦直本事，絶不寄意幃闥，是真實力量，他人極力爲之，不能工也。嘉慶以前，詞家大抵爲其年、竹垞所牢籠。皋文、保緒標寄託爲幟，不僅僅摹南宋之壘，隱隱與樊榭相敵。此清朝詞派之大概也。至鹿潭而盡掃葛藤，不傍門户，獨以風雅爲宗，蓋托體更較皋文、保緒高雅矣。譚仲修雖尊莊中白，陳亦峰亦崇揚之，究其所詣，尚不足與鹿潭相抗也。』王國維《人間詞話删稿》云：『《水雲樓詞》，小令頗有境界，長調唯存氣格，超逸不足，皆不足與容若比。然視皋文、止庵輩，則倜乎遠矣。』

香一瓣，長爲半塘翁〔一〕。得象每兼花外永。起孱差較茗柯雄〔二〕。嶺表此宗風〔三〕。王佑霞〔四〕

【箋注】

〔一〕蔡注：『陳師道詩：「向來一瓣香，長爲曾南豐。」』朱祖謀《半塘定稿序》：「始予在汴梁納交君，相得也。已而從學爲詞，愈益親。」』今案彊村《半塘定稿序》接下又云：『及庚子之變，歐聯隊入京城，居人或驚散，予與同年劉君伯崇就君以居，三人者痛世運之淩夷，患氣之非一日致，則發憤叫呼，相對太息。既不得他往，乃約爲詞課，拈題刻燭，于喁唱酬，日爲之無間。一藝成，賞奇攻瑕，不隱不阿，談諧間作，心神灑然，若忘其在顛沛兀鼿中，而以爲友朋文字之至樂也。』又云：『予謂君詞於回腸蕩氣中，仍不掩其獨往獨來之概，君乃大以爲知言。』又云：『君天性和易，而多憂慼，若別有不堪者。既任京秩，久而得御史，抗疏言事，直聲震内外。然卒以不得志去位。其遇厄窮，其才未竟厥施，故鬱伊不聊之概，一於詞陶寫之。』

〔二〕蔡注：『朱祖謀《半塘定稿序》又云：「君詞導源碧山，復歷稼軒、夢窗以還清真之渾化，與周止庵説契若鍼芥。」宋王沂孫詞一名《花外集》，半塘有「梅邊花外」小印。《半塘定稿》有《沁園春·代詞答》：「詞告主人，酹君一觴，吾言滑稽。嘆壯夫有志，雕蟲豈屑，小言無用，芻狗同嗤。擣麝塵香，贈蘭服媚，煙月文章格本低。平生意，便俳優帝畜，臣職奚辭。　無端驚聽還疑。道詞亦窮人大類詩。笑聲偷花外，何關著作，情移笛裏，聊寄相思。誰遣方心，自成沓舌，翻訝金荃不入時。今而後，倘相從未已，論少卑之。」』

〔三〕今案：葉恭綽《廣篋中詞》卷二：『幼遐先生於詞學獨探本原，兼窮蘊奥，轉移風會，領袖時流，吾嘗戲稱爲桂派先河，非過論也。彊村翁學詞，實受先生引導。文道希丈之詞，受先生攻錯處，亦正不少。清季能爲東坡、片玉、碧山之詞者，吾於先生無間焉。』蔡嵩雲《柯亭詞論》云：『清詞派别，可分三期。……第三期詞派，創自王半塘，葉遐庵戲呼爲「桂派」，余亦姑以桂派名之。和之者有鄭叔問、況蕙風、朱彊村等。本張皋文「意内言外」之旨，參以凌次仲、戈順卿審音定律之説，而蓋發揮光大之。此派既晚出，以立意爲體，故詞格頗高；以律爲用，故詞法頗嚴。今世詞學正宗，唯有此派。故王、朱、鄭、況諸家，詞之家數雖不同，而詞派相同。』

〔四〕蔡注：『王佑霞名鵬運，號半塘，臨桂人。同治庚午舉人，以内閣中書累遷至禮科掌印給事中。有《半塘定稿》。』今案錢仲聯《中國近代文學大系·詩詞集》二云：『王鵬運（一八四八—一九〇四），字幼霞，一字佑遐，又字鶩翁，號半塘，廣西臨桂（今桂林）人，原籍浙江山陰（今紹興）。同治十二年（一八七三）舉人，歷官内閣侍讀、監察御史、禮科給事中。庚子八國聯軍入侵北京，與朱祖謀、劉福姚共集宣武門外教場頭條胡衕寓宅，相約填詞，成《庚子秋詞》二卷。南歸後，客揚州、蘇州。鵬運詞爲近代四大詞人之首。曾校刻吳文英詞及四印齋叢刻宋元人詞二十種、四十四卷。自爲詞有《袖墨》、《蟲秋》、《味梨》、《蜩知》等集，晚年删定爲《半塘定稿》二卷、《剩稿》一卷。』況周頤《禮科掌印給事中王鵬運傳》云：『鵬運直諫垣十年，疏數十上，大都關係政要。二十八年得請南歸，寓揚州，時艱日亟，憤懣滋甚。三十年春，以省墓道蘇州，病卒。甫通朝籍，即不諧時論，致身言路，敢於抨擊權强，夙不慊於津要，甚之者復百計中傷之，卒坎壈於仕途，才識閎通，不獲竟其用。鵬運微尚蕭遠，書卷而外，嗜金石書畫，亦不爲意必。唯精研詞學，生平悃款抑塞，一寄託乎是。』文廷式《琴風餘談》云：『臨桂王幼霞御史《争割地》一疏，有「聞李鴻章奏調隨員，有伊子李經方及道員馬建忠、羅豐禄諸人，亂臣賊子，狼狽爲姦，其可寒心，不啻兵臨城下」，自謂警句，爲余誦之。時論亦頗謂然。及庚子之亂，幼霞又劾大學士榮禄，摺入，留中。幼霞遂乞假南歸。』譚獻《篋中詞》云：『《袖墨詞》千辟萬灌，幾無爐錘之跡，一時無兩。』陳鋭《裦碧齋詞話》云：『王幼遐詞，如黄河之水，泥沙俱下，以氣勝者也。』王國維《人間詞話删稿》云：『《半塘丁稿》中和馮正中《鵲踏枝》十闋，乃鶩翁詞之最精者。「望遠愁多休縱目」等闋，鬱伊惝恍，令人不能爲懷。《定稿》只存六闋，殊爲未允也。』

招隱處，大鶴洞天開〔一〕。避客過江成旅逸〔二〕，哀時無地費仙才〔三〕。天放一閑來〔四〕。鄭叔問〔五〕

【箋注】

〔一〕蔡注：『《比竹餘音》有《瑞鶴仙・題自畫大鶴天歸隱圖》詞。』

〔二〕蔡注：『《苕雅餘集》有《秋宵吟・和白石自製越調，同彊村作》：「畫屏深，翠燭皎。暗雨蟲天涼悄。沉吟久，漸桂魄西斜，近窗雅曉。倚風篁，攬露葆。瘦絶一峰林表。蒼茫感，正木落城笳，亂煙衰草。

荏苒年光，甚倦客、過江易老。感時詞賦，去國山川，一夜斷魂繞。何意悲秋早。唳鶴頻聞，歸雁尚杳。但西風、滿眼驚塵，争奈年事夢换了。」又《驀山溪》序：「半塘翁嘗愛誦美成此曲，與次珊同年連和之。今别翁浹旬已，沽口樓居，連雨不寐，兼聞梧州亂耗，爰次韻寄懷，不獨旅逸之感也。」』

〔三〕蔡注：『又《臨江仙》：「萬里滄波愁洗眼，狂歌獨立空山。滿天清思霧襟寒。醉簪紅躑躅，吟扣碧琅玕。

夢上瑶京風月冷，夜聞秋玉珊珊。欲題蟬錦寄飛鸞。仙才無地費，送老白雲關。」』

〔四〕蔡注：『又《蝶戀花》：「冷燠天心無定處。小雪光陰，猶作東風雨。時事悤悤驚歲暮。夜窗獨共寒香語。

幽夢覺來尋斷句。紅葉燒茶，秋味如詩苦。天放一閑爲老圃。閉門種樹書能補。」』

〔五〕蔡注：『鄭叔問，名文焯，字俊臣，號小坡，自署大鶴山人。先世高密鄭氏，清初改隸正黄旗漢軍。光緒乙亥舉人，卜居吴中，有《樵風樂府》。』今案錢仲聯《中國近代文學大系・詩詞集》二云：『鄭文焯（一八五六—一九一八），字俊臣，號小坡，又號叔問，晚號大鶴山人，别號冷紅詞客。奉天鐵嶺人，隸漢軍籍。家世清貴，累葉通顯。父瑛棨，官陜西巡撫。文焯兄弟十人，裘馬輕肥，而文焯獨被服儒雅，懷抱沖遠。光緒元年（一八七五）舉人，官内閣中書。久寓蘇州，爲巡撫幕客。其從兄文烺謂文焯「少工側艷，而不盡協律。南游十年，學琴於江夏李復翁，討論古音，乃大悟『四上競氣』之恉，於樂紀多所發明。故其爲詞，聲出金石，極命風謡，感興微言，深美閎約」（《篋中詞續》三引）。俞樾謂「論其身世，微類玉田，其人與詞，則雅近清真、白石」，又謂「君詞體潔旨遠，句妍韻美」（《瘦碧詞序》）。譚獻稱「《瘦碧詞》持論甚高，摛藻綺密，由夢窗以跂清真，近時作手，頗難其匹」（《復堂日記》）。葉恭綽謂其「沉酣百家，擷芳漱潤，一寓於詞，故格調獨高，聲采超異，卓然爲一代大家。讀者知人論世，方益見其詞之工」（《廣篋中詞》）。著有《絶妙好詞校釋》一卷，《詞源斠律》二卷等。自著詞有《冷紅詞》四卷，《比竹餘音》四卷，《苕雅餘集》一卷，《瘦碧詞》二卷，删定爲《樵風樂府》九卷。吴昌綬合刊《大鶴山房全集》。生平事跡，見康有爲《清詞人大鶴先生墓表》，孫雄《高密鄭叔問先生别傳》，戴正誠《大鶴山人年譜》。』又張爾田《近代詞人逸事·大鶴山人逸事》：『文小坡（焯），爲瑛蘭坡中丞子。少登乙科，官内閣中書，不樂仕進，旅食江蘇，爲巡撫幕客四十餘年。善詼諧，工尺牘，故所歷賢主人無不善遇之。然其中落落，恒有不自得者。先君子諱上龢，字沚莼，曾從蔣鹿潭學詞，從沈旭庭（梧）學畫，與小坡爲詞書至交。小坡兼工醫術，自謂於音律有神悟。所著《詞源斠律》，大抵依據《燕樂考源》。余爲糾正數條，小坡大驚曰：「是能傳吾大晟之業者也。」金石小學，靡不綜貫。皆非其至者。然自喜特甚。其齋中懸一聯云：「籀説文五千字，治墨學十三篇。」楊守敬所書也。尊罍筆硯，事事精潔，有南宋江湖詩人風趣。鼎革後，以賣畫爲生，樵風别墅所藏，一夕散盡。光緒甲午，先君子棄官僑吴中，與小坡及張子苾諸君連舉詞社。小坡晚年營别墅於孝義坊，其東坡陀綿亘，按《圖經》知爲吴小城，賦詞以張之。手種梅竹，極幽蒨之致。小坡歿後，吴印吾（昌綬）擬爲保存其墅，余爲題「僑吴舊築」四字，後亦未果，聞已易主矣。』又《鶴道人論詞書》：『余治經、小學及墨家言二十餘年，自謂發前人所未發。研經餘日，未嘗廢文。獨於詞學，深鄙夷之，故本朝諸名家，悉未到眼一字。爲詞實自丙戌歲始，入手即愛白石騷雅，勤學十年，乃悟清真之高妙。進求《花間》，校宋刻，製令曲往往似張舍人，其哀艷不數小晏風流也。若夫學文英之穠，患在無氣，學龍洲之放，又患在無筆，二者洵後學所厚誡，未可率擬也。復堂謂余善學清真，吾斯未信。』陳鋭《裛碧齋詞話》：『鄭叔問詞，剥膚存液，如經冬老樹，時一着花。其人品亦與白石爲近。』又云：『近年詞家推鄭文焯氏，殫精覃思，每一調成，必三五易稿，其意境格趣，殆不僅冠絶本朝而已。而虚衷服善，於余發明柳詞，尤引爲同志。』冒廣生《小三吾亭詞話》卷二：『叔問獨羈棲吴下，爲東諸侯賓客，其神致清朗，懷抱冲遠，真衛洗馬一流人物。所著《瘦碧》、《冷紅》諸詞，規撫石帚，即製一題，下一字，亦不率意。本朝詞家雖多，若能研究音律，深明管絃聲數之異同，以上考古燕樂之譜者，淩次仲外，此爲僅見。』

閑金粉，曹鄶不成邦〔一〕。拔戟異軍成特起〔二〕，非關詞派有西江〔三〕。兀傲故難雙〔四〕。文道希〔五〕

【箋注】

〔一〕蔡注：『黄庭堅詩：「我詩如曹鄶，淺陋不成邦。」《雲起軒詞鈔自序》：「詞至南宋漸衰，其聲多嘽緩，其意多柔靡，其用字則風雲月露、紅紫芬芳之外，如有戒律，不敢稍有出入焉。」』

〔二〕蔡注：『《左傳》：「拔戟以成一軍。」』今案《史記·項羽本紀》：『異軍蒼頭特起。』

〔三〕蔡注：『厲鶚《論詞絶句》：「送春苦調劉須溪，吟到壺秋句絶奇。不讀鳳林書院體，豈知詞派有江西。」原注：「《鳳林書院詞》三卷，多江西人。」劉熙載《藝概》：「詩有西江、西崑，惟詞亦然。戴石屏

《望江南》云：誰解學西崑。是學西江派人語，吴夢窗一流，當不喜聞。」』

〔四〕蔡注：『《雲起軒詞鈔自序》：「陶淵明詩云：兀傲差若穎。故余亦過而存之。」』

〔五〕文道希，名廷式，字芸閣，萍鄉人。光緒庚寅進士，由編修遷翰林侍讀學士。甲午，廷式主戰，御史疏劾削職。戊戌，密旨捕治，逸去。有《雲起軒詞》。錢仲聯《中國近代文學大系·詩詞集》一：『文廷式（一八五六——一九〇四），字道希，號雲閣，一作芸閣，又號薌德，又號羅霄山人，晚號純常子，江西萍鄉人。光緒八年（一八八二）舉人，十六年（一八九〇）一甲二名進士及第，授翰林院編修，旋充國史館協修、會典館纂修。光緒十九年癸巳（一八九三）恩科，充江南鄉試副考官。二十年（一八九四）大考翰詹，名列一等一名，擢翰林院侍讀學士。二十一年（一八九五）七月，北京開强學會，曾列名。被劾落職南歸。二十六年（一九〇〇）春，曾游日本。歸滬後，參與籌組愛國會。廷式博通經史子各派學術，被目爲雜家。著有《純常子枝語》等數十種之多。其詩宗尚晚唐，多反映時政與國外新事物新思想之作。詞尤著名，於清代浙西、常州兩派外，獨樹一幟。朱祖謀推許爲「拔戟異軍成特起」、「兀傲故難雙」。有《文道希先生遺詩》、《雲起軒詞》行世。生平事跡，見《昭萍志略·人物誌》本傳、胡思敬《文廷式傳》、汪曾武《萍鄉文道希學士事略》、沈曾植《文君芸閣墓表》、錢仲聯《文廷式年譜》。』今按廷式與盛昱、黄紹箕等同號『清流』，又與福山王懿榮、南通張謇、常熟曾之撰合稱『四大公車』，係翁同龢門下士，屬帝黨。廷式與志鋭、志鈞友善，故瑾、珍二妃亦忝屬世交。或云二妃爲廷式弟子，考年事不合，錢氏《年譜》已辨之。按廷式《雲起軒詞自序》云：『詞者，遠繼風騷，近沿樂府，豈小道歟！自朱竹垞以玉田爲宗，所選《詞綜》，意旨枯寂。後人繼之，尤爲冗漫，以二窗爲祖禰，視辛、劉若讎敵，家法若斯，庸非巨謬。二百年來，不爲籠絆者，蓋亦僅矣。曹珂雪有俊爽之致，蔣鹿潭有沈深之思，成容若學陽春之作，而筆意稍輕，張皋文具子瞻之心，而才思未逮。然皆斐然有作者之意，非志不離於方罫者也。余於斯道，無能爲役，而志之所在，不尚苟同。三十年來，涉獵百家，榷校利病，論其得失，亦非捫籥而談矣。而寫其胸臆，則率爾而作，徒供世人之指摘而已。』冒廣生《小三吾亭詞話》卷一云：『《雲起軒詞》渾脱瀏漓，有出塵之致。亦可謂出其餘事，足了千人者矣。』陳鋭《褒碧齋詞話》：『文道羲詞，有稼軒、龍洲之遺風，唯其斂才就範，故無流弊。』夏敬觀云：『近人惟文道希學士差能學蘇。』（手批《東坡詞》）胡先驌云：『《雲起軒詞》意氣飆發，筆力横恣，誠可上擬蘇辛，俯視龍洲。其令詞穠麗婉約，則又直入《花間》之室。蓋其風骨遒上，並世罕睹，故不從時賢之後，局促於南宋諸家範圍之内，誠如所謂美矣善矣。』（《學衡雜誌》第二七期《評雲起軒詞鈔》）

雙飛翼，悔殺到瀛州〔一〕。詞是易安人道韞〔二〕，可堪傷逝又工愁。腸斷塞垣秋〔三〕。徐湘蘋〔四〕

【箋注】

〔一〕蔡注：『《拙政園詞》有《風流子》：「只如昨日事，回頭想、早經十年秋。向洗墨池邊，裝成書屋，鑾牋象琯，别樣風流。殘紅院，幾番春欲去，却爲故人留。宿雨低花，輕風側蝶，水晶簾卷，恰好梳頭。西山依然在，知何意憑檻，怕舉雙眸。便把紅萱釀酒，只勸人愁。謝前度桃花，休問碧海，舊時燕子，莫過朱樓。悔煞雙飛彩翼，誤到瀛洲。」』

〔二〕蔡注：『《詞苑叢編》引陳其年《婦人集》：「徐湘蘋詞，娣視淑真，姒畜清照。至『道是愁心春帶來，春又來何處』等語，纏綿辛苦，兼擷屯田、淮海諸勝。」』今案譚瑩《樂志堂詩集》卷六《論詞絶句》論徐湘蘋詞云：『起居八座也伶俜。出塞能還繡佛靈。文似易安人道韞，教誰不服到心形。』案彊村此句，今實用譚詩。

〔三〕蔡注：『《清史列傳》：「陳之遴，明崇禎十年進士，順治二年，授弘文院大學士，加少保，兼太子太保。以行賄賂結交監犯免死革職流徙，家産籍没。後死徙所。」徐樹敏、錢岳《衆香詞》禮集：「相國陳素庵夫人善詩文，詞得北宋風格。相國殁塞上，夫人扶櫬歸。」』

〔四〕蔡注：『徐湘蘋名燦，長洲人。歸海寧陳素庵之遴。有《拙政園詞》。』今案徐湘蘋，《清史稿》卷五百八《列女一》有傳（《陳之遴妻徐》），陳之遴，《清史稿》卷二百四十五有傳。龍沐勳《近三百年名家詞選》小傳：『徐燦字湘蘋，江蘇長洲人，海寧陳之遴妻。之遴爲明崇禎進士，官中允。入清，累官弘文院大學士，加少保。坐結黨營私，以原官發遼陽居住。尋召還，以賄結内監吴良輔論斬，免死流徙，卒於徙所。燦善屬文，並精書、畫。填詞得北宋風格。著有《拙政園詩餘》，南陵徐氏收入《小團欒室彙刻閨秀詞》中。朱孝臧題云云，蓋深惜之也。』陳之遴《拙政園詩餘序》云：『湘蘋所爲詩及長短句，多清新可誦。』又：『湘蘋吟詠蓋廣，好長短句愈於詩。所愛玩者，南唐則後主，宋則永叔、子瞻、少游、易安，明則元美，若大晟樂正輩，以爲靡靡無足取，其論多與余合。』又：『湘蘋長短句得温柔敦厚之意，佳者追宋諸家，次亦楚楚無近人語，中多淒惋之調，蓋所遇然也。湘蘋愛余詩愈於長短句，余愛湘蘋長短句愈於詩，豈非各工其所好耶！』又陳維崧《婦人集》：『徐湘蘋名燦，才鋒遒麗，生平著小詞絶佳，蓋南宋以來閨房之秀，一人而已。其詞娣視淑貞，姒畜清照。至「道是愁心春帶來，春又歸何處」，又「衰楊霜徧灞陵橋，何處是前朝」等語，纏綿辛苦，兼攝屯田、淮海之勝。』陳廷焯《白雨齋詞話》：

『閨工爲詞者，前則李易安，後則徐湘蘋。明末葉小鸞，較勝於朱淑貞，可爲李、徐之亞。』又：『湘蘋《踏莎行》云：「碧雲猶疊舊河山，月痕休到深深處。」既超逸，又和雅，筆意在五代、北宋之間。』徐乃昌《小團欒室閨秀詞》第二集：『詩餘得北宋風格，絶去纖佻之習。其冠冕處，即李易安亦當避席，不獨爲本朝第一。』又王藴章《然脂餘韻》卷四：『湘蘋名燦，海昌相國配也。相國由明代詞臣，躐居政地，機智敏練，時政因革，多出其手。順治癸巳，調任司農，乙未再相，未一歲，以原官發遼陽居住。是年冬，令回京入旗。己亥，以賄結内監吴良輔下請室，全家徙遼左，家産籍官。丙申賜環，入爲宿衛。再經遷謫，以康熙丙午歿於戍所。後五年，湘蘋始疏請歸骨焉。拙政園者，林木絶勝，中有寶珠山茶最奇，爲江南僅見。相國買得此園，在政府十年不歸，旋遭遷謫，從未一日居也。加膝墜淵，愆咎自積，悟彈指功名之幻，貽相韓家世之羞。湘蘋病中《永遇樂》云云，回曲隱軫，可以怨矣。』按王氏此文論湘蘋生事較悉，録以備參。

又　意有未盡，再綴二章。紅友之律，順卿之韻，皆足稱詞苑功臣。新會陳述叔，臨桂況夔笙，並世兩雄，無與抗手也

談聲律，詞筆此權輿。翻譜竹枝歸刌度〔一〕。重雕菉斐費爬梳〔二〕。持配紫霞無〔三〕。

【箋注】

〔一〕蔡注：『《詞律・發凡》：「《竹枝》、《柳枝》，無異七言絶句，專論詞體，自當捨而勿録。後人以此等詞爲嚆矢，遂取入譜，今已盛傳，不便裁去。」』

〔二〕蔡注：『厲鶚《論詞絶句》：「去上雙聲仔細論，荆溪萬樹得專門。欲呼南渡諸公起，韻本重録菉斐軒。」原注：「近時宜興萬紅友，嚴去上之辯，本宋沈伯時《樂府指迷》。余曾見紹興二年刊《菉斐軒詞林要韻》一册，分東紅、邦陽等十九韻，亦有上、去、入三聲作平聲者。」』

〔三〕蔡注：『宋楊守齋名纘，字繼翁，又號紫霞翁。善彈琴，明宫調詞法，嘗著《作詞五要》，於填詞按譜、隨律押韻兩條詳言之。』今案：此一首論萬律、戈韻。蔡注云：『萬紅友名樹，宜興人，著《詞律》。戈順卿名載，吴縣人，著《詞林正韻》。』今案：萬樹，字花農，一字紅友，號山翁，江蘇宜興人。以監生游兩廣總督吴興祚幕，以文才著稱。所作曲二十餘種（今可考者有雜劇《珊瑚珠》等八種，傳奇《風流棒》等八種），興祚即令家伎排練。萬樹長期精研詞律，後於康熙七年（一六六八）在京都時，嘗與陳維崧討論，得到支持。後於康熙十六年（一六七七）開始撰著，又十年始成書於嶺南。《四庫全書總目》卷一百九十九稱『是編糾正《嘯餘圖譜》及《填詞圖譜》之譌，以及諸家詞集之舛異，其論最爲細密。至於考詞名之新舊，證傳寫之舛僞，辨元人曲詞之分，斥明人自度腔之謬，考證尤一一有據。雖考核偶疏，亦所不免，要之唐宋以來倚聲度曲之法，久已失傳者，固已十得八九矣』。樹又有《璇璣碎錦》二卷，『皆迴文詩圖』，《四庫全書總目》卷一百八十三入別集類存目一。所著還有《堆絮園集》、《香膽詞》。吴照衡《蓮子居詞話》卷一云：『萬紅友當轇轕榛枯之時，爲詞宗護法，可謂功臣。舊譜編類排體，以及調名同異，乖舛蒙混，無庸論矣。其於段落、句讀、韻脚、平仄間，尤多模糊。紅友《詞律》一一訂正，辯駁極當。所論上去入聲，上、入可替平，去則獨異，而其聲激厲勁遠，名家轉折跌蕩，全在乎此，本之伯時（沈義父）。煞尾字必用何音方爲入格，本之挺齋（周德清）。均造微之論。』陳鋭《聲勢》卷上：『萬氏之書，雖不能謂絶無疏舛，然據所見之宋元以前詞，參互考訂，且未見《樂府指迷》，而辨别四聲，暗合沈義父之説。凡所不認爲必不如是，或必如何始合者，不獨較其他詞譜爲詳，且多確不可易之論，莫敢訾以專輒。識見之卓，無與倫比，後人不得不奉爲圭臬矣。』又案戈載，字寶士，一字孟博，號順卿，江蘇吴縣人。約生於乾隆末年，嘉慶十二年（一八〇七）爲吴縣諸生，後選爲貢士，徵爲太學主簿，未赴。居家專事詞學著述。父宙襄，號小蓮，精研聲韻之學。載於詞韻，蓋有家學淵源。《詞林正韻·發凡》云：『自揣音韻之學，幼承庭訓。嘗見家君與錢竹汀講論，娓娓不倦。余在末座，時竊緒餘。家君有《韻表互考》並《韻表》、《韻類表》、《字母匯考》、《字母會韻紀要》諸書，余皆謹謹校録。故於韻學之源流、昇降、異同、得失，頗窺門徑。近又從顧丈澗蘋談宴之餘，指示不逮，更稍稍能領其大略焉。』顧千里《詞林正韻序》云：『吾友戈小蓮，有才子曰順卿，詞章學問，稟受趨庭，具傳家法，更於填詞一事，引而申之，講求積年，遂多神悟。每聞其言云：「詞之大要有二：曰律，曰韻。病夫率爾倚聲者，都不以此爲事。」於是欲起而救正之，各爲一書。論韻者先成，寫以示余。發凡舉例，詳哉言之。皆探索於兩宋名公周、柳、晏、張等集，以抉其閫奥，包孕宏富，剖析精微，可謂心能通其故，筆能暢其説者也。此書既出，非徒從前詞韻各種之雲霧，曠然盡掃，將見而今而後，庶無落韻之詞矣。』俞樾《樵風樂府序》云：『元明以來，詞學衰息，迨本朝萬氏《詞律》出，而後人知詞不可無律。然萬氏只取諸名家之詞排比以求其律，而律之原固未之知也。戈順卿氏踵其後，視萬氏所得爲進矣，乃戈氏深於律而不工於詞，讀其詞者惜焉。』蔣兆蘭《詞説》云：『清人選宋詞博且精者，無過朱竹垞

《詞綜》一書，此與萬紅友《詞律》、戈順卿《詞林正韻》，皆詞家必備之書也。』

雕蟲手，千古亦才難。新拜海南爲上將〔一〕，試要臨桂角中原。來者孰登壇〔二〕。

【箋注】

〔一〕蔡注：『楊萬里詩：「新拜南湖爲上將，更差白石作先鋒。」』

〔二〕今按此一首論陳述叔、況夔笙。蔡注：『陳述叔名洵，本新會人，補南海諸生，有《海綃詞》。況夔笙名周儀，以避清帝諱，改周頤，臨桂人。光緒己卯舉人，官内閣中書。有《蕙風詞》、《蕙風詞話》。』今按龍沐勳《近三百年名家詞選》小傳云：『陳洵字述叔，廣東新會人。少有才思，游江右十餘年。晚歲教授廣州中山大學。歸安朱孝臧見其詞，甚加推許，嘗稱新會陳述叔、臨桂況周頤爲「並世兩雄，無與抗手」。又爲校印所著《海綃詞》，並題句云云。亦見其推許之至矣。其後復收入《滄海遺音集》，共二卷。洵生性孤峭，少與順德黄節善，番禺梁鼎芬每爲揚譽，並稱「陳詞黄詩」。以同治十年（一八七一）生，民國三十一年（一九四二）五月初六日卒於廣州，年七十二。（參考黄節《海綃詞序》及《同聲月刊》第二卷第六號余所撰《陳海綃先生之詞學》）。尚有遺詞一卷，待刊。』朱彊村手批《海綃詞》云：『海綃詞神骨俱静，此真能火傳夢窗者。』又云：『善用逆，故處處見騰踏之勢，清真法乳也。』又云：『卷二多樸遬之作，在文家爲南豐，在詩家爲淵明。』張爾田《與龍榆生論詞書》云：『比閲近代詞集頗多，自當以樵風爲正宗，彊村爲大家也。述叔、吷盦（夏敬觀），各有偏勝，無傷詞體。陽阿（邵瑞彭）才人之筆，蒼虬（陳仁先）詩人之思，降而爲詞，似欠本色。』又云：『蒼虬頗能用思，不尚浮藻，然是詩意，非曲意，此境亦前人所未到者。述叔、吷盦皆從詞入，取徑自別，但一則運典能曲，一則下筆能辣耳。』葉恭綽《廣篋中詞》三云：『述叔詞最爲彊村翁所推許，稱爲一時無兩。述叔詞固非襞積爲工者，讀之，可知夢窗真諦。』況周頤已屢見前注。龍沐勳《近三百年名家詞選》小傳云：『況周頤，原名周儀，字夔笙，號蕙風，廣西臨桂人。原籍湖南寶慶。咸豐九年（一八五九）九月初一日生。以優貢生中光緒五年（一八七九）鄉試，官内閣中書。嗜倚聲，與同里王鵬運共晨夕，於所作多所規誡，自是寢饋其間者五年。南歸後，兩江總督張之洞、端方先後延之入幕。晚居上海，以鬻文爲活。民國十五年丙寅（一九二六）七月十八日卒，年六十八。葬湖州道場山。有詞九種，合刊爲《第一生修梅花詞》，後又删定爲《蕙風詞》一卷，其門人趙尊岳爲刊於《蕙風詞話》後。周頤以詞爲專業，致力五十年，特精評品。所爲《詞話》，朱祖謀推爲絶作云。』（參看馮幵《況君墓誌》及余舊撰《清季四大詞人》）今案《蕙風詞話》卷一：『作詞有三要，曰重、拙、大。南渡諸賢，不可及處在是。』又云：『真字是詞骨。情真、景真，所作必佳。』又云：『吾聽風雨，吾觀江山，常覺風雨江山外有萬不得已者在。此萬不得已者，即詞心也。而能以吾言寫吾心，即吾詞也。此萬不得已者，由吾心醖釀而出，即吾詞之真也，非可强爲，亦無庸强求，視吾心之醖釀何如耳。吾心爲主，而書卷其輔也。書卷多，吾言尤易出耳。』此夔笙論詞要旨也。徐珂《近詞叢話》云：『光宣間之倚聲大家，則推臨桂王鵬運、況周頤、歸安朱祖謀、漢軍鄭文焯。』又：『況夔笙爲倚聲大家，著有《第一生修梅花館詞》，與王幼霞、朱古微相友善，其官秩亞於幼霞、古微，而聲望實與相埒。嘗自述其填詞之所歷曰：「余自同治壬申、癸酉間即學填詞，所作多性靈語，有今日萬不能道者，而尖艷之譏，在所不免。光緒己酉，薄游京師，與半塘共晨夕，半塘詞風尚體格，於余詞多所規誡。又以所刻宋、元詞屬爲校讎，余自是得窺詞學門徑。所謂重、拙、大，所謂自然從追琢中出，積心領神會之，而體格爲之一變。半塘亟獎藉之，而其它無貴焉。夫聲律之與體格並重也，余詞僅能平側無誤，或某調某句有一定之四聲，昔人名作皆然，則亦謹守弗失而已，未能一聲一字，剖析入微，如方千里之和清真也。如是者二十餘年，繼與漚尹以詞相切磨。漚尹守律綦嚴，余亦恍然嚮者之失，斷斷不敢自放。乃悉根據宋元舊譜，四聲相依，一字不易，其得力於漚尹與得力於半塘同。」』王國維《人間詞話附録》云：『蕙風詞小令似叔原，長調亦在清真、白石、梅溪間，而沉痛過之。彊村雖富麗精工，猶遜其真摯也。』葉恭綽《廣篋中詞》云：『夔笙先生與幼霞翁崛起天南，各樹旗鼓。半塘氣勢宏闊，籠罩一切，蔚爲詞宗；蕙風則寄興淵微，沉思獨往，足稱巨匠。各有真價，固無庸爲之軒輊也。』又趙尊岳《蕙風詞史》論夔笙詞甚詳，文多不録。龍沐勳《清季四大詞人》論蕙風詞學甚詳，可參看。（文載《龍榆生詞學論文集》，一九九七年上海古籍出版社版。）又夏承燾《天風閣學詞日記》一九三二年三月十日云：『古微丈昔作《望江南》十餘闋以評騭清代詞家，而丈詞實爲有清一代詞流之大殿，闕焉不述，何以示後？因濳續兩章。丈笑曰：「姑待身後可乎？」今丈已下世，則此詞不可不存也。』詞云：『霜腴好，曾憶鶩翁評。天外鳳凰誰得髓，人間韶濩此中存。七寳自然成。』其二云：『衡門意，投老若爲家。半篋傷心留諌草，一春垂淚對江花。應有匪風嗟。』

小重山　晚過黄渡〔一〕

過客能言隔歲兵〔二〕。連郵遮戍壘、斷人行。飛輪衛暝試春程。回風起，猶帶戰塵腥〔三〕。

日落野煙生。荒螢三四點、淡於星。叫群創雁不成聲。無人管，收汝淚縱橫〔四〕。

【箋注】

〔一〕黄渡鎮，在今上海嘉定區南三十六里，舊説楚春申君黄歇治水於此，故名。地當吴淞江北岸，對江即青浦縣地，滬寧鐵路經之。

〔二〕『隔歲兵』，指民國十三年（一九二四）第二次直奉戰争期間江浙齊燮元、盧永祥之戰也。曹錕賄選，浙督盧永祥通電討之，並北聯張作霖、南通孫中山以爲聲援。齊燮元則直系曹錕所委任之蘇、皖、贛巡閲使也。古蓨孫《甲子内亂始末紀實》記此戰始末甚詳，其間《江、浙九月三、四日黄渡、崑山之激戰》、《江浙九月八、九日黄渡、宜興之激戰》、《江、浙九月十日瀏河、黄渡、安亭之激戰》、《盧永祥負隅上海之戰局》數章紀黄渡激戰尤詳，文多不録。（古蓨孫此書，《近代稗海》收之，四川人民出版社一九八五年版。）

〔三〕杜甫《垂老别》詩：『烽火被岡巒，積屍草木腥。』

〔四〕杜甫《新安吏》詩：『莫自使眼枯，收汝淚縱横。眼枯即見骨，天地終無情。』黄山谷《聽宋宗儒摘阮歌》詩：『獨雁叫群天拍水。』

齊天樂　乙丑九日庸庵招集江樓〔一〕

年年消受新亭淚，江山太無才思。戍火空郵，軍笳壞堞，多難登臨何地〔二〕。霜飆四起。帶驚雁聲聲，半含兵氣。老慣悲秋，一尊相屬總無味〔三〕。登樓誰分信美。未歸湖海客，離合能幾〔四〕。明日黃花，清晨白髮，飄渺蒼波人事〔五〕。茱萸舊賜。望西北浮雲，夢迷醒醉〔六〕。並影危闌，不辭輕命倚〔七〕。

【箋注】

〔一〕陳夔龍，字筱石，號庸庵，貴州貴筑縣人。光緒丙戌進士，官至直隸總督。民國僑居上海，年九十二卒。《彊村集外詞》有《壽陳小石·定風波》一首。陳三立《散原精舍詩》有《癸丑六月二日，徐園雅集，爲馮蒿庵、姚菊坡、吴補松、沈子封、陳庸庵、曹耕蓀、蘇静階諸公，及余凡八人，皆光緒丙戌進士榜同年也。庸庵尚書有詩紀事，次韻和酬》一首，又有《題庸庵尚書水流雲在圖》。《散原別集》又有《庸庵寄示重九海樓讌集之作，適是夕飲仁先湖上宅，放舟泛月而歸，次其韻答之》，詩云：『動摇海色危樓上，隔歲聽潮惜此筵。故老依然誇重會，哀歌欲絶是何年。花光肯照魚龍窟，野哭應憐雁鶩天。賸造湖居酌醇醖，峰前醉放月中船。』即是年作也。《別集》又有一詩，題爲《庸庵同年寄示新篇，且將以我輩最近所唱和，各寫而聚爲一卷，命曰《吴越五老聯吟集》，亦紀一時之哀樂也。至久遠之保存遺落，皆可成故事。次韻戲酬，並博蒿庵、倦知兩同年一笑》，又《次韻答蒿庵同年》詩注云『滬上遺老吟興不減者，衹公與庸庵、倦知三叟耳』云云。並足見諸遺老蹤跡。蒿庵，金壇馮煦也，已見前注。

〔二〕杜甫《登樓》詩：『萬方多難此登臨。』

〔三〕杜甫《九日藍田崔氏莊》詩：『老去悲秋强自寬。』

〔四〕王粲《登樓賦》：『雖信美而非吾土兮，曾何足以少留。』
〔五〕蘇軾《九日次韻王鞏》詩：『明日黄花蝶也愁。』
〔六〕古詩：『西北有高樓，上與浮雲齊。』
〔七〕李商隱《北樓》詩：『此樓堪北望，輕命倚危闌。』

高陽臺　除夕閏生宅守歲

藥裹關心，梅枝熨眼，年光催换天涯〔一〕。彩勝迷離，忘情紅入鐙花。常時風雨聯牀地，付泠吟、閑醉消他。更休提、東帶鳴鷄，列炬飛鴉〔二〕。　驚心七十明朝是，甚兩頭老屋，舊約長賒〔三〕。醉倚屠蘇，寧知肝肺槎枒〔四〕。干戈滿目悲生事，對阿連休話無家〔五〕。却因依、北斗闌干，凝望京華〔六〕。

【箋注】

〔一〕杜甫《酬郭十五判官受》詩：『藥裹關心詩總廢，花枝照眼句還成。』
〔二〕杜甫《杜位宅守歲》詩：『盍簪喧櫪馬，列炬散林鴉。』
〔三〕杜甫《杜位宅守歲》詩：『四十明朝過，飛騰暮景斜。』劉義慶《世説新語·賞譽》：『陸機兄弟住參佐廨中，三間瓦屋，士龍住東頭，士衡住西頭。』陳簡齋《寄答若拙弟兼呈二十家叔》詩：『三間瓦屋亦易求，著子東頭我西頭。』

〔四〕蘇軾《郭祥正家醉畫竹石壁上郭作詩爲謝且遺二古銅劍》詩：『空腸得酒芒角出，肝肺槎枒生竹石。』

〔五〕杜甫《秦州雜詩二十首》（其一）詩：『滿目悲生事，因人作遠游。』又《杜位宅守歲》詩：『守歲阿連宅。』

〔六〕曹植《善哉行》詩：『北斗闌干。』杜甫《秋興八首》（其二）詩：『每依北斗望京華。』

一叢花　雨過廢園見杏花〔一〕

雲陰如墨罨頹垣。勻注錦成斑〔二〕。誰言窈窕宜宮體，夢不到、飄麝闌干〔三〕。消息雨聲，無人報與，各自度春寒〔四〕。　背飛雙燕著花端。欲語會人難〔五〕。芳春似客垂垂老，斷無分、迴汝頩顔。怊悵壞妝，消磨閑醉，應勝醒時看〔六〕。

【箋注】

〔一〕以下三首，民國十五年丙寅作，彊村時年七十歲。是年，執政府解散，北伐軍定兩湖。陳三立《散原別集》有《壽彊村同年七十》詩一首云：『側身天地一畸人，蘭佩行吟漲海濱。終古精靈歸點筆，兩朝出入付沾巾。摇摇雪鬢興亡影，逐逐麻鞋戰伐塵。莫負非園星照酒，（原注：『非園屬粤賈甘翁，鄰居諸老每集此游憩。』）天留駐景與逃秦。』又陳寶琛《滄趣樓詩集》卷九，是年有《贈朱古微侍郎》二首，其一云：『君昔登朝我已歸，同徵不出愧先機。何期周道傷行邁，却共旄丘賦式微。兵火餘生艱會合，滄桑百感托芳菲。嘯翁自校蕢洲譜，失笑詩王羡古稀。』其二云：『廷辯東朝爲動容，無端宫闕起兵烽。開天遺事應能説，龍比當年幸未從。寒日忍聞鄰舍笛，曉霜猶夢早朝鐘。淞濱一昨奎章降，省及寅清請舊秩宗。』又同卷《朱古微校詞圖》云：『江潭既放遠修門，百種騷心讓與君。垂暮荆駝同眼見，一寒雪鶴有聲聞。情文尚友兼芳悱，音吕絃絲審寸分。竹垞茗村身世别，聊將歌哭謝人群。』

〔二〕宋徽宗《燕山亭·北行見杏花》詞：『淡著胭脂勻注。』

〔三〕温庭筠《春日雨》詩：『南朝漫自稱流品，宫體何曾爲杏花。』

〔四〕陸游《臨安春雨初霽》詩：『小樓一夜聽春雨，深巷明朝賣杏花。』又陳簡齋《懷天經智老因訪之》詩：『客子光陰詩卷裏，杏花消息雨聲中。』

〔五〕宋徽宗《燕山亭·北行見杏花》詞：『憑寄離恨重重，者雙燕、何曾會人言語。』

〔六〕王安石《杏花》詩：『怊悵有微波，殘妝壞難整。』

定風波　丙寅九日

過眼黄花七十場。無詩負汝只傾觴。老去悲秋成定分〔一〕。纔信。便無風雨也淒涼。已自上樓筋力減。多感。雁音兵氣極滄江〔二〕。摇落萬方同一概。誰在。闌干閑處戀斜陽。

【箋注】

〔一〕杜甫《九日藍田崔氏莊》詩：『老去悲秋强自寬。』

〔二〕劉夢得《秋日書懷寄白賓客》詩：『筋力上樓知。』蘇軾《次韻王廷老和張十七九日見寄二首》（其一）詩：『上樓筋力强扶持。』稼軒《鷓鴣天·鵝湖歸病起作》詞：『不知筋力衰多少，但覺新來懶上樓。』

陳三立《散原别集》有《閱報，義寧、平江之交有戰事，所取道恐當先塋鄰近，愁思寫此》詩云：『蹂躪東南萬騎蹤，側攻北道又傳烽。』《鄭孝胥日記》：民國十六年九月廿一日：『孫傳芳乘齊、盧之交兵，襲浙江、江蘇而取之，自稱五省聯盟，衆莫之服也。及蔣介石攻江西，孫亟與奉天、山東言和，以討赤化自效。江西戰未決，蔣爲浙人，因使人誘夏超叛孫，於是陳調元、周鳳岐、白寶山等皆擁兵觀望。孫所部賴盧香亭、孟昭月、鄭俊彦三將，而陳儀亦未動。孟昭月輕兵攻浙，浙軍不戰而退。夏超走，孫遂以陳儀爲浙省長。』所謂『兵氣』也。

鷓鴣天　簡蘇堪，時將營壽藏，丐其書碑，碑曰彊村詞人之墓〔一〕

敢學邠卿畫古圖〔二〕。却師表聖構元廬〔三〕。頭皮留在還看鏡，心力抛殘但覆瓿〔四〕。螻蟻飽，馬牛呼〔五〕。姓名官職總區區。豐碑幾許征西字，消得先生點筆無〔六〕。

【箋注】

〔一〕《鄭孝胥日記》：民國十五年十月廿四日，『古微求書「禮霜堂」扁、生壙墓碣，文曰「清故彊村詞人之墓」。』按彊村又有『涪心寮』額，亦蘇堪所書。

〔二〕《後漢書·趙岐傳》：『岐字邠卿，京兆長陵人也。初名嘉，生於御史臺，因字臺卿。……年三十餘，有重疾，卧蓐七年，自慮奄忽。乃爲遺令敕兄子曰：「大丈夫生世，遁無箕山之操，仕無伊、呂之勳，天不我與，復何言哉！可立一員石於吾墓前，刻曰：漢有逸人，姓趙名嘉，有志無時，命也奈何！」』

〔三〕《新唐書·司空圖傳》：『司空圖字表聖，河中虞鄉人。豫爲冢棺，遇勝日，引客坐壙中，賦詩酌酒裴回。客或難之，圖曰：「君何不廣耶！生死一致，吾寧暫游此中哉。」』

〔四〕《漢書·揚雄傳》：『侯芭嘗從雄，受其《太玄》、《法言》焉，劉歆亦嘗觀之，謂雄曰：「空自苦！今學者有禄利，然尚不能明《易》，又如《玄》何？吾恐後人用覆醬瓿也。」』

〔五〕《莊子·列禦寇》：『在上爲烏鳶食，在下爲螻蟻食。』又云：『昔者子呼我牛也，而謂之牛，呼我馬也，而謂之馬。』蘇軾《逍遥臺》詩：『烏鳶奪得與螻蟻，誰信先生無此懷。』

〔六〕《三國志·魏志·武帝紀》注：『欲望封侯，作征西將軍，然後題墓道言「漢故征西將軍曹侯之墓」，此其志也。』

隔浦蓮近　非園盆荷秋放一花感賦〔一〕

鴛鴦涼夢過了。秋被西亭窈〔二〕。罷舞霓裳隊，明年約紅情繞。霞艷妝避曉。湘娥笑。倩影淩波小。爲花惱。西風嫁晚，房空心苦顛倒〔三〕。閑鷗冷覷，分共涉江人老。塵鏡攲槃臏自照。淒調。雙蕖流怨多少〔四〕。

【箋注】

〔一〕此下二首，民國十六年丁卯作，彊村年七十一。陳三立《散原精舍文集》卷十五《非園記》云：『滬市場之東曰虹口，折而抵舟山路，有隙地可四五畝許。粵東甘翁取置爲别業，名非園。或日斜客至，甘翁則圍席露坐，雜進酒茗肴果，笑語指畫。客之以時至者，有鄰居王息存、朱彊村、王病山、曾龍髯諸叟及余，余與彊村、病山至尤數，皆偪處海隅之流人也。自積亂禍十餘歲，萬方沸擾，喋血徧禹甸，即夷市哄鬬劫殺無寧日。吾曹繭足無所之。幸遭賢主人，據爲寫憂行吟之地，遺萬變，娱餘齒，庶幾輕世肆志，同所托焉。甘翁粵之香山人，翰臣其字也。貌魁梧，龐厚坦易，與人無町畦。賈滬上垂六十年，歲所贏輒斥以結客爲任俠，或頗收秘籍書畫器玩以遣興。』文末署『戊辰八月』，則明年作也。《彊村集外詞》有《水調歌頭》一首，小序云：『壬戌七月十六日，甘翰臣招同王息存、王病山、況夔笙、潘餅庵、勞敬修及令弟璧生、余季閏生非園社禊，賦此紀事。』又胡嗣瑗《題彊村校詞圖》『丁卯歲闌，奉懷彊村前輩舊作，因檢校詞圖寄歸海上，輒録於後方』云：『蕭疏畫筆偏貽我，引夢湖陰一草堂。』注云：『公年前畫松柏獨秀圖見貽，並集宋人詞爲《燭影摇紅》題其上。』按此亦彊村事之可記者，聊附於此。

〔二〕夢窗《過秦樓·黄鍾商·芙蓉》詞：『暗驚秋被紅衰，啼珠零露。』又《夢芙蓉》詞：『錦温花共醉，當時曾共秋被。』

〔三〕《爾雅》：「的中薏。」注云：「中心苦。」杜甫《秋興八首》（其七）詩：「露冷蓮房墜粉紅。」
〔四〕魏文帝《芙蓉園》詩：「雙渠相溉灌，嘉木繞通川。」

瑞鶴仙

雨懷淒不斷。又西風、飄送離行江雁。衰鐙耿虛館。正慵抛書帙，病疏醪盞。孤悰易倦。忖相思、春灰宛轉〔一〕。料沈鱗不寄，芳音怨入，最高樓畔。　須念帶圍寬窄，篝被寒温，鏡鬟深淺。無人看管。誰料理，夢雲亂。怕羅帷燭背，玉釵敲著，不省天涯淚眼〔二〕。算青驄便有來時，歲華漸晚。

【箋注】

〔一〕李商隱《無題》詩：「春心莫共花爭發，一寸相思一寸灰。」
〔二〕韓偓《聞雨》詩：「羅帳四垂紅燭背，玉釵敲著枕函聲。」

六　醜

吴門聽楓園僦舍，十年來三易主人矣。戊辰閏春偶過其地，海棠一樹，摧抑可憐，淒對成詠〔一〕

料芳姿記省，護燭底、輕陰池閣〔二〕。夜深照妝，妝成春妬却。鉛黛零落〔三〕。夢繞鞦韆地，卧枝紅嫵，暈錦圍成幄。嬌多叵耐金鈴索。淚點冰綃，顏酡羽爵，十年舊香依約。甚偎闌一餉，情緒還惡〔四〕。　銀屏珠箔。奈孤根誤托。海燕移家慣，無駐泊。綠章負了前諾〔五〕。有幽單萬感，阿環能覺。相思斷、錦城天角。纔知道、薄幸東風，不管等閒哀樂。斜陽瘦、猶戀紅蕚。怕繚墻、亂水飄花去，無人念著。

【箋注】

〔一〕此下四首，民國十七年戊辰作，彊村年七十二。是年，日本兵砲轟濟南，肆意慘殺；張作霖走奉天，死；北伐軍入北京。聽楓園已見前注。按陳仁先和此詞云：『記嬉春酒醒，有絕代穠華初識。怨風正狂，殘妝歛翠冪。零落誰惜。越見伻姿好，曉來清露，浥袖痕都濕。强扶倭墮終無力。愁亂綠垂，紅凝淚滴。凄惶幾回憑立。儘芳闌扣徧，幽恨無跡。　流光虛擲。又天涯遠隔。往事如殘夢，難再覓。東園漸入叢碧。聽杜鵑啼後，斷無消息。乘風願早輸歸翼。空瘦損，去住春心應自，悔逢傾國。輕陰乞漫相雲色。賸爇天、一寸寒香炷，成灰拚得。』題云『海棠，和彊村老人』。按仁先此作，《舊月簃詞》編在是年三月前。

〔二〕陸游《花時徧游諸家園》詩：『乞與春陰護海棠。』

〔三〕東坡《海棠》詩：『只恐夜深花睡去，故燒高燭照紅妝。』

〔四〕韓偓《春閨》（其一）詩：『醒來情緒惡，簾外正黃昏。』

〔五〕陸游《花時徧游諸家園》詩：『綠章夜奏通明殿。』

丹鳳吟　寄懷陳述叔嶺南〔一〕

俊賞霜花腴譜，韻起孤絃，秋蓬書客〔二〕。蘭荃盈抱，宜稱賦情南國〔三〕。歌成鬢改，老懷慵問，度厄鶯花，招人蘿薜。目著閑身句裏，未忍傷春，春去留淚沾臆。却遣天涯悵望，暮雲頓合無盡碧〔四〕。袖底瑶華滿，晦鷄鳴風雨，心素能惜〔五〕。滄洲期在，落月照梁顔色〔六〕。蔓草王風，身世感、共低垂頭白〔七〕。幾時把臂，迎夢江路識〔八〕。

【箋注】

〔一〕龍沐勳《陳海綃先生之詞學》云：『彊村先生晚歲居滬，於並世詞流中最推挹者，厥惟述叔、仁先兩先生。而述叔居嶺南，仁先居天津，不獲時時會合，故寄懷之作，亦以二氏爲獨多。《彊村語業》卷三有《丹鳳吟・寄懷陳述叔嶺南》云云。此詞作於代刊詞集之後（彊村於癸亥秋爲述叔印布《海綃詞稿》），未曾識面之前。聲氣之求，神交之雅，溢乎楮墨。其後述叔先生自粤北游，彊村先生廣爲揚譽，偏邀寓滬詞人墨客，大會於福州路之杏花樓。余因得陪末座，初識述叔先生，徒以不諳粤語，但見其神寒骨重，肅然益增欽挹而已。聞之彊村先生，述叔先生生平耿介，晚景亦良不佳。因爲介於中山大學國學系主任古層冰君（直），聘任詞學講席。時述叔先生尚未與彊村先生謀面也。述叔先生之北游，蓋在彊村先生下世之前一歲。《語業》卷三手稿之最後一闋爲《應天長》（尚有絶筆《鷓鴣天・辛未長至口占》一闋，爲以片紙就枕上書之者），題云「海綃翁客秋北來，坐我思悲閣談詞，流連浹旬，吳湖帆爲作圖餞別，翁示新章，借其起句答之」云云。彊村先生病中之念念不忘於海綃翁者如此。述叔先生亦深感知己，事事關心。集中懷念彊村先生之作，竟至七、八闋之多。如《海綃詞》卷二有《丹鳳吟・春日懷彊村先生滬上》云云，《八聲甘州・不得彊村先生起居》云云，《喜遷鶯・立春日得楊鐵夫書，喜聞彊村先生起居，賦此寄懷》云云，《海綃詞》卷三（寫定待刊）有《燭影摇紅・滬上留別彊村先生》云云，《應天長・庚午秋・謁彊村翁滬上，日坐思悲閣談詞，吳湖帆爲圖以張之，賦此報湖帆，並索翁和》云云，《水龍吟・海綃樓填詞圖，往者彊村翁嘗欲使吳湖帆先生爲之，余曰：不如寫吾兩人談詞圖，吳遂不作填詞。今年秋，黄子静游杭，復請余越園爲之，去翁歸道山，行一年矣。獨歌無應，聊復敘懷，欲如曩昔與翁談詞，何可得哉》云云，《木蘭花慢・歲暮聞彊村翁即世，賦此寄哀》云云。朱、陳文字相知，觀於上述各詞，深情可見。」按龍沐勳此文，已刊入《龍榆生詞學論文集》，文中論述叔之身世、交游、詞學甚詳，今撮要録其與彊村相關者。

〔二〕李賀《高軒過》詩：「龐眉書客感秋蓬。」

〔三〕韓愈《送靈師》詩：「盈懷贈蘭荃。」山谷《古風次韻答初和甫二首》（其二）詩：「蘭荃盈懷報瓊玖。」

〔四〕江淹《休上人怨別》詩：「日暮碧雲合，佳人殊未來。」

〔五〕《詩・鄭風・風雨》：「風雨如晦，鷄鳴不已。」

〔六〕杜甫《夢李白二首》（其一）詩：「落月滿屋梁，猶疑照顏色。」

〔七〕李白《古風五十九首》（其一）詩：「王風委蔓草。」杜甫《秋興八首》（其八）詩：「彩筆昔曾干氣象，白頭吟望苦低垂。」

〔八〕沈約《贈范安成》詩：「夢中不識路，何以慰相思。」

宴山亭

蒼虬邃於詞，復喜繪事，一日得宣和御筆牡丹，曰此詞皇畫也，爲書詞皇閣以榜其齋〔一〕

傾國春姿，金屋弄妝，照靨嬌霞添嫵。朱帔翠瓔，蘸筆天香，彈壓洛陽新譜。換劫燕脂，尚皴染、瑶臺風露。分付。伴流落胡沙，杏花詞句〔二〕。　曾是端冕群芳，又玉案宫綃，盡情擡舉。銜花鹿去〔三〕，掛榜人來〔四〕，依稀朵雲縈護。幾闋清平，應未稱、倚聲家數。愁佇。紅蕚久、無人爲主〔五〕。

【箋注】

〔一〕陳蒼虬有《題宣和御筆牡丹》七古一首，即此所詠。詩云：『明皇酣醉沉香亭，郎當蜀道愁零鈴。道君藝事更精絶，五國城中老冰雪。游戲豈是天子事，後身重光真學士。一枝帶露寫輕紅，七百年來筆新泚。當年大起花石綱，赭袍弄翰凝天香。絹本染成天水碧，正色不數姚家黄。一朝圍城迫烽火，誰捧玉皇雲一朵。六宫粉黛載明駝，痛哭胭脂真奪我。萬里燕山見杏花，故宫何處悲龍沙。畫圖好榜詞皇閣，付與萬古長咨嗟。』

〔二〕宋徽宗有北行見杏花《宴山亭》詞。

〔三〕劉斧《青瑣高議》卷六《驪山記》：『宫中牡丹最上品者爲御衣黄，次曰甘草黄，次曰建安黄，次皆紅紫，各有佳名。他日近侍又貢一尺黄，最愛護之。一日，宫妃奏帝云：「花已爲鹿銜去，逐出宫墻不見。」當時有佞人奏曰：「釋氏有鹿銜花，以獻金仙。帝園有此花，佛土未有耳。」帝以私謂侍臣曰：「野鹿游宮中，非佳兆。」殊不知禄山游深宮，此其應也。』鄧剡《滿江紅・廣齋謂柳山和王夫人〈滿江紅〉韻，惜未見之，爲賦一闋》詞云：『王母仙桃，親曾醉、九重春色。誰信道、鹿銜花去，浪翻碧闕。』楊維楨《楊妃春睡圖》詩：『不知小裲思塞酥，夢中化作銜花鹿。』《宣和畫譜》：『黄筌，成都人，以畫早得名。事蜀主王衍爲待詔，用意悉取生態，有鹿銜花圖。』

〔四〕劉向《説苑・善説》篇載莊辛説襄城君云：『君獨不聞夫鄂君子皙之汎舟於新波之中也？乘青翰之舟，極蕳芘，張翠蓋，而撿犀尾，班麗袿衽，會鐘鼓之音畢，榜枻越人擁楫而歌，歌辭曰：「濫兮抃草濫予昌枑澤予昌州州𩜱州焉乎秦胥胥縵予乎昭澶秦踰滲惿隨河湖。」鄂君子皙曰：「吾不知越歌，子試爲我楚説之。」於是乃召越譯，乃楚説之曰：「今夕何夕兮，搴舟中流，今日何日兮，得與王子同舟，蒙羞被好兮不訾詬耻，心幾頑而不絶兮得知王子。山有木兮木有枝，心説君兮君不知。」於是鄂君子皙乃揄修袂行而擁之，舉繡被而覆之。』李商隱《牡丹》詩：『繡被猶堆越鄂君。』即用此事。按『越歌楚譯』，是榜人爲異國之人，所歌須譯而始通也。上句『銜花鹿』指權臣盗國，下句『掛榜人』，指外夷入侵，既切題目，又暗寓時局之感，言外之意無窮。

〔五〕白石《長亭怨慢》詞：『第一是早早歸來，怕紅萼無人爲主。』

好事近　賦朱庵臺桂，桂爲明季一老尼手植，枝柯四周蟉結，累八九層，如浮屠狀，庵在秀州南堰〔一〕

遺世廣寒仙，香界別開蟾户。一例恒沙劫换〔二〕，比月盤松古。　色身不礙被黄絁，糁地碎天布〔三〕。遮莫窮檐薪盡，供籦龍斤斧〔四〕。盤山天成寺有松一株，形如累盤，土人呼爲月盤松〔五〕。

【箋注】

〔一〕題序「明季」二字，一本作「國初」，「累」字一作「分」，「如浮屠狀」四字一作「蔽地徑三丈」，「堰」字一作「十里」二字。

〔二〕「恒沙劫换」一作「滄桑小劫」。

〔三〕「碎天」一本作「碎金」。

〔四〕「籦龍」，已見前注。

〔五〕注文「有松一株」，一作「有盆松二株」，「累蓋」一作「縈蓋」，「土人」一作「寺僧」，「月盤松」下，一本有「某邸輦其一去」六字。

隔溪梅令　己巳元日，賦示詰禪〔一〕

换年簫鼓沸鄰東。故情空。鏡裏凋顏，不媚燭花紅。思悲今已翁〔二〕。　閑門芳信比人慵。問東風。留命傷春，深淺酒杯中。去年同不同〔三〕。

【箋注】

〔一〕此下三首，民國十八年己巳作，彊村年七十三。

〔二〕漢鐃歌鼓吹曲有《思悲翁》。李商隱《今月二日不自量度，輒以詩一首四十韻干瀆尊嚴。伏蒙仁恩，俯賜披覽獎諭，其實情踰於辭。顧惟疏蕪，曷用酬戴，輒復五言四十韻詩一章獻上，亦詩人詠嘆不足之義也》詩：「思緒即悲翁。」

〔三〕陳與義《臨江仙》詞：「酒杯深淺去年同。」

花犯　巢園櫻花周梅泉索賦〔一〕

彈輕陰，娥娥怨粉，東風殢沈醉〔二〕。萬姝嬌睇。渾未譜群芳，催賦多麗。倚天照海搖花氣。仙雲臨鏡起〔三〕。問島客、移根何許，闌干心萬里。　南飛寄棲一枝安，藏春處最好、玉窗閑地〔四〕。香夢穩，渾不羨、絳都芳事。愁心托、晚鶯細語，遮莫到、東鄰妍睞裏。要障取、十圍宮錦，金鈴從料理。

【箋注】

〔一〕周達，字梅泉，一字無住，安徽建德人。陳三立《散原別集》有《梅泉巢園賞櫻花，次映庵韻》一首，丁卯年作。又有《戊辰八月，梅泉招同彊村、病山、伯夔、公渚、汝舟至吳淞觀海》詩，又《梅泉五十生日賦贈》。又己巳詩有《和答梅泉雪後見寄》，詩云：『尚浮斷夢認櫻開。』注云：『君園中櫻花甚盛，一望如雲，每歲必臨賞。』

〔二〕古詩：『娥娥紅粉妝。』

〔三〕東坡《和蔡景繁海州石室》詩：『倚天照海花無數。』

〔四〕庾信《小園賦》：『一枝之上，巢父得安巢之所。』曹操《短歌行》詩：『月明星稀，烏鵲南飛。繞樹三匝，無枝可依。』

過秦樓

雨澈蟬音，葉温禽夢，竟日水窗吟斷。題門字少，坐佛齋空，著意玩他鑪篆。多事料理閑身〔一〕，朔客繩牀，憎人腰扇〔二〕。要披襟獨往，棲心閑地，自饒疏散。休再説、賜葛含風，傾杯承露，夢繞翠寒亭畔〔三〕。流塵巷色，飄鼓街聲，不稱曳筇心眼〔四〕。樓望簾櫳未鐙，連海玄雲，雲涯人遠。坐清宵不去，禁慣單衣露點。

【箋注】

〔一〕杜甫《江畔獨步尋花七絕句》（其二）詩：『詩酒尚堪驅使在，未須料理白頭人。』

〔二〕《南齊書·劉祥傳》：『司徒褚淵入朝，以腰扇障日，祥從側過，曰：「作如此舉止，羞面見人，扇障何益？」』

〔三〕杜甫《端午日賜衣》詩：『細葛含風軟，香羅疊雪輕。』

〔四〕李商隱《回中牡丹爲雨所敗二首》（其二）詩：『一年生意屬流塵。』

木蘭花慢　感春和蒼虬〔一〕

問東闌瘦雪，尚消得，幾清明〔二〕。是拆繡樓臺，差池燕羽，佻巧鳩鳴〔三〕。金鈴。未知繫處，更蒼苔、顛倒藉紅英〔四〕。禁斷尋芳意緒，交加中酒心情〔五〕。　多生。有客惜香盟。愁檢瘞花銘〔六〕。漸數盡番風，强扶倭墮，還忍伶俜。陰晴。問春未準，怕到頭、開落總無聲〔七〕。夢裏催歸杜宇，香車不勸逢迎。

【箋注】

〔一〕此下九首，民國十九年庚午作，彊村年七十四。是歲，閻馮之役起。案蒼虬原作云：『黯金猊冷後，爇香願、賸淒迷。甚心字氤氲，都如帶眼，息息偷移。單棲。凍禽未覺，恨無端清磬返魂時。一寸相思灰盡，銷凝待與誰知。　天涯長自誤佳期。愁負最高枝。看惱人天氣，輕寒輕暖，也自成癡。催歸。夢邊杜宇，算好春將去莫須啼。惆悵芳菲滿眼，嫩寒偏入簾衣。』《舊月簃詞》此下復有《三月廿四日，同彊村、夷叔、匑庵、子玉、惕齋及寥志二弟集蘇州怡園・徵招》一首，是二人時皆客居吳門，至秋，則蒼虬赴天津矣，又按蒼虬丙子六月爲陳弢庵作《聽水齋詞序》云：『歲庚午，曾壽赴天津行在所，與年丈陳文忠公朝夕相見於直廬者歷三年之久。……須社者，天津流人文士所設立，月再三集，集則拈題限調，寄彊村侍郎滬上，平第甲乙。公初未嘗入社，時藉以遣興而已。』據此足徵彊村與天津諸遺老蹤跡。又按蒼虬此詞，黃公渚亦嘗和之，詞云：『漸酒醒高閣，又春去、倦尋芳。悵蹇盡吟情，絲絲別緒，不管垂楊。海棠。將銷蠟淚，奈輕陰無力護紅妝。惆悵年華逝水，歸心猶帶蘭航。　迴廊。曲曲似愁腸。怪底燕鶯忙。且莫上高樓，珠簾卷處，一桁斜陽。淒涼。幾聲怨宇，忍伶俜、已是十年強。禁受僝煙僽雨，消凝往事王昌。』題云：《和蒼虬老人，兼送其北上》，則是是年秋日作矣。公渚又有《徵招》一首，題云：『庚午三月，薄游姑蘇，彊村丈招同夷叔、蒼虬、慎先、笠士諸公集顧氏怡園，蒼虬有詞，余亦繼聲。』

〔二〕東坡《東欄梨花》詩：『惆悵東園一株雪，人生看得幾清明。』

〔三〕《楚辭・離騷》：『雄鳩之鳴逝兮，余猶惡其佻巧。』

〔四〕韓愈《題張十一旅舍三詠・榴花》詩：『顛倒青苔落絳英。』

〔五〕夢窗《風入松》詞：『料峭春寒中酒，交加曉夢啼鶯。』

〔六〕夢窗《風入松》詞：『聽風聽雨過清明，愁草瘞花銘。』

〔七〕劉長卿《贈別嚴士元》詩：『閑花落地聽無聲。』

南鄉子

病枕不成眠。百計湛冥夢小安。際曉東窗鵯鵊唤，無端。一度殘春一惘然。　歌底與尊前。歲歲花枝解放顛。一去不回成永憶。看看。惟有承平與少年〔一〕。

【箋注】

〔一〕韓偓《三月》詩：『四時最好是三月，一去不回惟少年。』

菩薩蠻

温温藥鼎蟲吟細〔一〕。倦懷不問殘鐙事。江雁破愁眠。薄帷搴曉寒。　壺觴疏點檢〔二〕。酒病秋深淺。不用忖腰圍。新來羅帶垂。

【箋注】

〔一〕陸龜蒙《秋日遣懷》詩：『藥鼎高低鑄，雲庵早晚苫。』

〔二〕韓愈《贈劉師服》詩：『丈夫命存百無害，誰能點檢形骸外。』

齊天樂　蒼虯赴天津，寄示渡海四十韻倚歌賦答〔一〕

麻鞋一著無歸意，滄溟縱心孤往〔二〕。盡室裝寒，循涯客返，離恨秋潮同長〔三〕。行吟骯髒。要留命桑田，故廬迴向〔四〕。自理哀絃，北征誰省杜陵唱。　回風獨樹漸晚，去舷攀未得，歧路惆悵〔五〕。鼓角中原，煙波大澤，何地堪盟息壤〔六〕。孤光近傍。勝愁卧荒江，白頭吟望。夢款音書，度樓南雁響。

【箋注】

〔一〕一本題下作『庚午八月，蒼虯赴津，余羈吴門，未及執别。既而誦其《渡海四十韻》，感成此闋，即寄蒼虯』，較此爲詳。陳蒼虯《舊月簃詞》有《齊天樂·答彊村老人》詞云：『百年垂死當何世，因依更成輕别。費淚園亭，諳愁酒琖，歷歷前痕難覓。荒雪萬疊，賸緘夢淒迷，雁程天闊。撥盡寒灰，墜歡零落向誰説。　蓬萊舊事漫憶。更罡風激盪，摇撼銀闕。本願香寒，孤光月隱，堪笑冤禽癡絶。枯枰坐閱，拚一往悲涼，爛柯殘劫。自懺三生，佛前心字結。』即和答彊村此詞。又蒼虯《八月十三日渡海感賦》詩云：『飄飖江海身，南北隨所緣。胡今盡室行，别恨翻牽連。故人重我行，置酒酬詩篇。雜沓集旅舍，伴我共不眠。侵晨蒙宿霧，衝雨寒江壖。登舟不忍去，惜此俄頃延。獨念弱小弟，糊口委吏間。分寸不失步，世好無一纏。寒暑不假息，後罷往必先。身爲無母兒，萬劫無人憐。顧彼下船影，使我淚迸泉。四海復四海，行李疊股肩。童稚恣歡呼，岸影移當前。中江百萬户，倏忽迷空煙。長風動地至，大波起軒然。房房深閉蟄，牀牀困拘攣。排蕩群脚跛，轟轕衆器掀。披衣起中夜，堅立據船舷。如山度黑影，猛濺蛟龍涎。高桅插象緯，森若賽網懸。三星及北斗，左右相周旋。扶揺挾噫氣，肅殺盈大千。萬靈訴冤痌，帝所驚喧闐。東方漏微白，晃漾日影穿。黝鐵噴千花，金銀忽相宣。鑪鎔不祥冶，騰踔類坤乾。荒荒忍終古，冥冥人世遷。記我初北征，奉母蝨朝官。袖手視陸沉，未銜寸木填。辛亥出國門，夢落西泠邊。晨昏不竭力，遺恨存高阡。君親已兩負，性命仍獨全。安知二十載，孤兒迴故廛。臣精實銷亡，志事何有焉。豈有尺寸報，收兹溝壑年。贈行慰好語，予汝情邈綿。恐無南歸意，諸弟語尤酸。起伏亂方寸，眼底輕波瀾。海水不盡地，我意真彌天。」即所謂《渡海四十韻》也。按蒼虬是年又有《返湖廬晚菊尚有存者・八聲甘州》一首，似其去津後曾一度返杭也。

〔二〕杜甫《述懷》詩：「麻鞋見天子，衣袖露兩肘。」

〔三〕《左傳》成公二年：「盡室以行。」王僧孺《除吏部郎啓》文：「循涯測恨，生所不勝。」

〔四〕《後漢書・趙壹傳》：「伊優北堂上，骯髒倚門邊。」李商隱《海上》詩：「可能留命待桑田。」

〔五〕「去舷」，一本作「去檣」。

〔六〕「煙波大澤」四字，一本作「闌干北斗」。杜甫《夔府書懷四十韻》詩：「四瀆樓船汎，中原鼓角悲。」又《昔游》詩：「清霜大澤凜。」《戰國策・秦二》及《史記・甘茂傳》記載：秦武王三年，使甘茂約魏以伐韓。茂恐王中悔，乃與王盟於息壤以爲信。後世乃以息壤爲信誓盟約之言。

又　愔仲別六年矣，枉句見懷，率酬一解〔一〕

孤臣江海湛冥後，心肝十年歸奉。杜老麻鞋，冬郎畫燭，長結觚棱昔夢〔二〕。吳鈎坐擁。肯老去銷沈，向來飛動〔三〕。攲側乾坤，不辭辛苦日華捧。白頭輕賦去國，路歧終古意，拚倒芳甕。斗北攀依，周南濩落，千里月明仍共〔四〕。疏麻折送。尚著意盟鷗，歲寒珍重〔五〕。越客吟成，病肩霜夜聳〔六〕。

【箋注】

〔一〕「愔仲」，胡嗣瑗也，已見卷二《紫萸香慢》注。陳蒼虬《舊月簃詞》有《踏莎行·寄愔仲》一首，戊辰年作。蓋陳、胡諸人均常奔走於津、滬間，參看《鄭孝胥日記》。

〔二〕韓偓《妬媒》詩：「已嫌刻蠟春宵短，最恨鳴珂曉鼓催。」

〔三〕杜甫《贈高式顏》詩：「平生飛動意，見爾不能無。」

〔四〕《漢書·司馬遷傳》：「太史公留滯周南，不得留從事。」《莊子·逍遥遊》：「而憂其濩落無所容。」謝莊《月賦》：「隔千里兮共明月。」

〔五〕《楚辭·九歌·大司命》：「折疏麻兮瑶華，將以遺兮離居。」王逸注：「疏麻，神麻也。」

〔六〕韓愈《石鼎詩序》：「彌明袖手聳肩而高吟。」又東坡《是日宿水陵寺寄北山清順僧二首》（其二）詩：「遥想後身窮賈島，夜寒應聳作詩肩。」

芳草渡　還鄉未旬，旋復別去，經碧浪湖作〔一〕

滴夢雨，又漲緑霜波，細塵麴灑〔二〕。照落楓臨岸，丹黃對展巖畫〔三〕。林表蟾鏡掛〔四〕。迎扁舟東下。漸歲晚，繾綣寒卮，却背鄉社。　牽惹〔五〕。酒悲頓起，倦理雙溪漁隱話〔六〕。便贏取，青山落手。沈吟釣竿把〔七〕。蕩人海氣，恣曼衍、魚龍修夜。問甚日，細聽回帆鼓打〔八〕。

【箋注】

〔一〕題下『還鄉未旬』四字，一本作『故鄉言歸，流連浹旬』。碧浪湖，在浙江吴興縣南三里，群山四匝，清水匯聚。以在峴山側前，又名峴山漾。其西曰玉湖，以浮玉山得名。趙孟頫云：『南來之水，出天目山之陽，至城南三里而近，匯爲玉湖，汪汪且百頃。』按夏閏枝和彊村此詞云：『碧靄裹，又暫落歸帆，賦情瀟灑。念昔游曾是，湖山坐擁如畫。城郭殘照掛。聽霜鴻飛下。悵望久，夢墮煙波，却戀鷗社。　還惹。軟紅恨影，淚掩黃公壚畔話。尚憐我，天涯倦旅，何時共樽把。拗梅未寄，對荏苒春鐙遥夜。弔故國，見空城潮打。』題云：『古微寄示還鄉過碧浪湖作，依韻酬之。』案此詞《悔庵詞》未收入。

〔二〕『滴夢雨』三字，一本作『隔夜雨』。

〔三〕『照落楓』，『照』一作『映』。

〔四〕『林表』，一作『雲表』。

〔五〕『牽惹』，一作『淒詑』。

〔六〕『倦理』，一作『夢冷』。

〔七〕杜甫《將適吴楚留别章使君留後兼幕府諸公得柳字》詩：『不意青草湖，扁舟落吾手。』東坡《送黄師是赴兩浙憲》詩：『會稽入吾手。』

〔八〕何氏《語林》：『王敦嘗坐武昌釣臺，聞行船打鼓，嗟稱其能。是行舟擊鼓，其來已久。』杜甫《十二月一日三首》（其二）詩：『打鼓發船何郡郎。』

石湖仙　味欖翁載舊燕討春鄧尉，歸贈梅枝，翛然如見似人也〔一〕

風懷消盡。漸拋斷年時，西崦香訊。誰爲小紅簪，理詩狂、鴟夷起趁〔二〕。煙蘿攜手，想並照、清泉紅粉。無分。伴翠禽、紙帳啼引〔三〕。　月明暗香動處，散江城、笛中舊恨〔四〕。凍驛黄昏，定怯玉肌皴損。竹外枯苔，雪邊衰鬢。款春成韻。花夢穩，清寒夜永須忍。

【箋注】

〔一〕『味欖翁』，未詳。案是冬，湘潭袁思亮伯夔有《石湖仙》一首，序云『庚午仲冬，偕病樹過漚尹丈，小樓一角，亂書堆几，鄰園寒翠，掩映户牖，市囂不到，翛然有容谷之思。病樹有詞記之，余亦繼聲』云云。

思亮號蘉庵。

〔二〕晏小山《阮郎歸》詞：『殷勤理舊狂。』

〔三〕杜甫《九日》詩：『竹葉於人既無分。』白石《疏影》詞：『有翠禽小小，枝上同宿。』

〔四〕林和靖《山園小梅》詩：『暗香浮動月黄昏。』李白《與史郎中飲聽黄鶴樓上吹笛》詩：『黄鶴樓中吹玉笛，江城五月落梅花。』

倦尋芳　題吷盦藏大鶴山人詞墨〔一〕

斷銘鶴蜕，零楮蟫棲，芳卷誰理。頭白傷春，詞客有靈孤寄〔二〕。恨墨香沾新篋衍，哀絃心在閑宫徵〔三〕。舊江南，怕湖山劫换，倚聲無地。　好看取、叢殘收拾，一樣生平，雲海愁思。緗素連情，中有楚蘭閑淚。珠玉故多臨水感，文章何止藏山事。待招魂，小城隈，笛聲不起〔四〕。

【箋注】

〔一〕夏敬觀字劍丞，號吷盦，江西新建人。清部曹，民國官浙江教育廳長。狄葆賢《平等閣詩話》：『新建夏劍成觀察敬觀，以所著《吷盦詞》見貽，哀感頑艷，清真、夢窗之遺音也。近世詞人，如彊村、純常、叔問，咸能獨樹一幟，接武而起者，其吷盦乎？』《海藏樓詩》八，有《過義袋角吷盦所居》詩，癸丑年作，散原曾和之。散原又有《誦趙堯生、胡鐵華、楊昀若、夏吷庵唱酬之作》。

〔二〕温庭筠《過陳琳墓》詩：『詞客有靈應識我。』

〔三〕《莊子·天運》：『夫芻狗之未陳也，盛以篋衍，巾以文繡，尸祝齋戒以將之。』

〔四〕吴小城，叔問故居所在。

東坡引　庚午歲除〔一〕

拖筇慳雪霽。探梅誤年例。一鑪商陸閑窗底〔二〕。瞢騰惟有睡。瞢騰惟有睡。　椒花罷頌，屠蘇無味〔三〕。更禁斷、宜春字。鄉兒解叩承平事。新年明日是。新年明日是〔四〕。

【箋注】

〔一〕題下『歲除』二字，一本作『除日偶書』。按馮幵君木《迴風堂詞》和此詞云：『樓臺飄急霰。年芳轉頭換。窗光分寸資珍遣。宵寒猶苦戀。宵寒猶苦戀。　桃符罷帖，春幡停剪。甚歲序驚心變。還將詩祭酬私願。清尊聊作健。清尊聊作健。』題云『庚午除夕和彊村』。

〔二〕馮贄《雲仙雜記》五引《金門歲節》云：『裴度除夜嘆老，迨曉不寐，爐中商陸火凡數添也。』沈括《夢溪筆談》：『薰陸，即乳香也。本名薰陸，以其滴下如乳頭者謂之乳頭香。』商陸即薰陸也。

〔三〕《晉書·列女傳》：『劉臻妻陳氏元旦獻《椒花頌》。』庾信《正旦蒙趙王賚酒》詩：『椒花逐頌來。』

〔四〕張伯雨《貞居詞》云：『周晉仙《浪淘沙》云：「還了酒家錢。便好安眠。大槐宫裏著貂蟬。行到江南知是夢，雪壓漁船。　盤礴古梅邊。也是前緣。鵝黄雪白又醒然。一事最奇君聽取，明日新年。」

晉先宋南渡來名士，一號方泉老人。此詞鮮于困學每愛書之。百年後，方外士張伯雨追和一章，以爲笑樂，惜困學公不能爲我賞音：「挑下杖頭錢。取次高眠。玉梅金縷孟家蟬。説著錢塘都是夢，懶問游船。　誰信酒壚邊。别有仙緣。自然天地一陶然。醉寫桃符都不記，明日新年。」』今案《彊村賸稿》有《甲辰除夕，和宋周晉仙『明日新年』之作·浪淘沙》一首，今此詞『新年』二語，亦自周詞脱化而來，而沈鬱至矣。

浣溪沙　元夕枕上作〔一〕

連夕東風結苦陰〔二〕。通明簾暮却偎衾〔三〕。病軀無復酒懷侵〔四〕。　止藥强名今日愈，探芳越減去年心〔五〕。月華人意兩冥沈〔六〕。

【箋注】

〔一〕一本無題下五字。此下八首，民國二十年辛未作，彊村年七十五。《行狀》云：『十一月廿二日，卒於上海寄廬。』馮君木和此詞云：『廣陌嬌雲轉夕陰。夢回清恨壓孤衾。小明簾户峭寒侵。　火樹闌珊花外市，酒杯惱亂病中心。暗塵籠夜月沉沉。』

〔二〕『連夕』，一作『連日』。

〔三〕「却偎衾」，一作「擁重衾」。
〔四〕「病軀」，一作「病翁」。
〔五〕「探芳越減」，一作「探梅不減」。
〔六〕「人意」，一作「鐙意」。

瑞鶴仙

庚子歲晏，賦此調寄悔生長安，今三十年矣。悔生垂老無家，留滯舊京，欲歸不得，倚聲寄憶，重依美成高平調報之〔一〕

處幽篁怨咽，凝望裏、一鏡緣愁白髮〔二〕。無家更傷別。倚新聲猶戀，前塵苕霅〔三〕。桑田坐閱。任軟紅、灰外換劫。賸行歌汐社，儲稿史亭，此恨銷骨〔四〕。　莫道長安倦旅，再拜啼鵑，夢迷行闕〔五〕。神州涕雪。卅年事，寸腸折。怕登樓眼底，流紅無地，江南芳草頓歇。解傷心故國，淮水夜深片月〔六〕。

【箋注】

〔一〕題目「賦此調」八字，一作「嘗賦此調寄夏悔龕長安」，下「悔生」亦作「悔龕」，「垂老無家」四字一本無，「寄憶」一作「見懷」。按《滄海遺音》刊本《悔龕詞》至己巳而訖，邵次公《趙主父箭簇》詞可證。

此所稱《寄憶》之作未見。

〔二〕『凝望裏』，一本作『吟望苦』。《楚辭·九歌·山鬼》：『余處幽篁兮終不見天，路險難兮獨後來。』李白《秋浦歌》詩：『白髮三千丈，緣愁似個長。』

〔三〕杜甫有《無家别》詩。

〔四〕『此恨』，一本作『有恨』。汐社，宋遺民謝翺所結文社名。程敏政《宋遺民録》二：『方鳳《謝君皋羽行狀》：「後避地浙水東，留永嘉括蒼四年，往來鄞越復五年，而獨求故老與同志，以證其所得。會友之所名汐社。期晚而信，蓋取諸潮汐。」』

〔五〕參見卷一《得悔生長安書却寄》詞。

〔六〕『解傷心』，一本誤脱『解』字。劉禹錫《石頭城》詩：『山圍故國周遭在，潮打空城寂寞回。淮水東邊舊時月，夜深還過女墻來。』

三姝媚　寒食梵王渡園作〔一〕

閑芳明倦眼。殢餘寒林亭，冶春過半。笑靨臨池，有露桃依舊，避人妝面。佇立妍香，花信與、東風俱换。野水鱗鱗，不上金杯，茗懷深淺〔二〕。　隨地登樓能慣。便冷節相攜，暗愁輕遣〔三〕。報答風光，要水滑煙次，小詩尋徧〔四〕。軟脚行芳，明日事、笻枝先懶〔五〕。坐久夕陽逾好，歸輪漫轉。

【箋注】

〔一〕題目『寒食』下一本多『前一日』三字。梵王渡，在上海西法華鎮北三里，本名法華渡，吴淞之津渡處。黄公渚和此詞云：『青萍明十里。颺游絲晴空，試衫天氣。露姹煙嬌，有早鶯争樹，水濱多麗。繾綣東風，人意共、垂楊憨醉。亂眼明妝，積李崇桃，打圍紅紫。側帽花前何似。問短約尋詩，舊狂慵理。百劫心期，怕薦香易褪，討春無地。費淚園林，斜日伴、危闌孤倚。瘦雪酴醾開否，年芳漫繫。』題云：《春日招同彊村、子有、劍丞、伯夔、紹周、季純、帥南諸君，游梵王渡公園，彊村丈有詞，余亦繼聲》。

〔二〕杜甫《蘇端薛復筵簡薛華醉歌》詩：『願吹野水添金杯。』

〔三〕『冷節』，謂寒食。

〔四〕杜甫《江畔獨步尋花七絶句》（其三）詩：『報答春光知有處，應須美酒送生涯。』

〔五〕《新唐書・楊國忠傳》：『出有賜，曰餞路；返有勞，曰軟脚。』《楊妃外傳》：『出有餞飲，還有軟脚。』《大唐稽疑》：『郭子儀自同州歸，代宗詔大臣就宅作軟脚局，人率錢三百千。』

漢宮春　真茹張氏園杜鵑盛開，後期而往，零落殆盡，歌和榆生〔一〕

淒月三更，有思歸殘魄，啼噣能紅〔二〕。傷春幾多淚點〔三〕，吹渲闌東。綃巾搵濕，試潮妝、微發瓊鍾〔四〕。新敕賜，一窠瑞錦，昭陽臨鏡猶慵〔五〕。　攜榼却慳才思，惹津橋沈恨，撩亂花茸〔六〕。芳華慣禁閑地，不怨東風〔七〕。鶴林夢短，委孤根、竹裂山空〔八〕。三嗅拾，馨香細泣，何時添譜珍叢〔九〕。

【箋注】

〔一〕題目『盛開』下，一本多『榆生有看花之約』七字。龍沐勳字榆生，號忍寒、籜公等，江西萬載人。生於清光緒二十八年（一九〇二），一九六六年卒。曾任暨南、中山、復旦、光華等大學教授。著有《風雨龍吟室詞》。並刊行所主編之《彊村叢書》等。主編《詞學季刊》。夏敬觀《忍古樓詞話》『萬載龍榆生沐勳，吾鄉後起之秀也。父蛻庵先生，與家兄達齋同年鄉舉。榆生初持其師閩縣陳石遺書來晤，坐談之頃，驚其俊才篤學，余曾賦《豫章行》贈之。朱漚尹亦深相契賞，以校詞雙硯相授，期以傳衣缽也。余復爲作《上彊村授硯圖》。漚尹既歿，以遺稿整理梓行爲托。今《彊村遺書》，皆榆生一手任校讎之役。爾年詞學大進，所作已超出流輩。榆生於漚尹雖未有師弟之名，殆如後山瓣香南豐，亦親炙，亦私淑也。』又夏氏《風雨龍吟室詞序》云：『榆生初自閩來，爲海上文學教授，歸安朱古微侍郎，一見嘆賞。侍郎爲東坡詞編年，榆生踵而箋注，余曾序之矣。其文章爾雅，詞宗清真、夢窗，兼嗜蘇辛，蓋其旨趣與侍郎默契，所取法爲詞家之上乘也。』

〔二〕崔塗《春夕旅懷》詩：『蝴蝶夢中家萬里，杜鵑枝上月三更。』『能紅』之『能』，讀如《夢窗詞》『夢緣能短』之『能』，意言『這樣也』。

〔三〕『幾多』，一作『幾宵』。

〔四〕『試潮妝』七字，一作『換潮妝垂手臨風』。

〔五〕『臨鏡猶慵』，一作『題句誰工』。王建《宮詞》：『太儀前日暖房來，屬向昭陽乞藥栽。敕賜一窠紅躑躅，謝恩未了奏花開。』《古今詞話》：『禮部郎中掌省中文翰，謂之瑞錦窠。』此語亦見《春明退朝録》。

〔六〕『沉恨』，一作『閑怨』。盧仝《喜逢鄭三游山》詩：『相逢之處花茸茸。』夢窗《婆羅門引》詞：『又拈惹，花茸碧唾香。』

〔七〕『慣禁』，一作『易著』，『著』下注云『平』。『不怨東風』，一作『還恨匆匆』。

〔八〕『委』，一作『伴』。《古今詩話》：『殷七七字文祥，周寶舊識之。乃移鎮浙西，一日謂七七曰：「鶴林杜鵑花天下奇絶，聞子能作非時花，今重九新近，能開花副此日乎？」七七乃前三日往鶴林，中夜，女子來謂七七曰：「妾爲上玄所命，司此花，今與道者開之。然此花非久歸閬苑矣。」女子俄不見。及九日，爛熳如春。寶驚異，游賞累日。其後兵火焚寺，樹失根株。』事又見《續仙傳》。杜甫《玄都壇歌寄元逸人》詩：『子規夜啼山竹裂。』

〔九〕『三嗅拾』，一作『三嗅罷』。『添譜』，一作『譜入』。杜甫《秋雨嘆三首》（其一）詩：『臨風三嗅馨香泣。』

渡江雲　望蒼虯不至，倚此致懷〔一〕

春裝喧遠素，倚樓倦睫，雁外數南程。舊京花事減，去住無端，坐閲柳條青。催人怨鴂，背夜月、啼到無聲。何計尋、白頭料理，聚散隔年情〔二〕。　消凝。鑪煙依戀，藥裹流連，分萍蓬不定。渾未忘、延秋湖舸，話雨牀鐙。心魂老去須相守，辦歲寒、尊酒平生。吟望苦，終期共惜伶俜。

【箋注】

〔一〕蒼虯《舊月簃詞》有《渡江雲·和彊村老人寄懷》云：『歸墟何處是，愁帆一掛，淒斷再來心。廿年驚噩夢，幾許悲涼，清淚比潮深。招魂剪紙，算慰藉惟倚微吟。何幸逢、白頭湔袚，空外叩寥音。還尋。殘鐙情話，小閣芳罍，便幽棲難準。空賺將、輕過歡日，重愴離襟。人生幾度能經別，問爭如、遙望商參。應好待，秋堂聽雨愔愔。』按蒼虯此時，當仍在天津，此下《風入松》和詞可證。細味『歸墟何處』、『淒絶再來』之語，則當日天津情事可想。此詞『舊京花事』、『催人怨鴂』，亦此意也。

〔二〕杜甫《江畔獨步尋花七絶句》（其二）詩：『詩酒尚堪驅使在，未須料理白頭人。』

風入松　病閑戲述〔一〕

鬢絲微颺藥煙塵。倚病得修薰〔二〕。浮生已覺蘧蘧夢〔三〕，賸佛香、一分隨身。亂帙匡牀坐擁，依然棲穩秋魂。　公言難得緑衣新〔四〕。天厭苦吟人。扁舟出世非吾惜，問掛帆、底事逡巡〔五〕。雁外驚波滿目，後期多定無津。

【箋注】

〔一〕陳蒼虬和此詞云：『苦心不惜麝成塵。别久感餘薰。横機漫試東坡老，正何妨、衰相天身。密課温爇藥裹，行窩安穩吟魂。　清秋病起景光新。曾拜夢中人。千年結集因緣在，問刹塵、好是逡巡。早晚開尊雨夜，不愁迷路煙津。』題云『次韻彊村老人病起之作，時將南下』。

〔二〕杜牧《題禪院》詩：『今日鬢絲禪榻畔，茶煙微颺落花風。』

〔三〕《莊子·齊物論》：『昔者莊周夢爲蝴蝶，栩栩然蝴蝶也，自喻適志與，不知周也。俄然覺，則蘧蘧然周也。』

〔四〕東坡《送黄師是赴兩浙憲》詩云：『白首沉下吏，緑衣有公言。』

〔五〕袁枚《隨園詩話》卷十：『方南塘六十歲娶妾，云：「我已輕舟將出世，得君來作掛帆人。」』《南堂詩鈔》中《戲示小婢》七律結云：『好似遠行舟楫具，得卿來作掛帆人。』汪廷璋刻四卷本《方貞觀詩集》未載此詩。桐城方貞觀世泰，號南塘，與其兄方息翁世舉，號扶南，時稱二方。（參看錢鍾書《談藝録》五七一頁）按彊村因妻妾不睦，故有此嘆。

應天長　海綃翁客秋北來，坐我思悲閣談詞，流連浹旬，吴湖帆爲作圖餞别，翁示新章，借其起句答之〔一〕

王風蔓草，歧路亂花，萍蓬逝水遲合〔二〕。老去庾郎蕭瑟，相思素箋疊〔三〕。哀時意，慳問答。漫料理、曼吟囊篋〔四〕。夢回處、一笑南雲，卷送帆葉。同抱歲寒心，舊賞新歡，絃外最清發〔五〕。作弄斷鴻蹤跡，涼風動天末〔六〕。芳馨在，雙醉頰。悄未隔、美人明月〔七〕。待飛盞，共酹前修，隨分閑業〔八〕。

【箋注】

〔一〕吳湖帆字醜簃，江蘇吳縣人，清湖南巡撫吳大澂之孫。家富收藏，善畫，時居上海。馮幵《回風堂詞·疏影》序云：『湖帆爲潘文勤公從女婿。』《彊村集外詞》有《暗香疏影》一首，題云：『湖帆、靜淑夫婦屬題宋本《梅花喜神譜》，用覺翁自製夾鐘宮調。』又有《熙州慢》一首，題云：『湖帆屬題《七姬權厝志》。』又《清平樂·爲湖帆題所南翁畫蘭，用玉田韻》一首。思悲閣，彊村自顏所居閣名，《己巳元日》詞所謂『思悲今已翁』，是其義也。番禺汪憬吾《和張孟劬追懷彊村·聲聲慢》詞有『悵流渡空閣思悲』之句，即謂此也。彊村又有『涪心寮』額，海藏所書。故汪憬吾《爲龍榆生題〈上彊村授硯圖〉·減字木蘭花》詞云：『涪心寮杳，鴝眼耐看詞客老。繾綣高寒，漫作樓臺七寶觀。匣塵無語，摩蕩精魂幾風雨。畫境沉沉，辛苦傳衣舊夢尋。』龍榆生《陳海綃先生之詞學》一文，記彊村與陳述叔文字之交甚詳，已引見前文《丹鳳吟·寄懷陳述叔嶺南》詞注〔一〕，當參。按海綃詞《應天長·庚午秋，謁彊村翁滬上，日坐思悲閣談詞。吳湖帆爲圖以張之。賦此報湖帆，並索翁和》云：『王風委草，騷賦怨蘭，危絃思苦誰説。坐對素秋，搖落芳菲與鶗鴂。吟壺永，雙練髮。悄未覺、翠消紅歇。鎮閑寫、解帶披襟，滿坐香發。長恨付梨園，似錦湖山，南渡最淒咽。況是淚枯啼宇，冬青更愁絕。斜陽事，人世別。怎料理、此間情切。畫圖展，後視如今，何處風月。』按彊村所和即此。述叔又有《水龍吟・海綃樓填詞圖》云：『看人如此溪山，等閒消與填詞老。流塵換鏡，天風吹籟，危闌自好。南渡斜陽，東籬舊月，古今懷抱。算承平去盡，笙歌夢裏，渾昨日，非年少。　金粉旗亭謝了。賸傷心、紫霞淒調。新綃故素，啼紅泫碧，不成春笑。湖水湖煙，餘情分付，又隨風渺。望千秋灑淚，同時悵斷，掩霜花稿。』題序云：『往者彊村翁嘗欲使吳湖帆先生爲之，余曰：「不如寫吾兩人談詞圖。」吳畫遂不作「填詞」。今年秋，黄子静游杭，復請余越園爲之。去翁歸道山，行一年矣。獨歌無聽，聊復敘懷，欲如曩昔與翁談詞，何可得哉。』可與此詞相參。

〔二〕李白《古風五十九首》（其一）詩：『大雅久不作，吾衰竟誰陳？王風委蔓草，戰國多荆榛。』

〔三〕杜甫《詠懷古跡五首》（其一）詩：『庾信生平最蕭瑟，暮年詩賦動江關。』

〔四〕杜甫《詠懷古跡五首》（其一）詩：『詞客哀時且未還。』又杜甫《江畔獨步尋花七絶句》（其二）詩：『詩酒尚堪驅使在，未須料理白頭人。』

〔五〕李白《宣州謝朓樓餞別校書叔雲》：『蓬萊文章建安骨，中間小謝又清發。』

〔六〕杜甫《天末懷李白》詩：『涼風起天末，君子意如何。鴻雁幾時度，江湖秋水多。』

〔七〕謝莊《月賦》：『美人邁兮音塵闕，隔千里兮共明月。』

〔八〕夏承燾《天風閣學詞日記》一九三六年四月一日載張爾田書：『僕謂彊村詞深於碧山，謂其從寄託中來也。學夢窗者多不尚寄託，彊翁不然，此非夢窗法乳。蓋彊村早年從半塘游，漸染於周止庵《緒論》也深。止庵論詞，以有托入，以無托出，彊村實深得此秘，若論其面貌，則固夢窗也。此非識曲聽其真者未易辨之。雖其晚年感於秦晦明師「詞貴清雄」之言，間效東坡，然大都係小令，至於長調，則仍不爾。故彊村之學夢窗，與近人陳述叔不同。述叔守一先生之言，彊村則頗參異己之長。而要其得力，則實以碧山爲之骨，以夢窗爲之神，以東坡爲之姿態而已。此其所以大歟？嘗與汪憬吾先生論之，亦頗以愚言爲然。』按張氏此言，論朱、陳二家之别甚精，亦彊村之所以爲彊村也。

鷓鴣天　辛未長至口占〔一〕

忠孝何曾盡一分。年來姜被減奇温〔二〕。眼中犀角非耶是，身後牛衣怨亦恩〔三〕。　泡露事，水雲身。枉抛心力作詞人〔四〕。可哀惟有人間世，不結他生未了因〔五〕。

【箋注】

〔一〕此彊村絶筆詞，『爲以片紙就枕上書之者』（龍沐勳語）。《行狀》云：『公六十後喪子，强作曠達，中實軫結。與諸弟友愛最篤，季弟早世，叔弟里居，仲弟孝威亦寓吴，相依爲命。前歲病歿，傷之甚，遂益哀。辛未十一月二十三日，卒於上海寄廬。距生咸豐丁巳七月廿一日，享年七十有五。配嚴氏，封一品夫人。側室陸氏。子一方飴，嚴夫人出，二品廕生，官山東通判，才雋有父風，壯年殞折。娶夏氏，孫桐第三女也。孫一貞同，奇慧先殤。所以繼大宗者猶有待。晚乃撫仲弟子方飭爲嗣。公易簀前口占《鷓鴣天》詞云云，嗚呼，斯足盡其生平已。』

〔二〕漢姜肱兄弟同被而寢。

〔三〕蘇軾《獄中寄子由》詩：『眼中犀角真吾子，身後牛衣愧老妻。』『犀角』，字出《國語》。『牛衣』，用王章事。參注〔五〕。

〔四〕《金剛經》：『一切有爲法，如夢幻泡影，如露亦如電，當作如是觀。』蘇軾《庚辰歲人日作時聞黄河已復北流老臣舊數論此今斯言乃驗二首》（其二）詩：『此生念念隨泡影。』温飛卿《蔡中郎墳》詩：『今日愛才非昔日，莫拋心力作詞人。』

〔五〕蘇軾《寄子由》詩：『與君世世爲兄弟，又結他生未了因。』武進湯曾輅《炙硯瑣談》云：『納蘭成德侍中與顧梁汾交最密，嘗填《賀新郎》詞爲梁汾題照，有云：「一日心期千劫在，後生緣、恐結他生裹。然諾重，君須記。」梁汾答詞亦有「托結來生休悔」之語。』蓋彊村生世之感，視前世爲悽苦矣。按夏承燾《天風閣學詞日記》云：十二月廿九日，『接榆生片，謂彊老病日益劇，已不能卧起，亦不思食，極可憂。近作一詞，讀之淒抑不勝。榆生謂其中有一段傷心史。曩聞之金松岑，謂彊公所配不淑，有敬通之恨。繹詞語，又似乎有手足隱痛。其昔年哭弟詞云：「從教世世爲兄弟，知否來生更可哀。」此則云「不結他生未了因」矣。』又一九三二年一月十二《日記》云：『接榆生復，示彊村先生臨歿事甚悉。卒前三日，以校定未刊成之《雲謡集》（補足三十首）、《滄海遺音》（近人曹元忠、王國維十一家詞）及詩稿一卷（不及百首，自謂不足存）、遺詞數十闋（題作『語業卷三』）、題畫詞數十闋付榆生（遺稿止此），有「名心不死」之嘆。榆生擬輯其遺事爲一卷、年譜一卷，附遺書刊行。又擬組織刻印先生遺書會，須數千金。彊老終身憾事，即爲夫婦不睦。周夢坡謂其夫人悍妬異常，病中亦不敢令見。直至死刻，宿怨或消。本有一子，年三十餘，以娶婦不賢，又不見愛於母，發狂疾以終（民國初）。一孫亦不育。夫人、媳婦竟分居三處。現有一嗣子年十七八，夫人、媳婦皆不肯承認。絶筆詞「牛衣」等句指此也。彊老晚年恃鬻書、點主爲活，病中尚出點主二次，感冒風寒，遂致增劇，傷已。（遺産不及二萬，尚須作三股分）』

附録一　彊村詞賸稿

卷一

前集

高陽臺　殘雪

飄樹煙零，封階粉退，餘寒猶沍苔文。晝意無多，尋常埋没芳塵。斜陽著意相憐惜，是愁心、不耐温存。且銷他，一額涼蟾，來伴深尊。　東闌步玉人歸否，賸篝香半灺，衾繡孤温。依約檐聲，隔簾滴到黄昏。朝來便化春潮去，問何人、省識冰魂。謝東風，不當花看，爲刬愁根。

木蘭花慢　題半塘老人《秋窗憶遠圖》，圖爲況夔笙舍人拓寄江總《棲霞殘碑》而作

冶城山翠裏，幾深淺，白門潮。恁壁滿花穠，等閒換了，碑老苔彫。迢迢。蕩青谿恨，有滄桑、依樣惹魂銷。眼底江鴻不落，天邊遼鶴空招。　巉椒。禪語況淒寥。無句挽仙橈。算抗疏功名，分牋伴侶，一例飄蕭。今宵。酒醒月落，怕西風、吹雪上顛毛。卷起一封翠墨，傷心都付

南朝。

鷓鴣天

玉護香圍憶未真。相思酒畔惹春根。前身蓮葉谿頭水，後夜梨花夢裏雲。　人有信，事無痕。淺吟閒醉莫銷魂。圓蟾未上斜陽落，數盡新鴻且閉門。

滿江紅

鶩翁營生壙於半塘之麓，賦詞廣徵同人和作，謂他日刻之山中，視螭首豐碑，風味當差勝也

不信詞仙，到今日、埋愁無地。手提得、養生四印，寤歌獨寐。汗漫故耽塵外賞，虺隤未換人間世。傍要離、穿冢爾何心，長安市。　文字障，櫂椎事。分付與，東流水。算不如料理，檞湖歸計。納息閒軒誰伴侶，閉關荷鍤終兒戲。問神山、風引輒迴舟，如何是。

瑞鶴仙

上斜街新居爲查德尹先生宅，與顧俠君小秀野草堂鄰並，俠君《閒邱集》中嘗詠之。中庭篁木疏秀，一藤蒼然，相傳是德尹手植，鄭叔問爲作《斜街補屋圖》。漫書此解，或亦他日考坊巷者之一助焉

車塵蘿薜礙。有查浦琴尊，舊巢痕在。寒流鳳城背，又西峰半蕚，向人橫黛。佳鄰慣買。便家

具、殘書共載。惜餘香、淒入珍叢，容易酒邊憔悴。　休怪。百年喬木，三宿空桑，等閒一慨。吾廬恁愛。藏身耳，萬人海。屬勞禽須識，風枝三帀，莫當棲香客待。倦黄昏、愁倚荒闌，瘦藤獨對。

浣谿沙　西塘感舊

曲裏春魂未可招。横塘笛起雨瀟瀟。濕煙寒柳驛西橋。　一水將愁銷舊約，亂峰如笑理新嬌。今年閒煞木蘭橈。

南浦　春水，用碧山韻

南浦縠紋生，是昨宵雨痕，新黛吹染。一碧熨溶溶，天涯路、江郎暗魂銷徧。傷春刻意，舊情羞學迴波淺。錦鱗欲寄無好夢，腸斷東流花片。　幾回聚別江干。看渚宿文鴛，檣留乳燕。淒絶浣紗人，啼妝映，不浣淚珠千點。通辭微託，鏡瀾銷盡年時怨。小風何事吹眉皺，依舊歸舟天遠。

翠樓吟　𨚍村藤花

珠絡黏霞，瓊臺綴粉，東風萬紅相倚。年涯驚暗换，蕩簾角、垂垂芳意。流蘇春底。有倦羽偎啼，閒蜂留睡。誰料理。晚煙一架，比人憔悴。　似記。嘉侶琴尊，對鬱蟠寒碧，學成奇字。輕陰圓幾簇，尚妝點、東鄰花事。平原荒矣。渺一曲雲迴，雙闌風起。休辭醉。許郎今日，亂愁盈紙。

綺寮怨　漚村夜集，用清真韻

墮地酴醾如雪，晚鶯呼酒醒。尚著眼、隔水簾櫳，垂楊色、緑上空亭。鷗邊新愁已到，尊前客、怕拂絲鬢青。悄倚闌、滿目風花，平泉地、散落羈思盈。　未省倦遊去程。吴閶影事，何時疊鼓投瓊。翠杓波清，十年話，帶愁聽。沈沈夜鐙無語，總銷盡，故園情。花飛鳳城，東風較夢短，鉛淚零。

丹鳳吟　和半塘四月二十七日雨霽之作，依清真韻

斷送園林如繡，雨濕朱幡，塵飄芳閣。黄昏獨立，依舊好春簾幕。分明儚侶，霎時乖阻，鏡鳳盟寒，衫鸞妝薄。漫託青禽寄語，細認銀鈎，珠淚潸透牋角。　此後别腸寸寸，去魂總怯波浪惡。夜暝天寒處，拚鉛紅都洗，眉翠潛鑠。舊情未訴，已是一江潮落。紅燭玉釵恩易斷，悔圓紈重握。影娥夢裏，知甚時念著。

迷神引　戊戌五日，半塘老人以清泉瓣香敬祀三閭大夫，依屯田體爲迎神之章。率和一闋，醉醒清濁之感，未能發抒萬一也

誰與招魂湘皋路。零落佩蘭盈渚。揚舲緤馬，舊儃佪處。我思君，然疑作、斷飆遇。懸圃陳辭後，意悽楚。日夕靈修感，奈何許。　藉蕙肴芳，旋趁椒漿注。又洌泉傾，香芸吐。白蜺嬰茀，古今恨、一時訴。望修門，獨醒意，但凝竚。江水沈沈黑，夜猨苦。魂兮歸來些，颯風雨。

念奴嬌　同理臣、半塘觀荷葦灣，用白石韻

采香夢醒，涉江人、不是年時吟侶。姹隊鴛鴦偷眼下，狼藉花無重數。錦溆風多，珠房涼重，那更連天雨。江南多恨，老仙休唱愁句。　薄暮。隔岸争翻，田田新曲，斷送簫聲去。一鏡鬧紅誰管得，淒入笛船煙浦。羅扇單寒，朱闌憔悴，莫辦移家住。殘蟬無賴，日斜嘶斷歸路。

還京樂　和清真

亂蛩絮，入夜羇愁，似髮慵爲理。坐鐙窗無酒，但嫌隔院，清歌空費。望斷鴻天際。西樓鏡約餘香委。舊夢醒，銷與點滴，江南殘淚。　記屏山底。有釭花雙照，蘭情半掬，依前離別氣味。天涯儘説歸期，總孤他、玉容桃李。悵年年，猶去翼窺簾，涼螢在水。縱約雙魚腹，江波不

照愁悴。

鳳池吟　春冰

步怯瓊妃，舊淩波處，縝影淺研文漪。記玉人夜嚼，潤回香吻，涼沁柔肌。消受聰明，小甌圓鏡是年時。東風解把，蘭舟催發，無計留伊。　歡悰漸冷如水，趁茸窗烘硯，寫寄相思。料傾脂河畔，翠鱗纔上，錦字猶遲。成片春愁，斷紅和淚蹙流澌。銷除未，暈壺心、玉唾絲絲。

解連環　鞦韆

絮花池閣，護雙雙畫板，淺春低絡。笑弄影、一態嬋娟，掛不定閒愁，燕飄鶯泊。莫賭身輕，有人在、隔牆窺著。放羅衣窣地，自整鳳釵，鬢蟬還掠。　西園俊游似昨，委苔陰繡柱，容易吹落。問甚日、重倚春嬌，便滿眼相思，背面難託。梨月溶溶，鎮閒煞、東風紅索。賸當時、手香凝處，細蜂倦撲。

卜算子二首　金冬心《紅綠梅花小幅》自題云『用玉樓人口脂螺黛寫成』。舊爲蔣伯生藏。伯生跋贈墨龕太守，有『嫁明妃、遣楊枝』之喻，戲括二解

翠羽盡情啼，茜褏何人妒。浮動黃昏暗暗香，不許蘉蟾度。　吴苑玉雙身，飛並瑶臺路。借

問錢塘老畫師，誰是吹簫侶。誰賺小紅來，誰放楊枝去。清笑牆東總未知，枉費何郎句。老子會婆娑，不管閒風雨。何似金仙兩手空，目斷天花舞。

氐州第一　瞻園前輩見示酒邊新作，半塘和之，蒙復繼聲。用清真韻

輕薄箏塵，零亂鈿粉，當筵恨壓眉小。密緒連環，清吭掩扇，淒隔秦天縹緲。蕃馬屏風，有暗月、窺人偷照。玉杵深盟，金錢淺擲，頓催歡老。八九鶯烏依樹少。定輸與、羈雌嗚繞。毳幕恩新，珠田夢遠，驀併歸愁抱。惹花前、閒淚落，停杯處、相看一笑。誰打鴛鴦，錦塘空、孤眠到曉。

渡江雲　拈清真韻送客游江左，亦勞者之歌也

新寒羅被覺，蔽簾雨急，一雁墮圓沙。夢醒和淚别，海燕深棲，姤入莫愁家。啼紅滿鏡，悄自惜、薄媚鉛華。千萬絲、白門楊柳，渾未稱藏鴉。空嗟。孤飛青鳥，雙引黄驄，並頹波東下。親覷著蓬萊塵暗，秋鷁文紗。迴橈蕩作江南怨，破暝色、霜在蒼葭。惆悵極，歸期還問釭花。

浣谿沙　爲玉遐題《紅樓隔雨圖》

猩色屏迴十二山。鏡中長誤兩愁鸞。停鐙猶待夢輕還。　扶枕露香花綽綽，竟牀秋浪玉潺潺。新涼分不到郎邊。

好事近　九日坐天游閣

短髮漸飄蕭，欺帽輕飆無力。强與風光流轉，欠黄花消息。　繞池行怯晚寒生，薄酒那禁得。一帶蒼山無語，是誰家秋色。

減字木蘭花　擬樵歌

無愁可解。底事年年逋酒債。不道愁深。夢裏銀屏夜夜心。　極天霜信。眼看秋山摇落盡。焉用歸舟。決駕飛鴻閲九州。

鷓鴣天　擬放翁

鎮日鬔頭壓短垣。今年屋後斷潺湲。青松未必妨賢路，白髮公然有責言。　馳騄耳，控黄肩。較量百計讓邱樊。嚗然放杖東歸耳，安用人閒下澤轅。

清平樂　擬日湖

水沈煙凍。嫋斷江南夢。夜夜單衾金縷鳳。未省新愁輕重。　西樓雁字行行。酒醒越地淒涼。不怨那回輕別，只差没箇商量。

步蟾宮

昨宵圓月今宵雨。儘猜度、陰晴無據。沈沈酒病不成眠，籠畫燭、銷磨秋句。　西園一霎衰紅舞。料如水、年涯難駐。殘秋縱不抵穠春，何苦任、昏鴉催去。

惜秋華　校夢龕社集，賦雁

暮雨南樓，驀聲聲、帶得邊愁一片。羈枕正悽，西風燕歸催换。玉關字側黄昏，斷影掠、鈿箏心眼。年年。是衡陽、極浦春程流轉。　千里故人遠。料江湖夢穩，不關寒煖。滅燭誤，秋觴到，酒醒腸斷。天涯滿目雲羅，莫賺它、春波鷗伴。誰慣。有長門、月明鐙暗。

齊天樂

『亭前垂柳珍重待春風』九言，言九畫，宣廟御製也。懋勤殿雙鈎裝幅，爲《九九銷寒圖》，題曰『管城春滿』。南齋諸臣按日填注陰晴風雪，歲爲故事。《亭龍壁山房詩集》並載之。己亥長至社集，同人恭賦

龍池淺色東風緩，春光管城先透。三起三眠，一波一磔，妝點銷寒時候。酥鈿九九。換新樣宮綃，墨塵雙逗。鵲尾香中，幾呵揮翰玉堂手。　清吟天上事遠，御屏宣侍處，玉案茸褎。六琯光陰，百年文物，不是尋常懷舊。芳韶儘有。夢不到靈和，雨滋煙溜。自擘苔牋，細填梅蘂瘦。

庚子秋詞

朝中措

粉雲橫界斷霞收。人坐碧谿頭。初蓼淡搖風蝶，衰荷紅背沙鷗。　江鄉何處，青山畫扇，黃葉歸舟。自是客心搖落，不關長笛高樓。

採桑子

今年歸燕花邊路，真色屏空。亂葉衰紅。淡入宫眉一兩峰。　關河萬里傷高淚，斷送西風。錦字愁通。莫上高樓數過鴻。

清平樂

亂雲拂褏。百感新疏酒。愁外西山如客瘦。一角修眉還鬬。　無言獨立青苔。高城畫角聲催。指與斷鴉歸路，夕陽依舊宫槐。

鷓鴣天

吟鬢飄蕭淚褏乾。沈蓬江海得歸難。却從九陌游輪路，細憶雙谿短柱船。　田水外，野香邊。行杯一笑發蒼顔。亂鴉飛盡柴門閉，守著斜陽尚滿山。

小重山

雨洗秋姿倚翠微。淡蛾新掃出，晚依依。西風破屐幾人詩。天邊雁，零亂不須題。　不是斷相思。楚蘭摇落後，短書稀。谿山如此未成歸。沙鷗笑，客鬢已如絲。

一落索

斜日孤城深閉。四山荒翠。斷鴻聲外不堪聞，是嗚咽、桑乾水。　高閣清尊微倚。促愁成醉。彩雲端不負歸期，却還怕、黄昏易。

太常引

夜深谿館起微飆。天末故人遥。叢桂幾時招。夢不到、苕南畫橈。　相逢小泊，菊花艖背，風味話持螯。斷港乍通潮。有三兩、秋鐙緯蕭。

夜游宫

門掩黄昏細雨。乍傳出、當筵金縷。休唱江南斷腸句，小銀箏，十三絃，新换柱。　花外殘蛩絮。暗咽斷、碧紗煙語。愁結行雲夢中路。起挑鐙，疊紅牋，封淚與。

虞美人影

玉妃喚月蓬萊淺。鉛水銀河一片。夢裏憑闌人换。恩盡宮羅扇。　妝樓殘照西風滿。的的看花心眼。香在紅衣南岸。天近微波遠。

極相思

麴瀾澄鏡秋磨。飛棹紺霞過。雙鴛睡足，菱絲宛轉，不信風波。　一夕行雲無處所。舊宮黄、淒損纖蛾。已涼天氣，龍鬚方錦，漸漸寒多。

戀繡衾

哀蟬簾户半夕陽。漲麴塵、窺鏡萬妝。甚風起，干卿事，讓淩波、羅韈步涼。　繡塵盤馬青門道，背西風、能理斷狂。莫忘了，鈿車約，夜深月、猶過女牆。

夜行船

獵獵涼薰飄晚桂。黄昏近、酒悲慵理。露脚低飛，紅紗香濕，都是故宮鉛淚。　半壁滄洲殘畫裏。西風咽、笛聲不起。恨水離煙，仙槎何處，却趁撇波魚尾。

訴衷情　用夢窗韻

支笻客意倦於鷗。飛夢落蕢洲。涼風吹墮南雁，怨入水葓秋。　無意緒，問西樓。舊簾鈎。管絃何處，落葉空宮，凝碧池頭。

謁金門

人去後。絲管花房春瘦。木客啾啾歌拍手。奉觴千萬壽。　城掛離離星斗。風咽沈沈街漏。明滅漆鐙紅似豆。打門霜滿褏。

浣溪紗

五里東風三里霧。小屏山上桄榔路。夢裏送君騎象去。　歸來細訴雙鸚鵡。密約鸞釵還記否。淚盡蘭堂攜手處。

柳梢青

倦酒移更。留連淺醉，驀喚雲行。誰商量、嬌春白袷，啼夜紅冰。　當時綵伴娉婷。夢隔斷，瑤臺幾層。難道東風，消愁不盡，依舊籠鶯。

杏花天

風埃半掩長蛾，翠褏香涴，蠻薰不洗。尋芳誤入千紅地。誰許淩波步起。　歸期說回文錦字，更休問、空梁燕子。不成真負春帆意，腸斷啼鵑萬里。

少年游

年時花底酒杯寬。一笑墮攲冠。噀雨芳枝，驕風玉勒，高閣捲簾看。　而今舊賞池臺換。哀雁落歌前。清渭東流，似聞嗚咽，流恨武功天。

蝶戀花　和芸子

歌豆拋殘紅不定。續續春絃，隔住低鬟影。消息雲屏知遠近，淚珠一夕淹芳枕。　自寫相思還背鏡。封入羅牋，都是啼痕印。殘酒天涯何日醒，無言卻步飛紅徑。

滿宮花

卷金泥，收玉鞚。纔識相思親種。返魂香燼已多時，還宿花房孤鳳。　理新愁，牽舊寵。斟酌鈿釵輕重。紅栀枉祝結同心，淒斷並禽秋夢。

上行杯

玉人無力東風重。沙路馱歸樺燭送。不繡雙鸞。奪得銀篦理睡鬟。　亭亭荷柱金塘外。零亂鴛鴦空婭隊。一尺江潮。啼露紅妝傍鏡銷。

醉花阴　九日擬易安

怕酒慵歌門自掩。百事忘拘檢。佳節又重陽，釵朵安排，只是黄花欠。　閑愁似水誰濃淡。有鏡霜新染。休去倚闌干，歸雁行邊，一様山眉減。

憶秦娥

霜花裂。秋杯倦潑愁重疊。愁重疊，西風吹旋，一城黄葉。　衰蘭送客咸陽月。金仙有淚和誰説。和誰説，昭陽宫殿，斷鴻明滅。

燭影摇紅

淚盡金仙，攜盤却出横門道。涼雲籠雁雁啼秋，露泣香蘭笑。　孤鳳行煙傍曉。帶殘夢、紅牆縹緲。石鱗荒水，西風不管，低螢自照。

巫山一段雲

珠帳銷春繡，金爐委夕沈。禁花零落幾猨吟，容易是秋陰。　遠黛窺眉小，微波抵淚深。九疑山色上屏心，惟有夢來尋。

品令

翠籠鶯放。玉笙喚、行雲來往。心事一葉宮溝樣。舊香舊色，長是妝臺傍。　阿濫新催花底唱。又窺人眉樣。月斜鐙蘂迴秋帳。累儂惆悵。隔巷箏絃響。

醉鄉春

絮點緑塵凝榭。愁見卧枝花亞。記錦瑟，與人長，占斷真珠簾下。　更點畫譙初打。不是年時月夜。便相見，也尋常，一春長是湘絃卸。

減字木蘭花

談天有口。指點銀瓶惟索酒。把臂周眒。身是嵇康七不堪。　昏鐙照定。罔兩何須頻問影。誰是誰非。放著青山自不歸。

鶴沖天

含笑淺，弄妝遲。芳事去心時。繡鞍驄馬已空歸。還約燕來期。　鏡屏移，花漏永。悵望女牀鸞影。自家簾幕夢中逢。翻道宋牆東。

蕃女怨

謝堂愁絮千萬點，吹薄妝靨。翠鸞翹，金鳳縷。望春春去。繞花行近亂鶯聲。不能聽。

宴瑶池

殘香飄霧青楊路。處處。押簾花底朱户。無人住。年時幾許。銷春素。小槽香、真珠紅注。摘絃柱。箜篌自作人語。公無渡。西風分付。潮回去。

前調

句陳玄武相望處。暮暮。酒闌肝膽畢露。流螢路。何人畫取。《蕪城賦》。怕重説、安西都護。青驄去。秋燐自明殘戍。風吹雨。城頭爾汝。昏鴉語。

西谿子

燕趙悲歌人在。劇孟舊家傾蓋。急呼觴，筵未半。箏絃斷。酒醒鷩沙撲面。將恨上高樓。望幽州。

四字令

篝鐙穗寒。牀書帙殘。打窗一葉琤然。逗閒愁萬千。　谿山責言。蘅蘭厚顔。夢中羞渡桑乾。有秋前淚酸。

十二時

煙塵長望，無情清渭，東流不復。淒涼杜陵叟，自悲歌同谷。　月苦霜繁車轂觫。忍淹留、柳新蒲緑。呼風鳥何處，黯一堆金粟。

西江月

待闕鴛鴦社散，移家燕子巢寒。傷春人在醉醒閒。酒冷花飛人遠。　山枕一春無夢，水堂兩處憑闌。軸簾來與理琴絃。心翦東風俱亂。

憶王孫

煙中玉笛暗飛聲。艇子撐開一道萍。屬玉鵁鶄相向明。倦逢迎。惟有沙鷗不世情。

醉花間

斜日屏山愁暗隔。滄波殘畫色。筝雁不飛回，絃上西風泣。郎居金雁驛。一紙經年得。相從無兩翼。夢中新識路依稀，又移軍，關塞黑。

慶春時　用晏小山韻

黄昏過後，心頭眼底，一味清寒。前歡記否，衣香絮點，春影小長干。吴歈聽斷，催拍誰點弓彎。雕櫳近底，娟娟凍月，還當翠眉看。

甘草子

秋暮。夢醒殘蛩，絮語沈香户。黯墨不成書，天遠吹笙路。今夜漏回鐙昏處。問倦客、歸程誰數。無限秋心雁將去。付楚天涼雨。

虞美人　半塘欲爲校夢龕圖，偶得明王綦《秋林茆屋》小幀，因以充之

江蘺摇落知多少。一捲傷心稿。霜紅掃盡見樓臺。贏得百年縑素爲君開。賺人詞賦哀時淚。迸入迴腸碎。墨塵已共劫灰寒。小几秋鐙依舊對長安。

半塘詞序曰：『明王綦畫軸紙本淺設色《秋林茆屋》，二人清坐，若有所思。半僧笑曰：「是吾校夢龕圖也。」因拈此調約漚尹同作，並索忍盦和之。圖作於萬曆二十五年丁酉，乃能爲三百年後人傳神寫意，筆墨通靈，誠未易常情測哉。光緒二十六年十月十八日記。』

酒泉子

歸燕蹋簾。花暗卓香車路。斷腸時，攜手處。又窺匳。　一春緘淚與江南。撩亂謝娘心曲。玉璫回，銀沫蹙。是空函。

思越人　用馮正中韻

布被心情惡。寒夜聳，作詩肩削。青琴碎却。大招零落。　笑抗疏功名，輸紙薄。萬感幽單長淚閣。微睡著。有莊舄吟聲依約。

遐方怨

宫柳緑，水虆紅。淚睫聽鶯，謝娘春來歸思慵。不如梔子兩心同。夜涼雙鳳語，蜀絃中。

梁州令

莫怨藍橋飲。醉蹬珊瑚難枕。鵝屏夢隔蜀山青，誰家啼濕江頭錦。金蟾嚙鎖知誰禁。溝葉殘紅浸。青娥揮淚因甚。西風瘦却東陽沈。

鋸解令

醉和雙燕别西樓，醒不記、當杯淚滿。花前空解唱回波，蕩一片、舊愁不轉。亂絃輥遍。那是歌頭懶换。離筵索性送殘春，拚得是、墜紅見慣。

望江南

鐙下坐，鐙外月平西。陪伴閒愁偎幕燕，護持薄睡鎮帷犀。纔得夢來時。鶯唤起，花絮晚春迷。枕雨有痕潮半褁，鏡瀾無力熨雙眉。不是爲單棲。

玉樓春

銀屏夢比遊絲短。蟬黛拂梳鸞鏡暖。兩蛾貪學遠山長，多少春愁盛得滿。書來不是歡期晚。縈繫愁腸千萬遍。相思字字盡無憑，此後南樓休過雁。

又

分明錦瑟妝臺畔。夢醒江南天樣遠。换成潘鬢鏡能知，瘦盡楚腰裙不管。　情多莫恨相逢晚。手撚紅香珍重看。明朝剗地有東風，百盞千觴無處勸。

又

金翹峨髻侵晨綰。沈水玉罌嫌綆短。染絲火急上春機，不待洗多紅色淺。　擲梭光景催春晚。北斗掛城聞漏板。挑鸞作綬寄桃根，好與君心同冷暖。

前調　和小山

妾心宛轉機中素。郎意參差箏上柱。機花無蔕斷能連，箏雁有情飛不去。　春風未許花間住。小語牽衣空絮絮。歸期早晚問君心，羞揀鬢邊雙朵覷。

又

雲屏入夜笙歌静。不許愁人愁裏聽。燕歸花底語言工，酒到月圓時候醒。　盈盈恨靨還窺鏡。未信恨多銷鬢影。五更簾外又東風，明日南園花落定。

又

憁憁別酒黄昏醒。步繞西池波似鏡。弄青梅子雨添酸，辭蒂櫻桃風剗净。　蟾華還照深深徑。惱亂歸期歸未定。夢沈雙蕊蠟鐙紅，寒重半牀羅被賸。

又

大堤油壁車塵輭。雙褏越羅春水染。蘭叢啼眼幾時晴，桂葉妝眉前度淺。　丁丁夜漏侵瓊管。微醉歸來熏麝晚。小蟾如鏡莫窺眠，曲曲屏山親手展。

菊花新　簡萬薇生太守

粲夜釭花明古巷。驄馬連錢驕錦障。一笑試春衫，翻舊繡、天吴花樣。　十年身世牽塵網。夢初衣、故山凝望。黄蘗染絲無，須料理、畫羅秋桁。

睿恩新

歸鴻心事比雲冷。殘淚點、逝波俱凝。盡霜楓、强弄春紅，一葉葉、暗雕心影。　夢裏若耶如鏡。秋水淬、劍花霜瑩。待明朝、歸事猨公，更手種、菱絲萬頃。

鳳啣杯

深情只有雙雙燕。尋夢到、謝家庭館。難得池頭新合吹簫伴。都解惜，斜陽晚。　越山長，楚天遠。應拚得、怨紅啼斷。今日把君細字香牋展。纔愧相思淺。

前調　哀山陰王郎中焕

斡難河北陣雲寒。咽西風、鄰笛淒然。説著舊恩新怨總無端。誰與問，九重泉。　悲顧景，悔投牋。斷魂招、哀迸朱絃。料得有人收骨夜江邊。鸚鵡賦誰憐。

秋夜雨

角聲四起黄雲冪。人閒休問何夕。東風輕薄意。惱亂到、飄花詞筆。　玉龍怨曲吹香遠，甚處探、梅蕊消息。酒罷清淚滴。背燭檢、漢家新曆。

一翦梅

西北高樓眼倦横。路斷淩波，誰唤飛瓊。翠禽啼暝小山屏。步玉人稀，一鏡塵生。　惟有梅花不世情。夢别江南，淚接春程。犯寒玉笛爲飛聲。訴與東風，還是飄零。

摘紅英

關雲黑。邊沙白。金仙一去無消息。誰家唱。筝絃響。勑勒聲聲，月斜氈帳。　狂蹤迹。無人識。行歌帶索長安陌。高樓上。憑闌望。皁雕没處，飛狐上黨。

茶瓶兒

十載輕衫塵涴。逗鄉心、玉梅疏朶。花魂誰與招清些，便料理、五湖單舸。　雪窗月明愁卧。夢東風、灞橋春鎖。熏籠偎夜培殘火。尚暖得、數椒紅破。

醉垂鞭

酒醒冷香侵。西池上，花三兩，小萼漸宜簪。一雙驕翠禽。　落梅風漸大，悤悤過，又春陰。只有惜春心。比春無淺深。

浪淘沙　自題庚子秋詞後

何止爲飄零。相伴秋鐙。念家山破一聲聲。銷盡湘累多少淚，不要人聽。　蛩駏若爲情。哀樂縱横。十洲殘夢未分明。休向恨牋愁墨裏，畫取蕪城。

春蟄吟

八聲甘州 酬瞻園

斷西風破屐故山心，驚寒雁無行。正分攜吟筆，金城柳老，玉露楓傷。漫問京華倦客，酒醒是何鄉。秋滿人間世，一霎滄桑。　飄盡輕鷗蹤迹，甚倚樓看鏡，猶費商量。伴江湖殘淚，叢菊爲誰黄。且臨花，危闌高處，有長繩還是繫斜陽。休輪與，坐高齋夜，壺箭催忙。

尉遲杯 今年烽火中促舍弟重叔南歸，倚聲爲别，慘不成章。天寒歲晏，稍得消息，偶憶斷句，足成此詞。潁濱對牀之思，杜陵書到之痛，重叔讀之，當亦汍瀾之横集也

危闌憑。看一點、南去飄鴻影。秋聲萬葉霜幹，天角陰雲籠暝。孤衾夜擁，殘燭颭、參差客愁醒。又争知、痛哭蒼煙，野風獨樹吹定。　應念北斗金華，空腸斷妖星，戰氣猶凝。心定寒灰都無著，將恨與、哀笳亂迸。何時送、雲帆海角，更偎傍、天涯泣斷梗。問何如、杜曲吞聲，紫荆吹老山徑。

天香　鹿港香

碧鷓收斑，玉龍翦唾，如雲細屑誰碾。小炷沈馨，雙煙同氣蕩暖。淺春一綫。花風送處，疑悄度、漳蘭新畹。著指膩拈銀甲，入懷尚温珠串。　鑾薫暗愁涴遍。料西家、翠匳春換。縷縷海東雲氣，半迷殘篆。俊味衣篝宛在，怕難喚、蓬山倩魂返。待寄相思，蘅蕪夢遠。

水龍吟　唐花

夢華不醒愁春，探芳別有千紅地。是空是色，瑶姬酒重，維摩病起。羯鼓聲中，紅幡影外，東風凝睇。笑繁華占否，閒蜂浪蝶，空撩亂，冰霜裏。　聞道唐宮翦彩，好簾櫳、盡情妝綴。輸他爛漫，香雲一窖，先春花事。火速年芳，冬烘心性，優曇身世。問高樓怨笛，黃昏叫裂，著梅花未。

摸魚子　冬笋

怪尊前、食單寥落，蔬香誰侑秋箸。青籠緘恨槎風遠，愁説太官宣取。消息誤。怕江國、頭番春已無尋處。詩饞最苦。任凍圃泥香，煙林雨足，望得燕來否。　鄉園夢，咀嚼冰霜幾度。櫻厨風味輪與。蟠胸千畝輪囷甚，根節歲寒休負。苕岸路。問那得、明朝便脱春衫去。天涯寄語。待冰蘚親鋤，玉纖細擘，還配鮝魚煮。

桂枝香　銀魚

丁沽汛曉。正水市販鮮，烏板船到。戢戢銀刀恣躍，乍拋煙罩。長安近局銷寒夜，問尊前、玉涎多少。鈒盤催飣，詩饞慰否，漫吟白小。　記鄉味、羹調宋嫂。幾停箸思量，應是歸好。客話娵隅聽遍，正悽懷抱。冰鮮夢斷天厨賜，檢食單、零亂慵草。御饑沫冷，清愁好託，玉鱗緘報。

驀山谿

哀絃促拍，衮遍伊州破。誰換小梅花，夢橫枝、夜寒香妥。年時風雪，三九最關情，修竹外，綺窗前，幾許閒功課。　如今憔悴，花抵人愁麽。已辦醉如泥，甚尊前、猶分蛉蠃。江南書到，鷗鷺尚平安，雙蠟屐，一漁蓑，何日真還我。

絳都春　和日湖

東風信轉。怪罥香褭薄，怯試餘寒。誤了鏡華，非花非霧舊情閒。芙蓉不信傷春淺。怨紅淒入雙彎。夢雲回後，慵拈帶繡，自剔釭蘭。　未料屏山近底，尚支愁、酒力浥淚綃痕。斷譜細商，秦箏斜柱雁塵昏。春心一夜無人託。負他明月愁鵑。桂宫羞數年時，露粟半闌。

金明池　半塘賦春明花事六詞，依調和之。其一，扇子湖荷花

裂帛通波，褰裳唤侣，望極瑶池路近。塵不到、冰匳半展，露微泫、粉靨未褪。是何年、錦幄牽絲，占畫裏、三十六陂芳訊。看倚蓋亭亭，鴛鴦無數，未許淩波人問。　拗折西風絲寸寸。漫覓醉仙漿，碧筒深引。霓裳舞、今宵疊遍，槃淚影、明朝吹盡。盡相思、太液秋容，但墜粉空房，石鱗沈恨。怕玉井峰頭，月昏煙淡，翠被餘香愁損。

半塘詞序曰：『東華塵土，惟四時芳事差可與娱。三百年來名流觴詠屢矣。今年夏秋以還，高臺曲池，禾黍彌望，遑問一花一葉哉。春風當來，舊游如夢，閉門蟄處，益復無聊。偶憶屐齒常經，芳事最盛之處，各賦小詞，以寄遐想。蓋步兵之途既窮，曲江之吟滋戚已。嗟乎，慈仁之松，廉墅之柳，足以堅歲寒而資美蔭者，既邈不可得，即秋碧春紅，媚兹幽獨，亦復漂揺，如此風月，有情當亦替人於邑也。』

大聖樂　法源寺牡丹

酣酒妝穠，摸碑廊静，梵天春晚。記舊游、側帽西闌，自翦露華，不負看花雙眼。暖玉倚雲嬌無力，著人處、天香吹褭滿。忘歸去，對油幕半開，日斜經院。　鶯花正愁夢短。奈一例、華鬘

催劫換。傍石幢涼雨，殘僧還説，沈香新怨。淚濕洛陽東風譜，怕銜盡、蔫紅成鹿苑。傾城恨，也惆悵、避風臺淺。

帝臺春 豐臺芍藥

方罫曲折，花農舊生活。縠雨半晴，繡檻争移，宫衣微脱。插帽傳牋一笑處，盡消遣、謝郎吟篋。甚而今，廢緑平煙，只聞鶗鴂。　塵影瞥。迷眼纈。淚點疊。漬鵑血。怕梦尾年芳，近斜陽候，不是等閒離别。何況東風往來路，都換鈿轅舊時轍。賸一片瓊田，渺春人羅屧。

八犯玉交枝 寄園朱藤

塵糝荒闌，凍蘇香纈，又簇淡陰雙架。簾捲交枝紅到眼，舊恨滄桑飄惹。年年春晚，爲花料理琴尊，題襟還喜依鄉社。葉底翠禽聽慣，茶香情話。　誰信步屧東風，緑雲黯損，蝶蜂重到應詫。俊游換、誰家芳事，浣不盡、鑾薰凝榭。料花外、白題舞罷。牽蘿人泣孀娥夜。況酒醒秦郎，玉牋淚濕愁難寫。　園今爲浙江會館，去年德意志兵據之。

夢横塘 野鳧潭蘆花

釣絲秋雪，履迹斜曛，野塘涼意初著。影没鳧翁，換蒲稗、春波綿邈。低艇誰移，短篴孤坐，鬢霜驚覺。又迷茫萬點，做弄新愁，還飄到、閒池閣。　微波自不通潮，甚驚塵亂颭，冷絮迴薄。捲葉西風，輕和入、數聲哀角。更休問、江湖雁影，眼底秋心仗誰託。夢裏滄洲，一般清淺，有紅桑花落。

夜飛鵲　花之寺海棠

東風背人去，邀步嬋媛，芳靨淺照禪天。花宮攜試，小鸞榼，潮紅輕鬭酡顔。傾城鎮無語，似凝酥妝薄，擁髻啼慳。綠章再乞，背斜陽還護珠幡。　何事萬姝嬌困，無路問行雲，十二巫鬟。説甚平泉如夢，人天一例，劫换華鬘。錦城舊恨，付碧鷄坊底詩顛。賸深宵孤照，銅槃燭淚，淒伴金仙。

鷓鴣天　『好友同居亦當家』，瑞安黄卣薌先生《庚申京邸除夕》句也。庚子歲除，與忍盦同居四印齋，鶩翁詞成索和。遂拈作歇拍，蓋樂句事情適相和也

淚盡東京説夢華。敗牋殘墨送生涯。沾脣香乞迎年酒，到眼紅憎饋歲花。　無一語，但長嗟。短檠挑盡又啼鴉。莫嫌歲事郎當甚，好友同居亦當家。

玲瓏四犯　依白石雙調，題春明花事詞後

屐齒舊香，塵紗殘墨，游蓬芳事如水。故家煙月在，耐得闌干倚。提攜自憐影底，有東風、伴人垂淚。夢裏嬋媛，劫餘鶯蝶，知我擘牋意。　天涯望春歸矣。問尋香杜曲，新恨誰理。眼看詩酒瘦，應接鵑聲裏。莫教秉燭西園夜，但攀摘、尋常桃李。須記起。春根在、千紅舊地。

淒涼犯　漸西村人富春卧遊圖，爲袁仲默、叔撝兄弟作，用白石韻

清琴怨入西風後，凝塵翣斷冰索。大招賦否，江空歲晚，數聲哀角。蛟龍氣惡。黯千里鄉心繭薄。怪飄蕭、谿山破墨，一雁度空漠。　腸斷桐君末，偶世餐霞，頓更哀樂。故山夢短，迸驚絃、廣陵摇落。一葦延緣，料晞髮吟魂戀著。聽松聲、七里瀨尾斷舊約。

解連環　元夕，用碧山韻

翠屏香寂，又銅壺促晚，妬雲慵坼。記夜娥、坊陌年年，换幾度風光，暗羅塵額。盼極孀娥，爲點逗、六街春色。甚青鸞信渺，鈿軸蒼空，墜歡輕擲。　滄洲半迷舊國。正銅華寫照，天上愁憶。想淚鉛、滴盡方諸，也淒對金仙，暫時將息。小影山河，莫唱入、吹梅哀笛。背殘鐙、有人擁褎，夢尋冷驛。

玉京秋　用草窗韻

芳意闊。歡場舊鶯燕，舞繁歌切。風懷幾許，愁書花葉。一曲紅牙妙譜，記當筵催按回雪。倦情別。隔年沈恨，覆杯慵説。　不是清狂重怯。寫琴心、六幺漸缺。斷夢樓臺，中年絲竹，不禁哀歇。頭白龜年，尚解怨、天寶淒涼時節。笛聲咽。誰傍宫牆暗月。

金縷曲　落梅，用竹山韻

凍羽寒窺屋。傍黄昏、聲聲似訴，麝塵驚撲。飄粉樓臺相思夜，銷瘦仙姿萼緑。漸淚點、殷沈紅菽。滿地珊瑚無人掃，占霜天、做弄傷春局。空颭影，對殘燭。　苔鬟尚綴交枝玉。問何時、宫妝點額，鏡盟重卜。多少飛瓊經年恨，寫入滄洲賸幅。怕還被、東風拘束。冷落雪香亭前路，换青禽、與聽銷魂曲。腸斷盡，委橫竹。

月下笛　用玉田韻

廢碣棲煙，清鐘度暝，舊攜筇處。沙禽細響，猶戀東風去來路。平蕪先作傷心碧，悄不管、連天恨雨。盡闌干拍遍，孤雲一逝，亂山無語。　情緒。斜陽暮。莫輕惱天涯，舊鷗新鷺。經年斷旅，再來情味悽苦。花前不是傷春病，問隔座、流鶯曾否。待訴與、庾郎心，惟有衰楊一樹。

尾犯 用夢窗韻

一笛落梅風，虚館夜分，春思飄越。門掩沈香，亂鐙花成纈。歸燕晚、文梁未掃，斷鴻驚、空絃盡折。舊情無據，老去杜郎，惟有吟聲咽。　秦箏圍繡屋，應未解、恨輕别。亂草昏煙，斷相思天闊。數前事、參差流水，拍闌干、清鉛暗結。纍人愁悴，不是向來團扇月。

陌上花 用蜕巖韻

籠鶯唤起，屏山殘睡，眼前春晚。點絮年光，銷與謝娘池館。惜芳殘管成何用，花外東風淒斷。占新陰未穩，淚鉛無數，夢雲飄散。　苦相思瘦損，宫腰幾許，寬却羅衣一半。未必天涯，省識忖寒量暖。經年衷損調箏手，塵滿十三金雁。勸愁絃漫傍，緑窗殘日，舊情真懶。

念奴嬌 二月十二日妙光閣下感賦

青松冷日，甚推排不去，無情春色。强與風光流轉處，依舊清明寒食。戍鼓樓臺，佛香塵土，三兩初鶯識。琴聲淒斷，斷腸花外殘客。　天末誰爲招魂，薜蘿山鬼，哀些空吟得。盡有貞元朝士感，白首同歸尤惜。舊頓天寒，新亭日暮，淚盡山陽笛。滄桑何事，出林煙磬初寂。

惜秋華　西鄰海棠盛開，對花醒坐，賦呈主人

繡幄春姿，倚東風似惜，傷高心緒。零亂露痕，清宵醉温簾户。銀臺灧入仙霞，照不穩、傾城眉嫵。銷春是、秦筝亂咽，新聲金縷。　花恨寄何許。酹閒情尚怯，尋常尊俎。短夢殢流，水逝錦淒香苦。相思説與華清，怕夜深、睡魂誰主。無語。拍闌干、自尋愁句。

長亭怨慢　和忍盦春盡書懷之作

再休問、愁邊鷗鷺，月冷沙昏，夢歸何處。故苑滄波，爲誰緑到舊游路。石鱗風起，嗚咽作、前秋語。流水不參差，莫涴了、一分塵土。　前度。有天風瑟瑟，日夜步虚來去。新蒲細柳，問誰信、好春無主。恨雙燕、不把斜陽，細説與、碧窗煙霧。只翳鏡飛紅，遮斷淩波新步。

卷二

寒灰集

三姝媚　瞻園約爲西山之游，寒陰殢人，屢阻攜屐，雪後引眺，賦此代簡

晴絲橫苑路，際林端微明，禁煙猶沍。喚客山禽，蕩倦情銷得，探春詞句。野水棱棱，隔岸引、玉驄新步。舊崦微茫，只有梅花，撩人心緒。　偏是芳游輕負，賸小萼疏簪，凍香誰護。夢熟西峰，又濕雲和恨，暗凝春素。淡極愁蛾，還惹起、啼妝人妒。問訊香臺消息，風鈴細語。

婆羅門引

斜橋絮起，亂紅牽恨點重茵。慵鶯尚語殘春。聞説淩波新步，遮斷繡漪塵。慾蠟鐙羅帶，鬭取閒身。　長安麗人。算醉醒、總迷津。狼藉東風不管，只避花瞋。波簾翠顰，夢不散、相思堤上雲。釵鈿約、總是愁根。

菩薩蠻

緑雲倭墮低鬟重。無端青鏡相矜寵。孔雀滿東南。水沈中夜添。有人紅燭背。妝淡眉成字。何事種春愁。春休愁未休。

又

宜瞋宜喜紅雙臉。新嬌一態無拘檢。滿鏡淚波酸。妒春春向闌。中塘雙燕子。學語差池起。辛苦鬬腰肢。累花扶著伊。

又

亂鶯啼破紅雲熱。誤他濃睡花時節。不拆畫鞦韆。春人誰耐閒。緗桃攀未盡。暗裏朱顏損。教合玉韓笙。雙成聽不聽。

又

鳳窠長晝蒙頭睡。籌花鬬草原無意。扶夢下西樓。芙蓉江上愁。路長雙槳促。隊隊紅衣浴。不合住横塘。秋潮日夜忙。

又

纔調龍餅留人語。旋捐寶玦催人去。去住兩朦朧。靈犀無路通。　朝朝翻象局。懶劃瓊釵卜。不到落花時。春愁君不知。

還京樂　夜坐和夢窗

塞鴻近，著意偎沙，度月成秋響。傍黄昏愁重，旋攙鐵馬，檐頭悲哽。濺淚花孤坐，屏山背燭幢幢影。倦睡減，遥夜怨起，羅衣新冷。　聽壺蓮竟。夢滄波殘畫，風鴉陣黑如塵，垂翅未整。江湖畫角聲聲，暗驚回、雨涼煙暝。攪愁腸，是按笛人稀，餐霞伴醒。脈脈窺華髮，清霜飛上明鏡。

緑蓋舞風輕　遥和鶩翁元武湖道暑之作，同弁陽老人韻

一闋定風波，倦眼登臨，危闌對横綺。涼笛延秋，江湖歸未得，淺醉慵倚。劫後吟魂，又輕被、蕢絲牽繫。正紅衣掠岸，西風催墮秋蘂。　杯底。遣得孤歡照影，弄清波、短鬢塵洗。酒入襟痕，好心期、换與故年閒淚。夢裏滄洲，更不信、孤根無寄。過江人，銷盡看花英氣。

角招　寄懷半塘白下

送君後。滄江晚、望風幾度搔首。雁邊寒訊逗。破驛老楓，游倦時候。天涯未負。怕負却、十圍垂柳。素石清泉儘有。奈今夕，玉闗情，祓清愁無酒。　知否。亂塵漲㝢。夷歌野哭，銷得殘陽驟。庾郎魂斷久。迸入江南，玉龍哀奏。冰霜共守。賸一抹、峰眉依舊。夢咽西窗燭瘦。待商略、白鷗心，迴腸又。

採綠吟　湖跌漾爲吾鄉煙水勝處，長超、棲賢、吴羌、道場諸山紛在掌矚。荷香柳影，宜夏尤宜。自墮修門行二十稔，中閒再返故山耳。暇當倩客作《玉湖跌館圖》，率依《蘋洲譜》以當懷歸之章

輭玉吴波路，畫手點筆，分明蘋風。笛外柳煙，舷尾澄鏡無聲。兩山青不斷，斜陽晚、數行鳥度空屏。卷迴谿、蓮歌渺，棱棱湖月又生。　抛斷水精宫，天涯夢、菱絲撩亂千頃。三十陂秋，但淚接煙程。甚時真、投老江湖，忘機後、商略白鷗盟。歸帆誤、牢落鬢霜，殘客茂陵。

解蹀躞

雁聲帶愁飛轉，漸换秦絃柱。似嫌摇落，江蘺舊游誤。心事别久誰知，錦牋重疊緘成，夢雲無據。　爲君訴。依舊差池雙羽。東風背簾覷，幾曾羞煞，菱花好眉嫵。眼看殘畫滄波，夜闌

擘破箬篌，勸公無渡。

點絳脣　雁來紅

擡舉西風，醉扶一捻鵑魂小。誤花疑草。別樣傷秋稿。窺笑東鄰，解妒宮妝好。秋孃覺。茜裙顛倒。收拾紅情早。

前調　鳳仙

丹穴春姿，託根翻戀朱闌好。抱香多少。夢穩秦樓曉。匳史新繙，瘦損麻姑爪。秋妝了。守宮紅小。來伴花房擣。

蘭陵王　蘆花和麟樱

竟頭白。明鏡秋霜共色。荒碕外、摇露蕩煙，零亂春叢换淒碧。江湖味慣識。牢落低舷倦笛。黄昏後，無處頓愁，愁似潮來夜風急。　伊人舊游歷。在買醉魚天，分社鷗席。涼花淺瀨秋無極。自濕漬衫絮，怨沈笳管，離披天水斷夢失。甚身世禁得。　江國。待將息。怕如畫煙波，皴破鉛墨，沈陰斷雁聲中黑。黯雪片千頃，欲銜無力。菰蒲何處，歲暮約，但睡憶。

楊柳枝

舊夢吹花著渭橋。新愁封淚問湘皋。永豐坊畔風流極，晚向人前鬬舞腰。

又

無主樓臺半夕陽。笛中人去更迴腸。東風銷盡宮黄點，背定愁鸞理舊妝。

又

似水鵑聲一夕催。青絲驕馬斷章臺。分明摇落江潭路，依舊傞傞輭舞來。

又

通體當風弱不支。年光銷盡斷腸絲。不辭身作桓宣武，看到金城日墜時。

花犯　花朝後一日雪中晦鳴見過

碾城根、淩波路輭，瓊妃下清曉。凍禽啼覺。驚素影林亭，芳意嬌小。柳絲倦挽清明到。和煙冰斷沼。望裏怯、蹋青新步，香塵輕换了。　拖笻犯寒故人來，梨霙影、亂撲風前衰帽。絲鬢冷，聊温取、涷花香醥。傷春慣、費人淚眼，能幾度、歌前同醉倒。問瘦倚、荒闌誰熨，無聊鶯燕老。

轉應曲

春雨。春雨。飄斷碧煙雙語。雲屏一倍清寒。獨擁羅衣夜闌。闌夜。闌夜。夢到寶釵樓下。

又

春柳。春柳。昔日青青在否。東風臨路千絲。輕薄看人別離。離別。離別。鉛淚單衣時節。

又

春水。春水。不寄盈盈閒淚。年年流盡年光。今日聞歌斷腸。腸斷。腸斷。道是病深愁慣。

抛毬樂　書胡仲巽浄業湖僦舍

一架紅樓面堞斜。淩波百隊氣如霞。濾紗風擁妙香入，上枕山當蘇幕遮。解妒棲鴛夢，網取吴魂便作家。

二郎神　偕乙盦、晦鳴、悔生步净業湖上

淚荷戰雨，碎一鏡、翠雲如瀉。漸罥蝶香乾，籠鴛陰減，裝就城灣殘畫。舊是瑶源淩波路，洗恨人、韈羅塵罅。休更結冷襌，一袈裟地，水風無價。　閒話、滄桑事影，玉尊澆罷。問蠹粉詩痕，龕荒苔滿，經歲鑪薰尚惹。夢老西涯，冷鷗三兩，空怨月明遥夜。聽梵外，似有簫聲斷續，汜人來下。

阮郎歸

飛鸞闊褏舞經年。銅花驕玉顔。秋裳多定昨宵寒。啼蛄金井闌。　揮錦字，擲金錢。藁碪山復山。織成春恨儘無端。殘機催下難。

南鄉子

初日上，水西涯。無人來弔素馨斜。花底教歌江上住。鴛鴦侣。只向海雲紅處去。

又

雲磴滑，霧花晞。西樵山上揀茶歸。山下行人偏借問。朦朧應。半晌臉潮紅不定。

又

三水口，合雙江。畫輪蹋蹋碾輕航。船趠小風來舵尾。長年喜。白日攤錢波浪裏。

又

蘿幌合，玉沙清。一峰送過一峰迎。日夕沾裾榕霧濕。行不得。越鳥聲聲如勸客。

又

中宿峽，夜鐘寒。訶陵環子尚人閒。過客摩挲嵌壁記。猨歸未。霧鬢風鬟明月裏。

又

飛鳥絶，怒濤吞。蹋天無路割蒼雲。竹緪縋厓横板坐。樵斤和。時有飛霞身畔過。

又

烏石渡，數家横。今年雨少誤秋耕。瘦日沈谿饑犢卧。無功課。夜半燒畬巖際火。

又

巖秀發，㠧江南。一重鬟髻一重匳。急槳衝波催去箭。升艫看。詰屈湞流如大篆。

又

支枕後，落帆前。客心孤迥滿江天。手疊紅牋誰與付。曹郎句。爲客正逢無雁處。

陌上花

題隋《董美人墓誌》。美人蜀王楊秀宮人，以開皇十七年卒。《誌》爲秀自製。道光初葉，上海陸劍庵官興平，得此石。旋歸徐氏，毀於兵。張叔未謂才人、美人十五員，煬帝時置，開皇時未有此名。董是蜀宮人，何以終於仁壽宮，史未之詳。道生以拓本見諮，率倚此調

楊花落盡，娟珉苔蝕，粉塵凝處。比翼魂歸冰枕，淚綃成縷。落鬟故黛春何在，十九華年空度。最無端萬里，椒塗新踐，竟沈仙馭。　瘞花銘漫草，涼天斷雁，只稱聽風聽雨。倩影高唐香燼，返魂無據。別鸞枉譜千琴曲，夢冷一絃一柱。草離離付與，揚州一樣，玉鈎斜路。

清平樂　南雄試院晚桂深冬始花

蜂黄未斛。香外梅塵撲。碎糝辟寒金簌簌。驚起月中人獨。　年年夢冷仙梯。淩寒露粟

侵肌。銷得鈿筐淚點，畫闌秋去多時。

腹痛集

虞美人 西齋雨夜送客

晚鶯簾户飛杯罷。檐語鳴風馬。天涯春盡雨聲中。一寸燭花猶戀綺筵紅。望京樓外浮雲滿。愁迸看花眼。名臺吹冷舊黄金。賺得五陵驕馬少年心。

鷓鴣天 韓江小舟，庳篷狹舷，製如吾鄉烏杉。連朝春晴，行潮、嘉閒，煙韶月媚，清遠山水，恍頁眉睫，悠然空谷之見，似人也

沙尾風痕約晚涼。雨餘山語響匡牀。羅文水比空匳定，品字帆如畫扇張。塵世事，水雲鄉。鴟夷好計苦參商。夢回月到烏篷罅，便認雙谿夜渡航。

前調 威如屬和得『遠樹』二語，爲足成之

句裏春姿發翠微。拍天新漲麴痕肥。亭亭遠樹人離立，拂拂輕帆鶯亂飛。移晚棹，占空磯。水窗飄笛細風迴。眼中無限滄波意，欲采蘋花一笑非。

高陽臺　惠州西湖，朝雲墓在其左側

連巘平煙，清波小鏡，妝成縮本西湖。語變炎禽，年光細草催徂。分明玉墖紅棉路，笑暫來、客意疏蕪。太悤悤，拖策天涯，疊鼓城隅。　一杯銷與羅浮碧，占清新風日，天與髯蘇。片雲鵑聲，朝霞飄墮漚珠。丹成不共維摩去，怕散花、人比山孤。熨歸魂，小碣蠻花，留偈如如。白髮蒼顔，正是維摩境界。『空方丈、散花何礙』，東坡贈朝雲詞也。

點絳脣　舟行荷蕩側，客有話故鄉花事者

推枕逡巡，打篷幾陣臨明雨。雨絲纔住。山響殘鵑語。　爲惜江湖，催辦鴟夷去。淩波妒。坐中無數。心在青墩路。

聲聲慢　西園逭暑。園在廣州提學廨，余襄公《武谿集注》所謂『庭際羅立九曜石』者也

新花改岸，穨柳通波，舊家水石依然。小袚聞根，風泉響出琅玕。虚堂嫩涼收雨，引秋心、催占鷗邊。供晝永、有分茶火續，選石詩鐫。　晼晚年芳空惜，被緑陰狼藉，催熟金丸。幾日珍叢，南飛越鳥巢安。滄洲夢痕何處，枕屏拖、一桁青山。無路去，傍清陰、敷簟露眠。

採桑子　洪心孺席上賦檸檬湯

水精眠夢人消渴，不賜金莖。憑仗纖瓊。旋起春雷出素瓶。　一匙還乞蠻薑點，石乳花騰。兩腋涼生。風味清於醒酒冰。

清商怨　夜泊歧槎

蠻江嗚咽向夕斂。又勁風吹灧。似有歸漁，籠鐙重繫纜。　孤村餘更紞紞。夜漸深、向誰肝膽。沙月冥迷，荒螢三四點。

拋球樂　鹿步書所見

照水孤墟出瘴林。人家三五荔支陰。網師午散市聲減，樵侶夜談山理深。一葉挐音過，驚起沙頭墨色禽。

婆羅門引　六月既望，水西小榭納涼，憶己亥是夕龍樹寺舊游。用夢窗韻

紗巾倦整，繞池風起疊匳冰。泠泠雨度高城。簾捲天東娥鏡，娟夕素妝成。奈臨醒玉灩，尚妒閒情。　南樓翠層。記被酒、踢莎行。未了琴尊短夢，驚散笳聲。鷗邊社涼，又拖逗、秋心

生半庭。芳卷墨、自展羅屏。

洞仙歌　爲張聖雌明經銘匏瓜硯。時君將北歸，復媵一解

琳腴新摘，賸温巖雲片，鈎帶雙文似牽蔓。想松煤銷夜，研寫羈愁，摩挲處、凝得玉鴝淚眼。呼童花外洗，小葉幡幡，涼翠漂香墨池滿。相伴壓歸裝，象管鸞牋，心心待、秋波一斷。便料理疏狂炙紅絲，定銷與天孫，畫眉新怨。

月華清　中秋對月，懷半塘揚州

夢冷瑶華，花凝絳闕，素娥秋思多少。暮合纖雲吹，占謝郎淒抱。掩空絃、怨鶴飛迴，耿殘漏、夜烏啼覺。誰到。小驂鸞舊路，紺塵親掃。　桂粟闌陰望渺。憶畫燭籠秋，别懷千繞。淚盡銅仙，攜得玉檠空好。暫將息、冰鏡閒愁，懶斟酌、羽裳新調。留照。爲紅橋廿四，玉簫親教。

三姝媚　十六夕風雨獨坐輪香堂，四鼓始見月

冰蜍清淚苦。漬天邊風聲，雨聲無數。暗額簾深，問素輝先得，畫樓何處。倚樹枯吟，新怨繞、瓊空仙步。枉説圓期，病蟀僵螢，伴成淒楚。　殘酒天涯醒否。算委轡孅阿，夢邊無路。亂

笛參差，傍廣寒吹濕，夜薰如霧。不信人間，還守定、霓裳殘譜。盼極金波鋪滿，誰磨桂斧。

塞翁吟

題林屋山人山水畫册。人生明季，浮江涉洞庭、雲夢，達巴蜀，窮黔滇之奥，歸隱吴中白蓮涇上。册七葉，筆墨簡逸，無町畦。裔孫勞勉存令君得之梧州

碧鷄萬里歸來後，門對舊日蓮涇。幾緉屐，足平生，寫情付吴繒。分明。疏簾底，蕭寥破墨，如坐我、瀟湘洞庭。問誰信紅桑變景，玉龍嘆、點滴微波，淺到蓬瀛。登臨未許，獨占危闌，一桁峰青。

綺寮怨

檢叢帙得芷帆侍御《天寧寺重九詞牋》。芷帆工貧善病，樂數晨夕者十餘載，去秋慘焉執别，旋溘朝露。感音傷逝，以當招魂

度水風攲茸帽，寺門斜照殘。記點筆、半染萸丹，松陰底、擁鼻微哦。天清佛香自發，招提境、淡月生翳蘿。趁雁聲、未落花前，觥船瀉、露菊秋緒多。　鄭重舊盟磵阿。陽關唱倦，無端夢醒南柯。廿載維摩，問生意，儘婆娑。今宵夜臺秋語，賸怨瑟，不成歌。人間逝波，蠻牋迸淚處，飄玉荷。

水龍吟　城西訪伯厚，坐清佳堂偶述

雁霜微壞林衣，好山青出無人境。谿流雲去，墖邀煙止，秋坰如鏡。懶與呼筇，嗒焉隱几，爐薰初定。背闌干一角，枯香冷翠，留不得、鷩鷗影。　最憶淩滄佳興，駐飛仙、親題吴艇。因依未了，西龕香火，南園觴詠。鑾羽無聊，斜陽不管，荒波變景。漫商量後約，秋心似葉，墮虚簾暝。

前調　七星巖

午禽啼斷蒼煙，砉然墮地秋星碎。天風四咽，泉飛轉側，雲移向背。上界齋鐘，初寮佛火，沈沈石氣。對諸峰離立，蕭寥水檻，渾未覺，魚龍戲。　一逕巖扃谿次。洞雲深、孤猨驚睡。導人雙炬，砂牀繡髮，湫匳鏡黍。欲理玄言，鋤芝客去，安禪無地。倩僧雛細撥，馬蹄蹬蘚，辨開元字。唐李邕《端州石室記》石刻在巖下，土人呼曰馬蹄碑。

更漏子

玉釵風，鸞扇月。閒過穿鍼時節。籠畫燭，待牽牛。無人獨上樓。　樓前路，孤帆暮。又送去年人去。將錦字，上金梭。淺秋生曙河。

哨遍　甲辰重九，讀弁陽老人『腸斷紫霞』之作，感念半塘翁，悲不自持。時距翁之没三月矣。翁嘗爲《半塘僧鶩自序》，輒檃括其辭，以當《薤露》

家在半塘，人是半僧，疇識平生事。僧曰嗟，四坐聽無譁，老之稱實從壯始。《禮》有之。恒言未容稱老，吾今何怙而何恃。空指點楙湖，寒雲丙舍，皋魚清淚如泚。縱不能、誓墓永相依，又焉敢、自尊老鬢髭。朋輩哀焉，呼而不名，用從吾志。　嘻。甚矣吾衰，卅年昏宦誠何味。吾友疑罪死，刻鵠之繇能記。好一笑諮禪，三生證果，天親無著爲兄弟。甚囊粟機緘，櫂椎事業，昨非今未必是。　賸百年、老屋隔清瀨，便投劾、歸耕苦無期。辨蒲團、又牽身世。咢然哆口瞠目，那辨如如偈。但隨挈鷺提鷗伴侣，默以自容而已。副其名者僅如斯，老人之遇可知矣。

半塘原序曰：『半塘僧鶩者，半塘老人也。老人今老矣，其自稱老人時，年實始壯。或問之，老人泫然以泣，作而曰：「《禮》不云乎：父母在，恒言不稱老。某不幸，幼而失怙，今且失恃矣。稱老所以志吾痛也。」然則，半塘者何？曰：「是吾父吾母體魄之所藏也。吾縱不能依以終老，其敢一日忘之哉。」由是朋輩無少長，皆以老人呼之而不名，悲其志也。老人仕於朝數十年，所如輒不合。嘗娶矣，壯而喪其偶，生子又不育；嘗讀書應舉子試矣，而世所尊貴如進士者，卒不可得。家人以老人之鬱鬱於前，冀其或取償於後也，召瞽之工於術者，以老人生年干支使推之。瞽猝然曰：「是半僧人命也。」老人聞之則大慊，乃自號曰「半僧」。老人之爲言官也，嘗妄有所論列，其事爲人所不易言。老人之友，有爲老人危者，上疏之前夕，爲老人占之，得「刻鵠類鶩」之繇。疏上，幾得奇禍，乃復自號「鶩翁」，曰：「吾以傚夫卜，而自匿其草者。」於是三名者，嘗隨所適以自名焉。既而其友以疑罪死於法，老人傷之曰：「吾哀吾友，吾忍忘吾鶩耶？」遂撮三者自名爲「半塘僧鶩」云。嗟乎！半塘者，老人之墓田丙舍也。曩以仕於朝，不得歸，今投劾去矣，又貧不能歸。老人又以出世之志牽於身世不得，遂求得西方貝葉之書，乃哆口瞠目不能讀，讀亦不能解。惟所謂鶩者，其鳴無聲，其飛不能高以遠，日浮沈於鷗鷺之間，而默以自容，或庶幾焉。是老人之名副其實者，僅三之一耳。然則老人之遇，亦可知矣。』

浪淘沙 甲辰除夕和宋周晉仙《明日新年》之作

何用買春錢。擁褐閒眠。勞生身世蜕中蟬。一枕雙谿明月路，三版風船。愁信到鷗邊。雲水沿緣。東風有約且歡然。孤燭亂山殘酒醒，明日新年。

高陽臺　客有示《本事詞》者，率同其韻

飄箔衰鐙，歸樓細雨，隔年人换閒愁。紅蘂辭春，東風蹀躞荒溝。黄金鈿合同心結，夢未闌、燕冷搔頭。倚空簾，明鏡徘徊，鬢改花羞。　東牆輕送斜陽老，怕三年楚玉，病不禁秋。躑躅吹湍，白駒一逝難留。障花亂笑飛春語，負舊情、麗玉箜篌。算泠泠，幾折迴波，曾節秦謳。

琵琶仙　送褚孝通移疾歸杭州。孝通新悼亡

歸到西湖，未應誤、豆莢櫻珠時節。無那孤瑟絃空，春聲帶愁咽。蘭棹浣、殘鵑淚點，怕啼濕、故裙塵篋。中酒年光，收帆興緒，容易華髮。　待催辦、腰笛單衫，趁苕水、東邊舊時月。相送荷花一路，把君恩重説。春漸老、幽單客枕，拚十年、逝水銷别。可奈江國漂花，瘴天啼鴂。

聲聲慢　城北一廢園新營花樹，激流植援，游事甚盛

城痕煙結，鏡曲香銷，巡闌遠避塵紅。未近黄昏，無人冷翠濛濛。西鄰舊家雙燕，倚嬌瞋、新妒雕櫳。尋勝處、是檐虚岫納，屧響廊空。　誰信傷春倦客，費臨花嬌馬，愁對巫峰。多宴心

情，飄鐙闌夜偏濃。尊前幾人，閒淚背東風。澆與珍叢酒醒未，墮嬌雲、一片夢中。

浣谿沙

已過酴醾未藝蘭。蝶愁蜂笑兩無端。旁人剛道好闌干。排日清歌巾有淚，憑春短袂手驚寒。早知芳節挽回難。

又

誰闢毬場試馬蹄。春坰小隊暫提攜。橫枝岡路野煙迷。西海有情添漏永，東風無力辨花齊。相逢且唱白銅鞮。

又

日飲無何但舉杯。觀空一笑醒心飛。扇塵何事點輕衣。別樣雲山憎入畫，同行鳧鶩漸無機。御風頭步是真歸。

暗香　半農誦示蘇龕和石帚之作，再踵其韻

露蟾玉色，凝酒邊淚點，東風聞笛。夢老石湖，出手高枝未忺摘。臨鏡傷春幾許，愁思託、江關閒筆。喚睡覺、一片仙雲，幽語鶴争席。　香國。舊約寂。斷瘴海萬重，半蕁塵積。鳳屧誤泣，不許相逢許相憶。金屋商量未準，移怨咽、羅亭荒碧。待寄訊、稀翠羽，冷崦耐得。

浣谿沙　贈劉語石

著酒單衣帶眼磨。十年流恨滿吴波。秋來獨客易悲歌。　煙月懷人詞筆瘦，江關費淚笛聲多。韓陵無語奈君何。

聲聲慢　題叔問戊戌沽上詞卷

傷高中酒，去國行吟，秋風倦旅天涯。落日長安，浮雲西望能遮。津樓卧驚涼雨，燕辭巢、客未還家。背鐙起，爲清愁斷水，病眼看花。　醉墨烏絲多感，嘆十年塵迹，身世團沙。人事音書，不堪重夢東華。哀時庾郎蕭瑟，仗江關、詞賦銷它。歸計晚，倚吴橈、慵和浣沙。

探芳信　春城連雨，游計因循，叔問拈夢窗『雨聲樓閣，寂寞收鐙』之句，切情依黯，約次其韻

燭花瘦。問夜吟詩肩，清寒支否。殢翦鐙簾幕，澆愁但偎酒。細禽啼濕西崦夢，半落東風後。坐逡巡、泛舸游情，看花芳候。　巖徑蘚班繡。正撩亂蒼鬟，鈿塵迷晝。未穩陰晴，探匳卜、欠紅豆。翠眉誰惜年芳去，惟有纖纖柳。黯江城、似墨吴雲滿岫。

玲瓏四犯　城西探梅，笛聲起鄰舫中，迴棹譜之

壓水夢寒，蒙花霜淺，空陂鷗逝何許。數峰青弄影，酒洗吴臺古。何郎舊情未賦。又東風、畫船煙浦。淚粉春魂，韈塵游事，吹老玉龍苦。　行雲滿垂虹路。憶疏香步綺，低髻迎户。往來羅褏，盡早蝶銜寒去。清歌自在人間世，送閒客、幽單春旅。愁寄語。無人問、題裙舊侣。

楊柳枝

故苑腰肢掌上輕。花街蹋馬舊知名。啼鶯莫訝成陰早，栽近津橋眼便青。

又

人道枯稊不作絲。迷離煙雨又龍池。東風吹作流萍去，勝結菖蒲解笑誰。

又

横笛吹花出汴州。長條抵死鬭風柔。錦帆自解傷離別，無復春波斷得愁。

又

雪絮相和減却春。樓臺白日斷歌塵。金鞭分道長楸去，莫笑章臺舊舞人。

齊天樂

叔問新營樵風別墅，將買春西崦，歸補梅竹籬落閒，愁雨兼旬，戒寒不出，見示新作，依韻報之

釃寒城郭花如睡，連宵但聞淒雨。舊箔飄鐙，新泥殢屐，縹緲空山春緒。尋鷗路阻。問荒雪西灣，斷盟誰主。蹔指霜絃，夜窗愁按去年譜。　垂虹斜畔倦鶴，繞枝千百囀，空怨期誤。蔽竹書櫺，交枝鏡幕，拋却疏香一塢。吴波似語。怕重蹋蒼巖，麝塵迷步。後約幽鄰，夢雲分水墅。

木蘭花

華鐙添酒西樓別。酒醒天涯聞語鴂。曉簾隔淚數殘葩，夜鏡和愁遮滿月。　相思畫字籌塵滅。緘恨玉璫終不達。一春孤館雨留人，憔悴東風無處説。

三姝媚

江城寒食後。倚深尊難澆，釃愁如酒。夢迹樓臺，半柳憔花悴，暗塵春繡。坐暝層簾，重步影、紅香三嗅。金縷休催，摘索空枝，玉纖冰透。　天上瑶華別久。料抱得秦箏，豔陽彈瘦。淚雨羅窗，有鏡鸞親見，病雲眉岫。諱説春寒，斟酌到、憑高雙褎。斷送梨花空苑，東風認否。

慶春宮

彘玉封煙，蟫梳抛黛，鳳窠旋旋黄昏。流管梅芳，緣屏蘭舊，怨蟾不照孤颦。絮䌽絲亂，又重疊、清寒著人。宮衣添未，催罷鸞𧸖，銷瘦真真。　相思化作仙雲。捐玦中洲，心事虚陳。傷别啼妝，端憂靈體，蘅皋重夢無因。墜歡尋去，鎮呵淚、紅䌽鏡塵。迴衾鐙暗，還數中宵，鵑語殘春。

鷓鴣天

作惡東風十日陰。春愁吹雪上疏簪。荒荒白日人閒世，䫉䫉蒼波逝者心。　書易倦，酒慵斟。孤懷無地與登臨。江城一夜黄梅雨，不抵虚舟淚點深。

阮郎歸　埭西山行偶書

水墟花瀨上彊村。雙谿溜竹分。鬢絲供得十年塵。飛泉清角巾。　拕瘦策，理空綸。重尋釣石温。年年含笑待歸人。春山清净身。

又

松風夾徑響鳴篴。谿雲相後先。丁丁啄木似哀絃。居人方掩關。　羅帶水，玉屏山。誰家好墓田。野花香繡翠微邊。春樵紅一肩。

木蘭花慢　重宿西湖退省庵，時湖上人家雜居，樓閣突起，與十年前風物又異矣

賜明湖一曲，認喬木，中興年。算小隊郊坰，中原壁壘，天放身閒。頹闌。舊吟拍處，問月明、玄鶴幾時還。戰艦東風夢斷，畫奩西子妝寒。　無端。金碧擁檀欒。唐突此湖山。念吴峰立馬，荷花桂子，休唱屯田。延緣。釣竿未買，怕魚龍、風惡攪鷗眠。醉拭西城殘淚，衰楊鬢影鬖然。

二郎神　西谿交蘆庵爲樊榭老人及其姬人月上祠栗主處

鏡流换眼，避舊約、弗湖疊舸。聽水樂空巖，煙禽深竹，如唤緣流客坐。往日詞仙尋秋地，有顧影、驚鴻來墮。曾梵夾寫名，唐詩摘句，等閒功課。　無那。維摩病侶，松根長卧。問丈室飛花，恖恖何事，收拾人天净果。擁髻因依，倚聲幽款，贏得定中香火。殘雁外，瑟瑟蘆風漸起，送神絃和。

採桑子　湖上逭暑，日課小詞，仿六一

人言泛月西湖好，連夕雲陰。蕉櫪蕭森。辦得閒房聽雨心。　素娥似惜人寥寂，低掛平林。催轡西沈。出意來宵款款臨。

又

三潭月上西湖好，載酒來過。髠柳無多。奈此彭郎白髮何。　憑闌纔覺秋香重，萬笠風荷。萬點秋螺。浩翠如潮赴鏡窠。

又

看山覓句西湖好，小艓中流。水枕花幬。無數風光點筆收。　暝搖一葉蒼茫去，浴鵠灣頭。蟬語絃秋。何處詩人黃篾樓。

又

佛香仙唄西湖好，住近南屏。病耳冥冥。慣數清鐘向晚聲。　夕陽黃到黃妃墖，草樹鬅鬙。照影分明。巾拂頹然一老僧。雷峰如老衲，宋吾子將語也。

又

閒鷗最識西湖好，肯別青墩。來話君恩。一葉扁舟著岸人。　三旬且住軒中住，潭舫開尊。鬬取閒身。明歲花時準到門。

訴衷情　田田榭夜坐

並湖亭館甃波平。屏綺淺藏鐙。屋山倚扇孤坐，竹尾看移星。　歧路事，倦遊情。夢難成。露姿銷盡，玉篁端然，一夜秋生。

唐多令　雙清館賦菊，呈蘇龕

鈿閣日初斜。霓裳閒舊家。病西風、還護屏紗。消受伶俜寒蝶意，香不到，鬢邊鴉。　衰帽側霜華。尊前百感加。捲簾人、同是天涯。教理秋妝臨鏡看，人畢竟，淡於花。

清商怨

琤琤涼葉下似雨。颭岸鐙三五。怨動西風，昏鴉相爾汝。　輕橈芙蓉別浦。阿那邊、畫橋朱户。禁斷情塵，攏蓬中夜語。

應天長　陳鶴柴席上送劍丞

旋鴉亂葉，驅雁斷雲，涼秋半翦樓幕。斂避酒場閒局，風牀病槃礴。黄花社、催素約，認舊隱、閬風狂鶴。亂襟裒、一嗅寒香，懶問哀樂。　無益是悲歌，嚮老文園，同調漸寥邈。去去渡江詞客，孤吟當狂藥。朝衣重知强著。戀夢裏、探春雙屩。賦歸晚、驛路蒼煙，須寄梅萼。

鷓鴣天　丙午滬濱除夜

莫厭屠蘇酒入脣。雪餘簾户轉奇温。接天鐙色流連夜，照海花光著莫春。　吟鬢短，彩符新。五湖猶是未歸人。明年好辦扶犂去，爲報苕山一幀雲。

被花惱　此紫霞翁自度腔也，止尊、叔問一再和之，余效之

梅風薄扇黯吴天，如墨坐迷窗曉。亂鳩催春去多少。青門白社，銷年夢影，鏡裏逡巡覺。彈劍懶，著書遲，酒杯只稱花枝照。　依舊去年人，閒恨萋萋似芳草。煙蘿路背，畫幨苕山，倦枕還尋到。是寬轃瘦策舊經行，又飛絮、飛花故相惱。一葉去，省識臨盟鷗漸老。

菩薩蠻

龍鍾雙褎花前淚。白頭騾領殘春味。狂走信孤篷。東西南北風。　　瞢騰經歲瞥。不見蘭芽茁。澆酒背簾陰。梨花寒食心。

惜紅衣　中秋蹋月，過叔問夜話，兼憶伯宛海濱索居情況，用夢窗韻

度暝隨螢，推簾動竹，露庭一白。載酒人來，園苔破荒碧。吴叢桂老，看小葉、娥妝慵約。香陌。皺破長牋，著霜花陳迹。時倩叔問爲繪《校夢龕圖》。　　冥鴻海側。獨卧飄鐙，流波涴離色。相思未寄瘦客。耐秋寂。銷得石湖鷗伴，閒話水西雲北。繫故園心事，惟有蒼蟾能識。

前調　叔問既示新詞，又疏論白石旁譜，稽譔同異。謂次句『日』字爲韻，證以夢窗、萊老二闋，足破紅友疑廛。爰用其説，和白石是解

倦舸隨潮，迴筒限日。病銷吟力。抱魄江蟾，吹鐙半規碧。清絃誤轉，誰解顧、當筵琴客。春寂。香暗影疏，説梅邊聲息。　　西風滿陌。來去吴廛，閒愁亂雲藉。滄洲夢在舊國，雁行北。解惜暮年詞賦，都是庾郎經歷。要舊狂同理，題醉一園楓色。

前調　年時與叔問有買鄰之約，逡巡未就，今將卜居吴氏聽楓園，書報叔問，申以是詞，再用姜韻

雁老長雲，鴉翻去日。斷愁無力。未了菟裘，苕山怨凝碧。寒花露點，還解笑、龐眉書客。湛寂。西崦老仙，約鷗邊將息。　紅香舊陌。撩夢銅駝，巢痕半塵藉。三年一覺瘴國，渺南北。好約歲寒胥宇，雪棹五湖吟歷。只過牆清飲，輕負落杯山色。

前調　伯宛歲晚北游，執别依黯，三疊姜韻送之

餞夢清杯，催裝短日。殢人筋力。轉海西風，衝帆破淞碧。高鴻去遠，窮望眼、江樓羈客。疏寂。歧路柳條，疊離歌無息。　車塵九陌。人海花場，文粱燕泥藉。平居俊賞故國。五雲北。落日古臺金冷，吟望白頭重歷。對五陵年少，愁涴單衣緇色。

解蹀躞　畬叔問

雁繩乍低江館，晚背垂虹路。素情題葉，吴波斷雲聚。依舊一度迴腸，引杯笛起西風，送秋何處。　鎮吟竚。期共青芝呼棹，仙禽導幽步。夢回蘿薜，閒心去來阻。君聽空外聲聲，和人今夜商歌，病蛩愁雨。

好事近　彭嫣詞，爲北山樓主人作

眠雨茂陵秋，曾賦上林游獵。誰乞金莖澄露，療琴心消渴。　相哀幾輩賴雲鬟，高樓句愁絕。肯伴鴟夷一舸，勝雙清瑲札。事見《海藏樓詩》。

篁處集

小重山　畲叔問

梅潤經熏不下衣。閉門三日雨，晚鶯稀。東風和絮轉晴絲。紅芳盡，慵和餞春詞。　歡事隔年非。櫻桃三見後，賸斜暉。閒愁取次報君知。漂花水，流恨上朱扉。

紅林檎近　枇杷

分籠櫻初罷，繫枝鈴乍圓。素手薦新雨，霏香亂瑛槃。東園西園載酒，坐想露嚼風餐。舊約曾驟雕鞍。花裏閉門看。　綴蠟書未達，緘別味餘酸。相如賦懶，渴懷愁絕眉山。賸天涯春老，堂陰翠晚，夢魂還泊湖上船。

念奴嬌

《竹垞圖》有藍謝青、曹秋厓二本，皆作於康熙甲寅，錫鬯客通路時也。王息存先後得之，索爲小詞，志合併之雅。用錫鬯原韻

曝書人老，好池臺都共，畫叉飄泊。碧玉通津流客夢，分付雨烘煙託。千首填詞，十年磨劍，心決歸耕樂。小樓添否，白頭依舊牢落。　難得兩幅鵁鶄，一船虹月，來侑郫筒酌。坐憶承平觴詠事，展對涼堂清幕。靈寶厨空，豐城劍合，此中關邱壑。錢郎句好，須君補上牋角。錢裴山以圖示阮雲臺，有詞和錫鬯韻，卷中未之見。

右題秋厓卷子。謝青畫作直幅，別爲四絶句書之：

錫鬯詞乃索秋厓畫而作。

南垞修竹北垞蓮。發興崝泓似輞川。輸與丹青曹霸手，新詞百字照琅玕。並時曹李稀縑墨。秋岳《倦圃圖》、武曾《灌園圖》，並不知流落何許。此是鴛湖掌故圖。爲問歸耕煙雨裏，幾人親釣小長蘆。

聯娟雙璧照書匳。持似南豐更不廉。以卷中題記求之，得並見二圖者，惟曾賓谷一人耳。副墨倘從君乞與，雙垞公案一重添。息存先得是圖於武昌，曾倩錢塘汪洛年摹副。

史局金門絆幾春。翩然鷗性故難馴。明朝載酒挐音去，我亦江湖汗漫人。

戊申歲五月補録舊稿並記。

新雁過妝樓 張山荷嘗得薛鏡於吴市，背鏨思娟小印，索書『娟鏡樓』榜，媵之以詞

粉蠹金匳，閒情事、緑窗影出娟娟。舞鸞斜倚，親見小字連環。越縷披香籠襲角，弁峰添黛暈眉彎。慣温存、夜來茜色，銷與華年。　春風盈盈滿篋，伴上簾紺玉，淺照低鬟。賦情多麗，空悵翠竹寒天。熏爐半温繡户，問妝匳、何時相向圓。尋芳約，料小菱春影，不隔蓬山。

念奴嬌 月下過叔問吴小城東墅，乃七夕也，歸來始覺之

樵風谿館，有吴鷗分席，閒緣瀟灑。滅燭自攜涼月色，來理茶瓜情話。罷笛鴻歸，開簾螢入，一扇風無價。稀星出没，薄羅雲意如畫。　忘却天上秋期，紅牆碧漢，隱隱飆輪駕。功拙未關吾輩事，赢得清涼今夜。針縷閒情，槃花綺夢，老去慵描寫。高梧摇露，遠空仙羽來下。

聲聲慢 酬叔問

寒花棲盎，連雨春池，孤吟慵和殘蛩。經酒林亭，秋心著處迎逢。江山感時摇落，閉閒門、還對青松。綴新眺、傍清絃静送，天際冥鴻。　夢斷芳華驕眼，有西崦老鶴，爲導仙蹤。素約鴟夷，年年負了吟篷。天涯借人，叢桂漫逡巡。招隱西風倚闌處，看歸雲、猶戀舊峰。

高陽臺　再和叔問待月谿堂之作

寒玉秋�,衰絲暝柳,鬟頭淺畫林巒。谿月生遲,低窺不照愁顔。尊空尚戀迴腸地,伴怨蛩、微語荒闌。最銷凝,獨夢飄鐙,連唱投竿。　鷓鴣啼老江南事,算樵風家世,人外閑閑。卅載吴棲,鶴天長占高寒。鄉心歷亂趨殘夜,有雁行、飛度關山。傍西風,一倍哀時,詞客休還。

鷓鴣天　高嘯桐病中索賦

眼底罡風事事新。太虚何用競浮雲。偶然出手從盧雉,未肯低頭拾惠文。　憂國病,苦吟身。全家擣藥起秋塵。酒船茶具江天好,乞取鸕鷀自在春。

琵琶仙　張白琴有還湘之賦,索詞爲别

歸種桃花,楚雲滿、故國仙林如纈。林外横笛呼韃,春泥漸啼滑。鄉緒引、江關倦客,奈歧路、短絲難折。落手滄洲,當歌白日,珍重華髮。　舊題句、銀燭西樓,夢塵翦、東風黯銷歇。誰遣一艖新水,送飛花如雪。中夜起、吴鴻試數,對月明、酒醒傷别。底事抛得鴟夷,五湖空説。

蝶戀花

一院東風鶯對語。中酒年光，不定陰晴雨。紅萼盈盈誰是主，珠簾錦帳新歌舞。　人事音塵闌百慮。墜絮飛絲，都是愁來路。淚眼留春春似許，江湖滿地漂花去。

大酺　同江韻秋過顧氏園看牡丹

背石闌低，花旛定，深鎖仙雲成簇。淩晨雕玉帔，竚韡紅妝面，弄姿金屋。醉纈吹煙，清陰漲午，擡舉東風嬌足。玉環三生夢，傍吴娃閒館，伴春幽獨。奈書葉無題，覆杯多恨，鬢絲驚觸。　歡游須秉燭。酒邊事、光景奔輪速。惱亂是、登樓病眼，斷水愁心，卷紅芳、淚波盈掬。未信青春擲，憑故國、鵑聲催促。況零落、清平曲。栽買無地，歸對庭莎閒緑。怨吟爲誰更續。

一萼紅　花步里回棹，示白琴

水西潯。罥蘋波小艭，鵶軋和春禽。江雨黄梅，吴吭白紵，輕送閒醉閒吟。舊游換、平煙廢緑，賸燕語、偎定謝堂深。打馬情懷，焙蠶天氣，經慣銷沈。　歧路不禁遊冶，甚扁舟俊約，寂寞而今。芳影簾衣，華年瑟柱，愁緒雙繫疏襟。未須訝、狂酲楚客，對花發、歌底少年心。待説相思又休，月澹樓陰。

蕙蘭芳引

吹露晚芳，點妝鏡、半鬟雲緑。記接坐知香，鐙底最嫌曙促。畫裀步起，鎮對惱、歌梁塵簌。甚淚彈不盡，誤落石榴裙幅。　俊約微波，離觴歧路，此恨盈目。怕歸馬心情，銷與素娥夜獨。開屏山翠，夢沈小玉，相見難、南雁短封慵囑。

竹馬子　再送白琴

嗟寒雨飄煙，衰蘭泫露，故山年晚。向虛樓倦對，城譙角起，霜林屏展。坐惜獨客悲歌，緐絃倦軫，漸催離宴。眼底酒須醒，要看人、一舸秋潮如箭。　爲想經行地，帆隨雁落，夢先湘轉。靈均舊日沈怨。漠漠波塵吹換。定憶聽雨風情，翦鐙吟事，人隔吴楓遠。驚飆萬葉，黯淡斜陽滿。

卜算子慢

爐煙候熨，簾雨戒寒，倦極擁衾無寐。酒力初銷，更聽撼林驚吹。引霜天、斷角催人起。換向曉、娟娟素景，蟾華潋灎無際。　寂寞憑闌地。漸眼斷京塵，夢迷湘水。後約丁寧，坐費翠封傳淚。好年光、虛度衰鐙底。待與約、江湖送老，怕歸鴻憔悴。

江南春

中江李使君蘇東鄰小築，故瞿氏網師園址也，以近子美滄浪亭，故名。叔問舍人爲道昔年文酒之盛，用夢窗韻賦之

頹柳攲臺，明漪淺甃，青瑶相拱如笏。籠詩壁壞，泠舊家、垂露秋筆。門外稀來轍。滄浪近、步塵更潔。幾料理、簃南蒔藥，池北横書，吴皋占斷煙月。飛仙去，飄絳節。想汗漫青城，夢攀蘿葛。山陽賸侣，尚解説、胭脂晴雪。鄰笛驚風歇。斜陽外、畫闌憑熱。歸隱幾人，秋語泠泠，楓根暗泉嗚玦。

望海潮

太夷秋晚度遼，舟中賦《小海唱三篇》見寄。有云：『用遼猶足支天下，北睇雲山萬疊青。』又云：『待我横流聊濯足，賭將黄海與君看。』度非虚作壯語也。爲演繹其意以酬之

長風吹雁，飛雲横鶻，浮天萬里無休。獨夜夢魂，千山鱗甲，緐笳暗入邊愁。來作步虚游。正月明湘佩，霜拭吴鉤。元鶴聲聲，十三屏外，唳清秋。狂吟擊楫中流。問蓬萊左股，殘畫誰收。揮扇顧榮，登樓王粲，兹行不爲封侯。吹笛唤潛虬。要賭將黄海，還與滄洲。甚日鴟夷共君，晞髮五湖舟。

浣谿沙

曩閲都肆叢册中，見桂未谷寄内詩牋，有『帷月』、『鐙花』二語，吟諷輒上口。或謂未谷集中無此詩也，詞以紀之

帷月皎於新鏡面，鐙花歧似古釵頭。復丁老去轉工愁。筆訣依微蠹粉流。江湖書客苦吟秋。小牋傳恨與妝樓。

木蘭花慢

庚戌歲除

閉門春未覺，又鶯語，報芳期。恁寂寞心情，酥花舊影，蜜苣新啼。驚窺。鏡霜鬢縷，負鄰家、折贈古梅枝。老鶴楓窗去久，等閒苔竹凄迷。天涯。病枕未成歸。醒到曉鐘時。笑東風故國，紅情緑意，都被愁欺。支離。歲朝倦筆，算一年、芳物不堪題。待理中園步屧，廉纖小濕春姿。

鷓鴣天

人日泛舟花步里

市盡官河得雪清。孤游移舸避妍晴。春愁似水連鷗起，山色通橋與雁平。年事換，雨香零。題詩誰寄草堂靈。酒醒寺寺鐘聲發，仿佛江船夜半聽。

石州慢　聽成竹山談香雪海之游

客裏光陰，啼過翠禽，春到南國。雲凹小蕚緘紅，碉曲玉姿凝白。尋香一舸，際晚棹入空冥，湖煙銷盡雙崦碧。斜月獨逡巡，料芳心難覓。　休憶。兩京梅訊，羌管驚塵，未堪棲息。慣住天涯，換夢東風能識。傷春淚盡，可奈歲晚何郎，江城還聽黄昏笛。喚起五湖心，仗尊前吟力。

燭影摇紅　寓園海棠，一株亭亭獨上，出樓甍丈許。今年作花最蘇，一夕爲風雨所損，詞以惜之

傾坐東風，畫樓天半仙雲起。照妝微暈淚胭脂，明鏡交枝倚。繡屋秦箏夢底。按梁州、催吟殢醉。亂鶯啼罷，換盡斜陽，香紅塵世。　無定陰晴，蒼茫不解東君意。眼前何地著春光，顛倒閒桃李。欲賦華清舊事。衍波塵、寒淒蠹紙。睡魂不返，燭燗屏山，相思獨自。

八聲甘州　五日飲花步市樓，買棹而返

算年年五日太淒涼，今年且爲歡。正梅風薄扇，蕡煙捲幕，水閣虚寒。勝翦塘蒲漸老，香噀酒杯寬。未會行吟意，醒醉都難。　多事荒唐呵壁，把蘭茎章句，抛恨湘沅。笑江南倦客，閒戀槭頭船。待流連，釵符節物，又河橋飛雨暮催還。垂楊外，散迎神鼓，疊棹輕瀾。

臨江仙　沈子封將之官滇中，與兄乙盦暫客滬上，偶有感於東坡謂子由『宦遊相別之日淺，退休相從之日長』二語，以『日長』榜其寓樓，乙盦有詞，依調和之

風雨十年孤舊約，高樓一夕秋清。碧天如水雁行成。飄蕭梧竹底，便有對牀聲。　可惜荒雞撩夢起，簡書猨鳥猶驚。急呼明月送杯行。掃除心眼事，雙笑送平生。

漁家傲　送趙堯生

幾日尋秋雙畫舫。鬧紅閒了橫塘路。夢落西灣香屧步。呼酒處。荒波怪石猶堪語。　容易新涼生碧樹。離心却趁高鴻去。一葉井梧飄蠟苣。須念取。江南今夜瀟瀟雨。

暗香疏影　秋晚過樵風别墅，分殘菊一叢歸，以夢窗譜寫之

露黄一穎，向故人帽底，翻窺飛雪。病起重陽，簾捲西風晚寒結。愁味傷秋更苦，惜縹壺、家泉冰潔。記冷香、呼取餘杯，清事隔籬説。　休道柴桑路遠，小城正歲晚，人事淒絶。獨坐遺芳，便有東風，不改漂摇柯葉。枝頭甘抱枯香死，有霜後、伶俜孤蝶。願此花從此休開，占斷義熙煙月。

倒犯　辛亥歲除

淚眼、看新桃舊符，歲華如埽。閒門閉早，黏雞畫燕都刪了。誰家競弄，簫鼓新聲林鴉鬧。賸炷火星寒，不放東風覺。漏壺乾、未霜曉。　　呵手梅窗，翠管銀罌，前塵如過鳥。夢起睇故國，又春緑、將年到。怕只益、花枝惱。苦低垂、白頭吟望杳。算百計誰如，日飲無何好。獨醒人已老。

附録二　彊村集外詞

買陂塘　題夏悔生同年《山塘秋泛圖》

夕陽邊、幾千年事，驚鴉和葉零亂。畫船自蕩無情水，不管傷秋人换。□□□。誰記得、碧城天樣闌干遠。蓬萊更淺。賸語石花涼，埋香蘚壞，澆酒問吴苑。樽前意，疏了燕臺笑伴。故人吟幘慵岸。風情薄到如雲葉，多事雙鬟還勸。君不見。纔一角、微波斷送江南晚。玉簫休按。便虎氣騰□，澹煙衰草，一味助悽怨。夏孫桐云：『古微四十始爲詞，此乃最初之第一首。』

念奴嬌　辛亥初春貽書恪士、吷盦、子言、公達、方舟，載酒探梅鄧尉，叔問有約不至。既登還元閣，觀覺阿上人象册，叔問用白石韻《念奴嬌》詞在焉。松禪相國曾屬和一章，册中又多故人墨蹟，感喟横集，與吷盦聯句，再次其韻

半奩殘雪，有閒鷗、解訝討春幽侣古微。寒勒野梅開未遍，醉纈香屏無數。吷盦。曲岸連橈，短亭呼酒，多事閒風雨。古微。鶴天煙暝，曉窗來看題句。吷盦。　朝暮。黄閣前塵，青芝舊諾，夢與荒波去。古微。淒咽虎山橋畔笛，還爲吹香别浦。吷盦。瓊蘂重攀，翠禽如唤，投老雙

嶺住。古微。輕陰無際，墜紅休點帆路。吷盦。

八聲甘州　甲寅閏端陽

要今年沈醉到湘纍，更番酹觴蒲。甚騷心滿紙，蘭哀蕙變，章句荒蕪。照眼丹榴依舊，霜鬢與花疏。陳似三年艾，人意何如。　湘水無情誰弔，又淒涼節物，流恨江魚。笑南風不競，奪得錦標無。問辟兵、赤靈誰畫，賸小窗兒女鬭釵符。□□□，□□□□，□□□□。

燭影摇紅　止翁招集乙盦齋中，率賦

飄斷春鐙，酒卮不抵殘寒釅。借人籬落酹横枝，消與流年感。客意飛花共減。費天涯、清鉛數點。畫堂雙燕，飛傍誰家，雕梁新占。　獨卧滄江，舊盟尋到鷗群淡。莫憑回雁訴鄉心，滿地驚波撼。生菜春盤未饜。兩京梅、凝塵半糝。歲寒情味，肯被鄰家，東風輕賺。

蝶戀花

飄酒繁英如雪片。摇盪游絲，那繫流光轉。未必清歌彈指散。急觴催拍誰能限。　涴地花塵生對面。步障重重，未省春深淺。煙語隔窗人不見。《解紅》新曲空排徧。

還京樂　和龐檗子

斷魂事，說與殘㦬，倦墨能惆悵。念鬢羞塵鏡，淚灰蠟炬，吹簫誰唱。記影娥池上，長條帶月和煙盪。倩素手，扶醉喚取，柔波雙槳。　佇高樓望。賸狂花歧路，飛鶯未惜聲聲，芳草又長。東風換緑林亭，暗梨雲、賺夢來往。費銷凝，是急雨絃聲，明霞佩響。怨色西闌月，窺人昨夜薇帳。

前調　題況夔笙餐櫻詞

倦懷抱，閲盡斜陽，稍覓微波語。任墜香迷燕，亂紅蹋馬，緘情無據。問絳都花事，傷春淚潑閒風雨。併萬感，吟夜醉曉，蠻芳成譜。　舊銷魂處。傍珍叢千繞，而今漲筆狂塵，絃外調苦。沈吟又拍闌干，盪雲愁、海思如許。坐滄洲，還賺得天涯，文章羈旅。半篋秋蕭瑟，蘭成身世重賦。

高山流水　宋徽宗松風琴

故宫法曲泠朱絃。倚龍吟、風雨潸然。開宴記芳時，南薰韻入流泉。河清慢、徵角重翻。宸游處，仙籟層霄徧徹，仗合蒼官。和春雷別殿，篤耨御香前。　無端。青城幾千里，黄鵠譜、應指秋寒。零亂杏花詞，夢落萬水千山。問霓裳、幾度飄煙。知音少、棖觸孤臣老淚，怨撥哀彈。恨宮聲不返，淒絶隴禽言。

鷓鴣天 立秋夕同瞿庵過君直家，飲海淀蓮花白，元遺山有《飲倪文仲家蓮花白醉中之作》，率同其調

嗚咽丹棱水不波。拍浮來赴小紅螺。臨風坐接秋香近，擎露涼分太乙多。　從汗漫，日亡何。霸陵醉尉不須訶。白頭野史亭前客，消得平生老茗柯。

虞美人 八月十四夕，同吴瞿庵賦

常娥不悔偷靈藥。碧海孤秋約。寶奩猶未是圓時。誰唤風前亂笛起參差。　纖雲卷盡金波冷。破碎山河影。言愁真欲問青天，可許今年明月復明年。

水調歌頭 壽沈子培七十

風力與吹垢，海日總明樓。危闌籠輭無邊，景物座中收。變滅白衣蒼狗，寂寞寒山虛牖，心定與天游。吟望依南斗，吾道詎滄洲。　白符芝，碧筩酒，若爲酬。雙聲笛奏翩然，一鶴此銜籌。早是夔龍耆舊，况復劉樊嘉耦，仙籍本雙修。佳語持相壽，羲馭佇回輈。

點絳脣

鐙黯春陰，瘞花銘罷空瑶想。佩環無恙。夢結歸風響。　十載江春，與憶桃根槳。仙雲往。費人惆悵。多事千絲網。

浣溪沙　西溪泛舟，同病山、仁先、貞壯、吷盦、愔仲、伯完

又是尋秋一度來。十年城郭半蒿萊。眼明屈曲鏡流開。　出骨微嫌山偃蹇，折腰猶舞柳毰毸。荻花抛雪點行杯。

又

谿水何緣也姓西。淡妝濃抹更相宜。幾堆紅樹壓蘆碕。　大好年光須酒送，小頽風範與鷗期。西湖雖好不須題。

又

作隊凫翁導槳行。招提取次出花塍。一龕香火草堂靈。　太息聲家無記莂，因依佛界即傳鐙。我來分作打包僧。

念奴嬌　題蔣孟蘋《寫書圖》

淵源蜀學，問靈衿誰託，鶴山一叟。巨集觥觥天水刻，藝苑珍逾瓊玖。《鶴山集》，士禮居藏本。蕘圃又有鶴山《渠陽詩集》，亦宋本。三篋云亡，一瓻許借，善本蘄無負。元亭油素，古香擩染衫褎。　前事十七遺篇，紛綸要義，三寫流傳久。説似芳茱排日課，幾輩薑芽斂手。金薤端書，瑶華副墨，操券名山壽。卮言日出，墜傳期與宗守。

金縷曲

慣醉長生酒。是前身、安期飛舄，浮丘挹褎。鼎鼎百年皆寂寞，肯負持螯雙手。問蛉蠃、二豪知否。不喻茗柯微妙理，便三杯、兩盞終多又。持此意，爲君壽。　羨君無事如犀首。儘隨宜、千場盤礴，月天花候。此樂未須兒輩覺，此事今人稀有。恁日涉、園林如繡。四海子由真健者，定白鬚、紅頰長厮守。還起舞，對花侑。

水調歌頭　壬戌七月十六日，甘翰臣招同王息存、王病山、況夔笙、潘餠庵、勞敬修及令弟璧生、子季、閏生非園秋禊，賦此紀事

今歲不閏夏，昨夕已中秋。但期風月佳耳，何地不清游。儘有嬋娟花竹，難得肝腸冰雪，爾汝

狎盟鷗。胸次幾丘壑，老子已菟裘。　我知君，君傲我，醉鄉侯。掀髯一笑，縱非吾土且登樓。有弟相非食肉，璧生以奉佛持齋。有婦相呼謀酒，客至亦浮休。揚觶論《齊物》，何必問黄州。

百字令　題余堯衢《倦知山廬圖》

角巾投老，依然是、摶控人生骨肉。造化小兒空簸弄，隨分尋得歸宿。老屋三椽，良田二頃，高卧清湘曲。荒灣織屨，老仙來伴幽獨。　誰道倦羽安巢，驚塵連海，《哀郢》歌相續。多難萬方同一概，目斷鄉園松菊。故國青山，滄洲白髮，歸夢愁成斛。何年畏壘，大穰珍重遺祝。

蝶戀花

帶雨孤花支薄暮。天際朱闌，隔著濛濛霧。刻骨相思儂與汝。東風計較閒言語。　得意紅襟穿繡户。但解呢喃，不省誰爲主。影事零星從細訴。千頭萬緒君休誤。

惜秋華　方雪尹索題其尊人《讀書秋樹根圖》

敗葉衰楊，是風牀雒頌，荷衣時節。霜沁素天，驚柯替人嗚咽。牽衣帶草，叢叢漬盈匊，皋魚淚血。丹青裏，春暉暗换，潸然愁説。　京闕。況羈屑。話遼東倦羽，劍花冰裂。塵鏡鬢絲，輸他皖山清絶。故巢萬善花寒，怕緗素蠹芸消歇。悽切。況尊前，別腸千結。

東風第一枝

餞臘題襟，宜春翦帖，十年人老京洛。舊愁纔斷鐙花，豔陽又窺鏡幕。東風微醒，怎還被、輕陰迷著。賦淺情、待寫銀箋，早有寄梅人約。　花市冷、綺羅嫌薄。鐙事早、燕鶯未覺。莫因淒淡年芳，便抛等閒琖酌。吟筒誰媵，有簪底、宮梅紅萼。盼報章、火急飛來，譜向瘦藤闌角。

卜算子

江北望江南，花發雙紅豆。道是相思兩地殊，一樣傷心候。　帶眼隔年移，鏡面凝塵久。道是相思兩地同，試比誰消瘦。

疏影　冬至雪

輕花散纈，做釀寒院宇，葭琯芳節。夢斷行雲，心翦東風，飛瓊舊訊重覓。淩波路糝珠塵滿，漸點入、綃梅新靨。料昨宵、步玉人來，濕了採香雙屧。　休話湖邊擁褎，斷橋凍向曉，吟侶偏闕。恨墨經年，皓鶴書回，纔聽玉龍吹徹。如何一縷春痕展，又翜指、繡牀人怯。傍瑣窗、添暖熏爐，熨取縞衣重疊。

月中行　聯句同次公

瓊簫分譜擘牋紅。古微。波熰麝華融。次公。春鐙零亂好簾櫳。古微。寒焰滴金蟲。次公。蘭荃吟思知多少，催不盡、斷杵零鐘。古微。霜絲坐對五更風。次公。消遣佛香中。古微。

沁園春　壽詞

過了梅花，還有春風林亭盎然。喜丘藏曲折，人間三島；眼看日月，世外雙丸。狂海驚飛，片雲深養，解逐鴟夷便得仙。誰儔侶，有尋盟白鳥，盡諸青山。　先生杖履蕭閑，已埽斷、粃糠塵垢緣。勸詩成須付，淋漓臺墨；杯行莫放，瀲灩舩船。小劫方酣，大還嬾問，萬過黄庭不計年。掀髯處，爲階前雛鶴，健翮摩天。

帝臺春　壽詞

岡上竹實，祥雲絢南國。瀛海秋澄，聞道今年，蟠桃初實。好是金英浥露處，勸覓醉、酈鄉泉潔。話春暉，子舍心情，雲帆催發。　堂錦冪，萱翠茁。駐鳳翼，粲鮫頟。正紫禁仙郎，綵衣歸也，親祝春慈南極。料得瑶臺譜家慶，香入金觴熰仙液。拜壽母年年，認幔紗霞艴。

醉蓬萊　壽詞

望南雲似蓋，簇翠萱叢，亭亭堂北。家慶屏開，暝瓊枝瑶席。東海桑柔，南陽菊灩，萬景澄秋夕。寸草心情，瓣香親拜，明星南極。　粉署仙郎，綵帆歸去，桑浦山前，版輿登歷。樂府新聲，下青鸞仙翼。縹桂香濃，仙厨麟脯，有麻姑親擘。一曲陔蘭，傳觴遥羡，陶家賓客。

風入松　壽詞

祥雲如蓋簇南州。雙鶴更添籌。遥知家慶屏開處，有新聲、樂府相酬。瀲灩酈潭菊秀，葳蕤東海桑柔。　仙翁衿佩水雲秋。吟緒渺滄洲。數椒梅蘂巡檐笑，盎洞天、春入瓊甌。來歲鵲峰勝處，綵衣繞膝香浮。

燭影摇紅　壽詞，集夢窗句

玉樹懸秋，蜜沈燼煖餘香裊。銀臺雙引繞花行，宿𧃍連清曉。數點官梅信早。占年光、瓊簫縹緲。春風無定，過却重陽，蟠桃正飽。　野闊天寬，賦情合載鴟夷棹。身閒猶耿寸心丹，閬苑芝仙貌。同撫雲根一笑。綵毫飛、朱絃古調。雙鸞共跨，已暝天香，紅萸烏帽。

玉樓春 壽詞

南雲似蓋籠澄曉。簇翠萱叢春暗裊。酆潭斟過菊花期，庾嶺香迎梅蘂好。　佳兒整頓詩篇了。瀛海歸艎秋滿抱。□□□□□，□□□□□□□。

虞美人 題費曉樓《秋鐙憶夢圖》，和漁川

井梧一夜驚秋早。月底南鴻少。金猊香篆不禁風。遮得天涯路斷畫屏中。　帊羅費盡年時淚。歡怨渾忘記。秋更二十五聲長。誰伴不眠人背合歡牀。

滿江紅 爲病山、夢湘題《匡盧笠屐圖》

放杖翩然，問誰是、高霞真逸。有塵外、浮丘褏把，洪厓肩拍。隔郡牋筒分日遞，連峰屏障排雲出。信肝腸、如雪兩詩翁，機同息。　潯陽郭，香鑪色。記曾掛，西風席。老生涯只欠，蒼煙雙屐。出世扁舟誰净侶，入山他日猶生客。賸歲寒、風雪夢匡君，空頭白。

前調 賦吴伯宛甘遯村居，時君將之官北行

門對青山，稱舊隱、東皋亭館。臨玩有、緋桃颭浪，緗梅連岸。小築最宜鴻案隱，十年未結鷗波

券。問何時、著論效潛夫，先生懶。　胸磊塊，愁湔盥。銷磨與，書千卷。笑修椽空寄，年年海燕。長策無如河朔飲，短歌休和南山矸。好趨班、青瑣莫從容，滄江晚。

好事近　題《前谿散牧圖》漁川先德，擬曹珂雪

扣角發高歌，誰把道書同讀。不作羨魚癡計，對溪光如玉。　江湖猶是未歸人，亡羊笑臧谷。早晚上彊山下，買春蓑黃犢。

柳梢青　題韻香《道女畫蘭》，擬厲樊榭

小尉芳踐。煙根露蘂，倩影親傳。粉本雙身，黃絁一夢，薄負嬋娟。　年年聽雨空山。消不得、天花妙鬘。休問東風，色香多少，葉葉情禪。

減字木蘭花　送黃小魯

無情湘水。搖落芳蘺秋色裏。冷月迴橈。自倚清琴譜《大招》。　平生風義。江漢愁心成屑涕。雪鬢霜髯。胸次先收一華山。

好事近　和梅緣韻

飄簟燭花涼，闌外水淇風急。簫罷忽催歸去，有萬千憐惜。銘心百遍許雲英，料理寸腸直。別有當筵廋語，是紅鵝不食。

減字木蘭花　題辛仿蘇《青衫捧硯圖》，集迦陵句

黄金臺古。百不憐人游獵賦。醉帽攲斜。忍看靈均九畹花。玉簫風起。小展簟紋融似水。咄汝青衫。夜冷春蔥下幾籤。

鵲橋仙　次珊席上戲示白琴

五陵舊夢，五湖新約，併作天涯流浪。尊前點檢去年人，半經卷、藥鑪供養。先生有道，隱囊紗帽，一笑都無我相。翠眉新作捧心顰，漫描得、遠山相向。

思佳客　代贈

蟬翼單綃不道輕。粉清朱薄轉盈盈。喚來羞障垂鸞扇，別去佯抛小雁箏。雲護惜，月將迎。衆中最得可憐名。花花相對相當慣，未要尊前意不平。

水龍吟 展重陽，虎阜李公祠小集，呈子異

畫簾官舫清秋，五湖對酒平如掌。簪萸節過，觴梅信遠，溪山無恙。金虎荒煙，紫鴻新駕，連情散賞。問荒池劍氣，消沈何處，一泓底，笙竽響。　誰酹祠堂丞相，費勾留、中興懷想。東風戰鼓，悤悤換與，西塘菱唱。一局滄桑，九能詞賦，幾回惆悵。願明年更健，重摩翠壁，倒黄花釀。

蝶戀花

役眼紅芳容易歇。風雨沈沈，送了清明節。添盡羅衣寒更怯。旋灰香印無人爇。　短睡却偎山枕熱。夢裏愁心，不放雙眉纈。漏水半乾街鼓絶。夜鵑啼上梨花月。

西子妝 題張白琴《儂汀宴月圖》，用君特韻

驅馬燭斜，背漚笛起，半罥空波花霧。被霜黄柳著愁多，綰離情、臥橋沙堍。聞雞漫舞。儘商略、閒雲去住。夢封侯，是錦韉茸帽，玉簫親許。　英遊誤。歲晚瞢騰，射虎荒山去。幾回釃酒拭吴鈎，夜沈沈、照殘鄉樹。蕭關健句，換江表、登樓一賦。黯襟痕，不負當筵淚雨。

謁金門 題張□□《□□圖》

留不住。簇蝶仙裙微步。滴斷巫峰天外路。畫簾連夜雨。　淚點黃花新譜。寫作嬋嫣憶語。待唤仙山雙翠羽。深情憑寄與。

滿庭芳 賦劉聚卿所藏大小忽雷

蜀國冰絃，胡沙塵柱，雙檀離合千場。春風幾曲，樂府小滄桑。内宴傾杯趁拍，親曾傍、紅褎昭陽。傷心是，玉宸零落，一例委霓裳。　東塘。曾識曲，六幺按出，孤咽清商。又比翼鶗雞，飛下彫堂。安得雙聲絳樹，琉璃甲、對撥龍香。人間世，驚雷破柱，重與話興亡。

金縷曲 壽惲澹翁六十

一澹從天放。儘區中、粃糠塵垢，了無我相。身是鳳皇池上客，彩筆曾干氣象。但贏得、白頭吟望。世變輪雲千萬態，算故山、猿鶴猶無恙。資格稱，五湖長。　森森風骨長松樣。羡今朝、紫芝湌罷，葳蕤自養。誰奏鶴南飛一曲，神與臞仙俱王。似行入、玉山朗朗。此老胸中無塊磊，笑談閒、況有高歌盪。渾不用，甕頭釀。

前調　芸巢病起，賦此柬之

未是師种放。更休休、松風滿聽，山中宰相。興到試拈如神筆，悟入渡河香象。正不免、高丘悵望。小示維摩居士疾，要衆生、與我俱無恙。閒問訊，藥苗長。　休嫌枯木形骸樣。總不消、嵇生高論，道機能養。説到補天填海事，澤雉依然神王。問何日、三光重朗。半醉每依南斗看，酒波中、那得西風盪。愁盡掃，抵千釀。

前調　題《中吴五老行看子》

自解嫌疏放。儘安排、黄齏註籍，酸寒骨相。此子最宜丘壑置，不稱淩煙畫象。有散髻、斜簪相望。同拜散人新封號，要江湖、終古長無恙。滄洲趣，日應長。　頭巾懶學周家樣。伴諸公、吟尊料理，鑪煙供養。手把《離騷》須痛飲，耳熱酒酣神王。更難得、風雲開朗。任爾安期靈氣盡，武陵源、何物能摇盪。行荷鍤，坐傾釀。

前調　三和

赤手龍蛇放。痛陸沈、神州現出，天魔變相。勸汝長星一杯酒，起睎青冥何象。有貫索、欃槍彌望。多少新亭閒涕淚，問河山、風景誰無恙。愁似草，剗還長。　壺盧到處翻新樣。漫平章、伯夷盜跖，才人厮養。誰要卿來相料理，各約三章而王。盼不到、天清日朗。大好家居誰撞壞，是金銀、氣與天潢盪。消日計，仗醇釀。

前調　四和，病中校《夢窗詞》

一箭漳蘭放。透筠簾、幽芬占斷，酴醾寶相。欲寫情芳無閒筆，空谷久消心象。展湘簟、波紋盈望。聽雨獨眠忘憂館，正藥煙、風定人微恙。壺漏永，幾消長。　閒愁依舊年時樣。任輪他、道書開闔，井華供養。歸本欣然留亦好，何必丹砂氣王。賸兩眼、觀書雪朗。一卷霜腴叢殘譜，付人閒、秋士腸迴盪。重按拍，試呼釀。

前調　壽曹邃盦

一疏扁舟放。便安排、膏肓泉石，緇塵卿相。元是玉堂揮翰手，三策居然賈讓。正雕繢、宣房景象。巨浪掀天風怒吼，把布帆、收定渾無恙。歸去領，水雲長。　庭階和氣春醪樣。更誰如、棣華交韡，芝蘭競爽。不問傳家靈素訣，駐得朱顏長王。定忘却、趨班仙仗。牽率門生兒子輩，有籃輿、不用青藤杖。南飛鶴，爲君唱。

滿江紅

積古齋空，誰與問、吉金祥器。粲然對、判懸半堵，土花凝素。三壽奚斯工作頌，一篇融扁新詮字。伴歸裝、虹月米家船，滄江涘。　高文擅，嫏嬛祕。前塵渺，金鑾記。問沈淪九鼎，人間何世。小築都含山澤趣，新詩定有雲雷氣。只夜深、長樂夢回時，潸然涕。

壽樓春　題陳仁先《南湖壽母圖》

雲英英溪堂。正蘭馨夕膳，梅點春觴。幾度招邀山意，吸噓湖光。佳處占，鷗鳧鄉。看婺星、連宵熒煌。況魚膾雙供，鹿車共挽，膝下有仙郎。　年年祝，慈暉長。看雙堤繢幅，淡抹濃妝。最好匊波滌研，臨池題香。還整頓、閒篇章。趁柳陰、籃輿扶將。看家慶屏開，瑶池綺窗春未央。

減字木蘭花　題李雲谷先生殘研拓本

英英光氣。磊落半規三十字。舊學江門。一樣深衣皂帽人。　韓陵誰語。填海補天無用處。一片蒼雲。中有靈均舊淚痕。

前調　爲潘弱海題畫松

蒼虬根幹。不管人間風日换。龍性誰馴。貌此嵚崎歷落人。　含豪猶怒。那便蜿蜒霄漢去。規作新圖。待訪家山第四株。時將偕王病山游天目，吴仲圭畫天目松第四株，今藏蘄水陳仁先所。

鷓鴣天　壽吴子修

隱几高樓送夕陽。天教晚節伴寒香。綵衣扶杖呼文度，椎髻新春有孟光。　秋瀲灧，日舒長。三年海上看紅桑。西湖歸棹尋鷗約，好爲梅花進一觴。首四句一作『菊酒筵開晝錦堂。瓊英天與伴寒香。鯉庭詩禮趨文度，鴻案釵裙式孟光』。

定風波　壽陳小石

花近樓頭書眼明。水雲衿佩本來清。一院雙成詩伴侣。天許。謫仙人是老人星。　往事北門嚴筦鑰。忘却。好從南極駐簈篂。更進菖蒲觴面酒。爲壽。與君沈醉夢觚稜。

壽樓春　題葛毓山詞集

鴛鴦湖詞鄉。有金風俊拍，黑蝶新腔。幾輩同音笙磬，振鑣詞場。紉楚佩，蘭情芳。嗣雅音、曾推丹陽。想浣筆閩濤，呼艖瀲月，料理酒邊狂。　燕臺夢，飛花忙。擁青綾覓句，憔悴星郎。同是承平年少，大羅霓裳。桑海換、人琴亡。憶舊遊、驚秋滄江。對㢠底蟫塵，江關鬢霜愁庾郎。

清平樂　趙芝山屬題其夫人遺照

步虚環佩。畫裏屏山地。落葉哀絃秋字字。證取彩鸞身世。　竟牀涼簟潺潺。麻源夢斷空壇。不看十洲兵火，戴花人較平安。

滿江紅　題杭州岳忠武廟精忠柏，用忠武韻

大木無陰，渾不似、衆芳彫歇。相望處、靈旗風雨，於今爲烈。終古心堅如鐵石，何人手植無年月。向南枝、應有舊啼鵑，傷情切。　姦檜鑄，沈冤雪。幽蘭瘞，仇讎滅。問喬柯幾見，金甌圓缺。朱鳥定飄枋得淚，碧苔疑漬萇宏血。更空山、玉骨冷冬青，悲陵闕。朱鳥二句一作『樹色黯疑哀著淚，苔斑誤認宏藏血』。

眉嫵　題河東君妝鏡

認文回蟠鳳，影落驚鴻，秋水半規曉。篆取相憐意，菱花瘦、娉婷妝伴巾帽。秀眉倦掃。映碉

東、紅豆枝小。懺情是、一片滄桑影，帶風絮愁嫋。誰料玉臺人老。賸故山蘼冷，銅暈孤照。稠髮拋殘後，諸天淚、春來腸斷花貌。絳雲恨繞。費麝匳、紅翠多少。記親見圓姿，和月滿媚頩笑。

蹋莎行　題徐積餘《小檀欒室勘詞圖》

錦字香名，琴絃妙解。鬟花十二鏘瓊佩。風來應有鳳笙和，月明定下蛾眉拜。蒼雪清陰，白雲仙籟。玉臺家法千春在。江南誰解唱流波，共君綺語消吟債。

清平樂　集玉田句賦《蕪園歸思圖》

舊家池沼。鏡裏芙蓉老。滿院飛花休要掃。過了一番殘照。人生苦戀天涯。此時那處堪歸。不道江空歲晚，白鷗尚識天隨。

百字令　壽詞

良醫良相，記邦賢名論，千秋相屬。仁術一身都是德，看取門庭雍睦。紅杏家林，白華陬蕚，趨步鏘泉玉。恩言三接，上池曾效芹曝。嘉耦七十平頭，桂芳相引，繞膝臺萊祝。才調鄴唐推玉季，爲譜鶴南飛曲。萬千歡悦，錦製花團簇，遐算籌添屋。雙扶鳩杖，小園春在新緑。

瓊華　水仙

湘煙泛瑟，一笑迎風，是玉人歸日。緘情未訴，荒翠冷、舊恨瑶宫消得。韈羅新步，肯輕放、淩波塵入。看等閒、京洛相逢，不墜素瓊標格。　年年鵝笎吹春，只冰折瑶簪，應未吹濕。沙清月冷心事，在礬弟梅兄能識。一杯誰屬，望渺渺、江天無極。□□□、□□□□，□□□□□□。

側犯　送林鐵尊之毘陵，即題其詞卷

壯游易倦，廿年客味消吟卷。誰遣。是轉燭穠華、酒邊換。江湖夢覺後，始信文章賤。流轉。甚翠墨、紅牙尚堪伴。　蘋洲舊月，笛韻和天遠。料理到、顧塘秋，歸鶴未嫌晚。倦拍霓裳，急觴慵勸。一曲樵歌，待君排徧。

減字木蘭花　題《老燕戀雛圖》

幾雙玉翦。掠地風梢珠蘂亂。暈入生綃。珍重金釵付左嬌。　青春綵服。一霎霜摧蘐草緑。衣線侵尋。省識寒泉一片心。

百字令　沈石田《三檜圖》卷，郭季仁藏

蟠根闕里，悵古塵脈斷，三千年物。喬木蒼煙新畫本，翠滿嶔崎巖壁。鶴去雲孤，虬飛月冷，揮灑吴繒雪。東陽大筆，是何意態雄傑。　爲問並世錢尤，沈吟繞樹，孰敢爲先發。想見解衣、盤礴羸，柯榦之而變滅。今昔風流，丹青文采，何遽争毫髮。熟參畫理，信君雙眼如月。

前調　題郭起庭《盆柏圖》

柏因社冷，鬱虬枝猶結，蒼厓昔夢。厚地高天無著處，來作閒堂清供。大谷霜姿，平泉珠實，偉質宜梁棟。杜陵一喟，古來才大難用。　珍重此叟支離，託根咫尺，一樣巢鸞鳳。柯葉四時長不改，未要東皇矜寵。五粒松蟠，雙甀梅格，歲晚寒交共。滿堂動色，河陽有筆天縱。

齊天樂　劉體乾奉所藏《蜀石經》殘拓，上呈乙覽，蒙御題『孟蜀石經』四篆文，以示孝臧，敬書其後

西川殘霸鵑啼歇，江山未銷文藻。正始青珉，開成翠墨，氊蠟流馨多少。遺經獨抱。對厨几虹輝，楬櫫鴻寶。善本摩挲，大峨一片絳雲繞。　天章休氣倬漢，是鸞迴鳳舞，飛下蓬島。秘笈鐫華，奇觚悟訣，家法珠林能紹。微臣頌禱。念游藝沖齡，中興禎兆。十碣摹刊，右文看

再造。

減字木蘭花　題顔使君牡丹扇

半規清影。中有天香相比並。遺愛湖湘。留得仁風好奉揚。　讀書有種。嶽嶽文孫能洛誦。一笏棠甘。莫作人間富貴看。

好事近　題族叔《半亭寒泉閣印譜》

游刃入斯冰，筆與蛟螭蟠曲。把臂二金蜨館，有臣家癡叔。　廿年鬱鬱勒銘才，雕龍手長縮。此事倘關兵象，抵魯戈追逐。『兵象輕將漢印論』，樊榭詩也，用雲門張紳語。

祝英臺近　有贈

髻新興，妝鬧掃，微步戛環佩。走上紅裀，傾座盡迴睞。香檀拍過驚鴻，春鶯休囀，要聆取、迦陵仙籟。　更多態。步虛兩褭天風，解脱總無礙。是李和南，還是李波妹。有時卸却歌衫，安花對鏡，揀一朵、小南强戴。一作『丹成好向三山，此心安處，便長伴、眉娘幢蓋』。

柳梢青

闌夜鐙青。玉簫乍冷，錦瑟無聲。墜月孤樓，行雲半峽，誰唤愁醒。　纏綿未卜他生。憑叩取、西厢玉扃。爲報青鸞，影梅庵底，憶語分明。

减字木蘭花　題劉蘅莊藏唐人寫《涅槃經》卷

等閒文字。直證人天堪涕淚。千偈瀾翻。大笑吹鐙受涅槃。　殺機天發。猿鶴沙蟲同一劫。香發旃檀。想見金剛湧筆端。

浣溪沙　題雷峰塔經卷

龍象銷沈幾杵鐘。諸天無路問青峰。莊嚴輸與畫圖工。　天水荒涼依舊碧，劫灰生滅可憐紅。散花香處萬緣空。

水調歌頭

香夢墮槐國，林語咽新蟬。澡蘭時節無恙，催徹小游仙。不分巫雲一段，幾誤黎渦雙靨，遺恨滿瑶天。續命費紅縷，□□與纏綿。　畫屏角，風雨惡，惜芳妍。低鬟辟兵符裊，釵約誤經年。僥倖小憐玉體，辛苦漢宮珊步，猶自鬬嬋娟。寄語玳梁燕，珍重舊堂前。

壽樓春　社集賦查樓菊部

嘶香驄銅街。有箏琶夜月，簫鼓春雷。説似清時歌舞，舊家樓臺。桑海後，仍崔嵬。恰近依、方壺蓬萊。只帀地花鈿，齊雲榜篆，零亂劫餘灰。觚棱夢，愁天涯。早霓裳曲怨，湘瑟絃哀。底事燕蘭芳約，渺兮予懷。今昔感、成低徊。唱渭城、何戡重來。問淒斷雲韶，青霜鬢催知幾回。

沁園春　《八徽圖》題詞

德象女師，有煒管、彤思貽令名。緬蘧續姜嫄，稚圖孟母；甄慈肇帨，益譽丹青。四德倍之，群倫仰止，爲烈於今有典型。瑶源遠，溯雙江毓秀，蕙潔蘭馨。　金閨弁冕賢英，衍孝友、宗風雅詠徵。譒經以行權，積而能散；音流太似，傳續更生。兩佩紉芳，六珈式度，例以鬚眉亦老更。鍾餘慶，也抗顔厨及，雛鳳聲清。蘧師貞《姜嫄圖》，見《太清樓畫目》。謝稚《孟母圖》，見《貞觀畫史》。

清平樂　題趙叔雍《高梧軒圖》

龍門百尺。罨畫明秋色。南北兩峰相映碧。看取朝陽鳳立。　開軒滿目煙霞。軟紅不到雲涯。著箇仙源居士，湖山越恁清嘉。

減字木蘭花 題《黄九煙爲李元白藏周江左書離騷經》跋

沈湘古恨。文字造哀天倘問。懸圃陳詞。異代蕭條又一時。騷心不死。灘艇行吟聲變徵。招手彭咸。依樣傷心史一函。李叓純，字元白；周嘉胄，字江左。

朝中措

鉏犁身手拙於鳩。老去有菟裘。留得子春家法，不知冠帶崑丘。東林下潠，廿年舊夢，莫莫休休。拋盡山田十稜，無緣部曲黄牛。

減字木蘭花 賦蘇文忠鐵如意

雷雷斑駁。八百年來談柄握。散髮桄榔。攜向南天舞一場。指揮無定。箕口難回磨蠍命。猶勝西臺。朱鳥聲中擊節來。

前調 《刁遵墓誌》

蟬嫣華裔。秉節諸州流詠美。長掞清芬。妙絶灊研跋尾文。黝然氈蠟。難得碣陰雙璧合。辟㫚諮碑。愴念東華撰杖時。

前調　題陳藍洲《紀游詩刻》

雲關投老。把臂入林成一笑。笠屐逢迎。贏得青山養伯齡。　流傳煙楮。詩筆如神心畫古。遼鶴歸來。賸與殘僧話劫灰。

踏莎行

花勝年光，粆盆情話。峥嶸冰雪柴門夜。欃槍天末陣雲多，先生豈是閒吟者。　短褐風流，長城聲價。松壺詩老應同社。銜杯舞劍歲朝圖，爭慳一幅煙綃寫。

減字木蘭花　題某君壽藏

□□□□。□□□□□□□。笑揖青山。身是龍荒劫外仙。　感深屺岵。料理首丘萊子舞。風引迴舟。那便修文白玉樓。

清平樂　鍾馗

人間何世。魑魅听然喜。三字頭銜唐進士。消得閻浮游戲。　紛紛艾子蕭郎。招邀袍笏登場。笑問三閭角黍，何如一醉蒲觴。

沁園春　壽郭翁

開遍梅花，晝錦屏風，春風畫堂。説德鄉銅盇，家聲金穴；劉樊眷屬，蓬閬班行。東海桑柔，南陽菊灩，雲滿丹丘日月長。瓊筵啟，傍九芝眉采，一瓣心香。餘慶雙鳳高翔。知保障功留在梓桑。操奇嬴鑾舶，函珠懷玉；勞來鴻澤，義粟仁漿。横舍絃歌，高楣綽楔，通德門多吉事祥。軒眉笑，先東坡一日，腰笛稱觴。

清平樂　題高穎生《環翠樓圖》

傍家亭沼。倚杖容舒嘯。天與圍屏新畫稿。换了幾番殘照。　廿年舊夢青墩。荷花也是君恩。一覺江空歲晚，山中自有閒雲。

定風波　壽錢新甫七十

記罷金鑾筆一枝。坐看蓬島緑塵飛。天上春愁消白髮。親擷。白荇花浸紫霞巵。　一院雙成詩伴侣。天許。酩然重到太平時。褱了東坡三制手。搔首。却填風雨放魚詞。

壽樓春　壽詞

稱眉筵金甌。是劉樊美眷，蓬閬仙儔。得似木公金母，紫芝丹丘。知福慧，曾雙修。鼓瑟琴、同心賡酬。又桂子傳芳，桐枝茁秀，花甲慶初周。　蟠桃熟，瑶池頭。趁堂開晝錦，牋寫銀鈎。爲祝靈椿齊壽，八千春秋。招海鶴，來銜籌。恰近來、移家瀛洲。待花燭重輝，雙扶杖鳩歌好逑。

疏影　題陳叔通《百梅書屋圖》

南枝舊約，愜素心得似，何遜東閣。綵筆禪仙，玉貌臞仙，天涯已忍淪落。劫灰一度春消息，省縞袂、丰姿如昨。儘海桑、著意遷流，不改緑華紅萼。　遥憶前芳晚畹，故園佇翠羽，初别黄鶴。泛雪重湖，鋤月空山，底事煙霞孤却。溪藤百幅憑珍重，問冷豔、幽香誰託。待料量、物外琴書，占取幼輿丘壑。

百字令　題《松月居士集印》

藥書琅簡，泝高矩、卓越羸劉而上。四集飛鴻何足數，藝苑獨標真賞。鼎足螭盤，釵頭鳳立，妙蹟冰斯仿。一珠一字，效珍都入珊網。　當日詒晉高齋，鐵書精鑒，别空諸筌象。好古河閒惟求是，何似風流宏獎。照眼芝泥，驚心桑海，文物翻無恙。松聲月色，爲君特地疏朗。

摸魚子　題許玉年先生《孤山補梅圖》

問西湖、湖山信美，此中誰是和靖。梅花眷屬千年夢，處士家風棲冷。空念省。薦一匊寒泉，從剔荒碑認。煙鋤雨艇。更帶月移根，依巖卜築，料理到香影。　丹青事，一例滄桑無定。吟魂花下驚醒。翻新祠宇成唐突，何處巢居堪證。高閣憑。便譜出、玉龍哀曲無人聽。横峰側嶺。賸紅萼無言，縞衣飛下，清唳遠相應。

減字木蘭花

婆娑二老。負手招邀成一笑。香訊冥濛。春在詩人杖履中。　令威重到。風物依稀花事了。鼓角春城。不是高樓玉笛聲。

採桑子　和《琴緣本事詞》

辭巢婉孌低飛燕，總道無情。淚眼盈盈。苦諱雕梁住不成。　迴廊縹緲經行地，煙月逢迎。夢裏商聲。一夜秋苔步步生。

又

情知飄泊殘春有，自惜年光。不换鑪香。坐定愁心小字旁。　閒情那及樓東水，凝瞰明妝。瑣户文窗。贏得多生夢一場。

又

浮生天與羈孤分，不許纏緜。薄醖枯絃。儘是秋人自在緣。　影娥池上當時月，雙照嬋娟。一别如煙。過眼風花十九年。

又

而今省識劉郎恨，泊鳳飄鸞。不在蓬山。只在低簾小扇閒。　攬衣中夜徘徊慣，月好誰看。哀樂無端。未止高丘舊夢寒。

黑漆弩　題漢建安銅弩機拓本

雙牙苔洗銅華古。是當塗省括尚方鑄。恨炎精、蕩作寒灰，掛壁大弨安取。　細書十九勒工名，點綴《宣和圖譜》。問誰能、手殪天狼，重鼓吹曲中《朱鷺》。

南鄉子

吾道有真如。掉臂能同霹靂居。競把浮漚當溟渤，粗疏。中有全潮認得無。　露電一身餘。殤子彭鏗了不殊。隨受罡風誰轉得，須臾。大笑攜鐙照暗衢。成句。

採桑子

今宵莫惜無明月，迴避姮娥。酒滿香螺。好夜看人夢裹過。　歸來獨卧西窗雨，閒淚無多。不爲聞歌。早自安排喚奈何。

永遇樂　題章价人《銅官感舊圖》

斜日河山，驚風草木，故壘何處。鐵戟沙腥，戈船燐閃，腸斷征南路。靈旗甲馬，居人指點，猶識當年荒戍。記壓城、頽雲似墨，亂鴉解道悽苦。　參軍老矣，扁舟重檥，書劍蕭憀誰與。湘水無情，巫陽有恨，只覓歸鴻語。擎天身手，封侯骨相，都付怒濤東去。問一隄、寒鴉敗柳，替人怨否。

戀繡衾

紅鱗吹動酒面香。倚金船、孤送夜長。尋夢到，蓬山底，問闌心、羅褏露涼。　雁程不帶相思去，聽空樓、秋鏡倦妝。料錦字，稀能會，負年年、江水寄將。

壽樓春　送潘幼裔出守西川

金沙酴醾薰。有風花墮幘，雪絮飄茵。催賦將離詞句，麴波微塵。圓月暈，如金盆。照别筵、匆匆黄昏。料棧路蕉紅，巴丘樹緑，輸與鳳城春。　籌邊路，荒煙屯。況横流恨滿，清酒盟新。説甚瀛洲風月，草堂琴尊。明日是，陽關人。一萬重、清猿寒雲。便夢繞觚棱，天涯斷魂襟上痕。

齊天樂　集草窗句

翠微縹緲樓臺亞，霜華錦空洲渚。山護雲衣，波涵月彩，夢到隔花窗户。芳期暗數。怕水葉沈紅，去年心緒。舊隱誰招，東堂松桂盡吟趣。　一襟清致誰識，軟塵飛不到，苒苒詩句。怨笛吟商，閒簫横玉，惟有盟鷗堪語。西風倦旅。悵望極歸舟，一閒天付。立盡斜陽，花深連别墅。

減字木蘭花

□□□□。横路閒雲知客意。側帽尋詩。薺麥櫻桃又一時。　劫餘城郭。來作遼東千歲鶴。舊日趨庭。山向吾曹一樣青。

水調歌頭　題馮君木《逃空圖》

偪塞人間世，何處足音跫。逍遥雲將東指，一笑謝鴻濛。多少壽陵學步，却曲楚狂迷路，不出雉樊中。顛倒百年事，坐誤主人翁。　拍洪厓，招若士，枵猿公。不如打掃心地，坐斷四山空。一任虚舟流止，芟盡諸方藤葛，末後句參通。送者自厓返，誰躡白雲蹤。

前調　題王蓬心《三吾圖卷》，卷有東洲題句

白髮永州守，開口説瀟湘。一官十年不調，丘壑滿詩腸。百折浯溪清駛，百尺浯臺突起，亭子與軒昂。發興簿書底，協趣水雲鄉。　莞然笑，師北苑，仿香光。就中家法不失，煙麓故相望。窈窕次山銘句，兀傲柳州游記，畫筆足攀翔。心折到蝯叟，一幅倒千觴。

減字木蘭花　題倪鴻寶詩畫卷

平生風義。把臂吴橋雙國士。天路飛攀。收拾光芒入小言。　雯華月漬。一段蒼煙飛不起。拈筆如神。餘興能爲石寫真。

前調

煙蘿猗靡。意外荒寒生筆底。眯目黄塵。誰是青山獨往人。　無多茅屋。風味舉家清似鵠。鞍馬平生。老作江南粥飯僧。

採桑子　題《看雲覓句圖》

閒雲未必關才思，題遍蠻牋。縹緲游仙。輸爾清吟一輩賢。　老來搜句渾無力，坐惜徂年。逝雁行邊。魂斷西堂白日眠。

減字木蘭花　題《梁莊會葬圖》

冬青淚灑。九死攀髯終未悔。日降天臨。不負青山獨往心。　使君風義。易水波寒吹不起。高閣葵霜。終古相望一柳堂。

暗香疏影　湖帆、静淑夫婦屬題宋本《梅花喜神譜》，用覺翁自製夾鐘宫調

碎珠一一，借粉函斂取，家林冰雪。牋管留珍，不待良金鑄花骨。劫後人天歲晚，莫儘愁、靈芬銷歇。算幾生、風味依然，流藻入詞筆。　何況都房旖旎，瓣香致叩叩，薰徧芸葉。展取鐙宵，與媵芳尊，恰稱宜春匳帖。羅浮新月關同夢，願雙化、書叢仙蝶。倘數將、滂喜家珍，定有外孫能説。

熙州慢　湖帆屬題《七姬權厝志》

誄秋鵑，賸片石花銘，瘞恨終古。舊劫華鬘，渺後宫煙草，東風無主。怕作换巢鸞鳳，夜半同躡飛舄。休問豔影，長橋玩月，那時情素。　誰寫眉庵樂府。仗牙拍，譜出紅兒新句。楊基《七姊妹花詩》，蓋爲七姬作。杯酒話舊，齊雲白楊天暮。荒原徧尋故阡，問拾翠人歸知否。砑光撫。春愁盡付塵土。

清平樂　爲湖帆題所南翁畫蘭，用玉田韻

劫餘花葉。楚畹容光別。露泣煙啼那可説。不受等閒風月。　芳魂零落荒山。根荄終古相關。好伴一編心史，長留沈恨人間。

燭影摇紅　題拔可令妹李穉青《花影吹笙室填詞圖》，即用其原作集成一解

幾日詩魂，《長亭怨慢》不知燕子歸何處。《蝶戀花》。止多落絮與飛花，《一落索》，換了門前路。《壺中天》。　曾採幽芳題句。《疏影》。況湖山，《月上海棠》，頓傷心素。《齊天樂》。娉婷一笛，《長亭怨慢》，解訴清愁，《慶春宫》，沈吟漸苦。《齊天樂》。

減字木蘭花　題董潯陽尚書、董伯念光禄祖孫書扇册

丹梯拾級。接武蓬池貽厥力。抗疏批鱗。成就清門兩逐臣。　朝衫脱了。贏得祖庭開口笑。深閉柴關。將取清風滿故山。

浣溪沙　夢坡德配張夫人六十壽，作放生會於西溪，爲賦此闋

黽采澄鮮片玉詞。春波溶漾放生池。延年美意嗣萱闈。　佳讖舊溪龜左顧，長生新曲鶴南飛。鴛鴦遐福本相宜。

減字木蘭花　題明遺老順德薛劍公畫《叢蘭竹石册》

人間何世。老去丹青餘涕淚。肝肺槎牙。不寫諸天稱意花。　孤芳直節。長恨補天身手拙。坐撫吴鈎。高館何時訪蒯緱。

附録三　庚子秋詞

起八月二十六日，訖九月盡，凡閱六十五日，拈調七十一，得詞二百六十八，坿復莽和作三十九，共三百又七。十月以後入乙卷。乙卷起十月朔，訖十一月盡，凡閱五十九日，拈調六十一，得詞三百十三，坿原作二，共三百十五。編者按：《庚子秋詞》彊村所作一百九十二首，輯入《語業》者十首，《詞賸》者六十三首，（《詞賸》實收六十四首，其中《采桑子》『今年歸燕花邊路』一首不見於《庚子秋詞》，不知所出。）所餘一百一十九首附此。

甲卷

卜算子

霜華拂鬢稀，吹笛關山遠。如此湘天一字無，催盡南飞雁。　映夕燭光微，飄霧花陰轉。莫爲殘鐘故故驚，睡味將愁限。

點絳脣　用夢窗韻

酒醒東風，馬蹄重到殘紅路。亂鶯深樹。不是春歸處。　還下重簾，曉夢將愁去。餘寒貯。水沈飄縷。語燕空梁絮。

相見歡

水窗低度疏螢。暗飄鐙。惟有尊前前夜，月朧明。　風又雨，梧桐樹，早涼生。不信枝枝葉葉，總秋聲。

醜奴兒

年年歸燕花邊路，真色屏空。亂葉衰紅。淡入宮眉一兩峰。　關河萬里傷高淚，斷送西風。錦字愁通。莫上高樓數過鴻。

人月圓

夢雲細繞紅蘭裏，花氣正通簾。夜涼時節，銀屏淚燭，金縷春衫。　相逢一笑，心知不是，舊日江南。無端説起，虹橋第四，弓月第三。

菩薩蠻

移家新住長干里。鈿車日夜如流水。消息桂堂東。春衫不肯紅。　背花勻寶鏡。妝閣金鋪冷。鳳紙換新題。箇人知未知。

眼兒媚

楚皋相遇笑盈盈。眉底暮寒生。春寬夢窄，密圍留客，密酒銷更。　明朝事與孤煙冷，徼外斷腸聲。魂銷正在，輭紅南陌，細雨西城。

又

泠浮虹氣海波明。騎鶴過瑶京。西園有分，十香揾褏，千豔傾城。　闌干獨倚天涯客，華髮奈山青。歸鴻心事，輕漚素約，一水盈盈。右二首集夢窗句。

秋蘂香

杜曲人家在否。淒絶雕鞍歸路。柳絲撩亂萬千縷。誰綰閒愁寄取。　似聞露萼開無主。亂紅舞。不知暗殿幾風雨。腸斷秋鐙夜語。

太常引

畫簾蘭燭細花飄。眉月可憐宵。風外葉蕭蕭。料蕙草、江南未彫。半垂羅帳，嫫寒如水，心字夜香燒。微病洗春嬌。渾不記、星辰昨宵。

燕歸梁　用夢窗體

凝碧沈沈覆石苔。塘外殷輕雷，芙蓉迴影好池臺。又警寒，雁聲來。憑高處處消魂極，殘日下宫槐。海天東望小如杯。打空城，夜潮回。

月中行

檐花細雨滴秋陰。香炷博山沈。涼鐙颭壁照孤衾，和淚酒慵斟。金莖誰問文園渴，遂淒斷、座上琴心。織成錦字待歸吟。愁病與秋深。

霜天曉角

愁鴉灌木。中有詩人屋。一匊塵香不到，開門見，亂雲宿。背燭羈緒觸。枕邊鄉夢續。昨夜新鴻啼後，千帆外，故山緑。

好事近

簾雨破寒初，鐙外絮蛩聲濕。夢醒吴煙吴水，放新愁吹入。　似聞驚雁落西樓，歸興澹山色。明日春波寬處，與閒鷗分席。

又

小小木蘭舟，桃葉桃根雙楫。平白一江春水，奈石城風急。　六朝山色故青青，金粉舊游歷。吹落梅花多少，是誰家玉笛。

訴衷情

瓦盆酒薄不澆愁。有分是悲秋。雁聲將夢，和淚飛過海西頭。　邊日澹，陣雲浮。莫登樓。故鄉何處，賸水殘山，却望并州。

醉落魄　題復莽《歸隱圖》

青山一髮，雁聲無際雲重疊。扁舟未是歸時節。萬里麻鞋、愁向杜陵説。　幾年不泛苕溪月。故園空負梅花發。天涯一樣愁啼鴂。夢裏閒鷗，分占素波闊。

隔溪梅令

別來歡事太稀疏。懶妝梳。水遠山長，無路問魚書。報君雙淚珠。　相逢翻恨鏡鸞孤。且斯須，收拾零香殘粉似當初。斷腸君念無。

又

故山昨夢短笻扶。枳籬疏。留得冷香，殘蘂兩三株。伴人雙玉壺。　朝來有客報雙魚。勸歸與，莫待笛聲嗚咽滿江湖，舊情和夢孤。

浣溪紗

零落秋香生桂枝，小庭風急畫簾垂，淺吟殘醉總凄迷。　填海斷無精衛恨，傷秋還有子規啼。行雲何日是歸期。

海棠春令

雪消蕙草春寒淺。畫橋外，晴絲細卷。漸有蹋青期，料理閒針線。　去鶯來燕誰家院。倚闌憶，回波舊怨。兩裹落梅風，春比江南遠。

醉桃源 用夢窗韻

常時妝靨怯鉛華。睡殘消酒霞。尊前遮莫舊愁加。銀釭今夜花。　紅錦字，碧油車。春深小謝家。可憐綵鳳已隨鴉。翻嫌箏雁斜。

鳳來朝

老屋卷風破。笑龍鍾、苦吟飯顆。便歌哀絃獨無人和。不辭向、恨中過。　客路衰蘭淒朵。暗消磨、酒腸磊砢。問底事、披衣坐。枕畔落、雁聲大。

又

鏡裏翠鬟嚲。悔一春、看花計左。又悤悤節候櫻桃過。要料理、鬪紅舸。　不記玉釵聲墮。點餘花、粉香半涴。約射覆、分曹坐。莫負了、夜鐙課。

少年游 又一體

昨宵酒半，離聲傳恨，纖指十三絃。今日花前，酒痕猶在，獨對月華圓。　淚銷不盡，就牕研墨，心事付紅牋。天雁河魚，寄書容易，惟有寄情難。

畫堂春

春殘時節亂鶯聲。緑窗好夢頻驚。手挼花片下階行。雙褎寒生。　點額羞紅初褪，斂眉愁黛微横。薄妝猶得傍雲屏。莫道無情。

更漏子

玉搔頭，金夾膝。長記憑肩蘭夕。歌未闋，爓成灰。一雙筝雁飛。　去程賒，歸信左。頻得兩娥深坐。尋昨夢，斂春纖。當花一面簾。

武陵春

花裏行歌鐙下醉，春至會婆娑。走馬燕支何處坡。年少五陵多。　莫笑秋來雙鬢改，風味近頭陀。酒冷香消一任他。清淚在銅駝。

愁倚闌令

春陰薄，雨絲涼。却斜陽。花下斑騅留不住，淚千行。　花處煙水微茫。無人伴，晚景屏張。學畫江南渾不似，似瀟湘。

又

紅情密，翠眉長。杜秋娘。欲買千金應不惜，楚雲狂。孤負醮甲清觴。年年記，一種淒涼。今夜西池明月到，小迴廊。

又

梨花月，過西廂。暗塵香。衫褏醉痕花唾在，洗新妝。正是拾翠尋芳。滿城但，風雨淒涼。屏曲巫山和夢倚，楚魂傷。右二首集夢窗句。

賀聖朝

翠雲黄鶴高樓畔。倚玉梯人倦。短綃封淚寄天涯，訴春機新怨。江蘺摇落，何曾採擷，入吴郎詞卷。尊前枉自諱相思，奈東風情淺。

滿宫花

嶽蓮開，羌笛弄。寶馬香鞭微控。繡紋羅地點塵無，不計行雲相送。細香消，殘酒中。愁掩畫屏雙鳳。枕函敲斷玉釵頭，早晚飛瓊同夢。

前調　戲作

雨冥冥，聲隱隱。新故迷離難認。終南進士爾何人，贏得黎丘一哂。　載車來，求食溷。瞰盡高明休恨。君如解唱鮑家詩，焚却阮瞻高論。

鶯聲繞紅樓

一夜風彫翠井梧。夢回見、蟾冷流蘇。海山回首淚模糊。還説鈿釵無。　愁結雙條脱，驚魂戀、八九棲烏。碧陰零落鳳巢孤。顔色奈羅敷。

南鄉子

酒醒雁南征。滅燭空堂欲二更。消與愁人多少淚，聽聽。莫是西樓昨夜聲。　涼重雨難成。雨外煙蕪有斷程。記得十洲殘夢影，秋清。水殿風香月正明。

迎春樂　用清真韻

何時剗盡飛揚蹟。夤緣作、酒壚客。便吹簫醉倒坊間陌。埋我向、陶家側。　撲地霜花來雁白。問清渭、東流消息。樓上望神州，愁渺渺、闌干北。

喜團圓

歡期暗逗，青鸞遠信，紅蟻深尊。秋妝催得黄花雨，洗羅韈輕塵。　鐙花一笑，屏山依舊，月輭暝香温。惱人只有，侵堦草色，上枕梨雲。

上行杯

兩娥愁黛行煙重。黄月半窺簾影動。佯背闌干。僥倖花前一拜難。　古風禁斷殘香在。不見繫春雙鳳帶。又是今宵。簾外清霜上柳條。

红羅襖

細竹鐙窗曙，啼夢濕紅潮。記前度微波，嬌春羅韈；舊時明月，流怨瓊簫。　問春去，誰拾蘭苕。愁披短札吴臯。錦瑟不須調。話舊約，翠翼也魂消。

歸去來　用屯田韻

幾陣黄昏雨。屏山底，恨無重數。不辭檀板翻金縷。一聲聲，風咽住。　斷橋煙水銷魂處。恠攜手，憑肩無緒。行雲未解鴛鴦苦。安排定，背花去。

滴滴金

香車自在流蘇絡。夜寒生，鳳衾角。不記金環甚時約。拚紅牋燒却。　羅衣舊倚腰支削。燕輕盈，柳纖弱。試問風情爲誰薄。只小眉顰著。

惜春郎

暮天吹角青蕪國。臙淚眼長滴。烏啼廢隴，雁迷殘陣，空外霜白。　夢裏雲山惟嚮北。又壞道湍激。問幾時萬里麻鞵，魂爲杜陵招得。

又

小牋封淚桃花色。待付與青翼。蘭房夜熌，膽娘猶怯，筝雁消息。　心似春絲牽不得。枉玉虎擕汲。料翠眉不隔巫峰，自是楚雲無力。

醉鄉春

秋盡漁陽城下。城上老烏啼啞。自酹酒，問荊高，誰實解憐卿者。　滿目雨悲雲咤。望極中條太華。幾時有，塞鴻來，風前説與滄桑話。

惜分飛

草草蘅皋分手地。凝望高樓獨倚。歸去須沈醉。燭花休替人垂淚。　腸斷蕭娘書一紙。誰識行間密意。不作迴帆計。眼看落日春潮起。

關河令

挑鐙無眠淚似雨。涴越羅金縷。已自忘歸，紅綃還寄與。　飛花知墮甚處。又撿得、劉郎殘譜。試問啼鵑，留春春許否。

減字木蘭花

亂鶯時候。刻意傷春春已瘦。貪卷珠簾。那管楊花撲繡奩。　花酲未醒。闌角但偎殘照影。莫問西池。不要微波寄一辭。

天門謠

交徑新陰小。試吟褭、賸寒猶峭。人意好。爲當樓殘照。　奈芳事輕隨春去早。滿路香塵酥雨少。隨處到。恨羅韈、不如芳草。

憶悶令

昨夜蘭舟誰共解。有淩波人在。傷秋錯對菱花，長恨凝蛾黛。　何事丁寧再。理合歡雙帶。不成怕、比翼連枝，將鈿釵盟改。

留春令

晚春池館，水沈煙歇，山圍屏皺。略記初逢謝娘時，在梔子、花前後。　金縷歌殘人去久。滿羅襟非酒。未必行雲没相逢，只煙月、銷魂彀。

萬里春

紅朝翠莫，輕送年華如羽。誤秋娘、淺約宫黄，傍金波開户。　有約西湖去。又相對、落梅如雨。夜深寒、都是思量，問蒼波無語。集夢窗句。

河傳

簾外。寒在。雨珊珊，紅柱鞦韆半閒。畫梁晚春雙燕還。經年。兩蛾愁黛攢。　封淚蠻箋方勝小。春漸老。誰把芳心告。玉關西。殘照迷。那時。杜鵑和夢啼。

又

濯錦江頭無賴。眉黛。淺深難，沈恨今年萬千。故臺花落銅雀寒。箏前。兩行閒淚酸。

麈暗埽。鶯燕笑。還説街南好。柳腰肢。弱不支。除非。教花扶著伊。

思帝鄉

亭亭。手搓裙帶行。迴睇海棠斜日下簾旌。行坐燕鶯雙鶯耦，別愁容易生。拚與一春憔悴莫多情。

蕃女怨

幕南空磧霜黯淡，沙草如染。鼓三通，鐙萬炬。燕支奪取。海風吹起月朧明。漢家營。

紅窗迥

點屐工，迴褎好。別來久，羅薦倦情，但愁遠道。零落舊家池沼。有東風雁到。怨唾歡痕，都入箏柱，淒咽喚起，簌簌文梁低繞。依舊催、好春殘了。悔相逢又早。

乙卷

西谿子

鶯囀綠窗日在。山枕睡消蠁黛。好春殘，人更遠，空腸斷。低語鳳篦金顫。攏馬寶釵樓。不回頭。

又

歸信雁門秋改。愁撚合歡羅帶。淚珠連，腸寸斷，空相唤。撥斷銀彄不管。迴睇問歌頭。换伊州。

四字令

綠窗簸錢。紅闌剪旛。臨風遥鬬嬋娟。各春心一般。　群拖帶寬。綃凝淚乾。閒愁守定眉山。過西樓夜寒。

芳草渡

秦雲渺，楚魂傷。中夜起，獨思量。紅牋小字漫書將。變心叩叩，肘後有香囊。　拋玉尺，炙銀簧。誰與坐，合歡牀。舊花新葉定相當。陽臺路，新並得，兩鴛鴦。

怨春風

玉京煙柳絲絲。難綰相思。夢裏啼痕只㬹知。恨情薄、不抵羅衣。　空堂殘酒醒遲。問何苦將春判伊。早萬點花飛，東風休再，搖蕩空枝。

西江月

尋刼朝翻玉局，偷聲夜譜银牋。些兒閒事送華年。信道風情真懶。　衫㬹麝薰微歇，簾櫳鸚語相關。自家冷落翠雙鈿。翻惱隔牆釵釧。

憶王孫

畫橈占岸酒初醒。狎倚闌干雨又成。愁共春潮日夜生。幾時平。不信鴛鴦不淚零。

雨中花

歸夢十洲雲水裏。做弄出、春寒特地。橫路菱絲，吹波桃葉，打槳成何計。道薄倖，旗亭連夕醉。有誰會、千金密意。一寸橫波，何曾花底，錯管春殘事。

又

錦瑟旁邊新醉起。又詔許。金錢曲會。入幕園花，監州得蟹，銷盡熏天事。漫笑客，生平無好計。狹路在、淩波舊地。野鶴飛低，官蛙聲怒，刻意相迴避。

漁歌子

刼灰飛，宫漏歇。銅仙清淚如鉛潑。望中原，山一髮。稍度雁行明滅。草如霜，沙似雪。棱棱石戴來時轍。隴頭吟，聲漸咽。一片中天明月。

醉吟商小品

尚記否，鈞天夢裏，曼桃催獻。隔年歡怨。鳳筑西風宴。換入邊愁千點。芙蓉舊苑。

又

是舊日，低飛燕子，繞花千轉。謝堂春暖。便鬬新妝面。寄語東風不管。鈿塵恨滿。

醉花閒

闌角春陰天似墨。東風無氣力。雙燕掠明漪。偷放閑愁入。淚添金琖窄。醉眼花狼藉。繡簾容易隔。謝娘心事最分明，錦牋書，誰辨得。

慶春時　用晏小山韻

晚春門掩，衣香結習，步屧羞移。調雛燕子，銜泥甚處，長是日斜歸。東風狼藉，端的不是歡期。香添翠被，名藏鳳紙，消遣落花時。

胡搗練

雙雙鳳子慣輕盈，知得瑶京春雜。風裏狂香一霎。占斷花南榻。玉臺塵甎半規寒，斜日金鋪深闔。漂蕩薄情書札。還寫紅牋答。

又

珠娘生不識春愁，狼藉鈿花銀衩。牺槳桃榔風合，亂笛參差壓。白漚天付與蕭閒，夢裏煙波長狎。冷暝心情知怯。愧爾春江鴨。

又　戲答于安甫

故山千畝在胸中，夢繞淙淙清霅。蔬筍年來盟狎。老圃愁羊踏。微聞公膳隻雞無，把酒花前慵呷。乞我盧家烝鴨。成就無無法。附安甫原詩：『自失翰音後，家厨突已寒。舊盟徵息壤，遠夢逐長安。設醴誠逾分，烹鮮或佐餐。索逋君勿哂，我自累猪肝。』

鳳孤飛　用小山韻

眉意眼情誰會，玉指移絃緩。笑暈鸞臺鏡滿。只撩亂鈿塵暝。自怯香桃花命短。安排遍、翠樓紅館。占得朱顏春又晚。被流鶯偷管。

又

惜別謝娘情緒，夢裏歸輪緩。料峭羅襟淚滿。賸寶鴨香心暝。説甚尾長還翼短。銷凝慣、雨窗月管。多事嬌鶯啼早晚。費傷春牋管。

甘草子 用楊无咎韻

天暮。過盡殘鴉，暝色團窗户。漲起一城塵，月黑呼鷹路。　燕趙舊家相逢處。甚眼底、梟盧堪數。孤劍牀頭化龍去。響半天風雨。

臨江仙

秋去一身無著處，淺吟閑醉禁持。溪山誰道舊游非。攔街春筍賤，出網鮆魚肥。　自斷此身天不問，春帆治任將歸。只應羊侃是吾師。避人盤馬矟，隨分置蛾眉。

思遠人

殘壁滄波生色。晝塵滿舊簾額。天長夢短，離巢孤燕，猶是謝堂客。　倚醺還弄閒箏笛。宛轉趁殘拍。怕花外玉簫，好春吹斷，依前褢羅濕。

酒泉子

蟲網吹簾。隔斷閒愁來路，柳花飛，無定處，滿江潭。　采香約在斷橋南。橫岸游絲誰撲，雁書新，漚夢熟，理春帆。

金鳳鈎

高鴻又喚秋老。有官柳、犯霜黄早。弄波輕棹，采菱新調，一夜亂愁多少。　碧籠金鏁花房小。甚火急、鬧蛾收掃。錦機書到，怨絲紅繞。孤負繡屏開了。

又

横波舊日風調。定情句、酒邊偷告。鳳絃重抱，翠幭重草，只待玉璫書到。　璅窗熏象沈香小。第一要、薄情知道。靨花紅笑，淚蛾碧掃。沈恨報他青鳥。

思越人　用陽春韻

剗地東風惡。塵影涴襪羅痕削。油壁送却。大隄花落。　怕酒重香寒雙袠薄。斷續春愁和夢閣。無地著。隔簾怯横波未約。

又

傍夜離心惡。簾影漾玉鈎雙削。春色瘦却。絮花還落。　早拚斷閒愁如酒薄。細雨鐙花飄小閣。偏夢著。玉闌北年時歡約。

又

漫道横江惡。分付與素書親削。春愁寄却。晚潮纔落。儘舊日風情雲絮薄。不到紅泥天半閣。還記著。覓桃葉桃根前約。

又

畫裏霜風惡。看幾點晚峰煙削。濃青换却。一林黄落。懶更呷冬醪如水薄。坐倚油窗新煖閣。梅蘂著。爲花課添修僮約。

遐方怨

秋水落，石蓮空。步入淩波，舊羅籠花裙襉紅。隔江臨晚起東風。爲誰開艇子，采芙蓉。

又

歡事冷，玉臺空。怨入湘天，夢回撇波魚尾紅。麴瀾吹卷藕絲風。彩雲無數起，錦塘東。

梁州令

月地金波浸。座隔團窠宮錦。分明溝水各西東，花前攜手亡何飲。白題狂舞郎當甚。燭藥交羅衽。同心結就誰禁。紅牋淚墨翻成讖。

玉團兒

鴻邊錦字年時約。甚不應、紅鐙夜萼。兩點春山，相思都被，明鏡窺著。行雲可是相逢錯。斷夢冷、哀絃又託。未到君前，一聲《河滿》，雙淚先落。

三字令

鶯語早，酒醒遲。百花時。星靨小，髻雲垂。背犀梳，移鳳枕，耦新知。江草緑，送人歸。見無期。紅燭背，翠屏攲。畫羅襦，金縷綫，苦尋思。用歐陽舍人韻。

又

鸞對影，燕雙飛。早妝時。山雨點，畫愁眉。咽湘絃，投漢珮，路東西。千萬恨，繞天涯。雁書遲。憑繡檻，語花枝。爲思君，山枕濕，没人知。右二首集《花間》句。

又

江上約，帶書遲。雁來時。殘酒醒，小簾垂。被西風，閒素箋，又争知。吴社水，帶花歸。隔年期。紅褎暗，紺雲攲。夜闌干，春枕被，漫相思。用歐陽舍人韻。

又

花蝶夢，繡鴉泥。舊游嬉。人散後，那天涯。解明璫，連寶鏡，又尋思。空麝散，濯妝池。放簾垂。誰更與，妬娥眉。正西窗，團扇月，未圓時。右二首集《夢窗》句。

南歌子

舊恨金訶斷，新歡寶瑟調。朦朧心事可憐宵。難得春羅書字，又相邀。碧玉知名久，紅牋帶淚描。縱然微病損春嬌。難道當筵輸與楚宫腰。

應天長

曲屏遮夜蘭釭盡。一半啼妝消墜粉。夢難成，鐙又燼。簾外落梅風陣陣。檢紅牋，輪玉筍。心識春潮期近。數過千帆無分。不如潮有信。

鋸解令

翠樓簾捲不留香，惹翳鎖、金蟾恨淺。蜀絃秦柱費安排，總負却、聽歌淚眼。絮花蕩晚。依約東風夢短。迴腸翻怕好春回，爲輸與、謝堂舊燕。

傾杯令

刼避圍棋，歡生鬬草，消遣楚雲沈恨。行坐眠疑無準，盤馬樓前風緊。重簾密護茸衣穩。玉纖長，春寒微損。無人料理眉樣，背燭還調賸粉。

憶漢月

輸了緑窗錢簸。花外鈿箏催破。别春滋味不成啼，歸對玉奩羞坐。金墉梔子夜，風剪剪、一釵淒朵。管絃新學唱《伊州》，休道側商聲錯。

紅窗聽

盼得東風回裹底。浮動起，嫇梢春意。舞衣催上華茵慣，甚愁鸞慵理。後日蘭堂攜手地。憑誰按、伊涼舊譜，偷聲減字。不如推酒，索尊前迴避。

思歸樂

春入雙波和粉溜。煙隔斷、朱闌眉柳。幾點絮花風定後。暗裏覺、晝長人瘦。　寫怨鸞牋書去久。滿眼恨、不歸依舊。謝堂酒醒尚記否，燕來定巢時候。

相思兒令

誰約簸錢。簾户來聽燕呢喃。還把等閒螺黛，擡舉上眉尖。　鳳杼特地重拈。病心情還似眠蠶。風前一捻腰支，如何擔得春衫。

撼庭秋

笛聲淒黯誰弄。伴冷衾孤擁。舊家煙月，新亭涕淚，亂愁都湧。　衰鐙絡緯，高樓鴻雁，夜寒霜重。總不如歸覓，煙波煖處，片時漚夢。

珍珠令

春魂繞遍天涯路。無重數。蓦遮斷、屏山香縷。彈淚問飛花，奈飛花不語。　漏盡黄昏扃繡户。怪檐底、鵲聲無據。無據。甚昨夜蘭釭，玉蟲雙吐。

西地錦

寒到惜春簾户。又半天風絮。梅邊信息，三花兩蘂，是閒愁來處。　只有西山眉嫵。却推排不去。常時偃蹇，白頭坐對，問何曾塵土。

又

花落南園人去。冷遏雲簫鼓。狨裝寶勒，誰教勝賞，付閒風閒雨。　不是東風相妬。把鳳鈎輕污。生防凍澀，啼痕萬點，斷凌波來路。

定風波　用瞻園韻

畫外春帆肯暫停。背飛勞燕詫初程。華表漫邀孤鶴止。餘幾。夢華城郭野煙青。　隴水分流難寄淚，越吟翻調未成聲。休與梅花同不睡。須醉。醉鄉風味勝於醒。

瞻園原作

晴便開船雨便停。行行不記許多程。休恠打頭風不止。能幾。推篷閑對晚山青。　碧活千重沈舊憤。黄流一半帶秋聲。不道癡龍真箇睡。從醉。只愁無酒未須醒。

夜厭厭

著酒芳心春漾。舊魂消、影娥池上。乍調絃索轜於雲，隔花翻、踏摇新唱。　不爲來遲羞蕩槳。近闌干、扇羅重障。玉人無力舞迴風，鬬輕盈，枉承纖掌。

七娘子

年芳銷歇收鐙後。唱《渭城》還挽纖纖柳。誰識江南，曲中春瘦。秋娥拚與行雲守。　紅樓隔雨黄昏又。甚銷除百感偏疏酒。訴與心期，東風知否。聽歌終有愁時候。

錦帳春

山字屏圍，水沈煙嫋。理舊恨都無分曉。柳三眠，花一笑。趁簪紅攲帽。蝶沈蜂悄。　潘鬢秋多，楚腰春少。總無那芳時懷抱。酒波深，香夢老。拚酹花千繞，要花知道。

調笑轉踏　巴黎馬克格尼爾

茶花小女顔如花，結束高樓臨狹斜。邀郎宛轉背花去，雙宿雙飛新作家。　堂堂白白繩難繫，長宵亂絲爲君理。肝腸寸寸君不知，匏子坪前月如水。

如水，妾心事，結定湘皋雙玉佩。曼陀花外東風起，洗面燕支無淚。願郎莫惜花憔悴。憔悴花心不悔。

山花子

獨步雲階卷翠綃。不須歌舞鬬新嬌。訴與春鶯絃上意，一条条。　靨粉黃消簾際月，臉霞紅上鏡心潮。可惜銀屏攜手地，近春宵。

玉樹後庭花　用安陸韻

鏡臺春重新妝鬬。燕昏鶯晝。隨花野步歸來，驀繫船香斗。　鈿塵催落東風舊。蕩春殘酒。換巢鸞鳳心情，爲鄰簫聽後。

又

歌雲如夢羞輕覺。綺筵臨曉。紅牙拍碎年年，妬玉簫聲妙。　春窗花底窺朱鳥。淡妝逾好。畫成生色羅帬，甚輸他芳草。

八寶裝

長星杯酒誰勸汝。三山外，塵來去。正氍毹月上，只須浪飲，底歌都護。黄金不買青春駐。飛絲送，博勞語。問麴車逢處，何人解酹，伯倫墳土。

鬭雞回

梅邊尊俎，長記横枝剪。驛路遥，愁漪淺。望極黄昏，犯寒人不見。蒼鬟粉靨，依然何事，翠禽聲换。月上遲，苔生遍。夢覓疎香，夜深羌笛亂。

慶金枝

曰歸休問期。問何處、不天涯。子規只解盡情啼。風物是耶非。東風眼底香紅發，無夢傍、白雲飛。心期猿鶴未應知。休榜北山移。

花上月令

夕陽無語燕歸愁。又鐙暈，小簾鈎。傍懷半卷金爐燼，夜香留。天正遠，月含羞。擬唤阿嬌來小隱，十載事，夢中休。憑誰指與歌眉淺，半痕秋。爲春瘦，怕登樓。集夢窗句。

江月晃重山　　戕管回文

選夢斜鋪楚簟，試泉閒鬭閩茶。平沙蕃马短屏遮。無人横波底，羞煞小菱花。往復，闌干亞字横斜。新聲重與訴琵琶。提攜意，不爲莫愁家。

附録四　春蟄吟

起庚子十二月朔，訖辛丑三月盡，凡閲百十八日。拈調四十六，得詞百二十四，附録三十五，共百五十九首。倡和者漢軍鄭叔問文焯、江夏張瞻園仲炘、揭陽曾剛主習經、儀徵劉麐楥恩黻、江都于穗平齊慶、江夏貫冷香璜、永定吴琴舫鴻藻、滿洲似園恩溥、山陰楊霞生福璋、滿洲南禪成昌、應山左笏卿紹佐也。（按：《春蟄吟》彊村所作共四十四首，入《語業》者十一首，《詞賸》者二十六首，遺餘七首附此。）

西窗燭

鶩翁序云：『玉井詞人賦寒月於庚申之冬，不勝雪路冰河感。歲華容易，又四直上章矣。長夜不眠，寒光侵户，偶讀《玉井館詞》，依調賦此。不知舊時月色，視此何如也。』

鐙昏敗壁，酒醒虚堂，一丸飛上孤白。片時雲外驂鸞影，甚有限清光、愁煙更冪。聽角聲、吹恨悤悤，定憶紅樓那夕。　待將息。霜霰空庭，啼烏不許，遮定風簾斷額。人間滴盡方諸淚，算殘影山河，孀娥耐得。怕玉龍、怨入今宵，凍裂吹梅舊笛。

絳都春　和南禪同夢窗韻

西飛恨燕。正零雨社空，吹霜簾卷。錦帳换秋，蕤枕留春春偏短。花時多少湔裙伴。奈客路衰蘭天遠。爲誰彈淚，湘靈怨瑟，曲終人見。　孤館沈沈翠，燭定迴照，舊日雲英嬌盼。鏡側睡妝，纔識今宵秦鬟淺。宫羅羞障凝酥面。怕重檢、回文牋看。去驄知繫誰家，夢雲未散。

東風第一枝　十二月十六日立光緒二十七年辛丑春

綵樹香生，蠟鐙苣淺，年年春换時候。釃寒猶殢簾衣，黯愁未饮柏酒。光阴如夢，是戰鼓、聲聲催後。任翠牋、綵筆依然，嬾对雪窗呵手。　情绪乱、夜闌香斗。消息斷、歲寒宫褎。舊家生菜空吟，兩京凍梅暗瘦。東风辛苦，問唤醒、簪旛人否。怕幾番、花信催來，剪斷灞橋煙柳。

六州歌頭　辛丑元日聯句

不知今日，春色幾分回。鶩。梅柳意，還憔悴，惜芳菲。渺天涯。漚。回首神州路，千萬樹，烟塵迈，靈旗舞，神絃語，總堪悲。忍。贏得西風老眼驚，驕蜃淚，不勝揮。鶩。甚椒紅柏緑，不放隔鄰杯。吟鬢絲絲。苦低垂。漚。　況年華負，心期誤。蘭成賦，杜陵詩。忍。烟雨外，南山翠，影迷離。記年時蓂莢，堯堦坼，正日暖，上陽枝。鶩。仙杖底，朝正使，萬方馳。不道長安日遠，空西望，雉尾雲移。漚。黯尊前景物，拚得醉如泥。鷺燕休疑。忍。

花犯 用清真韻

已經年、花宫事冷，東風换愁味。夢痕淒綴。渾未理幺絃，催賦多丽。背鐙夜久篔屏倚。玉蟲和太喜。似悵惜、天孫雲錦，悤悤孤翠被。流鸎爲花尚多情，東園路、解慰離人愁悴。青鳥信，行雲外、並春飄墜。安排定、埽眉樣好，妝幔捲、西峰空翠裏。莫放取、飛瓊飛去，金篝涼似水。

青玉案 忍盦生日賦以寄意

東風側帽鸞枝瘦。聽鶯語新年又。茸唾櫻脂夜吟就。鐙花紅處，宦情歸興，傳夢西窗久。江南風定紅簾晝。千里嬋娟熨蛾岫。春暖刺桐花坼後。宫袍恨在，賦情多少，還試長安酒。

感皇恩 詠瓶中梨花海棠

吴苑玉雙身，粉嬌朱嫮。結伴淩波步相顧。鏡中啼笑，一樣淺春情愫。翠禽聲又度。屏山路。不信夢雲，盈盈無主。猶有春人妒眉嫵。月偎煙倚，那是尋常簾户。爲誰還惜取，閒風雨。

附録五 序 跋 題記

彊村語業序

張爾田

《語業》二卷，彊村先生晚年所定也。曩者半塘翁固嘗目先生詞似夢窗。夫詞家之有夢窗，亦猶詩家之有玉溪，玉溪以瑰邁高材，崎嶇於鈎黨門户，所爲篇什，幽憶怨斷，世或小之爲閨襜之言，顧其他詩『如何匡國分，不與素心期』，又曰『夕陽無限好，祇是近黄昏』，豈與夫丰艷曼睩競麗者？竊以爲感物之情，古今不易，第讀之者弗之知爾。先生早侍承明，壯躋懋列，庚子先撥之始，折檻一疏，直聲震天下，既不得當，一抒之於詞。解佩纕以結言，欲自適而不可。靈均懷服之思，昊天不平，我王不寧，嘉父究訩之愾。其哀感頑艷，子夜吴趨；其芬芳悱惻，哀蟬落葉。玉溪官不掛朝籍，先生顯矣，觸緒造端，湛冥過之。信乎所憂者廣，發乎一人之本身，抑聲之所被者有藉之者耶？復堂老人評《水雲詞》曰：『咸同兵事，天挺此才，爲聲家老杜。』余亦謂當崇陵末葉，廟堂厝薪，玄黄水火，天生先生，將使之爲曲中玉溪耶？迨至王風委草，小雅寢聲，江濆飛遁，卧龍無首，長圖大念，隱心已矣。謹留此未斷樵風，與神皋寒吹，響答終古。嚮之瘖口嘵音，沈泣飲章，腐心白馬者，且隨艱難天步以俱去。玉溪未遭之境，先生親遘之矣。我樂也，其無知乎？我寐也，其無吪乎？是又諷先生詞者，微吟焉，低徊獨抱焉，而不能自已也。甲子嘉平月，遁堪居士張爾田引。

彊村語業跋

龍沐勳

右《彊村語業》三卷，前二卷爲先生所自刻，而卷三則先生卒後據手稿寫定補刊者也。先生始以光緒乙巳，從半塘翁指，删存所自爲詞三卷，而以己亥以前作爲前集，曾見《庚子秋詞》、《春蟄吟》者爲别集附焉。後又增刻一卷，而汰去前集、别集，即世傳《彊村詞》四卷本是也。晚年復併各集，釐訂爲《語業》二卷，嗣是不復多作。嘗戲語沐勳：『身丁末季，理屈詞窮。』使天假之年，庶幾足成一卷，而竟不及待矣，傷哉！先生臨卒之前二日，呼沐勳至榻前，執手嗚咽，以遺稿見授曰：『使吾疾有閑，猶思細定。』其矜慎不苟如此。兹所編次，一以定稿爲準。其散見别本，或出傳鈔者，不敢妄有增益，慮乖遺志也。壬申初夏，龍沐勳謹跋。

彊村詞原序

朱孝臧

漚尹大兄閣下：前上書之次日，郵局即將《東塾讀書記》、《無邪堂答問》各書交來。大集琳琅，讀之尤歆快無量。日來料量課事訖，即焚香展卷，細意披吟，宛與故人酬對。昨況夔笙渡江見訪，出大集共讀之，以目空一世之況舍人，讀至《梅州送春》、《人境廬話舊》諸作，亦復降心低首曰：『吾不能不畏之矣。』夔笙素不滿某某，嘗與吾兩人易趣，至公作，則直以獨步江東相推。非過譽也。若編集之例，則弟日來一再推求，有與公意見不同之處，請一陳之。公詞庚辛之際是一大界限，自辛丑夏與公别後，詞境日趨於渾，氣息亦益静。而格調之高簡，風度之矜莊，不惟他人不能及，即視彊村己亥以前詞，亦頗有天機人事之别。鄙意欲以己見，《庚子秋詞》、《春蟄吟》者編爲别集，己亥以前詞爲前集，而以庚子《三姝媚》以次以汔來者爲正集，各製嘉名，各不相雜，則後之讀者，亦易分别。叔問詞刻《集勝》一集，亦此意也。至於去取，則公自爲沙汰之嚴，已毫無塵雜，俟放暑假後再爲吹求，續行奉告。自世之人知學夢窗，知尊夢窗，皆所謂但學《蘭亭》面者。六百年來真得髓者，非公更有誰耶！夔笙喜自詫，讀大集竟，浩然曰：『此道作者固難，知之者並世能有幾人？』可想見其傾倒矣。拙集既用《味梨集》體例，則『春明』、『花事』諸詞，其題目擬《金明池》下書『扇子湖荷花』，題序則另行低一格，而去其第一、第二等字，似較大方。公集去之良是。體例決請如此改繕。暑假不遠，擬之若耶上冢，便游西湖，江干暑濕，不可久留。南方名勝當亟游，以便北首。此頌起居。弟王鵬運再拜上言，五月廿六日。

予素不解倚聲，歲丙申重至京師，半塘翁時舉詞社，强邀同作。翁喜獎借後進，於予則繩檢不少貸，微叩之，則曰：『君於兩宋塗徑固未深涉，亦幸不睹明以後詞耳。』貽予《四印齋所刻詞》十許家，復約校《夢窗四稿》，時時語以源流正變之故。旁皇求索，爲之且三寒暑，則又曰：『可以視今人詞矣。』示以梁汾、珂雪、樊榭、稚圭、憶雲、鹿潭諸作。會庚子之變，依翁以居者彌歲，相對咄咄，倚兹事度日。意似稍稍有所領受，而翁則翩然投劾去。予强明年秋，遇翁於滬上，出示所爲詞九集，將都爲《半塘定稿》，且堅以互相訂正爲約。予强作解事，於翁之閎指高韻，無能舉似萬一。翁則敦促録副去，許任删削。復書至未浹月，而翁已歸道山矣。自維劣下，靡所成就，即此趦趄小言，度不能復有進益，而人琴俱逝，賞音闃然，感嘆疇昔，惟有腹痛。既刊翁《半塘定稿》，復用翁恉，薙存拙詞若干首，姑付剞氏，即以翁書弁之首，以永予哀云。乙巳夏五月，上彊村人記。

彊村詞賸稿跋尾

龍榆生

《彊村詞賸》二卷，歸安朱先生《語業》删餘稿也。先生既於光緒乙巳薙存丁酉以來所爲詞，刻《彊村詞》三卷，《前集》、《别集》各一卷。而三卷末有丁未年作，是此集雖開雕於乙巳，亦續有增益，以汔於宣統辛亥，足成四卷，而汰其《前集》、《别集》不復附印，世幾不獲見先生詞集之全矣。戊午歲，先生復取舊刊各集，益以辛亥後作，删存一百一闋，爲《彊村樂府》，與臨桂況氏《蕙風琴趣》以活字版合印爲《鶩音集》。後五年癸亥，續加訂補，刻《語業》二卷，先生詞蓋以是爲定本焉。其癸亥以後有手稿題《語業》卷三者，已爲寫定續刊矣。先生臨卒之前數月，曾舉手圈《彊村詞》四卷本及《前集》、《别集》見付。其詞爲定本所删者過半，在先生固不欲其流傳，然先生所不自喜者，往往爲世人所樂道，且於當時朝政以及變亂衰亡之由，可資考鏡者甚多，烏可任其散佚？爰商之夏閏枝、張孟劬兩丈，仿先生刻半塘翁詞例，取諸集中詞爲《語業》所未收者次爲《賸稿》二卷，而以辛亥後存有手稿不入《語業》卷三者别爲《集外詞》，以附遺書之末。俾世之愛誦先生詞者，不復以缺失爲憾云。壬申冬十二月，龍沐勛謹跋於真如寓居。

彊村集外詞跋

龍榆生

《彊村集外詞》一卷，據先生手稿寫定。稿原二册，於先生遺篋中檢得之。大抵皆二十年來往還吴門、滬瀆間所作，亦有成於國變前者。料其初當爲零縑斷楮掇拾彙存，故不盡依歲月編次。各詞每自加標識，隱寓去取之意，今悉仍之。其卷首《買陂塘》一闋，則江陰夏閏枝丈自舊京録示者也。先生晚歲酬應題詠之筆，間或假手他人，即此册中，亦復時有代作。先生往矣，輒本過而存之之意，並付手民，學者分别觀之可也。校録既竟，附識數語於此。壬申重九，龍沐勛謹跋於真茹寓居之受硯廬。

庚子秋詞敘

徐定超

光緒庚子之夏，拳匪倡亂。七月既望，各國師集都門，乘輿西狩。士大夫之官京朝者，亦各倉皇戎馬，奔馳星散。半塘老人獨閉户如故。而我同年朱古微學士、臨桂劉伯崇殿撰，咸以故居擾於寇，依之以居。余居去半塘最近，晨夕過從，相與慰藉。既出近詞一編見示，則皆兩月來篝鐙唱詶自寫幽憂之作，以余同處患難而屬弁言於余。余謂言爲心聲，心之所動，自不能不發之於言。古之作者處此，有爲《麥秀》、《黍離》之歌者矣。如庾信之《哀江南》、杜甫之《悲陳陶》，皆所謂古之傷心人别有懷抱者。彼其時其事之躬自閱歷所以怵魄而愴神者，豈無他人共之哉，惟他人不能言而此獨言之，使讀之者悲憤交集，皆怦怦戚戚而若有以先得其心之所同然。故足以鳴當時而信後世。今三子者同處危城，生逢厄運，非族逼處，同類晨星，滄海瀾頹，長安日遠。忠義憂幽之氣，纏綿悱惻之忱，有動於中而不能以自已，以視蘭成去國，杜老憂時，其懷抱爲何如也。余雖不知詞，然三子者之言，皆余所欲言而不得者，則亦不能自已於言也。於是乎書。永嘉徐定超。

庚子秋詞前記

王鵬運

光緒庚子七月二十一日，大駕西幸，獨身陷危城中。於時歸安朱古微學士、同邑劉伯崇殿撰先後移榻就余四印齋。古今之變即極，生死之計皆窮，偶於架上得叢殘詩牌百許葉，猶是亡弟辛峰自淮南製贈者。葉顛倒書平側聲字各一，係以韻目，約三百許言。秋夜漸長，哀蛩四泣，深巷犬聲如豹，獰惡駭人。商聲怒號，砭心刺骨，淚涔涔下矣。乃約夕拈一二調以爲程課。選調以六十字爲限，選字選韻以牌所有字爲限。雖不逮詩牌舊例之嚴，庶以束縛其思，不致縱筆所之，靡有紀極。然久之亦不能無所假借，乙卷以後尤氾濫不可收拾。蓋興之所至，亦勢有必然也。八月二十六日起至某月日止，凡閲若干日，得詞若干首。富順宋芸子檢討和作若干首，並依調類列，用遡渚唱和例也。芸子九月下旬坿會船南去，故所作不多。每夕詞成，伯崇以烏絲闌精書之。古微題其端曰『庚子秋詞』，蓋紀其實云。半塘僧鶩記。

庚子秋詞題辭

宋育仁

大笑蒼蠅蚓竅間，聯吟石鼎調翻新。欲言不敢思公子，私泣何嫌近婦人。隱語題碑生石闋，嘯聲碧火唱秋墳。二豪侍側何須問，鏡裏頻看卻憶君。

春蟄吟前記

王鵬運

春非蟄時，蟄無吟理。蟄於春，不容已於蟄也；蟄而吟，不容已於吟也。漆室之嘆，魯嫠且然；曲江之悲，杜叟先我。蓋自《庚子秋詞》斷手，又兩合朔，且改歲矣。春雷之啓，其有日乎！和聲以鳴，敬竢大雅君子，吾儕詹詹有餘幸焉。光緒辛丑元日記。

附録六　志狀

清故光禄大夫前禮部右侍郎朱公行狀

夏孫桐

公諱祖謀，原名孝臧，字藿生，一字古微，號漚尹。晚仍用原名，又號彊村。生世自明初居歸安埭溪鎮，至公凡十九世，世有隱德。曾祖諱轂，郡庠生，祖諱若烺，考諱光第，國學生，官河南鄧州知州。三世並以公貴，贈光禄大夫。妣孫太夫人，生子四，公其長也。鄧州初幕游江淮間，吴越方被寇亂，盡室相從。公幼即穎異，耽文學。光緒初，隨官大梁，年甫冠，出交中州賢士，詩歌唱酬，才譽大起。鄧州在官多惠政，會有王樹汶之獄，樹汶者鄧人，爲鎮平盜魁胡體安執爨，鎮平令捕體安急，賄役以樹汶僞冒。既定讞，臨刑呼冤。重鞫，則檄鄧州逮其父季福爲驗。前南陽守某，已擢開陳許道，馳書阻勿逮季福，且誘怵之。鄧州曰：『吾安能惜此官以陷無辜？』竟以季福上。大吏猶袒初讞，而摭他事劾鄧州去官。後刑部提鞫乃得實，釋樹汶。鄧州被誣劾在案外，終不得白。未幾，公於壬午、癸未聯捷，成二甲一名進士，改庶吉士。侯官張侍郎亨嘉，亦大挑知縣官河南，同鞫是獄，不肯附和，辭官應試，至是與公同入翰林。一時輿論，嘆天道報施之不爽也。鄧州既親見公通籍，尋棄養。服闋散館，授編修，歷充國史館協修、會典館總纂總校、戊子科江西副考官、戊戌科會試同考官、教習庶吉士。時輦下風氣，崇尚古學，稍負才望者，各以考據辭章相矜詡，繼則争談時務，以變法爲名高。公在館職十餘年，盱衡世變，憂時之念甚深，而不自表襮，足跡稀至朝貴之門。交游同志，所深契者，多清望劭聞貞介不苟之士。纂校會典，勤於其職。理藩院一門，因本署無漢員，檔冊疏漏，鈎稽古書，證以私家紀載，獨手成之，最稱詳審。敘勞以五品坊缺開列於前，擢侍講，充日講起居注官，累遷侍讀庶子、侍講學士。戊戌之後，朝局翻覆，國是未定，紀綱日隳。公累有所論列。粤紳劉學詢，勾結日本上海領事小田切之助，謀包辦江浙兩省釐捐，由其國代捕旅居之政治犯以爲報，而要請皇太后親簽名國書，以學詢爲專使賫往。事由御史楊崇伊介於慶親王，逕達宫廷，秘不使樞臣與聞。公疏劾學詢妄誕，大傷國體。大學士徐桐、言官張仲炘、高燮曾、余誠格相繼並有疏論，其事得寢。庚子義和拳起，仇教開釁，親貴及大臣偏執守舊者主之，群相附和，無敢昌言其害者。公奮然抗疏曰：『近日拳匪蔓延，夷情叵測。昨日復有甘軍戕斃日本書記官之事，禍機叢集，不可端倪，措置安危，間不容髮。今廷臣持論，或目拳匪爲義民，欲倚以爲剿除各國聯兵，其存心無他，其召亂必速。聖明過聽，其禍有不可勝言者。臣敢爲我皇太后、皇上披瀝陳之。蓋中國自强，原以兵事爲要領，然聯絡邦交，專與一國執言可也；激犯衆怒，概與各國構釁不可也。一面受敵，合中國之力而禦之可也；八面受敵，分中國之力應之不能也。且外則軍火何自購？內則餉源何自籌？論勢則彼衆而我寡，論理則彼直而我曲。縱將現在中土之各國官商及兵隊區區數千人一時殲盡，其能使十數國者讐我兵威，不報復耶？其能使我沿邊沿海數萬里，固此金湯，不容各國一騎一艦闌入耶？逞血氣之忿，取快目前，而未有以善其後，是直以宗社爲孤注於一擲，恐不止震驚宮闕，危及乘輿已也。持此説者亦明知中國兵力未充，不足以敵各國，所恃者，拳民忠憤，及其術不畏刀砲耳。不知逆民肇事，恒託於假仁假義，以結人心。此事萌芽，雖由於爲教民所激，然邪説煽惑，必有姦猾爲之渠魁。蚩蚩者惑於新奇，焉得人人深明大義？且梅東益於錦州，袁世凱、聶士成於山東、天津等處，頗有剿殺，是不畏刀砲之説，顯爲虛誑。即以嘉慶年間，教匪拳術，及真空八字神咒，初頗猖獗，旋即覆亡。今欲以此等邪説，以挽積弱而禦外侮，豈不大誤？臣維此時救急之策，直簡派威望大臣赴各國使館，開誠佈公，示以朝廷措置，必能消弭變亂，保全中外臣民，以安各公使之心，止其續調軍隊，以防肘腋之患。一面厚集兵力，懔遵查拿首要、解散脅從之諭，認真辦理，尅日完結。事平之日，商諸各國，妥定教約，以善其後，以毖後患，亦一機會。目前未可鹵莽以圖也。此中機宜，非我皇太后、皇上獨斷於心，決立大計，則廷議紛紜，稍一謬誤，其貽禍有非臣子所忍言者。臣爲保持危局起見，謹密擢上陳，伏乞聖鑒。』疏上，有禁逐拳民之旨，都市爲之頓清。次日，大學士剛毅自涿州回京，拳民隨至，縱火市廛，延燒正陽門。忽訛傳洋兵已至東安縣，距京僅六十里。是日，召見廷臣，倉皇集議。親貴諸人袒義和拳主戰。公班次在後，言拳民固不可用，董福祥兵亦不可恃，兵事宜用山東巡撫袁世凱，議和急召大學士李鴻章。太后猶未之識，問：『高聲瞋目者何人？』終定議撫用拳民，遂戕殺德國公使，圍攻使館。外兵犯天津，事益急。公又上疏曰：『臣聞師直爲壯，曲爲老，又聞《春秋》之義，不戮行人。故曰兵交使在其間可也。今我軍圍攻使館，連旬不解，聚而殲之，既乖古誼，亦未足以振國威，徒使彼國之師，見而切齒，其致死於我，必十倍於尋常。彼若殺我使臣，以相報復，是朝廷自殺無罪之臣也。若闌入邊境，肆其屠戮，是朝廷自殺無罪之民也。設彼置我使臣不殺，入我邊境不擾，而專據理以相詰責，則彼辭甚直，而我將何以自解？請飭總理衙門，設法照會各公使，告以今日戰事，實由各國兵弁不守保護常例，槍斃途人，以致我軍激而爲此，並非朝廷之意。現擬約定時期，彼此停戰。一面派兵護送公使出京，其各國軍人，亦勒令盡數遣出。彼既自分菹醢，而忽有更生之慶，宜無不感戴皇仁，就我約束。後雖勝負無定，而曲直已分，可以示天朝不殺之仁，可以杜萬國責備之口，可以減敵人裂眥之恨，可以留他日轉圜之機。近聞各督撫電奏，多有保全公使，尚可挽回之語。而駐英使臣羅豐禄所述英外部之言，以爲保護公使，即不算我國開釁。是公使之保全與否，其關係於大局者，皆衆臣所謂籌全局以紓後患者，此也。』疏上，即命軍機大臣傳詢保護公使，應用何法。公援筆立書：『請飭總理衙門查照萬國公法戰時之例辦理。』覆奏上，良久始命退出。是日所奏忤旨，被詰問，幾獲罪，終以文學侍從之臣，未遽加譴，而爲左右主戰者所深嫉，其不從許、袁諸公後者，幸也。洎自兩宫西狩，欲追扈從，而車馬爲潰軍所掠，不得行。和議開後，又有請早定大局之疏。是非既明，忠悃益著。一歲之中，迭遷少詹事、内閣學士。辛丑回鑾後，遂擢禮部侍郎。召對稱旨，有留心外事之褒，尋兼署吏部侍郎。壬寅考試試差，策問免釐加税事，自以所對未盡，復上疏論之曰：『竊惟納税者，商民應盡之義；收税者，國家應有之權。自外侮迭乘，將税務一端歸入議和條約，因而操縱由人，陰受挾制。猶賴此釐捐爲自主之事，利權不致旁落。今和約既定，外人復以商税爲言，欽派大臣，會同督撫，商辦訂約。其中裁釐加税一事，開議已久，衆論雜陳。以臣揣之，則外人之陰謀秘計，殆有不可不防者。夫彼爲暢銷洋貨起見，則應請減税，何以議加？應請免洋貨之釐，何以並議免土貨之釐？蓋中外之通商，與各國異，各國自爲通商，不過口税，輕出重入，互相抵制而已。獨於我國之情形則不然。大抵我國土貨出口，改造後復行入口，故我土貨之價值，即彼之成本也；而通貨之商販，猶彼之行棧也。是以彼中考求商務者，恒以我土貨爲本原，其心計所及，恒注重於出口之土貨，而不盡注重於進口之洋貨。於是慮我商之屯積居奇也，則有准洋商在内地採買土貨之約；又慮税口之轉折爲難也，則有准洋商在内地設廠製造土貨之約。夫内地採買土貨，彼既行之久矣。若内地設廠製造土貨，定約十年，絶少舉動，何也？蓋設廠費鉅，而前户部侍郎張蔭桓與日本所定行船章程，復有廠貨製成，值百抽十之約。又以我釐捐未徹，則行銷廠貨，難保不設法重徵，阻彼銷路，故遲迴以至於今。而内地設廠之利，仍無把握。彼中輾轉圖維，惟有裁去釐捐，而後廠貨暢銷而無滯。然裁釐不易邀免也，則許加進口貨税以餌之。夫進口貨税加，則值百抽十二五，而内地洋廠貨税，止值百抽十，且一税不問所之，則捨運出改造之法，而用内地設廠改造之法，不待再計而決矣。内廠既多，進口漸少，則中國有加税之名，必無加税之實矣。洋關而外，更無税貨之權，則干預之術方多，而自主之權日捐矣。英使馬凱謂中國而别立名目，暗行釐捐，則外國應將所加關税，全行索還。則税權既失之後，永無收回之日矣。土貨價值，由彼低昂，則國權既損，而商權亦全失矣。内廠林立，凡糊口於工藝者，悉被驅遣，工價之增減，坐受主持，則商業既失，而工業亦不振矣。總之，加税者，迫成於内地設廠之舉也；裁釐者，曲全其改造土貨之利者也。目前洋廠未興，關税所增，或可稍資賠款之挹注。數年以後，情絀勢見，裁釐爲實害，加税則虚名，救然眉之急，而貽噬臍之悔，臣竊痛之。臣維法窮則變，中國之釐税，猶可維持，竊以爲今日慎毋摶加税之名，自謂得計也，變通税法而已。亦毋以裁釐之説授權外人也，整頓釐法而已。變通税法之説有二：一曰内地改造貨税。查舊税出進口，皆值百抽五，故内地改造貨税，定爲值百抽十，暗將出進口税，融納其中。竊謂洋廠出貨值百抽十，以抵洋貨進口税則可，以包土貨出口税則不可。今議凡華商售土貨於洋商，無論其售歸洋廠，或運載出口，應令於售定後按照規章，將出口正税，就地完納，方准交貨。如有隱匿不報，無論已否成交，概將該貨罰令充公。其洋廠行棧，進貨存數，應責成洋關，設簿稽查。如此則内地即有洋廠之設，而頓形短少矣。且於洋廠製造，暗收一層口税，即暗增一層阻撓，亦不致使洋廠蔓延而不可遏抑矣。明知此舉於華商無益，然洋商内地製造，内地行銷，出進口税，兩皆無著，不能不以此爲抵制。萬一裁釐之議竟難中止，尤當抱定此説，百折不回。税例本有國者自主之權，但使朝廷有定見，當局能堅持，外人即不能盡應我之所求，亦不能盡却我之所議。一曰子口半税。臣聞海關各册，此税從無與正税相符者，其中偷漏甚多。今倘議加税則已，否則應將此項歸入進出口正税，一併徵收，於税款所關匪細。應請飭下吕海寰、盛宣懷，將土貨出售，就地完納，正税及子口税，歸於進出口税，一並帶徵，辦法詳慎核定。並與英使揭明，就地完税，乃爲洋廠設立後，取償出口正税起見，似於防後患而保利權，不爲無益。若夫釐金一項，侵吞苛擾，百弊叢滋，臣嘗詳詢外省官員，則落地認捐之法，尚爲妥協。升任浙江藩司惲祖翼，於嘉湖兩府釐局，裁撤二十餘所，改辦落地認捐，額數加增，則商旅亦無所苦。後因官吏掣肘，未竟其事，至爲可惜。近聞張之洞、陶模等，於湖北廣東辦理膏捐，集款甚鉅，與此相倣。應請飭下各省督撫，推廣落地認捐辦法，以祛釐金之積弊。蓋關税不必驟望大增，而惟求保護權利，釐捐不必遽言裁撤，而要當抉剔弊端。若但計較於目前進項之多寡，而不設想於裁釐以後之情形，竊恐改絃易轍之未終，已墮人術中而無可補救。所有另籌釐税辦法緣由，是否有當，伏乞聖鑒。』是秋，簡放廣東學政。廣東才藪，亦弊藪，公衡鑒精而關防嚴，士論翕服。而闈姓充餉，除弊不能盡絶。乃疏陳其害，請申厲禁曰：『臣維賭非政體，賭而害於選舉，則尤非政體。粤東賭局林立，弊不勝窮，然未有褻名器，壞人才，傷風敗俗，如闈姓充餉之甚者也。光緒初年，御史鄧承修、巡撫張兆棟先後奏請裁革，奉旨嚴禁，不准藉詞開設，煌煌彝訓，薄海同欽。嗣後地方籌餉，權請弛禁，積廿餘年，有司視爲正供，而若輩之作姦日甚。綜其大旨，不越兩端，即粤人所謂扛鷄禁蟹者是也。所買之姓，則扛之。於是爲之通賄賂，倩槍替，使白丁皆可幸進。不買之姓，則禁之。於是散謠言，施毒手，使真才多遭沮抑。倖進則防賢路，沮抑尤傷士心。以國家掄才之典，士子進身之階，而姦商猾獪，竟能竊其柄而顛倒之，不亦輕朝廷而羞當世之士耶？夫前之所以弛禁者，以粤省賭風甲天下，闈姓盛行，驟不可遏。我若禁之於内地，外人開之於租界，爲叢驅爵，所損實多。任封疆者又因比年多故，庫嘆空虚，藉以挹注，不無小補；因循不禁，職此之由。然證諸今日情形，則又不然。昔止闈姓一端，故其賭盛，今則有山票，有鋪票，有番攤，有各省籤捐彩票，勢分而財散，彼長則此消，現以獲利甚微，無人承充，暫由官督商辦。無論官自開賭，大礙觀瞻，且收數寥寥，不及曩時十分之一。中國自開如此，外人豈復生心？是利權既不虞外溢，餉項又所得無多。方當百度維新，興利革弊之時，何必徒留此不正之名，防士類，壞人心，傷政體，不一湔除而廓清之邪？今年署督臣岑春煊禁止白鴿票賭，一時輿論翕然。白鴿票認餉逾百萬，只以廢時失業，爲害閭閻，故毅然禁之。闈姓之害，正與此同。而關涉試事，弊竇尤多，承餉較少。以彼例此，當禁明矣。或謂闈姓與科舉爲盛衰，科舉將停，則闈姓不禁而自絶，無論名額分科，遞減停辦，因尚需時，不宜作姑待來年之計。即令科舉悉罷，而學堂一律開辦之後，學生卒業，仍須派員考試。若闈姓不禁，此輩必將踵行故事，以充餉爲名，而陰行其扛禁之術。則是興學育才者，終爲賭徒舞弊叢姦之藪，根株不拔，流毒無窮，學校何由得興？人才何由得出？且此項閩督撫臣已奏請改撥，其勢成弩末可知。與其力疲局散，使停辦之議出自下，孰若滌瑕蕩穢，整頓之權操之上？應請特頒嚴諭，將此項闈姓，永遠禁絶，以肅國紀而清士風，於大局實有關係。所有闈姓，貽害太深，請旨重申厲禁緣由，伏乞聖鑒，允准施行。』時因科舉將停，當事仍暫以充餉爲便，終擱置之。乙巳，以修墓請假，離學政任回籍。次年，遂以病乞解職，卜居吴門。既而江蘇創立法政學堂，聘爲監督。士林仰公清望，歸依甚殷，公亦苦心經營，實事求是，不以尋常祠禄視之。宣統紀元，特詔徵召，次年，設弼德院，授顧問大臣，皆以宿疾未痊，乞假未赴。辛亥國變，不問世事，往來湖淞之間，以遺老終矣。乙卯歲，一至舊京，袁世凱方爲總統，優禮舊僚，欲羅致而不得，聞其至，急致書聘爲高等顧問，笑却之，未與通一字。乙丑，謁天津行在，諄諄於典學生計兩端，忠誠靖獻，僅止於此，每言之深恫也。少以詩名，孤懷獨往，其蹊徑在山谷、東野之間。四十始爲詞，與王半塘給諫最相契，同校《夢窗四稿》，詞格一變。窮究倚聲家正變源流，晚造益深。嘗言半塘所以過人者，其平生所學及抱負，盡納詞中，而他不旁及。公亦正與之相同。身世所歷憂危沉痛，更過於半塘。清末詞學，視浙西朱、厲，毘陵張、周諸家，境界又進者，亦時爲之也。故公詞遂爲一代之結局。半塘《四印齋所刻詞》風行一時。公賡續之，積年所得，徧求南北藏書家善本勘校，綜唐宋金元凡總集五種，別集一百六十三家，既博且精，足補常熟毛氏、南昌彭氏搜集所未逮，即半塘亦不能不讓繼事之盡善。又輯《湖州詞徵》二十四卷、《國朝湖州詞録》六卷。年德益劭，鬱爲江表靈光，海内言詞者奉爲斗杓。公亦宏獎爲懷，後進就質，靡不饜所欲聞而去。海濱避世，賞析之樂，足慰桑榆。而家道轗軻，門祚單薄。六十後喪子，强作曠達，中實軫結。與諸弟友愛最篤。季弟早世，叔弟里居，仲弟孝威亦寓吴，相依爲命，前歲病殁，傷之盛，遂益衰。辛未十一月廿二日卒於上海寄廬。距生咸豐丁巳七月廿一日，享年七十有五。配嚴氏，封一品夫人，側室陸氏。子一：方飴，嚴夫人出，二品廕生，官山東通判。才雋有父風，壯年殞折。娶夏氏，孫桐第二女也。孫一：貞同，奇慧先殤，所以繼大宗者猶有待。晚乃撫仲弟子方飭爲嗣。公易簀前，口占《鷓鴣天》詞云：『忠孝何曾盡一分。年來姜被減奇温。眼中犀角非耶是，身後牛衣怨亦恩。泡露事，水雲身。枉抛心力作詞人。可哀惟有人間世，不結他生未了因。』嗚呼，斯足盡其生平已。遺稿親授龍君榆生。所手定者《彊村語業》三卷、生前詞已屢刻，以此爲定本。《彊村棄稿》一卷、手定詩集。《詞莂》一卷、手定清詞。《足本雲謡集》一卷、手定足本。《定本夢窗詞集》不分卷、第四次校定。《滄海遺音》十三卷，手輯友朋詞十一家。又《集外詞》一卷，將總編爲《彊村遺書》。嗣子未冠，從侍未久，以孫桐胏腑之親，締交最早，於公志事知之較深，乞次行狀。竊見公志節之忠亮，器識之通敏，一時罕與匹儔，身居侍從，僅以言見。庚子兩疏，鳳鳴朝陽，奮不顧身之概，可信其能任艱鉅。離躋九列，立朝未久，已隱窺直道難行，潔身早退。屢上封事，焚草不存，身後發篋，僅見三篇。又於舊檔得《論免釐加税》一疏，至爲深切，並敘入狀，見公經世之一班。俾它日重修清史者有所采録，後世勿僅以詞人目公也。夏孫桐謹狀。

清故光禄大夫禮部右侍郎朱公墓誌銘

陳三立

公諱祖謀，原名孝臧，字古微，號漚尹，又號彊村，晚仍用原名。世爲浙江歸安人。曾祖諱轂，郡庠生。祖諱若烺。考諱光第，河南鄧州知州，善循績。以不徇庇王樹汶獄，爲上官摭他事劾去，世争重之。三世皆贈如公階。妣孫太夫人，生子四，公其長也。幼穎異。既長，博雅擅文學，聲聞日起。舉（光緒）壬午鄉試，明年成二甲一名進士。改庶吉士，授編修。歷充國史館協修，會典館總纂、總校，戊子科江西副考官，戊戌科會試同考官，教習庶吉士，擢侍講，充日講起居注官，遷侍讀庶子，至侍講學士。公居館職久，遭世變，私有深念，屢有章疏，皆識議通明，維大體。庚子義和拳亂作，親貴及頑舊大臣祖之，導至京師，並嗾董福祥軍與應和。遂迭攻公使館，戕日本書記官、德意志公使。公痛縱妖民肇巨釁，置宗社於孤注一擲也，兩抗疏極諫，剖晰利害曲直，與强弱衆寡之勢甚具。而後疏請護公使出國門，語尤切至。一日召廷臣集議，仍決主戰，公班列差後，抗聲曰：『義和拳終不可用，董福祥終不可恃。』太后瞠目視，旁顧樞臣曰：『彼爲誰耶？』當是時，左右權倖主戰者争嫉公，竟得免危禍，倖也。然亦以此，風節稱天下。外國兵既入京師，兩宫西狩，公復有早定大局之奏。上以公爲忠，一歲中，迭遷少詹事、内閣學士。及還蹕，擢禮部侍郎，兼署吏部侍郎。甲辰，出爲廣東學政。廣東控嶺海，民物殷闐，猾駔競博賽，即使者試士録名，影射爲的，曰闈姓。大吏倚其利，沿不革，或革而旋復其故。公以爲傷國體，壞風教，疏請禁斷。終以便軍儲，格於當事者，不果行。滿二歲，遏弊勸學，群情翕然。會與總督齟齬，引疾去。迴翔江海之間，攬名勝，結儒彦自遣。宣統紀元，特詔徵入，次年設弼德院，授顧問大臣，皆不赴。國變後，一謁天津行在所，涕泣辭去，遂以遺老終矣。公雖持高節，而襟度恢疏，狎接群流，不爲崖岸，尤殷殷薦寵後輩。性篤友愛，仲弟物故，摧傷致疾，體日衰。由此，逾數歲，辛未十一月廿二日卒於上海寓廬，春秋七十五。公始以能詩名，蹊徑蹈涪翁，顧自詭非所近。及交王半塘鵬運，棄而專爲詞，勤探孤造，抗古邁絶，海内歸宗匠焉。晚處海濱，身世所遭與屈子澤畔行吟爲類，故其詞獨幽憂怨悱，沈抑綿邈，莫可端倪。太史遷釋《離騷》，明其『稱文小而其指極大，舉類邇而見義遠，其志潔，故其稱物芳』，固有曠百世與之冥合者，非可僞爲也。所輯《唐宋金元百六十三家詞》，取善本勘校，最完美。又輯《湖州詞徵》廿四卷、《國朝湖州詞徵》六卷。他遺稿《語業》三卷、《棄稿》一卷、《詞莂》一卷、《足本雲謡集》一卷、《定本夢窗詞集》不分卷、《滄海遺音集》十三卷，又《集外詞》一卷，卒前盡授其門人龍沐勳，彙刊爲《彊村遺書》，行於世。娶嚴夫人，所出子方飴，二品蔭生，官山東通判，負才早世。孫一又殤，撫仲弟子方飭爲嗣。側室陸氏。卜癸酉某月某日歸葬公某里某原。三立與公游處久，故哀其志行，不徒以詞人傳也，爲銘其幽。銘曰：

進爲國直臣，退爲世詞宗。天荒地變，江長海遠，有巫陽下察偃蹇之孤蹤。芳菲不沫兮終古，魂魄猶視兮幽宫。